L'étoile des Highlands

Le tourbillon du scandale

JULIETTE MILLER

L'étoile des Highlands

Traduction française de
MARIE PASCAL

Les Historiques

HARLEQUIN

Collection : LES HISTORIQUES

Ce roman a déjà été publié en 2020

Titre original :
HIGHLANDER TAKEN

HARPERCOLLINS FRANCE
83-85, boulevard Vincent-Auriol, 75646 PARIS CEDEX 13
Service Clients — www.harlequin.fr
ISBN 978-2-2805-1778-2 — ISSN 1159-5981

Édité par HarperCollins France.
Composition et mise en pages Nord Compo.
Imprimé en février 2025 par CPI Black Print (Barcelone)
en utilisant 100% d'électricité renouvelable.
Dépôt légal : mars 2025.

FSC
www.fsc.org
MIXTE
Papier issu de sources responsables
FSC® C159065

Pour limiter l'empreinte environnementale de ses livres, HarperCollins France s'engage à n'utiliser que du papier fabriqué à partir de bois provenant de forêts gérées durablement et de manière responsable.

Pour M., comme toujours

1

J'avais la sensation curieuse et persistante que quelqu'un était en train de m'observer.

Lorsque je me tournai pour voir de qui il s'agissait et que nos yeux se rencontrèrent dans cette pièce bondée, mon cœur se mit à palpiter de façon inhabituelle et perturbante. Je détournai vite le regard, troublée. Avec quelque difficulté, je parvins à mettre un nom sur les émotions qui s'étaient emparées de moi lors de ce bref coup d'œil. La fascination, la prudence — et, surtout, la peur.

Il se tenait à l'entrée de la grande salle du manoir appartenant à sa famille, entouré de ses deux frères. Toutes les paires d'yeux présentes lors de cette réunion tant attendue de nos deux clans ne pouvaient faire autrement que de les fixer. Ils étaient grands et imposants. Avec leurs silhouettes massives qui se détachaient en contre-jour, ils aimantaient l'attention de tous. Laird Knox Mackenzie, le plus trapu des trois frères, était réputé pour l'excellence de son armée et pour son autorité sans pareille. Wilkie Mackenzie passait pour être de nature plus enjouée, et possédait une beauté quasi légendaire qui laissait sans voix la plupart des femmes présentes dans l'assemblée.

Mais c'était le troisième des frères, Kade Mackenzie, qui attirait tout particulièrement mon attention. Il était aussi grand que ses frères et possédait la même chevelure noire, mais il était plus élancé et plus léger dans ses déplacements, qui étaient presque félins. Ses longs cheveux, d'une nuance profonde de brun foncé, capturaient la lumière dorée du feu qui brûlait juste à côté de lui, créant autour de lui un halo subtil qui lui procurait l'aura d'un dangereux ange des ténèbres.

Tous les trois semblaient maîtres de la situation, faisant montre d'une assurance qui leur venait peut-être de leur habileté à manier l'épée et de leur mainmise sur des terres parmi les plus riches et fertiles des Highlands. Mais alors que laird Mackenzie et Wilkie donnaient nettement l'impression d'être à l'aise dans leur peau, il y avait chez Kade une agitation latente qui me captivait tout autant qu'elle m'angoissait.

Je cherchai un peu de réconfort auprès de mes quatre sœurs et de mes cousines, dont la présence à mes côtés et les bavardages incessants me rassurèrent.

— Le voici ! lança ma sœur Maisie en me donnant un coup de coude. C'est Wilkie. Dieu du ciel, il est magnifique. Qu'aucune d'entre vous ne s'avise de lui adresser la parole. Et cela jusqu'à ce que notre mariage soit scellé pour de bon. En attendant, gardez vos distances. Il est à moi.

Maisie s'était accaparé Wilkie quelques mois plus tôt, après qu'il fut venu nous rendre visite chez nous, dans notre manoir. Qu'il fût d'accord ou non restait encore à déterminer…

— Ne t'inquiète pas, Maisie, répondit Clementine, l'aînée de mes sœurs, nous savons très bien que tu as des vues sur lui. Tu ne parles que de lui et de tes projets le concernant !

— Mais ses deux frères sont à vous, si vous le souhaitez, précisa Maisie.

— Qui oserait les approcher ? demanda Bonnie, la plus jeune de mes cousines, en épiant les Mackenzie avec un mélange d'inquiétude et d'admiration. Ils sont si… intimidants. J'ai entendu dire que laird Mackenzie était désagréable et bourru. Regardez un peu sa taille. Quant à Kade, eh bien, sa réputation n'est plus à faire : un rustre et un sauvage. Cela se voit, du reste.

— Heureusement pour vous, alors, poursuivit Maisie, il y a beaucoup d'autres hommes rassemblés ici ce soir.

C'était vrai. Le clan Mackenzie recevait, entre autres, les Macintosh et les Munro, qui comptaient parmi leurs rangs de nombreux célibataires bagarreurs et beaux garçons. Mes sœurs et mes cousines, les joues roses de plaisir, avaient revêtu leurs plus jolies robes pour l'occasion, et elles piaffaient d'impatience en attendant que les festivités commencent pour de bon.

Moi, en revanche, je n'aspirais qu'à une seule chose : pouvoir regagner les appartements où nous étions logés et m'y retirer pour la nuit. Ou bien m'enfuir. Ou faire quelque chose qui ne me ressemblait pas. Je m'efforçai de ne pas repenser, une fois encore, à Caleb, le seul garçon qui m'ait jamais témoigné de la gentillesse et que j'avais perdu pour toujours. Cela faisait à présent deux semaines que Caleb avait demandé ma main. Deux semaines que mon père, laird Morrison, l'avait banni de notre clan et chassé jusqu'à Edimbourg. Le statut de Caleb « n'était pas assez prestigieux pour la fille du chef de clan », et mon père l'avait sommé d'aller poursuivre son apprentissage du métier de forgeron très loin de notre domaine. Et vite. Je n'avais même pas été autorisée à lui dire adieu.

L'injustice de cet acte sans cœur me remplissait d'une tristesse que ma colère rendait plus aiguë encore. Non, il n'était pas juste que mon père puisse chasser mon bien-aimé de ma vie avec autant de brutalité et de despotisme. Caleb avait disparu de mon existence du jour au lendemain. Son absence brutale me consumait au point que j'avais passé plusieurs jours prostrée, le cœur brisé. Toutes les larmes que j'avais versées m'avaient laissée faible et vide, comme si elles avaient emporté mon esprit avec elles. Puis mon chagrin avait peu à peu laissé la place à un ressentiment enfoui depuis longtemps et plus difficile encore à accepter. Les mauvais traitements et la tyrannie subis durant notre enfance nous avaient conditionnées à nous soumettre aux caprices cruels de notre père, mais ces derniers temps mon obéissance habituelle connaissait quelques ratés. J'en avais assez des coups et des humiliations. Une partie de moi-même voulait se rebeller et aspirait à la liberté comme jamais. Plus que tout, je voulais être seule avec mes pensées afin de pouvoir cultiver et encourager ces envies d'émancipation et voir jusqu'où elles pouvaient me mener.

— Bonsoir, mesdemoiselles, lança l'un des Munro, en venant s'intercaler entre Bonnie et moi, si près qu'une mèche de ses cheveux m'effleura la joue. Je m'appelle Tadgh, poursuivit-il en baissant légèrement la tête afin de me forcer à le regarder dans les yeux. Et vous devez être Stella.

J'ignorais pourquoi il avait entrepris de me faire la conversation, et comment il connaissait mon nom. Il aurait été malpoli de l'ignorer sciemment mais, dans l'état qui était le mien à ce moment-là, la dernière chose dont j'avais envie était d'engager une conversation avec l'un de ces Munro, dont la réputation de fauteurs de troubles et d'hommes à femmes n'était plus à faire. Mon souhait le plus ardent était que l'une de mes sœurs ou de mes cousines se dévoue pour lui répondre à ma place.

Dieu merci, l'une d'elles se lança.

— Ravie de faire votre connaissance, Tadgh, dit Bonnie. La soirée se présente plutôt bien, n'est-ce pas ? Le manoir est chaleureux. Les Mackenzie sont accueillants, et ils ont fait un magnifique travail de décoration, vous ne trouvez pas ?

Bonnie était de nature charmeuse, même si elle s'était déjà choisi un époux. Le moment n'était pas encore venu pour elle de demander la permission de se marier : elle savait — tout comme son prétendant plein d'espoir — que mon père n'autoriserait aucune de ses nièces à convoler tant qu'au moins l'une de ses filles n'aurait pas trouvé un parti convenable.

— C'est certain, répondit Tadgh d'un ton enjoué, même s'il était évident que la décoration était le cadet de ses soucis, et que son esprit était accaparé par certaines préoccupations assez peu avouables, mais beaucoup plus excitantes à son goût.

Et il ne m'avait pas quitté des yeux.

— Et vous, Stella, que pensez-vous de la décoration ? Ces tapisseries finement tissées vous plaisent-elles ?

Je n'avais pas tellement l'habitude de parler avec des hommes, mais j'avais comme l'impression qu'il cherchait à me provoquer d'une façon ou d'une autre. Un mois plus tôt, j'aurais été trop timide pour répondre à Tadgh Munro ; être vue en train de discuter avec un homme pouvait entraîner une punition : cela, je ne le savais que trop. Deux semaines plus tôt, même, j'aurais été trop désespérée. Ce soir, en revanche, mes émotions refusaient d'être disciplinées. Une rébellion intérieure toute neuve couvait en moi et semblait vouloir prendre son élan.

En fait, les tapisseries étaient vraiment très belles. En admirant leurs riches couleurs et la qualité exceptionnelle de leur exécution, je me rendis compte que je n'avais jamais réellement été sensible à la beauté ou à la complexité des choses qui m'entouraient. J'éprouvai tout à coup le besoin inédit de découvrir et d'apprécier davantage la vie, et l'envie que l'on m'autorisât à le faire comme bon me semblerait. Mais je ne dis rien de tout cela à Tadgh. A la place, je me contentai de répondre à voix basse :

— Oui, elles me plaisent beaucoup.

Deux autres membres du clan Munro nous rejoignirent, armés d'un plateau portant verres et pichets de bière. Tadgh nous les présenta aussitôt : il s'agissait de Tosh et Angus.

— Mesdemoiselles, puis-je vous servir un verre de bière ? proposa ce dernier. Il y a tout ce qu'il faut à boire et à manger : les Mackenzie n'ont pas lésiné.

Il remplit un verre sans attendre et me le tendit. Mais Tadgh l'intercepta pour me l'offrir lui-même. Je pris le verre, et faillis le lâcher lorsque les doigts de Tadgh effleurèrent délibérément les miens. Je m'empressai de reculer, renversant au passage un peu de bière. Mon père et ses hommes devaient être en train de me surveiller, comme toujours. Tadgh, qui ne s'en doutait certainement pas, sourit devant ma réaction. Le tartan rouge vif du clan Munro qu'il arborait avec fierté faisait paraître sa chevelure plus flamboyante encore. En fait, tous les Munro semblaient rayonner, avec leurs crinières rousses et leurs manières festives et familières. Par contraste, je ne pus m'empêcher de le remarquer, les Mackenzie, avec leurs vêtements bleu foncé et vert sapin et leurs cheveux noirs comme la nuit, dégageaient une présence plus imposante et... oui, fascinante.

— La jolie Stella est un brin farouche, lança Tadgh à l'intention de ses cousins. Et j'ai même entendu dire que cette façade exquise et sage cachait une vraie rebelle capable de voler des attelages et de s'attaquer aux hommes avec leurs propres armes. Etonnant, n'est-ce pas ?

— En effet, répondit Tosh Munro en s'esclaffant. Hugh Morrison a toujours la main bandée. La main droite, rien de moins que cela. Celle-là même qui porte l'épée.

Tout en laissant son regard s'attarder un long moment sur mon visage et mon corps, il poursuivit :

— Cette charmante demoiselle était déjà réputée pour sa beauté, et maintenant voilà qu'elle représente un défi des plus piquants pour celui qui réussira à percer sa ligne de défense — à ses risques et périls.

Que les Munro soient à la fois amusés et intrigués par mon altercation avec les hommes de mon père était assez dérangeant. Ce qui était plus inquiétant encore, c'était que la nouvelle de ma tentative de fuite se fût propagée. Mon père serait encore plus en colère si ma réputation d'insoumission venait compromettre ses projets matrimoniaux me concernant. Les Munro, toutefois, ne semblaient pas le moins du monde choqués. Plusieurs d'entre eux m'entouraient, et Tadgh s'intéressait particulièrement à moi. Comme tous les hommes présents dans l'assemblée, ils portaient leurs kilts et leurs parures de cérémonie, avec leurs épées et couteaux attachés à la ceinture. Ils étaient tous très grands et forts, c'étaient des guerriers. Je repensai encore à Caleb, qui était plus doux et gentil que ces hommes ne pourraient jamais l'être. En cet instant précis, il me manquait beaucoup.

Mais c'était vrai. Je m'étais rebellée. Moins d'une heure après le bannissement de Caleb, je m'étais précipitée aux écuries. Je savais que les soldats de mon père me suivraient et me ramèneraient à la maison de force, où je serais punie. Malgré cela, j'avais demandé à l'un des palefreniers de me préparer un petit attelage. Avant même qu'il eût passé le harnais aux chevaux, mon père et ses hommes m'avaient retrouvée.

— Fouettez-la encore, avait demandé mon père à ses soldats, afin qu'elle se souvienne qu'il est interdit de désobéir à mes ordres. Fouettez-la fort. Que les ecchymoses laissées par ces coups de fouet l'aident à se souvenir qu'elle doit rester à sa place en toutes circonstances.

Une tâche dont ces brutes s'étaient acquittées sans rechigner, et même avec un zèle tout particulier. Et je m'étais défendue, comme je l'avais déjà fait, mais en faisant preuve d'un peu plus de stratégie cette fois. Je m'étais emparée du couteau de l'un des soldats — le dénommé Hugh — et je lui avais entaillé la main.

Malgré cela, j'avais été neutralisée sans trop de difficulté, et punie de plus belle.

J'avais l'impression de ressentir encore la douleur violente qui m'avait été infligée ce jour-là. Ma peau ne portait plus la trace de ces sévices, mais ceux qu'avaient subis mon cœur et mon âme demeuraient, comme toujours. Et les mots prononcés par mon père résonnaient encore en moi.

— Si tu t'entêtes dans ce comportement stupide, tu ne pourras jamais épouser un aristocrate. Ta réputation sera ruinée à jamais. Ton misérable forgeron n'a ni les ressources ni la force pour se battre contre mes hommes. Il n'a pas les moyens de te faire vivre. Tu seras condamnée à une vie d'exil et de pauvreté.

Pour humiliant que fût ce souvenir, je savais que les mises en garde de mon père avaient été assez avisées. Caleb était aussi jeune que moi, et ne s'était jamais entraîné au combat ni au maniement des armes. Il était très doué pour fabriquer des épées, mais pas tout du tout pour s'en servir. Pourtant, je me languissais de lui. Je me languissais de sa douceur, de sa sensibilité. Il était le seul homme que je connaisse dont la présence ne pesait pas sur moi comme une menace.

Tadgh, dont l'insistance et la témérité ne faisaient qu'accentuer le contraste entre ces vigoureux guerriers et mon tendre amour perdu, écarta une longue mèche de mes cheveux pour me dégager l'oreille et se pencha vers moi pour murmurer :

— Vous êtes bien plus belle que vos sœurs. Une vraie merveille.

Je reculai et, choquée, je fixai son visage en silence. Comme c'était grossier de sa part ! Mes sœurs auraient très bien pu entendre. Mais Tadgh sembla amusé par ma réaction, et continua à s'approcher malgré mes tentatives pour conserver mes distances.

— J'avais entendu parler de vous, mais toutes les descriptions qu'on a pu me faire étaient bien en deçà de la vérité. L'effet combiné de votre beauté et de votre caractère sauvage vous a forgé une certaine réputation, vous savez. Certains hommes ici présents sont venus ce soir — parfois de très loin — dans le seul but de voir de leurs propres yeux à quoi peut bien ressembler la mystérieuse Stella Morrison.

Mes joues s'empourprèrent. Etait-ce vrai ? Parlait-on de moi en ces termes ?

Plus que jamais, j'aurais aimé pouvoir me retirer et m'enfermer dans ma chambre sur-le-champ. Mais, si je disparaissais, mon père serait furieux, et la dernière chose dont j'avais envie, c'était de déchaîner une nouvelle fois sa colère et risquer de me faire punir. Je savais que je n'avais d'autre choix que d'accepter les conséquences liées à ma position de fille de chef de clan et d'obéir aux ordres qui m'avaient été donnés. Cette rencontre entre clans, après tout, avait été organisée dans un but précis : trouver à coup sûr un époux pour l'une d'entre nous, Clementine, moi, Maisie, Ann ou Agnes. Mon père était de plus en plus malade, et il vieillissait. Il se murmurait même qu'il commençait à perdre la tête, ce qui, d'après moi, était la pure vérité. Les accusations qu'il proférait étaient de plus en plus absurdes. Le fait qu'il ait cinq filles et deux nièces, mais ni frères, ni fils, ni neveux, ne faisait rien pour l'apaiser, au contraire. Pour aggraver encore la situation, son beau-frère — mon oncle —, qui était censé lui succéder à la tête du clan, avait été tué sur le champ de bataille lors de la rébellion menée par les Campbell l'année précédente.

Donc il revenait à l'une d'entre nous de faire un beau mariage et de fournir un nouveau chef pour administrer notre domaine relativement prospère et commander notre armée qui ne manquait pas d'hommes mais était quelque peu désorganisée. Un mariage avec un Mackenzie scellerait une alliance qui unirait nos forces aux leurs. C'était un point crucial pour mon père, maintenant plus que jamais, depuis que les Campbell menaçaient de reprendre les armes.

Maisie était aussi enthousiaste que notre père au sujet de son mariage potentiel avec Wilkie, dont elle espérait que la nouvelle deviendrait officielle le soir même. Elle se réjouissait que son prétendant soit non seulement noble, riche et talentueux, mais aussi très beau. Les trois frères Mackenzie étaient renommés pour leur courage, leur maniement de l'épée, leurs prouesses militaires et — il fallait bien le dire — leur beauté. Beauté qui permettrait, selon les propres mots de mon père, de « produire » un magnifique héritier. Il était donc pressé de sceller cette union.

Il avait même déjà entamé les pourparlers avec laird Mackenzie concernant le mariage de Maisie et Wilkie.

Mais nous, les autres filles, étions aussi obligées de chercher des hommes possédant de solides références : terres, richesse et alliances militaires devaient figurer en tête de nos critères de sélection. Il faudrait que nos prétendants satisfassent au moins à l'une de ses exigences pour avoir une chance d'être approuvés par notre père. Un Munro plairait à ce dernier, je le savais. De préférence celui d'entre eux à qui devait échoir le titre de chef de clan. Si je me souvenais bien, il devait s'agir de Magnus, et non de Tadgh. Quoi qu'il en soit, je ne pouvais me résoudre à m'intéresser à eux.

— Aimeriez-vous faire un petit tour avec moi, Stella, jusque dans le salon par exemple ? proposa Tadgh. Il paraît que les tapisseries y sont encore plus remarquables.

Il se moquait de moi et je n'étais pas dupe. Nous savions pertinemment tous les deux qu'il n'y avait pas la moindre chance que j'accepte — si je tenais un tant soit peu à ma réputation — d'accompagner quelqu'un comme Tadgh Munro dans un salon désert.

— Merci, mais je ne puis accepter, lui répondis-je, peut-être un peu sèchement.

Bonnie tenta de faire oublier mon impolitesse à l'aide d'un joli sourire et d'un commentaire aimable. Je l'écoutai à peine. J'étais en train de m'accorder un petit instant de répit délicieux. Je pensais à Caleb et aux moments volés que nous avions passés dans la hutte de forgeron où il travaillait. Un jour, je l'avais observé en train de frapper au marteau sur une épée pas encore solidifiée et d'affûter sa lame. Une autre fois, il était en train de fabriquer des chaînes, liant les maillons les uns aux autres pendant qu'ils étaient encore chauds pour les rendre solides et incassables une fois refroidis. « Je dois aller les installer dans les cachots », avait-il dit, et cela m'avait beaucoup impressionnée. Pour travailler comme il le faisait, beaucoup de persévérance et de talent étaient nécessaires, avais-je alors songé, admirative. Même si, avec Caleb, nous n'avions pas passé beaucoup de temps ensemble, ces brefs souvenirs comptaient parmi les plus doux que je possédais.

J'étais tellement absorbée par mes rêveries que je n'avais pas remarqué la foule grandissante qui nous entourait. Lorsque je me tournai, Kade Mackenzie était en train de discuter de façon informelle avec Tadgh, à quelques centimètres à peine de l'endroit où je me tenais. Je fus, je dois l'admettre, totalement captivée par sa vue. Kade Mackenzie était encore plus grand vu de près. Ses épaules étaient carrées et solides. La tunique blanche qu'il portait faisait ressortir les nuances sombres de ses cheveux et sa peau hâlée et tannée au soleil. Il était en tout point conforme à l'image de guerrier sauvage qu'il véhiculait. Ses yeux possédaient une nuance de bleu clair absolument incroyable, un détail que je ne pus m'empêcher de remarquer pendant qu'il regardait mon doigt s'enrouler négligemment autour d'une boucle de mes cheveux. Une expression de calme arrogance animait ses traits fiers, que venait toutefois adoucir la légère fascination qui y transparaissait. Il était vrai que je ne ressemblais pas tellement à mes sœurs. Mes cheveux étaient plus sombres et plus longs que les leurs. Mes yeux étaient plus clairs, d'une couleur presque ambrée, avec des inclusions de jaune assez peu courantes. Je repensai à la remarque déplacée de Tadgh. Et à la réflexion que répétaient souvent mes sœurs pour me taquiner. « Stella, tu as les yeux d'un chat sauvage apeuré et le visage d'un ange déchu. » Les membres de mon clan disaient souvent que, de toutes les sœurs, j'étais celle qui ressemblait le plus à notre mère, même si, personnellement, je ne me souvenais pas d'elle. Elle était morte lorsque je n'avais que trois ans.

Par contraste avec le souvenir de mon tendre Caleb qui m'habitait, et même avec la camaraderie joviale des Munro, la contenance inattendue de Kade Mackenzie paraissait encore plus intimidante et impressionnante. Sa présence semblait se refermer autour de moi et, de façon inexplicable, me serrer à la gorge, comme s'il me privait d'air et de lumière. Vivant recluse et n'ayant jamais fréquenté que mes sœurs et mes cousines, je n'étais pas du tout dans mon élément en compagnie des hommes. Je savais que c'était la raison pour laquelle je préférais la douceur inoffensive de Caleb à la virilité affirmée d'hommes comme Kade Mackenzie. Son charisme solaire envahissait l'espace tout autour de lui et empiétait avec force sur l'ombre formée par le souvenir doux et rassurant de Caleb. Il n'y avait rien de doux ni de rassurant chez Kade Mackenzie. Et c'était la raison pour laquelle je voulais rester le plus loin possible de lui.

Mais j'étais fermement maintenue à ma place par Ann, la plus jeune de mes sœurs avec Agnes, et par ma cousine Bonnie, qui m'avaient chacune prise par un bras, comme si elles avaient deviné mes pensées et voulaient prévenir chez moi toute tentative de fuite.

— Mesdemoiselles, était en train de dire Angus Munro, puis-je remplir vos verres ? C'est une soirée de réjouissances, après tout.

Ann, douce et innocente comme à son habitude, tendit son verre à Angus avec un sourire timide. Angus, tout en jovialité et en expansivité, s'amusait de toute évidence beaucoup en nous servant à boire. Il remplit le verre de Kade, puis le sien, si généreusement qu'il manqua de déborder. Angus regarda Ann avaler une petite gorgée et, malgré mon envie de me retirer dans la paix de notre chambre, je décidai alors de ne pas m'éloigner pour veiller sur ma sœur. La combinaison de la bière coulant à flots, des manières cavalières d'Angus et des regards insistants qu'il adressait à Ann, trop vulnérable, suffit à me convaincre de rester aux côtés de cette dernière.

Et pendant ce temps, alors que des bruits de joyeuse conversation emplissaient la grande salle, où les gens allaient et venaient dans la bonne humeur, le regard froid et prédateur de Kade Mackenzie semblait se poser sur moi bien trop souvent, ce qui me mettait mal à l'aise et me rendait nerveuse. La bière ne faisait rien pour m'apaiser, et j'avais même l'impression qu'elle étirait les minutes jusqu'à les faire durer des heures.

Après que j'eus bu presque un verre entier, ma tête commença à tourner, et je décidai d'aller faire un petit tour dans la charmante courette située à l'autre bout de la grande salle. Laissant Ann sous la surveillance de Clementine, je traversai la pièce où j'avais de plus en plus chaud. Dès que je fus dehors, j'appréciai la caresse de l'air frais de la nuit. Je refermai la porte derrière moi pour m'isoler, juste pour quelques minutes, de l'assemblée bruyante.

Personne ne m'avait suivie. J'avais, pour une fois, échappé à la surveillance des gardes de mon père. Dès que je l'eus compris, j'empruntai une allée éclairée qui, de toute évidence, menait à une petite roseraie bordée d'arbustes et de treillis. Intriguée et rassérénée par cette liberté momentanée, j'avançai de quelques pas supplémentaires — et de quelques autres encore — jusqu'à trouver un banc un peu caché. Heureuse de ma découverte, je m'assis. Je savais que je n'aurais pas dû me trouver seule dans un endroit sombre et isolé comme celui-ci mais, avec le désespoir et la colère qui m'habitaient en ce moment, je commençais à remettre en question tous les principes que l'on m'avait inculqués durant mon enfance. Pour quelques minutes, j'avais envie de faire comme si j'étais libre de mes propres choix, de rêver d'être traitée avec respect, ou même avec amour. Et d'apprécier le simple plaisir d'être seule.

Le parfum des roses, en cette fin d'été, emplissait l'air de son odeur entêtante, et je savourai ce moment de tranquillité. Les dernières semaines avaient été placées sous le signe de l'agitation et de la tristesse, et j'appréciais d'autant plus cet instant de répit dans ce petit havre de paix.

Mais alors, d'un seul coup, une brusque bourrasque souffla toutes les bougies.

L'obscurité devint totale.

Dans le ciel, les étoiles étaient masquées par de gros nuages noirs, et la lune était cachée. Je n'avais que la torche lointaine du manoir pour guider mes pas dans l'obscurité et m'aider à retrouver mon chemin. Je me levai, hésitante, car la tête me tournait encore et, dans ce lieu inconnu, je n'avais aucun repère.

Lorsque mes yeux commencèrent à s'habituer un peu mieux à l'obscurité, j'essayai de m'aventurer dans l'allée sinueuse censée me ramener au manoir. J'avançai d'un pas, les bras tendus devant moi, avec le sentiment d'être quelque peu ridicule. Ma prudence me fit rire. Qu'avais-je donc fait de mon impétuosité ? me demandai-je, amusée. Le bruit de mon propre rire résonna autour de moi un moment ; c'était un son que je n'avais pas entendu depuis longtemps. Si j'avais eu des dispositions pour l'aventure et l'exploration quand j'étais enfant, cette tendance avait été totalement étouffée et éradiquée par la tyrannie de mon père. S'il avait pu me voir en ce moment même, il m'aurait sans aucun doute encore frappée. Mais j'étais seule, et ce petit défi m'emplissait de satisfaction.

Soudain, je cessai de rire. Un frisson me parcourut la nuque. *Quelqu'un se trouvait là, avec moi.* Je ne le voyais pas, mais j'en étais certaine. Aussitôt, mes sens se mirent en alerte.

J'entendis des pas lourds.

Puis je distinguai les contours d'une haute silhouette.

Un homme, très certainement.

Un homme très grand, tout en muscles.

Mon cœur se mit à cogner à tout rompre dans ma poitrine et je fis malgré moi un pas en avant, comme si mes jambes avaient l'intention de fuir, avec mon accord ou non. Mais l'obscurité, l'irrégularité du sol et mon manque d'équilibre me jouèrent un mauvais tour, et j'aurais trébuché et sans doute chuté si une main ne m'avait pas rattrapée.

Je devinai la force d'airain retenue derrière ce contact doux et bienveillant. L'odeur de cet inconnu me caressa les narines — une odeur qui m'était étrangère, car profondément masculine, et qui évoquait le bois, le cuir et la fumée.

— Je ne vous ferai aucun mal, dit-il tout bas.

Dans sa voix, je détectai de la sincérité, un sens de l'honneur certain, et une réelle volonté de me rassurer. Ses mots dissipèrent mes craintes. Sans savoir vraiment pourquoi, je le crus.

Il m'aida à me rétablir sur mes pieds, et je fus surprise de trouver ce geste protecteur plus engageant que menaçant, surtout dans une telle obscurité. C'était comme un ancrage, sûr et calme, qu'il m'offrait dans le tumulte de la nuit.

Je dus reconnaître qu'au fond de moi j'appréciais cette rencontre imprévue et illicite. Je n'avais pas peur, depuis que la voix de l'inconnu m'avait rassurée. Et je me sentais attirée, sans que je puisse l'expliquer, par son odeur épicée et entêtante.

Il ne me lâcha pas le bras et m'attira tout près de lui, contre son corps chaud et ferme. Un corps sombre, invisible, presque spectral. Pourtant l'impression de solidité qui se dégageait de lui avait quelque chose de rassurant. C'était un réconfort fortuit et totalement imprévu, que je n'aurais pu trouver ailleurs que dans ce jardin caché, loin du bruit et de la lumière. C'était comme si, pour un court instant, nous avions tous deux échappé à la réalité dont ne nous parvenait, dans le lointain, qu'un vague murmure.

L'inconnu passa sans bruit son bras autour de moi et je sentis la caresse soyeuse de ses cheveux dans mon cou. L'intimité de ce doux contact me coupa le souffle et me remua au plus profond de mon être, comme jamais cela ne m'était arrivé auparavant.

Puis, sous la sombre couverture d'un ciel sans lune, les lèvres entrouvertes de l'inconnu touchèrent les miennes, les effleurant d'abord lentement avant de s'y poser avec douceur mais autorité. Mon esprit se retrouva comme vidé, et mes genoux vacillèrent, mais l'inconnu me serrait si fort que cela n'eut aucune conséquence. La douce exploration de sa langue, curieuse et insistante, faisait naître en moi des bouffées de chaleur intense qui se propageaient dans tout mon corps. Le goût de ce baiser, si inattendu, si agréable, m'invitait à m'ouvrir, à me laisser faire, et même à participer en retour à cette rencontre extraordinaire.

Mon timide et innocent Caleb ne m'avait embrassée qu'une seule fois, mais c'était à peine s'il avait effleuré mes lèvres. Cette fois, c'était quelque chose d'entièrement différent. Il n'y avait rien de timide ni d'innocent dans ce baiser, qui m'emmenait vers des contrées où, si je n'avais pas perdu la raison à ce moment-là, je n'aurais jamais osé m'aventurer. Une sensation brute et sauvage s'insinua au plus profond de moi alors que le baiser de l'inconnu devenait de plus en plus intense. Il tenait mon menton avec une douceur et une attention infinies. Le peu de retenue qu'il me restait fut balayé par le désir soudain et violent qui s'était emparé de moi. Les effets de ce contact intime migrèrent jusqu'aux pointes de mes seins et mon entrejambe, gagnés par une chaleur d'une intensité croissante. Je voulais sa bouche sur ma peau, partout, et je voulais que ses mains m'agrippent avec toute la promesse de leur force à la fois douce et brutale. Je voulais me perdre totalement en cet inconnu, me laisser imprégner par lui. J'étais comme sous l'effet d'une drogue.

Mais soudain, venue de très loin, une voix s'éleva. Quelqu'un m'appelait.

Une fois, puis deux.

C'était la voix d'Ann. Et cela suffit à me faire revenir à la réalité.

Lentement, comme à contrecœur, l'étranger recula.

Aussitôt, les regrets m'étreignirent. Et ces regrets — à ma plus grande stupéfaction — ne concernaient pas ce que j'avais fait avec mon mystérieux soupirant, mais ce que je n'avais *pas* fait. La puissance qu'il dégageait m'avait totalement captivée, et je ne pouvais me résoudre à être privée de lui. J'en voulais davantage. Je voulais qu'il m'embrasse encore, je voulais qu'il apaise et comble le désir brûlant qu'il avait fait naître en moi.

Là, sous ce ciel nocturne chargé et sous l'emprise de ce mystérieux inconnu dont l'étreinte avait laissé une trace indélébile dans ma chair, j'eus l'impression déconcertante d'avoir changé. J'eus l'impression que cet endroit et ce baiser me hanteraient à jamais. Que rien ne pourrait jamais me satisfaire, à moins de ressembler à ce que je venais de vivre avec lui. Toujours, et sans répit, je rechercherais la beauté de ce moment d'intimité volé et interdit.

Si c'était à cela que ressemblait la rébellion, alors j'allais persister dans cette voie.

Les appels lointains continuaient.

Ma raison insistait pour que je m'éloigne de l'inconnu et que je me hâte de regagner le manoir. Pourtant, je ne pouvais m'y résoudre. Qui était-il ? Le retrouverais-je un jour ? Serais-je un jour de nouveau caressée, serrée dans ses bras, embrassée par lui ? Sentirais-je encore tout contre moi les battements de son cœur et sa chaleur enivrante ?

L'inconnu bougea, et parla enfin. Les intonations rauques de sa voix douce et profonde pénétrèrent en moi et embrasèrent les parties les plus intimes de mon être. J'aurais pu faire tout ce que cette voix me demandait.

Tout.

— Accrochez-vous à moi, dit-il. Je vais vous emmener.

Pendant un bref instant, une excitation intense s'empara de

moi, avant que je ne comprenne ce qu'il avait voulu dire : il allait me raccompagner au manoir.

Il avait passé son bras musclé autour de moi, et m'enveloppait de son odeur virile et épicée. Je m'accrochai à ses vêtements, et passai même mes bras autour de sa taille. Je sentais la fermeté et la chaleur de son corps même à travers les différentes épaisseurs de tissu qu'il portait, et essayai d'imaginer le contact de sa peau sous ma main. Mes doigts se refermèrent autour du cuir de sa ceinture, et rencontrèrent le manche en os du grand couteau qui y était accroché.

Il se mit en route. Il avait le pied sûr, même dans l'obscurité, et il se dirigeait sans la moindre difficulté. Puis il s'arrêta. Nous nous trouvions encore à une certaine distance de la cour, mais l'allée commençait à être légèrement visible. Il me lâcha avec précaution, comme s'il voulait être sûr que, sans son soutien, je ne perde pas l'équilibre. Privée d'un coup de la chaleur de son corps, je reçus de plein fouet la morsure froide et piquante de l'air nocturne.

L'inconnu se tenait bien droit dans l'obscurité, et je ne le voyais pas mieux qu'auparavant. Il n'était toujours qu'une silhouette massive et sombre. Il approcha sa bouche de mon oreille, et murmura :

— Je n'ai pas fini de goûter à vous, Stella. Je suis loin d'être repu. Je vous veux tout à moi.

Puis il disparut.

2

Aussi bouleversée par le départ soudain de l'inconnu que je l'avais été par son apparition et par tout ce qui venait de se passer, je regagnai la cour d'un pas hésitant. Ann, Agnes et Bonnie s'y trouvaient, et elles se précipitèrent vers moi dès que j'apparus dans la lumière.

— Stella ! s'exclama Ann. Que s'est-il passé ? Nous t'avons appelée et cherchée partout. Où avais-tu disparu ?

Je me lissai les cheveux, en espérant paraître un peu plus sage et innocente que j'avais l'impression de l'être.

— Pas la peine de vous inquiéter, répondis-je sur un ton léger et détaché. Je suis allée faire un petit tour dans le jardin, c'est tout.

Elles me regardèrent toutes trois, car elles savaient très bien que ce genre d'escapades nous était interdit, surtout lorsque nous étions seules et qu'il faisait nuit. Leurs regards s'attardèrent sur mes joues embrasées, mes cheveux décoiffés, mes yeux grands ouverts. Par bonheur, elles ne pouvaient détecter les changements plus profonds qui venaient de s'opérer en moi — ou, du moins, je l'espérais.

— Mais pourquoi donc ? demanda Agnes.

— J'avais besoin d'un peu d'air frais. Je me suis aventurée trop loin, et le vent a soufflé toutes les bougies. Cela m'a pris un peu de temps pour retrouver mon chemin, c'est tout. A part cela, tout va bien.

— On dirait que tu as vu un fantôme, répliqua Bonnie en

me ramenant à l'intérieur, où je fus assaillie par le bruit et la lumière, auxquels je n'étais plus habituée.

Pas un fantôme, non. Une apparition, plutôt.

Une apparition qui — je m'en rendais compte seulement maintenant — me connaissait. Il m'avait appelée par mon prénom. Ce détail avait son importance. Savait-il qui j'étais, avant même que mes sœurs ne m'appellent ? Il avait dit qu'il voulait me revoir, me retrouver, ou plutôt me « goûter » encore. J'espérais de toutes mes forces que ses souhaits se réaliseraient.

Mais, alors que je venais de retrouver la compagnie familière de mes sœurs et cousines, et au milieu des rires, des bruits et de la lumière, ma rencontre avec ce mystérieux inconnu me semblait déjà irréelle. N'avait-il été que le fruit de mon imagination romantique et exaltée ? Je l'avais peut-être rêvé, en réponse à ma récente peine de cœur. Ce n'était pas improbable, même si je sentais toujours son goût sur ma langue et les effets de son étreinte au plus profond de mon être. Je savais aussi que ce souvenir — réel ou non — n'avait rien à voir avec Caleb. Cet homme — ou cette apparition — était trop différent, à tous les points de vue. Déjà le visage de Caleb commençait à s'estomper dans ma mémoire. Avec force, la silhouette haute et large de l'inconnu accaparait mon esprit. Cela me gênait de le reconnaître, mais... sa force contenue, son odeur enivrante : ces détails suffisaient à causer chez moi un émoi qui me donnait envie de gémir.

Que m'arrivait-il donc ? Etais-je arrivée à un point où les humiliations et les brimades infligées par un père trop autoritaire m'étaient devenues insupportables ? Etait-ce ma façon d'y réagir ? Déjà, je me languissais de cet inconnu, je ne le sentais que trop bien. Je mourais d'envie de courir vers le petit jardin secret et de le rappeler à moi.

A la place, j'inspirai profondément et tentai de me calmer. Les élans de passion et l'emportement étaient interdits dans notre famille. Seuls étaient tolérés de légers débordements... s'ils pouvaient nous permettre de nous faire remarquer par d'éventuels futurs époux bien nés et fortunés. En dehors de cela, la décence, l'obéissance, la soumission et la réserve devaient être nos mots d'ordre. Et, dans l'ensemble, j'avais toujours tenu mon rôle avec constance et abnégation. Jusqu'ici, tout était assez prévisible et sans risque dans ma vie. Je me conduisais comme l'on s'attendait que je me conduise, ou plutôt comme l'on me forçait à me conduire, même si mon cœur remettait en question les ordres que je recevais. Pourquoi ressentais-je en ce moment même le besoin de m'échapper, de courir, de hurler, et d'embrasser ce mystérieux inconnu ? Je l'ignorais… La stabilité de mon univers semblait donner des signes de faiblesse et, sous mes pieds, le tremblement de terre couvait.

Non sans effort, une fois que nous fûmes de retour dans la grande salle, je repris ma place dans le cercle formé par mes sœurs. J'avalai une grande gorgée d'eau fraîche qui me fit le plus grand bien. Cependant, je me sentais toujours agitée. Sans répit, mes yeux balayaient la foule, scrutateurs et pleins d'espoir. *Se trouvait-il dans cette pièce ?* C'était fort possible. Je passai tous les hommes en revue. Mais aucun d'entre eux ne me semblait être le bon. Pis, presque tous les hommes présents dans l'assemblée portaient une ceinture à laquelle était accroché un couteau. J'étais bien avancée ! Ces hommes étaient des guerriers. Les couteaux et les épées n'étaient pas seulement des armes pour eux, ils faisaient partie intégrante de leur vie. Indispensable, leur présence était à la fois une façon de se rassurer et l'affirmation d'un mode de vie. Si je voulais retrouver mon beau fantôme, il me faudrait disposer d'un peu plus d'indices que d'une ceinture avec un couteau et une silhouette haute et large. Autrement dit, je n'étais pas au bout de mes peines.

Pourtant, mes yeux continuaient de vagabonder.

Je fus distraite par Maisie lorsqu'elle revint parmi notre groupe, accompagnée de Wilkie, dont elle tenait fermement le bras. C'était la première fois que je rencontrais Wilkie. Et, même si je ne le connaissais pas, il me parut tendu. L'expression de son visage était agitée, comme si ses préoccupations étaient ailleurs. L'attention insistante que Maisie lui portait ne semblait pas l'atteindre, mais ma sœur ne se laissa pas décourager, et j'admirai sa persévérance. Elle le couvait des yeux et flirtait avec lui, en lui effleurant les cheveux et le visage. Elle continua ainsi jusqu'à ce qu'il s'apaise un peu. J'étais si fascinée par ce spectacle que je ne remarquai pas tout de suite que quelqu'un me parlait. Et ma stupeur fut totale lorsque je vis de qui il s'agissait.

— Vous amusez-vous bien, mademoiselle Morrison ?

La voix de Kade Mackenzie était grave et empreinte d'une énergie sombre et brute. Bien sûr, je ne pus m'empêcher de jauger sa carrure et sa taille, pour les comparer à celles de mon mystérieux inconnu, dont le souvenir était encore très vivace. Mais il me parut trop grand. Et ses mouvements trop rapides.

Cela ne pouvait être lui, j'en étais certaine. Son odeur, diluée dans celle de la foule, n'était pas tout à fait celle qui m'avait troublée quelques minutes plus tôt. Et il ne m'avait pas appelée par mon prénom. Il ne le connaissait sans doute pas.

Au lieu du calme enveloppant que j'avais ressenti lors de mon étreinte avec l'inconnu, et malgré l'ambiance détendue et festive qui régnait tout autour de nous, l'atmosphère se chargea d'un coup, comme s'il fallait y voir un signe ou un avertissement à peine voilé. Si près de lui, je sentais de façon encore plus virulente que Kade était quelqu'un d'imprévisible. La lueur qui brillait dans ses yeux semblait me donner raison, mais elle suggérait également qu'il saisissait sans peine le trouble qui m'agitait. De nouveau, j'eus envie de m'enfuir quelque part, n'importe où, aussi vite que possible. Mais ce fut son attitude légèrement provocatrice qui m'empêcha de m'en aller. J'étais un peu agacée par la pose moqueuse qu'il affichait, comme s'il trouvait amusant de me mettre mal à l'aise.

Il m'avait posé une question, et attendait ma réponse. Je dus me concentrer un moment pour m'en souvenir. Il s'agissait d'une simple amabilité, sans plus de signification que cela. « Vous amusez-vous bien, mademoiselle Morrison ? » Par politesse, j'aurais dû mentir, d'autant plus que c'était sa famille qui avait organisé cette soirée. Au lieu de cela, je m'entendis répondre :

— Pas particulièrement.

Kade Mackenzie sourit, mais à peine, de ma réponse. Et, à ce moment précis, cela me frappa que, si c'était Wilkie Mackenzie qui était célèbre pour sa beauté, Kade avait des traits tout aussi remarquables. Son physique était simplement trop complexe pour qu'on puisse le qualifier de beau au sens classique du terme.

Il y avait néanmoins chez lui une profondeur, un mystère et un côté obscur assez fascinants.

— Elle a le visage d'un ange, déclara-t-il, un corps à faire pleurer le plus valeureux des soldats, un cran intérieur qui transparaît à l'extérieur, des réflexes vifs comme l'éclair — si ce que l'on dit est vrai — et pourtant ses manières laissent quelque peu à désirer. Comme c'est intéressant. Je dois l'avouer, je ne m'attendais pas tout à fait à cela de votre part.

Malgré mes réserves, je souris presque, à la fois piquée au vif et flattée par sa description. Je ne pus m'empêcher de poser la question :

— Et à quoi vous attendiez-vous ?

Le fait qu'il s'attende à quelque chose venant de moi semblait confirmer que Kade Mackenzie ne m'avait pas abordée par hasard. Je ne savais trop qu'en penser. Une légère appréhension s'empara de moi. Dans mon état actuel, j'allais avoir du mal à faire face aux assauts de ce spécimen de mâle plutôt tenace.

Il prit un moment pour répondre et, lorsqu'il ouvrit la bouche, je *reconnus* ses intonations rauques et sombres. Curieusement, il y avait quelque chose de rassurant dans ce timbre calme et grave, et qui n'était pas si différent du murmure étouffé de mon mystérieux inconnu lorsqu'il m'avait déclaré : « Je vais vous emmener. »

— Je m'attendais à rencontrer une héritière un peu empruntée et plus ou moins agréable, avec une tendance à l'insolence. L'insolence, c'est assez vrai. Héritière, oui, même si la fortune en question semble avoir été largement surestimée. En ce qui concerne le reste des idées que je m'étais faites sur vous, je peux vous assurer que je m'étais trompé. Lourdement, même.

Je ne pus que le fixer sans rien dire, prise de court par ses confessions. Il pouvait tout aussi bien m'avoir fait un très beau compliment que m'avoir insultée. Comment savoir ? Quoi qu'il eût voulu dire, cependant, il était assez clair qu'il prenait beaucoup de plaisir à essayer de me déstabiliser. Et il était tout près d'y arriver. Mais j'avais déjà suffisamment de tracas en ce moment, alors je décidai de ne pas lui donner cette satisfaction.

— Si vous me trouvez empruntée et insolente, alors peut-être devriez-vous aller faire la conversation à quelqu'un qui vous est plus agréable.

Cette fois, il sourit franchement, découvrant ses dents blanches qui tranchaient avec le miroitement bronze de son visage et avec la noirceur de ses cheveux. Il croisa les bras sur son large torse et appuya une épaule contre le mur de pierre dans un mouvement nonchalant et insouciant qui souligna un peu plus son arrogance étincelante et sa confiance tranquille. Il y avait en lui un étrange mélange de provocation, d'audace et d'impulsivité, qui causait chez moi un frisson d'angoisse duquel je n'étais pas coutumière. Ses yeux ne cessèrent pas un seul instant de me fixer.

— Au contraire, je trouve l'insolence chez les femmes très intéressante. Il s'avère que c'est un travers auquel je suis capable de remédier dans presque tous les cas. Et, si vous aviez été un peu attentive, vous auriez compris que je vous trouve le contraire de désagréable. D'autres adjectifs me viennent à l'esprit pour vous décrire, oui, mais même ceux-ci semblent un pâle reflet de la réalité. Accordez-moi une minute pour trouver quelque chose de plus précis.

J'avais envie de lui demander quels étaient ces fameux adjectifs, bien sûr, mais je voyais bien qu'il jouait avec moi, et s'attendait que, cédant à la curiosité, je le presse de questions. Alors je m'abstins, et le regardai scruter mon visage. De façon déconcertante, les effets de ses remarques et de son sourire s'insinuèrent en moi, où se répercutait encore ma rencontre empreinte de sensualité et de mystère avec l'inconnu du jardin. De toutes mes forces, je tentai de penser à autre chose, d'étouffer ou d'ignorer la chaleur et le léger picotement qui avaient envahi les parties les plus intimes de mon être. Mais mon corps en avait décidé autrement. Mes joues s'empourprèrent et ma respiration s'accéléra, et je m'empressai de détourner le regard. Je devais être en train de devenir folle. Je pris une grande inspiration, pour ne pas m'enflammer sous la chaleur de ses attentions brûlantes.

— Vous rendrais-je nerveuse ? demanda-t-il à voix basse, un imperceptible sourire au coin des lèvres.

— Non, bien sûr que non, m'empressai-je de répondre sur un ton indigné — mais j'étais presque à bout de souffle.

J'osai lui adresser un petit regard. Je voulais me libérer de son emprise, mais je n'y parvenais pas. Sans que je puisse l'expliquer, sa présence pleine d'assurance m'emplissait tout à la fois de regrets et de souhaits dont je ne saisissais pas bien l'objet, même s'ils n'en étaient pas moins bien réels. Son attitude semblait concentrer et mettre en lumière tout ce à quoi j'avais aspiré dans ma vie mais que je n'avais jamais pu atteindre, soit à cause des circonstances, soit par peur. La liberté. Le choix. L'amour. Le véritable bonheur. Je ne comprenais pas comment ce rude étranger était capable de susciter des sentiments aussi profonds en moi — d'autant plus qu'ils avaient toujours été enfouis et refoulés. C'était un peu comme s'il possédait la clé qui donnait accès à des recoins de mon âme que même moi je n'avais jamais explorés. Kade Mackenzie me faisait peur, oui, mais ce n'était pas tout. L'effet qu'il produisait sur moi était réel, comme si sa propre témérité déteignait sur moi et me montrait la voie. Sous le poids de son regard et de l'attention qu'il me portait, je sentais que je perdais le contrôle de moi-même et de la situation.

— Il se peut aussi que je vous affecte d'une tout autre façon, suggéra-t-il, en se penchant vers moi. Peut-être ressentez-vous un titillement aussi viscéral qu'inattendu qui, en ce moment précis, menace de faire céder vos défenses ?

Comment pouvait-il savoir cela ?

Ce n'était pas contre lui que je ressentais le besoin de me défendre, tentai-je de me rassurer. J'étais bouleversée par la rencontre que je venais de faire dans le jardin. Les effets de l'alcool que j'avais bu ne s'étaient pas encore dissipés, ou bien c'était l'air de la nuit qui m'avait grisée.

Kade poursuivit, de sa voix basse qui ne s'adressait qu'à moi. J'observai son visage énigmatique et angélique pendant qu'il me parlait, avec une fascination que je ne parvenais pas à dominer.

— Et ce n'est pas tout, je parie. N'est-ce pas ? Vous éprouvez comme une soif toute neuve mais néanmoins incontrôlable et impossible à étancher. Une soif qui est apparue dès que vous m'avez vu.

— Vous vous surestimez, lui rétorquai-je avec empressement, en espérant mettre fin à cette conversation le plus vite possible.

Je me moquais bien de me montrer impolie. J'aurais fait n'importe quoi pour retrouver mon calme et m'empêcher de faire quelque chose de terriblement déplacé — comme prendre Kade Mackenzie par la main pour l'emmener dans une alcôve isolée. Comme le laisser s'emparer pour de bon de moi et me libérer de la manière dont il l'entendait. Mais, je le savais bien, en faisant cela, je n'aurais fait qu'essayer de recréer la magie de ma rencontre illicite avec le mystérieux inconnu du jardin. Quoi qu'il en soit, je croisai fermement les mains dans mon dos et me persuadai de ne jamais les tendre vers les boucles épaisses de ses cheveux brillant de mille et une sombres nuances, qui retombaient en folles cascades jusqu'à ses épaules et qui m'attiraient pourtant d'une manière irrésistible.

Il jouait avec moi, abusant de son charme, sûr de sa beauté — beauté à laquelle j'étais bien décidée à rester insensible.

Les yeux perçants de Kade, comme s'ils étaient capables de voir dans mes pensées et d'y trouver des raisons de croire qu'elles étaient tournées vers lui, donnaient l'impression qu'il éprouvait la même agitation que moi. On aurait dit qu'à tout moment il était sur le point soit de se jeter sur moi, soit de céder à la colère, soit de vouloir se battre. Ces trois perspectives m'effrayaient pareillement. Et, même si j'avais cru voir comme une lueur d'amusement chez lui qui m'avait surprise et attirée bien malgré moi, mon désir le plus pressant était de fuir loin de lui, et vite. Il était trop insistant, trop fougueux, trop confiant, trop masculin, trop *tout*.

Heureusement, un incident provoqua la dispersion de notre petit groupe. Wilkie était en train de causer une scène. Pendant que j'étais distraite ailleurs, il avait échappé à l'emprise de Maisie. Il se trouvait déjà à une certaine distance de nous, et serrait le bras d'Angus Munro d'une poigne de fer avec, sur le visage, une expression de pure rage. Et l'autre bras de Wilkie serrait avec possessivité une jeune femme que je ne reconnus pas. Elle possédait des cheveux d'un blond très clair et des yeux dont la couleur verte me frappa malgré la distance qui nous séparait, deux caractéristiques qui ne se retrouvaient ni chez les Munro ni chez les Mackenzie. Elle paraissait étrangère, presque exotique, et elle était — il fallait bien le dire — d'une beauté renversante. Je ne pus m'empêcher de m'émerveiller devant la pâleur miroitante de son teint et de ses cheveux, mise en valeur non seulement par les tons rose pastel de sa robe, mais également, par contraste, par les cheveux noirs de Wilkie et par ses yeux orageux. Sans pudeur, le corps menu de la nouvelle venue était serré contre celui de Wilkie, et son visage, levé vers lui, exprimait l'adoration la plus absolue.

Wilkie finit par relâcher Angus et il le repoussa. Ce dernier s'éloigna et alla se réfugier près du buffet, tout en se massant le poignet. Et toutes les questions que la foule pouvait se poser au sujet de cette jeune femme blonde se lisaient sur le visage de Maisie. Qui était-elle ? Et pourquoi Wilkie la serrait-il de cette façon avec, dans les yeux, un mélange de colère, d'angoisse, et... d'amour ?

Avant que quelqu'un ait le temps de formuler ces interrogations, et sans se retourner une seule fois, Wilkie disparut avec sa captive consentante en haut du grand escalier du manoir des Mackenzie.

Maisie ne fut pas la seule à être bouleversée par le tour inattendu qu'avaient pris les événements. La profondeur des liens qui unissaient Wilkie et cette mystérieuse inconnue était évidente pour tout le monde. Et, même si personne ne savait comment interpréter la scène qui venait de se jouer sous nos yeux, j'avais le pressentiment qu'elle serait lourde de conséquences pour Wilkie, pour Maisie, mais également pour moi. Comme pour aiguiser mes angoisses, Kade Mackenzie posa sur moi un regard perçant et tourmenté d'une rare intensité, dans lequel je pus lire la confirmation de mes pires craintes.

3

J'étais en train de rêver. J'en avais bien conscience alors même que j'étais en train de me laisser glisser dans une douce et réconfortante torpeur. Caleb me tendait sa main fraîche, légère et accueillante. Il m'aidait à descendre de l'attelage, en me serrant contre son corps mince et chaud, et s'empressait de me conduire vers une écurie située au fond d'une ruelle. Les bruits de la ville emplissaient la nuit gorgée de pluie : des voix d'hommes, le pas régulier et sonore d'un cheval sur les pavés, le rire d'une femme dans le lointain, quelques notes de luth assourdies. J'éprouvais un grand soulagement de me retrouver dans cet abri rempli de paille, même s'il sentait le charbon et l'humidité. Caleb essuyait les mèches mouillées qui retombaient devant mon visage.

— Ce n'est pas le grand luxe, déclarait-il, mais nous sommes à l'abri de la pluie. Et ensemble. C'est tout ce qui compte.

Mais, bientôt, des silhouettes trapues surgissaient des ombres qui nous entouraient, et fondaient sur Caleb, pour l'encercler. Je reconnaissais l'un de nos assaillants à son attitude prédatrice et au scintillement diabolique de ses yeux bleus. Il brandissait fièrement ses armes or et argent, dont l'éclat vif transperçait la nuit. Une fascination inattendue et dérangeante pour le danger qu'il représentait me saisissait et laissait sur mon corps comme une caresse légère et sensuelle. Mais cette promesse de plaisir était empreinte d'une insondable obscurité.

Je m'enfuyais, tentant de me cacher, et je trouvais refuge dans un jardin clos hors de l'enchevêtrement de ruelles. J'étais réconfortée par l'air de la campagne et par la brise chaude chargée d'un délicieux parfum de rose. Je savais qu'il était là. Je le sentais avant de le voir. Il m'était revenu, mon fantôme, comme je savais qu'il le ferait, pour venir me chercher et me mettre à l'abri. Il m'attirait à lui, pour me serrer dans une étreinte fiévreuse, jusqu'à ce que je ne ressente plus rien d'autre que son contact. Ses longs doigts se posaient sur mon visage. Sa bouche prenait la mienne pour déposer sur mes lèvres un baiser doux et presque suppliant, et j'étais transformée. J'étais devenue une coquille vide à remplir, et je tremblais d'un désir primaire et dévorant. Ses mains fortes et masculines parcouraient mon corps, nourrissant le feu que j'étais devenue. Les vagues montaient, léchaient tous les endroits où il me caressait, j'étais en train de succomber, de mourir de plaisir, et mes désirs les plus intimes et secrets étaient sur le point d'être comblés...

— Stella.

... tout près...

— Stella.

C'était la voix de Bonnie. Et celle d'Ann. Elles me secouaient.

Lorsque j'ouvris les yeux, je les vis penchées au-dessus de moi, qui me regardaient toutes deux avec un mélange d'inquiétude et d'amusement.

— Stella. Réveille-toi.

Alors que mon rêve se dissipait, je remarquai que mes draps étaient entortillés autour de mes jambes. Ma peau était baignée d'un léger voile de sueur. Ma chemise de nuit était relevée et cachait à peine mon corps. L'élancement brûlant né de mon rêve était en train de disparaître, me laissant insatisfaite et comme abandonnée.

— De quoi rêvais-tu ? demanda Ann, les yeux brillants de curiosité.

— Tu gémissais et tu implorais, ajouta Bonnie avec la même fascination. De *qui* rêvais-tu, dis-moi ?

Je me redressai.

— Est-ce que tout va bien, Stella ? demanda Ann en caressant mes cheveux en désordre.

Parmi mes sœurs, c'était Ann, avec ses yeux marron pleins

de gentillesse et son cœur généreux, qui comprenait le mieux mes tourments. Sa compassion était sans limites. De nous toutes, c'était elle qui possédait les cheveux les plus clairs, et ils retombaient en grosses boucles autour de son visage. Les légères touches de rose qui lui coloraient les joues lui donnaient une apparence fraîche et juvénile. Elle était encline, de caractère, à l'innocence et à la naïveté, des caractéristiques qui la faisaient paraître plus jeune encore que ses dix-huit ans. Sa douceur et sa sollicitude me firent presque monter les larmes aux yeux, après la confusion que ce rêve avait semée en moi. Je lui tins la main pendant un moment, avant de remettre ma chemise de nuit en place et de me lever.

— Tout va bien. Ce n'était qu'un rêve. Où sont les autres ? demandai-je, bien consciente qu'il manquait plusieurs de mes sœurs et cousines.

— Elles sont allées voir les hommes. Il y a une espèce de tournoi en ce moment.

— Pourquoi n'êtes-vous pas avec elles ?

Je savais que l'amoureux secret de Bonnie, Jamie, faisait partie des soldats qui nous avaient accompagnées, car il venait d'être promu au rang de sous-officier. Bonnie, bien qu'âgée d'un an de moins que moi, possédait une nature aventureuse, et, par son attitude, passait facilement pour plus expérimentée que nous. Le fait d'être les nièces plutôt que les filles du chef de notre clan avait donné à Bonnie et à sa sœur Lottie une liberté qui nous faisait défaut. Même si elles n'étaient pas autorisées à se marier avant que l'une d'entre nous au moins ait trouvé un bon parti, elles échappaient en grande partie à la tyrannie de mon père. C'était un privilège qu'il nous réservait. Et Bonnie, en particulier, profitait pleinement de sa situation. Elle prenait des risques que jamais nous n'aurions osé prendre. Je savais, pour commencer, qu'elle s'enfuyait souvent par la fenêtre de sa chambre la nuit, en descendant le long du treillage sur lequel poussait un pied de lierre bien fourni, pour rejoindre en cachette Jamie aux écuries.

— Nous attendions que tu te réveilles, déclara Bonnie.

Bonnie et Ann m'aidèrent à m'habiller, et me brossèrent les cheveux pour qu'ils reprennent une apparence à peu près ordonnée après cette nuit agitée. Je portais une robe vert émeraude et un collier en or qui me caractérisait autant que les mèches de mes cheveux ou la couleur ambre clair de mes yeux. Dans un élan de générosité dont je n'avais personnellement jamais été témoin, mon père avait offert un bijou à ma mère à la naissance de chacune de ses cinq filles. Elle était morte lorsque nous étions encore très jeunes, et chacune de nous avait hérité du bijou correspondant à sa mise au monde. L'année de ma naissance avait dû être particulièrement prospère, car mes sœurs étaient toutes d'accord pour reconnaître que mon cadeau était le plus précieux de tous. Il s'agissait d'une chaîne constituée de petits maillons très simples en or rose martelé, si longue que je pouvais la passer au-dessus de ma tête pour l'enlever si je le voulais. Mais je ne la quittais pratiquement jamais et je la portais comme un talisman et pour rendre hommage à ma mère disparue. Ce collier m'aidait aussi à me souvenir qu'un jour mon père avait été aimant, et même suffisamment pour offrir des cadeaux luxueux et pleins d'attentions. Je me demandais souvent s'il avait adoré ma mère au point d'épuiser toutes ses réserves d'amour, car il ne semblait plus en avoir beaucoup pour nous. La mort de celle-ci avait transformé l'amour qu'avait pu éprouver mon père en un sentiment qui s'apparentait à de l'amertume, comme s'il nous en tenait pour responsables. Et c'était vers moi, celle qui ressemblait le plus à notre mère par le physique et le caractère, que semblait se tourner l'essentiel de son ire vengeresse. Il en voulait à notre mère de l'avoir quitté. Il nous en voulait de lui avoir, en quelque sorte, volé la vie. A moi seule, j'incarnais tout son ressentiment, qui s'était accru d'année en année.

Nous traversâmes les couloirs du manoir des Mackenzie, qui, si l'on se fiait à la propreté et à la grande beauté de la décoration, semblait entretenu avec un soin tout particulier. Partout, j'admirais l'attention portée à chaque détail.

Notre propre domaine, il fallait bien le dire, ne faisait pas l'objet de soins si méticuleux. Le cas de Kinloch devait être une exception. A tous les postes, les domestiques des Mackenzie semblaient non seulement tout dévoués à leur tâche, mais aussi prendre du plaisir et même s'amuser. Nous passâmes devant plusieurs servantes qui étaient en train de rire pendant qu'elles cherchaient le meilleur emplacement pour un bouquet de fleurs, clairement ravies de travailler ensemble et sans être brimées.

Puis, alors que nous longions un jardin pittoresque pour rejoindre le terrain d'entraînement, nous nous arrêtâmes afin de regarder l'un des jardiniers en pleine démonstration. Il était en train d'expliquer le fonctionnement d'un nouveau système d'irrigation très bien pensé, et nous fûmes toutes les trois gagnées par son enthousiasme, tout comme les autres jardiniers qui l'écoutaient.

J'ai rarement eu l'occasion d'observer ce type de camaraderie chez nos domestiques. Pourquoi une telle différence ? Les contremaîtres de mon père supervisaient l'ensemble de notre domaine, aussi bien le manoir lui-même que ses extérieurs. Il n'avait pas songé à confier ces tâches à ses filles, une remarque que je ne m'étais jamais faite jusqu'alors. Mon père nous tenait beaucoup trop à l'écart de tout, peut-être, ou bien il ne nous jugeait pas capables de veiller au bon fonctionnement de la vie du manoir. En fait nous avions peu de choses à faire et, la plupart du temps, nous nous trouvions désœuvrées. Alors que j'observais ce jardinier affable et inventif, je réprimai un soupir. Oui, il devait être agréable de trouver une telle satisfaction dans son travail et d'avoir l'impression d'être vraiment utile à quelque chose.

Après les récents événements, je n'aurais jamais osé aborder un autre sujet avec mon père que celui du mariage — avec un noble jeune homme, cela va sans dire —, mais il m'apparut soudain que je pouvais peut-être essayer avec Maisie. Si son désir d'épouser Wilkie était exaucé, elle deviendrait la nouvelle maîtresse de Glenlochie. Elle aurait son mot à dire dans les affaires du clan, et serait ainsi à même — si Wilkie le permettait — de nous autoriser certaines libertés. Peut-être davantage que nous n'en avions jamais eu. Cette pensée insuffla un léger optimisme à ma journée.

Nous approchions à présent du terrain d'entraînement, et nous entendions déjà les cris des hommes et les bruits des batailles qu'ils disputaient.

En rejoignant l'endroit où une petite foule s'était rassemblée pour assister aux combats, nous retrouvâmes Clementine, Agnes, Lottie et Maisie. Ma bonne humeur s'estompa quelque peu lorsque je vis l'expression préoccupée de cette dernière, et je me souvins de la disparition de Wilkie avec la jeune femme blonde la veille au soir. Je me dirigeai vers ma sœur, dont j'avais toujours été proche malgré son caractère parfois difficile, et je passai mon bras autour du sien, lisant dans ses pensées.

— Laird Mackenzie a autant à cœur que père de sceller l'alliance entre nos deux clans, déclarai-je pour apaiser ses inquiétudes.

— Je sais, reconnut-elle avec un certain abattement, avant d'ajouter, d'une voix monocorde : Wilkie ne s'est pas encore montré ce matin.

Et elle *non plus, l'étrangère blonde.* A l'expression qu'affichait ma sœur, je compris que c'était ce qu'elle voulait dire. Je parcourus la foule des yeux pour y chercher une confirmation silencieuse.

A l'extrémité du terrain, laird Mackenzie et notre père étaient en pleine discussion. Cela me parut de bon augure.

— Les négociations pour ton mariage avec Wilkie sont déjà bien lancées, dis-je pour tenter de la consoler. Tu le sais bien. Je suis sûre que c'est ce dont ils sont en train de parler en ce moment. C'est pour cela que nous sommes venus ici, après tout. Père nous l'a répété assez souvent : l'alliance avec les Mackenzie est cruciale pour renforcer notre position militaire et seuls les liens du mariage pourront la sceller de façon irrévocable.

— C'est vrai, renchérit Agnes, en se mêlant à notre conversation, et en replaçant une boucle de cheveux de Maisie. Ils sont probablement en train de finaliser les derniers détails. Tu seras peut-être mariée dès demain.

Bonnie suivait des yeux Jamie, son amoureux. Il entra en piste pour affronter l'un des sous-officiers des Mackenzie. Sans quitter Jamie des yeux, Bonnie donna un petit coup de coude à Maisie.

— Quand Wilkie deviendra laird, lança-t-elle, notre nouvelle lady songera bien aux intérêts de ses sœurs et de ses cousines, n'est-ce pas ?

Nous regardâmes Jamie prendre place, et je ne pus m'empêcher de songer aux ressemblances entre ce dernier et son frère cadet. Ses cheveux étaient un peu plus foncés que ceux de Caleb. Son uniforme de soldat mettait en valeur sa carrure, et je pus voir qu'il était plus grand et plus large : Jamie était d'une stature plus imposante. La ressemblance physique néanmoins évidente entre les deux frères eut pour effet de me faire repenser à mon chagrin d'amour, qui s'était très légèrement atténué. C'était peut-être le temps ensoleillé, ou l'animation intense qui régnait tout autour de nous, mais je me sentais moins submergée par la tristesse que tous les jours précédents. Pour la première fois depuis le départ de Caleb, je n'étais pas totalement accablée de douleur.

— Oui, ajouta Clementine, ma sœur aînée, sur un ton empreint de résignation. Notre nouveau laird nous autorisera peut-être même à épouser qui nous voulons.

Pauvre Clementine. Fidèle à son caractère, notre père l'avait forcée à faire certains choix, après les humiliations répétées qu'elle avait subies. Par deux fois, en effet, elle avait été fiancée, et par deux fois elle avait été abandonnée au pied de l'autel par son promis. Cette succession d'événements malheureux l'avait finalement convaincue que sa vraie place se trouvait au couvent. Elle était censée nous quitter pour prendre le voile juste après les récoltes. Je n'y avais jamais réfléchi auparavant, mais peut-être que, si ces hommes s'en étaient allés, c'était parce qu'ils avaient été contraints au mariage, et qu'au moment crucial ils s'étaient sentis incapables d'honorer des engagements passés contre leur gré. Je savais que Clementine n'aurait jamais osé se plaindre devant quiconque des volontés de notre père : nous avions appris depuis toujours à considérer ses décisions comme paroles d'évangile. Et, si jamais nous protestions, il n'hésitait pas à se servir du revers de sa main — ou de son fouet, mais moins fréquemment — pour faire taire notre insolence. C'était lui le laird, après tout : tout-puissant, et dans l'obligation de faire passer les intérêts de tout son clan avant les désirs égoïstes de ses enfants. Mais, avec tout ce que nous avions déjà dû subir, mon sang bouillait devant tant d'injustice.

Je n'y avais jamais pensé auparavant, mais mes sœurs avaient raison. Une fois que Wilkie aurait épousé Maisie, il hériterait du titre de laird Morrison à la mort de notre père. Même si je craignais ce dernier, je ne souhaitais pas sa mort, bien sûr, mais je savais que sa maladie ne faisait que gagner du terrain. Et je ne pouvais m'empêcher d'imaginer ce qui se passerait après son règne. Wilkie ne serait peut-être pas opposé à l'idée de nous laisser choisir nos époux respectifs. Caleb serait peut-être autorisé à revenir, même s'il valait sans doute mieux que je ne me mette pas à nourrir de telles espérances.

— Oui.

Plongée dans mes pensées, j'entendis à peine la réponse de Maisie.

— Et je dois aussi songer à mes propres intérêts. Il va falloir, j'en ai peur, que j'apprenne à m'imposer avec davantage de fermeté. Ma première tâche, une fois que je serai l'épouse de Wilkie, consistera à faire en sorte qu'il ne reçoive aucune visite susceptible de le... distraire.

Elle n'eut pas besoin d'être plus explicite pour être comprise : la « distraction » blonde à laquelle elle venait de faire allusion ne serait pas la bienvenue chez la future lady de Glenlochie.

— Je trouve qu'il s'agit d'une requête tout à fait raisonnable, renchérit Agnes.

Agnes, à l'inverse de sa sœur jumelle, s'imposait dans toutes les conversations avec aplomb et assurance. Tandis qu'Ann possédait une beauté tout en douceur et en élégance, Agnes était plus menue, avec une peau très pâle et des yeux bruns et vifs. Elle compensait son manque de présence physique en faisant en sorte que son opinion soit toujours entendue.

— Wilkie sera d'accord, j'en suis certaine, ajouta-t-elle.

J'espérai, pour Maisie, que ce serait bien le cas.

Le combat que disputait Jamie se termina d'une façon abrupte lorsque son adversaire lui ôta l'épée des mains d'un coup décisif. Quelques rires fusèrent lorsque le jeune soldat des Mackenzie poussa un cri de triomphe.

Clementine essaya de rassurer Bonnie :

— J'ai entendu dire que les Mackenzie étaient particulièrement bien entraînés. Ils gagnent beaucoup de combats, même contre des adversaires réputés plus forts qu'eux.

Comme pour ponctuer cette remarque, un murmure parcourut la foule lorsqu'un soldat du clan Mackenzie coiffé d'un casque entra en piste. Il défiait non pas un, mais deux des soldats parmi les plus expérimentés de notre clan, et semblait impatient d'en découdre. Même avant qu'il ne retire son casque pour dévoiler son identité, je *savais* de qui il s'agissait. J'avais reconnu les baudriers qui ceignaient son torse et débordaient d'armes qui s'entrechoquaient. J'avais reconnu cette confiance inébranlable. *Kade Mackenzie*. La menace qui avait hanté mon sommeil, chassant mes songes plus tranquilles habités par Caleb, s'insinuant dans mes rêves sensuels et défendus inspirés par mon beau fantôme.

C'était une vision fascinante, nul n'aurait pu le nier, tout d'abord à cause de sa taille et de sa présence d'une énergie hors du commun. Mais c'était surtout sa façon d'être qui représentait, en soi, un spectacle captivant. Quelle que soit l'issue du combat, l'affrontement serait forcément théâtral et impressionnant. Kade aimantait tous les regards, le mien y compris.

Kade se positionna, brandissant une épée énorme et menaçante, tandis que, dans sa main gauche, il tenait un bouclier dont les bords étaient hérissés de piquants qui paraissaient coupants comme des rasoirs. Il pouvait sans difficulté saisir une deuxième épée, rangée dans son dos, ainsi qu'un gros couteau, fixé à sa hanche. Il portait une veste en cuir sans manches qui découvrait ses bras hâlés et musclés. Il me fixa dans les yeux un long moment, provoquant en moi un sursaut d'anxiété et un trouble profond. Puis il replaça son casque sur sa tête et se mit en garde. Sa concentration sembla impressionner ses adversaires, et il commença à se déplacer en rond, tel un loup affamé encerclant de jeunes agneaux. Il était sans conteste le combattant le plus menaçant que j'aie jamais vu. Je craignais le pire pour nos soldats et j'espérais que ces derniers ne seraient pas blessés, voire même tués.

Bonnie laissa échapper un petit soupir, de soulagement peut-être, car Jamie avait déjà disputé son combat. Elle chuchota une exclamation que nous aurions toutes pu prononcer :

— Oh, mon Dieu !

L'affrontement commença, et nos soldats attaquèrent comme un seul homme. Kade para leurs coups facilement, avec des mouvements si habiles, précis et efficaces que le premier assaillant fut désarmé dans la minute, et quitta l'aire de combat avec une entaille à la jambe sans se préoccuper de venir en aide à son partenaire. Le deuxième de nos soldats ne se maintint guère plus longtemps. Les coups qu'il portait contre l'épée de Kade s'entendaient à peine, et ils étaient esquivés avec tant d'adresse qu'on aurait dit qu'il s'agissait pour Kade d'un petit échauffement, tout au plus. Il réussit à priver notre homme de son épée d'un mouvement circulaire si puissant que plusieurs personnes dans l'assistance durent se protéger pour éviter que l'arme ne les blesse dans son envol.

Kade s'agenouilla au-dessus de son adversaire tombé à terre, dans une pose farouche et agressive, et pressa la pointe de son poignard contre la gorge de notre soldat. Puis, après un moment lourd de tension, Kade recula, laissant son adversaire se rendre et se retirer en claudiquant. Qu'il fût capable de vaincre si facilement nos deux soldats les plus forts et les plus entraînés ne fit qu'ajouter à sa férocité.

De nouveau, la foule murmura, et plusieurs personnes reculèrent. Kade se posta face à tous nos hommes rassemblés.

— Est-ce là ce que vous avez de mieux à me proposer ? grogna-t-il, sur un ton de défi.

— C'est agaçant, lâcha Ann à voix basse.

— Il est d'une force brutale, ajouta Lottie.

— Et d'une telle sauvagerie, s'exclama Agnes en prenant garde à ne pas parler trop fort. Il n'était pas obligé de blesser notre homme. Et il a failli trancher la gorge de Hugh !

Hugh, songeai-je, souffrait peut-être encore de la blessure que je lui avais infligée en l'attaquant avec son propre couteau... Maintenant, ce ne serait plus un seul bandage qu'il porterait, mais deux. Je dus avouer que cette perspective ne me contrariait pas outre mesure, bien au contraire...

Lottie renchérit, dans un murmure :

— Il est bestial.

— Wilkie est tout aussi fort, mais beaucoup plus civilisé, ajouta Maisie.

Je ne pus que me ranger à l'avis de mes sœurs, tandis que je regardais Kade Mackenzie avec un mélange d'horreur et de fascination. C'était peut-être lié à la teneur de mes rêves matinaux et à la façon dont il s'y était immiscé, aux côtés de Caleb mais aussi de mon mystérieux fantôme, mais ma peau s'embrasa devant cette démonstration de force et d'énergie brutes. Malgré l'agressivité de son attaque, il émanait de sa personne une grâce athlétique rendue plus spectaculaire encore par le contrôle parfait avec lequel il se mouvait.

Mon trouble — si c'était bien ainsi qu'il fallait appeler l'état dans lequel je me trouvais — ne fit que redoubler lorsque je remarquai que la conservation entre mon père et laird Mackenzie semblait animée et complexe. Tous deux s'exprimaient avec force gestes, et leurs traits étaient empreints de la même gravité. De quoi étaient-ils donc en train de parler ? S'ils s'étaient bornés à régler les derniers détails d'un mariage déjà convenu dans ses grandes lignes, ils n'auraient pas semblé aussi tendus...

Avant que je puisse réfléchir à ce qui pouvait ainsi les tracasser tous deux, un de nos guerriers s'avança pour défier Kade, encouragé par tous les soldats et tous les membres du clan Morrison. Il s'agissait d'Aleck, l'un des hommes de confiance de mon père. C'était une brute épaisse, plus connue pour sa force aveugle que pour son intelligence tactique. Il était capable de lancer des rochers très loin, de boire beaucoup de bière très vite, et, un jour, il avait même tué un homme à mains nues. Il faisait aussi partie de ceux qui m'avaient corrigée, sur les ordres de mon père, quand j'avais essayé de suivre Caleb à Edimbourg.

En fait, Aleck et moi nous connaissions depuis notre enfance. Nous étions du même âge et, un jour, lorsque nous avions quatorze ans, il m'avait offert une fleur de chardon. A cet âge, c'était un garçon dégingandé aux longs membres, aux genoux cagneux, et à la maladresse quasi proverbiale. Il avait malgré tout fini par s'épaissir et, dominant quasiment tout le monde, il avait vite acquis la réputation d'être d'une force et d'une ambition sans limites. Il était né dans une famille de basse extraction et, de ce fait, n'aurait jamais pu espérer épouser l'une des filles du laird, comme le faisait souvent remarquer mon père lui-même. Aleck ne pouvait d'ailleurs pas prétendre à grand-chose : normalement, tout juste aurait-il pu devenir un petit propriétaire terrien, ou un sous-officier de la garde du laird. Mais Aleck n'avait pas baissé les bras devant les obstacles liés à sa naissance. Il avait passé les six dernières années à s'entraîner sans répit, se montrant plus fort et valeureux que d'autres soldats nés nobles, et prouvant sa loyauté avec tant d'ardeur qu'il venait d'accéder au titre de commandant en chef de l'armée de mon père. Il avait demandé ma main à deux reprises, et à deux reprises elle lui avait été refusée. D'après moi, mon père n'avait pas pris la demande d'Aleck au sérieux, pensant sans doute qu'il s'agissait d'une plaisanterie née de quelques bières de trop et de la fatigue d'une nuit passée en âpres discussions stratégiques. Mon père ne m'en avait parlé que très récemment, à demi-mot, pour me prouver que je pouvais trouver mieux que Caleb, que j'étais convoitée par des soldats et des nobles, et que je devais revoir mes prétentions à la hausse. La double allusion à Caleb et à Aleck ne m'avait alors pas échappé.

Toutes les fois — nombreuses — où Aleck m'avait battue, il en avait sans aucun doute profité pour se venger. Je n'avais pas accepté la fleur qu'il m'avait offerte durant notre adolescence ; mes sœurs s'étaient moquées de lui, et je dois avouer que je les avais imitées.

Alors qu'Aleck se tenait à présent face à Kade et qu'ils se toisaient tous les deux, chacun me paraissait avoir ses chances. Aleck était plus massif que Kade, et sans aucun doute plus lourd, mais Kade était plus rapide et plus adroit. La foule observait les deux hommes qui se déplaçaient en rond, leurs épées levées. Aleck frappa le premier, en abattant son arme avec tant de force qu'un long sifflement transperça l'air. Kade para le coup avec son épée. Le bruit du métal fut assourdissant. Quel effet cela pouvait-il faire de devoir encaisser un choc d'une telle violence ? Mille questions se bousculaient dans ma tête. Cela faisait-il mal ? Si l'impact était aussi intense qu'il le paraissait, la déflagration allait-elle se propager dans les bras et dans tout le corps de Kade Mackenzie ? Le tour que prenaient mes pensées me surprit moi-même. Il était étonnant que je puisse m'inquiéter pour lui. Etonnant que j'espère, au fond de moi, qu'il ne soit pas blessé.

Kade ne flancha que légèrement, mais se ressaisit très vite et répliqua sans tarder. L'affrontement se poursuivit et je le regardai avec une fascination presque déplacée. C'était le combat le plus intéressant auquel j'aie jamais assisté : les muscles contre la stratégie la plus fine. Kade contournait et esquivait. Il frappait tour à tour d'estoc et de taille. Aleck répétait, lui, toujours le même mouvement. Il était fort mais prévisible, et Kade prit l'avantage, faisant mouche à plusieurs reprises, jusqu'à ce que son épée soit maculée du sang d'Aleck. Ce dernier, comme enragé, frappa encore. Kade se déroba et leva son bouclier décoré. Les piquants dont il était hérissé griffèrent le bras d'Aleck, qui hurla de douleur et lâcha son épée. Kade fondit sur lui, profitant d'un moment d'inattention de ce dernier, et le déséquilibra pour le faire chuter à terre. Kade s'assit alors à califourchon sur Aleck et pointa son épée sur son cou. La victoire était sans appel.

— Jamais je ne voudrais me retrouver seule avec cet homme, murmura Bonnie.

— Moi non plus, renchérit Agnes, les yeux écarquillés. Ni avec aucun de ces hommes, d'ailleurs. Avez-vous déjà vu tant de sauvagerie ?

Kade ne retira pas tout de suite son épée de la gorge d'Aleck. Les deux hommes semblaient ne pas avoir fini de se défier, et ce ne fut que quand laird Mackenzie et mon père s'approchèrent d'eux que Kade se releva. Il recula et retira son casque, libérant sa longue chevelure rebelle, ce qui lui donna une apparence plus sauvage encore.

Malgré la distance qui me séparait d'eux, je pus deviner que la discussion entre laird Mackenzie et Kade n'avait rien à voir avec le combat auquel nous venions d'assister. Mon père parla à son tour, en faisant des signes vers l'endroit où nous nous tenions. A ma grande stupéfaction, laird Mackenzie et Kade regardèrent distinctement dans ma direction. Ils me scrutèrent avec tant d'acuité que mon cœur se contracta dans ma poitrine. Mon père les quitta, et ordonna à Aleck de se relever et de le suivre, avec plusieurs de ses soldats. Il s'approcha de nous, et lança avec brusquerie :

— Stella. Viens avec moi.

Sans le vouloir, je m'agrippai à la manche d'Ann.

— Juste moi ?

— Juste toi. Tout de suite. Il y a un sujet urgent dont je souhaite discuter avec toi. Vous autres, vous pouvez retourner à vos appartements, où Stella vous rejoindra très vite.

J'avais un mauvais pressentiment. Et c'était aussi le cas de Maisie. Nos yeux se croisèrent l'espace d'un instant, mais j'étais déjà encerclée et surveillée par Aleck et les autres gardes.

Résignée, je suivis mon père.

— Mais, père, je ne peux pas ! Je vous en supplie. Ne me forcez pas.

J'essayai de retenir mes larmes, mais en vain. Tout se brouilla autour de moi, et j'en fus heureuse. Par tous les moyens, je voulais échapper à l'horrible réalité.

Mon père était fâché, comme toujours, que je refuse de lui obéir aveuglément.

— Ne me défie pas, ma fille, lança-t-il, bouillant de rage. J'en ai plus qu'assez de tes excuses pathétiques et de tes supplications ridicules. Tu n'obtiendras pas gain de cause.

— Mais je ne l'aime pas. Je ne le connais même pas.

Je devais reconnaître que, par certains aspects, Kade Mackenzie me fascinait. Mais il me terrifiait en même temps. Certes il possédait un esprit mordant, un regard intense, une aura virile, mais cela ne suffisait pas. Il s'agissait là de détails superficiels qui ne parvenaient pas à chasser de ma mémoire la sauvagerie et la brutalité dont je venais tout juste d'être témoin.

Mon père me toisa avec un mépris qu'il ne chercha pas à dissimuler. Puis il se tourna et ricana tout bas, mais sans la moindre pointe d'amusement. Il porta sa flasque d'argent à sa bouche et avala une longue gorgée.

— Tu préfères ce forgeron efféminé à un farouche guerrier appartenant à l'une des familles les plus nobles des Highlands ? persifla-t-il.

Aleck contemplait mon désespoir de ses yeux sombres et expressifs. Il ne semblait pas dérangé le moins du monde par la sueur et la poussière dont il était couvert, ni par ses blessures qui, même si elles ne semblaient pas graves, saignaient toujours abondamment. Il se tenait près de la porte avec les mains croisées sur son torse puissant, comme s'il voulait s'assurer que je ne tente pas de m'enfuir. Pour sûr, sa présence était extrêmement dissuasive : je voulais rester le plus loin possible de ses muscles gonflés et sanguinolents.

— J'ai bien peur que les sentiments que tu éprouves pour lui ne comptent absolument pas, poursuivit mon père. Laird Mackenzie tient autant à cette alliance que moi. Cependant, Wilkie Mackenzie refuse catégoriquement d'épouser ta sœur. Il en préfère une autre. Une étrangère aux cheveux blonds, apparemment. Je ne sais pas d'où elle vient, et je m'en moque bien. Peu importe. Ce qui importe, c'est qu'un mariage ait bien lieu, et le plus vite possible. Il a donc été décidé que tu épouserais le troisième frère.

La suggestion de mon père était un non-sens absolu. Mes pires craintes étaient en train de devenir réalité. Si je pouvais aider mon père à se souvenir du caractère irascible et imprévisible de Kade, qui n'était un mystère pour personne, il reviendrait certainement sur sa décision.

— Sa réputation...

— ... est celle d'un soldat accompli, extrêmement aguerri dans la pratique de toutes les armes, ce qu'Aleck ici présent ne pourra qu'attester, dit mon père sur un ton légèrement désapprobateur.

De toute évidence, il était tout sauf ravi par la piètre performance d'Aleck.

— C'est aussi le frère d'un grand laird et d'un grand guerrier. Tu as de la chance que Kade Mackenzie ait proposé de prendre la relève de son frère là où ce dernier avait failli.

— Mais il est brutal et colérique au possible !

Ma voix était pleine de désespoir, et je tentai, en vain, de me reprendre.

— Vous avez bien vu sa férocité pendant les affrontements de tout à l'heure. Je ne peux pas épouser un tel homme.

— Ce que j'ai pu observer, c'est un homme si talentueux dans l'art du combat qu'il a pris le dessus sur les plus forts de mes soldats et qu'il s'en est sorti sans la moindre égratignure. D'après son frère, il serait capable d'enseigner l'art de manier les armes, et même d'en concevoir. Et, dans cette optique, il serait un précieux chef militaire.

— Je vous en prie, père. Les considérations militaires ne sont pas seules à entrer en ligne de compte. C'est de *ma vie* que nous sommes en train de discuter ! Il est colérique. Dangereux même. Je... je ne veux pas être sa femme.

En particulier, je ne voulais pas partager son lit. Je ne voulais pas être liée à jamais à une telle explosion d'énergie tempétueuse, même si les effets certains que cette énergie avait eus sur moi les rares fois où nous nous étions côtoyés m'intriguaient. Tout le pouvoir d'attraction qu'il possédait était annihilé par le souvenir encore frais et absolument terrifiant de sa force sauvage dans l'arène. Je ne savais que trop bien le type de dégâts qu'une telle puissance virile pouvait infliger.

Une dernière pensée me traversa l'esprit, dictée par le désespoir. Jamais je n'aurais osé formuler une telle idée si je n'avais pas cru ma sœur consentante, et je la connaissais assez bien pour savoir qu'elle le serait.

— Pourquoi n'autorisez-vous pas Maisie à l'épouser ? Elle serait sans doute d'accord pour se marier avec Kade puisque Wilkie n'a pas voulu d'elle. Je sais qu'elle serait d'accord. Plus que tout au monde, elle souhaite...

— J'avais accepté l'idée que Maisie puisse épouser Wilkie seulement parce que je pensais, pour des raisons que je n'exposerai pas maintenant, que l'affaire était entendue d'avance, m'interrompit mon père. Mais ce n'était pas le cas. Ta sœur aînée va entrer au couvent. Le mariage ne l'intéresse plus. C'est donc toi, la deuxième de mes filles, qui dois épouser celui qui deviendra laird à ma place. Pas Maisie. Des complications surgissent toujours lorsque le protocole de l'ordre des naissances n'est pas respecté. Par ailleurs, l'obsession et le désespoir de ta sœur nuisent à son charme. C'est *toi* qu'il veut.

Mon père marqua une pause pour avaler une nouvelle gorgée d'alcool. Dans le silence tendu qui s'installa, les derniers mots qu'il avait prononcés résonnaient encore à mes oreilles. « C'est *toi* qu'il veut. » Qu'est-ce que Kade Mackenzie pouvait bien vouloir chez moi ? Et pourquoi ? Cela ne fit qu'accroître mon angoisse.

— Mais...

Mon père ne voulait plus rien entendre : il m'interrompit tout de suite.

— Ma décision est prise, et elle est irrévocable. Le mariage aura lieu dans deux semaines. Je suggère donc que tu acceptes ton destin et que tu t'y prépares comme il se doit.

C'était stupide de ma part, oui, mais il fallait que j'essaie.

— Père...

Mon père me frappa en plein visage du revers de la main, si bien que je reculai, déséquilibrée. Je portai la main à ma pommette, qui m'élançait, sous le choc de l'impact et de l'humiliation subis. J'aurais dû m'attendre à une telle réaction : le mauvais caractère de mon père n'était pas une nouveauté. Je n'aurais pas dû continuer à le défier. N'avais-je donc pas retenu la leçon des précédents épisodes ? Je n'avais *aucune* liberté de choix, et pourtant c'était un luxe auquel j'aspirais de toutes mes forces, en toutes circonstances, et assez pour remettre en cause l'autorité tyrannique de mon père.

Mais sa colère semblait à présent avoir presque raison de lui. Les effets de son âge et de sa maladie se faisaient sentir. Avant, ses coups étaient bien plus puissants. Sa force l'abandonnait. Il toussa avec violence pendant un long moment, sans pouvoir s'arrêter, et cracha par terre le sang qui venait de ses poumons.

Je savais que mon père était malade. Mais, jusque-là, je n'avais pas encore mesuré à quel point. Et, Dieu me pardonne, en ce moment précis, j'en étais presque contente. J'étais contente qu'il n'ait pu me faire aussi mal qu'il l'avait déjà fait par le passé. Je comprenais, aussi, pourquoi il montrait tant d'empressement à se trouver un successeur, quelqu'un pour le remplacer lorsqu'il ne pourrait plus régner. En prenant conscience de cela, j'entraperçus une toute petite lueur d'espoir. Si j'épousais bien Kade Mackenzie, et que mon père devenait trop malade pour régner, Kade prendrait sa place. Ce qui signifiait que mon mari occuperait un rang plus élevé que mon père.

Et moi aussi.

— Tu accompliras ton devoir, Stella, un point c'est tout !

Maintenant va-t'en. Disparais de ma vue. Je te ferai appeler plus tard.

A la brute qui lui servait de commandant en chef de sa garde, il lança :

— Aleck, prends toutes les mesures nécessaires pour faire en sorte que ma fille obéisse à mes ordres, en particulier au cas où lui reprendrait l'envie ridicule de s'enfuir.

— Je suis à votre service, laird Morrison, répondit aussitôt Aleck.

Avec une légère nausée, je suivis ce dernier hors des appartements de mon père. La porte se referma, et Aleck se mit à marcher à mes côtés dans le vaste couloir. Je tiquai. S'il avait marché à son allure normale, il aurait dû avancer deux fois plus vite que moi… Tout à coup, il me surprit en passant son bras autour de ma taille. Je tentai de me dégager, mais rien à faire.

— Vous avez entendu les ordres de votre père aussi bien que moi, Stella. Je dois prendre toutes les mesures nécessaires pour que vous lui obéissiez. Votre père vous a-t-il dit que j'avais demandé votre main avant que votre mariage avec Mackenzie soit arrangé ? Mais vous le savez déjà, n'est-ce pas ? Si vous persistez à refuser Mackenzie, j'ai toutes les raisons de croire que votre père accédera à ma requête. Après tout, je suis son homme de confiance, ainsi que l'un de ses plus valeureux soldats.

Je ne pus m'empêcher de blêmir à ces mots. Je savais que ce n'était pas la vérité : il était impensable que mon père me marie avec un homme du rang d'Aleck. Mais je le regardai, horrifiée. L'idée d'épouser Aleck était encore plus repoussante que celle d'épouser Kade Mackenzie. Je me souvenais encore de la douleur que j'avais infligée à Aleck en refusant son cadeau, durant notre adolescence. Son visage s'était décomposé et, après coup, j'avais regretté la cruelle puérilité de ma réaction. Depuis lors, toutes les fois où Aleck en avait eu l'occasion, il avait essayé de me menacer d'une façon ou d'une autre. A cause de cela, je le voyais comme une espèce de brute mal dégrossie, et je me sentais mal à l'aise dès que son regard se posait sur moi. Je savais bien que l'animosité qu'il ressentait vis-à-vis de moi était dictée par un désir contrarié et sa soif de revanche.

Une idée inquiétante s'insinua alors en moi : si je tentais de me rebeller contre cette union avec Kade Mackenzie, un mariage avec Aleck serait une terrible punition. A l'âge de quatorze ans, Aleck n'était encore qu'un garçon timide et dégingandé. A présent, c'était un guerrier massif et déterminé, avec d'épais cheveux noirs, des iris si foncés qu'il était difficile de les distinguer de ses pupilles — détail qui ne faisait qu'ajouter à son aspect sinistre —, et un visage que j'aurais pu trouver agréable si je n'avais pas su à quel point cet homme avait mauvais fond à présent. Il était beaucoup trop brutal pour être séduisant, et beaucoup trop grossier pour être aimable.

— Votre père pourrait peut-être autoriser l'une de vos sœurs cadettes à épouser un Mackenzie, pour sécuriser cette alliance à laquelle il tient tant, déclara-t-il en m'attirant à lui.

En fait, la façon dont les choses évoluaient me mettait de plus en plus mal à l'aise : il n'y avait personne aux alentours et nous étions encore loin des appartements que je partageais avec mes sœurs.

— Vous et moi, on pourrait peut-être essayer de faire plus ample connaissance, Stella. Vous savez que j'ai toujours eu un petit faible pour vous.

Je résistai comme je pus à ses avances, et tentai de le repousser.

— Aleck, lâchez-moi. Je dois rejoindre mes sœurs.

Mais il se contenta de sourire et me serra plus fort.

— Ne défiez plus jamais votre père. Votre désobéissance le contrariera au plus haut point, surtout qu'il m'a donné des consignes strictes.

— Qui étaient de me raccompagner jusqu'à ma chambre. Et rien d'autre.

Il esquissa un sourire cruel.

— Je suis certain que cela ne le dérangerait pas plus que cela.

Me plaquant fermement contre lui, il inclina légèrement la tête et se pencha comme s'il voulait m'embrasser. Son odeur — une odeur de sang frais et de sueur — m'incommoda au point de me donner un haut-le-cœur.

Prise de court et paniquée, je le giflai. Il fut assez surpris pour relâcher son étreinte, et je réussis à me libérer et à m'enfuir.

Je relevai mes jupes tout en courant aussi vite que ma tenue me le permettait. Je jetai un regard en arrière, le cœur battant à tout rompre. Il était lancé à ma poursuite, le visage vert de rage.

Au détour d'un couloir, je heurtai de plein fouet la silhouette massive d'un homme grand et fort, qui fut si surpris par cette soudaine collision qu'il me maintint fermement un bon moment, pour m'immobiliser ou peut-être me calmer.

Cet homme n'était autre que Kade Mackenzie.

Après la nouvelle que mon père venait de m'apprendre, je ne pus m'empêcher de rougir tandis qu'il me tenait toujours. Ses mains étaient appuyées sur mes épaules et mon corps plaqué contre le sien. A ce contact, il laissa échapper une petite exclamation sourde et étranglée, comme si ce soldat brutal et sûr de lui était troublé par cette proximité inattendue. Ses muscles — je ne pus m'empêcher de le remarquer, alors que ma poitrine s'élevait et s'abaissait à un rythme frénétique — étaient incroyablement fermes. Son odeur et son contact emplirent mes sens et me submergèrent. Le soleil et l'air frais. Une virilité terrienne et épicée.

— Stella.

Son murmure — presque un soupir —, teinté de surprise, n'était pas à proprement parler un salut. Il signifiait qu'il m'avait reconnue, rien d'autre. Et il le signifiait avec bien trop de familiarité à mon goût — détail qui importait peu à présent, si les projets de mon père devaient bel et bien se concrétiser. La façon qu'il avait eue de s'adresser à moi fit surgir un souvenir. *Il connaissait mon nom.* « Je n'ai pas fini de goûter à vous, Stella. Je suis loin d'être repu. Je vous veux tout à moi. » Mais je chassai cette pensée, dont la douceur était presque douloureuse. Bien sûr que Kade connaissait mon nom, à présent, si la nouvelle de notre mariage était parvenue jusqu'à lui, ce qui était plus que probable. Dans l'histoire, il avait sans aucun doute eu davantage son mot à dire que moi.

Après un bref moment de surprise, il me lâcha et recula d'un pas. Et lorsque Aleck apparut, hagard et comme enragé, Kade sembla considérer la situation avec consternation. Je vis qu'il venait également de remarquer ma joue rouge et baignée de larmes et, aussitôt, son regard s'assombrit.

Quelques minutes plus tôt, je regrettais amèrement l'existence même de Kade Mackenzie, mais maintenant, alors que je tentais de reprendre mon souffle, j'étais tout à la fois heureuse et soulagée de le voir, bien plus que je n'aurais su le dire.

Toujours vêtu de sa tenue de combat, et comme auréolé de la gloire de ses triomphes successifs, Kade semblait plus farouche et plus intimidant que jamais. Cette vitalité spectaculaire qui émanait de lui attira toute mon attention, sans que je puisse rien faire pour lutter contre cela, comme cela avait déjà été le cas auparavant. Le pouvoir qu'il semblait exercer sur moi, comme si sa présence même contrôlait non seulement la direction de mon regard, mais aussi celle de mes pensées, me mettait extrêmement mal à l'aise. Ses cheveux trop longs étaient décoiffés par le vent, et la veste en cuir sans manches qu'il portait laissait voir ses bras musclés et couverts de cicatrices. Accrochées à lui par un enchevêtrement de liens, de ceintures et de baudriers, ses armes faisaient littéralement corps avec lui, ce qui lui donnait un aspect plus terrible encore. Il tenait du miracle que je n'aie pas été blessée en le heurtant.

J'avais remarqué, lors de précédents rassemblements, que les hommes du clan Mackenzie possédaient une assurance innée. Mais, maintenant, il m'apparaissait que ce n'était pas quand Kade Mackenzie portait une chemise blanche et des vêtements élégants qu'il était pleinement lui-même. Non, c'était bien cette tenue de guerrier, ces épaules brunies par le soleil et couvertes de poussière qui correspondaient à son état naturel. Là, sanglé de cuir, avec ses hautes bottes et suffisamment d'armes pour équiper une petite armée, il paraissait tout à fait à son aise, comme si, en plus d'avoir connu ses plus grands triomphes avec tout cet équipement, il dormait chaque soir avec. La vigueur mâle qui se dégageait de lui était une force presque palpable. Le fait de savoir que j'allais devoir l'épouser — à moins que je réussisse bel et bien à m'échapper, ou que je parvienne à faire changer mon père d'idée (deux éventualités que je savais plus qu'improbables) — provoqua un frémissement et une palpitation dans le bas de mon ventre. Mon angoisse — et ma fascination — se manifestait d'une façon inhabituelle, semblait-il...

Etrangement, Kade semblait troublé, lui aussi. Sa respiration était irrégulière, son souffle rauque.

Mais ce fut alors qu'Aleck se rappela à mon souvenir, en tendant vers mon bras nu ses grosses mains. Avant même qu'il puisse me toucher, Kade dégaina son couteau et l'interposa entre nous. Aleck interrompit tout mouvement et adressa à Kade un regard qui lui promettait la mort. Mais Kade ne parut pas le moins du monde intimidé. Son regard bleu et calme distillait lui aussi une menace glaçante comme jamais je n'en avais vu.

— Il n'est nul besoin de maltraiter la jeune lady, déclara Kade, qui avait retrouvé tout son sang-froid.

— C'est moi qui suis responsable de la « jeune lady », comme vous dites, et je la traiterai comme bon me semblera, lui rétorqua Aleck.

— Vous résidez entre nos murs, soldat, et vous devez suivre nos règles. Ici les femmes ne sont pas molestées, et elles sont toujours traitées avec le plus grand respect. Alors ne vous avisez pas de la toucher.

Aleck toisa Kade, et lâcha un petit ricanement incrédule. Chez nous à Glenlochie, nous le savions tous les deux, ce genre de règles n'était pas en vigueur.

Ils se regardaient toujours fixement : aucun des deux ne semblait avoir oublié leur récent duel, car l'atmosphère était chargée de tension et de rivalité.

— J'ai bien peur d'être un peu perdue, dis-je à Kade, espérant ainsi m'interposer entre eux deux et prévenir une explosion de violence. Auriez-vous l'obligeance de m'indiquer le chemin pour retrouver mes sœurs ? Mon garde ici présent ne le connaît pas plus que moi.

— Je me souviens très bien du chemin, grogna Aleck. Suivez-moi, jeune fille, je vais vous conduire.

— Non ! m'exclamai-je, peut-être un peu trop fort. Enfin... ce que je voulais dire, c'est que nous serions honorés que vous daigniez nous accorder votre aide. J'aimerais être bien sûre de ne pas m'égarer.

— Nous n'avons pas besoin…, lâcha Aleck, avant que Kade ne l'interrompe.

— Je vais vous escorter, annonça-t-il.

Malgré son ton bourru, mon soulagement était énorme. Je savais que Kade avait pris la mesure de la situation délicate dans laquelle je me trouvais. Ce que j'ignorais, c'était s'il allait en tenir compte ou non. Son irritation, toutefois, devait être la preuve que mon sort le préoccupait un minimum. Après tout, j'étais sa fiancée, ou presque. Il devait déjà avoir eu vent des pourparlers qui s'étaient tenus entre son frère et mon père, ainsi que des changements dans les projets d'alliance entre nos deux familles. Il devait avoir été informé que nous devions nous marier. Le fait de voir une brute rudoyer sa future épouse devait suffire à échauffer le sang de n'importe quel homme. Je ne me faisais pas d'illusions, pourtant. Je ne doutais pas un seul instant que Kade me rudoierait à son tour, dès qu'il en aurait l'occasion. Mais, pour l'heure, il semblait contrarié par l'idée que quelqu'un d'autre empiète sur son territoire. Et, à ce moment précis, j'étais presque heureuse qu'il se sente outragé.

Aleck ne discuta pas plus longtemps. Avait-il compris que, une fois mon mariage avec Kade Mackenzie prononcé, ce dernier deviendrait son futur maître ? Kade prendrait la place d'Aleck en tant que commandant en chef de la garde et deviendrait de ce fait son supérieur hiérarchique. Cette perspective ne semblait pas réjouir Aleck. Son visage se tordit dans une grimace de dédain, et il se remit en route, transpirant le ressentiment par tous les pores de sa peau. Cette animosité, songeai-je, ne présageait rien de bon.

Kade nous mena à mes appartements, devant la porte desquels Aleck se planta.

Je remerciai Kade d'une toute petite voix et me dépêchai de retrouver la compagnie rassurante et protectrice de mes sœurs, en prenant soin de bien refermer la porte derrière moi. Et, alors que mes sœurs et mes cousines me pressaient de questions, un détail de mon échange avec notre père me revint à l'esprit. Je n'y avais pas prêté trop d'attention sur le moment, mais maintenant je ne réussissais plus à songer à autre chose. Je regardai Maisie dont le visage était dévoré par le chagrin et je repensai à mes supplications pour que ce soit elle qui épouse Kade, puisque Wilkie n'avait pas voulu d'elle.

« L'obsession et le désespoir de Maisie nuisent à son charme », avait dit mon père.

« C'est *toi* qu'il veut. »

4

Deux semaines plus tard

— Il ne t'épouse que parce que son devoir l'y oblige. C'est la triste vérité.

— Nous serons là pour toi toutes les fois où tu auras besoin de nous, Stella.

— Pas toutes les fois, peut-être… mais chaque fois que nous le pourrons.

— Dès qu'il te laissera seule, nous viendrons te retrouver, c'est promis.

— S'il nous y autorise, bien sûr.

— Il te voudra peut-être tout à lui.

— Sans doute nous autorisera-t-il à te rendre visite durant la journée, tout de même.

— Oui. Tu auras besoin de réconfort, après ce que tu devras subir la nuit.

— Maisie ! N'aborde pas ce sujet-là. Elle est déjà pâle comme la mort.

Mes sœurs étaient assises autour de moi, dans la tiède intimité de notre voiture, en train de m'offrir leurs conseils et de me présenter leurs regrets. Une procession d'attelages transportait les quelques privilégiés qui assisteraient à mon mariage. Le vent froid de l'automne était mordant et sifflait contre les fenêtres tandis que nous traversions les Highlands en direction du domaine des Mackenzie, où j'allais épouser Kade moins de deux jours plus tard.

Mon père avait fait la sourde oreille devant mes supplications répétées.

La nuit, je continuais de rêver de fuite avec un jeune et mince artisan, de baisers défendus dans un jardin secret, d'ombres menaçantes qui m'épiaient et se rapprochaient de plus en plus.

Le vent morne et glacé allait de pair avec mon humeur.

Je n'aurais pas été plus terrorisée si l'on avait été en train de me conduire à mon exécution, ce qui, en ce moment même, ne me semblait pas être une pire perspective que ce mariage non désiré avec la personne qui s'immisçait dans tous mes rêves et hantait mes cauchemars. Si j'avais pu sauter de la voiture et courir à travers les Highlands, j'aurais peut-être tenté la fuite, mais je savais qu'Aleck était assis à côté du cocher, dans le but précis de décourager chez moi toute tentative de ce genre.

Ce fut Maisie qui lança la conversation — une fois de plus — et je ne pouvais pas vraiment lui en vouloir d'être obnubilée par le sujet du mariage. Surtout par celui du mariage avec un Mackenzie. Après tout, ce mariage aurait dû être le sien, si Wilkie n'avait pas choisi d'épouser Roses, sa servante étrangère, pour découvrir par la suite qu'elle était la fille du roi William en personne. Il était tellement amoureux qu'il s'était moqué qu'elle ne soit pas noble. Bien avant d'apprendre qu'elle était de sang royal, il avait été prêt à sacrifier son propre titre afin de l'avoir pour femme. A présent il allait devenir le maître d'un clan très différent, le clan royal des Stuart, qui régnait sur le territoire d'Ossian Lochs.

Il était tout à fait exceptionnel, en effet, qu'un homme abandonne à ce point son cœur à une femme. Et, maintenant que le lignage royal de son épouse adorée venait d'être découvert, leur avenir à tous les deux se présentait sous les meilleurs auspices.

Mon avenir à moi serait sans aucun doute moins radieux. Mon futur époux, j'en étais sûre, possédait quant à lui un cœur de pierre, et s'attacherait à ce que ma vie demeure un exercice d'intimidation et de soumission. Vu sa réputation tenace de combattant sans pitié et la brutalité que j'avais pu observer lors des affrontements avec nos soldats, cela semblait être dans sa nature. C'était en tout cas ce que pensaient mes sœurs, et je pouvais difficilement les contredire. Elles avaient encore peu parlé — malgré de nombreuses allusions — des tendances agressives et dominatrices de Kade Mackenzie dans un contexte... plus intime. Mais je sentais bien que ce n'était qu'une question de temps, et que, très bientôt, elles allaient aborder ce sujet. Mes sœurs faisaient de réels efforts pour ne pas heurter ma sensibilité, déjà mise à rude épreuve, mais ce n'était pas dans leur nature de retenir trop longtemps ce qu'elles avaient sur le cœur.

Maisie poursuivit, songeuse :

— Il est à peine concevable que deux frères puissent être aussi différents, vous ne trouvez pas ? Wilkie est toujours prêt à rire, il est solaire. Kade, au contraire, semble imprévisible, voire pire. Il s'est montré assez agréable lors de la fête au manoir, mais l'avez-vous vu au combat ? On dirait qu'il ne vit que pour se battre, et pour gagner, à tout prix.

Comme j'aurais souhaité que Maisie se trompe, bien sûr ! Mais, après deux semaines de discussions portant sur le même sujet, j'avais perdu tout espoir. J'étais persuadée que mon futur époux se montrerait aussi brutal et impulsif qu'il en avait l'air. Ann, comme à son habitude, restait optimiste. La plus douce de mes sœurs, celle sur qui je pourrais toujours compter pour trouver du réconfort en toute situation, argua en ma faveur :

— Tu ne peux pas savoir, Maisie...

Et, alors que celle-ci levait les yeux au ciel, Ann développa.

— Je suis désolée, mais c'est la vérité. Tu n'as passé qu'un court moment en compagnie de Wilkie, deux jours tout au plus, même si vous avez été... assez intimes. Et tu ne connais pas du tout Kade Mackenzie. Tu ne l'as vu qu'en passant et tu n'as échangé que quelques mots avec lui. Tu effraies Stella avec des vérités qui n'en sont sans doute pas.

— Ce n'est qu'une impression, lui rétorqua Maisie, clairement agacée par la réprimande d'Ann. Une impression très forte.

L'annonce de mes fiançailles avec Kade Mackenzie avait été une cruelle désillusion pour Maisie, et elle ne s'en était toujours pas remise. Elle commençait seulement — au bout de deux semaines — à sortir de son abattement. Mon mariage, cependant, lui offrirait la chance de faire de nouvelles conquêtes. Chercher des époux potentiels serait une préoccupation partagée par les autres membres de ma famille, à part par Bonnie et Clementine, bien sûr. Mes sœurs avaient les yeux brillants, alors même qu'elles essayaient d'apaiser mes craintes... Mais leurs mots ne firent qu'accroître mon appréhension.

— Quoi qu'il en soit, déclara Clementine, il ne peut guère y avoir de doutes sur son... énergie. Nous avons tous pu l'observer durant les combats. Il est peu probable qu'il te témoigne beaucoup de douceur, Stella — et, bien sûr, c'est pour ton bien que nous te disons cela. Mieux vaut que tu sois prévenue. Kade Mackenzie t'épouse pour devenir le nouveau seigneur du clan Morrison, et non parce qu'il t'aime. Tu dois voir la dure réalité en face.

Elles ne m'apprenaient rien, mais cela ne les empêcha pas de continuer. Et ce n'était pas la première fois que j'espérais qu'elles changent de sujet, que nous puissions parler du temps qu'il faisait, d'une chanson que nous aimions particulièrement, des dernières modes venues d'Edimbourg, bref de tout *sauf* de mon avenir angoissant. Je savais qu'elles essayaient de me réconforter du mieux qu'elles le pouvaient, étant donné les circonstances. Elles étaient comme surexcitées par le caractère dramatique de ma situation, et n'avaient qu'une seule idée en tête : en parler encore et encore. J'aurais aimé pouvoir m'évader par la pensée, et rêver d'endroits lointains. D'Edimbourg, et de plus loin encore. Mais c'était impossible.

— Je suis désolée de t'annoncer cela, ma chère sœur, dit Maisie, mais tu n'as pas d'autre choix que de te préparer au pire. Il peut paraître assez charmant, mais il est évident qu'il possède un caractère abominable. Tu l'as vu en plein combat. Je n'ose pas l'imaginer pendant la nuit de noces...

— Oui, renchérit Clementine, en regardant toujours par la fenêtre, toute à ses propres désillusions au sujet du mariage. Il y a de fortes chances pour qu'il se montre aussi tyrannique dans ses appartements qu'en dehors.

Agnes et Ann acquiescèrent, en hochant la tête sans rien dire, les yeux grands ouverts. Puisqu'elles étaient les plus jeunes d'entre nous, la simple évocation de la nuit de noces suffisait à les réduire au silence. Cela produisait le même effet sur moi. Dans quelques jours seulement, je me trouverais à la merci de mon nouvel époux. Penser à Kade Mackenzie — à sa taille, à ses yeux qui lançaient des éclairs, à la force qui se dégageait de lui telle une aura — m'emplissait d'effroi. Mes sœurs disaient vrai. Et moi je ne pouvais que me taire.

— Il possède peut-être des qualités cachées, suggéra Ann. Je l'ai trouvé assez aimable avec nous, même s'il se forçait. Il nous a parlé très poliment. Et il n'avait d'yeux que pour toi, Stella.

Je réfléchis à ce qu'Ann venait de dire. Elle n'avait pas tout à fait tort. Kade était apparu détendu, et d'une certaine façon amusé de se retrouver au centre de l'attention féminine lors de la fête. Et, en y repensant maintenant, je me rendis compte que mes sœurs et mes cousines ne l'avaient pas trouvé si tyrannique que cela sur le moment. En fait, une fois que la nouvelle des amours de Wilkie eut fait le tour de notre petit groupe, elles s'étaient toutes jetées avec enthousiasme sur mon futur mari, tout brutal qu'il fût.

Elles ne s'étaient montrées ni particulièrement subtiles ni particulièrement discrètes. Il avait pourtant toléré toutes ces marques d'attention avec patience, en participant notamment à des conversations qui, de toute évidence, ne devaient pas le passionner. Il les avait laissées lui effleurer le bras et les cheveux. Il avait fait semblant de ne pas remarquer qu'elles buvaient ses paroles. Alors qu'il n'avait que l'embarras du choix, je ne comprenais pas bien pourquoi j'avais eu l'air de retenir son attention davantage que les autres. En fait, je pensais que j'avais imaginé sa préférence pour moi — que, du reste, j'avais essayé de décourager avec soin, contrairement à mes sœurs.

Je me souvenais de l'éclat qui brillait dans les yeux de Kade quand il avait prononcé ces mots : « Au contraire, je trouve l'insolence chez les femmes intéressante — il s'avère que c'est un travers auquel je suis capable de remédier dans presque tous les cas. » Un éclat qui n'était pas malicieux. Non, ce n'était pas le terme. Et que j'avais pour ma part trouvé intimidant. Je m'étais sentie attirée par lui, oui, je ne pouvais le nier, et l'insistance de cette attirance m'avait troublée. Mais à aucun moment je n'avais non plus oublié la peur que Kade Mackenzie m'inspirait. La peur de l'inconnu. De l'éducation répressive que j'avais reçue, j'avais gardé une crainte réelle et profonde pour tout ce qui était imprévisible. Et, imprévisible, c'était bien ce qu'était ce guerrier brutal et armé jusqu'aux dents.

Mais tous les arrangements avaient été passés, tous les accords conclus. Aucune protestation de ma part n'aboutirait.

— Au moins il vaut le coup d'œil, poursuivit Ann. Son regard bleu est à couper le souffle.

— C'est vrai, Stella, renchérit Agnes. Kade Mackenzie est peut-être féroce, intimidant et incontrôlable…

— Et très grand, ajouta Clementine.

— Et gratuitement cruel, renchérit Agnes.

— Et d'une force terrifiante, reconnut Maisie.

— Mais il est, en fait, plutôt beau garçon, reprit Ann. Très beau garçon, même.

— Dans le genre brut et agressif, dit Agnes, qui ne semblait pourtant pas totalement convaincue.

Pas plus que moi, d'ailleurs.

Kade Mackenzie était-il beau ? J'y réfléchis quelques secondes. Il ne passait pas inaperçu, c'était certain. Ses cheveux avaient des reflets auburn, contrairement à ceux de ses frères, qui étaient très noirs : c'était la première chose que j'avais remarquée chez lui. Avec son regard perçant et direct, d'un bleu clair et transparent comme la glace. Et avec la souplesse de ses mouvements, rapides et athlétiques. Plus d'une fois, il m'avait fait penser à un prédateur dont l'imprévisibilité faisait la force. A un homme qui pouvait soit vous secourir soit vous frapper au moment où vous vous y attendiez le moins.

C'était peut-être que je n'étais pas encore habituée à lui. Peut-être n'était-il pas aussi intimidant que je l'imaginais. Peut-être n'étais-je pas encore accoutumée à sa rudesse, à sa taille ni à son pouvoir. La lourdeur des charges qui pesaient sur les épaules de mon père lui laissait peu de temps libre. Il dînait en compagnie de ses hommes et s'aventurait rarement jusqu'à l'aile que nous occupions au manoir. Aucun autre homme n'avait le droit de pénétrer dans nos appartements, et, dans la journée, nous n'étions pas autorisées à fréquenter qui nous voulions. Le seul moment d'intimité que j'avais partagé avec Caleb — qui consistait en un baiser rapide et léger —, je l'avais volé, avec la complicité de Bonnie, et pour cela j'avais été sévèrement punie.

Je devais reconnaître que Kade Mackenzie dégageait un certain magnétisme, accru encore par l'évidente complexité de son caractère. Avec le temps, ce charme prendrait peut-être le dessus sur les aspects plus sombres de sa personnalité que, pour l'instant, je ne parvenais pas à comprendre. Dans une tentative pour calmer mon angoisse, je voulus me convaincre que mes craintes étaient infondées. Mais les discussions ininterrompues de mes sœurs sapaient mes derniers espoirs.

— En tout cas, Stella, reprit Maisie, avec dans la voix quelque chose qui ressemblait à de la jalousie, venant de lui, je pense que tu dois te préparer à tout. Je te le dis, Stella, tu vas vivre des choses inattendues.

Agnes se pencha pour murmurer, même si personne d'autre ne pouvait nous entendre :

— Vous ai-je raconté ce qui est arrivé à la cousine de Claire Buchanan ?

J'hésitai à répondre, car je n'étais pas certaine d'avoir envie de le savoir. Ann le fit pour moi :

— Non, Agnes. Qu'est-il arrivé à la cousine de Claire Buchanan ?

— Eh bien, voilà. Cela va sans doute te faire peur, Stella, mais je crois qu'il faut que tu le saches.

— Tu ne nous en as jamais rien dit auparavant, Agnes, lança Maisie, visiblement très pressée de découvrir ce que nous avait caché notre sœur. Raconte, je t'en prie.

Agnes s'interrompit, comme si elle hésitait encore. Mais finalement elle se décida :

— Je n'étais pas certaine de devoir en parler. Mais je crois que Stella doit se préparer.

— Se préparer à quoi ? demanda Clementine.

— Eh bien, reprit Agnes, aux lèvres de qui nous étions toutes suspendues, Kade Mackenzie a assisté à une fête au manoir des Buchanan — c'était il y a six mois à peu près. Lottie m'a raconté cette histoire après sa dernière visite chez eux.

Nous savions toutes que notre cousine Lottie avait non seulement reçu une invitation pour séjourner au manoir des Buchanan, mais aussi une demande en mariage de la part d'un jeune homme de petite noblesse apparenté à leur clan. Mon père, bien entendu, avait refusé cette union.

— La cousine de Claire l'a invité dans ses appartements privés — pour quelle raison, je ne le saurai jamais. Elle lui a autorisé… eh bien, tout ce qu'il voulait. La cousine de Claire a dit qu'il avait fait des choses irracontables. Il lui a fallu plusieurs jours pour s'en remettre, la pauvre !

— Que veux-tu dire par « irracontable » ? demanda Maisie.

Agnes poursuivit, d'une voix étouffée :

— Apparemment, elle était dans un état…

— C'est-à-dire ? demandai-je à mon tour, d'une voix hésitante.

Agnes ne répondit pas tout de suite.

— Elle a dit que c'était l'expérience la plus intense de sa vie.

— Intense ? ne pus-je m'empêcher de répéter.

Agnes acquiesça.

— Elle a passé toute la nuit dans un état de terreur et d'extase mêlées, d'après Lottie. Ce sont ses propres mots, je m'en souviens très clairement : « terreur » et « extase ». Elle ignorait ce qu'il allait faire d'un moment à un autre, mais à la fin elle l'a supplié de recommencer la nuit suivante.

Cette déclaration commença par nous plonger toutes dans le silence. Puis Ann finit par demander, comme si elle n'était pas sûre d'avoir bien entendu :

— Elle l'a supplié… de recommencer ?

— Oui, certifia Agnes. Mais il n'a pas voulu. Elle était si transportée qu'elle lui a même suggéré de demander sa main à son père. Mais il a refusé et il est parti le lendemain.

De nouveau, le silence s'installa, alors que nous digérions cette information troublante.

— Qu'a-t-il donc bien pu lui faire ? demanda Maisie, aussi intriguée que nous toutes.

Enfin, de toutes, c'était peut-être moi qui l'étais le plus, alors que la voiture continuait sa traversée des Highlands, me rapprochant inexorablement du triste destin qui m'attendait.

— La cousine de Claire n'a pas voulu tout raconter à Lottie, répondit Agnes. Mais elle lui a dit une chose : il l'a attachée au lit.

— *Attachée ?* fis-je, d'une voix trahissant ma détresse. Pourquoi ?

— Pour l'empêcher de bouger. Elle était entièrement à sa merci.

— Dieu du ciel…, murmura Ann.

— Donc, il aime autant dominer dans l'intimité de ses appartements qu'au grand jour, déclara Maisie. J'avais bien deviné.

Ann, qui était assise à ma droite, me serra tout à coup dans ses bras, et m'invita à appuyer ma tête sur son épaule.

— Stella, c'est pire que ce que nous craignions. Il est aussi cruel que ce que les plus horribles rumeurs pouvaient laisser penser. Nous ne pouvons pas t'abandonner dans cette situation. A nous sept, nous pourrions peut-être neutraliser le cocher et le garde de père. Ou tu pourrais faire semblant d'être malade. Nous demanderions à nous arrêter à la prochaine taverne et tu en profiterais pour t'échapper. Je viendrai avec toi. Je resterai à tes côtés. Tu ne peux pas épouser Kade Mackenzie. C'est quelqu'un d'abominable et de terrible. On ne peut pas te demander d'épouser une telle bête, alliance ou pas.

— Agnes, dit Maisie, interrompant du même coup le monologue fiévreux et angoissé d'Ann, es-tu sûre que Lottie a dit que la cousine de Claire avait suggéré à Kade Mackenzie de la demander en mariage ? Malgré ce qu'il lui avait fait subir ?

Ann me laissa me rasseoir à ma place, mais elle garda ses bras autour de moi, alors que nous attendions toutes deux la réponse d'Agnes.

— Oui, répondit cette dernière. Même s'il la terrifiait, elle a dit que faire l'amour avec lui était une expérience quasi… spirituelle. Et puis il est parti sans jamais revenir, alors elle a fini par épouser un soldat des Buchanan. Mais maintenant elle est très malheureuse. Son nouvel époux ne la satisfait pas. La cousine de Claire — mais, attention, vous ne devez jamais souffler mot de cela à personne — a même envoyé une lettre à Kade, pour lui demander de venir lui rendre visite au domaine, mari ou pas. Mais il n'a jamais répondu.

Je ne savais pas comment prendre ce flot d'informations. *Une expérience spirituelle ?* Qu'est-ce que cela pouvait bien signifier ?

Etait-ce aussi terrible que cela ? Ou tout au contraire ? Elle avait sans aucun doute apprécié, si elle avait voulu qu'il reste et même qu'il l'épouse, et si elle lui avait écrit alors qu'elle était mariée à un autre. Pourtant, cela n'avait aucun sens.

« Elle était entièrement à sa merci. »

A cette idée, j'eus l'impression que j'allais me sentir mal. Me dégageant en douceur des bras d'Ann, j'écartai le lourd rideau qui masquait la vitre arrière de la voiture, pour respirer une grande bouffée d'air frais.

— Stella, dit Agnes, en plaçant sa main sur la mienne et en la tapotant légèrement. Au départ, je ne voulais rien dire. Et puis j'ai pensé que, si j'avais été à ta place, j'aurais voulu savoir à quoi m'attendre. Pour pouvoir m'y préparer du mieux possible.

— Cela va aller, Agnes, répondis-je, pourtant convaincue du contraire.

— En fait, ce n'est pas vraiment une mauvaise nouvelle, n'est-ce pas ? demanda Clementine. Si elle voulait qu'il fasse… ce qu'il a pu lui faire, dès la nuit suivante, alors ce n'était sans doute pas…

— Mais qu'a-t-elle voulu dire par « expérience spirituelle » ? l'interrompit Maisie. Pour être honnête, quand Wilkie et moi…

Sa voix trembla un peu à ce souvenir. Nous savions toutes ce qui s'était passé entre elle et Wilkie, car elle nous l'avait raconté plusieurs fois en détail. Mais elle se reprit.

— En fait, je pourrais décrire ce que j'ai vécu avec lui en des termes similaires. Je me suis sentie changée, et pas seulement physiquement. Ils ont peut-être partagé quelque chose de fort. Tu dois faire attention, Stella. C'est bien que tu nous aies raconté cela, Agnes. Kade a peut-être une liaison avec la cousine de Claire Buchanan. Si jamais il se rend à leur manoir, tu ferais mieux de l'y accompagner. Juste au cas où.

C'était bien le cadet de mes soucis ! En fait, je regrettais que Kade n'ait pas accepté la proposition de cette fille, ce qui m'aurait évité d'entendre jamais parler de lui. Je n'avais aucune envie de connaître la terreur et l'extase mêlées, ni de vivre des « expériences spirituelles », quelles qu'elles aient pu être.

— Essaie de ne pas y penser, Stella, dit Ann d'une voix douce tout en me prenant la main. Cela ne fera que t'inquiéter davantage.

Mes autres sœurs semblèrent le comprendre, elles aussi, et, heureusement, elles se turent.

Si seulement j'avais pu choisir mon promis, un promis qui ne m'aurait pas intimidée à ce point. Un promis qui ne m'aurait pas attachée pour me violenter.

J'eus du mal à retenir les larmes qui me montaient aux yeux lorsque je repensai à la douce voix de Caleb, et à sa présence tranquille. C'était ce genre de mariage auquel j'aspirais, un mariage sans menace.

Désespérée, je regardai par la fenêtre, d'où j'aperçus dans le lointain, perché sur une colline, le grand et imposant manoir de Kinloch.

5

Le matin de mon mariage, ce furent les piaillements d'excitation de mes sœurs et de nos suivantes qui me réveillèrent. Pour elles, la journée promettait de l'amusement, des réjouissances, et annonçait un avenir plus radieux pour l'ensemble de notre clan. Pour moi, cependant, c'était tout l'inverse. J'enfouis ma tête sous mon édredon pour me protéger de la lumière et m'isoler du bruit.

Mais mes tentatives pour me cacher échouèrent lamentablement : je fus secouée, tirée du lit, déshabillée, et conduite vers le baquet d'eau fumante et parfumée qui avait été installé au milieu de ma chambre.

— Tu as perdu du poids, Stella, lança Ann. Tu ne manges pas assez.

C'était la vérité. Depuis que mon père m'avait annoncé la nouvelle de mon prochain mariage, j'avais eu du mal à avaler la moindre bouchée. Et j'étais naturellement un peu plus mince que mes sœurs, même si j'avais encore les courbes nécessaires pour remplir la magnifique robe de mariée que j'allais porter et qui avait été dessinée et confectionnée spécialement pour moi par la sœur de Kade en personne, Ailie Mackenzie. J'avais essayé la robe la veille : elle m'allait bien et il avait juste fallu reprendre un peu la taille. Après de longues discussions, il avait été décidé que je porterais mes cheveux lâchés durant la cérémonie nuptiale car, de l'avis de tout le monde, mes longues boucles, foncées aux racines et dorées aux pointes, seraient du meilleur effet sur le velours blanc de ma robe.

— Il ne faut pas continuer à perdre du poids, Stella, m'avertit Maisie. Les hommes n'aiment pas les femmes trop maigres.

Le simple fait d'évoquer les hommes en général — et un homme en particulier — suffit à me nouer l'estomac. Les préférences de Kade Mackenzie en termes de silhouette féminine étaient des détails obscurs et inquiétants qui précipitèrent les battements de mon cœur. Je me levai, et inondai le sol en essayant de sortir de mon bain.

— Je ne peux pas faire cela. Je ne peux pas l'épouser. Je ne l'aime pas, et je ne veux pas partager son lit.

Des mains se posèrent sur moi, me caressèrent les cheveux et me forcèrent à me rasseoir dans l'eau brûlante.

— Il n'est pas question d'amour, ma chère sœur, déclara Clementine, dont la voix douce contredisait la dureté des propos. Mais de devoir, d'honneur, de protection. Tu seras bientôt la maîtresse de notre clan, souviens-toi. Ce sera à nous de t'offrir tout le confort que tu pourras souhaiter, d'obéir à tous tes ordres et d'exaucer tous tes souhaits. Ton enfant sera l'héritier de Glenlochie. Tu accéderas à un rang supérieur dont tu pourras t'enorgueillir, mais que tu devras également honorer avec bonne volonté, ce dont je ne doute pas un seul instant, toi qui es si dévouée et si douce.

Après une courte pause, Clementine ajouta, d'une voix plus brusque :

— Tu ne peux pas te dérober à ton devoir, Stella.

Aussitôt, je me sentis terriblement désolée pour elle. Cela aurait dû être à elle, l'aînée, de donner naissance à l'héritier du clan. Cette pensée la tourmentait : je le voyais sur son visage. Cela n'aurait pas dû être à moi, la deuxième des filles. Plutôt que de jouir de son statut d'aînée, elle allait passer les années qui auraient dû être pour elle celles de l'épanouissement et de la maternité dans l'isolement d'un couvent, à ne rien bercer d'autre que ses désillusions. Et, à la lumière de cette réalité douloureuse pour elle, je pris sa remarque à cœur. Non, je ne pouvais pas me dérober à mon devoir, un devoir qu'elle convoitait, qu'elle réclamait à cor et à cri, et qui lui avait échappé. Comme à Maisie. Malgré les erreurs qu'elles avaient pu commettre, elles étaient mes sœurs et je voulais leur assurer sûreté et protection. Je voulais le bien de ma famille. Mon clan comptait sur moi, et je ne les décevrais pas, malgré toutes les réserves que je pouvais nourrir au sujet de mon futur mari.

— Il y a d'autres devoirs auxquels tu ne pourras te soustraire, Stella, dit Maisie. Les devoirs d'une femme envers son époux.

J'avais entendu mes sœurs parler de ces devoirs, d'abord lorsque Clementine s'était préparée au mariage — deux fois — et ensuite lorsque Maisie attendait que Wilkie Mackenzie demande sa main. Mais j'avais soigneusement évité de réfléchir à la réalité que ces devoirs recouvraient vraiment. Mes sœurs, cependant, aimaient les détails.

— Tout d'abord, reprit Maisie, un mari attend de sa femme qu'elle le déshabille.

Le petit gémissement que je poussai fut accueilli par un tapotement amical sur ma main. Mais nous savions toutes que mes sœurs ne pouvaient pas faire grand-chose pour m'aider, à part m'informer et faire de leur mieux pour me réconforter une fois que l'irrémédiable aurait été commis.

— Il est possible qu'il ne te demande pas cela dès la première nuit, lança Clementine à tout hasard.

— Comment déshabiller Kade Mackenzie sans se blesser ? demanda Agnes.

— En effet, cela me paraît dangereux, approuva Ann. Effleurer toutes ces lames sans se couper représente un réel défi.

— J'ai entendu dire, poursuivit Maisie, que certains hommes aiment que leur femme leur donne à manger. Je suppose que c'est une façon de se sentir tout-puissant.

Elle avait dit cela sur un ton rêveur, et je compris que c'était ce qu'elle avait prévu de faire avec son propre mari — qu'elle avait perdu à jamais —, ainsi que bien d'autres choses encore.

— Et puis, bien sûr, ajouta Clementine, il y a aussi ce qu'on appelle le... le devoir conjugal.

— Ce n'est peut-être pas si terrible que cela, dit sans conviction Ann, qui avait peut-être remarqué mon expression terrifiée.

Mais comment aurait-elle pu me réconforter, elle qui, au sujet du devoir conjugal, en savait encore moins que moi ?

— Tu n'es pas obligée de rester fidèle, dit Maisie à voix basse.

Un silence étrange s'installa. Sans que Maisie mentionne le moindre nom, nous avions toutes compris de qui elle voulait parler.

— Il sera sans doute autorisé à revenir à Glenlochie une fois que tu seras officiellement mariée, poursuivit-elle.

— Mais attends que ton mari se mette à aller voir ailleurs avant de faire la même chose, suggéra toutefois Agnes. Ainsley Munro m'a dit que le mari de sa cousine avait annulé leur mariage lorsqu'il avait appris l'infidélité de son épouse. Et, légalement, il avait le droit de le faire. Mais, si c'était lui qui avait commencé, alors l'annulation aurait été impossible.

— Est-ce vrai ? demanda Clementine, intriguée.

— Oui, c'est ce qu'elle m'a dit à moi aussi, confirma Maisie. Et c'est vrai que la plupart des hommes sont infidèles. En tout cas, c'est ce que j'ai entendu dire. Et je parierais que Kade Mackenzie ne sera pas différent des autres, surtout si les rumeurs au sujet de sa… vigueur sont avérées.

— Eh bien, espérons que Kade ira bien voir ailleurs, ajouta Ann à voix basse. Il pourra s'adonner à ses sombres plaisirs avec quelqu'un d'autre. Et, de cette façon, Stella sera tranquille et libre de faire ce qu'elle veut de son côté.

Leurs bavardages continuèrent sans que j'y participe, et je plongeai la tête sous l'eau pour m'isoler davantage. D'ici quelques heures, je serais mariée et liée à tout jamais à un homme que je n'avais rencontré qu'une poignée de fois, et dont la sombre aura me hantait. A ce moment précis, c'était de la peur que je ressentais, mais aussi une certaine forme de curiosité, et qui était peut-être dictée par l'instinct de survie. Je voulais commencer à me préparer émotionnellement à ce qui m'attendait. Malgré moi, mon esprit vagabondait, s'aventurant dans des contrées bien inquiétantes. Ce qui allait se passer ce soir. Comment se déroulerait la nuit de noces. La nuit de noces *avec Kade Mackenzie*. Se montrerait-il doux ? Ou brutal ? Serait-il froid et distant, ou bien possessif et exigeant ? Me ferait-il mal ? Maisie et Bonnie m'avaient parlé de leurs rencontres amoureuses avec les hommes qu'elles auraient voulu épouser. Pour Bonnie, le futur paraissait radieux. Je m'inquiétais pour Maisie, en revanche, qui s'était donnée à un homme qui était devenu le mari d'une autre ; je craignais en effet que cela ne gâche ses chances de trouver un autre époux. Pourtant, elle ne regrettait rien. Elle le répétait souvent. D'après elle, ces moments intimes partagés avec Wilkie Mackenzie étaient ce qu'elle avait vécu de plus délicieux dans sa vie.

Mes expériences à moi seraient-elles délicieuses ? Malgré ce que nous avait raconté Agnes chemin faisant — ou peut-être à cause de ce qu'elle nous avait raconté, précisément —, j'en doutais fort. Certes, Kade semait un trouble inhabituel en moi. Dès que je le sentais proche de moi, une espèce d'émoi me saisissait. C'était une réaction que j'avais d'abord attribuée à la peur. Mais, en plus de la panique, j'étais gagnée par une chaleur inhabituelle, et qui m'intriguait au plus haut point. Tout comme lui pouvait m'intriguer. Ses mains s'étaient posées sur mes épaules avec tant d'assurance, tant de force, mais sans pour autant me faire le moindre mal. Quand il avait prononcé mon nom — « Stella » — d'une voix rauque, sa surprise teintée de vulnérabilité m'avait émue.

Néanmoins, j'étais trop habituée à la violence pour ne pas en attendre de sa part. Et ce type de violence serait plus insidieux et plus préjudiciable que tout ce que j'avais connu jusqu'ici. J'en étais persuadée.

Si l'on ne m'avait pas tirée de l'eau pour me laver puis me démêler les cheveux, je serais peut-être restée éternellement sous la surface, pour disparaître et ne jamais découvrir ce qui m'attendait. Et j'étais tellement perdue dans mes sombres pensées que je fus lavée, séchée, habillée, coiffée, maquillée et parfumée sans même m'en rendre compte.

J'étais prête à assister à mon propre mariage.

Si j'avais été en état d'apprécier ce genre de choses, j'aurais peut-être remarqué dans ma torpeur que le temps était plutôt chaud et ensoleillé en ce début d'automne, que l'atmosphère était festive, que la petite chapelle de Kinloch était exquise, avec ses murs blancs et ses vitraux colorés.

Mais j'avais l'impression de flotter au-dessus de tout cela, comme si j'observais les détails de la cérémonie depuis une distance protectrice.

Ma robe était magnifique : cela, au moins, j'étais en mesure de l'apprécier. Elle était faite dans un épais tissu de velours blanc aux reflets rose pâle. Le corsage moulant était brodé de rubans de soie blancs qui dessinaient des motifs de coquillages. La longue jupe retombait avec élégance jusqu'au sol, et sur le col étaient cousus des petits morceaux de coquillages nacrés. Je portais un voile en dentelle qui m'offrait une barrière bienvenue contre les événements de la journée.

Mon père avait revêtu ses plus beaux atours : un manteau bordé de soie dorée attestait sa noblesse. Nous n'échangeâmes pas un seul mot. Tout ce qui devait être dit l'avait déjà été. Il me conduisit jusqu'au côté du chœur, où se tenait Knox Mackenzie, entouré de ses deux frères. Laird Knox Mackenzie me regarda approcher, les bras croisés sur sa large poitrine. Je remarquai chez lui une espèce de mélancolie contenue, et je me souvins avoir entendu dire que sa femme était morte quelques années plus tôt. La vue d'une robe de mariée lui faisait peut-être penser à tout ce qu'il avait perdu. L'expression de Wilkie Mackenzie était bien plus rêveuse, mais il ne me regardait pas. Ses yeux fixaient sa propre épouse, la blonde Roses, qui était assise à côté de lui à l'un des premiers rangs.

Et puis il y avait Kade.

Cela faisait deux semaines que je ne l'avais pas vu, depuis le jour où je l'avais heurté au détour d'un couloir. Depuis le jour où il m'avait sauvée des griffes d'Aleck. Depuis le jour où nos fiançailles avaient été décidées. A présent, son visage était tout à fait stoïque, aussi impassible que ce que j'aurais pu attendre de lui. Il ne me quittait pas des yeux, et je n'osai le regarder qu'à la dérobée. Cela me suffit pour remarquer, d'un œil distrait, que sa tenue de cérémonie lui allait particulièrement bien. Il paraissait grand et noble et très sûr de lui dans les couleurs de son clan. A cause des avertissements et des dernières révélations de mes sœurs, la puissance et la virilité que dégageait Kade suffirent à anéantir le peu de courage que j'avais réussi à rassembler. Si je le regardais, je craignais de m'évanouir. Je préférai donc poser mes yeux ailleurs.

Comme il levait mon voile, il me parla, et je reconnus ces intonations rauques qui m'avaient frappée lors des quelques brefs échanges que nous avions eus précédemment.

— Vous faites la même tête que si vous alliez être donnée en pâture aux lions, lança-t-il. Rassurez-vous, je n'ai pas l'intention de vous dévorer toute crue. Pas pour l'instant en tout cas.

Je levai les yeux vers lui, surprise par son sourire à la fois cynique et sensuel. Etait-ce une tentative pour faire de l'humour ? Tout ce qui le concernait était si mystérieux pour moi que je ne pus que lui jeter un bref coup d'œil avant de rougir, de baisser les yeux, et prier pour me retrouver n'importe où pourvu que cela fût ailleurs.

La petite chapelle était pleine à craquer. Ma famille était installée au fond. Mon père affichait un air triomphant, clairement soulagé que l'alliance entre nos deux clans devienne enfin effective. Avec un plaisir évident, mes sœurs et mes cousines balayaient l'assistance des yeux, cherchant du regard des conquêtes potentielles. Parmi les invités se trouvaient des membres des clans Macintosh, Buchanan, Machardy, Macsorley, et même des Stuart. Les gens étaient venus de loin pour assister à l'unification de deux grandes armées des Highlands et pour prendre part aux festivités.

Non sans panique, je me rendis compte que la cérémonie de mariage avait déjà commencé. Et les mots du prêtre ne firent qu'accroître mon désespoir. « Les vœux du mariage ne doivent pas être pris à la légère », disait-il. « L'union devant Dieu est un lien irrévocable qui ne doit pas être brisé. Les vœux sacrés, scellés par le sang et par le corps, forgés par l'amour sincère entre un homme et une femme… »

La pièce se mit à tourner légèrement autour de moi, et je sentis le contact de la main de Kade sur mon coude.

— Peut-être, dit-il au prêtre, devrions-nous passer directement aux vœux.

Le prêtre s'interrompit et acquiesça avec un air de connivence, comme s'il pensait que Kade était pressé de se retrouver marié. Avec obligeance, il obéit.

J'écoutai la voix rauque de Kade lorsqu'il déclara :

— Moi, Kade Mackenzie, je te prends, Stella Morrison, comme épouse.

Il poursuivit, et je dus reconnaître que la douce autorité dont était teinté son timbre trouvait une certaine résonance en moi. Il était calme, et ne montrait aucune hésitation. Et c'était normal, supposai-je. Il accomplissait son devoir, tout comme j'accomplissais le mien. Peut-être tirait-il juste un peu plus de satisfaction du destin auquel il était voué que moi.

Lorsqu'il eut terminé, je récitai mes vœux docilement, en répétant les mots prononcés par le prêtre de la famille Mackenzie, en écoutant le bourdonnement de sa litanie qui me lierait à jamais à un homme dont je ne voulais pas. Je pensais à mon clan, à mes sœurs, à leur sécurité maintenant qu'elles seraient protégées par une armée plus puissante, au confort que cette nouvelle alliance apporterait, grâce aux échanges, à la puissance militaire et au commerce. J'étais un pion au service du bien commun, et je devais accepter mon sort avec tout le courage et toute l'abnégation dont j'étais capable.

Le prêtre demanda que je tende la main et je m'exécutai. Laird Mackenzie passa la lame de son couteau sur ma paume et dessina sans me faire mal une entaille propre et fine sur ma peau, avant de faire la même chose à son frère. Puis il plaça nos paumes l'une contre l'autre afin que nos sangs se mêlent. La large main de Kade, chaude et rugueuse, enveloppait totalement la mienne. Ce contact, ainsi que l'idée que le sang de ce guerrier était à présent mélangé au mien, me mit mal à l'aise. Mais, même si j'avais eu le cran de retirer ma main, je n'aurais pas pu le faire : laird Mackenzie passa un ruban blanc autour de nos poignets et fit un nœud très serré qui nous attachait l'un à l'autre pour toujours.

Le prêtre poursuivit, d'une voix forte aux intonations théâtrales :

— Je vous déclare mari et femme. Kade Mackenzie, vous pouvez sceller vos vœux par un baiser.

Un baiser.

Je me glaçai, et regardai mon nouvel époux dans les yeux. Et je fus frappée par leur couleur claire et vibrante. Je n'avais jamais vu des yeux d'un bleu si pâle ni si pur. On aurait dit le ciel par une journée froide et dégagée.

Il se pencha pour m'embrasser et ses lèvres effleurèrent à peine les miennes. Je pensais qu'il les retirerait bien vite, mais sa bouche s'attarda sur la mienne — et je fus traversée par une fugace sensation de déjà-vu.

La cérémonie était terminée. Je fus conduite, par mon époux qui fendait avec aisance la foule venue nous acclamer, jusqu'à la grande salle du manoir, où les festivités battaient déjà leur plein.

— Félicitations, espèce de veinard ! lança Tadgh Munro à Kade, en lui tapant dans le dos. La délicieuse Stella Morrison est à toi maintenant.

Kade ne lui répondit pas, et m'entraîna vers une table située au fond de la grande salle. La foule s'écartait pour nous laisser passer.

— Mais elle n'a pas l'air aussi ravie que toi, poursuivit Tadgh en criant. Elle a dû entendre parler de ta réputation de barbare, Mackenzie. Il va falloir la ménager, la pauvre.

Entendant cela, plusieurs hommes se mirent à rire.

Les paroles que venait de prononcer Tadgh Munro ne firent rien pour apaiser mon appréhension grandissante. Je fus conduite à la table d'honneur, où Kade me demanda de m'asseoir. J'obéis, comme j'avais l'habitude de le faire. La seule différence, c'était que la personne qui me donnait des ordres n'était plus mon père, mais mon époux, qui, en ce moment précis, paraissait aussi contrarié que moi. Il me jeta un coup d'œil rapide, puis s'assit à mes côtés, avant d'avaler une grande gorgée de bière. Il me tendit son verre, et me dit :

— Buvez.

— Normalement je… je ne bois pas de bière.

— C'est le jour de votre mariage. Buvez. Du reste, vous semblez en avoir besoin.

Trouvant cette remarque presque insultante, je le regardai

pour lui signifier mon mécontentement. Mais je me rendis compte que je fronçais déjà les sourcils. Kade avait peut-être raison. Un verre de bière me ferait peut-être le plus grand bien. D'ici quelques heures, ce mariage et mon destin seraient scellés par l'homme même dont je sentais la cuisse ferme et musclée contre la mienne. Ce contact rapproché me paraissait bien trop familier... mais nous étions mariés à présent. Mon corps lui appartenait, et il pouvait en faire ce qu'il en voulait.

Sous l'œil de Kade, je bus une grande gorgée de bière. Puis une autre.

— J'ai bien conscience qu'il s'agit d'un mariage arrangé, déclara-t-il. Mais pour les membres de nos deux clans et pour nos invités, durant cette soirée, vous pourriez au moins faire comme s'il y avait quelque chose à fêter.

Sa requête me contraria. Ne suffisait-il pas que, par devoir, je me sois résignée à épouser un homme que j'imaginais violent et sans pitié, et ce dans le seul but de servir les intérêts de ma famille et de mon clan ? En fait, je n'avais qu'une seule envie : être n'importe où ailleurs et avec n'importe qui d'autre. Fallait-il aussi que je joue la comédie devant lui ? Que je fasse comme si je débordais de joie à l'idée de me retrouver très bientôt entre les griffes de cette brute dont la réputation de sauvagerie n'était plus à faire ? Je tentai tant bien que mal de me contenir, mais je ne pus m'empêcher de répondre :

— Pour vous, il y a peut-être quelque chose à fêter. Pour moi, en revanche...

Il me toisa d'un air légèrement agacé.

— La mine sinistre que vous affichez ne me donne pas spécialement envie de me réjouir, savez-vous ?

Je le fixai, à la fois mal à l'aise et de plus en plus irritée. Quelle grossièreté !

— Je m'excuse de vous déplaire, mais pour moi un mariage forcé n'est pas synonyme de réjouissance. J'avais espéré pouvoir faire un mariage d'amour.

— Comme tout le monde, très chère. Cependant, le plus sage serait de tirer le meilleur parti de notre situation, même si cela risque d'être difficile et pour vous et pour moi.

Je me sentis offensée par sa remarque. Bien sûr, c'était facile à dire pour lui. Sa situation n'était pas à plaindre. Il allait devenir le chef de notre clan prospère et puissant, et jouissait dès à présent d'un contrôle total sur notre armée, nos ressources, et aussi sur ma propre personne. Si sa réputation de guerrier sans merci était fondée, je ne doutais pas un seul instant qu'il profiterait de ses nouveaux privilèges — y compris de moi — sans se priver. Avec résignation, je lui demandai à voix basse :

— Et comment comptez-vous vous y prendre ?

Il marqua une pause, se cala sur son siège, comme s'il réfléchissait à sa réponse.

— J'avais pensé commencer par partager une bière avec ma nouvelle épouse, et discuter avec elle du déroulement de la soirée. Mais elle affiche une expression mécontente, et elle paraît moins bavarde que je l'aurais espéré.

Mais quel rustre ! La légère attirance que j'avais pu ressentir pour lui disparut d'un seul coup.

— Je suis absolument désolée de vous décevoir, répondis-je sur un ton glacial.

— Nos noces me font ressentir une très large palette d'émotions, mais je peux vous assurer que la déception n'en fait pas partie.

Je le regardai d'un air de défi, remarquant ses sourcils épais, son nez droit, sa mâchoire carrée. Les tendons de son cou étaient proéminents et les manches de sa chemise blanche se tendaient sur ses muscles alors qu'il serrait les poings. Il plissait légèrement les yeux, comme s'il éprouvait autant de difficulté à interpréter mes pensées que moi à cerner les siennes. J'avais envie de lui demander de quelles émotions il voulait parler, mais mon esprit était accaparé par une partie de la phrase qu'il venait de prononcer : « le déroulement de la soirée ».

Avant que je puisse lui demander de développer, nous fûmes interrompus par les serviteurs, qui apportèrent des plats richement garnis à notre table et les placèrent devant nous.

Laird Mackenzie se leva pour prononcer un discours plein d'éloquence dans lequel il me souhaitait la bienvenue dans leur famille et se réjouissait du futur radieux qui s'offrait à nos deux clans alliés. Je fis de mon mieux pour afficher un air ravi

— quoique forcé —, non pas pour faire plaisir à mon époux — pas du tout —, mais par respect pour les membres de mon clan. Cela ne se faisait pas, après tout, de faire grise mine pendant les discours. J'aurais tout le temps plus tard.

Tout en écoutant d'abord le discours de laird Mackenzie, puis celui de mon père, je parcourais la foule des yeux. J'espérais que mon sacrifice profiterait aux miens. Je savais que la santé défaillante de mon père avait eu des conséquences négatives sur le bien-être général de notre clan. Il y avait comme un air de laisser-aller à Glenlochie. L'armée était moins bien organisée. La nourriture était moins abondante qu'au cours des années précédentes. Et la menace de la rébellion de laird Campbell contre le roi d'Ecosse pesait de plus en plus sur nous. J'espérais que notre alliance empêcherait ce soulèvement, et que mon époux se révélerait un aussi bon chef militaire que son frère.

Comme le prouvait la façon dont était tenu le domaine de Kinloch, le clan Mackenzie était très prospère. Le manoir et son mobilier étaient dans un état magnifique. La nourriture et la boisson étaient délicieuses. On nous avait servi de l'agneau et du bœuf, du canard et du faisan. Des corbeilles de fruits exotiques étaient disposées sur toutes les tables, et une grande variété de légumes, qui avaient tous poussé dans le potager des Mackenzie, étaient proposés, assaisonnés de beurre frais et d'herbes délicieuses. Le pain frais abondait, tout juste sorti du four, garni de bonnes graines et de noix de toutes sortes. Et les serviteurs au grand complet semblaient travailler de bon cœur, dans un esprit de camaraderie et d'entraide.

J'espérais que Kade Mackenzie pourrait apporter un peu d'ordre et de vigueur chez nous, en même temps que faire souffler un nouvel optimisme au sein de notre clan... Cela valait bien la soumission de mon esprit et le sacrifice de mon corps. Je trouverais peut-être le bonheur hors de mon mariage. Maisie avait peut-être raison : Kade pourrait très bien aller voir ailleurs, et ma vie serait à la rigueur supportable, hors de nos appartements, lorsque je serais loin de mon époux barbare et grossier.

Mes pensées continuèrent de vagabonder pendant que je mangeais, parlais, souriais et buvais la bière que l'on me servait, jusque tard dans la soirée. En fait, à ma grande surprise, lorsque j'étais brièvement séparée de mon époux et entourée de mes sœurs enjouées et de mes amis, je m'amusais presque. Mais cela ne dura que jusqu'au moment où j'entendis une voix grave et reconnaissable entre mille murmurer à mon oreille :

— Stella.

De nouveau, cette familiarité me fit tressaillir.

— Je dois vous demander de m'accompagner à présent, ma chère femme. Il est l'heure d'aller nous coucher.

6

Tout le courage que l'alcool avait pu m'insuffler disparut d'un coup. Mon sang se glaça dans mes veines et mon cœur suspendit un instant ses battements.

Avec détermination, Kade emprisonna ma main dans la sienne et m'emmena loin des convives qui étaient de plus en plus bruyants bien que de moins en moins nombreux.

— Personne ne remarquera notre départ, dit-il. De toute façon, il est dans l'ordre des choses que nous nous éclipsions vers un endroit plus tranquille.

Chaque mot qu'il prononçait semblait me plonger de plus en plus profond dans une terreur muette. Il m'aida à gravir le grand escalier du manoir et me conduisit dans un couloir qui menait à ses appartements privés. Une fois que nous y fûmes entrés, il referma la lourde porte. Le bruit de la clé dans la serrure — sec et définitif — traduisait parfaitement la réalité de ma situation. J'étais prise au piège dans la tanière de l'horrible Kade Mackenzie. Jamais je ne pourrais m'enfuir.

Malgré mon angoisse, je remarquai que la chambre paraissait accueillante et chaleureuse. Un feu crépitait joyeusement, offrant ainsi un contraste saisissant avec ma propre humeur. L'avancée située devant la fenêtre avait été aménagée en banquette et garnie de coussins moelleux, tandis que des rideaux de fourrure épaisse empêchaient le froid de pénétrer à l'intérieur de la pièce. Le feu se reflétait sur la surface métallique des armes de Kade, très nombreuses, et réparties un peu partout dans la chambre, sauf sur le lit, qui était large, recouvert de nombreuses couvertures de fourrure, et semblait confortable.

Le mur du fond était occupé par des étagères de bois qui débordaient de livres, de rouleaux de manuscrits, de bibelots, d'armes exotiques en tout genre. Il y avait des épées étrangères, des couteaux à manche en os, des objets en métal, en cuir, et en d'autres matières aussi mystérieuses pour moi que l'était leur usage. Tout ce que je savais, en revanche, c'était que leur vue ne faisait rien pour m'apaiser.

A côté des étagères se trouvaient plusieurs gros coffres, ouverts, et quelques-uns des rayonnages les plus bas étaient complètement vides. Kade était en train d'emballer ses affaires, comme je le compris soudain, et à cette pensée me revint l'un des commentaires qu'il avait faits lorsque nous étions à table : « Le plus sage serait de tirer le meilleur parti de la situation, même si cela risque d'être difficile et pour vous et pour moi. » Pour la première fois, je me rendis compte que je n'étais pas la seule à faire des sacrifices pour ce mariage. De toute évidence, ces appartements avaient été le refuge de Kade Mackenzie pendant de longues années. Les armes et tous les objets éparpillés dans la pièce n'étaient pas là pour un quelconque usage. Il s'agissait de petits trésors et de biens amassés et collectionnés durant toute une vie, et certains d'entre eux paraissaient si usés qu'ils semblaient avoir appartenu à beaucoup d'autres vies auparavant.

Une vieille selle en cuir était posée sur un support de bois. Elle avait été soigneusement cirée avec le linge doux qui était resté à côté ; je sentais une légère odeur caractéristique d'huile et de cuir mêlés. Un manteau d'homme en fourrure était accroché au dossier d'une chaise : un manteau de chasse. Un pupitre était couvert de rouleaux de papier, de plumes et d'encriers.

Je remarquai, aussi, qu'un petit portrait de femme trônait seul sur une étagère de bois, près de la cheminée. Même depuis l'endroit où je me trouvais, je pus voir que la ressemblance avec les sœurs de Kade était frappante. Il aurait été déplacé que j'examine ce tableau de près, mais je devinai qu'il devait s'agir de la mère de Kade. La présence de cette peinture semblait néanmoins incongrue. Ce guerrier impitoyable chérissant le souvenir de sa mère, au point de réserver une place à part pour son portrait miniature : voilà qui avait de quoi surprendre. Sans que je sache pourquoi, cela me rassura un peu. Mon féroce époux avait peut-être un côté plus tendre, finalement. Cette chambre si chaleureuse et accueillante semblait le suggérer en tout cas.

A la vue de cette petite peinture, une autre question me vint : quel pouvait être l'état d'esprit de Kade à l'idée de quitter sa maison ? Au cours des derniers jours, j'avais pu remarquer que les frères et sœurs Mackenzie étaient particulièrement liés et proches les uns des autres. Ils aimaient être ensemble, et cela se voyait. Pourtant Wilkie devait partir pour Ossian Lochs avec sa nouvelle épouse, et Kade allait nous accompagner à Glenlochie pour se préparer à succéder à mon père en tant que chef de notre clan.

Avait-il envie de partir, de quitter sa famille et la seule maison qu'il ait jamais connue ? Jusqu'à ce moment, j'aurais été prête à parier que c'était le rêve de tout homme. Quel guerrier, en effet, n'aspirait pas à diriger sa propre armée, à commander à son propre clan, à se retrouver à la tête d'une grande fortune et à posséder des terres, à jouir du pouvoir et de la liberté que le statut de chef autorisait ? Mais l'aménagement de cette pièce accueillante et le soin évident apporté à tout ce qui la décorait m'invitèrent à me demander s'il s'agissait réellement d'un rôle que Kade convoitait pour lui-même. Au bout du compte, il avait accepté de prendre le commandement du clan Morrison parce que son frère l'avait refusé. Kade avait fait son devoir, comme moi-même j'y avais été forcée.

Il ôta plusieurs de ses ceintures, qu'il suspendit à des crochets de bois. Il se dirigea vers la cheminée, où il ajouta quelques bûches, après avoir soufflé sur les braises pour attiser le feu. A chaque mouvement qu'il faisait, sa chemise se tendait sur ses épaules larges et son dos musclé. Une nouvelle fois, sa taille et sa force hors du commun me frappèrent. Je repensai à la vitesse de ses attaques pendant les combats d'épée et à la violence calculée de ses coups. Cette image semblait en porte-à-faux avec la scène paisible que j'avais en ce moment même sous les yeux.

Je me tenais toujours près de la porte, n'esquissant aucun

mouvement pour pénétrer dans l'espace privé de sa chambre. Mais je ne pus m'empêcher de regarder son lit si large et d'apparence si douillet. Après plusieurs nuits d'insomnie, j'étais épuisée, et je m'en rendais compte seulement maintenant. Lorsque je regardai de nouveau Kade, il me fixait, et semblait avoir bien vu l'endroit où mes yeux venaient de se poser.

— Déshabillez-vous et couchez-vous, me lança-t-il. Je vais faire en sorte qu'il fasse bien chaud ici.

Bien sûr, j'étais mortifiée par cette suggestion, mais je m'y attendais, et même à pire. Au moins, il n'était pas en train de m'arracher mes vêtements, ni de faire la moindre tentative pour m'approcher. Et j'étais heureuse de sa proposition de réchauffer un peu la pièce. C'était une attention délicate et serviable, et, au fond, rien ne l'y obligeait. A vrai dire, qu'il se donne du mal pour mon confort était pour moi une surprise totale.

Il me tournait le dos. J'enlevai rapidement ma robe, en gardant ma chemise longue et mes jupons, et je me glissai sous les épaisses couvertures. Son lit était bien moelleux et douillet, comme je l'imaginais.

Je le regardai s'occuper du feu, et j'attendis. Je repensai à la première fois où je l'avais vu, quelques semaines plus tôt, et au trouble qu'il m'avait tout de suite inspiré. Et je dus reconnaître que l'inquiétude que j'éprouvais, alors que j'admirais les reflets du feu sur ses cheveux et sa peau, se mêlait d'une légère curiosité. Quelles que soient les réserves — nombreuses — que je pouvais nourrir au sujet de Kade Mackenzie, je devais admettre qu'il était élancé et parfaitement proportionné, comme si la nature l'avait sculpté avec un soin tout particulier.

Il se redressa et se dirigea vers l'autre extrémité du lit. Il commença à se défaire de tous ses baudriers.

Je fermai les yeux.

— Dans l'intérêt des personnes concernées, il vaudrait mieux, dit-il, que vous gardiez pour vous la teneur — ou en l'occurrence l'absence — de nos activités conjugales nocturnes.

J'osai lui jeter un bref coup d'œil, et je ressentis aussitôt comme une palpitation au creux de mon ventre. Si j'avais espéré qu'une fois que je serais mariée mon époux m'inspirerait moins de crainte, alors je m'étais lourdement trompée. Toutefois, lorsque nos yeux se croisèrent, je fus frappée par la profondeur et la charge émotionnelle de son regard. Au départ, je trouvais que la clarté cristalline de ses yeux les rendait froids, mais ils étaient en ce moment même loin d'être impassibles. Son visage, encadré par les boucles épaisses et soyeuses de ses cheveux sombres rehaussés par de fières touches auburn, afficha un bref instant une expression préoccupée pleine d'empathie. Mais cela ne dura pas, et cela provoqua chez moi une curieuse sensation de vide.

Comme s'il doutait que j'aie bien compris ce qu'il m'avait suggéré, il répéta avec davantage de force :

— Je vous interdis de parler de ce qui pourra se passer entre ces quatre murs à quiconque.

— Vous n'avez pas besoin de me donner des ordres, répondis-je. Il vous suffit de me le demander. Je n'ai nulle intention de parler de quoi que ce soit avec quiconque, ni maintenant ni jamais.

— Très bien, car je ne vous laisserai pas me défier.

Quel grossier personnage ! Toute à mes peurs et dans la précipitation des préparatifs de ce mariage, je n'avais pas eu le temps de réfléchir à mon nouveau statut d'épouse de futur chef de clan. Si je l'avais fait, j'aurais peut-être, dans d'autres circonstances (ou bien avec un autre mari), eu de quoi me réjouir de ce nouveau titre. J'avais passé ma vie sous la domination de mon père. Chaque détail de mon existence, chaque activité, chaque contact avec l'extérieur, chaque tâche à accomplir, chaque sortie avait été dicté et réglementé par ce père autoritaire et tyrannique. Désormais, en tant que future maîtresse du clan, j'aurais pu avoir l'opportunité de me libérer de telles contraintes. Mais, de toute évidence, j'allais être aussi encadrée et dirigée par mon époux que je l'avais été par mon père. La colère et la frustration teintèrent mes mots :

— Je ne vous défiais pas. Je disais que je ferais comme vous me l'aviez demandé.

— Ce qui se passe dans notre chambre ne regarde que vous et moi, et ne doit être porté à la connaissance de personne d'autre. C'est bien compris ?

— Oui, répondis-je d'une voix indignée.

J'avais l'habitude d'être maltraitée et de le cacher. Etait-ce le sort que me réservait mon époux ? Allait-il me frapper pour me soumettre, et m'ordonner de garder sa brutalité secrète ?

— Portez-vous des sous-vêtements sous votre chemise ? demanda-t-il sans aucune transition.

Je me figeai aussitôt, mais j'essayai de soutenir son regard. Le moment était venu où mon époux allait disposer de mon corps comme bon lui semblerait. L'inévitable consommation de ce mariage allait avoir lieu. Allait-il m'attacher au cadre du lit ? Me frapper ? « Il lui a fallu plusieurs jours pour s'en remettre. » Mon cœur cognait désespérément dans ma poitrine, mais, en fait, j'étais presque soulagée. Au point où j'en étais, je souhaitais presque qu'il fasse ce qu'il avait à faire, et que ce soit terminé.

— Oui, répondis-je, en prenant soin de dissimuler la peur que j'éprouvais.

— Enlevez-les.

Il fallait bien que je m'attende à une approche directe et brutale. Mon époux était un rustre mal dégrossi, je le savais depuis longtemps. Si j'avais pu entretenir le secret espoir qu'il puisse se révéler un amant tendre, attentionné et doué, je l'abandonnai pour de bon, non sans colère. Avec insolence, et en en rajoutant peut-être un peu, je fis ce qu'il me demandait. Je me redressai et ôtai le fin jupon de coton que je portais sous ma chemise longue, avant de le jeter à un bout du lit. Cela fait, je m'empressai de serrer les jambes encore plus fermement, et de remonter les couvertures très haut sur mon corps. S'il voulait me prendre par la force, je disposais encore de quelques barrières pour me protéger. Pour l'instant.

En me regardant dans les yeux, Kade retira les couvertures, exposant lentement mon corps légèrement vêtu et mes jambes nues à l'air frais. Plus aucune expression ne se lisait sur son visage. Avais-je imaginé ce bref éclair de compassion un peu plus tôt ? Distant. C'était ce qu'il était, comme je l'avais supposé. Avec une certaine légèreté, il lança :

— Je me souviens. Je dois m'attendre à de l'insolence de votre part. C'était un fait établi dès le début.

Il faisait allusion à notre première conversation.

— Et je vous avais assuré alors, poursuivit-il, que je parviendrais à vous faire obéir à mes ordres, pour abusifs qu'ils puissent sembler.

— Quels ordres ?

— Ecartez les jambes.

J'hésitai, mais que pouvais-je faire contre sa force ?

— Obéissez.

Ce commandement, prononcé d'une voix si calme, me mit hors de moi, et je décidai alors que cette colère serait sans doute plus productive que la peur. Cet homme n'avait pas la moindre éducation. Pourquoi avais-je hérité d'un mari aussi grossier et détestable ?

— Non, osai-je murmurer.

Il ne parut pas du tout déconcerté par mon impudence. Avec patience, il insista :

— Faites-le maintenant, ou bien je serai obligé de le faire à votre place.

Je m'accrochai désespérément à ma rage, mais elle perdait du terrain devant l'appréhension qui semblait dominer tous mes échanges avec ce monstre cruel et déconcertant.

— Qu'avez-vous l'intention de faire ?

C'était une question purement rhétorique, bien sûr. Je savais pourquoi il voulait que je m'expose devant lui : afin qu'il puisse me brutaliser, s'immiscer en moi et me piéger de façon irrévocable dans cet horrible mariage.

De ce fait, je fus légèrement surprise lorsqu'il déclara :

— Je veux tout faire pour que ce mariage donne l'apparence d'avoir été consommé. Certaines personnes réclameront des preuves. Je préfère couper court à tout bavardage à ce sujet.

Je me rendis compte que mes ongles avaient dessiné des petits arcs de cercle sur mes paumes et je desserrai les poings tout en essayant de cerner toutes les implications de cette déclaration.

Pardon ? Avais-je mal entendu, ou mal compris ?

D'une voix qui me parut à moi-même bien timide, je demandai, le cœur rempli d'espoir :

— Nous n'allons pas… consommer ce mariage tout de suite ?

— Dieu du ciel, non ! Il est clair que vous semblez persuadée du contraire, mais jamais je ne forcerai une femme à partager mon lit contre sa volonté, et surtout pas ma propre épouse. Et pour dire la vérité, malgré votre fascinante beauté, vous ne faites rien pour attiser mon désir en me regardant continuellement de cette façon.

Je ne faisais rien pour attiser *son* désir ? Indignée, je demandai :

— Ah bon, et de quelle façon est-ce que je vous regarde ?

— Comme si j'allais vous attacher au poteau d'exécution et vous fouetter à mort. Cela ne sert à rien. Je ne vous prendrai pas par la force, et je ne vous ferai rien non plus que vous ne m'ayez supplié de vous faire.

J'étais stupéfiée par ce que je venais d'entendre. Soulagée, bien sûr, et aussi surprise. Etait-il possible que mon mari ne soit pas aussi insensible que je l'avais cru ?

De nouveau, sa sévérité était empreinte d'une pointe d'humour, ce que, en ce moment précis et dans mon état vulnérable, je trouvai plus agaçant qu'engageant. Il me paraissait invraisemblable que je supplie jamais mon époux de faire quoi que ce soit, mis à part disparaître.

Néanmoins, j'étais quelque peu intriguée. Je ne pus m'empêcher de demander :

— Qu'imaginez-vous que je puisse vous supplier de faire ?

Il marqua une pause, et l'intensité de son regard perçant suffit à me faire oublier toute velléité d'effronterie.

— Toutes sortes de choses, quand le moment sera venu, répondit-il avec calme. Maintenant, écartez les jambes.

Mon cœur cogna dans ma poitrine, et, curieusement, je ressentis aussi ce tressaillement ailleurs, alors que, très lentement, je commençais à faire ce qu'il m'avait demandé. J'écartai les genoux, mais à peine, heureuse que ma chemise couvre mes parties les plus intimes. Mais le tissu était trop fin à mon goût, et je plaçai mes mains entre mes cuisses pour préserver ma pudeur.

Mais mon mari ne se souciait guère de mes atermoiements.

— D'abord, en posant vos mains là où vous les avez mises, vous ne faites que piquer ma curiosité. Cela me donne envie de découvrir ce que vous me cachez. Pensez-y, une autre fois. Ensuite, je suis votre époux, à qui vous êtes obligée d'obéir en toutes circonstances. Vous feriez bien de vous en souvenir aussi. Maintenant, enlevez vos mains, Stella. Je ne vous ferai aucun mal.

A dire vrai, que ce rude guerrier, à la douceur inattendue, prononce mon prénom de sa voix rauque fit vibrer quelque chose en moi. J'eus l'impression que cette ruse imaginée par lui nous liait et nous unissait. Tous les deux, nous trompions le reste du monde, en prenant notre temps, en ne brusquant pas les choses. Cela me donna envie de le croire, et de lui obéir.

— Sauf si vous souhaitez que je vous fasse mal, bien sûr, ajouta-t-il.

Je ne répondis rien et, alors que je ne m'y attendais pas, il tira un couteau d'un des fourreaux qui étaient toujours attachés à sa ceinture. J'écarquillai les yeux, mais mon mari ne me regardait pas. A la place, il passa la lame sur son avant-bras hâlé, en ne faisant que l'effleurer. Puis il retourna son bras et, à ma grande stupéfaction, il pressa plus fort sur la lame, en suivant le tracé d'une veine. Le sang se mit à couler en mince filet, au point qu'une gouttelette tomba sur le sol.

Kade leva les yeux vers moi et réitéra sa demande à voix basse :

— Maintenant.

Son ton ne laissait aucune place à la discussion.

Je retirai mes mains et les plaçai le long de mon corps. Il me regarda sans broncher, jusqu'à ce que je fasse ce qu'il m'avait demandé.

Puis il trempa ses doigts dans le sang qui coulait de sa blessure et, avec beaucoup de prévention, il glissa sa main maculée sous ma chemise. Ses yeux étaient posés sur mon corps, et je crus percevoir une légère accélération de sa respiration. Je sursautai avant même qu'il ne me touche. Rien qu'à l'idée de cette intimité soudaine et osée, je ressentis une chaleur, localisée entre mes jambes, qui me stupéfia.

Puis, très doucement, il étala le sang en haut de mes cuisses. Ses doigts étaient doux et chauds, et une sensation inédite et bienfaisante m'envahit. Il retira sa main pour mettre davantage de sang sur ses doigts. Et ensuite, lorsqu'il la fit remonter vers les parties les plus intimes et secrètes de mon corps, je fus tout à coup incapable de bouger ou de respirer. Je fermai les yeux. Il procédait avec une application tendre et attentive. Ses doigts, soyeux, glissaient sur ma peau, et je fus surprise par le pouvoir de ce contact pourtant superficiel. Mon esprit se vida, totalement submergé par cet afflux de sensations vibrantes et par la conscience aiguë de ma propre vulnérabilité. Sans le vouloir, j'écartai davantage les jambes, ce qui releva ma chemise. Je me tortillai légèrement, sans bien savoir si je devais l'accompagner dans ses mouvements, ou m'écarter de lui. Son pouce caressait encore tandis qu'un doigt agile s'insinua davantage en moi, avec lenteur, comme par excès de zèle.

Une énergie vive et grandissante me réchauffait là où ses doigts audacieux me touchaient avec un mélange de langueur et de détermination. Je tentai de rester silencieuse, mais je ne pus retenir un léger gémissement.

Puis il retira sa main.

J'ouvris les yeux, et repris mes esprits. Ma chemise était remontée autour de ma taille et mes jambes écartées. Je voulus rectifier ma tenue et me couvrir, mais il étalait de nouveau du sang sur ses doigts. Je ne bougeai pas, attendant de voir ce qu'il allait faire. Je sentais mon corps tendu, presque impatient. Allait-il de nouveau me toucher ? Je n'étais pas opposée à cette idée, découvris-je. Au contraire, à cette éventualité, mon corps semblait s'embraser davantage. J'avais peur de lui, certes, peur du sombre miroitement de défi que je voyais dans ses yeux. Pourtant ma peur se mêlait à une attente encore timide pour créer une émotion forte que je n'aurais su nommer.

Mais j'attendais pour rien. En me regardant dans les yeux, il étala un peu de sang sur les draps, entre mes jambes. Un léger amusement, auquel je commençais à être habituée, passa sur son visage. Puis il prit soin de remettre ma chemise correctement en place.

— Voilà, déclara-t-il. Cela satisfera tous ceux qui s'enquerront de la validité de notre mariage. Et, pour l'instant, vous n'avez plus besoin d'être terrorisée.

Il se leva et se dirigea vers une petite table sur laquelle étaient posés un pichet d'eau et une bassine. Il versa un peu d'eau sur sa coupure pour la nettoyer, puis enroula un petit linge propre autour de son bras. Pendant ce temps, toujours sous l'effet de ses caresses, je remontai les couvertures sur moi et m'allongeai dans le grand lit.

— Même si, reprit-il, pour une créature aussi timide et hésitante, vous avez réagi d'une façon qui me laisse penser que vous n'êtes pas tant opposée à mes attentions que vous pensez l'être. Mais c'est quelque chose dont je me doutais déjà, à vrai dire. C'est une caractéristique très agréable chez une femme, assurément, et j'entends bien tout faire pour la développer davantage.

Je ne voyais pas du tout ce qu'il entendait par là, mais j'avais le sentiment que j'aurais peut-être dû me sentir vexée. Ou flattée. En fait, j'étais frustrée de ne pas savoir comment réagir. Parviendrais-je un jour à comprendre ses insinuations complexes ?

— Que voulez-vous dire ? demandai-je à voix basse.

— C'est un sujet dont nous aurons l'occasion de reparler plus tard, me répondit-il, énigmatique, avant d'ajouter, à ma grande stupéfaction : Attention aux yeux, maintenant, si vous êtes aussi chaste et innocente que votre comportement peut le laisser penser. Ou bien contemplez le spectacle… comme il vous plaira. Je préfère dormir à l'aise.

— Que…, commençai-je.

Puis, lorsque je compris, je murmurai :

— Oh…

Je m'empressai de fermer les yeux.

Je l'entendis commencer à détacher les sangles et les baudriers auxquels étaient fixées toutes ses armes, puis le bruit métallique que ces dernières firent lorsqu'il les laissa doucement tomber sur le sol en pierre.

— Mais ne vous inquiétez pas.

Lorsqu'il m'adressa la parole, j'osai ouvrir un œil. Il était torse nu. Pendant un moment, mes yeux suivirent les contours de sa large poitrine, et s'attardèrent sur sa peau sombre qui miroitait dans la lumière du feu. Puis il commença à dénouer les liens de son pantalon de cuir et, aussitôt, je fermai de nouveau les paupières.

— Je garde toujours mes armes à portée de main, et prêtes à l'emploi.

— Tant... tant mieux, murmurai-je, sans savoir si j'avais donné la réponse qu'il attendait.

J'entendis qu'il jetait ses vêtements sur une chaise, puis je sentis une silhouette massive prendre place à côté de moi dans le lit. Il ne me toucha pas, mais je perçus tout de suite l'extrême chaleur que dégageait son corps, comme si je me tenais à côté d'un brasier. Alors que le vent froid de la nuit soufflait contre les fenêtres et s'engouffrait à l'intérieur de la pièce malgré les lourds rideaux de fourrure, cette chaleur était plutôt bienvenue. Cependant le savoir totalement nu si près de moi m'inquiétait. Il était si grand, si fort et si outrageusement... viril.

Je restai tout à fait immobile, craignant de le toucher par mégarde, et de lui adresser ainsi une invitation bien involontaire.

Ces hésitations lui semblaient totalement étrangères : il remua un peu jusqu'à trouver une position confortable. Il m'effleura à plusieurs reprises au passage, mais chaque fois il s'empressa de se décaler afin que nous ne soyons plus en contact. Puis il tourna la tête pour me regarder, même si mon regard demeurait résolument dirigé vers le plafond.

Au bout d'un moment, il dit d'une voix douce :

— Stella.

Timidement, je me tournai vers son visage. Il faisait si sombre dans la pièce que je ne distinguais que le contour de sa chevelure rebelle et ses yeux brillants.

— Oui ? murmurai-je.

Il ne répondit pas tout de suite, comme s'il hésitait à aborder le sujet auquel il pensait, ou comme s'il craignait ma réaction. Il se passa plusieurs minutes avant qu'il ne reprenne la parole, pour se contenter de dire :

— Bonne nuit.

Je souris presque. C'était bien la dernière chose à laquelle je m'attendais.

— Bonne nuit, murmurai-je en retour.

Ensuite, il ferma les yeux et poussa un profond soupir. Très vite, sa respiration devint plus lourde. Son corps massif tressaillit légèrement deux ou trois fois, puis il sombra dans le sommeil.

Dès que je fus sûre qu'il était profondément endormi, je poussai un long soupir de soulagement. Cette terrible journée s'était révélée moins pénible que je ne l'avais craint. Mon mari ne m'avait pas prise par la force. Il ne m'avait pas fait mal, ni menacée. Si ses manières m'avaient agacée, je comprenais pourquoi il m'avait demandé de lui obéir. Il s'était d'abord montré agressif, certes, mais dès qu'il avait été certain que je respecterais le secret de son — ou plutôt de *notre* — intimité, il m'avait témoigné de la gentillesse. Et du respect. Et de la compassion. Et, en plus de cela, son contact avait provoqué en moi des sensations tout sauf déplaisantes. J'avais ressenti une chaleur inattendue et inexplicable. J'avais retrouvé la même fièvre que celle qui m'avait saisie dans le jardin clos.

Toutefois, il me fallut un long moment avant de pouvoir sombrer dans mes rêves.

Je me réveillai en pleine nuit, surprise de trouver quelqu'un d'autre dans le lit à mes côtés.

Et ce quelqu'un était Kade Mackenzie.

Mon époux.

Il était couché sur le dos, avec un bras relevé au-dessus de la tête. Ses cheveux épais étaient complètement en bataille. Dans son sommeil, il paraissait plus jeune. Au repos, son visage perdait toute agressivité. Son torse nu se soulevait et s'abaissait avec beaucoup de grâce, au rythme de sa respiration. Les couvertures étaient remontées jusqu'à ses hanches. Mes yeux détaillèrent avec fascination les lignes de ce corps qui m'était étranger. J'avais déjà vu des hommes torse nu, de loin, alors qu'ils travaillaient, se battaient, ou nageaient. Mais jamais comme cela. Jamais d'assez près pour pouvoir les toucher. Je fus surprise par le léger duvet qui lui recouvrait le torse, et par celui qui dessinait une pointe de flèche partant de son nombril. Sa peau était parsemée de petites cicatrices irrégulières, dont une, en forme de croissant de lune, sur le devant de son épaule gauche, si pâle sur sa peau brune. La couleur même de sa peau m'intriguait : elle était foncée, et semblait luire dans la pénombre, comme si elle avait absorbé un peu de soleil, au point d'en restituer la chaleur et la lumière.

Chaque muscle de son ventre, de son torse, de ses épaules, de ses bras était bien visible et parfaitement dessiné. Dans son cou, une petite veine palpitait à un rythme doux et régulier.

Je fus surprise par le spectacle qui s'offrait à moi et par le tour que prenaient mes pensées.

Mon mari, sans ses armes et tout son équipement de guerrier, était très beau.

7

Je fus réveillée par un son auquel je commençais à être habituée : le bruit du métal entrechoqué, ou du métal contre la pierre. Mon mari était debout, et ne portait pour l'instant que son pantalon de cuir et sa large ceinture à laquelle était attaché l'un de ses grands couteaux. Je le regardai, observant plus attentivement ses épaules larges, son torse musclé, son ventre plat. Lorsqu'il se mouvait, la toute-puissance de son corps était évidente. Les souvenirs de la brutalité à laquelle j'avais été soumise toute ma vie ne pouvaient pas s'effacer aussi facilement. Malgré le confort reposant de son lit, et le visage d'ange qu'il affichait pendant qu'il dormait, ce spectacle me fit frissonner.

Avec beaucoup d'application, Kade s'occupait de ses armes. Il rengaina son immense épée, reconnaissable à sa remarquable poignée en or. Le cuir rigide de son fourreau était incisé de motifs représentant des flammes.

Il ajouta une seconde ceinture, et attrapa une pierre à aiguiser qui se trouvait sur une petite table. Il sortit un couteau à manche en os de son fourreau. Avant de commencer à en aiguiser la lame, il regarda dans ma direction, comme s'il craignait que le bruit ne me réveille.

Il remarqua mes yeux ouverts qui l'observaient.

— Tiens, la voilà qui se réveille, dit-il.

Je restai silencieuse — que répondre à cela ?

Kade avait retrouvé son air féroce, à tel point que je me demandai si je n'avais pas rêvé la scène paisible à laquelle j'avais cru assister sous le clair de lune. Il était à l'opposé de ce que j'avais vu de lui pendant la nuit. Ses longs cheveux hirsutes encadraient son visage comme la crinière d'un lion.

« Rassurez-vous : je n'ai pas l'intention de vous dévorer toute crue. Pas pour l'instant, en tout cas. »

Cependant, je le regardais avec moins d'angoisse que les jours précédents. J'avais entraperçu un aspect plus doux de sa personnalité. Et je savais qu'il était capable de respecter mes peurs. C'était quelque chose d'important pour moi. Je n'avais aucun moyen de savoir quand il choisirait de consommer notre mariage. Mais le fait qu'il ne m'ait pas forcée à le faire dès la première occasion me rassurait un peu.

Et j'avais dormi étonnamment bien, sans les rêves agités qui, ces derniers temps, m'avaient perturbée.

On frappa timidement à la porte. Kade alla ouvrir et fit entrer deux jeunes servantes qui portaient des plateaux, en leur indiquant l'endroit où il voulait qu'elles les laissent. Ces femmes étaient jeunes et, à la vue de mon mari torse et pieds nus, elles faillirent faire tomber la nourriture qu'elles transportaient. Une fois leurs plateaux posés, elles rougirent et se serrèrent l'une contre l'autre. Lorsqu'elles se rendirent compte de ma présence au lit, un rire nerveux les prit et elles se murmurèrent quelque chose à l'oreille.

— Une fois que nous aurons mangé, ma femme prendra un bain ici même, déclara Kade, se souciant peu de leur gêne. Vous vous en occuperez, et ferez tout ce qu'elle vous demandera. Vous pourrez alors enlever les draps du lit et aller les montrer à laird Morrison, qui a réclamé que lui soit présentée la preuve de la validité de ce mariage.

Les femmes de chambre se turent, hochèrent insensiblement la tête, et se retirèrent. Avant de sortir, elles me regardèrent une dernière fois. J'avais l'impression d'entendre leurs pensées, dans lesquelles elles imaginaient les scènes de débauche qui avaient eu lieu durant la nuit.

— Venez manger, dit-il. Nous allons bientôt assister aux adieux de mon frère et de sa nouvelle épouse. Ils partent pour Ossian Lochs dans la matinée.

Son ton n'était ni amical ni froid, mais il impliquait que je fasse comme il me demandait.

— Et nous nous préparerons à partir pour Glenlochie après-demain.

Il prendrait et je donnerais. Il parlerait et j'écouterais. Telles étaient les règles du mariage et je les comprenais. Toutefois, j'étais irritée de le voir si prompt à s'affirmer comme mon seigneur et maître. Il était déjà en train de me donner des ordres !

— Tout ce que vous voudrez, monsieur mon époux.

J'avais prononcé ces trois derniers mots avec une légère pointe de respect exagéré qui confinait à la moquerie. Et cela ne lui échappa pas.

Il leva un sourcil et me considéra avec calme. Même si cette petite marque d'irrespect l'amusait, il semblait vouloir reprendre la main et vite.

— Tout ce que je voudrais, ma chère épouse, serait que vous soyez en ce moment même nue et en train de pleurer de plaisir. Mais je vais vous laisser le temps qu'il vous faut pour pouvoir combler mes désirs.

J'en eus le souffle coupé au point de hoqueter.

— C... comment ?

Oh, mon Dieu, ce qu'Agnes avait raconté était donc vrai ! Mon esprit se remplit d'effroi à cette pensée, mais mon corps réagit de façon toute différente. J'eus soudain l'impression qu'il faisait très chaud dans la chambre.

— Que voulez-vous dire ?

— Ce que je veux dire ? répéta-t-il d'une voix traînante, comme s'il réfléchissait lui-même à la question.

Il enfila sa tunique et fixa un autre baudrier autour de son torse, sans m'accorder un seul regard. Une fois qu'il eut remis toutes ses armes en place, il prit un air satisfait, puis se dirigea vers la nourriture. Il avala une bouchée de bacon, et se décida à me regarder, sans doute pour se délecter de ma réaction choquée lorsqu'il répondit :

— Je veux dire que, de toute évidence, je vous terrorise.

Il me fixa bien dans les yeux, avant d'ajouter :

— Et c'est dans l'ordre normal des choses.

Il y avait encore cette satanée pointe d'amusement dans sa voix, cet amusement qui non seulement me troublait, mais aussi m'agaçait. Vraiment, qu'il puisse trouver matière à rire dans la violence de ce mariage forcé me dépassait.

— Vous ne me terrorisez pas, mentis-je.

— Bien sûr que si.

Il apporta un plateau au lit, et s'assit à côté de moi, qui étais toujours allongée sous les couvertures.

— Toutefois j'ai des raisons de croire que je ne vous suis pas pour autant indifférent, et j'ai l'intention de vérifier cette théorie tout de suite, si vous n'y voyez pas d'inconvénient.

Il prit un petit morceau de pain et, avec son couteau de chasse, y étala un peu de beurre.

— S'il vous plaît.

Avec prudence, je me redressai contre les coussins moelleux et je tendis la main vers le pain qu'il me proposait. Il ne m'était pas indifférent... Qu'entendait-il par-là ? Je n'osai demander. Au moment où j'allais prendre le pain, il changea d'avis, et secoua lentement la tête, sans jamais cesser de me regarder dans les yeux. Le bleu clair de ses iris était étonnamment brillant et vif, et contrastait avec la carnation hâlée de son visage, un peu comme si sa santé et sa vigueur étaient si puissantes qu'elles exagéraient sa pigmentation.

— Non, en fait, c'est moi qui vais vous donner à manger, dit-il.

Mes sœurs s'étaient-elles trompées ? Avaient-elles mal compris ? Elles m'avaient dit que l'un des devoirs d'une épouse consistait à donner à manger à son mari, s'il le lui ordonnait. Pourtant, de toute évidence, le mien avait d'autres idées en tête.

— Ouvrez la bouche.

Hésitante, j'obéis. Il plaça un petit morceau de pain chaud sur ma langue. Tout en me nourrissant, il ajouta :

— Je sais que vous avez jusque-là vécu à l'écart et très protégée du reste du monde. Et que vous n'êtes pas habituée à la compagnie des hommes. Il n'est pas difficile de comprendre que vous ignorez ce que vous devez attendre du mariage. Etant la première de votre famille à vous marier, vous n'avez sans doute pas reçu les explications suffisantes.

Son expression était plus douce, et incitait à la décontraction. Il s'interrompit pour me donner une autre petite bouchée de pain. Il sortait tout juste du four, et le beurre, riche et crémeux, fondait sur ma langue. Je n'avais jamais rien mangé d'aussi délicieux.

— J'ai réfléchi à la façon dont je pourrais m'y prendre pour apaiser votre peur.

Avec son couteau, il coupa un morceau d'une poire bien mûre, qu'il plaça lentement dans ma bouche. Une goutte de jus très sucré coula le long de mon menton. Je me léchai les lèvres pour ne rien perdre et je vis que Kade regardait ma bouche avec une expression absorbée, presque figée. Du pouce, il m'essuya le menton. De façon curieuse, à ce contact, les pointes de mes seins se dressèrent sous ma chemise. Je remarquai que les couvertures avaient glissé jusqu'à ma taille, et je voulus les remonter. Mais mon mari ne l'entendait pas de cette façon. Il plaça sa large main sur la mienne, freinant chez moi cet élan de pudeur. Sa paume était si chaude que je retirai ma main précipitamment, en laissant les couvertures là où elles étaient.

— Je préférerais ne pas vous forcer à sceller cette union. Je vous propose par conséquent que nous attendions un mois, afin que vous puissiez vous habituer à votre nouveau statut d'épouse. J'espère que vous finirez par me faire confiance, et je vous accorde ce délai afin que vous vous familiarisiez avec tout ce qu'implique le mariage.

Malgré le sujet abordé, j'appréciais tellement ce que je mangeais que je me sentais curieusement docile et accommodante. Sous les encouragements de Kade, j'ouvris de nouveau la bouche, et il me donna un autre morceau de poire. C'était un bout plus gros que le précédent, je dus donc ouvrir la bouche un peu plus. Son pouce s'attarda et m'effleura la lèvre inférieure, ce qui accentua la sensation de chaleur au bout de mes seins. Mes joues s'empourprèrent à l'idée qu'il puisse remarquer ma réaction involontaire. Son visage reprit son expression amusée, et je tentai de faire comme si je n'avais rien vu. Je pris mon temps pour manger le fruit, en appréciant cette saveur si sirupeuse. En fait, je ne m'étais jamais sentie aussi détendue en sa présence.

— Et, dans un mois, que se passera-t-il ? osai-je demander.

— Nous consommerons ce mariage comme il le faut, et avec votre participation consentante. Vous me donnerez tout ce que je vous demanderai.

Je le regardai avec attention. Je fus frappée par le côté dur que lui donnait sa barbe d'un jour, par l'aura dangereuse de ses yeux vifs, bordés de cils longs et sombres.

— Mon corps, en d'autres termes. Pour que vous puissiez en faire ce qu'il vous plaira.

Son regard qui me transperçait entretenait la chaleur qui me brûlait les seins, et qui migra plus bas, vers les profondeurs de mon ventre.

— Votre corps, oui, et également votre volonté.

— Ma volonté, répétai-je.

— Oui.

— Que faudra-t-il que je... fasse ?

— Rien du tout. Je ferai absolument tout ce qu'il faudra. Je vous demanderai juste de me le permettre.

Je le regardai pendant qu'il coupait un autre morceau de poire. Comme il était étrange que mon mari — que j'avais vu impitoyable au combat — fasse une telle concession. « J'ai réfléchi à la façon dont je pourrais m'y prendre pour apaiser votre peur. J'espère que vous finirez par me faire confiance. » Ce n'étaient pas du tout les mots auxquels je m'attendais. Après tout, il n'avait pas besoin de ma permission. Il pouvait faire de moi ce qu'il voulait dès maintenant, et aussi souvent qu'il en avait envie.

— Et si je refuse ?

— Alors nous pourrions consommer notre mariage dès maintenant, si vous préférez. C'est mon droit en tant qu'époux, après tout, d'exiger de vous tout ce que je veux. Et je puis vous assurer que ce que je veux, en ce moment précis, menace de prendre le dessus sur toute la discipline et le contrôle auxquels je m'entraîne pourtant dur.

Je le regardai, et toute l'assurance que j'avais pu retrouver céda devant la peur qui était encore bien là, en moi, et que je ressentais physiquement, jusqu'à en avoir la chair de poule.

— Toutefois, poursuivit-il, je préférerais ne pas vous prendre par la force. C'est pourquoi je vous propose ce mois — ou même plus si cela se révèle absolument nécessaire — pour que vous vous habituiez à moi. Je suis assez confiant : je suis certain que vous finirez par vous abandonner à moi.

Malgré ma gêne, mon corps continuait de réagir d'une manière étrange à ce que j'entendais. « Il lui a fait des choses irracontables. » Ses mots, et tout ce à quoi Kade faisait référence, avaient sur moi un effet pénétrant. « Je ferai tout ce qu'il faudra. » Mes mamelons étaient douloureux à force d'être durs, et la chaleur qui me brûlait au ventre migra encore, plus bas et plus profond. Ma raison me mettait en garde contre le comportement despotique et dominateur de Kade, mais, sans que je le veuille ni le comprenne, une sournoise excitation s'était emparée de moi.

— Vous semblez vous consumer à cette idée.

Le fait qu'il soit capable de percevoir l'effet qu'il me faisait raviva mon irritation.

— Rien de ce que vous avez à me proposer ne me « consume », comme vous dites, lui rétorquai-je avec un mélange de méfiance et d'hésitation.

— Pourquoi alors, susurra-t-il en effleurant de nouveau mes lèvres humides avec son pouce, votre corps réagit-il si promptement à mes sollicitations, même les plus légères ?

Une nouvelle pulsation brûlante me tordit les entrailles.

— Je... je..., bégayai-je, le visage rouge de honte.

— Quand je vous ai dit que je vous trouvais fascinante, je le pensais. Pendant ces deux dernières semaines, je n'ai pensé à rien d'autre qu'au son de votre voix, à la courbe de vos lèvres, aux merveilleuses boucles dorées de vos longs cheveux, à vos resplendissants yeux couleur d'ambre, semblables aux joyaux d'un trésor perdu. Et à ce petit pli qui se forme entre vos sourcils lorsque vous me regardez avec une terreur que j'ai aussitôt envie de chasser.

Il m'effleura le front, comme pour balayer les signes qui trahissaient mon angoisse, puis fit glisser son doigt le long de ma joue.

— Pourquoi me regardez-vous de cette façon ? insista-t-il.

Sa confession, dont la tendresse inattendue contrastait avec la brusquerie du ton qu'il avait employé, me laissa sans voix. La possibilité qu'il ne se soit pas uni à moi simplement par devoir et qu'il y ait derrière ce mariage un peu plus que des considérations militaires m'emplit de soulagement. Et d'espoir.

Et d'une sensation de chaleur intense.

— Que pensez-vous qu'il se passerait... ? demanda-t-il en faisant descendre son doigt pour suivre le tracé du ruban de soie de ma chemise et dessiner une ligne serpentant vers mon buste.

J'étouffai un petit cri lorsque son doigt fit le tour de mon mamelon qui pointait sous le tissu léger. Ses longs doigts étaient gracieux, ses mains brunes semblaient particulièrement puissantes. Je repensai au contact de ces doigts soyeux entre mes cuisses et à la sensation qu'ils y avaient fait naître. A ce seul souvenir, ma chair s'embrasa de nouveau, comme la nuit précédente.

— Si je vous touchais... très, très doucement... juste là ?

Il prit mon mamelon entre son pouce et son index, et les serra très légèrement, à mi-chemin entre le pincement et la caresse. Ce contact était si intense que j'essayai de me dérober pour échapper à cette brûlante intimité. C'était trop nouveau pour moi, trop bouleversant. Dès qu'il sentit ma réserve, il retira sa main.

Mes seins étaient en feu. J'avais l'impression qu'on y avait versé des gouttelettes de cire brûlante, et cette sensation était diaboliquement exquise.

Kade souriait d'un air rêveur.

— Aimeriez-vous, demanda-t-il lentement, que je recommence ?

— Je... je ne sais pas, parvins-je à répondre.

Il approcha ses mains, si près que je sentis sa chaleur à travers le fin tissu de ma chemise. Ses yeux, si sensuels, accrochèrent les miens.

— Je ne vous toucherai que si vous me le demandez.

Non, ne me touchez pas ! hurlait mon esprit. *Vous allez me faire mal et m'humilier. Comme les autres. Vous êtes une brute et un scélérat. Comme les autres. Laissez-moi.*

Mais sa main n'était pas levée dans un geste de colère. Son contact n'était pas douloureux. Il n'était qu'une promesse brûlante et délicieuse. Et je m'entendis murmurer :

— Oui.

Il esquissa un sourire, et recula sa main de quelques centimètres, comme s'il avait changé d'avis. J'avais l'impression que mes seins étaient lourds et enflés, mes mamelons rougis par la chaleur. Mes cuisses étaient brûlantes elles aussi. Des pensées confuses me vinrent à l'esprit, dans lesquelles il était question d'un jardin sombre et secret, et d'un désir incontrôlable.

Ne retirez pas votre main. Posez-la sur moi. Touchez-moi. Ici, là. Partout.

Mon mari, mon diable de mari, sourit avec douceur, et son visage retrouva un peu de cette beauté paisible qui illuminait ses traits quand il dormait.

Comme s'il lisait dans mes pensées, il dit à voix basse :

— Très bien.

Et ses doigts commencèrent leur lente ascension. En prenant leur temps, ils dessinèrent des cercles légers autour de mes mamelons. Son contact brûlant provoquait en moi une sensation de besoin aigu, viscéral — un besoin que je n'arrivais pas à contrôler. Je me cambrai, réclamant des caresses plus appuyées. Sa réserve me rendait folle : il prenait son temps, s'arrêtant parfois, puis reprenant ses petits mouvements jusqu'à ce que je ne sois plus que désir.

Puis Kade leva son couteau, qu'il tenait toujours dans sa main gauche. A cette vue, la stupeur s'empara de moi. M'étais-je trompée à son sujet ? Allait-il me faire mal comme j'en avais tellement l'habitude ? Avec lenteur, il glissa la pointe de son arme sous le col de ma chemise. La froideur de la lame métallique sur ma peau fut comme un soulagement pour mon corps dévoré par les flammes.

— Et que pensez-vous qu'il se passerait, alors, si je déchirais vos vêtements pour vous toucher, avec mes doigts, juste là ?

Son pouce, habile et insistant, pressa doucement ma chair.

Kade me défiait du regard et je me tortillai sous ses caresses, dont la sensation me parvenait comme décuplée.

— Non ? avança-t-il, alors que ma réponse tardait à venir. Vous préféreriez que je ne touche pas à vos vêtements ?

A travers ma chemise, il pinça mes mamelons un peu plus fort, ce qui déchaîna en moi des torrents de désir.

Contre ma volonté, je murmurai, d'une voix sourde et étouffée :

— Faites-le. S'il vous plaît.

Il n'avait pas besoin d'encouragements supplémentaires. Avec un parfait contrôle de son couteau, il déchira de haut en bas ma chemise, qui s'ouvrit complètement, avant de tomber. Devant ma poitrine nue, les yeux de Kade s'obscurcirent et il retint son souffle.

— Dieu du ciel, dit-il au bout de quelques secondes, sans la moindre trace d'amusement cette fois.

Mon mari, malgré la bravade dont il était capable, resta un moment sans voix.

— Votre beauté, murmura-t-il, est un pur miracle. Je suis à votre merci.

Ses mots me rappelèrent les mises en garde de mes sœurs, qui me paraissaient presque ridicules désormais. J'étais à sa merci, certes. Mais il était également à la mienne. Nous étions sur un pied d'égalité, et en prendre conscience ne fit qu'accroître mon envie qu'il me touche.

Il lâcha son couteau et tendit ses deux mains vers moi. Ses gestes se firent tendres, presque révérencieux. Il effleura mes mamelons. A chaque contact de ses doigts rugueux sur ma peau, un peu plus de chaleur s'instillait en moi. Ma chair palpitait au rythme de ses caresses. Je n'avais éprouvé qu'une seule fois auparavant ce type de plaisir, fait d'attente et de sensations à couper le souffle, dans un jardin secret, avec un inconnu. Mais ce souvenir semblait bien loin désormais. Je voulais cela *maintenant*. J'en voulais davantage, même. Je voulais qu'il me touche davantage, je voulais sentir davantage ses mains agiles et brûlantes. Alors qu'il m'exauçait, le feu qui me dévorait redoubla d'intensité, jusqu'à ce que mon sexe se mette à palpiter douloureusement. Je gémis et me rapprochai de Kade, source de tous mes plaisirs. Dans mon mouvement, les couvertures glissèrent, et mes cuisses se retrouvèrent dénudées. Je sentis les prémices d'une indescriptible ruée en moi. Lorsque Kade baissa la tête comme s'il voulait prendre mon mamelon dans sa bouche, je le suppliai presque de le faire. Mais, avant que j'en aie l'occasion, des coups insistants et répétés à la porte me tirèrent de ma transe.

— Stella !

C'était la voix de Maisie.

— Les femmes de chambre sont ici avec le bain que tu as demandé. Nous sommes venues t'assister et t'aider à t'habiller.

Et elle frappa de nouveau.

Kade retira ses mains et remonta les couvertures sur moi pour me couvrir. Il avait pris des couleurs lui aussi : ses pommettes étaient légèrement rougies.

— C'est aussi bien comme cela, dit-il avec un petit air de suffisance. Je n'aurais sans doute pas tenu une heure. Moi qui vous parlais d'un mois...

Il se leva et, sans un regard ou presque, se dirigea vers la porte.

— Je vous enverrai chercher quand je serai prêt, dit-il, avant d'ajouter, dans un sourire : Vous êtes en effet un instrument dont il faut savoir jouer.

Ce n'était pas la première fois qu'une de ses remarques me gênait. Alors qu'il s'en allait, une mortification me saisit, qui mit fin à mon désir d'une manière abrupte. Kade ne m'était pas indifférent, cela non, et j'eus honte de la façon dont je m'étais comportée. Mon corps avait pris vie à son contact. Mon intention première n'était pas de réagir de cette façon, pas du tout. J'étais en colère contre moi, contre ma licencieuse docilité. Et sa remarque m'indisposait. Cela ne me plaisait pas qu'il me voie comme cela, comme un objet, une source d'amusement, une fille toujours consentante dont on pouvait user et abuser. La prochaine fois qu'il me toucherait — s'il y avait une prochaine fois —, je ne me laisserais pas emporter de la sorte. La prochaine fois, je lui dirais non, et je garderais mes distances.

Kade ouvrit la porte, derrière laquelle on entendait une grande agitation. Mais les femmes de chambre et mes sœurs se turent dès qu'elles virent l'imposante silhouette de mon mari. Sans un mot, il passa devant elles et disparut dans le couloir. Quand il fut parti, mes sœurs se précipitèrent dans la chambre, les yeux emplis de curiosité et d'inquiétude. Elles apportaient des robes, des bijoux et d'autres objets de parure. Les femmes de chambre poussèrent la baignoire qui fumait, éclaboussant le sol au passage.

Toujours sous le coup des émotions et des sensations intenses que je venais de vivre, tout autant que sous le coup de leur disparition soudaine, je restai allongée sans bouger. Mes sœurs se regroupèrent autour du lit, et Maisie écarta les couvertures. Elles contemplèrent ma chemise lacérée et le sang étalé sur mes cuisses et sur les draps blancs. Elles eurent un mouvement de recul.

— Oh, mon Dieu, Stella, que t'a-t-il fait subir ?

Je ne pouvais rien faire pour rassurer mes sœurs. Après tout, j'avais juré à Kade que je ne raconterais rien de ce qui s'était passé et, heureusement, je tins parole. Cinq minutes à peine après l'arrivée de mes sœurs, mon mari refit en effet son apparition dans la pièce, en surgissant comme un beau diable, et fit presque mine d'avoir oublié ma présence, et celle de mes — nombreuses — visiteuses. J'étais heureuse également d'être déjà entrée dans mon bain avant son retour. Mes sœurs marquèrent un temps d'arrêt, puis tendirent des linges tout autour de moi comme pour me protéger, avant de recommencer à chuchoter.

C'était la première fois que je voyais Kade l'air légèrement mal à l'aise. A l'autre bout de sa chambre, il attrapa un rouleau sur une étagère, et se mit à le lire, comme s'il cherchait quelque chose en particulier, ou comme s'il faisait de gros efforts pour se concentrer sur autre chose que sur notre petite assemblée féminine.

— Ajoute un peu de mousse, murmura Ann à Agnes.

— Peu importe s'il la voit, chuchota cette dernière. C'est son mari.

— Par ailleurs, ajouta Maisie à voix basse, à n'en pas douter, il a déjà fait bien plus que la voir.

— Oui, regarde dans quel état elle se trouve, la pauvre, acquiesça tout bas Agnes. Rouge de partout et couverte de sang. Complètement traumatisée.

Elles exprimèrent toutes leur compassion, avant que la discussion dévie sur ma garde-robe.

— Quelle robe, alors, Stella ? demanda Agnes qui ne prenait plus la peine de chuchoter. Pas la verte. Tu portes toujours du vert.

— C'est parce que c'est ma couleur favorite, lui répondis-je.

— Quelle robe préférez-vous... Kade ? osa demander Maisie, en prenant des airs faussement timides.

Kade la regarda avec une indifférence évidente. Il réfléchit un moment avant de répondre :

— Je suis sûr que Stella sera ravissante dans n'importe laquelle de ces robes.

Je crus déceler comme une pointe de sarcasme dans sa réponse, mais je n'en fus pas certaine. Quoi qu'il en soit, mes sœurs échangèrent des regards entendus, comme si elles étaient très heureuses que Kade ait donné son avis. Mais elles ne se laissèrent pas déconcentrer et reprirent leurs occupations.

— Ailie Mackenzie est vraiment douée, reprit Maisie. Je vais lui demander d'en faire une ou deux à ma taille. En rose, et dans ce beau vert clair.

— Oui, ses modèles sont extrêmement sophistiqués, renchérit Ann.

— Alors laquelle, Stella ? insista Agnes.

— J'aime beaucoup la blanche, dis-je.

— Pas la blanche, elle est trop simple. Quelque chose de royal, plutôt, puisque la femme de Wilkie est de sang royal, après tout, déclara Agnes qui, aussitôt après avoir parlé, adressa un petit sourire d'excuse à Maisie.

— C'est une histoire curieuse, non ? lui répliqua notre sœur, en levant légèrement le menton. Qui aurait pu croire que la fille d'un roi deviendrait un jour une simple servante ?

Kade s'immobilisa et regarda de nouveau Maisie, les yeux plissés et l'expression impénétrable.

— Elle n'aurait jamais dû devenir une servante, dit-il d'une voix lugubre.

Maisie blêmit légèrement, mais continua de parler :

— Oui, je le sais : on m'a raconté son histoire. C'est quelqu'un que j'admire, bien sûr.

— Vous seriez bien avisée d'admirer Roses en ne disant que du bien d'elle, la mit en garde Kade.

J'avais l'impression que mon mari ne tenait pas Maisie en très haute estime, que ce soit à cause de ses commentaires ou d'une autre chose que je pensais avoir devinée. Quoi qu'il en soit, ce fut avec des signes évidents de contrariété qu'il se replongea dans sa lecture.

Maisie ne répondit rien, mais continua de le regarder.

Ann essaya de changer de sujet :

— Je trouve que le jaune te va particulièrement bien, Stella. Il met tes yeux en valeur.

— La robe rose me plaît beaucoup, proposa Agnes.

J'essayai de nouveau :

— J'aime vraiment la coupe de la robe blanche. Simple mais élégante.

J'avais tellement l'habitude que mes choix me soient dictés que ma voix me parut résignée, même à moi-même. Cette décision, comme toutes les autres, serait prise à ma place.

— Tu devrais porter quelque chose de plus coloré, insista Agnes. Que penses-tu de la bleue ?

— Pas la bleue, répliqua Maisie. Je n'aime pas quand Stella porte du bleu, cela donne un côté sauvage à son regard...

— Alors la rose, poursuivit Agnes.

Kade, qui écoutait la conversation avec plus d'attention que je n'aurais cru, se dirigea vers nous. Il était tellement plus grand que mes sœurs qu'il me fit penser à un ours surgissant par surprise d'une forêt profonde. Mes sœurs se turent aussitôt.

— Stella, dit-il d'une voix calme mais empreinte d'une autorité évidente, portera la robe blanche. Et, à l'avenir, vous écouterez ce qu'elle dit dès qu'elle le dit.

Mes sœurs ne répondirent pas, et regardèrent mon mari, l'air stupéfait. Je ne pus m'empêcher d'adresser un regard plein de gratitude à Kade. Sa déclaration m'avait conféré un petit pouvoir très agréable auquel j'étais tout sauf habituée. Je me sentais soutenue. Et écoutée. Cela me toucha plus profondément que je ne l'aurais cru et me donna envie de lui tendre la main en retour.

Kade se tourna vers moi et me dit d'une voix douce, mais avec la même autorité naturelle qui ne laissait aucune place à la discussion :

— Mon garde vous attend derrière la porte. Dès que vous serez prête, il vous escortera jusqu'à moi. Ne traînez pas trop.

Sur ce, il disparut pour de bon.

Wilkie et Roses étaient prêts à partir pour Ossian Lochs. Leur convoi ne comportait que quatre voitures, suivies par des gardes et quelques officiers à cheval. Chaque voiture était remplie de coffres bien garnis. Malgré le tour fortuit qu'avaient pris les événements, la découverte de l'ascendance royale de Roses, et l'accession de Wilkie au titre de laird du domaine le plus convoité de tous les Highlands, l'atmosphère était lourde.

Je connaissais très mal mon mari. Mais je pus voir qu'il était profondément attristé par le départ de son frère. Il se tenait à côté de Knox. Lorsque Wilkie voulut serrer la main de son frère le laird, ce dernier l'agrippa pour le serrer un long moment dans ses bras, en lui tapant amicalement dans le dos. Il était bien connu que les trois frères étaient particulièrement proches. Jusque très loin, on parlait de leur habileté au combat. On louait et enviait la capacité qu'ils avaient eue, ensemble, à développer les richesses de leur domaine. Désormais, cette étroite collaboration allait prendre fin. Wilkie partait pour Ossian Lochs, qui se trouvait à trois jours de route. Et, dès le surlendemain, Kade s'en irait pour Glenlochie. Je voyais le chagrin dans les yeux de Knox Mackenzie, comme il m'était souvent arrivé de le remarquer, en dépit de la superbe qu'il conservait en toutes circonstances. Il avait régné sans épouse depuis la mort de cette dernière, quelques années auparavant, et désormais il régnerait sans ses frères. Le sentiment de perte qu'il devait éprouver se voyait à ses épaules affaissées et au léger voile qui obscurcissait ses yeux gris clair.

Wilkie posa les mains sur les épaules de son frère le laird.

— J'attends ta visite prochainement, déclara-t-il. Peut-être rencontreras-tu une jeune femme à ton goût chez les Stuart. Il est grand temps que tu te trouves une nouvelle épouse, mon cher frère.

Laird Mackenzie, dans un rare moment de vulnérabilité, donna à terre un petit coup de pied qui souleva un nuage de poussière.

Wilkie se tourna vers Kade. Ce dernier tendit la main, mais Wilkie prit son frère dans ses bras, en pestant, puis en se libérant d'un petit geste lorsque l'une des armes de Kade rencontra son biceps musclé. Ils se mirent tous les deux à rire lorsque Wilkie se frotta le bras.

— Une fois que tu seras installé à Glenlochie, nous vous attendons avec impatience, toi et ta nouvelle épouse.

Wilkie s'approcha. Il contempla mon visage, mes cheveux, ma robe. C'était la première fois que je me trouvais si près de lui, et je comprenais désormais les raisons pour lesquelles il était célèbre pour sa beauté. Ses yeux étaient d'un bleu presque royal, plus foncés au centre et plus lumineux sur les bords. Ses traits, considérés séparément, étaient peut-être trop affirmés, mais, mis ensemble, ils formaient une configuration idéale, une symétrie parfaite. Il ressemblait beaucoup à son plus jeune frère, mais il y avait chez lui une décontraction dont manquait Kade. Alors que la paix intérieure qui habitait Wilkie lui conférait force et assurance, Kade semblait dominé par l'instabilité. Il s'agissait toutefois d'une instabilité qui, à la lumière des tout derniers événements, m'intimidait moins que la veille. Wilkie esquissa un sourire et se pencha pour m'embrasser la joue.

— Tout va bien se passer, ma sœur. N'ayez pas peur de lui. Il est têtu comme une mule, mais je pense que vous le dresserez assez facilement. Il grogne plus fort qu'il ne mord.

Sur ce, Roses, qui se tenait aux côtés de Wilkie, passa son bras sous le mien et m'attira doucement à l'écart. Je la suivis volontiers, bien que quelque peu surprise par tant de familiarité. Ses longs cheveux blonds très clairs étaient lâchés, et quelques mèches, douces comme la plume, vinrent caresser mon avant-bras. Elle sentait le soleil et la jeunesse, les fleurs et l'herbe fraîche.

— J'espère que cela ne vous fait rien que je parle avec vous, dit-elle.

Ses mots étaient teintés d'une pointe d'accent que je ne remettais pas, avec des voyelles rondes qui faisaient tendre l'oreille. Sa voix dégageait une force qui contrastait avec sa silhouette frêle et ses cheveux clairs. Et je connaissais son histoire : celle d'une servante tombée dans les bras de l'un des aristocrates les plus convoités et les plus beaux d'Ecosse. Je ne pouvais m'empêcher de ressentir une légère admiration pour elle. Franchir un tel fossé social, depuis les cuisines du domaine d'Ogilvie jusqu'aux appartements privés de Wilkie Mackenzie, avant même que ce dernier ne découvre qu'elle était fille de roi, était une grande source d'inspiration. Qu'elle ait entrepris un tel voyage — à la fois social et géographique — seule et avec une confiance et une modestie apparentes, sans chercher à nier ses origines humbles, forçait le respect. Et je l'enviais, aussi, de posséder un tel courage. D'après moi, elle méritait amplement sa bonne fortune.

— Bien sûr que non, répondis-je.

Elle sourit et poursuivit :

— Je ne connais pas très bien votre mari. Pourtant, je vois la façon dont vous le regardez, si je puis me permettre. Et je sais que votre mariage a été arrangé par votre père.

Elle s'interrompit, comme si elle attendait une confirmation, que je lui donnai :

— Oui, c'est vrai.

— Je voulais vous dire que j'avais très peur de lui au début. La première impression qu'il donne est celle d'un être dangereux, et il ne fait rien pour vous détromper.

Elle marqua une nouvelle pause. J'acquiesçai. Où voulait-elle donc en venir ?

— Pourtant, il ne m'a jamais témoigné que de la gentillesse. Il est attentionné, et possède un grand sens de l'honneur, comme tous les Mackenzie. Je l'ai vu avec sa famille. Tous lui font confiance et l'adorent, et il donne de l'amour autant qu'il en reçoit.

Je la regardai, frappée par sa beauté. Ses cheveux capturaient la lumière du soleil et éclataient de blancheur. Ses yeux reflétaient la couleur de l'herbe.

— Je n'ai pas de sœur, dit-elle, presque timidement. Je sais que vous en avez beaucoup. Mais j'espère que vous me considérerez comme l'une d'entre elles. Nous attendons votre visite avec impatience, et Wilkie prévoit aussi de venir vous voir dans les mois à venir.

J'appréciai ses mots gentils.

— J'en serais ravie, Roses. Je vous souhaite tout ce qu'il peut y avoir de mieux pour votre nouvelle vie à Ossian Lochs avec Wilkie. Je sais que vous ne connaîtrez que du bonheur.

Sans que je m'y attende, elle me serra dans ses bras.

— Merci, murmura-t-elle.

— Roses, appela Wilkie. C'est l'heure.

Nous nous lâchâmes et allâmes rejoindre les hommes. Roses sourit et m'adressa un petit geste de la main alors que Wilkie l'aidait à grimper dans la plus grande des voitures.

— Tu nous reverras peut-être plus tôt que tu ne le penses, dit Kade à Wilkie. Si la rébellion de Campbell reprend comme elle menace de le faire.

Le demi-sourire de Wilkie était empreint de confiance : la confiance d'un guerrier qui connaissait sa propre force.

— Je doute qu'il ose...

— Porte-toi bien, mon frère, lança laird Mackenzie alors que Wilkie prenait place aux côtés de Roses. Et envoie-nous tes messagers au premier signe de troubles.

Nous regardâmes leurs attelages devenir de plus en plus petits, la pavane des chevaux, les nuages de poussière qui s'élevaient sous le soleil de la mi-journée. Kade se tenait juste à côté de laird Mackenzie, et à quelque distance de moi. Lorsque j'observai mon mari, je vis pour la première fois non seulement un fier guerrier, mais aussi un homme capable de tristesse, de gentillesse et, surtout, d'amour.

8

Mon optimisme fut de courte durée. Immédiatement après le départ de Wilkie et Roses pour Ossian Lochs, mon mari redevint le pire des rustres. A croire qu'il avait entendu ma conversation avec Roses ! Comme s'il s'était mis en tête de démentir les propos qu'elle m'avait tenus, il se montra plus froid et désagréable que jamais.

Le jour suivant, nous étions censés partir pour Glenlochie, et Kade avait donné l'ordre à toute une brigade de serviteurs de l'aider à préparer notre voyage, qui aurait lieu tôt dans la matinée. Il était plus qu'évident qu'à quelques heures du départ il était tout sauf ravi de quitter son Kinloch adoré. Il avait fait son devoir, rendu possible une alliance nécessaire, et accepté un mariage arrangé. S'il avait pu me trouver à son goût durant les moments que nous avions partagés en privé, c'était un fait qui semblait totalement lui échapper à présent. Il semblait davantage se préoccuper de son nouveau clan, de son nouveau chef — qu'il allait bientôt remplacer —, et s'inquiéter de devoir quitter à jamais la seule maison qu'il ait jamais connue. Le départ tout frais de Wilkie semblait avoir agi sur lui comme un détonateur qui lui aurait fait prendre conscience que rien ne serait plus jamais comme avant — ce qui de toute évidence n'avait fait qu'accroître sa mauvaise humeur.

Je reçus l'ordre de l'accompagner au repas du soir, qui devait se tenir dans le salon privé de laird Mackenzie en comité restreint : Knox, donc, ses deux sœurs, Kade et moi. Bien que je sois, de fait, devenue un membre de leur clan, l'idée de dîner avec les Mackenzie me mettait mal à l'aise, comme si je n'étais pas à ma place parmi eux, surtout en ce moment un peu triste.

Et mes réserves n'étaient pas infondées. Laird Knox Mackenzie parla très peu pendant le repas, somptueux comme rarement j'en avais vu. J'eus le pressentiment, après avoir pu juger par moi-même de la qualité exceptionnelle de leurs produits, mais aussi de l'excellence de leur préparation et de leur présentation, que mon mari serait très déçu à son arrivée à Glenlochie... Il fallait bien voir les choses en face. Nos chasseurs avaient rencontré certaines difficultés ces derniers mois. Nos cuisiniers n'avaient guère de talent. Et nos serviteurs étaient plus grincheux, lents et désorganisés les uns que les autres ! Rien à voir avec les domestiques charmants, souriants et efficaces des Mackenzie.

La plus jeune sœur de Kade, Christie, sembla vouloir relever le défi colossal d'égayer un peu l'atmosphère maussade de la soirée. Christie devait avoir à peu près mon âge, et elle avait les yeux et les cheveux de la même couleur que ceux de Kade. Mais la ressemblance s'arrêtait là. Elle possédait une exubérance pleine d'innocence qui était à la fois engageante et divertissante.

— Stella, votre robe de mariée vous allait à ravir, si je puis me permettre. Vous êtes d'une beauté éblouissante. Nous le savions déjà, bien sûr. Nous avions entendu les hommes parler de vous, Kade en particulier...

Elle s'attira aussitôt un regard noir de son frère, mais il lui en fallait plus pour la perturber.

— Oh ! Kade, arrête de faire cette tête, reprit-elle. Tu es bien placé pour savoir que je ne dis rien d'autre que la vérité.

— Christie, la réprimanda gentiment Ailie.

Mais Christie, de toute évidence, avait envie de dire tout haut ce qu'elle pensait. Sa franchise ne me dérangeait pas du tout. Sa tendance à se lancer avec enthousiasme dans des sujets de conversation sensibles n'était pas quelque chose de nouveau pour moi — mes sœurs faisaient cela à tout bout de champ, après tout —, et, malgré sa curiosité quelque peu incisive, j'appréciais la légèreté de son bavardage. C'était toujours mieux que le silence.

— En fait, marmonna Kade, je suis surtout bien placé pour

savoir à quel point tu aimes parler. Et parfois tu ferais mieux de t'abstenir, petite sœur.

Ces deux petits mots tendres, ajoutés à la fin d'une réprimande, me surprirent. Très clairement, il y avait beaucoup d'affection entre eux deux.

— Il faut bien que quelqu'un parle, pourtant, lui rétorqua Christie. Sinon nous serions tous plongés dans un silence de plomb à mourir d'ennui. Pauvre Stella, elle va se demander dans quelle famille elle est tombée. Ce n'est pas comme si Wilkie était parti à la guerre ou en territoire étranger. C'est un laird, maintenant, d'une richesse qui dépasse l'entendement, et follement amoureux. Nous devrions nous réjouir pour lui, plutôt que de déplorer son absence. Bon, Stella, revenons à votre robe de mariée. J'ai demandé à Ailie d'en confectionner une assez semblable pour moi quand mon tour viendra. Mais, si les choses continuent comme cela, ce ne sera peut-être jamais. On ne peut pas dire que les prétendants se bousculent ! Certes, les Munro sont plutôt charmants, mais...

— *Christie*, répéta Ailie.

Christie se pencha vers moi avec un sourire de conspiratrice, comme si à part moi personne ne pouvait comprendre la situation délicate qui était la sienne.

— Enfin, charmants, c'est peut-être un peu exagéré. Divertissants, disons. Mais Ailie a déjà un œil sur l'un d'eux...

Malgré le regard désapprobateur de cette dernière, Christie insista :

— Je peux le dire à Stella, elle fait partie de la famille maintenant, et nous avons si peu de temps pour faire connaissance avant qu'elle s'en aille demain matin avec Kade. Heureusement que nous avons ce projet de visite dans un mois, n'est-ce pas, Kade ?

Kade acquiesça avec un grognement, et Christie poursuivit, imperturbable :

— De toute façon, Knox préférerait que je choisisse quelqu'un qui vienne d'un peu plus loin, « pour accroître nos territoires et notre influence », déclara-t-elle en travestissant sa voix pour imiter son frère aîné.

Je ne pus m'empêcher de sourire. Laird Mackenzie lui adressa un regard faussement courroucé, mais Christie, nullement impressionnée, reprit :

— Mais ces Macintosh sont des barbares, bien sûr, et les Buchanan si... provinciaux. En fait, je dis cela sans méchanceté, et c'est vrai que quelques-uns d'entre eux sont vraiment beaux. Je ne me suis jamais rendue dans leur domaine, cependant, et j'ai entendu dire qu'il se trouvait dans un piteux état. Toi, tu y es déjà allé, Kade, n'est-ce pas ?

A cette allusion, je me sentis mal à l'aise. Kade s'était bien rendu au domaine des Buchanan, cela oui, et le sujet avait été discuté par mes sœurs dans les détails, détails dont je me serais bien passée par ailleurs. « La cousine de Claire l'a invité dans ses appartements privés. Elle l'a laissé faire... tout ce qu'il voulait. » Ma gêne augmenta lorsque le regard de Kade se posa sur moi, comme s'il lisait dans mes pensées, ou comme si d'anciennes scènes de débauche lui revenaient à l'esprit.

— Oui, répondit-il d'un air distrait.

— Et comment est-ce ? demanda Christie en buvant une petite gorgée de bière.

— Pas formidable.

— C'est exactement ce que j'ai entendu dire ! s'exclama Christie. Du coup, cela ne donne pas spécialement envie d'épouser un Buchanan, je m'excuse. Pas comme un... un Stuart ou un Munro. Mais, bien sûr, ces choix me sont interdits, si je suis les instructions strictes de mon frère, seigneur des seigneurs — encore que Wilkie ait réussi à passer outre aux ordres impérieux de Knox. Ah si seulement je pouvais être aussi maligne et aussi chanceuse...

Elle dit tout cela sans méchanceté aucune, et laird Mackenzie ne fit que lever les yeux au ciel, sans se braquer contre cette légère impertinence. J'enviais beaucoup ces rapports simples et détendus. Le pouvoir d'un chef sur les membres de son clan était absolu, et pourtant Christie taquinait Knox comme s'ils étaient des enfants. Si j'avais osé ce genre de remarque, même pour rire, j'aurais tâté de la main de mon père, et sans doute aussi de son fouet.

Décidément, la séparation forcée de frères et sœurs si unis serait pénible et compliquée : je ne cessais de me le répéter. Mon mari, j'en étais sûre, se trouvait en ce moment même dans un état d'abattement que je ne lui avais jamais vu.

Mais avant que nous puissions approfondir le sujet des fiancés potentiels de Christie, il y eut comme une agitation derrière la porte. Des cris et des voix brusques se mêlaient à des bruits de pas rapides. On aurait dit que quelqu'un avait un message urgent à livrer. Laird Mackenzie et Kade se levèrent de table. Le laird ouvrit la porte juste au moment où le garde s'apprêtait à frapper, ce qui déséquilibra ce dernier. Derrière lui se pressaient plusieurs autres soldats.

— Laird Mackenzie, dit le garde. Des nouvelles urgentes de votre frère Wilkie.

— Wilkie ? demanda Knox. Quelles nouvelles ? Est-il blessé ? Il n'est parti que depuis ce midi.

— Son convoi est tombé sur un petit bataillon du clan Campbell, parmi lequel se trouvait laird Campbell en personne.

Il s'agissait en effet d'une nouvelle inquiétante. Je savais, comme tout le monde, que laird Duncan Campbell était le fils de la sœur du roi William, et qu'il considérait Ossian Lochs comme un héritage lui revenant de droit. Le roi n'avait pas de fils, et seulement une fille illégitime : Roses. Dans la plupart des cas, les enfants illégitimes n'avaient pas droit à leur part d'héritage. Cependant le roi avait décrété que Roses serait l'héritière de son trône des Highlands, et avait désigné Wilkie comme laird. Deux ans plus tôt, le père de Campbell avait mené une première rébellion, au cours de laquelle ce dernier et le père des Mackenzie s'étaient battus à mort. Duncan Campbell continuait la révolte, pour venger son père et pour réclamer les terres qu'il considérait comme siennes, et il avait essayé de s'unir avec d'autres clans pour accroître sa puissance. Ses dernières tentatives s'étaient soldées par des échecs. Mais nous savions tous qu'il allait essayer encore. C'était la raison principale pour laquelle mon père et laird Mackenzie avaient été si pressés de sceller une alliance entre nos deux clans. Ils voulaient être sûrs de conserver un avantage militaire sur l'armée de Campbell, même au cas où il parviendrait à trouver des alliés.

— Je savais que nous aurions dû le tuer quand nous en avions l'occasion, murmura Kade.

— Ont-ils été menacés ? demanda laird Mackenzie avec une impatience abrupte.

— Non, laird Mackenzie. Les Campbell cherchaient laird Morrison. Nous leur avons appris qu'il se trouvait en résidence ici même à Kinloch, et qu'il repartirait pour Glenlochie dès demain matin. Laird Campbell s'arrangera pour parler avec laird Morrison — et ses officiers les plus haut placés —, ajouta-t-il en regardant Kade, quand il sera de retour chez lui.

— A quel sujet ? demanda Kade très sèchement.

— Il ne l'a pas dit. Wilkie a aussitôt envoyé un messager pour transmettre la nouvelle de toute urgence. Il pense que Campbell veut proposer une alliance au clan Morrison.

— C'est impossible, dis-je, abasourdie. Jamais mon père ne s'allierait avec Campbell.

— Non, approuva laird Mackenzie. Il est aussi déterminé que moi à contrer Campbell. Nous en avons longuement parlé.

— C'est évident, renchérit Kade, dont la colère se teintait d'incrédulité. Nous venons juste de sceller publiquement l'alliance entre les Mackenzie et les Morrison par notre propre mariage. Il sait que jamais nous ne nous rallierons à lui. Pourquoi même vouloir nous rencontrer ? Cela n'a aucun sens. Il doit être en train de préparer un mauvais coup.

— Wilkie a exprimé exactement les mêmes inquiétudes, dit le garde. Il vous incite à partir avec des renforts demain matin. En cas de problème.

L'angoisse me saisit. *En cas de problème ?* Je n'aimais pas du tout l'idée de traverser les Highlands dans un de nos attelages légers alors que les guerriers de Campbell rôdaient, peut-être avec l'intention d'attaquer.

— Autant répondre à sa question tout de suite, grogna Kade, furieux. Pas d'alliance — ni maintenant ni jamais. Portez ce message à Campbell et qu'on en finisse !

— Campbell et ses hommes ne sont plus dans les parages. Ils sont partis et ont l'intention de se rendre au domaine des Morrison dans les jours prochains, une fois que vous y serez bien installés. Il n'y a aucun moyen de leur transmettre votre message aujourd'hui, à moins que vous ne vouliez que nous essayions de nous lancer à leurs trousses.

Laird Mackenzie se tourna vers son frère.

— Kade ? Veux-tu consulter Morrison ? Ou envoyer nos gardes livrer ton propre message dès aujourd'hui ? Ou attendre que Campbell ose se présenter à Glenlochie ? Tu peux disposer, bien sûr, de toutes les troupes dont tu as besoin. Je vais alerter nos hommes dès maintenant.

Kade réfléchit.

— Oui. Nous allons prendre cinquante hommes. Et laisser Campbell nous dévoiler son idée stupide, quelle qu'elle soit. La prochaine fois que je verrai ce scélérat, j'aurai du mal à ne pas lui planter mon couteau dans le cœur.

— Oui, c'est ce qu'il mérite, approuva laird Mackenzie.

Le laird congédia le messager et s'en alla prévenir son contingent de leur nouvelle affectation.

Christie et Ailie nous souhaitèrent bonne nuit.

Kade se leva si brusquement qu'il renversa son verre. Ce dernier roula sur la table, puis tomba par terre, se vidant et rebondissant avec fracas sur le sol. Malgré moi, j'eus un mouvement de recul. D'habitude, lorsque je me trouvais assez près d'un homme pour assister à l'explosion de sa colère, c'était parce que cette dernière était dirigée contre moi. Mon mari ne remarqua rien. A la place, il lança :

— Stella. Venez avec moi.

Je le suivis dans le couloir avec angoisse. Avait-il changé d'avis ? Ne voulait-il plus attendre ? Etait-il furieux au point de vouloir passer sa colère sur moi ?

Dès que nous fûmes entrés dans ses appartements privés, il referma la porte d'un geste brusque. Faisant attention à ne pas me trouver sur son chemin, je me postai près du feu et je le regardai prendre des objets sur les étagères et les jeter dans les coffres qui restaient dans la pièce, sans décolérer. J'avais appris qu'il ne comptait emmener que les choses dont il aurait absolument besoin. Il avait décidé de venir passer quelques jours à Kinloch au printemps, en ma compagnie, et de laisser ses appartements en l'état, pour que nous puissions les occuper de temps en temps. Cette nouvelle m'avait soulagée. J'étais heureuse pour mon mari que son petit refuge demeure intact. Cela semblait beaucoup compter pour lui.

Je pensais saisir les raisons pour lesquelles il était si furieux, et je le comprenais. Malgré cela, son agitation ravivait mes peurs le concernant. Je tentai de me raisonner en repensant aux quelques moments tendres que nous avions partagés. Je repensai à ses surprenants aveux. A ses délicates caresses. Et je décidai de rester sans bouger jusqu'à ce qu'il se calme.

Mes sœurs avaient laissé quelques robes, posées en pagaille sur une table.

— Cela me dépasse que vous ayez besoin d'autant d'affaires pour un séjour aussi court, déclara-t-il avec irritation.

Il s'empara des robes et s'approcha de moi pour les jeter sur le lit. D'instinct, je levai mon bras pour protéger mon visage. Emplie de terreur, je reculai pour lui échapper.

— S'il vous plaît, non..., criai-je, ne sachant que trop le mal qu'était capable d'infliger un guerrier d'une telle force.

Mais rien ne se passa. Il n'y eut ni impact ni douleur.

Au bout d'un moment, j'osai baisser le bras et le regarder.

Mon mari était figé sur place, et m'observait avec un mélange d'inquiétude et de stupéfaction. Il resta silencieux pendant de longues secondes. Puis il se détourna et arpenta la pièce en long et en large, comme s'il essayait de calmer sa colère. Cette colère, cependant, n'était pas dirigée contre moi, mais contre une chose à laquelle il semblait réfléchir. Il s'appuya contre un mur à l'autre bout de la chambre, croisa les bras sur sa poitrine, comme s'il sentait que la distance qui nous séparait m'apaiserait.

Lorsqu'il reprit la parole, sa voix était plus douce, sa colère contenue. Il affichait un air préoccupé qui semblait teinté de regrets.

— J'ai vu les marques rouges sur votre visage l'autre jour, lança-t-il, sur un ton d'une gravité glaciale qui me fit frissonner. Est-ce votre père qui vous bat, ou bien quelqu'un d'autre ?

Je ne voulais pas lui répondre. Je ne voulais pas le rendre encore plus furieux. Et cela ne me paraissait pas prudent de susciter une animosité entre le chef de notre clan et son successeur.

— Répondez-moi, ordonna-t-il avec calme et froideur.

Aussitôt, je reculai un peu plus, effrayée par sa détermination.

— Stella. Je vous ai posé une question simple. Votre père vous bat-il ?

— Oui, murmurai-je, dans le seul espoir de le calmer en lui donnant les informations qu'il réclamait. Ou il donne l'ordre à ses gardes de le faire.

Kade afficha une mine pensive. Il réfléchissait. Il y avait chez lui une tendresse toute nouvelle, une compassion qui affectait ses traits en les adoucissant, et me touchait plus que je ne l'aurais jamais imaginé. Il se faisait du souci pour moi. Il comprenait que j'avais souffert, et cette découverte l'accablait. C'était la première fois qu'un homme — surtout aussi viril que Kade Mackenzie — me témoignait de l'empathie, et cette sensation était à la fois rassurante et grisante. J'avais envie d'être soudain plus proche de lui, de le toucher, pour sentir davantage ce réconfort extraordinaire qu'il pouvait m'offrir.

— Est-ce pour cela que vous fuyez tous les hommes, trop apeurée pour leur adresser la parole ou pour les regarder dans les yeux ? Est-ce pour cela ?

Me comportais-je de cette façon ? En entendant sa description, je me rendis compte qu'en effet il devait y avoir un lien de cause à effet certain. Si j'avais le malheur de regarder l'homme qu'il ne fallait pas, j'étais punie. Et, pour mon père, c'était *toujours* l'homme qu'il ne fallait pas.

— Je parierais, également, qu'il vous a battue pour vous obliger à m'épouser. Est-ce que je me trompe ?

Je ne pus répondre, mais mon silence était éloquent.

— Depuis combien de temps cela dure-t-il ? demanda Kade.

— Je... je ne sais pas. Depuis longtemps.

Il se passa plusieurs minutes avant qu'il ne reprenne la parole.

— Est-ce pour cela que vous me regardez toujours comme si vous vous attendiez à ce que je vous fasse mal ?

Sa voix avait changé du tout au tout, et elle pénétrait au plus profond de moi. Kade Mackenzie, que je connaissais à peine malgré ces quelques jours de trouble intimité, était profondément affecté par ce que je venais de lui apprendre. Nos regards se croisèrent, et le lien qui s'établit entre nous fut instantané et viscéral.

— Il faut que vous sachiez une chose, dit-il à voix basse. A partir d'aujourd'hui, si quiconque menace de lever la main sur vous, il le regrettera à jamais. Vous êtes ma femme désormais, et vous bénéficiez de la protection de mon corps et de mon épée.

Ainsi, mon mari — ce guerrier sans pitié — était en train non pas de proférer des menaces à mon encontre, mais de m'offrir sa protection, en prononçant les mots les plus rassurants que j'aie jamais entendus de toute mon existence. Il semblait plus dangereux que tous les hommes que j'avais croisés jusqu'alors, même maintenant, alors que le reflet du feu dansait sur ses cheveux qu'il ne prenait jamais la peine d'attacher. Cependant ses attitudes, ses expressions, et l'émotion qui habitait son regard de loup, montraient clairement que ma confession l'avait touché. Au plus profond de lui-même. Et qu'il ferait tout ce qui se trouvait en son pouvoir pour que de telles choses ne se reproduisent plus jamais. Cela m'émut. Je me sentais plus proche de lui que jamais.

— Vous n'avez pas besoin d'avoir peur de moi, Stella, poursuivit-il. Ni de personne d'autre. Je comprends à présent pourquoi vous paraissiez si effrayée. Mais vous ne devez pas me craindre. Je ne vous ferai jamais le moindre mal. Je vous le jure sur ma vie.

J'étais soulagée, mais pas seulement. J'éprouvais le besoin irrépressible d'être plus près de lui, et de ressentir de façon plus profonde et absolue la protection qu'il m'offrait. Et le regarder provoqua comme une compulsion chez moi. Sa mâchoire carrée, sa bouche sensuelle et arrogante, l'ombre de barbe de quelques jours… La virilité flagrante et assumée qu'il dégageait était magnétique. Mon ventre se contracta douloureusement devant tant de beauté.

J'avançai d'un pas et, en silence, je lui effleurai les doigts. J'étais touchée qu'il ait envie de me défendre de cette façon. Jamais je ne m'étais autant sentie en sécurité. Pour la première fois, sa taille ne m'intimidait pas. En ce moment précis, j'appréciais même qu'il me domine de toute sa hauteur. J'entrelaçai mes doigts dans les siens et il se pencha vers moi, en inclinant légèrement la tête, comme s'il allait m'embrasser. Son parfum — un parfum de cuir, de fumée, et de vitalité débordante — emplit mes sens et ma conscience. Sa présence bouillante d'énergie se referma autour de moi, m'isolant du reste du monde, et me renvoya aussitôt dans un certain jardin clos. Tout y était : l'odeur enivrante, l'acuité sensorielle, l'excitante anticipation. Je sentais même la brise de fin d'été. Et j'entendais les bruits lointains de la fête qui se perdaient dans l'air saturé de la fragrance des roses. Et il était avec moi, mon fantôme, mon mystérieux guide. Je fermai les yeux pour laisser place à mes impulsions. Il passa ses bras autour de moi et m'attira contre son corps tout en muscles. Il posa la main sur ma joue et tourna mon visage vers lui. Incapable de résister à l'intensité de son appel, j'ouvris les yeux. La proximité de sa bouche et le contact intime et léger de ses cheveux sur ma peau ravivèrent en moi les sensations que j'avais connues lorsque, de ses doigts barbouillés de sang, il m'avait délicatement caressée. Je repensai à l'intimité fiévreuse que nous avions partagée, et une douce chaleur commença à se propager en moi.

Je posai la main à plat sur sa nuque pour l'attirer à moi et abolir la distance qui nous séparait encore. Comme s'il était surpris par cette invitation pleine de ferveur, il laissa échapper un petit grognement sourd. Mais il l'accepta, et posa ses lèvres sur les miennes. Je me rendis bien volontiers à cette invasion délicieuse qui ne fit qu'attiser mon envie. Je parcourus son torse des mains, cherchant — et trouvant — ses lignes élancées et solides.

La ceinture et le couteau.

Son goût. Son odeur.

Je le connaissais. Depuis des nuits et des nuits. Je savais qui il était. Mon amoureux secret, celui qui hantait mes rêves depuis des semaines. Abasourdie et bouleversée, je reculai, haletante, cramponnée à sa chemise.

— C'est vous, murmurai-je.

— Bien sûr que c'est moi, répliqua-t-il dans un demi-sourire, prouvant par là qu'il avait tout de suite compris ce que je voulais dire. Qui d'autre cela aurait-il pu être ?

— Mais comment est-ce possible ?

J'étais totalement sous le choc.

— Pourquoi ne l'ai-je pas compris plus tôt ? Pourquoi ne l'ai-je pas vu ?

— Parce que vous ne le vouliez pas. Votre peur vous aveuglait. C'était ma faute, sans doute.

— C'est vous, répétai-je, profondément bouleversée.

Ma stupeur semblait l'amuser. Et il y avait dans sa voix des intonations nouvelles, teintées de tendresse et — ô surprise — de vulnérabilité.

— Est-ce vraiment si difficile à croire ?

Il s'interrompit pour me caresser les tempes du bout des doigts, avant de reprendre :

— La première fois que je vous ai vue, cette toute première fois... je n'en croyais pas mes yeux. J'ai cru rêver.

Je me souvenais de cette soirée. De ce premier regard. De la fascination, de la peur.

— Je ne pensais pas qu'une telle beauté existait, poursuivit-il. Toutefois vous aviez l'air d'être traquée de toutes parts. Vous m'avez clairement fait comprendre que vous ne vouliez avoir aucun contact avec moi. Alors j'ai gardé mes distances autant que je l'ai pu.

Mon mari était peut-être bouleversé par les événements des jours précédents, tout comme je l'étais, voire plus : le lendemain, il allait quitter sa maison et dire adieu à la tranquillité qu'il avait toujours connue, pour embarquer pour une nouvelle vie où il aurait à naviguer dans les méandres de la politique interne d'un nouveau clan et à se battre pour y imposer son autorité. Il paraissait plus émotif que je ne l'avais jamais vu, et surtout que j'aurais jamais pu l'imaginer. Sa voix rauque était voilée et brute.

— Et puis je vous ai vue sortir, et je vous ai suivie. Je vous ai trouvée dans l'obscurité, totalement seule. C'était plus fort que moi. Il fallait que je vous touche. Il fallait que je vous goûte. Et la façon dont vous avez répondu à mon étreinte... J'ai cru tomber fou de désir pour vous. Ce fut un supplice de me séparer de vous.

— Je voulais disparaître avec vous dans la nuit et ne jamais revenir, murmurai-je.

— Un seul mot de votre part, et c'est ce que j'aurais fait.

Il marqua une longue pause, avant de poursuivre :

— Je suis immédiatement allé trouver mon frère, et j'ai parlé à votre père dès cette nuit-là. Au départ, votre père était contre. Contre moi. C'était Wilkie qu'il voulait comme successeur. Mais, lorsque Wilkie a refusé, il n'a plus eu d'autre choix. Pourtant le vénérable lord Morrison n'est toujours pas convaincu. Il me trouve trop imprévisible, et trop inexpérimenté. Je n'ai plus qu'à lui prouver le contraire.

Je regardai Kade, comprenant seulement maintenant la complexité des défis devant lesquels il se trouvait depuis qu'il était devenu mon époux. « Nous serions bien avisés de tirer le meilleur parti de notre situation, même si cela s'avère difficile pour vous comme pour moi. »

Tout en parlant, il me caressait la joue en l'effleurant du pouce.

— Et cette profonde terreur inscrite sur votre visage le jour de notre mariage... A vous aussi, je dois prouver que vous vous êtes trompée.

— Alors, faites-le maintenant.

Le demi-sourire qu'il esquissa suffit à donner vie à sa beauté tourmentée, qui me frappait un peu plus chaque fois que je le regardais. Mais son sourire s'évanouit presque avant qu'il recommence à parler.

— Je croyais être la seule cause et le seul objet de votre peur, mais je pense mieux la comprendre désormais. Et je vous assure de nouveau que je punirai sans pitié quiconque vous touchera. Maintenant, il me semble encore plus important de vous laisser le temps d'apprendre à me faire confiance. La dernière chose que je souhaite, c'est que vous vous sentiez obligée — physiquement ou moralement — de partager l'intimité d'un homme que vous connaissez à peine et qu'on vous a contrainte, par la force, à épouser. Nous attendrons que ce mois se soit écoulé. Il ne se passera rien avant cela. Je vous fais cette promesse, et je la tiendrai quoi qu'il arrive. Et, si un mois ne suffit pas, alors je l'accepterai. Je perdrais mon honneur si je profitais de vous sans vous savoir tout à fait prête.

D'une manière étrange, j'éprouvais l'irrésistible envie de piétiner son honorabilité et d'en appeler au barbare qui sommeillait en lui, à la brute qui avait entaillé mes vêtements avec son couteau de chasse, ou au poursuivant acharné qui m'avait embrassée avec fièvre dans un jardin clos parce qu'il n'avait pas su se dominer. Je voulais retrouver ces facettes de mon époux, et les forcer à s'exprimer, maintenant. Sans vergogne, mon esprit se mit à emprunter des chemins dangereux, réfléchissant aux façons dont j'allais pouvoir m'y prendre pour parvenir à mes fins. Peut-être pourrais-je passer ma main sous sa chemise, pour sentir la peau brûlante de son torse...

J'étais déjà en train d'imaginer les sensations que j'éprouverais, lorsqu'il recula.

— Allez vous coucher, à présent. Une longue route nous attend demain et après-demain. Vous voyagerez en compagnie de vos sœurs dans leur voiture. Moi je serai à cheval à côté des gardes. Ce soir, il faut que j'écrive à mon frère.

— Ce soir ? demandai-je, déçue par ce retour abrupt aux préoccupations politiques.

Ce moment de tendresse et de partage était bien terminé. J'avais de nouveau un guerrier belliqueux devant les yeux. Mais ses manières avaient changé, comme s'il craignait de m'effrayer. Maintenant qu'il avait découvert la façon tout sauf idyllique dont j'avais été éduquée, il avait de bonnes raisons de se conduire avec davantage de prudence et de retenue. Et j'appréciais cette marque de sensibilité, même si l'envie ne me manquait pas de la défier.

— Oui. J'ai un mauvais pressentiment au sujet de cette rencontre avec Campbell. Qu'il lui prenne l'envie de s'aventurer sur des terres appartenant à des clans qui ne soutiennent pas sa cause n'est pas seulement agaçant, mais aussi dangereux. Il ne ferait pas cela s'il ne bénéficiait pas d'un soutien, ou s'il n'y avait pas été invité. Je ne peux pas m'empêcher de me demander si votre clan n'abrite pas un rebelle.

Cette idée me parut choquante, mais je ne savais rien de l'armée du clan Morrison, après tout. S'il y avait des traîtres parmi les rangs de mon père, je serais sans doute la dernière personne à l'apprendre. Mon mari paraissait en avoir tout à fait conscience, et il ne me demandait de toute façon aucun renseignement.

— Je n'en sais rien, dis-je pourtant. Mais il y a un certain mécontentement dans notre clan, en général. La maladie de mon père laisse des traces.

— Je pense plutôt que ce sont ses méthodes qui laissent des traces. A ce que j'ai entendu, il est très brutal dans son approche. La tyrannie n'a jamais inspiré la loyauté. Il faut faire preuve d'un minimum d'équité pour être un chef obéi et respecté.

— En effet, reconnus-je.

Il était vrai que j'avais moi-même essayé de quitter le clan, ou plutôt d'échapper au despotisme de mon père, dont — précisément — l'injustice me semblait insupportable. Les mots prononcés par mon mari me firent réfléchir. Je savais que les Mackenzie étaient connus pour leur honneur, pour l'équité avec laquelle ils gouvernaient, et pour leurs prouesses militaires. Avant, je pensais que ces caractéristiques, chez un époux, ne feraient qu'accentuer la soumission dans laquelle il me maintiendrait. L'honneur pouvait signifier que mes devoirs d'épouse — quels qu'ils soient — seraient nombreux et impératifs. L'équité dans la sphère publique ne s'étendait jamais, je le savais, à la sphère privée. Et, en ce qui concernait les prouesses militaires, c'était bel et bien ce trait qui était le plus inquiétant de tous : un homme fait pour la guerre avait toutes les chances de se montrer violent et agressif une fois la porte de ses appartements refermée.

Mais maintenant, à la lumière de ses dernières confessions, je pouvais envisager mon mari sous un nouveau jour. Pour lui, l'honneur signifiait la patience. « Je perdrais mon honneur si je profitais de vous sans vous savoir tout à fait prête », avait-il dit. Je trouvais également son habileté à manier les armes bien moins menaçante que quelques jours plus tôt. En réalité, le simple fait de penser à son couteau glissé sous ma chemise, à ses doigts caressant mon entrejambe, aux contours fermes de son corps façonné par le combat, me donnait envie d'être témoin de ses prouesses militaires, ici et maintenant.

Mais il était déjà assis à son bureau. Il était en train de préparer sa plume et son parchemin, et son attention se trouvait à mille lieues de moi, centrée sur le voyage, la tyrannie, les traîtres… Je ne savais que faire, ni comment m'y prendre pour lui montrer ce que je voulais lui montrer, d'autant plus que moi-même je n'aurais su dire exactement de quoi il s'agissait.

Je m'aventurai un peu plus près de lui, et me postai devant la cheminée. Il était absorbé par son travail de rédaction, la tête penchée au-dessus de son bureau. Il écrivait vite, en trempant souvent sa plume dans son encrier, et noircissait des lignes et des lignes, comme s'il craignait d'omettre une idée importante. Je m'approchai du foyer et tendis les mains vers les flammes pour les réchauffer. Mes pensées se tournèrent d'elles-mêmes vers le baiser que nous avions partagé, vers la ferveur avec laquelle il avait pris ma bouche, vers son corps que j'avais senti si ferme sous ses vêtements.

— Allez vous coucher, Stella.

Je le regardai et remarquai qu'il avait posé sa plume et qu'il m'observait, les bras croisés sur son torse.

— Allez-vous... me rejoindre ? osai-je demander.

Il me scrutait toujours.

— Quand j'aurai terminé cette lettre.

— Très bien, répondis-je à voix basse.

Il me suivit encore du regard alors que je me dirigeais vers le lit. Je marquai un temps d'arrêt avant de dénouer les lacets de ma robe, cette robe blanche que mon mari avait exigé que je porte après avoir pris connaissance de mes préférences. A présent qu'il était appuyé contre le dossier de sa chaise, les bras croisés et les jambes légèrement écartées, il semblait être redevenu le farouche guerrier pour lequel je l'avais pris. Il caressait le manche de son couteau d'un air distrait. C'était l'une de ses habitudes, je l'avais remarqué. Il touchait ses armes lorsqu'il était perdu dans ses pensées, peut-être en train de planifier des attaques, ou d'échafauder de mystérieuses théories sur l'art de la guerre...

En me détournant, mais sans pour autant croire que j'allais pouvoir me dérober à son regard qui me mettait si mal à l'aise, je fis glisser ma robe jusqu'à terre, puis je la posai sur la table, par-dessus les autres. Je n'osai pas le regarder, car je savais très bien que ma chemise était assez fine pour qu'il puisse voir à travers. Je sentais toujours les effets de l'incroyable découverte que je venais de faire, à savoir que l'objet de mes rêveries secrètes n'était autre que mon propre époux. « J'ai cru tomber fou de désir pour vous. Ce fut un supplice de me séparer de vous. » Sa troublante confession dansait sur ma peau comme une brise invisible, et venait se nicher dans les recoins intimes de mon corps. Etait-il possible qu'il ressente la même chose en ce moment précis, alors qu'il me regardait en silence ?

Je versai un peu d'eau du pichet de porcelaine dans la bassine, et, à l'aide d'un linge doux, je me lavai le visage. Je me brossai les cheveux, bien consciente qu'il ne perdait rien de mes faits et gestes. C'était étrange de se sentir observée de la sorte, pendant que j'accomplissais mes rituels du coucher. Le fait de savoir qu'il pouvait voir mon corps pendant que je me démêlais les cheveux me donna chaud aux joues — et ailleurs. Je voulais qu'il s'approche de moi, qu'il me touche comme il l'avait déjà fait. Je pensai à ma sœur Maisie qui n'aurait eu aucun scrupule à user de coquetterie pour parvenir à ses fins. Je l'avais observée avec fascination à plusieurs reprises. La séduction fonctionnerait peut-être auprès de mon mari. Pourquoi ne pas y recourir ? Je pourrais m'approcher de lui, lui caresser les cheveux, l'embrasser. Je savais très bien ce que j'aurais pu faire ; je le savais d'instinct, et il n'y avait aucune raison pour que je me révèle moins douée et inventive que Maisie, si j'y mettais vraiment du mien. Mais je repensai à la promesse de Kade de me laisser le temps nécessaire pour que je lui fasse confiance. Il avait vu juste : mon capital confiance avait été sérieusement entamé par mes récents déboires. Que se passerait-il si mon mari me frappait ou se refusait à moi ? Dans le fond de mon cœur, je savais — ou presque — qu'il ne ferait ni l'un ni l'autre. Mais j'attendrais, et je guérirais, et j'apprendrais à faire confiance. C'était ce qu'il fallait. Je repoussai les couvertures et me glissai dans le lit. Ce ne fut qu'à ce moment que je pus de nouveau le regarder dans les yeux.

Pourquoi avait-il cessé d'écrire ? Peut-être réfléchissait-il à ce qu'il voulait mettre dans sa lettre.

— Kade ? murmurai-je au bout de quelques secondes.

— Oui ?

Venez près de moi. Protégez-moi. Touchez-moi.

— Bonne nuit.

— Bonne nuit, répondit-il d'une voix plus rauque encore que d'habitude, et étrangement tendue.

Il se passa longtemps avant que j'entende de nouveau le bruit de sa plume dans la lumière vacillante de la bougie.

9

Finalement, notre voyage à travers les Highlands se passa sans histoire. Duncan Campbell et ses hommes ne se montrèrent pas, et nous n'entendîmes plus parler de l'intention de Campbell de rencontrer mon père au sujet d'alliances, de querelles, de guerres… En fait, la seule conséquence de cette fausse alerte était le stoïcisme froid et prudent qu'observait depuis lors mon mari. Pendant les deux jours que dura notre voyage, nous nous parlâmes peu. Je restai en voiture avec mes sœurs. Kade menait les soldats de Kinloch qui, de tous les côtés, entouraient notre procession. L'unique préoccupation de mon époux était de nous conduire tous à Glenlochie sans incident. Je savais qu'il craignait la présence d'un traître parmi les soldats de mon clan, et il les regardait tous d'un œil suspicieux. Il renvoya les soldats de Kinloch dès les portes de Glenlochie franchies, et leur départ ne fit rien pour apaiser sa méfiance ni son humeur.

Une fois que nous fûmes arrivés chez moi, le regard de Kade se fit de plus en plus désenchanté. Habitué aux excellentes conditions de vie du clan Mackenzie, il parut abasourdi par l'état de notre domaine. Je pouvais difficilement l'en blâmer. Après avoir vécu dans la splendeur d'un Kinloch raffiné, bien tenu et prospère, il découvrait une tout autre réalité.

A notre arrivée, Kade et moi passâmes nos deux premières nuits dans mon ancienne chambre, qui jouxtait celles de mes sœurs. Cela ne nous offrait pas toute l'intimité que mon mari aurait souhaitée. Il me pria de lui faire visiter les autres chambres du manoir, une fois qu'il aurait traité les affaires les plus urgentes. D'après lui, il nous fallait des appartements davantage en rapport avec notre statut de futurs seigneurs du clan.

Et il ne m'avait toujours pas touchée. En fait, il m'avait à peine adressé la parole. Les deux nuits, il m'avait rejointe très tard, après de longues discussions avec mon père, et des rencontres tout aussi longues avec nos soldats. Il avait travaillé bien au-delà de minuit, emplissant des carnets qu'il conservait enfermés dans ses coffres qu'il montrait peu d'empressement à vider. Et puis il s'était levé tôt et avait disparu avant même que je me réveille. Il avait si peu dormi qu'il n'était pas étonnant qu'il ait été de méchante humeur et distant.

Le troisième matin, il s'en alla bien avant l'aube, mais revint peu de temps après. Je l'entendis fouiller dans l'un de ses plus grands coffres, où il rangeait couteaux et épées, ainsi que d'autres armes moins courantes.

— Bonjour, lançai-je depuis le lit d'une voix hésitante, en me redressant.

Il attacha une deuxième épée à sa ceinture, tenant toujours un couteau dans son autre main. Il s'interrompit d'un coup, et m'adressa un regard perçant et critique.

— Vous avez du travail, madame. Vous vous êtes remise de votre mariage et de votre voyage. Il est temps que vous vous y mettiez.

— Que je me mette à quoi ? demandai-je en enfilant une robe.

— A travailler.

Travailler. Quelque chose qui ne m'avait été jusque-là ni permis ni demandé.

— Vous voulez que je travaille ?

— Vous passez beaucoup trop de temps enfermée avec vos sœurs qui ne font que cancaner. Ce manoir est sale, désorganisé, et pas du tout en état de recevoir des visiteurs. Il n'est même pas digne de loger les seigneurs de son propre clan. Plusieurs membres de ma famille arrivent dans à peine plus d'un mois, et cet endroit tombe en ruine. C'est très gênant. Et c'est bien pire que je l'avais imaginé. Pourquoi votre famille n'a-t-elle rien fait pour entretenir son lieu de résidence ?

Il était vrai que personne ne s'occupait de Glenlochie. Je ne l'avais jamais autant remarqué que depuis notre retour : le manoir était en désordre, décrépi, et aucun système efficace n'était en place pour améliorer l'état de notre existence chaotique.

Pourquoi n'avions-nous rien fait ? Pour ma part, j'avais déjà réfléchi à la situation dans laquelle se trouvait le domaine, et à ce sentiment de malaise qui régnait parmi nos gens. Mais jamais je n'aurais osé expliquer à mon père comment tenir ses terres, pas davantage que je n'aurais osé lui apprendre à diriger son armée. Il aurait suffi que j'ouvre la bouche pour être battue.

— Qui est responsable du manoir ? demanda-t-il.

— Mon père, bien sûr.

— Votre père dirige son armée — et sans grande efficacité. Il est trop vieux et trop malade. Et trop soûl la plupart du temps pour faire quoi que ce soit d'efficace. Il doit bien y avoir quelqu'un qui veille au bon déroulement des tâches quotidiennes du manoir.

— Ce sont les domestiques qui s'en occupent.

— Qui est responsable des domestiques ? répéta-t-il.

— Je... je ne sais pas vraiment, bredouillai-je.

Ma réponse inarticulée ne fit que l'agacer davantage.

— Eh bien, à partir de maintenant, déclara-t-il avec brusquerie, la personne responsable du manoir, c'est vous. Allez trouver les domestiques. Dites-leur que la grande salle doit être nettoyée avant la fin de la journée. Supervisez vous-même les opérations. Et dites à ceux qui travaillent en cuisine qu'ils doivent nous servir de la viande, des légumes, et du pain frais ce soir. On ne dirait pas que nous sommes en période de récoltes. Et la viande séchée ne doit être proposée que lorsqu'il n'y a plus rien d'autre, sinon nos réserves seront épuisées avant l'hiver.

Il continuait à fouiller parmi ses armes. Je faillis lui dire de faire attention à ne pas se couper, mais je me ravisai.

Malgré son ton tranchant et froid, les souvenirs persistants de nos rares moments d'intimité eurent raison de mon appréhension. Kade s'emportait facilement, certes, et je voyais bien qu'il avait des raisons de le faire. Mais je ne ressentais plus cette peur qui m'avait glacée lors de nos premières rencontres. A la place, j'éprouvais pour lui un attachement profond, depuis qu'il avait prononcé ces mots sincères et tendres et m'avait caressée avec tant de douceur. La distance qu'il affichait à présent ne faisait qu'attiser ma curiosité. Serais-je capable de le faire revenir à de meilleures dispositions à mon égard ? Telle était la question que je ne cessais de me poser. Il était maussade et accablé par les nombreux défis qu'il avait à relever, mais je connaissais ses désirs enfouis. Je savais à quoi ressemblait le contact de sa bouche sur la mienne et j'avais vu son regard lorsqu'il avait découvert mon corps et m'avait touchée si intimement. Ce lien qui nous unissait me procurait un léger sentiment de puissance, mais aussi d'égalité.

— Ce n'est pas à moi de commander en cuisine.

— Pas à vous ? grommela-t-il. A qui est-ce, alors ? Vous serez bientôt la maîtresse de ce domaine. Il est temps que vous appreniez à donner des ordres.

— Mais...

Mon mari n'était pas d'humeur à entendre mes faibles protestations.

— Je serai de retour ce soir, m'interrompit-il. J'emmène quelques hommes chasser avec moi. Dites au boucher de nous attendre pour le coucher du soleil.

Et, sur ce, il quitta la chambre, en claquant la porte derrière lui.

Auparavant, je l'aurais maudit pour son impolitesse et, dans ma tête, je l'aurais traité de brute mal dégrossie. A présent, je lui pardonnais. Ou presque, car il n'avait pas besoin de me parler avec tant de brusquerie pour que je lui obéisse. En même temps, il était assez peu habitué aux contrariétés : au cours de sa vie, à part sur le champ de bataille — mais, en tant que chef militaire, il devait s'attendre à faire face à l'adversité —, il n'avait pas affronté de défis aussi importants que ceux que représentait Glenlochie. Sa famille régnait sans nuages sur Kinloch depuis des générations. Il était né dans ces conditions privilégiées. Il lui faudrait un certain temps pour se faire à un tel changement.

Mais ses observations au sujet de l'état consternant de notre domaine étaient, après tout, fondées. Je pourrais sans doute essayer de l'aider, comme il me le demandait. Mon père découvrirait vite mes nouvelles occupations. Il allait sans dire qu'il n'apprécierait pas… Mais mon mari serait là pour me défendre. Ma vie n'était plus la même et j'avais du mal à me faire à cette idée. Il me faudrait du courage, que mon mari soit là ou pas pour me soutenir. La tâche se révélait ardue pour tous les deux.

Moins d'une minute après le départ fracassant de Kade, il fit de nouveau irruption dans la pièce.

— Oh ! quelle chance, lançai-je, presque entre mes dents. Mon gentil et chevaleresque époux me revient plus tôt que prévu.

Mon sarcasme le fit sourire. Il s'approcha de moi et posa sa main sur ma joue, me caressant la pommette.

— On dirait bien que je me suis comporté comme le mari brutal que vous vous attendiez à côtoyer. Durant notre voyage, j'étais sur mes gardes, craignant une attaque. Et je croyais que je serais accueilli à bras ouverts par un clan bien organisé et chaleureux. Ce fut tout le contraire. J'ai mille raisons d'être de mauvaise humeur. Mais je ne voulais pas passer ma colère sur vous. Je veux faire du mieux possible et, avant tout, garantir votre sécurité. Pardonnez-moi.

Je savais que mon mari était de nature imprévisible. Je pensais qu'il se comporterait comme tous les hommes que je connaissais : avec brutalité et tyrannie. Qu'il ressente le besoin de me rassurer après son coup de colère me parut tout à fait miraculeux. Aucun homme ne m'avait témoigné autant de respect ni d'attention. Les excuses qu'il venait de me présenter m'atteignirent droit au cœur. Je passai instinctivement mes bras autour de son cou et me mis à l'embrasser.

Il rit tout bas, et prit une grande inspiration, comme si au plus profond de lui-même il était touché par ma réaction. Il recula et prit mon visage entre ses deux mains.

— Ma gentille petite femme, dit-il.

Puis, au bout de quelques secondes, comme s'il avait attendu d'être certain de réussir à se dominer, il prit ma bouche. Ce contact ne fit qu'attiser ma propre ardeur. J'entrouvris les lèvres, l'invitant à plus de hardiesse. Mais, soudain, il mit fin à ce baiser. Il avait le souffle court, et semblait lutter pour retrouver le contrôle de lui-même. Il mit un moment avant de reprendre la parole.

— Si j'avais su que c'était tout ce qu'il fallait pour déchaîner une telle réaction, j'aurais fait suivre mes vœux de mariage d'une litanie d'excuses.

— Restez avec moi, dis-je, ressentant comme une déchirure à l'idée de me séparer de mon mari.

— Croyez-moi lorsque je vous dis que mon souhait le plus cher serait de passer la journée entière enfermé dans cette chambre avec vous, à vous faire oublier ma grossièreté. Je compte les minutes qui me séparent du moment où je pourrai le faire, ainsi que bien d'autres choses.

Il m'embrassa de nouveau, mais ne fit cette fois que m'effleurer les lèvres. Comme à contrecœur, il recula, et me regarda, séduisant et fascinant comme jamais.

— Mais je ne peux rester. J'ai donné l'ordre à quelques hommes de se rassembler aux écuries. Nous partirons dès le lever du soleil.

Après un dernier baiser, particulièrement tendre, Kade me laissa. Son départ m'affecta plus que je n'aurais su le dire. Quelque chose avait changé. Contre toute attente, un lien s'était créé entre moi et mon guerrier de mari. Nous avions besoin l'un de l'autre. Nous avions déjà commencé à compter l'un sur l'autre pour nous aider mutuellement à surmonter les difficultés qui nous attendaient. Et ce n'était pas tout. Nos rapports étaient de plus en plus tendres, et cette tendresse même nous rapprochait. Ce lien qui s'était tissé entre nous me rassurait et, lorsque nous étions séparés, mon mari, l'attention qu'il me témoignait et sa compagnie réconfortante me manquaient.

Je finis de m'habiller et de me préparer pour la journée qui m'attendait. J'avais à cœur de contenter mon époux en m'acquittant de la tâche qu'il m'avait confiée.

Les deux matins précédents, mes sœurs avaient attendu le départ de Kade pour faire irruption dans ma chambre, à l'affût de quelque nouveau scandale. Avec une déception patente, elles n'en avaient trouvé aucun. C'était presque comme si elles regrettaient que mon mari ne m'ait pas violentée, et elles avaient semblé agacées de me trouver dans un état présentable, avec la chemise intacte et les cheveux bien coiffés.

Ce matin-là ne dérogea pas à la règle, mais Maisie était seule, cette fois, portant un plateau avec du thé et de la nourriture.

Elle plaça le plateau sur une table et me servit du thé tout en regardant les affaires de mon mari avec intérêt. Elle m'apporta une tasse et l'assiette de nourriture. Puis elle s'assit sur le lit, et se coupa un morceau de pain dur et de fromage.

— Stella, j'ai entendu une conversation animée ce matin. Et même des cris. Pourquoi ton mari était-il tellement en colère ?

Je soupirai, un peu agacée qu'elle revienne sur le sujet — et qu'elle ait écouté à la porte.

— Je te l'ai déjà dit, Maisie : je ne suis pas censée parler de cela avec toi. Mon mari souhaite que nos affaires privées le restent, précisément.

A mon tour, je pris un morceau de pain. Après les miches délicieusement fraîches et savoureuses que j'avais pu goûter chez les Mackenzie, ce pain insipide et rassis ne donnait vraiment pas envie. Et le fromage portait des traces de moisissures qu'il fallait gratter avec la pointe de son couteau. Finalement, décidai-je, je n'avais pas autant faim que je l'avais cru...

Maisie interpréta ma réticence à parler de ma vie conjugale comme une preuve de la mauvaise conduite de mon mari.

— Je savais qu'il serait un tyran, dit-elle, presque triomphante, comme si elle était fière d'avoir vu juste. Mais donne-moi quelques petits détails au moins. Y a-t-il quand même des choses que tu apprécies ? Ou bien est-il aussi brutal et sinistre qu'il en a l'air ?

— *Maisie*, lâchai-je, un peu exaspérée.

— Parce que quand j'étais avec Wilkie — est-ce que je t'ai raconté cela ? Est-ce que je t'ai parlé de cette espèce d'élan irrépressible qui m'a saisie, de ce...

— Oui, tu m'as raconté, l'interrompis-je. Tu m'as *tout* raconté.

— Tout ce que je veux dire, c'est que cela peut être... fabuleux. Cela le deviendra peut-être un jour — enfin, si ce que tu ressens compte un minimum pour lui. Certains hommes sont comme cela, paraît-il. Ils ne s'intéressent qu'à leur satisfaction personnelle. Kade est tellement différent de ses frères que cela ne me surprendrait pas. Même si, plus je le regarde, plus je vois des ressemblances. Dans les moments où il est le moins sévère, quelque en chose en lui évoque un peu de la magnificence de son frère. Juste un petit peu. Mais il possède une personnalité si différente de celle de Wilkie qu'il est normal qu'il se comporte autrement au...

— Maisie !

Le ton que j'avais employé la fit enfin taire. Mais cela ne dura qu'un instant.

— Oh ! d'accord, dit-elle d'un air indigné.

Et, aussitôt, elle se pencha vers moi.

— Mais je te connais assez bien, Stella. Et je suis presque certaine que vous ne l'avez pas fait, sinon tu ne pourrais pas t'empêcher d'en parler. Aucune femme ne peut découvrir ce genre de... satisfactions sans se sentir transportée.

— C'était... différent de ce à quoi je m'attendais, dis-je, en essayant de la calmer avec une réponse, même si elle était vague et peut-être trompeuse.

En même temps, je disais la vérité. Tout ce qui s'était passé en privé avec Kade s'était révélé bien différent de ce que j'avais imaginé.

— En quel sens ? demanda-t-elle, plus curieuse que jamais.

— Dans tous les sens...

Elle observa mes yeux, puis éclata de rire.

— Ma chère sœur, c'est impossible, tu n'as pas pu. Oh ! ma pauvre. Espérons que ton mari se bonifie avec le temps.

Même si Kade ne m'avait pas demandé de ne pas parler de notre vie intime, je n'aurais eu aucune envie de discuter du comportement amoureux de mon mari avec ma sœur qui était si curieuse. Et ses fausses hypothèses commençaient à m'agacer pour de bon.

— Maisie, si tu savais...

Je fus légèrement soulagée lorsqu'elle m'interrompit et, à partir de ce moment, je décidai de rester absolument muette sur le sujet.

— Il y a des façons de rendre les choses plus... intéressantes, bien sûr, dit-elle. Si tu te montres aussi timide au lit que tu l'es dans la vie, ce n'est pas étonnant que...

— Comment cela ? ne pus-je m'empêcher de demander.

— Eh bien, les hommes aiment lorsque les femmes prennent le contrôle. Ne l'attends pas. Séduis-le. Sers-toi de ton corps.

Montre-toi. Une fois qu'ils ont « vu », les hommes sont incapables de résister. Sers-toi de tes mains.

Ses yeux brillaient.

— Et de ta bouche.

Je me détournai pour finir de m'habiller. Tout cela semblait intimidant, pourtant j'imaginais une foule de détails salaces. J'eus soudain très chaud aux joues, ce qui fit sourire ma sœur qui, bien que plus jeune que moi, était décidément plus délurée.

— J'essayerai d'y penser, dis-je. Maintenant, si tu veux bien m'excuser, je descends aux cuisines.

— Remonte-moi quelque chose aussi, s'il te plaît. Ce pain est tout juste mangeable.

— Je ne reviendrai pas tout de suite. J'ai reçu l'ordre de superviser les cuisines. Mon mari veut que la grande salle soit nettoyée et que du pain frais soit préparé pour les hommes. Ils sont partis chasser…

Maisie me regarda, l'air un peu stupéfaite.

— Depuis quand as-tu assez d'aplomb pour donner ce genre d'ordres ?

— Depuis aujourd'hui.

Son commentaire me blessa : il était sans doute trop proche de la vérité. Ma sœur s'était toujours montrée très directe, et cette tendance s'était encore accentuée depuis ses récentes déconvenues sentimentales. Après avoir été éconduite deux fois, ma sœur aînée, elle, était devenue sombre et renfermée. Le chagrin d'amour avait affecté Maisie différemment, provoquant chez elle une amertume et une spontanéité caustique. Je l'avais toujours aimée malgré son manque de tact et de retenue, mais j'espérais pour elle qu'elle allait se reprendre avant de franchir certaines limites.

— A vrai dire, expliquai-je, on ne m'a pas laissé le choix.

— Espérons juste que père ne découvre pas que tu te mêles de la vie du domaine. Les marques dues à tes dernières transgressions viennent à peine de disparaître.

A cette idée, l'angoisse me saisit. Mais je repensai à la promesse de mon mari, j'espérais qu'il la tiendrait.

— Il faut bien que quelqu'un s'en mêle. Père sera peut-être

content que quelqu'un ait pris les choses en main, une fois qu'il aura vu les améliorations que l'on peut apporter au manoir. Il est ridicule que nous n'ayons pas été autorisées à participer plus tôt au bon fonctionnement du domaine, car il y a tant à faire.

— Oui, sans doute, répondit Maisie d'un air absent.

— Nous nous verrons ce soir, au dîner.

Je descendis jusqu'à la grande salle, qui était déserte. La seule tapisserie qui y était encore accrochée paraissait sale et abîmée. La cheminée — froide depuis longtemps — était pleine de cendres qui s'étaient répandues partout sur le sol au gré des courants d'air et des allées et venues. Des verres et des assiettes traînaient sur les tables depuis des jours... Pourquoi cette grande pièce n'était-elle pas utilisée pour le repas du soir, comme à Kinloch, afin de réunir les membres du clan autour d'un repas et d'un verre, près du feu, dans une atmosphère festive et chaleureuse ? Mon mari avait raison : l'endroit se trouvait dans un état déplorable.

Je pensai à Ailie Mackenzie, qui commandait à tous les domestiques de Kinloch avec bon sens et équité. Elle ne possédait pas un caractère particulièrement fort, pourtant son autorité n'était jamais remise en question et tout fonctionnait d'une manière impeccable. J'espérais être capable de l'imiter, et j'allais commencer dès ce jour, décidai-je.

Je ramassai quelques-uns des plats sales et les rapportai dans la cuisine, où quelques servantes étaient occupées. Pas à cuisiner, cependant. Elles étaient assises autour de l'une des plus grandes tables, devant un bol de soupe. Elles parlaient fort et riaient à une histoire drôle que l'une d'elles venait de raconter. Dès qu'elles me virent, elles se turent, et me regardèrent avec un mélange de surprise et de mépris, comme si je venais d'interrompre une réunion privée à laquelle je n'avais pas été conviée.

— Bonjour, lançai-je, en posant les plats sur une table haute et longue, où attendait déjà de la vaisselle sale.

— Bonjour, madame.

Je reconnus toutes ces femmes, mais je ne connaissais pas le nom de chacune d'entre elles. C'était Isla, la responsable des cuisines, qui m'avait rendu mes salutations. Elle devait avoir le double de mon âge et supervisait les cuisines d'aussi loin que je m'en souvienne.

— Qu'est-ce qui vous amène ici ? demanda-t-elle.

— Mon mari a demandé que la grande salle soit nettoyée aujourd'hui, et qu'un repas soit préparé pour le retour de la partie de chasse, au coucher du soleil.

Isla se tourna vers son assistance amusée, en levant les sourcils. Puis elle me fixa, fixa ma robe et le collier en or que je portais toujours.

— Votre mari ?

L'une des autres femmes gloussa. Elle était menue, avec les cheveux noirs, un visage pointu, et une apparence négligée, comme si elle ne s'était pas occupée de ses vêtements ni de sa coiffure depuis un certain temps.

— Oui, je crois que nous vous devons des félicitations, madame. Le farouche guerrier Kade Mackenzie, rien que cela ! Nous avons toutes entendu parler de lui.

— Désignez-moi, s'il vous plaît, pour le servir à table, ricana une autre femme.

— Je te laisse t'en occuper avec joie, rétorqua une autre. Si tu lui sers son plat trop froid, il te remerciera d'un coup de couteau.

Ce commentaire fut suivi par un bruyant éclat de rire.

Isla essaya d'afficher un visage sérieux.

— Ce n'est pas à vous de superviser le ménage ni la cuisine, madame, dit-elle en me prenant par la main et en me conduisant vers la porte. Je veillerai à ce que de la viande soit servie aux hommes à leur retour.

Je refusai de sortir, malgré son insistance à me pousser dehors.

— Il veut que ce soit de la viande fraîche qui leur soit servie. Et du pain, frais également. Et des légumes du potager.

Isla mima l'obéissance servile, pour le plus grand amusement des autres femmes.

— Je verrai ce que je peux trouver.

Sur ce, elle me mit pour de bon dehors et rejoignit ses amies. Je les entendis rire alors que je retournai dans la grande salle. Pourquoi n'avais-je jamais remarqué à quel point cette pièce était sale ? Et à quel point la nourriture que l'on nous servait était médiocre ? Et à quel point nos domestiques se montraient insolents ? En même temps, nous ne devions pas nous attendre à des merveilles : nous ne faisions rien pour mériter leur respect. Mes sœurs et moi-même vivions la plupart du temps recluses dans nos appartements, à discuter bêtement, à rire, sans participer à aucune tâche ménagère. Et mon père usait de la menace pour être obéi, même si, au fond, il se souciait assez peu de la vie du manoir. A vrai dire, rien ne l'intéressait vraiment à part son armée, et il avait l'habitude de prendre ses repas dans les baraquements avec ses soldats.

Il fallait un changement. Et, ce changement, c'était à moi de l'apporter. A ma légère surprise, je découvris que ce qui m'importait le plus, c'était de ne pas décevoir Kade. Sa colère ne m'effrayait pas spécialement, mais je ne voulais pas qu'il puisse penser du mal de moi si j'échouais dans les tâches simples et peu nombreuses qu'il m'avait confiées. Je retournai donc dans la cuisine.

De nouveau, les femmes se turent. Cette fois, elles me regardèrent avec moins d'amusement et plus d'irritation.

— J'ai dit que je voulais que la grande salle soit nettoyée, répétai-je. Et je voudrais que vous vous y mettiez maintenant.

Isla se leva de nouveau de sa chaise.

— Lady... Stella, c'est bien cela ?

Je hochai la tête.

— J'ai été engagée par votre père, qui est plus que satisfait par la façon dont cette cuisine est tenue. Si son mode de fonctionnement vous pose un problème, c'est lui que vous devriez aller trouver. En attendant, nous continuerons à faire notre travail comme d'habitude.

— Il ne me paraît pas évident que vous travailliez beaucoup, répliquai-je, peut-être avec davantage de froideur que je ne l'aurais voulu.

— Nous prenons notre petit déjeuner, rétorqua Isla sur un ton indigné. Nous avons besoin de forces pour travailler, n'est-ce pas ?

Les autres femmes témoignèrent à grand bruit de leur approbation et de leur soutien.

— Nettoierez-vous la salle lorsque vous aurez terminé ? Et allumerez-vous le feu ?

— Oui.

— Mon mari a réclamé du pain frais pour les hommes. Je vais à présent aller faire un tour dans les jardins pour voir si je peux trouver quelqu'un qui veuille bien cueillir des légumes.

— Comme vous voudrez, me répliqua Isla avec une déférence si exagérée qu'elle confinait à la moquerie. Est-ce tout ?

— Je… Oui. Merci, Isla.

Elle s'inclina légèrement, ce qui ne manqua pas d'amuser ses comparses, et je pris congé.

Les choses ne s'étaient pas trop mal passées, après tout, songeai-je en me dirigeant vers le potager pour voir si je pouvais trouver l'un des jardiniers. De toute évidence, ils s'étaient habitués à un emploi du temps plutôt lâche, comme nous tous ici. Il serait sans doute bénéfique d'encourager tout le monde à un peu plus d'ardeur au travail. Mes sœurs pourraient m'aider, elles aussi, une fois que je leur aurais parlé de mes projets. Je comprenais désormais à quel point le raisonnement de mon mari était plein de bon sens. Il serait agréable de jouir d'une meilleure nourriture, d'un cadre plus chaleureux, et d'une meilleure qualité de vie en général. Et je pouvais faire en sorte que cette amélioration se produise. C'était dynamisant d'avoir un projet, pour une fois ; et plaisant d'avoir un but à accomplir.

Saisie par le froid, je me drapai davantage dans ma cape. C'était l'automne, et les prémices de l'hiver commençaient à se faire sentir.

Cela faisait très longtemps que je ne m'étais pas promenée dans les jardins de Glenlochie. Certains légumes, pourtant mûrs, n'avaient pas été cueillis. Ils commençaient à pourrir et allaient être perdus. Et l'endroit paraissait à l'abandon, comparé aux vergers si bien entretenus des Mackenzie, où les jardiniers veillaient sur leurs plantations avec une attention que je n'avais jamais observée chez nous. Cette différence devait également se refléter dans le goût et la taille des produits.

Je poussai jusqu'aux magasins, situés à la limite entre les jardins et les terrains d'entraînement de nos soldats. Au loin, je pus voir que la zone militaire était de loin la partie la plus animée de Glenlochie. C'était dans ces baraquements et dans leurs alentours poussiéreux que se concentrait toute l'activité de notre clan, faisant apparaître clairement que tout ce qui ne concernait pas l'art de la guerre passait chez nous à l'as. Mais même notre puissance militaire était relative, s'il fallait en croire mon mari — et parmi nos rangs se cachaient des traîtres.

Ce fut là que je m'arrêtai. Je n'avais aucune intention de m'aventurer sur les terrains militaires, ni d'être aperçue par des soldats. J'étais seule dehors, après tout : un crime passible de punition, sans aucun doute. En tout cas, c'était ce qui se serait encore produit quelques jours plus tôt. Mais j'étais une femme mariée désormais. Je n'avais plus besoin d'être accompagnée d'un chaperon partout où je me rendais. Et je n'avais pas oublié le serment de mon époux, sa promesse de me protéger. Que les hommes de mon père me frappent ! J'avais presque envie de voir leur visage lorsqu'ils découvriraient le sort que leur réserverait Kade s'ils osaient lever la main sur moi. J'en avais assez d'avoir peur, et les promesses de mon mari m'offraient une tranquillité d'esprit bienfaisante, comme si un sentiment de libération s'était emparé de moi et refusait de me quitter, malgré les ennuis auxquels je m'exposais.

La porte du premier magasin n'était pas fermée à clé. J'y entrai. Quittant la clarté lumineuse du soleil, il me fallut un moment pour m'habituer à l'obscurité. C'était la première fois que j'entrais dans l'un de ces bâtiments. Dans l'air se mêlaient des odeurs de terre, de sucre et de décomposition. Des étagères couraient sur tous les murs. Et l'espace central était occupé par des tables jonchées de récipients en tout genre, de saleté, de fruits et légumes préparés pour être mis à sécher, en saumure, ou en conserve. Le désordre le plus total régnait partout. Et, à en juger par leur odeur et leur aspect, la plupart des produits seraient pourris avant que l'on puisse en faire quoi que ce soit.

Je remarquai alors que deux hommes étaient assis à un bout de la table. Ils mangeaient à même les pots et buvaient dans de grands verres. Entre eux était posée une bouteille de whisky, et elle était presque vide. Ils se levèrent tous les deux dès qu'ils me virent. A leur expression, je compris qu'ils étaient aussi gênés d'être surpris en train de manger les réserves du clan qu'ils étaient en colère d'être interrompus dans leur repas. Ce fut leur attitude courroucée qui me déstabilisa. Je décidai de leur exposer ma requête, puis de m'en aller le plus vite possible. Se promener seule dans les jardins était une chose, donner des ordres à deux hommes peu amènes dans un endroit isolé en était une autre.

— Je suis désolée de vous déranger, déclarai-je, en inventant une histoire qu'ils accepteraient, je l'espérais, sans broncher. Mon père, laird Morrison, a réclamé que des légumes frais lui soient servis ce soir au dîner, en quantité suffisante pour une bonne douzaine d'hommes.

— Le laird ne mange pas de légumes, répondit l'un des hommes, laconique. Il n'aime pas cela.

— Mais certains de ses soldats, si.

— Ah bon, lesquels ? J'aimerais bien leur être présenté, répliqua l'autre, déclenchant leur hilarité à tous les deux.

— Son nouveau commandant en chef, poursuivis-je, en me sentant de plus en plus mal à l'aise.

— Le futur laird ? demanda l'un d'eux. Dites-moi, vous n'êtes pas la fille du laird, celle qui vient juste d'épouser… comment s'appelle-t-il déjà ?

— Mackenzie, répondit l'autre.

Les deux hommes me scrutèrent en plissant les yeux, comme s'ils avaient du mal à y voir clair. L'un d'eux inclina légèrement le buste.

— Oui, c'est cela, déclara-t-il. Il prendra la place du vieux laird quand celui-ci sera passé de l'autre côté.

— Oui, confirmai-je. Et il aime les légumes.

— Tu entends ça, toi ?

Un des hommes se retourna, et ce fut seulement à ce moment que je remarquai un enfant, assis par terre, à quelque distance d'eux. Il devait avoir dix ou douze ans. Il mangeait une pomme, trognon et pépins y compris.

— Va dire au laird que l'une de ses charmantes filles s'intéresse au jardinage.

— Non, dis-je. Cela ne sera pas nécessaire. Je vais me servir moi-même et rentrer au manoir.

— Vas-y, j'ai dit, insista l'un des hommes, à l'intention du jeune garçon, qui se leva d'un bond et sortit en courant par la porte du fond.

Leur réaction à une requête somme toute assez simple me parut excessive. Mon père avait-il donné l'ordre d'être prévenu si quelqu'un parlait à l'une de ses filles ou si elles étaient vues hors de leurs appartements ? Etait-il donc obsédé par son propre pouvoir au point d'exiger que lui soit immédiatement rapporté tout manquement au protocole ? J'eus soudain l'impression que les cuisinières et que ces hommes, aussi, appréciaient cette routine stérile et malsaine à laquelle ils étaient habitués. Ils avaient accès à toute la nourriture qu'ils voulaient. L'efficacité au travail n'était clairement pas leur priorité.

Et, maintenant, mon père allait savoir que je me mêlais de ce qui, jusqu'ici, ne m'avait jamais regardée.

Je pris dans un bac autant de carottes que je pouvais en porter. Elles étaient encore couvertes de terre. Je remerciai les hommes et reculai vers la porte, en me demandant comment j'allais l'ouvrir alors que j'avais les bras encombrés. Avant que je puisse répondre, la porte s'ouvrit, faisant entrer une lumière éblouissante. En clignant les yeux, je vis que le jeune messager était de retour, et qu'il était en train de manger une deuxième pomme. Et, lorsqu'il ouvrit plus grand la porte, je vis aussi qu'il n'était pas seul. Une silhouette noire se détachait sur la lumière vive du matin. Une silhouette que, malheureusement, je reconnus tout de suite.

Aleck.

— Ah, ma préférée parmi les sœurs Morrison, lança joyeusement ce dernier. Suivez-moi.

— Non, je ne vous suivrai pas, répondis-je sur un ton plein de défi, bien décidée à cacher la panique qui s'était emparée de moi. Je n'ai rien fait de mal. J'essaie seulement de préparer un repas pour des chasseurs partis chercher de la nourriture pour les membres de notre clan. A la demande de mon mari. Ce n'est pas un bien grand crime, et j'en ai plus qu'assez que vous me tyrannisiez. Laissez-moi tranquille.

Aleck recula d'une façon théâtrale, en feignant l'outrage et l'indignation. Il était si grand que, lorsqu'il tendit la main pour me saisir par le bras, il m'attrapa sans difficulté malgré mes tentatives pour me dérober et lui échapper. Il me fit si mal que je lâchai mes carottes, qui roulèrent à terre dans toutes les directions. En tombant, elles salirent le velours vert de ma robe, mais cela, c'était le cadet de mes soucis.

— Votre père regrette déjà son choix, m'informa Aleck. Mackenzie n'a fait que causer des ennuis depuis qu'il vous a... épousée. Et le laird voudrait adresser une petite mise en garde à son successeur. Je vous encourage donc à me suivre, et sans faire de comédie, cette fois, s'il vous plaît.

Il me serra encore plus fort — mon bras serait couvert d'ecchymoses, je le savais —, et je fus obligée de le suivre vers les terrains d'entraînement.

— Il réfléchit à faire annuler ce mariage, je pense, et à revenir à sa première idée en me choisissant moi comme successeur.

C'était peut-être cette volonté d'émancipation qui venait d'éclore chez moi, ou le sentiment de sécurité que m'offrait mon mariage, même si, parfois, mon époux était presque aussi intimidant que la brute qui était en train de me traîner vers le théâtre de mon humiliation prochaine... Il m'était arrivé de commettre des « crimes » qui, peut-être, méritaient une réprimande. Mais *cela*... Cela, c'était de la violence gratuite. De la violence qui mènerait à davantage de violence, au risque que cela se finisse très mal pour quelqu'un. Et cela me rendait si furieuse que je me reconnaissais à peine moi-même. J'étais arrivée à saturation.

Je tentai de libérer mon bras, mais je n'allais pas m'en tirer aussi facilement cette fois. Aleck s'attendait sans doute à ce que je me débatte : il me serra encore plus fort, et je dus me résoudre à marcher à côté de lui, alors qu'il me traînait vers les baraquements. Je savais que les marques qu'il était en train de laisser sur ma peau mettraient des jours et des jours à disparaître.

— Je ne vous laisserai pas m'échapper cette fois, grogna-t-il. J'ai des projets pour vous, que vous découvrirez bien assez tôt.

— Mon mari est déjà votre supérieur, soldat, dis-je avec moins d'aplomb et plus de désespoir, car ses ignobles menaces avaient fait se glacer mon sang dans mes veines. Et, quand il deviendra seigneur, je régnerai à ses côtés. Je vous le demande une nouvelle fois : *lâchez-moi.*

— *S'il* devient seigneur, me répliqua Aleck.

Que voulait-il dire par là ? Bien sûr que mon mari deviendrait le nouveau laird. C'était mon père lui-même qui l'avait décidé ; et c'était précisément la raison de ce mariage arrangé.

— Je ne l'aime pas, déclara-t-il, tout en me regardant me tortiller dans ma robe couverte de terre. Pas du tout. Et j'ai plus de pouvoir sur votre père que vous ne pouvez l'imaginer. Si je parviens à tirer mon épingle du jeu, il pourrait changer d'avis au sujet de son successeur. Grâce à Mackenzie, votre père a atteint son but : l'alliance est scellée. Mais ce détail ne signifie pas nécessairement que votre mari doive devenir laird. Ce point est négociable. Je suis bien plus loyal envers votre père que Mackenzie ne le sera jamais. C'est *moi* qui perpétuerais le mieux son héritage.

Oui, un héritage de tyrannie et de déclin...

Je le fixai, abasourdie. Je savais qu'Aleck détestait mon mari : cela avait été très clair dès la minute où les deux hommes s'étaient retrouvés face à face avant leur combat. Mais de là à tenter quelque chose contre lui ? Envisageait-il sérieusement de l'évincer ?

— Aleck, vous n'avez aucune chance de devenir laird. Cette décision faisait partie des négociations de notre mariage. La succession de mon père lui a été promise. C'est même pour cela qu'il a accepté de m'épouser.

— Non, répondit-il, avec, dans les yeux, une lueur d'amusement tout à fait déplacée. C'est pour vous qu'il a accepté ce mariage. N'importe quel homme à qui l'on aurait proposé votre main aurait préféré mourir mille morts plutôt que de la refuser.

— Que voulez-vous dire ? murmurai-je.

Le compliment était si spontané, si sincère, et pourtant si menaçant, que, pendant un moment, je ne sus quelle attitude adopter.

— Vous n'avez aucune idée de l'effet que vous faites sur les hommes, n'est-ce pas ? Vous êtes célèbre dans tous les Highlands pour votre beauté et votre caractère rebelle, et vous ne le savez même pas. On parle beaucoup de votre splendeur, bien sûr. Cependant, c'est votre farouche insoumission qui intrigue le plus. Vous tentez de fuir. Vous vous défendez. C'est uniquement votre attitude froide et réservée qui a tenu vos admirateurs éloignés. Même le plus féroce des guerriers craint d'être rejeté. Mais je ne le sais que trop bien moi-même, n'est-ce pas, Stella ?

Ces informations étaient… troublantes. Et je savais ce à quoi Aleck faisait allusion dans cette question qui n'en était pas une. J'étais effrayée par la pression physique qu'il exerçait toujours sur moi, et mes paroles devinrent de plus en plus hachées.

— Aleck, je m'excuse d'avoir refusé votre présent, quand nous étions enfants. Je n'ai jamais voulu vous rejeter ni vous donner la moindre impression de cette sorte. Et vous avez pris votre revanche sur moi, plus de fois que je ne puis le compter. Laissez-moi partir.

Je tentai de chasser mes larmes alors que je repensais à tous les coups de fouet que j'avais reçus de sa main. Mais je ne pus contenir ma tristesse ni ma terreur, car je savais que c'était une fois de plus le sort qui m'attendait.

— S'il vous plaît, cessez de me reprocher ce refus, qui appartient au passé. Nous n'étions que des enfants, après tout.

— Oui, mais nous ne le sommes plus.

Il me toisait. Il devait être au moins deux fois plus large et plus lourd que moi. Il y avait dans ses yeux noirs un profond ressentiment qui était bien plus inquiétant que la simple agressivité. Mes larmes n'eurent aucun effet sur lui. A force de les avoir vues couler, il y était devenu insensible, peut-être.

— Je suis mariée, Aleck, arguai-je, autant pour me rassurer que pour l'impressionner.

— Vous ne l'aimez pas.

Il était plus que curieux de parler d'amour avec ce soldat sale et massif qui me serrait toujours aussi fort.

— Non, répondis-je. Je… je ne l'aime pas. Je le connais à peine. Maintenant, s'il vous plaît, lâchez-moi.

Il m'adressa un regard de reproche.

— Je pourrais le faire, oui. Mais nous savons tous les deux que vous vous enfuiriez.

Il desserra légèrement sa prise, juste assez pour que, au moins, je n'aie plus mal. J'aurais pu essayer de me libérer, mais je savais qu'il se serait lancé à ma poursuite et qu'il m'aurait rattrapée avant que je sois arrivée au manoir. A sa ceinture était attaché un fouet auquel je lançai des petits coups d'œil apeurés. Il m'était malheureusement familier.

— Il est clair qu'il ne vous aime pas non plus. Vous étiez juste une conquête pour lui. Qu'il a déjà conquise.

Je gardai le silence. Bien sûr, je n'aurais jamais avoué que je n'avais pas encore été entièrement « conquise ».

— Je l'ai vu avec une de vos sœurs, dit Aleck sur un ton détaché, en observant ma réaction.

Après une pause, il ajouta :

— Il est déjà allé voir ailleurs, et vous pourriez par conséquent en avoir envie, vous aussi.

— Comment cela, avec « une de mes sœurs » ?

— Oui, elle est venue le trouver dans l'un des entrepôts d'armes, pas plus tard qu'hier.

Bien sûr, je savais exactement à laquelle de mes sœurs il faisait allusion. Et, bien que je me sois opposée avec véhémence à un mariage avec Kade Mackenzie, imaginer ma sœur Maisie en train de l'approcher était à la fois très vexant et très désagréable.

— Ce ne peut pas être vrai.

— Pourtant ça l'est, dit-il, compatissant. Je l'ai vu de mes propres yeux. En train de reboutonner sa robe.

Je fixai Aleck, tentant désespérément de déceler le mensonge dans son regard. Mais je ne vis rien de cela. J'avais envie de m'enfuir en courant et d'aller trouver Kade pour lui demander des explications. Cela pouvait-il être vrai ? Et pourquoi ma gorge se serrait-elle, non seulement de rage, mais aussi de tristesse ? Je venais juste d'admettre que je n'aimais pas mon mari. Je connaissais déjà son penchant pour les femmes avant notre mariage, puisque c'était ma propre sœur — celle-là même qui venait de me trahir — qui me l'avait appris.

Avant que je puisse faire le moindre mouvement, Aleck m'entraîna à sa suite, avec un peu moins de brutalité mais avec toujours autant de force. Son expression avait changé : de l'agressivité, il était passé au remords.

— C'est votre père qui insiste pour que ce soit moi qui vous inflige vos punitions, Stella. Depuis toujours. Moi je n'ai jamais voulu vous faire de mal. Je ne faisais qu'obéir à ses ordres. Mais c'est terminé. Laissez-moi vous montrer quel type d'influence je peux avoir sur votre père. Et sur tout notre clan. C'est moi qui ai demandé qu'on vous suive. J'ai demandé qu'on me tienne informé de tous vos faits et gestes.

— Mais pourquoi faites-vous cela ? demandai-je, protestant à la fois contre son aveu et contre la brutalité de ses méthodes.

— Disons seulement que votre sort m'intéresse particulièrement, déclara-t-il, comme s'il s'agissait d'une bonne nouvelle pour moi.

— Aleck, non… je vous en prie…

Mais il me poussait déjà dans l'un des bâtiments. J'eus un moment de panique, pendant lequel je crus qu'il voulait m'infliger plus qu'une correction, mais je me rendis compte que nous étions dans une salle de réunion et que mon père était assis sur un siège à haut dossier. Le voir là ne me rassura pourtant pas. Son attitude ne me disait rien qui vaille. Il avait une apparence négligée, avec sa main ridée posée sur sa flasque d'argent qui ne le quittait plus. A part une petite lueur de méchanceté dans ses yeux voilés, rien en lui ne semblait vivant. Il paraissait comme pétrifié par l'amertume et les regrets.

— Grace, murmura-t-il, si bas que je ne fus pas sûre d'avoir bien compris.

Grace… Le prénom de ma mère.

— Regardez qui j'ai trouvé en train de piller les réserves de légumes, lança Aleck avec suffisance.

Je voulus me défendre :

— Mon mari a demandé…

Mais je fus aussitôt interrompue par Aleck :

— Le champ de compétences de votre mari s'arrête à la pointe de son épée. N'est-ce pas, laird Morrison ?

— Oui, répondit mon père, d'une voix affaiblie par l'âge. Il n'est pas l'atout que nous espérions. C'est même tout le contraire.

Mon père avait du mal à articuler. Sa maladie avait-elle encore gagné du terrain ? me demandai-je, pendant qu'il continuait :

— Il a été choisi pour ses talents militaires, et uniquement pour cela. Son arrogance ne le mènera nulle part. Ses projets pour développer notre armée et notre domaine ne m'intéressent pas. Glenlochie est très bien comme cela.

Mon père n'était pas seulement despotique, abusif, malade et alcoolique, il était aussi en dehors de la réalité. Comme, d'une certaine façon, nous l'avions tous été jusqu'à très récemment. J'avais l'impression de commencer tout juste à me réveiller, et à voir les choses telles qu'elles étaient réellement. Et, dans ce nouvel état de conscience, je voyais clairement que non seulement mon père se trompait, mais aussi qu'il était peut-être à moitié fou. Comme pour me donner raison, il me dit d'une voix faible :

— Je n'ai jamais pardonné que tu m'aies quitté.

— Père, murmurai-je, transie de peur, c'est moi, Stella.

— Stella, s'exclama-t-il dans un bref éclair de lucidité. Que veux-tu, encore ? Es-tu obligée de me tourmenter continuellement de la sorte, en me rappelant le souvenir de ta pauvre mère ? Retourne dans tes appartements ! Laisse-moi en paix.

Puis, à ses hommes, il lança :

— Faites-la disparaître de ma vue. Dehors ! C'est plus que je ne peux supporter. Laissez-moi.

Il se laissa tomber contre le dossier de son siège, comme si la fatigue, la rancœur et le chagrin avaient fini par avoir raison de lui.

Je voulus m'en aller pour obéir à mon père, en espérant avec ferveur qu'Aleck me laisserait faire. Il me tenait toujours par le bras. Lui échapper ? J'avais si souvent été stoppée net dans mes tentatives pour suivre mes propres choix ou pour vivre librement, stoppée net par le fouet que je voyais à sa ceinture, que je n'y croyais pas. Désespérée, je tombai à genoux pour implorer sa pitié. Mes doigts entrèrent en contact avec les lanières de son fouet et s'y accrochèrent. Mais il allait bientôt m'être arraché des mains et être utilisé sur mes cicatrices. Non pas sur les cicatrices que j'avais sur la peau : on avait pris soin de ne pas gâter mon apparence pour mon mariage. Mais sur mes cicatrices intérieures.

Aleck attendit, comme s'il voulait savourer le plus longtemps possible ma pathétique soumission. Je me détestais d'avoir fait cela, de m'être montrée si faible.

Pour la première fois, Aleck ne sortit pas son fouet. A la place, il m'aida à me relever, et m'attira contre son corps dur et massif. J'étais si défaite, si traumatisée par ses menaces orchestrées d'une manière vicieuse, que je ne me débattis pas. Je reculai seulement quand il me le permit. A travers mes larmes, que j'essuyai du revers de la main, ses cheveux noirs n'étaient qu'une masse informe.

— Je suis capable de pitié, et de bien plus encore, me dit-il à l'oreille. Et j'ai bien l'intention de vous montrer tout cela dès que j'en aurai l'occasion.

Je ne compris pas sa remarque, et ne voulus pas non plus réfléchir à sa signification. A mon vif soulagement, il me lâcha, et j'en profitai aussitôt pour lui échapper.

En me regardant partir, Aleck proféra une dernière mise en garde :

— Je garde un œil sur vous.

Et je quittai les baraquements alors que ses derniers mots résonnaient encore et encore dans mes oreilles.

Au lieu de retourner auprès de mes sœurs, je me dirigeai tout à fait ailleurs, vers un endroit où je n'étais pas allée depuis longtemps. Je contournai les jardins mal entretenus, jusqu'à une entrée dérobée du manoir que j'utilisais rarement. Je gravis un escalier raide, et dépassai deux servantes qui constatèrent ma détresse et le désordre de ma tenue avec une curiosité silencieuse. Une fois arrivée, je pénétrai dans les pièces désertes et refermai avec soin la porte derrière moi.

La tourelle : c'était l'endroit préféré de ma mère. Mon père avait strictement interdit à quiconque de pénétrer dans ces pièces depuis sa mort, les transformant en sanctuaire muet dédié à sa mémoire. Je n'y étais jamais retournée. Pas depuis mon enfance.

« Je t'avais dit de ne jamais entrer ici. » Les coups de ceinture, encore et encore... « Ne salis pas le souvenir de ta mère. »

C'était la première fois que j'avais été battue.

Cela ne m'avait pas empêchée d'y retourner, à plusieurs reprises, à la recherche d'un peu de réconfort.

Les pièces étaient silencieuses, l'air froid. Un faible rayon de soleil poussiéreux filtrait à travers une fenêtre à facettes dont les motifs se retrouvaient projetés au sol. Le seul meuble présent était un grand lit dont les couvertures étaient recouvertes d'une épaisse couche de poussière. Je me dirigeai vers le petit escalier en pierre situé au fond de la chambre et qui menait à l'étage supérieur. Il s'agissait d'une petite mansarde, où traînaient encore de vieux coussins ayant appartenu à ma mère. Depuis les fenêtres circulaires, je pus voir jusqu'aux hameaux appartenant au domaine, jusqu'aux jardins et même jusqu'aux champs qui s'étendaient au loin. J'apercevais la surface sombre et miroitante du loch, les forêts parées de leurs couleurs d'automne, et le paysage accidenté et impressionnant des Highlands.

Je comprenais pourquoi il s'agissait de l'endroit préféré de ma mère. Je me sentais coupée et protégée de tout.

Et, dans ce petit espace clos, je sentais sa présence. Elle était partout, comme si la lumière elle-même émanait de sa mémoire lointaine. Les larmes se mirent à couler sur mes joues. Je ne savais même pas pourquoi. J'étais si jeune quand elle était morte. Je n'avais que quelques souvenirs vagues et brumeux de son visage. Et encore, il s'agissait peut-être d'une reconstruction après coup, due au fait qu'on répétait souvent que je lui ressemblais beaucoup, à tel point, en fait, que les personnes les plus âgées de notre clan marquaient un temps d'arrêt en me voyant, comme si elles avaient eu une vision ou croisé un fantôme. Je pleurais davantage à cause de la perte que représentait sa mort. Elle avait creusé un trou dans le cœur de mon père, un trou qui avait grandi et s'était propagé à l'ensemble de notre clan comme une maladie.

Mes bras me faisaient mal. Je les frottai, heureuse de porter une robe à manches longues, car ils devaient être couverts d'ecchymoses. Le sel de mes larmes sécha sur mes joues dans la lumière du soleil. Je contemplai le paysage pittoresque, suivant les courbes sinueuses des collines, la douce surface du loch miroitant. Il faisait si bon dans la petite tourelle baignée de soleil que j'avais presque trop chaud. Je retirai ma cape et déboutonnai le haut de ma robe. Peu importait, personne ne me trouverait ici. J'étais heureuse de pouvoir profiter de la chaleur réconfortante de mon refuge et de mon isolement. J'aurais voulu rester là à jamais.

Bercée par le silence et la chaleur, je m'assoupis un moment.

Je me réveillai en sursaut, à cause d'un bruit de pas rapides et décidés qui se rapprochait.

Mon cœur s'arrêta de battre. Mon père m'avait-il trouvée cette fois encore ? Aleck était-il sur mes traces ?

Mais ce fut Kade qui apparut, décoiffé par le vent, l'air inquiet. J'étais encore engourdie de sommeil, et j'avais du mal à recouvrer mes esprits, comme si j'avais dormi pendant plusieurs heures. Mais la possibilité d'avoir été suivie et aussi la soudaineté de l'apparition de Kade m'avaient affolée. Je reculai et vacillai à sa vue. Il portait encore ses habits de chasse, maculés du sang de ses prises, et les reflets d'or et d'argent de ses armes étaient presque aveuglants. Comme la première fois où je l'avais vu, il captait toute la lumière de la pièce où il se trouvait, que ce soit une grande salle ou une petite alcôve comme celle-là.

Son regard glissa de mon visage à ma poitrine, à moitié dénudée, gonflée et rougie par la chaleur. Il émit un petit son, comme un soupir étranglé.

Je refermai les pans de ma robe et le regardai les yeux grands ouverts.

— Vous voilà, madame, finit-il par dire.

La douceur de son ton tranchait avec son apparence. Il débordait de vigueur et d'énergie après cette journée de chasse, mais sa présence impressionnante suscita en moi un soulagement qui me surprit. Mon protecteur était si magnifique que mes larmes menacèrent de couler de nouveau.

Mais ce fut alors que je repensai aux allégations d'Aleck.

Mon euphorie se dissipa, pour laisser place à une tristesse teintée de regrets.

— Comment m'avez-vous trouvée ? demandai-je avec froideur.

— Une servante vous a vue passer par là. Elle m'a dit que ce couloir ne menait qu'à un seul endroit.

Kade observa mon visage, remarquant les larmes séchées et prenant acte de mon indifférence et ma colère. Il parut légèrement déconcerté, et cligna les yeux plusieurs fois.

— Que faites-vous ici, cachée ?

Il valait mieux ne pas lui dire la vérité : j'avais le sentiment que cela conduirait à la mort imminente d'Aleck, ou de mon mari lui-même s'il devait s'incliner devant le bras droit de mon père, même si cette hypothèse me paraissait improbable. Et, bien que l'envie de rester le plus loin possible d'Aleck me tenaillait, je ne voulais pas causer sa perte.

— C'était la chambre de ma mère, dis-je, en m'efforçant de garder une voix impassible.

— Elle sera parfaite pour nous. Isolée des autres appartements. Nous aurons notre aile privée.

Je ne pris pas la peine de lui dire que mon père n'autoriserait jamais une telle chose. Kade regardait par la fenêtre, et appréciait la vue.

— Kinloch se trouve juste derrière ces collines, dit-il, l'air ravi de cette découverte.

Cela m'intriguait de voir à quel point il s'éclairait lorsqu'il pensait à sa maison et à sa famille. Il avait sacrifié beaucoup pour m'épouser et faire son devoir, je le savais. Il y avait quelque chose en moi qui avait envie d'apaiser sa nostalgie et ses regrets, de rendre ses sacrifices plus faciles à supporter. Mais ma sœur, à ce qu'il semblait, s'en était déjà chargée. Kade devait avoir un peu moins le mal du pays depuis un jour ou deux…

Je me détournai et remontai davantage ma robe jusqu'à la base de mon cou, pour être sûre de ne plus rien dévoiler.

Kade marqua un temps d'hésitation. Puis, avec précaution, comme s'il craignait de m'effrayer, il vint s'asseoir à côté de moi dans l'alcôve. Il emplissait tellement l'espace que l'endroit me sembla aussitôt plus exigu encore. La présence de Kade dans ce lieu était totalement incongrue. Sa taille et son arsenal semblaient excessifs dans cette atmosphère féminine, parmi les coussins roses.

Il ôta l'une de ses nombreuses ceintures, et posa son épée à côté de lui. Je vis qu'il contemplait, perplexe, les traces des larmes qui avaient séché sur mes joues. Il entortilla l'une de mes longues mèches de cheveux autour de son doigt, dans un geste d'une désarmante tendresse.

— Dites-moi ce qui vous a contrariée. Et pourquoi vous vous cachez.

— J'ai essayé de faire ce que vous m'avez demandé, répondis-je, avec une certaine méfiance inspirée par mes récentes mésaventures. Personne n'a voulu m'écouter. Les domestiques et autres serviteurs n'acceptent d'ordres que de mon père.

— Alors nous allons devoir leur en toucher un mot, dit-il, mais il n'esquissa pas le moindre mouvement.

Kade était assis tout près de moi, il n'avait pas le choix dans un espace aussi exigu. Je regardai ses bras puissants et ses larges épaules. Il jouait distraitement avec la lanière de cuir qui lui barrait la poitrine. Mes yeux s'arrêtèrent sur sa main. Sur sa main si facilement capable de tuer des hommes et de séduire des femmes. *Dont ma propre sœur.* A cette idée, mon cœur se serra. De déception peut-être. Je savais depuis le début qu'il était une brute sans foi ni loi. Bien sûr j'avais espéré me tromper à son sujet. L'humanité qu'il m'avait témoignée au cours des derniers jours ne faisait que rendre sa trahison plus cruelle.

Il me regardait, les yeux aussi pâles que du quartz bleu dans la lumière de l'après-midi. Le soleil donnait des reflets roux sombre à ses cheveux, et ses lèvres — c'était la première fois que je le remarquais — avaient une forme parfaite. C'était ce qu'il avait dit des miennes, un jour. Je m'en souvenais très bien. J'imaginai aussitôt ses lèvres pleines et charnues sur Maisie, en train de l'embrasser, de l'explorer, de lui faire des « choses irracontables » auxquelles je préférais ne pas réfléchir.

Mon mari se pencha vers moi, très lentement. Je tentai de me dérober, mais ce fut peine perdue. Il entortillait autour de son doigt la mèche de cheveux qu'il tenait toujours. Son autre main se posa sur mon poing serré.

— Je vous ai vue me regarder avec une peur profonde — qui sommeille toujours en vous. Je vous ai vue me regarder avec défi, avec espoir, et même avec quelque chose qui ressemblait fort à du désir. Le regard que vous m'adressez en ce moment est tout autre, madame. Dites-moi de quoi il s'agit.

Je gardai le silence, remarquant la longueur de ses cils, dont la noirceur était accentuée par le bleu de ses yeux. Ses mains de guerrier écartèrent mes doigts pour me forcer à desserrer les poings.

— Dites-moi, répéta-t-il.

Alors qu'il insistait, j'eus l'impression qu'il me voyait comme sa seule amie, sa seule confidente, dans cet environnement hostile et étranger. Pour quelqu'un qui était habitué à ses frères et sœurs et à un clan soudé qu'il n'avait jamais quitté, cela avait dû être un grand changement. Il était seul dans notre clan, sans autre allié que moi. Et je ne lui avais pas témoigné le soutien ni l'affection auxquels il était accoutumé. Je l'aurais fait, si je ne venais pas d'apprendre que ma propre sœur lui avait fait des avances. En fait, je ne m'étais toujours pas remise de ma rencontre avec Aleck. Et tout ce à quoi je réussissais à penser lorsque je regardais Kade, c'était à ses mains puissantes... sur ma sœur. A son corps de guerrier contre les courbes généreuses de Maisie. Cette vision était comme un venin qui m'empoisonnait avec une force et une rapidité qui me surprenaient moi-même.

— Très bien, je vais vous le dire, *monsieur mon mari*, dis-je en appuyant bien sur ces derniers mots avec sarcasme. Vous m'avez dit que vous vouliez mon consentement et que vous étiez prêt à attendre le temps qu'il faudrait pour cela. Si je ne me trompe pas, vous avez dit que vous ne vous considéreriez plus comme un « homme d'honneur » si vous sentiez que je n'étais pas prête. Est-ce bien cela? Vous avez même dit que vous seriez disposé à attendre plus d'un mois si cela était nécessaire, n'est-ce pas?

Je marquai une pause durant laquelle je le fixai avec insistance.

— Ce que je dis, moi, monsieur, c'est que votre définition d'un « homme d'honneur » prête à rire. Certes, ce n'est pas un concept qui m'est excessivement familier, je dois l'admettre. Mais tout de même!

Je fulminais à présent, mais je ne pouvais pas m'en empêcher. L'outrage subi avait été trop important.

— Je sais que vous avez vu ma sœur en cachette. Et je veux que vous sachiez que désormais nos rapports sont clos. *Définitivement*. Un mois ne suffira pas. Ni un an. Ni une décennie ! Il faudra un siècle avant que vous obteniez mon consentement. Vous pouvez faire ce que vous voulez avec ma sœur, avec toutes mes sœurs, même, si cela vous chante. Cela m'est égal. Prenez toutes les Buchanan, aussi, tant que vous y êtes. Ou, plutôt, celles que vous n'avez pas encore eues. Nous avons toujours su que ce mariage était une comédie, qu'il en soit ainsi ! Maintenant, laissez-moi, je vous prie. Allez trouver les domestiques vous-même si la vie de ce manoir vous préoccupe autant. Allez cueillir vos légumes.

Sur ce, j'essayai de m'éloigner de lui. Mais Kade, très doucement, m'empêcha de bouger. L'une de ses mains s'enroula autour de mon épaule, ce qui me maintint assise, et écarta de nouveau les pans de mon corsage.

Avec stupéfaction, je constatai qu'il n'était pas furieux malgré la véhémence de ma tirade. Ni amer ni vindicatif. Non, il était préoccupé. Et lumineux, oui. Terriblement, même.

Il garda le silence pendant un long moment, attendant que je reprenne mon calme, cependant qu'il me caressait les cheveux d'une main légère.

— Si vous la trouvez davantage à votre goût que moi, monsieur, je vous donne ma bénédiction. Vous auriez dû la choisir plus tôt, si c'était elle qui vous intéressait.

Dans son regard scintilla une pointe d'amusement, et une esquisse de sourire passa au coin de ses lèvres.

— Si je ne savais pas à quoi m'en tenir avec ma délicieuse petite femme, je dirais presque que vous êtes jalouse.

Et cette perspective avait l'air de le réjouir au plus haut point.

— Et vous feriez erreur, répondis-je, indignée.

Son sourire malicieux le faisait paraître merveilleusement beau. Mais je me moquais bien de sa beauté, à présent, me rappelai-je. En fait, je m'en étais toujours moquée. Comme je m'étais toujours moquée de l'extraordinaire vitalité qui lui collait à la peau, d'ailleurs.

— Vous pourriez jeter votre dévolu sur toutes les femmes des Highlands que cela me serait égal.

— Vraiment ? demanda-t-il d'une voix douce.

Tout en m'empêchant toujours de bouger, Kade s'installa au-dessus de moi, en enjambant mes hanches. Je sentis la pression de son corps dur comme le roc entre mes jambes, et les sensations qui se bousculèrent en moi faillirent me faire perdre la tête. Il se frotta contre moi, dans un mouvement qui n'eut pas besoin d'être trop appuyé pour faire vibrer chaque parcelle de mon être.

Avec une douceur qui contredisait son évidente insensibilité, il écarta mon corsage, jusqu'à découvrir ma poitrine presque entièrement. Ses doigts parcoururent ma peau avec une lente déférence. Il me regardait avec une expression de respect. Je ne fis rien pour me dégager, espérant lui signifier ainsi ma totale indifférence, et lui faire savoir que rien de ce qu'il pourrait me faire ne m'atteindrait réellement. Il pouvait toucher mon corps, mais jamais il ne toucherait mon âme. Jamais il ne me toucherait, moi. J'ordonnai à mon corps de rester impassible, mais il semblait posséder une volonté propre et fomentait une mutinerie contre mes tentatives de résistance. Les pointes de mes seins se dressèrent sous ses caresses toutes proches. J'avais de plus en plus chaud à l'endroit où je sentais son corps — si dur — contre le mien.

— Je vous l'assure : je n'ai pas touché votre sœur, dit-il, sans quitter de son regard cristallin la courbe pâle de mon décolleté.

Il glissa ses pouces sous le velours de ma robe, et effleura mes mamelons dilatés, faisant naître en moi un plaisir infini.

— Elle est venue me porter un message.

— Un *message* ! m'écriai-je, en me tortillant sous son corps comme un poisson pris dans un filet.

Pour lui échapper. Pour prendre mes distances.

— Je suis sûre de connaître la teneur de ce « message ».

Elle avait voulu le prévenir de sa disponibilité, bien sûr. Et lui apprendre à quel point il lui faisait penser à son frère Wilkie. Et l'assurer de son expertise, à côté de laquelle ma misérable inexpérience devait paraître bien ridicule.

— Oui. Un *message* qui ne me concernait pas. Pourquoi irais-je voir ailleurs ? Pourquoi m'éloignerais-je de vous ? murmura-t-il, en écartant le tissu pour découvrir complètement ma poitrine. Pourquoi m'éloignerais-je de *ceci* ?

Sa respiration s'accéléra. Au bout de quelques secondes, il reprit :

— Vous n'avez aucune idée de l'effet que vous me faites, madame. Mon désir de me racheter à vos yeux me consume. C'est tout ce qui compte pour moi. Vous venez de répéter le discours que je vous ai moi-même tenu, mais vous avez oublié la partie la plus importante. Rappelez-vous : je vous ai dit que j'espérais — et maintenant plus que jamais — que vous apprendriez à me faire confiance.

Il se pencha au-dessus de moi, et prit mon mamelon dans sa bouche. Il l'aspira avec avidité et le mordilla du bout des dents. La sensation fut si intense que je gémis tout haut.

Malgré les réactions passionnées de mon corps à ses sollicitations — ce que je ne pouvais visiblement pas contrôler du tout —, ma colère et mes doutes ne se dissipaient pas totalement. Mais ses mots, sa bouche, et ses tendres promesses commençaient à apaiser mon ressentiment. Bien sûr que je me souvenais de cette partie de son discours. Comment aurais-je pu l'oublier ? Alors, à ce moment, tout bascula et, sans pouvoir l'expliquer, je *sentis* que je pouvais lui faire confiance. Je compris qu'il ne voulait pas d'une autre femme. Qu'il ne me prendrait jamais par la force, et qu'il me respecterait en toutes circonstances. C'était un immense soulagement de ne pas me sentir menacée par lui, et je dus reconnaître que cette absence de peur était un sentiment tout nouveau pour moi, qui avait été élevée dans la terreur. Je compris qu'il avait tenu compte de ce facteur, précisément. Cela avait été très intelligent de sa part de me laisser le temps de m'habituer à lui. Son plan fonctionnait. D'un coup, ma curiosité se trouvait piquée. Et je le croyais. Et j'avais désespérément envie de le séduire. De façon étrange, je ressentais le besoin de le mettre à l'épreuve, sans vraiment savoir comment m'y prendre pour cela.

Sa bouche lâcha mon mamelon, mais il continua de le lécher, de titiller mes chairs d'une sensibilité extrême. Lentement, il passa à mon autre sein, qu'il savoura comme s'il s'agissait du plus délicat des festins. Je me cambrai, m'offrant à son appétit.

Il saisit mon sein à pleines mains, puis porta le mamelon à sa bouche brûlante.

Je gémis de nouveau, et murmurai son nom. J'enfonçai mes doigts dans la forêt de ses cheveux, en m'agrippant à son crâne pendant que je me tordais de plaisir sous ses caresses.

Ma réaction fiévreuse le fit rire. Il délaissa un instant ma poitrine pour m'embrasser et me mordiller le cou.

— Cela signifie-t-il que ma femme n'est plus fâchée contre moi ? Qu'elle n'a plus peur de moi ?

A ses questions, je ne pus réprimer un léger sourire. *Oui, pour l'instant.* Toutes les hésitations que j'avais pu avoir avaient été balayées par les réactions passionnées de mon corps à ses sollicitations expertes.

— Ou bien est-ce votre façon d'échapper à mon courroux ? demanda-t-il d'une voix toujours douce, et légèrement provocante.

Ses doigts exploraient, insatiables. Son visage était au-dessus du mien, et son expression était sérieuse et intense malgré son ton badin.

— Quel courroux ? demandai-je à voix basse. Etes-vous fâché parce que je n'ai pas réussi à convaincre les membres de mon clan de vous obéir ?

— Oui, je suis très fâché.

— *Très fâché*, répétai-je, dans un murmure saccadé, alors que mon cœur battait toujours aussi vite.

— Comment vous faire comprendre que vous n'avez plus besoin de craindre personne ? Ni eux ni moi. Mais je crois que vous commencez à apprendre, madame. Vous prenez déjà de l'assurance.

Oui. Ici, avec lui, je pouvais oublier tous les abus dont j'avais été victime de la part de mon père et de ses hommes de confiance. En présence de Kade, je me sentais plus en sécurité et plus audacieuse que jamais. J'empoignai ses cheveux et je l'attirai à moi, jusqu'à ce que nos lèvres se touchent presque. Mais il ne m'embrassa pas.

— Je vous ai fait une promesse. Cela va sans doute me tuer de la respecter, et bientôt je vais devoir aller me plonger dans le loch glacé pour calmer mes ardeurs, je le sens.

Il m'adressa un sourire malicieux, avant de poursuivre :

— Mais, hélas, ma promesse est ma loi. Il semblerait que j'aie de plus en plus de raisons de devoir vous prouver que je suis un homme digne de confiance et un homme *d'honneur*, ajouta-t-il, en appuyant bien sur ce dernier mot, faisant allusion aux doutes que j'avais émis un peu plus tôt.

Il se leva, ses jambes m'enserrant toujours. Il enfila ses doigts dans la boutonnière de ma robe, et me caressa le ventre. Sans en concevoir la moindre honte, j'aurais voulu qu'il arrache les boutons, qu'il descende ses mains de plus en plus bas.

Maudites soient sa promesse et sa loi ! Je portai la main à l'une des sangles de cuir qui ceignaient son torse, et suivis du bout des doigts les contours d'un étui qui contenait un couteau pointu. Le feu qu'il avait fait naître en moi me dévorait tout entière. Je posai la main sur le couteau à poignée en os attaché à sa hanche et dessinai des petits cercles sur la surface douce et polie de la lame. Kade me regarda faire. Et, l'air à la fois détendu et excité, il était plus beau que jamais.

Avec audace, je sortis le lourd couteau de son étui, et le tendis vers la lumière, dans laquelle il resplendit de façon spectaculaire. Sans préméditation, je venais de lui adresser une invitation muette. Je venais de l'inviter à déchirer mes vêtements comme il l'avait déjà fait.

Il contempla le couteau avec un regard calme. Puis, avec un mélange d'autorité et de douceur, il me prit l'arme des mains et la posa sur le côté, avec celles qu'il avait déjà quittées.

Kade plaça ses mains de part et d'autre de mon corps, et s'appuya sur ses bras pour se placer au-dessus de moi, sans me toucher. Il était couvert de sang et de terre, mais je le remarquai à peine. Moi aussi, j'étais sale : ma robe était pleine de boue, et ma peau était moite. Ses cheveux retombaient comme un rideau de satin épais entre nos visages. Son odeur était telle que je me la rappelais, depuis le jour de notre première rencontre dans le jardin secret : épicée et sensuelle, profondément masculine.

J'enfilai mes doigts dans ses cheveux et l'attirai à moi. En me soulevant pour atteindre sa bouche, je l'embrassai avec délicatesse, en goûtant ses lèvres du bout de ma langue. Il laissa échapper un grognement sourd, comme s'il était surpris par l'intensité de sa propre réaction, et il me rendit mon baiser, avec tant de tendresse et de douceur que j'eus l'impression de fondre de l'intérieur. Ce guerrier si farouche, si solide, avait la plus tentante et la plus accueillante des bouches. Sa langue joua avec la mienne, explorant, savourant. Ses lèvres aspiraient les miennes avec tant de charme et de séduction que je ne résistai pas à sa demande suppliante et que je m'ouvris à lui, pressée d'obtenir de lui tout ce qu'il voudrait me donner. Son baiser se fit plus intense, et je ne pus m'empêcher de répondre à l'appel puissant de sa langue, qui embrasa d'un seul coup mes lèvres, mes seins et mon sexe. Je sentais mon corps vivant et avide. Avide de lui et de lui seul.

Alors que Kade m'embrassait, il me serra plus fort contre lui. Déjà, je sentais les effets désinhibants de son baiser. Mon corps devenait plus souple, comme pour se mouler au sien, dont la rigidité grandissante ne m'effrayait pas, bien au contraire. Je me sentais ouverte et prête. Et les sensations qui me parcouraient chaque fois qu'il se frottait contre mon entrejambe étaient intenses et délicieuses. Son corps était si dur, si grand. Si impressionnant. Et pourtant si tendre. Si sensible à mes hésitations, qu'il balayait totalement. A chaque mouvement — qu'il effectuait avec une sensualité irrésistible —, je le sentais s'insinuer un peu plus profondément en moi, aussi bien sur le plan physique que mental. Avec une divine attention, il continua sa délicieuse torture, jusqu'à ce que j'aie l'impression de m'approcher d'un précipice sans fond. Et je voulais m'y jeter. De toute ma vie, jamais je n'avais connu désir plus puissant. Je gémis contre ses lèvres, me cambrai et me collai à lui. Il aspira ma langue, pinça mon mamelon et se frotta contre moi, tout cela en même temps. Et je fus faite. Le désir enfla en moi, pour atteindre son paroxysme. Puis le plaisir m'inonda, si extrême que je faillis défaillir. Mes muscles internes se contractèrent, et chacun de leurs sursauts m'arracha un petit cri d'extase. Je frémissais encore et encore, les mains agrippées à ses cheveux et à sa chemise, pour ne pas me laisser déséquilibrer par les convulsions de plaisir qui agitaient mon corps.

Il continuait de m'embrasser et de se frotter contre moi, prolongeant les vagues bienfaisantes qui me parcouraient, pendant qu'il étouffait mes cris.

Au bout d'un moment, Kade recula légèrement. Son visage exprimait un mélange d'amusement et d'agitation. Ses joues étaient colorées, comme s'il venait de fournir un effort violent, et ses pupilles dilatées dévoraient ses pâles iris, rendant son regard inhabituellement sombre.

— En effet, je ne vous laisse pas tout à fait indifférente, ma chère épouse, dit-il dans un souffle. Et j'aimerais passer la soirée à m'en assurer. Mais j'ai bien peur que nous ayons d'autres points à régler d'abord.

Grâce aux rares choses que je connaissais sur le sujet — sans que je leur demande rien, Maisie et Bonnie m'avaient donné quelques descriptions explicites —, je savais très bien que le plaisir n'avait pas été réciproque. Et, après avoir appris que Maisie avait fait des avances à mon mari — avances qu'il s'était empressé de repousser, si je devais le croire —, j'avais envie de relever le défi. J'étais toujours sous l'effet de l'extase puissante que j'avais ressentie, et je voulais que mon mari me montre davantage ce dont il était capable. L'amour comme une expérience spirituelle... Cela m'avait paru étrange lorsque Maisie en avait parlé, mais je commençais à comprendre. Je sentais déjà que je ne pourrais plus jamais me passer du plaisir avec Kade. Avec lui, la retenue qui semblait m'avoir caractérisée depuis mon enfance n'était plus qu'un lointain souvenir.

J'avais quelque idée sur la façon dont je pourrais à mon tour lui donner du plaisir, mais en fait je n'avais pas la moindre expérience en la matière. Je repensai aux conseils que Maisie m'avait donnés, le matin même. « Séduis-le. Sers-toi de ton corps. »

De toute évidence, la frustration avait provoqué chez lui une certaine tension qui se voyait dans son attitude. Il passa devant moi pour reprendre les armes qu'il avait mises de côté. Alors qu'il s'empressait de rattacher toutes ses ceintures, je ne pus m'empêcher de remarquer l'énorme bosse que formait son sexe.

— Kade, soufflai-je en me levant, sans chercher à refermer ma robe. Regardez-moi.

Les femmes de ma famille avaient toutes la chance d'avoir reçu de la nature des courbes généreuses. Et je ne faisais pas exception, malgré ma minceur. Ma poitrine, longuement fêtée par ses mains et sa bouche, était toujours gonflée. Je me touchai, comme il l'avait fait, en pinçant mes mamelons jusqu'à ce qu'ils forment une pointe.

Kade me regarda avec méfiance, mais sa réserve était contredite par un tremblement presque imperceptible qu'il semblait s'efforcer de contrôler.

— Dieu du ciel, dit-il en s'empressant de tourner la tête. Je vous ai fait un serment, madame. Couvrez-vous ou, pour la première fois de ma vie, je ne respecterai pas une promesse. Et, si cela devait se produire, ce serait une débauche sans nom.

Au lieu de me faire peur, comme cela aurait encore été le cas quelques jours plus tôt, ses mots qui ne cherchaient pas à masquer son désir ne firent qu'accroître mon audace.

— Je pensais pouvoir faire quelque chose pour vous, dis-je.

— Non, répondit-il un peu brusquement. Ce n'est pas la peine de vous inquiéter pour moi. Et, quand le moment sera venu, vous pourrez faire de moi ce que vous voudrez. En attendant, nous avons du travail qui nous attend. Vous venez avec moi. Mettez un peu d'ordre dans votre tenue.

Gagnée par l'esprit de compétition, je pris ma décision : je ne voulais pas que Kade soit tenté par les avances de mes sœurs, même s'il m'avait assuré le contraire. Alors c'était à moi de le tenter. Je m'approchai de lui, ce qu'il sembla ne pas remarquer, tout à son irritabilité et absorbé qu'il était par la remise en place de ses armes.

J'attrapai sa main des deux miennes. A mon contact, il se figea. Comme je m'approchais encore, mes seins effleurèrent la surface métallique d'un de ses couteaux, et je frissonnai en soupirant. J'avais un peu peur qu'il me rejette, mais le désir qu'il m'inspirait était plus fort que tout. Mes épaules étaient totalement dénudées. Ma poitrine était plaquée contre son torse. Sans faire attention, je passai ma langue sur mes lèvres entrouvertes. Ses yeux reçurent cette invitation muette avec une lueur de tension et d'avidité.

— Ce n'est pas juste, monsieur.

— Qu'est-ce qui n'est pas juste ? demanda-t-il, laconique, comme s'il regrettait que sa curiosité l'ait poussé à poser la question.

Je plaçai doucement sa paume sur ma poitrine. Il me laissa faire, mais son regard était devenu orageux. Je me sentais doublement vulnérable devant lui, à demi nue, et offerte à sa force et à sa colère. Pourtant, les raisons pour lesquelles il se refusait à moi étaient précisément ce qui donnait plus de force à ma détermination. Je déposai quelques baisers sur sa joue mais, lorsque j'effleurai les commissures de ses lèvres, il détourna le visage. Il poussa une longue expiration torturée. Sa main s'arrondit sur mon sein, et il ne chercha pas à l'enlever.

Puis il laissa échapper un léger grognement.

— Ce n'est pas juste que vous m'ayez causé un tel plaisir, sans en bénéficier vous-même, répondis-je enfin.

— Faites-moi confiance, madame. Le plaisir que vous me causez est plus important que vous ne le croyez. Il me suffit de vous voir. Vous êtes un rêve. Il me suffit de… goûter à vous.

Il me regarda avec ferveur, puis retira la main de ma poitrine pour la poser sur la mienne.

De plus en plus décidée, je posai ma main libre sur le haut de sa cuisse.

— Lors de notre première rencontre, je n'aurais jamais cru que vous étiez un si beau parleur.

Il stoppa l'exploration de mes doigts en ôtant ma main de sa cuisse.

— Non, en effet, c'était évident à l'expression de votre visage. Et c'est précisément la raison pour laquelle j'ai fait ce serment, que je commence à regretter sérieusement, je peux vous l'assurer. Je vous ai dit que nous attendrions un mois. Maintenant, cessez. J'ai de la discipline et un certain contrôle de moi-même, mais je ne suis pas un saint. Ne commencez pas quelque chose que vous ne pouvez finir.

— Je peux aller jusqu'au bout, lui répondis-je à voix basse.

La déférence et le désir de mon mari déchaînaient mes ardeurs. Je me reconnus à peine lorsque je lui dis :

— Finissez de goûter à moi, monsieur, comme vous me l'avez promis.

Le souvenir sensuel de notre premier baiser et de ses adieux murmurés ne fit que renforcer ma détermination. Mon rêve était devenu ma réalité. Il était tout ce que je voulais.

Sa voix était sourde et rauque.

— Je n'ai jamais rien désiré aussi ardemment que passer la semaine à venir enfermé dans cette alcôve avec ma femme, si parfaite et si spirituelle, à savourer chaque parcelle d'elle, encore et encore. Et je suis en train d'atteindre les limites de ma volonté.

J'effleurai ses lèvres et, en l'embrassant et en le mordillant, je mis à l'épreuve la volonté dont il venait de parler. Kade poussa un nouveau grognement, grave et sauvage, et je sentis que sa reddition était toute proche. Il tentait de résister, me laissant l'embrasser pendant qu'il demeurait totalement immobile. Je ne savais pas jusqu'où il me laisserait aller, ni les barrières qu'il s'était fixées, mais j'avais bien l'intention de le découvrir.

Avant que je le puisse, cependant, un grand brouhaha vint troubler notre solitude. Les pièces situées à l'étage inférieur s'emplirent de lourds bruits de pas. Des soldats, devinai-je. Et en grand nombre. La voix hostile de mon père s'éleva dans un cri :

— Où est-elle ?

Au-delà de la peur, que je ne pus m'empêcher de ressentir, j'éprouvai une grande colère. Pourquoi osaient-ils nous interrompre ? Mon père et ses soldats n'avaient-ils rien de mieux à faire que de me suivre partout et épier mes moindres faits et gestes ?

Kade s'empara de toutes ses armes et les remit en place tout autour de son corps. Et je m'empressai de reboutonner le devant de ma robe.

— Restez derrière moi, m'ordonna mon mari.

Avec toute l'aisance d'un combattant confirmé qui ne doutait pas de ses propres capacités, il s'assura que la ceinture où il rangeait son épée était bien accrochée. Puis il me fit signe de le suivre. Nous descendîmes le petit escalier de pierre en spirale et découvrîmes mon père, Aleck, Hugh, et deux autres soldats que je reconnus comme étant Callum et Rupert.

Quatre contre un. Mon père et moi-même ne représentions de

menace pour personne, mais je ne pus m'empêcher d'évaluer la force des hommes en face de nous et la puissance de leurs armes pour les comparer avec celles de mon mari. Kade était renommé pour ses aptitudes exceptionnelles au combat, certes, mais pouvait-il prendre le dessus sur quatre soldats *en même temps* ?

— Que nous vaut l'honneur de cette visite, laird Morrison ? demanda mon mari sur un ton qui se voulait agréable.

Mais sa question était teintée d'un mépris que — je l'espérais — moi seule pus détecter. Kade éprouvait peu de respect pour l'homme qui allait lui léguer son titre.

— Nous étions juste en train de visiter nos nouveaux appartements, reprit-il. Avez-vous besoin de nous ?

— Cette pièce n'est pas disponible, répondit mon père sur un ton brusque.

Puis, avec une voix altérée par l'émotion, il ajouta :

— C'était la chambre de mon épouse, et personne ne doit y toucher.

Il se tourna vers moi, et poursuivit :

— Tu le sais très bien, pourtant tu persistes à n'en faire qu'à ta tête, et tu souilles sa mémoire par ta désobéissance même. Une fois de plus.

Dans ma jeunesse et à une époque où j'étais plus vulnérable, les paroles de mon père m'avaient toujours semblé empreintes de sagesse et de vérité, je me disais que j'avais tort et que je me comportais mal. Maintenant je voyais toute la folie qui les inspirait.

— Je ne souille pas sa mémoire, père. Je l'honore. Dix-huit ans ont passé depuis sa mort. Nous nous installerons dans cette pièce après lui avoir redonné toute sa splendeur.

— Comment oses-tu me défier ? se mit-il à hurler, en chancelant presque. Soldats, emmenez-la. Elle recevra sa correction en bas et, cette fois, prenez-vous-y comme il faut, pour lui faire passer l'envie de jamais remettre les pieds ici.

Aussitôt, je me figeai, et mon sang se glaça. C'était une sensation familière, qui fit resurgir toute l'appréhension que mon mari avait réussi à chasser.

Mais Kade était avec moi désormais, s'interposant avec autorité entre moi et mes agresseurs. Dans une attitude de défi délibéré, il sortit lentement sa plus grande épée de son fourreau et la brandit devant lui.

— Au risque de m'attirer davantage votre désapprobation, laird, je pense qu'il faut que vous soyez déjà à moitié gagné par la folie pour croire que vous ou vos hommes avez la moindre chance de lever ne serait-ce que le petit doigt sur mon épouse.

— Votre épouse, répliqua mon père, est avant tout *ma fille.* Je dispose donc d'elle comme bon me semble. Et, en tant que seigneur de ce domaine, je lui administrerai la punition que je juge appropriée. Maintenant, écartez-vous, Mackenzie, ou bien vous regretterez toute votre vie cette provocation.

Kade poussa un long ricanement, non pas amusé, mais désabusé. De la main gauche, il sortit une deuxième épée de son fourreau. En guise de réponse, Aleck et Hugh levèrent leurs propres armes.

— Je ne bougerai pas, laird, répondit Kade. Vous devrez me tuer pour vous approcher de Stella. Et je vous avertis que vous et vos hommes périrez avec moi. Qui dirigera votre armée, alors ?

— Nous avons réfléchi à d'autres arrangements, déclara Aleck, à qui mon père adressa un bref regard interrogateur.

Mais Aleck ne remarqua rien, et poursuivit :

— Vous n'êtes pas le seul officier susceptible de diriger cette armée dans le futur, Mackenzie.

— Non, reconnut Kade. Je suis cependant le seul qui lie définitivement votre clan à l'armée des Mackenzie, dont vous ne pouvez vous passer. Pensez-y, laird Morrison. Si vous me tuez, vous briserez à jamais votre alliance non seulement avec le clan Mackenzie, mais aussi avec les clans Munro et Stuart. Etes-vous prêt à prendre cette responsabilité ? Pour une tourelle poussiéreuse inhabitée depuis dix-huit ans ? Il serait dans l'intérêt de tous que vous nous laissiez, moi et ma femme, y installer nos appartements particuliers, et que vous m'autorisiez à entreprendre ce que j'avais promis, c'est-à-dire faire renaître de leurs cendres votre armée et votre domaine.

La haine farouche qui se lisait dans le regard d'Aleck pendant qu'il fixait mon mari me perturba. Je le connaissais bien assez pour voir qu'il y avait chez lui une confiance toute nouvelle, certes encore timide, mais néanmoins inquiétante. J'avais peur des pensées qui se cachaient derrière ce regard sombre et brillant.

— Nous pouvons peut-être envisager d'autres alliances, lança Aleck d'une voix lugubre.

Nous y étions donc, sauf si je me trompais. Qu'est-ce que cela signifiait, au juste ? Qu'Aleck était le traître ? Qu'il complotait avec Campbell pour relancer la rébellion ? Son ambition l'avait-elle poussé à une trahison de cette ampleur ? Oui, je l'en croyais capable. Je voulus faire part de mes craintes à Kade, mais je vis que ce n'était pas nécessaire. Mon mari leva davantage son arme, et son attitude devint plus hostile. Il donnait l'impression de pouvoir frapper à tout moment.

Mon père, quant à lui, ne sembla rien remarquer. De toute évidence, cet affrontement l'avait épuisé, et il était trop accaparé par ses propres maux pour continuer la discussion. Il comprenait peut-être que Kade avait raison. Il était aussi absolument clair que mon mari ne plaisantait pas : si mon père persistait dans sa menace, lui et quelques-uns de ses hommes trouveraient sans doute la mort. Cette possibilité sembla avoir raison de sa colère. Il toussa plusieurs fois, puis, du revers de sa main, s'essuya la bouche, des commissures de laquelle coulait un petit filet de sang.

— Qu'il en soit ainsi, dit-il, de guerre lasse. Mais n'attendez pas de moi que j'accède si facilement à toutes vos requêtes, Mackenzie.

Il se tourna et s'adressa à Aleck et Hugh :

— Soldats, escortez-moi vers mes quartiers. J'ai soif.

Et, après un dernier regard noir d'Aleck à mon mari, ils nous laissèrent.

Soulagée mais tremblante, je regardai Kade. Il rangea ses épées dans leurs gaines et se tourna vers moi. Il glissa un doigt dans une boucle dorée de mes cheveux.

— Vous voyez ? Je vous avais juré de vous protéger, avec mon corps et avec mon épée. C'est mon devoir et mon honneur. Vous n'avez plus rien à craindre désormais.

Toujours sous le choc de l'affrontement qui avait failli éclater, et émue par l'empressement de mon mari à me défendre, je dévisageai celui-ci. Son agressivité ne s'était pas totalement dissipée, mais elle ne m'empêchait pas de voir toute la sincérité dont son cœur était capable.

— Merci, dis-je en entrelaçant mes doigts aux siens.

A ce moment, mon estomac émit un petit gargouillement. Kade rit tout bas.

— Depuis quand n'avez-vous pas mangé, madame ?

— Depuis ce matin. Quand j'ai grignoté un bout de pain rassis.

— Descendons aux cuisines et voyons ce que nous pouvons y trouver. Et, tant que nous y serons, nous pourrons avoir une petite discussion avec les domestiques.

Sans lâcher sa main, je le suivis dans le couloir, puis dans l'escalier, et jusqu'aux cuisines, où les servantes étaient assises là où je les avais trouvées le matin même. Kade marqua un temps d'arrêt, détailla leur attitude, leur inaction évidente, l'état de la cuisine. Je me sentis mal à l'aise, comme si cette situation était une preuve supplémentaire de mon incapacité à satisfaire mon mari.

— Mesdames, lança Kade.

Il s'approcha sans attendre et tira une chaise pour s'y asseoir.

Malgré son regard troublé, ses manières étaient calmes et engageantes.

Avec ses longs cheveux décoiffés mais brillants, ses avant-bras musclés toujours barbouillés du sang des bêtes qu'il avait tuées, et ses yeux étincelants, il semblait leur inspirer un mélange de curiosité et de crainte.

— Vous savez, dit Kade, j'ai demandé à ma femme de vous donner quelques instructions simples ce matin, juste avant d'aller voir si je pouvais trouver une poignée de soldats pour m'accompagner à la chasse aujourd'hui. Et, croyez-le si vous le pouvez, je n'en ai pas trouvé plus d'une poignée. Parmi des centaines, seuls cinq hommes se sont portés volontaires. *Cinq hommes.* Avez-vous la moindre idée de ce que tous les autres étaient occupés à faire ? demanda-t-il, en s'interrompant pour attendre leur réaction.

Elles le regardèrent sans rien dire, avec méfiance.

— Non ? Aucune idée ?

Isla finit par lui répondre en secouant lentement la tête.

— Eh bien, répondit Kade, je vais vous le dire, ce qu'ils faisaient. Ils dormaient, bien après le lever du soleil. Et, en plus de vivre dans des conditions d'hygiène déplorables, ils n'entretiennent pas leurs armes ,qui, d'ailleurs, sont trop peu nombreuses. Si nous devions être attaqués aujourd'hui — ce qui, je vous rassure, reste plutôt improbable — ce serait un désastre. Mais comme j'ai entendu dire qu'une rébellion se préparait, et que je n'ai aucune raison de douter de la fiabilité de mes sources, nous nous exposons à de graves problèmes à l'avenir. Voici donc la situation dans laquelle je me trouve ce matin, poursuivit-il, en exagérant son affabilité. J'essaie, sans succès, de programmer plusieurs parties de chasse. Mais les hommes sont fatigués, disent-ils. Ils ont festoyé et se sont couchés trop tard la veille au soir. Et leurs épées ne sont pas aiguisées. En fait, j'ai remarqué — et, croyez-moi, je me considère comme un expert en la matière — qu'aucune épée n'avait été aiguisée depuis des semaines, voire des *mois*.

Il adressa à Isla un regard outré, comme s'il voulait qu'elle participe à son indignation.

— Des *mois*, répéta-t-il. C'est inexcusable, assurément. La fierté d'un soldat, c'est son épée, voyez-vous. Son honneur en dépend. Sa *vie* même en dépend.

Il s'interrompit de nouveau, comme s'il voulait que ses mots pénètrent bien dans les esprits. Il se tourna vers l'une des femmes, une cuisinière qui s'appelait Jinty, si mes souvenirs étaient bons. Ses joues rebondies se colorèrent sous son regard.

— Dites-moi, alors, quand une armée de combattants mal équipés et sous-entraînés comme ceux-ci se retrouve sur le champ de bataille, quelles sont ses chances d'être victorieuse ?

Kade attendit leurs commentaires. Mais comme aucun ne venait il répéta sa question :

— Allez, répondez-moi. Qu'en pensez-vous ? Pensez-vous qu'ils puissent gagner ?

Une servante petite et timide répondit par un « non » mal assuré.

Il la félicita du regard.

— Vous avez tout à fait raison. Ils ne gagneraient pas. *Nous* ne gagnerions pas. Il n'y a pas la moindre chance pour que nos hommes survivent plus de cinq minutes aux attaques de Campbell et de sa bande de scélérats. Scélérats qui, soit dit en passant, sont de plus en plus dangereux, car prêts à mourir pour leur cause, aussi vile soit-elle. Et savez-vous ce que deviendraient des servantes dévouées comme vous l'êtes, si nous devions être gouvernés par les brutes de Campbell, qui, en plus de n'avoir aucun sens de l'honneur, sont animées par un vif désir de vengeance ? En avez-vous la moindre idée ?

Comme elles ne répondaient pas, Kade dit, un ton plus bas :

— Oui, y réfléchir est particulièrement pénible, je vous l'accorde. C'est même insoutenable.

Il était clair que mon mari avait une longue liste de récriminations à présenter, et que cette accumulation de contrariétés commençait à influer sur son humeur. Je ne l'avais jamais autant entendu parler, ni avec cette désinvolture apparente. Il était vrai, cependant, que son auditoire était tout ouïe. Et il semblait vouloir enfin en venir au fait.

— Alors, reprit-il, ce que moi je n'ai pas compris, c'est la raison pour laquelle tous ces hommes faisaient la grasse matinée alors qu'il y a tant à faire. Et, quand je le leur ai expliqué ce que j'attendais d'eux — pourquoi ai-je dû le faire, alors que ce sont des adultes, je vous le demande ! —, savez-vous quelle a été leur réponse ?

Les femmes, captivées, secouèrent la tête de conserve pour l'inciter à poursuivre, et témoignèrent bruyamment leur soutien. Elles paraissaient impatientes de savoir où il voulait en venir.

— Eh bien, j'ai bien peur de ne pas pouvoir répéter devant de respectables dames comme vous ce qu'ils m'ont dit, mais je peux vous assurer qu'ils ne partageaient pas mon point de vue. Comme vous pouvez l'imaginer, puisque leur refus de m'obéir rend notre situation chaque jour plus périlleuse, j'ai été tout sauf ravi par leur réponse. Je peux également vous dire qu'elle m'a mis dans une humeur massacrante. Et je suis sûr que vous me comprendrez.

Kade prit un moment pour se calmer, et les femmes lui accordèrent cette pause, attendant sans broncher qu'il reprenne.

— Mais le temps passait, dit-il avec moins d'animation, et le gibier a tendance à se raréfier quand le soleil se réchauffe, alors, avec mes cinq — *cinq* — volontaires, nous sommes partis. A nous six, nous avons réussi à tuer sept biches et deux jeunes cerfs. Nous avons donc pu rentrer plus tôt que je ne l'avais pensé, et j'ai chargé quelques-uns de mes compagnons — que j'ai bien l'intention de récompenser avec les meilleurs morceaux de notre chasse, et avec une promotion dès que je prendrai le commandement de notre armée — de dépecer la viande et de vous l'apporter, afin que vous la prépariez pour les soldats qui ont accepté de se lever tôt à partir de demain et de commencer à s'entraîner sérieusement.

Il s'interrompit de nouveau, et regarda les femmes une par une, comme s'il s'attendait à des protestations. Aucune ne s'éleva.

— Je vous raconte tout cela pour plusieurs raisons. D'abord, vous devez comprendre que je suis accaparé par l'armée et par les parties de chasse et que, donc, je confie la direction du manoir à ma femme, la future lady Morrison. Ensuite, je me rends compte que vous ne devez pas avoir l'habitude des tâches qui vous seront désormais demandées. Il y aura davantage de viande, et de nourriture en général, à stocker, conserver, et préparer. Nous dînerons régulièrement dans la grande salle. Par conséquent, nous avons besoin d'une cuisine propre et bien rangée, remplie de personnes, comme vous, je n'en doute pas, prêtes à travailler.

Mon mari regarda tour à tour la pièce sale, la vaisselle non lavée, les étagères en désordre, et le placard laissé ouvert par négligence et à moitié vide. Les femmes échangèrent des regards nerveux.

— Vous deviez avoir fort à faire aujourd'hui, puisque vous n'avez pas été capables de vous occuper de ce que ma femme vous avait demandé de façon pourtant explicite. Donc, ce que je suggère, c'est que nous travaillions ensemble pour que tout soit fait. Et que nous commencions *maintenant*.

Et il insista bien sur ce dernier mot. Je compris qu'il était plus qu'agacé d'avoir dû passer la journée à discuter, se battre, chasser et chevaucher — et, accessoirement, à consacrer du temps à sa femme sans en tirer la moindre satisfaction personnelle — pour découvrir au bout du compte que rien de ce qu'il avait demandé n'avait été fait. Rien du tout.

— Nous allons devoir travailler jusque tard, et vous n'y êtes sans doute pas habituées, mais vous serez toutes récompensées, bien entendu. Vous aurez droit à une portion de viande supplémentaire pour la partager avec votre famille, mais uniquement si vous vous acquittez de votre tâche avec application. C'est tout ou rien, et plus vite nous commencerons, plus vite nous aurons terminé.

Il scruta les visages de son auditoire captivé, et, avec une extrême affabilité, lança :

— Alors, êtes-vous d'accord ?

Les hochements de tête qu'elles lui adressèrent furent moins timides, alors même que son discours devenait de plus en plus ferme.

— Et êtes-vous d'accord pour obéir à ma femme sans discuter dès qu'elle vous donnera un ordre ? Je ne suis pas très observateur, mais je prendrai comme parole d'évangile chaque mot, chaque impression, chaque récrimination que mon épouse me présentera. Mais je suis sûr qu'elle n'aura rien à vous reprocher. C'est dans notre intérêt à tous que nous travaillons, après tout, et tout travail consciencieux sera grassement récompensé, comme je l'ai dit. Ceux et celles qui ont fait le choix de ne pas travailler — en plus de s'attirer mon courroux, qui peut être terrible comme chacun le sait — n'auront droit qu'aux restes des jours précédents. Mais je suis sûr que cela ne concernera aucune d'entre vous. Maintenant vous allez me dire comment vous vous appelez, et je confierai une tâche spécifique — et très importante — à chacune d'entre vous. Je serai disponible pour aider quiconque en aura besoin.

Nous avions toutes compris le message que Kade voulait faire passer. Notre ardeur à la tâche était aussi nécessaire que celle des soldats et des chasseurs si nous voulions subvenir à nos besoins durant les longs mois d'hiver. Désormais, cela paraissait évident. Qu'il ait pris le temps d'expliquer tout cela était bien plus efficace que la méthode employée par mon père pour gouverner. Ce dernier donnait en effet des ordres erratiques, suivis de punitions s'il constatait — mais il ne s'en rendait pas toujours compte — qu'on ne l'avait pas obéi. Mon père était vieux, et il n'avait jamais été très regardant. Le travail acharné n'avait jamais été encouragé, ni récompensé.

Cette journée avait été pleine de défis pour mon mari. Il avait retrouvé toute sa férocité, une férocité « positive », faite d'intelligence, d'acharnement et d'honneur, et non pas de violence ni d'irrationalité. Les servantes l'avaient constaté elles aussi, et elles y réagirent avec une obéissance un peu craintive. En fait, je n'avais jamais vu aucune d'elles travailler de cette façon. Une fois leurs tâches bien définies, elles se lancèrent dans leur travail à corps perdu. Kade les aida, et moi aussi. En formant une équipe organisée, elles lavèrent, cuisinèrent, dressèrent les tables, allumèrent les feux, firent cuire du pain, et en profitèrent même pour faire un peu plus attention à leur propre apparence.

Quelques heures plus tard, la cuisine et la grande salle de Glenlochie étaient transformées.

10

Je me réveillai en pleine nuit. Un petit rayon de lumière nocturne éclairait un carreau du sol en pierre. Les braises rougeoyaient.

Cela faisait une semaine que nous nous étions approprié la tourelle. L'espace était désormais occupé par nos affaires, qui n'étaient toujours pas rangées.

Il faisait chaud dans la chambre. Les bûches que Kade avait mises dans la cheminée quelques heures plus tôt brûlaient toujours.

Je remarquai que mon mari s'était endormi assis, appuyé sur la table qui lui servait de bureau, et qu'il tenait toujours sa plume à la main. J'entendais sa respiration profonde et régulière, comme toujours lorsqu'il dormait. En revanche, sa position ne me parut pas confortable : son buste était tordu sur la table, sa tête posée sur ses bras tendus, et ses cheveux retombaient devant son visage.

Je me levai et me dirigeai vers lui, en espérant qu'il ne se réveillerait pas en sursaut. La désorganisation de notre clan le préoccupait tellement qu'il avait à peine dormi depuis son arrivée parmi nous. Et, quand enfin il s'autorisait un peu de repos, j'aurais aimé que ce fût dans un lit bien chaud et confortable.

Je lui avais déjà demandé ce qu'il écrivait dans ses carnets et dans ses lettres. Et, comme à contrecœur, il m'avait répondu qu'il dessinait des armes, qu'il dressait des plans de bataille, qu'il élaborait des tactiques. Et il avait ajouté que rien de tout cela ne me concernait. Je savais qu'il avait déjà écrit au moins une lettre à chacun de ses frères depuis notre arrivée à Glenlochie. Et c'était une lettre, précisément, que je voyais en ce moment coincée sous son bras. La plume avait fait une petite tache noire en haut du parchemin.

Je ne voulais pas me montrer indiscrète, mais les mots étaient là, devant moi, bien visibles. Mon mari ne me disait pas tout, loin de là. Il ne me racontait pas les difficultés qu'il rencontrait dans la journée, quand nous n'étions pas ensemble. Je savais pourtant qu'il était en conflit avec nos soldats — comme l'avait prouvé, du reste, notre confrontation avec Aleck et ses acolytes. Pas plus tard que la veille, il était rentré couvert de sang. Il s'était battu en duel, mais il avait fallu que j'insiste pour qu'il veuille bien me le dire. Et, toutes les fois où je le croisais durant la journée, il affichait une expression si contrariée qu'il était évident qu'il passait son temps à maugréer et à regretter d'être là. Je voulais en apprendre davantage sur les pensées secrètes qui agitaient son esprit. En tentant de faire passer mon indiscrétion pour le désir sincère de le soutenir, je me mis à lire.

Knox,

La situation à Glenlochie s'est encore aggravée. Même si, à force de patience, j'ai réussi à convaincre quarante hommes de chasser en groupes semi-organisés, au moins la moitié des soldats des Morrison refusent toujours de m'obéir. En une semaine, nous avons réussi à tuer pas moins de vingt-huit cerfs, sept sangliers, des lapins en grand nombre, et une belle quantité d'autre petit gibier, ce qui devrait permettre au clan de vivre sur ses provisions pendant un certain temps. Si nous réussissons à maintenir ces résultats jusqu'aux premières neiges, nous aurons peut-être une chance de passer l'hiver sans trop de privations. Les territoires septentrionaux sont en effet très giboyeux. J'imagine que c'est parce que personne ne s'y est encore vraiment aventuré que les animaux y pullulent. Les jardiniers et les fermiers sont arrivés — et je te remercie de bien vouloir t'en priver durant cet hiver et ce printemps — et je les ai déjà mis au travail. Je voudrais qu'ils transmettent leur savoir aux gens d'ici, et qu'ils essaient de sauver les rares récoltes de ces jardins si mal entretenus. Les champs sont dans un meilleur état, heureusement, et les greniers sont pleins de blé et d'orge. S'il le faut vraiment, à la fin de l'hiver, nous pourrons toujours nous nourrir de soupe d'orge et de pain sec. Je pense que nous ne mourrons pas de faim. Je te remercie aussi de ta proposition de nous envoyer des provisions si nécessaire. J'espère que nous pourrons subsister sans piller vos réserves. Les cuisinières, hélas, manquent cruellement d'inspiration et de talent, mais c'est le cadet de mes soucis.

Morrison n'a plus grand-chose de vivant en lui, et ce qui reste est amer, fatigué et désorienté. Et cette situation semble durer depuis un moment. J'ai appris qu'il avait régné sur son clan, mais aussi sur sa famille, avec un mélange d'abus en tout genre et de mépris. Pour cette raison, il laisse, même avant sa mort, un héritage de peur et d'individualisme qu'il faudra des mois — si ce n'est des années — pour éradiquer. Ses officiers les plus gradés sont ceux qui s'opposent le plus farouchement à moi, et je crains d'avoir à en tuer un pour asseoir mon autorité de futur laird. Je m'attendais à n'avoir aucun mal à m'imposer en tant que successeur du titre, mais les soldats semblent me considérer comme un intrus malvenu. Evidemment, je ne pensais pas être accepté spontanément comme chef, mais un officier, qui aspire à s'imposer comme le futur laird, me met plus que les autres des bâtons dans les roues. Une effusion de sang, toutefois, ne ferait qu'aggraver les divisions qui affectent déjà le clan, et c'est pourquoi j'ai jusque-là refréné mes élans. Ce serait assez facile. Les hommes sont paresseux et manquent à la fois de volonté et de moyens. Si père pouvait voir l'état déplorable de leurs armes, il se retournerait sans doute dans sa tombe. Des têtes tomberaient, et je suis assez tenté de suivre ses méthodes. Une mutinerie tout entière dirigée contre moi ne servirait pas mes intérêts, cependant. Je dois donc manœuvrer avec prudence.

La menace de l'arrivée de Campbell pèse toujours sur nous. Les hommes parlent de lui comme s'ils étaient bien informés de ses intentions, et je soupçonne fortement qu'il y ait au moins un traître parmi nous, si ce n'est plusieurs. J'ai des doutes sur un officier en particulier. Mon seul espoir, c'est de réussir à entraîner les rares soldats loyaux, et à gagner le respect du plus grand nombre avant que la rébellion reprenne, ce qui, d'après moi, est tout près d'arriver. Je n'ose pas envisager les conséquences si, cette fois, nous n'arrivons pas à la contenir. Préparez-vous à vous déployer à la première alerte.

Mon mariage m'offre de brefs moments de tendresse dans un océan de difficultés. Ma femme, je dois l'admettre, est d'une beauté aveuglante. Plus je la regarde, plus je la trouve magnifique. Elle continue à me considérer comme une brute de la pire espèce. J'ai cependant des raisons de croire qu'elle changera d'avis un jour. Je vis dans l'attente de ce moment, et je fais tout pour gagner sa confiance.

Kinloch est toujours dans mes pensées. J'espère que tout va pour le mieux pour toi et pour nos sœurs.

Je joins le croquis d'une catapulte à longue portée qui pourrait t'intéresser.

Ton frère loyal et dévoué,
Kade Mackenzie

La lecture de cette lettre me remplit d'une émotion que je mis du temps à identifier. Il s'agissait d'admiration peut-être. De compassion, aussi. Et, curieusement, je ressentais comme un désir profond et passionné dont je ne saisissais pas bien l'objet. Que voulais-je si ardemment ? Soulager le fardeau de Kade, peut-être. L'aider d'une façon ou d'une autre. Je savais que sa nouvelle vie était difficile, et qu'il ne s'y sentait pas à sa place. Mais j'ignorais la gravité de ses difficultés. Il devait faire face à une armée de mutinés, à des menaces de mort, à une éventuelle famine, et à une rébellion qui couvait peut-être même à l'intérieur de nos propres murs.

Ses mots me concernant étaient encore plus étonnants. Qu'il ait cette opinion de moi, et qu'il s'ouvre à son frère aussi facilement, me surprenait au plus haut point. J'en éprouvai un trouble réel.

Alors que mon corps réagissait à sa présence, je ne pouvais le nier, mon cœur réagissait aussi à ses mots. Kade était capable d'amour, comme Roses avait tenu à me l'expliquer. Son combat de tous les jours, c'était de ne pas déroger à l'idéal familial d'honneur, comme il avait tenu à me l'expliquer. Et ces deux valeurs étaient présentes à chaque ligne de sa lettre, comme s'il y avait trempé sa plume.

La connexion que je ressentais avec mon mari, si tourmenté, si compliqué, était plus forte que jamais.

Il était vrai que je l'avais considéré, jadis, comme une brute de la pire espèce. Je ne voulais pas lui avouer que j'avais lu sa lettre, mais je voulais lui prouver que je ne le voyais plus de cette façon. Que le jour qu'il attendait était arrivé. A l'instant même, pour être exacte.

Du bout des doigts, je dégageai ses cheveux de son visage et caressai ses longues mèches désordonnées. Sa chevelure était épaisse et brillante, très douce au toucher. Du pouce, je dessinai le contour de ses sourcils, comme il me le faisait parfois. Je parcourus ses joues, jusqu'à la surface rebondie de ses lèvres pleines, qui étaient légèrement entrouvertes. Il cligna les paupières et ouvrit les yeux. Je continuai de lui caresser les cheveux, espérant adoucir sa réaction, quelle qu'elle fût.

— Kade, murmurai-je. Venez. Vous serez mieux au lit qu'à votre table.

Il leva la tête.

— Je vais vous aider, dis-je d'une voix douce, espérant qu'il ne se mettrait pas en colère lorsqu'il se rendrait compte que sa lettre était bien visible et que j'avais peut-être outrepassé mes droits.

Il me laissa l'aider, me permettant de passer mon bras sous le sien, de le soutenir et de le guider jusqu'au lit. Il ne portait que ses sous-vêtements, et son corps élancé et musclé était froid en surface, mais brûlant sous sa peau, je le savais. Le noir de ses cheveux et l'incroyable bleu clair de ses yeux créaient un délicieux contraste esthétique qui me fit malgré moi marquer un temps d'arrêt. Il me laissa le contempler, tandis qu'il semblait lui aussi perdu dans ses rêveries. Il me regardait de haut en bas comme si j'avais été une apparition. J'écartai les couvertures pour qu'il puisse se coucher. Alors qu'il ne réagissait pas du tout et me regardait toujours avec tendresse, je m'installai au lit, en roulant jusqu'à ma place. Il me suivit et, alors que nous étions allongés face à face, il rabattit les couvertures sur nous.

Nous restâmes dans cette position un moment, à nous regarder, tandis que je lui caressais les cheveux.

— Tout va bien, dis-je d'une voix douce — et il regarda ma

bouche pendant que je parlais, et mes yeux. Tout va bien, répétai-je, car je sentais que c'était ce qu'il voulait entendre. Je suis là pour veiller sur vous.

Je lui caressai le cou, puis la surface irrégulière de son torse couvert de cicatrices et bruni au soleil. Je touchai le creux de sa cicatrice la plus profonde, celle qui dessinait un pâle arc de cercle sur l'avant de son épaule gauche. Elle était guérie depuis longtemps, mais cela avait dû être une blessure terrible.

— Que vous est-il arrivé ? murmurai-je.

Il ne répondit pas tout de suite.

— Mon attention était accaparée par la mort de mon propre père, finit-il par expliquer. C'est Campbell lui-même qui m'a embroché. Nos pères respectifs se sont pris la vie ce jour-là. Campbell fils est l'un des hommes les plus dangereux que j'aie affrontés. C'est la seule fois où j'ai cru mourir au combat. Mais Dieu n'en avait pas décidé ainsi. Knox m'a sauvé la vie, juste avant que je sauve la sienne.

Il parlait d'un ton détaché, comme si se battre, se faire pourfendre et sauver des vies étaient des choses qui lui arrivaient tous les jours. C'était peut-être le cas, d'ailleurs. Je savais qu'il était l'un des guerriers les plus redoutés des Highlands. Mais, en plus de son détachement, il y avait aussi dans sa voix une tristesse qui ne m'échappa pas.

— Vos frères vous manquent.

— Oui, se contenta-t-il de répondre.

Mon exploration prudente se poursuivit, jusqu'à son ventre ferme et musclé. Il attrapa mon poignet d'un coup pour repousser ma main.

— *Stella*, me mit-il en garde à voix basse.

Puis il me lâcha, et ferma les yeux, comme si le sujet était clos.

La nuit était emplie de bruits et de sensations. J'entendais le doux crépitement du feu. Je sentais non seulement la chaleur du corps de Kade, mais aussi ses efforts pour rester impassible. Je laissai ma main courir de nouveau vers lui, sous les couvertures, jusqu'à la poser sur son ventre.

Il recula aussitôt, et s'allongea sur le dos, hors de portée de mes caresses.

— Vous connaissez les règles, madame. Nous attendons. Nous attendrons jusqu'à ce que vous soyez prête.

Puis il ferma de nouveau les yeux, mais, cette fois, ses sourcils étaient froncés.

Nous attendons.

Je comprenais pourquoi, bien sûr. Il se servait des règles qu'il avait lui-même énoncées pour se contrôler et pour me laisser le temps de me préparer. Ce dont je me rendais compte, c'était que le moment était venu. Je me sentais prête. Je voulais défier ses règles, repousser ses limites.

— J'ai froid, murmurai-je, ne mentant qu'à moitié.

Kade ouvrit un œil, et tendit le bras pour remonter les couvertures sur moi. Mais il ne me toucha pas. Puis il se rallongea.

— Bonne nuit, Stella. Maintenant, dormez.

Le silence s'installa. Un moment.

— Je n'arrive pas à dormir.

— Il est tard, murmura-t-il dans un soupir résigné.

Le calme nous enveloppait, troublé seulement par le sifflement du vent et l'appel lointain d'un oiseau de nuit.

Enhardie par l'obscurité paisible et par le souvenir ému de la lettre de mon mari, je tendis de nouveau la main, et je trouvai ses doigts. Je les saisis sans rien dire, et il me laissa faire, même si son souffle se coupa, comme si je lui avais donné un coup.

Je voulais le rassurer, lui assurer que je ne le considérais plus comme une menace, comme un homme de plus susceptible d'abuser de son pouvoir et de sa puissance pour me punir et me contraindre.

— Je n'ai plus peur, murmurai-je. Plus peur de vous. Je voulais que vous le sachiez.

Il ouvrit les yeux et me regarda en silence. Puis il déclara :

— Je vous ai dit que je travaillerais dur pour gagner votre confiance, et c'est ce que je ferai.

Sans intention ni but particuliers, je passai un doigt sur sa paume ouverte, puis j'enroulai mes doigts autour de sa main, que j'approchai de moi.

Mais il immobilisa sa main, et referma les yeux.

— Stella. Cessez, ordonna-t-il à voix basse.

Pourtant, je perçus dans sa voix comme un défi. « Jusqu'où irez-vous ? » semblait-il dire.

Je ne cessai pas. Presque malgré moi, mes cuisses s'écartèrent légèrement, ce qui fit remonter ma chemise de nuit. Je ne parvenais pas à contrôler ma respiration, et ma poitrine se soulevait et retombait de façon irrégulière et marquée. J'attendis qu'il se détende, puis, avec prudence, j'approchai de nouveau sa main jusqu'à ce que je sente sa chaleur contre ma cuisse.

Il tourna la tête, et m'adressa un regard d'une intensité rare.

— Ma petite femme, dit-il doucement, d'une voix pleine de rire et de promesse. Faites attention, ou bien vous obtiendrez tout ce que vous demandez.

Oui, mon corps fiévreux était bien demandeur. Je savais que je jouais avec le feu. Mais je brûlais déjà.

Le prenant au mot, je posai sa main large et chaude en haut de ma cuisse, près de l'endroit où je voulais la sentir. Mon désir était à son comble. Il se pouvait qu'il se refuse à moi, oui, mais cette proximité était déjà presque une fin en soi. Alors que la sensation était presque intolérable tant elle était violente, j'étais impressionnée par le pouvoir qu'il semblait exercer sur moi, et stupéfiée par les réactions que son corps provoquait sur le mien.

Brûlants, ses doigts se posèrent enfin sur moi, et se glissèrent sous ma chemise pour entamer leurs langoureuses caresses. J'entendis sa respiration s'accélérer. Je sentais son pouls rapide à son poignet. Au fur et à mesure qu'il se rapprochait de mon sexe, je me sentais me consumer de plus en plus. Tous mes sens étaient concentrés sur cet endroit précis.

Alors il commença à décrire des petits cercles lents du bout de ses doigts. De son autre main, il releva complètement ma chemise pour découvrir ma poitrine tendue. Il posa sa main sur mon sein, et décrivit autour de mon mamelon les mêmes cercles que plus bas, en le pinçant de temps en temps.

— Vous voulez me sentir, madame ? C'est cela que vous voulez ? Vous voulez sentir mes mains sur vous ?

— Oui, je veux vous sentir. Je veux sentir...

— Sentez, alors, dit-il en écartant les replis de mon sexe, et en glissant ses doigts en moi, pendant qu'il pinçait plus fort mon mamelon.

Je laissai échapper un soupir et, en souriant, il poursuivit :

— J'ai envie de vous garder sous mon contrôle et de vous faire une foule de choses. Je peux être très imaginatif quand je m'en donne la peine. Vous verrez.

Sa bouche langoureuse prit la mienne, qui s'ouvrit volontiers à sa demande persuasive. Son désir était agressif mais contrôlé, souple mais dominant. Il n'était plus un fantôme, mais mon mari fougueux et tumultueux. Mon corps lui était ouvert ; il pouvait me prendre quand et comme il en avait envie.

Il se retira légèrement, comme s'il était troublé par ma complète soumission.

— J'avais pris la décision d'attendre, madame. Mais il semble que je n'aie pas la force de vous refuser quoi que ce soit. Je vais vous donner un avant-goût de ce que le mariage peut offrir. Vous permettez ?

Il enfonça ses doigts plus profondément en moi.

— Oh ! Dieu tout-puissant, murmura-t-il. Comme je vous sens... Je sens votre innocence, juste là. Je sens la barrière que je dois faire tomber.

— Faites-le, soufflai-je, désirant plus que tout qu'il prenne mon innocence.

Qu'il me prenne pour femme, enfin.

D'une voix grave et douloureuse, il dit :

— Non, madame. Je dois respecter ma parole. Je ne veux pas que vous puissiez douter de moi.

Il prononça ces mots comme s'ils le déchiraient, mais sa détermination ne flanchait pas.

En ce moment précis, pourtant, je ne m'intéressais pas à ses paroles, ni à sa détermination. Ce qui accaparait l'essentiel de mon attention, c'étaient les sensations qu'il faisait naître en moi. Son savoir-faire était époustouflant. D'abord à peine enfoncés, ses doigts pénétrèrent plus avant, explorant sans relâche jusqu'à trouver un point particulièrement sensible. A l'aide de son pouce, il appuya doucement dessus, puis tourna tout autour, avant d'y revenir. Mon plaisir grandissait sans cesse, irradiant depuis l'intérieur. De sa main gauche, il poursuivait sa délicieuse torture, en faisant rouler mon mamelon entre ses doigts et en le pinçant. Sa bouche trouva mon autre sein, et l'aspira goulûment. Il me mordit, me dévora avec sa langue et ses dents, en imprimant un rythme harmonieux à tous ses gestes, ce qui fit grimper mon plaisir, haut et vite. L'extase me saisit, aveuglante, violente, et se propagea dans tout mon corps en ondes bienfaisantes, m'inondant d'un plaisir que je sentais jusqu'à l'extrême bout des doigts et des orteils. Je gémis et j'enfonçai mes ongles dans sa peau.

— C'est une bonne chose que nous logions à l'écart du reste de votre famille, dit-il en riant tout bas.

Il continua à me lécher les seins avec passion, l'un après l'autre. La sensation de sa bouche avide, alors que les effets du plaisir ne s'étaient pas dissipés, était indescriptible. J'avais l'impression que mon corps en fusion bouillonnait de vie, et qu'il était plus liquide que solide.

— Ma femme est insatiable. Si vous le permettez, je vais vous faire *sentir* autre chose, dit-il tout contre ma peau, qu'il embrassait avec plus de tendresse encore.

Il continua, en suivant une ligne imaginaire qui descendait jusqu'à mon ventre, puis jusqu'à mon nombril. Surprise, je me tortillai en riant. Je voulus me tourner pour échapper à sa langue joueuse. Mais mon mari me maintint en place, et me positionna comme il l'entendait. Il m'écarta un peu plus les jambes et s'allongea entre elles. Je m'agitai un peu, non pas pour me débarrasser de lui, mais parce que mon sexe palpitait encore. Je me sentais déchaînée, téméraire, avide. J'en voulais davantage. Je le voulais *lui*. Pour donner et prendre, pour me frotter contre lui et le consumer. Comme possédée, j'agrippai ses bras musclés. Il était bien plus fort que moi et j'étais sous sa domination complète. Je n'avais qu'une envie : qu'il me fasse ce qu'il voulait. Et ce désir, couplé à la certitude qu'il le pouvait — et sans difficulté —, était incroyablement excitant.

— Kade, susurrai-je.

— Oui ?

— Encore.

Cela l'amusa, et je ressentis les vibrations de son rire jusqu'au plus profond de moi.

— D'accord. Restez tranquille. Vous allez aimer.

— Qu'allez-vous faire ?

— Une chose dont j'ai envie depuis très longtemps. Depuis l'instant où je vous ai vue, à l'autre bout de la pièce.

Il se laissa glisser le long de mon corps. Il passa sa langue sur mon bassin, puis plus bas, et plus près...

Je repoussai son visage quand je compris ce qu'il avait l'intention de faire.

— Attendez, soufflai-je, en m'appuyant sur mes coudes pour le regarder.

Mais ses doigts écartaient déjà mon sexe, vers lequel il tendait la bouche.

— Kade ! Arrêtez.

Il leva les yeux vers moi. Ses cheveux étaient en bataille et ses yeux étincelaient.

— Pourquoi ?

— Ne faites pas *cela*. Vous ne pouvez pas. C'est indécent.

— Parfait, alors. J'adore ce qui est indécent. Et vous aussi, vous verrez.

Il voulut de nouveau baisser la tête, mais je me débattis avec plus de force pour tenter de me dégager. Pourtant je ne réussis pas à bouger d'un millimètre. Son emprise était absolue.

— J'ai dit non !

Mais ma voix ne fut pas aussi ferme que je l'aurais espéré.

Son sourire malicieux m'agaça et me désarma à la fois.

— Et moi j'ai dit oui. Vous devriez savoir cela, pourtant. Je suis indécent à l'excès. Dépravé, même. Et débauché, à l'occasion. C'est vous qui êtes à l'origine de tout cela, souvenez-vous. Maintenant allongez-vous tout de suite, ou je devrai vous y contraindre.

Je marquai un temps d'arrêt, pendant que me revenaient en tête les paroles de mes sœurs. « Il l'a attachée au lit. » Une chose était sûre, l'idée de la domination de mon mari semblait bien moins effrayante que pendant un moment.

— Allongez-vous, madame. Si vous continuez à me refuser

le plaisir de vous savourer, Dieu sait comment je réagirai. L'impatience et le désir me submergent. Faites ce que je vous dis.

Son sourire diabolique ne laissait aucun doute quant à ses intentions.

— Laissez-moi vous donner du plaisir, madame. Laissez-moi prendre le contrôle.

Sa voix affectueuse suffit à me faire obéir. Je ne parvenais de toute façon pas à dominer mon désir. Je savais qu'il parviendrait à ses fins — et je *voulais* qu'il parvienne à ses fins avec moi. Et, alors que je ne m'attendais pas à *cela*, je ne pouvais pas lui échapper. Je m'allongeai donc, les doigts toujours enfouis dans ses cheveux.

Kade écarta davantage mes jambes. Puis il lécha mon sexe brûlant, qu'il pénétra avec sa langue. Le feu fut immédiat, le plaisir total. Puis il revint à mes lèvres, qu'il lécha avec langueur et application.

Lentement, il me pénétra d'un doigt. Un frisson me parcourut lorsqu'il effleura de nouveau cet endroit plus que sensible, une première fois, puis d'autres. J'en voulais plus, et je m'agrippai davantage à ses cheveux, en remuant le bassin malgré moi pour mieux sentir ses caresses. Soudain il se retira. Je poussai un gémissement de protestation. Je tentai de détendre mon corps frissonnant et agité. Au bout d'un moment, il parut satisfait de ma soumission, et recommença à me lécher, en me pénétrant avec deux doigts cette fois. L'extase, fabuleuse, naquit tout au fond de moi, encouragée par ses baisers fiévreux et la pression exquise de ses doigts, et nourrit une éclosion de sensations sans cesse renouvelées et amplifiées. Le plaisir me fit perdre toute faculté et toute raison, et ma conscience éclata en mille éclats. Des spasmes agitaient ma chair, qui se contractait autour de ses doigts sans cesse en mouvement. Sa langue allait et venait, prolongeant mon bonheur, jusqu'à ce que je m'allonge, haletante et épuisée. Je me sentais comme ivre alors qu'il continuait à me cajoler et à m'embrasser.

J'avais à peine conscience de son corps lourd sur le mien. Il bougea pour m'embrasser le visage et les cheveux, pendant qu'il passait ses mains dans mes longues mèches. Je ne sais combien de minutes s'écoulèrent avant que je cesse de sentir son poids sur moi. J'avais perdu la notion du temps.

Un bruit de tissu froissé et un tintement métallique me tirèrent de ma torpeur.

Il était debout et en train de s'habiller.

Je m'appuyai sur un côté pour le regarder.

— Où allez-vous ?

— Marcher. Et nager. Je reviens tout à l'heure.

Une légère panique me saisit.

— Non, m'écriai-je aussitôt. Kade. Ne partez pas. Revenez vous coucher.

— Dormez à présent, Stella.

Il avait passé l'un de ses baudriers, et avait enfilé son pantalon, mais sans l'attacher. Je voyais bien que son sexe était dur et gonflé. Ce spectacle eut un effet étrange sur moi. Alors que tout mon être palpitait, je ressentais le désir primitif de m'approcher de lui, de sa beauté guerrière. Je voulais le toucher.

— J'ai dit que je reviendrais. Reposez-vous.

Je m'assis sur le bord du lit, les pieds dans le vide. Ma chemise était complètement remontée, et mon corps exposé à son regard. Je ne me préoccupai pas de ma nudité, sauf peut-être parce qu'elle avait son rôle à jouer dans le plan que j'avais déjà échafaudé. Gênée par ma chemise qui pendait dans mon dos, je l'ôtai et la laissai tomber à terre. Je ne voulais pas qu'il me laisse. Surtout pas dans l'état de frustration qui était le sien. Je savais quelles seraient les conséquences si je le séduisais, si je lui demandais — ou si je le suppliais — de rester. Et je les assumais pleinement.

C'était ce que je voulais.

— Venez près de moi. Je vous en *supplie*, ajoutai-je en me souvenant qu'il m'avait dit un jour : « Je ne vous prendrai pas par la force, ni ne vous ferai rien que vous ne me supplierez de vous faire. »

Il me regarda avec méfiance, comme si j'étais une menace. Une menace contre son honneur et sa loi.

— Vous n'enfreindrez pas la promesse que vous m'avez faite, monsieur, lui assurai-je. C'est *moi* qui le veux. Ne partez pas, s'il vous plaît. S'il vous plaît, venez près de moi.

Ce fut la vulnérabilité que j'avais mise dans ma voix qui sembla ébranler ses défenses.

Il s'approcha, pieds nus, le torse uniquement barré d'une sangle de cuir où étaient accrochés des couteaux, le pantalon tombant sur les hanches, qui m'en montrait davantage que j'aurais jamais pu imaginer. Son expression était assez maussade et réservée. Pourtant, il vint vers moi.

Mais il s'arrêta à quelques pas du lit.

Je me levai, et franchis la distance qui nous séparait. Je le regardai, me sentant à la fois toute petite et plus audacieuse que jamais. Je détachai son baudrier. Il me laissa faire, et je posai ses armes à terre. Je restai entièrement muette. Je n'avais aucune idée de la façon dont mener un jeu de séduction, mais je voyais à ses yeux clairs et pénétrants que ma nudité, mes mouvements et mes mains insistantes travaillaient pour moi. J'ôtai le couteau à manche d'os de l'étui qui était accroché à la ceinture de Kade. Il était solide et lourd. Je reculai, à moitié assise sur le bord du lit, et posai l'arme sur les couvertures.

— Je n'ai plus qu'une arme sur moi, dit-il d'une voix empreinte de passion.

— Approchez-vous, murmurai-je, en m'installant plus confortablement.

Il obéit, et se planta en silence au bord du lit. J'ouvris les jambes pour qu'il puisse s'approcher sans me toucher, tout en me permettant de tendre les bras vers lui. Un peu hésitante, je tirai sur son pantalon et ses sous-vêtements, pour le dénuder à son tour.

Je l'avais senti m'effleurer les nuits précédentes sous les lourdes couvertures, dans l'obscurité totale. Là, avec le feu qui diffusait sa douce lumière, je pus pour la première fois m'extasier, ébahie, devant sa virilité. Bien sûr, je n'avais jamais rien vu de tel et, même dans mes rêves les plus fous, je n'aurais pas pu imaginer quelque chose d'aussi… impressionnant. Malgré mon innocence, je voyais clairement qu'il avait été particulièrement bien doté par la nature. La vue de son corps, totalement révélé devant moi, m'inspira un besoin comparable à la soif ou à la faim.

Avec précaution, je le pris dans mes mains, émerveillée par

ce contact. C'était un peu comme de la soie brûlante autour d'une pierre dure. Il jura tout bas, et ferma les yeux alors que mes doigts froids exploraient toute sa longueur. J'étais fascinée par ces surprenantes textures, par la douceur de sa peau, par sa chaleur, par sa solidité. Le contact de mes doigts curieux semblait lui faire beaucoup d'effet. Il ouvrit les yeux pour surveiller mon exploration appliquée, et leur lueur bleue était fiévreuse, mais aussi teintée de quelque chose de plus profond. Comme une espèce d'admiration, de respect. Pour la première fois, j'avais l'impression d'avoir totalement pris le contrôle des opérations. Il était à moi, complètement. Je dois admettre que ce petit pouvoir me plaisait. C'était la première fois que ma féminité me paraissait une force. Ce formidable guerrier était tout entier à ma merci, juste grâce à la légère caresse de mes doigts. Je voulais tester ce pouvoir, voir où il pouvait me mener. Voir ce qu'il pouvait lui faire. Eprouverait-il cet élan bouleversant comme cela avait été mon cas ? Je n'avais aucune connaissance en la matière, et je voulais tout découvrir. J'accrus la pression de mes doigts, et je fis glisser ma main le long de son sexe, en guettant sa réaction. Ses yeux étaient mi-clos, lourds de désir. Son torse large se soulevait et s'abaissait de façon irrégulière. Et je fus intriguée de voir une goutte perler à l'extrémité de son sexe si engorgé qu'il semblait au bord de l'explosion.

J'ajustai ma position de sorte que son sexe se trouve au niveau de ma bouche. Me laisserait-il faire cela ? Il s'était lui-même servi de sa bouche, donc peut-être que oui... Il n'émit aucune objection, se contentant de pousser un lourd soupir alors que je posais mes lèvres sur lui. Son goût me parut si fascinant que j'éprouvai le besoin de le prendre davantage dans ma bouche, à la recherche d'autres sensations, plus intenses encore. Avec dévotion, je donnai des petits coups de langue sur son sexe. Je m'attendais à ce qu'il recule. Mais, à la place, il enroula ses doigts en haut de ma nuque, sous mes cheveux, et s'enfonça de lui-même plus profondément en moi.

Encouragée, je pris de lui autant que je pus, accentuant mes mouvements de succion, le faisant entrer et sortir de ma bouche, goûtant sa saveur salée, pendant que mes mains continuaient à caresser et à explorer.

— Stella, dit-il d'une voix rauque. Enfer et damnation, je ne peux plus tenir. C'est trop.

Je ne savais pas bien ce qu'il voulait dire par là. Mais j'allais bientôt le découvrir. Alors que je le prenais encore plus profond en moi, et que je suçais son sexe selon un rythme lent et régulier, il gémit comme s'il était dévoré par les flammes de l'enfer qu'il venait d'évoquer. Un liquide brûlant m'emplit la bouche, se répandant en jets vigoureux. A son tour, il avait été emporté. Je fis comme lui, et je prolongeai son extase en laissant ma bouche autour de lui. J'avalai, puis je léchai, embrassai et jouai avec mes lèvres et ma bouche jusqu'à ce qu'il redevienne immobile.

Au bout d'un moment, il se retira, et m'inclina la tête qu'il tenait toujours entre ses mains, pour mieux me regarder. Dans ses yeux, je vis de la stupéfaction, de l'émerveillement et de la tendresse. Il se débarrassa de son pantalon qui entravait encore ses jambes et le jeta au loin. Il déplaça le couteau que j'avais posé sur le lit pour le mettre sur la table de chevet. Puis il me prit dans ses bras, contre sa peau, et s'allongea avec moi sous les couvertures. Il entrelaça ses longues jambes entre les miennes, et me serra contre lui dans une étreinte enveloppante et bienfaisante. Ma tête reposait contre sa poitrine et j'entendais les battements calmes de son cœur. Je sentais ses doux baisers sur mes cheveux. J'étais plus heureuse que je ne l'avais jamais été, et mes yeux se fermèrent.

Je fus réveillée par le contact soyeux des cheveux épais de Kade contre ma cuisse, par ses doigts vagabonds et joueurs. J'étais allongée sur le côté, les genoux repliés, une jambe appuyée sur son épaule puissante. Sa tête reposait sur l'une de mes cuisses, pendant que sa langue audacieuse et humide me forçait à m'ouvrir, instillant en moi un plaisir violent et saisissant qui, d'un coup, acheva de me réveiller.

Je m'accrochai à ses cheveux, et mon mari rit tout bas. Sa langue pénétra plus profondément dans mon corps et prit possession de moi, alors qu'il m'agrippait d'une main de fer pour m'approcher davantage de sa bouche et augmenter mon plaisir. Sa langue experte me força à m'ouvrir. Il lécha mes lèvres avec avidité, puis se concentra sur le point le plus sensible, l'effleurant d'abord, avant d'y fixer plus longuement sa bouche. A chaque aspiration, mon plaisir redoublait.

— Kade, gémis-je, la main dans ses cheveux. Je vous en prie...

C'était trop. Je ne pouvais contenir l'émotion qui m'envahissait au fur et à mesure que mon extase grandissait. Tout à coup, je perdis tout contrôle, et je fus secouée de spasmes dont l'intensité me parut infinie. Je me laissai emporter par la vague, tout en remuant le bassin afin d'atténuer la violence des sensations, presque douloureuses. Mais il s'acharna. Il enfonça sa langue, et la promena en moi, prolongeant l'extase et la torture. Mes muscles intérieurs se contractèrent avec volupté autour de sa langue audacieuse. Il embrassa ma chair gonflée et comblée, me lécha, encore et encore.

— Un vrai nectar, murmura-t-il. Le paradis sur terre.

Il me cajola encore pendant plusieurs minutes, avant de s'allonger à côté de moi, appuyé sur un coude. Il me regarda avec un sourire paresseux et les yeux mi-clos. Je ressentis la connexion de nos regards au plus profond de mon cœur.

Puis il recula, et roula pour se lever du lit. Son érection n'était pas moins prononcée qu'au cours de la nuit, mais il n'esquissa pas le moindre mouvement pour se couvrir. Il alla jusqu'à un coffre d'où il tira un objet que je ne vis pas. Il devait encore ranger toutes ses affaires. Cela faisait partie des nombreuses tâches qu'il lui restait à accomplir.

Il revint vers le lit en tenant un petit paquet en cuir.

— J'ai fait quelque chose pour vous, déclara-t-il. Je veux que vous gardiez ceci en permanence avec vous.

— Qu'est-ce ? demandai-je en m'asseyant.

— Un couteau, répondit-il en me le montrant.

C'était une réplique miniature de son grand couteau à manche en os, avec son propre fourreau à sa taille, et une petite ceinture. Sa lame lisse reflétait la lumière.

— Je l'ai bien aiguisé. Utilisé correctement, il sera capable de tuer. Je vais l'attacher à votre jambe, où personne ne pourra le voir. Personne ne saura que vous êtes armée. Pourtant, en cas de besoin, vous aurez désormais une protection.

Kade accrocha la petite ceinture autour de ma cuisse, juste au-dessus de mon genou. Il la fixa bien, et plaça le couteau dans son étui.

C'était étrange d'être nue, à côté de lui, avec pour seul accessoire une arme petite mais mortelle. Etrange mais pas désagréable. Déjà, je me faisais à cette proximité, à cette familiarité. Parce qu'il m'avait laissé assez de temps pour que je m'habitue à lui, et parce que je savais qu'il m'autoriserait toutes mes hésitations et respecterait mes limites, il avait su balayer toutes mes réserves. Plus aucune peur ne subsistait en moi. Sa présence n'était plus pour moi que synonyme de réconfort, et de promesse. Et j'étais touchée que mon mari ait fabriqué cette arme pour me protéger. Il avait pensé à moi.

Kade se pencha au-dessus de moi, et une légère excitation s'empara de nouveau de moi. Il retira le couteau de son petit fourreau. Il tenait la lame aiguisée dans son poing fermé et je fus à deux doigts de lui dire de faire attention. Mais, bien sûr, je me souvins d'à qui j'avais affaire. Kade n'avait pas vraiment besoin qu'on lui rappelle ce genre de choses. Il plaça le manche du couteau dans ma main, qu'il enveloppa de la sienne. La pointe luisante de l'arme était dirigée vers lui, et il l'appuya contre sa taille, au-dessus de sa hanche et sous ses côtes.

— Ici, déclara-t-il. Si quelqu'un vous menace, c'est là qu'il faut frapper. Enfoncez bien la lame, en insistant. Les muscles sont plus résistants que vous ne pourriez le penser. Et vous remontez. Vous tournez et vous tranchez. Comme ceci.

Il tourna la lame pour me montrer le bon mouvement.

— Vous avez compris ? Montrez-moi.

Il me lâcha la main, et me regarda faire. Je reproduisis le mouvement qu'il m'avait montré, en tournant la lame. Je serrai les dents en lui adressant un regard que j'espérais féroce et menaçant.

Un large sourire lui illumina le visage, découvrant ses dents d'un blanc éclatant. Puis il se mit à rire pour de bon et, curieusement, ce bruit m'excita autant que le spectacle de son désir évident pour moi.

— Très bien, dit-il, même si vous avez davantage besoin de vous concentrer sur votre technique que sur votre air méchant. Comme ceci, dit-il, en reprenant ma main pour imprimer un mouvement plus ample et plus fluide au couteau.

Il fut davantage convaincu par ma deuxième démonstration, et il descendit du lit tout en continuant à me regarder.

— Continuez à vous entraîner quand vous êtes seule.

Il enfila son pantalon, qu'il eut toutes les peines du monde à fermer et à attacher.

— Kade, dis-je, un peu timide, même si je n'avais plus vraiment de raison de l'être. Voudriez-vous que...

Son regard brûlant me transperça de toute son intensité, et je m'interrompis, sans savoir comment formuler ma proposition.

— Oui, madame, plus que tout au monde. Mais ce ne sera pas pour cette fois. On m'attend en bas.

— Mais comment allez-vous... Avec...

— Je suis dans cet état depuis l'instant où j'ai posé les yeux sur vous, madame. Les baignades quotidiennes dans le loch glacé n'ont, hélas, que peu d'effet. Je serai heureux lorsque nous serons au bout de ce mois, déclara-t-il d'une voix saccadée.

Puis il enfila sa tunique, ses bottes, fixa toutes ses armes autour des trois ceintures qu'il portait en permanence.

— Et je peux vous assurer que je ne vous laisserai pas une minute de répit.

11

La semaine suivante, Kade continua sur le même rythme effréné son programme de chasse, de travail, d'entraînement et de réorganisation. A la fin de la deuxième semaine, il avait réussi à recruter quarante-sept hommes, qu'il sépara en dix groupes de chasseurs bien distincts. La viande était distribuée, les morceaux de choix allant aux hommes ayant réalisé le plus de prises. La moitié de chaque bête, au moins, était mise de côté et préparée pour le séchage et le salage, afin que notre clan ait de quoi manger durant les mois d'hiver. Le boucher était un homme important, et il serait bientôt reconnu comme tel. Les chefs jardiniers avaient été relevés de leurs fonctions et remplacés par des travailleurs plus jeunes et plus dynamiques, supervisés par les jardiniers des Mackenzie qui étaient venus les former. Le clan Morrison, d'après Kade, était si en retard dans le domaine de l'agriculture que c'en était presque ridicule : nos méthodes étaient archaïques, notre équipement beaucoup trop rudimentaire.

Tard dans la soirée, Kade consignait les événements détaillés de la journée dans l'un des nombreux carnets en cuir qu'il avait apportés avec lui dans ses coffres de voyage. Il écrivait à ses deux frères tous les trois jours, et c'étaient des messagers — grassement rémunérés pour qu'ils fassent au plus vite — qui se chargeaient d'acheminer ces missives. Je n'étais pas invitée à voir ce qu'il écrivait — à part la lettre que j'avais lue pendant qu'il dormait — mais, de temps en temps, il m'en commentait des passages quand je lui demandais tel ou tel détail au sujet du travail accompli durant la journée.

Les progrès, disait-il, étaient lents. Un nombre grandissant de personnes commençait à se faire à ses méthodes, certes, mais la majorité était toujours attachée aux traditions laxistes héritées de mon père et encouragées par Aleck.

Kade rentrait très tard. Et je le voyais arriver à nos appartements épuisé, sale, les armes maculées de sang en raison des duels qu'il avait disputés. J'ignorais si c'était lui qui les avait provoqués ou s'il n'avait fait qu'y répondre, car, de cela, il refusait toujours de parler. Il nageait dans le loch situé derrière le manoir tous les jours, soit tôt le matin, soit tard le soir. Il s'agissait d'un rituel hérité de son père, disait-il, et dont l'origine était si lointaine qu'il ne s'en souvenait même pas. Il semblait heureux que l'accès secondaire menant à nos appartements donne directement côté loch, qui, d'après lui, avait une eau fraîche et claire, et une petite plage sablonneuse, ce qui était rare. Son commentaire m'avait frappée car, depuis son arrivée, c'était la seule chose positive qu'il ait dite au sujet de Glenlochie. Il parlait souvent de son Kinloch adoré, et toutes les comparaisons entre les deux domaines — et les deux clans — étaient largement en faveur des Mackenzie.

Pendant la journée, tandis que Kade était occupé à chasser, nager, se battre et entraîner ses troupes, je tentais de réorganiser au mieux la vie du manoir. Les domestiques, comme ils l'avaient promis, acceptaient toutes les instructions que je leur donnais, en se contentant seulement de grommeler de temps en temps. La toute première tâche de Kade, chaque matin, consistait à récompenser tous les serviteurs dont je lui avais fait l'éloge. Il me demandait de lui communiquer tous les jours le nom de ceux qui se faisaient remarquer pour leur excellence. Il donnait à ces domestiques de la viande, mais promettait aussi les peaux des bêtes qui venaient d'être tuées à tous ceux qui persévéraient dans leurs efforts. Au bout d'une semaine, les cuisinières ne faisaient plus de mauvais esprit à mon arrivée tous les matins. Au contraire, elles attendaient mes instructions, et se mettaient à l'ouvrage avec un vrai sens du devoir.

Et donc, avec tout le travail que nous avions à faire, mon mari et moi-même n'avions pas le temps de partager de nouveau ces brefs moments d'intimité que nous avions savourés ensemble. J'en ressentais à la fois un léger soulagement et de la déception, plus prononcée. A cause de la situation délicate dans laquelle il se trouvait, mon mari, constamment sous tension, était redevenu le rude combattant que j'avais connu aux débuts de notre relation. Mais maintenant j'avais changé. Au lieu de le fuir, apeurée, j'étais attirée par lui. Je pensais souvent aux effets merveilleux et magiques de ses mains... et de sa bouche. Je me souvenais de ses réactions incroyables à *mes* sollicitations, à notre intimité. Mais Kade était intraitable au sujet de sa promesse, car il voyait ce serment qu'il m'avait fait comme le fondement de la confiance qu'il était déterminé à gagner. Il connaissait mon passé. Il savait que j'avais été forcée de me soumettre à des ordres sous la menace et les coups. Mais il m'avait répété à plusieurs reprises qu'il n'était pas comme ces hommes qui m'avaient tyrannisée tout au long de mon existence.

En revanche, il était évident que tenir sa promesse était une épreuve pour lui. Et, d'après moi, s'il conservait ses distances et me témoignait une certaine froideur, c'était pour mieux se maîtriser. Je ne savais pas s'il m'évitait intentionnellement ou s'il était tout entier absorbé par la masse colossale de travail qu'il avait à accomplir. Quoi qu'il en soit, nous ne nous vîmes pas beaucoup durant la semaine qui suivit. En secret, je comptais les jours qui nous séparaient de la fin de ce mois.

Il en restait neuf.

Ce matin-là, je n'avais remarqué ni son retour très tardif ni son départ plus que matinal. Je savais qu'il était passé par notre chambre, cependant, car le feu était allumé. C'était un détail qu'il n'oubliait jamais. Le feu, disait-il, c'était la vie. C'était la chaleur, la sécurité, l'énergie, la protection. Et il ne voulait pas que sa femme ait froid.

J'étais donc en train de m'habiller devant les flammes ardentes si agréables, me préparant pour ma journée. J'entendis frapper à la porte, et je reconnus aussitôt qui voulait me voir, car ce premier coup fut immédiatement suivi de plusieurs autres, impatients.

Mes sœurs, j'en étais sûre.

Je ne les avais pas vues depuis plus d'une semaine, depuis que Kade et moi avions emménagé dans cette nouvelle aile et qu'il m'avait demandé d'encadrer le travail des domestiques. Mes sœurs ne s'aventuraient pas souvent loin de leurs appartements, et je savais qu'elles étaient occupées à préparer le départ de Clementine pour le couvent. Mon ressentiment, né de la trahison de Maisie, m'avait aussi tenue éloignée d'elles. J'avais choisi de croire mon mari. Malgré moi, je me crispai lorsque Maisie entra dans ma chambre, suivie de près par Clementine, Lottie et Bonnie.

— Stella ! s'exclama Bonnie. J'ai une nouvelle incroyable. Tu n'en reviendras pas quand tu l'entendras.

— Comment as-tu réussi à convaincre père de te laisser occuper les appartements privés de notre mère ? l'interrompit Maisie.

Ses yeux brillaient, témoins du conflit qui nous opposait. Nous connaissions toutes les deux sa trahison, et les tristes raisons qui l'avaient amenée à se conduire ainsi. Avant, j'aurais peut-être tiré un trait sur cet incident, me sacrifiant pour préserver la paix familiale. Mais je m'étais trop attachée à mon mari pour lui pardonner aussi facilement.

Bonnie s'approcha de moi, observant mon visage comme si elle ne m'avait pas vue depuis longtemps.

— Stella, tu sembles différente. Tu sembles... plus sûre de toi. Tu resplendis.

Au début, je ne vis pas bien ce qu'elle voulait dire. Puis, en y réfléchissant, je compris. Je me sentais plus sûre de moi, c'était la vérité. Je n'étais plus accablée par l'impression de ne servir à rien et de ne rien pouvoir faire pour changer le cours des choses. Et je n'avais plus peur.

— Je me rappelle très précisément cette chambre, dit Clementine, pensive, tout en se promenant dans la pièce, avant de s'arrêter pour regarder par la fenêtre. Je me rappelle m'être assise juste là, où tu es assise, Stella. Avec *elle*.

Clementine était la seule à avoir des souvenirs distincts de notre mère. Nous autres étions trop jeunes pour nous rappeler quoi que ce soit, à part une image floue et fantomatique.

— As-tu préparé toutes tes affaires pour le couvent ? lui demandai-je.

Bonnie répondit pour elle :

— Clementine va rester un peu plus longtemps parmi nous. Ton mari juge trop dangereux de faire le voyage pour l'instant. Il pense que nous devrions attendre de mieux connaître les intentions de Campbell.

J'étais contente d'apprendre cette nouvelle. Je scrutai le visage de ma sœur aînée, où je crus déceler du soulagement, mêlé à cette tristesse qui faisait désormais partie intégrante de sa personnalité. Je lui souris et elle réussit à me rendre mon sourire.

— Je suis soulagée, ma sœur, dis-je. Je n'ai jamais pensé que tu étais vraiment faite pour le couvent.

Bonnie effleura une mèche de mes cheveux située derrière mon épaule, tandis qu'elle changeait déjà de sujet :

— Stella, Caleb est de retour. C'est Jamie qui me l'a dit. Maintenant que tu es mariée, il ne menace plus l'alliance entre les clans Mackenzie et Morrison. Jamie m'a dit que les hommes de Campbell ont été aperçus en train de rôder dans les Highlands, tout près de chez nous. Cela inquiète tout le monde. Et tous les Morrison ont reçu l'ordre de rentrer à Glenlochie pour renforcer nos effectifs, au cas où. Il est arrivé hier soir.

Cela faisait beaucoup d'informations d'un coup à digérer.

Caleb.

Avec surprise, je me rendis compte que je n'avais pas songé à Caleb depuis un certain temps. Avais-je pensé à lui depuis notre retour à Glenlochie après mon mariage avec Kade ? Je ne m'en souvenais pas. Je pris un moment pour réfléchir à la dernière fois où je l'avais vu. Son bannissement remontait à six ou sept semaines à présent. Le souvenir que j'avais de lui était déjà un peu flou. Au lieu d'avoir le cœur serré comme cela avait été le cas dans les jours qui avaient suivi son exil, en pensant à lui, je ne ressentais plus qu'une légère affection, mêlée à beaucoup d'émotions plus tumultueuses.

— N'est-ce pas une nouvelle merveilleuse, Stella ? demanda Maisie. Tu vas pouvoir avoir ce que tu veux vraiment.

Son visage rayonnait.

Tout près de perdre mon calme, je fis de gros efforts pour me maîtriser. Je connaissais très bien ma sœur. Et son regard ne mentait pas. Elle pensait vraiment que je détestais Kade. Ce détail, en lui-même, n'était pas suffisant pour que je veuille bien lui pardonner de s'être offerte à lui. Je savais à quel point elle avait aimé Wilkie, et que ce sentiment était loin d'être mort. Mais c'était un amour qui, jamais, ne serait partagé. Non seulement Wilkie était marié, mais il était aussi éperdument épris de sa royale épouse. Tout naturellement, Kade était pour ma sœur le second choix. Un substitut, certes, mais de la même chair et du même sang que Wilkie. Facilement accessible. Et le plus proche de Wilkie, maintenant que ce dernier appartenait à une autre.

Mais Kade Mackenzie m'appartenait à *moi*. Un puissant accès de possessivité eut raison de ma patience.

— Ce que je veux vraiment, Maisie, c'est que tu restes le plus loin possible de mon mari, dis-je, d'une voix que je n'avais jamais entendue si virulente ni si directe.

Maisie sembla abasourdie un moment, mais elle se reprit vite. Elle enroula une mèche de cheveux autour de son doigt.

— Que veux-tu dire par là, Stella ?

Je me levai d'un bond, assaillie par l'image de Maisie, dans toute sa volupté, en train de se découvrir devant mon mari.

— Tu sais très bien ce que je veux dire ! Tu t'es offerte à Kade. Comment as-tu pu faire une chose pareille ? Il ne s'agit pas de Wilkie. Il s'agit de Kade ! *Mon mari !*

— Tu n'as jamais voulu de lui ! me rétorqua Maisie. C'était moi qui étais censée épouser un Mackenzie !

Maisie, bouleversée, éclata en sanglots. Bonnie se dirigea vers elle, et lui tapota la tête, puis lui caressa les cheveux pendant qu'elle pleurait. Mais, moi, je ne me sentais pas d'humeur compatissante.

— Tu ne le mérites pas, s'exclama-t-elle entre ses larmes. Tu n'es pas capable de donner à un homme comme lui ce qu'il veut vraiment.

— Je ne voulais pas de lui, Maisie, mais maintenant si. Et tu te trompes. En fait, je suis tout à fait capable de lui donner *exactement* ce qu'il veut.

Au-delà de ma colère et de ma jalousie, je ressentais une nouvelle inquiétude. Lui donnais-je vraiment ce qu'il voulait ? Je repensai à son extase sous mes caresses, à sa délivrance révélatrice, et je savais que j'avais commencé à lui « donner ce qu'il voulait ». Je pouvais lui donner bien plus encore, mais pour cela il aurait fallu qu'il me laisse faire.

Maisie essuya ses larmes.

— Mais Caleb, alors ?

Elle éprouvait déjà du remords à propos de la légèreté de sa conduite.

— J'essayais seulement de t'aider, Stella, reprit-elle. Je pensais… que si Kade te faisait des infidélités le premier, tu pourrais retrouver ton Caleb bien-aimé, comme tu le souhaitais au début.

— Oui, Stella, me pressa Bonnie. As-tu encore des sentiments pour Caleb ?

— Je ne sais pas, répondis-je avec sincérité.

— Il veut te voir. Tout de suite.

Anxieuse, je ne savais pas bien ce que j'allais pouvoir dire à Caleb après tout ce qui m'était arrivé depuis la dernière fois où nous nous étions vus. Deux désirs bien distincts s'affrontaient en moi. Je repensai aux souvenirs agréables : l'effet apaisant de sa présence, sa douceur, la nouveauté que cela avait représentée pour moi, après toutes les brutalités que les hommes m'avaient fait subir.

Mais il s'était passé beaucoup d'événements depuis l'exil de Caleb. Beaucoup de choses avaient changé. *Moi*, j'avais changé. J'étais désormais une femme mariée. J'avais prononcé devant Dieu des vœux m'unissant à mon époux. Mais, au-delà de cela, j'avais conscience de partager un lien très fort avec Kade, et ce lien se renforçait chaque fois que je le voyais. Certes, l'agressivité de Kade avait au début suscité chez moi les pires angoisses. Mais, après presque un mois à ses côtés, je savais que, bien plus que l'agressivité, c'était la compassion qui le caractérisait. Et je savais également qu'il me restait encore à découvrir des aspects très attachants et séduisants de sa personnalité, dont je n'avais pour l'instant eu qu'un petit aperçu. Je voulais les découvrir. Et je voulais le découvrir, lui. Même si les souvenirs que j'avais de Caleb étaient très agréables, je ne voulais pas que sa réapparition dans ma vie sape cette quête complexe et passionnante.

Enfin, peut-être...

C'était cette indécision qui m'agaçait le plus.

— Je ne peux pas aller le trouver maintenant. J'ai du travail. Mon mari m'a confié la rénovation du manoir.

Mes sœurs me regardèrent, bouche bée — à part Maisie qui connaissait déjà mes nouvelles et étranges occupations.

— Et d'ailleurs, poursuivis-je, en ignorant leur surprise, j'aimerais beaucoup que vous me secondiez. Je vous laisserai libre de choisir ce dont vous voulez vous occuper en particulier. Et vous verrez que vous finirez par y prendre du plaisir, comme moi. C'est vraiment gratifiant de voir une pièce se transformer, et de sale et mal rangée, devenir un endroit où il fait bon vivre. Cela a été un peu difficile au début, mais les domestiques travaillent avec beaucoup d'ardeur depuis que mon mari leur a parlé. La nourriture est meilleure, aussi, même si elle peut encore s'améliorer. Et j'ai demandé à un groupe de jeunes filles de cueillir des fleurs sauvages : il y en a de jolies à cette époque de l'année.

Je remarquai aussitôt un changement dans l'attitude de Clementine. Elle paraissait presque... excitée. C'était une expression que je n'avais pas vue sur son visage depuis longtemps.

— D'accord, Stella, nous allons t'aider, dit-elle.

Puis elle ajouta à voix basse, comme si elle avait peur de poser la question tout haut :

— Mais que va dire père ? Si nous nous mêlons de la vie du manoir, ne se mettra-t-il pas en colère contre nous ?

— Mon mari m'a promis sa protection.

J'eus un léger moment d'incertitude, durant lequel j'espérai qu'il accorderait aussi à mes sœurs la même protection qu'à moi. En même temps, Kade était entièrement dévoué à sa propre famille, y compris à ses sœurs. J'avais été témoin des liens très forts qui les unissaient tous, et j'avais été stupéfiée par leur proximité extraordinaire. J'étais donc certaine ou presque que Kade s'interposerait si quelqu'un menaçait mes sœurs. Si je n'en avais pas eu la quasi-certitude, je ne leur aurais jamais proposé de travailler avec moi. Et d'ailleurs, dans l'ensemble, elles semblaient enchantées à l'idée de m'aider. Seules Bonnie et Maisie déclinèrent, prétextant qu'elles avaient autre chose à faire. Lottie et Clementine me suivirent.

Et elles furent surprises, je le vis, par la différence déjà bien perceptible. Le matin était froid et gris. Dehors, le vent glacé et la bruine annonçaient l'hiver. Pourtant, lorsque nous pénétrâmes dans la grande salle, il y faisait chaud et clair, grâce au feu qui brûlait dans la vaste cheminée. Des bougies, placées dans des niches creusées dans les murs en pierre, dansaient et diffusaient leur agréable lumière dans ce grand espace. Un gros bouquet de fleurs d'automne trônait au milieu de la plus longue table, ce qui conférait grandeur et sophistication à la pièce. C'était moi qui avais cueilli et arrangé les fleurs, et j'étais satisfaite par la façon dont leurs riches couleurs vert et or s'accordaient aux tapisseries, qui avaient été décrochées ou sorties des malles, et battues jusqu'à ce que disparaisse jusqu'au dernier grain toute la poussière accumulée pendant des années. Débarrassées de leur saleté, les images brodées représentant des scènes de chasse et des paysages reprenaient vie. Ces tapisseries avaient été tissées par mes ancêtres, ma famille, et j'étais fière qu'on puisse de nouveau les admirer. Elles conféraient une aura magique à la pièce, comme si elles étaient des fenêtres ouvertes sur un passé glorieux et un futur plein de promesses.

Et la salle elle-même était d'une propreté éclatante. En fait, je ne l'avais jamais vue comme cela. J'avais commandé et participé au travail au cours des jours précédents pendant que les domestiques s'acquittaient de leur tâche avec ardeur, mais l'effet d'ensemble, comme si je le découvrais à travers les yeux de mes sœurs, était tout à fait remarquable.

— Stella ! s'exclama Clementine.

Près des cuisines flottait l'odeur du pain tout juste sorti du four et, lorsque nous y pénétrâmes, toutes les servantes levèrent les yeux, s'interrompant dans leur travail pour nous accueillir. Isla semblait particulièrement chaleureuse, et elle se précipita vers moi.

— Madame, dit-elle, nous avons allumé le feu tôt ce matin, car il fait très froid aujourd'hui.

— Je l'ai remarqué, Isla. C'est si agréable. Je ne manquerai pas de dire à mon mari quel beau travail vous avez fait là.

Elle battit des mains à cette nouvelle.

— Merci, madame. Je vous jure que mon petit-fils a déjà pris plusieurs centimètres depuis que je le nourris avec les rations supplémentaires de viande que votre mari m'a accordées. Il m'a promis une peau de bête si vous êtes satisfaite de mon travail. Ce serait tellement agréable d'avoir une bonne couverture en plus pour cet hiver.

— Dès que je le verrai, Isla, je lui dirai que vous méritez deux fourrures : une pour vous, et une pour votre petit-fils.

Son visage s'éclaira.

— Vous feriez cela ? Oh ! je vous en serais éternellement reconnaissante, répondit-elle, comme bouleversée. Je ne sais pas comment vous remercier. Vraiment.

— Il n'est nul besoin de me remercier, Isla. Vous méritez toutes ces récompenses. Il est évident que vous avez beaucoup travaillé durant ces derniers jours. Le manoir est en train de reprendre vie tout doucement. C'est moi… c'est *nous*, corrigeai-je en désignant mes sœurs, qui vous sommes reconnaissantes.

Clementine avança et passa son bras sous le mien.

— Oui, approuva-t-elle. Vous vous êtes surpassée, Isla.

J'étais profondément touchée par l'étendue de la gratitude d'Isla. Cela me frappa de voir à quel point nos domestiques avaient manqué jusque-là de reconnaissance. Il ne fallait pas s'étonner que, au fil des années, ils soient devenus paresseux, s'ils n'avaient jamais été récompensés pour leur travail. Les méthodes de mon mari étaient bien plus efficaces que celles de mon père, en effet.

Jinty vint nous rejoindre à son tour.

— Voulez-vous voir le menu que nous avons prévu pour ce midi, madame ? demanda la cuisinière. Votre mari a dit qu'il aimerait des herbes avec ses carottes, et du pain frais pour accompagner sa viande, ainsi que du beurre avec son pain, et du sel sur la table. Donc nous avons essayé de préparer de nouveaux plats.

— Je suis sûre qu'il en sera ravi, Jinty.

— Nous sommes un peu en retard ce matin, hélas, se lamenta-t-elle, même si nous nous sommes levées avant l'aube. L'une des cuisinières — Mary — est tombée malade. Rien de grave, j'espère, mais nous lui avons dit de rester au lit jusqu'à ce qu'elle se sente mieux. Nous ne voulons pas qu'elle transmette sa maladie à votre mari, comprenez-vous ? Sans Mary, c'est un peu plus difficile, mais nous ferons en sorte que tout soit prêt lorsque votre mari sera de retour à midi. Il a dit qu'il ne partait pas chasser aujourd'hui, mais qu'il allait s'occuper des armes.

Je n'avais pas connaissance de l'emploi du temps de Kade pour la journée, mais je fus heureuse d'apprendre qu'il n'était pas loin, et que je pourrais le voir durant la journée. Mais cela compliquait également la situation. Caleb aussi était là, tout près. L'idée que mon mari et mon premier amour puissent se trouver au même endroit — ou dans la même pièce — me mit mal à l'aise. Mais j'essayai de ne pas y penser.

Et je fus de toute façon distraite par ma sœur aînée, qui manifestait un intérêt tout nouveau pour la cuisine.

— Si vous avez besoin de moi pour le pain… je serais très heureuse de vous aider, dit-elle doucement.

— Moi aussi, déclara Lottie.

Isla accepta la proposition de Clementine et recruta Lottie pour aider à dresser les tables dans la grande salle.

— Vous savez, dit Clementine, j'ai toujours voulu apprendre à cuisiner, depuis que je suis toute petite, en fait. Je comptais demander à être affectée à cette tâche au couvent.

Après un silence gêné, comme si une pensée venait de la traverser, elle ajouta :

— Es-tu sûre que père autorisera cela, Stella ?

— Je m'occupe de père, dis-je, me sentant emplie d'un courage tout nouveau chez moi.

J'en avais assez d'avoir peur de lui, de fuir sa colère injuste et stérile. Il y avait du travail à accomplir, qui non seulement bénéficierait à la réussite et à la prospérité de l'ensemble de notre clan, mais qui était aussi agréable à faire. Pour la première fois de ma vie, j'avais un but et je me sentais forte. En fait, j'avais envie non seulement de donner un coup de neuf à notre domaine, mais aussi de mettre un terme au règne de mon père. Les abus de pouvoir de ce dernier n'avaient fait que causer mon malheur, même si je ne m'en étais pas rendu compte avant que mon mari n'attire mon attention sur la question. Chaque fois que Kade s'était mis en colère, depuis son arrivée parmi nous, cela avait été pour une bonne raison. Grâce à mon mari, j'étais capable de voir que la vie que j'avais menée jusque-là n'avait pas été facile, ni protégée, ni sûre, comme mon père l'avait toujours prétendu. Elle avait été placée sous le signe de la peur, des abus et de l'isolement.

Je voulais que le règne de mon mari commence. Maintenant.

Cela ne faisait pas si longtemps que je connaissais Kade — moins de deux mois — mais ce que j'avais appris de lui m'avait éclairée. Son image s'imposa à mon esprit. Je pensai à ses yeux transparents et au contact saisissant de ses mains puissantes de guerrier. Je pensai à la forme de sa bouche. A son sourire. A sa langue *très* audacieuse. Comme c'était le cas chaque fois que je me trouvais en sa présence ou que je repensais à l'effet extraordinaire qu'il me faisait, ma peau se réchauffa et mes sens s'aiguisèrent.

Mon mari me protégerait, en cas de besoin. Avec son soutien, je pourrais continuer le travail que j'avais commencé et que je *voulais* faire. Et, si Kade n'était pas en mesure de veiller sur moi pour une raison ou pour une autre, qu'il en soit ainsi. Je prendrais les heures comme elles se présenteraient, et ferais de mon mieux pour me comporter honorablement et pour servir le bien commun, comme lui.

Je discutais de tout et de rien avec Lottie pendant que nous préparions les tables et que nous allumions toutes les bougies réparties dans la pièce.

Je m'arrêtai tout à coup lorsque j'entendis un brouhaha. Un petit groupe de personnes entrait par la porte principale du manoir. On entendait des voix et des bruits de pas.

Il s'agissait de Maisie, de Bonnie, et de Jamie, vêtu de son uniforme de soldat.

Jamie était suivi par son frère — qui n'était autre que le garçon pour qui j'avais pleuré et à qui j'avais rêvé, le garçon qui m'avait réconfortée quand j'étais triste et seule, et à qui j'avais promis mon cœur et ma main.

12

Je me figeai alors que Caleb approchait, et s'arrêtait à quelques centimètres de moi à peine.

Cela faisait presque deux mois que je ne l'avais pas vu, mais les changements qui s'étaient opérés en lui étaient flagrants. Il avait perdu du poids et flottait dans ses habits usés. Conséquence des semaines difficiles qu'il avait dû endurer, ses yeux bruns étaient cernés, et ses cheveux clairs étaient longs et sales. Tout chez lui portait la marque d'un bannissement violent et difficile. Je voyais aussi que son voyage avait été éprouvant. Et son regard inquiet me fit monter les larmes aux yeux. Il savait pour mon mariage, bien sûr. Il connaissait mes réticences, ma peur. Ma tentative de fuite. J'étais certaine que Jamie lui avait répété dans les moindres détails le récit intégral des événements tel que Bonnie le lui avait rapporté. Et, à son expression, je voyais bien qu'il imaginait toutes les brutalités que mon mari était censé me faire subir. Je regardai les émotions, transparentes, passer sur son visage, et je remarquai que la lumière dans ses yeux n'était plus la même. C'était presque imperceptible, mais non moins évident pour moi qui le connaissais si bien. Il avait changé, tout comme moi. Il avait beaucoup souffert, c'était clair. Quel type de punition mon père lui avait-il donc fait subir, en plus de l'exiler dans une écurie suffocante d'Edimbourg ?

Il tendit le bras, et m'effleura le bout des doigts.

Ce contact me parut bizarre, comme étranger. Distant. J'appartenais désormais à un autre. La candeur de notre jeunesse et de notre innocence s'était envolée, et de la réserve s'était installée entre nous.

— Stella, dit-il en s'approchant pour poser ses doigts froids sur mes joues brûlantes. Tu es plus belle que jamais. Est-ce que tu vas bien ?

Sa question prudente en masquait plusieurs autres. *T'a-t-il fait mal ? Ses brutalités t'ont-elles endurci le cœur ? M'aimes-tu comme autrefois ?* Ces questions, et bien d'autres, semblaient flotter autour de nous comme des nappes de brume.

Jadis, quand Caleb me touchait, la légère caresse de ses doigts était pour moi comme une tendre promesse qui m'apaisait. Maintenant, elle me paraissait presque creuse. Je m'étais habituée à réagir de façon plus immédiate et vigoureuse au contact d'un homme. Je m'étais habituée aux flammes ardentes plutôt qu'aux tièdes braises.

Avant que je puisse lui parler, la cause de ses soucis fit irruption dans la pièce. Dans cet état de quasi-hébétude qui était le mien, j'aurais pu ne rien remarquer. Mais cette présence était trop évidente, trop lumineuse.

Mon mari venait d'entrer.

Observateur et attentif en toutes circonstances, Kade mesura de ses yeux orageux la courte distance qui me séparait de Caleb, et, les sens en alerte, le regarda retirer précipitamment sa main de ma joue. Kade s'approcha et se mit à nous tourner autour, détaillant le piteux état dans lequel se trouvait Caleb.

Il était impossible de ne pas les comparer tous les deux. A tous points de vue, Caleb était bien moins imposant. Il avait conservé sa beauté juvénile, même si ses cheveux châtain clair, mal entretenus, avaient perdu de leur éclat. Son visage paraissait plus fin, son corps déjà mince plus anguleux encore sous sa tunique d'étoffe grossière toute rapiécée. Ses doigts, comme je les avais toujours vus, étaient noircis par son travail.

Et, si Caleb paraissait presque terne, Kade, par contraste, irradiait d'une manière aveuglante, comme toujours. Ses cheveux étaient d'une brillance remarquable, peut-être grâce à ses baignades quotidiennes dans le loch. Les épaules de Kade étaient brunies par le soleil et respiraient la force. Le cuir épais de sa veste et de son pantalon qui épousait parfaitement son corps lui faisait comme une seconde peau. Ses armes étincelaient dès qu'il bougeait, avec un effet aussi spectaculaire que menaçant. Et ses yeux clairs de prédateur, bien que méfiants et hostiles en ce moment précis, rayonnaient d'intelligence, de charisme, de puissance, tout en exprimant une jalousie féroce.

Ce qui me surprit le plus, c'était que la présence de Caleb n'avait plus du tout cet effet apaisant sur moi. Certes, mon corps était devenu brûlant et réactif. Certes, une espèce de langueur, douce et tiède, m'avait envahie. Mais ce n'était pas à Caleb que je réagissais. Non, je réagissais à la proximité de mon mari, de ce guerrier farouche et protecteur, dont la férocité — qui autrefois me terrifiait — m'excitait de façon inconcevable. J'essayai de penser à autre chose, mais mon esprit semblait avoir décidé de se souvenir, en détail, du plaisir intense causé par cette bouche exploratrice, audacieuse et gourmande. Il semblait vouloir se souvenir de cette langue conquérante. Et de l'extase, foudroyante et délicieuse, qui m'avait saisie. Je manquai défaillir de désir en regardant les lames acérées des couteaux de Kade capter la lumière et la renvoyer dans la pièce en rayons iridescents. Les frontières entre la sécurité et le danger étaient flottantes. A ma grande stupeur, les pointes de mes seins se durcirent et mon sexe, déjà chaud et humide, se mit à palpiter.

— Cela ne me surprend pas, lança Kade d'une voix posée, mais sans cesser de tourner autour de nous, que ma femme attire l'attention des autres hommes.

Son ton était calme et direct, teinté d'une colère diffuse qui me donna la chair de poule tout en me faisant frissonner d'émoi.

Mais il n'y avait pas seulement de la colère dans l'attitude de Kade. Il semblait sincèrement intrigué par la scène qui venait de se passer et qu'il avait interrompue. Evidemment, Kade devait savoir que j'avais été attirée par l'homme qu'il était en ce moment même sur le point d'attaquer. Le bannissement de Caleb et les raisons qui y avaient conduit étaient devenus un sujet de conversation récurrent au sein de notre clan. Les nouvelles de ce type étaient facilement colportées, et elles avaient dû arriver jusqu'à Kade à un moment situé entre l'exil de Caleb et ce jour précis. Kade en avait sans doute entendu parler avant même que notre mariage ait lieu. Et, en voyant tout à coup l'objet de l'affection passée de sa femme, il semblait... légèrement amusé.

— Ce qui me surprend, toutefois, poursuivit-il, c'est que ce soit cet homme précis qui soit mon adversaire le plus acharné et le plus dangereux dans cette compétition.

Il observait Caleb avec une insistance qui mettait clairement ce dernier très mal à l'aise. Caleb regardait mon mari — et son arsenal resplendissant — avec un mélange de fascination, de terreur et de soumission : il ne contesterait pas les décisions que Kade prendrait au sujet des approches timides qu'il avait tentées quelques minutes plus tôt. Kade était au moins dix fois plus fort que Caleb, cela ne pouvait échapper à personne. Mes sœurs, qui s'étaient regroupées un peu plus loin, étaient en train de chuchoter, sans doute terrorisées à la perspective de voir Caleb se faire égorger sous leurs yeux. Tout comme moi.

— Je pourrais vous provoquer en duel pour cela, dit mon mari, mais vous ne semblez pas porter d'arme.

L'expression de Kade était sardonique et incrédule. Il souriait à demi, comme s'il trouvait l'oubli de Caleb non seulement stupide, mais aussi amusant.

Comme Caleb ne répondait pas, mon mari reprit :

— Je vous proposerais bien de vous prêter une de mes armes, mais je crains qu'en acceptant ce défi vous ne vous condamniez par là à une mort certaine et rapide. Votre mort contrarierait fort ma femme, j'en suis sûr. Et je ne veux surtout pas qu'elle soit contrariée à cause de moi. Cela ne paie jamais de contrarier sa *femme*, ai-je entendu dire.

Il appuya bien sur le mot, comme s'il voulait donner plus de poids à sa menace en insistant sur mon statut d'épouse.

Mais Caleb se taisait, et gardait les yeux fixés sur les pieds de Kade.

— Qu'avez-vous à me dire ? insista celui-ci. Comment osez-vous toucher ma femme ?

Les mots de Kade étaient teintés d'une colère meurtrière.

— Vous vous attendez à être puni, n'est-ce pas ? Vous avez

commencé quelque chose et vous devez être prêt à en assumer les conséquences.

Puis, avec une menace tranquille qui raviva toutes mes peurs originelles, même si ces peurs allaient de pair avec un troublant désir, Kade se pencha vers Caleb et dit :

— Seriez-vous en train d'imaginer que ma femme puisse encore avoir des sentiments pour vous, alors même qu'elle est mariée ?

— Ce serait plutôt une question à poser à votre femme, je pense, répondit Caleb, osant enfin affronter le regard hostile de Kade.

Je voyais bien que Caleb prenait sur lui pour que sa panique ne s'entende pas dans sa voix ni ne se voie dans son attitude.

Kade se tut un instant, et adressa à Caleb un regard si intense que tout le courage que ce dernier avait pu rassembler dut s'évanouir sur-le-champ. Puis Kade me surprit en prenant Caleb au mot.

— Très bon point, fit-il en se tournant vers moi. Alors, ma femme..., lâcha-t-il, en parcourant mon visage de ses yeux agités, qui s'arrêtèrent sur mes lèvres entrouvertes.

Puis, avec toute la rapidité dont est capable un soldat, il m'attrapa le poignet avec une force brutale et incontrôlée, avant de desserrer tout de suite son étreinte et de glisser ses doigts entre les miens. Il regardait mon visage tout en me tirant derrière lui. Je n'avais d'autre choix que de le suivre, même si je voulais refuser. Mon esprit formulait de vives protestations.

Mais mon corps ne voulait rien d'autre qu'obéir à ses ordres.

— Si vous voulez bien nous excuser, lança-t-il, laconique, comme s'il se moquait bien que notre public soit disposé à nous laisser partir ou pas. J'ai à discuter de sujets urgents avec ma femme. Ne nous attendez pas avant demain.

Puis, comme si une dernière pensée venait de le traverser, Kade se tourna vers Caleb pour lui adresser une mise en garde glaciale :

— Si jamais vous osez toucher encore une seule fois ma femme, je n'aurai d'autre choix que de vous provoquer en duel sur-le-champ. Et je ne suis pas disposé à témoigner la moindre once de pitié ni de remords lorsqu'il est question de mon épouse. Soit vous restez loin d'elle, soit vous devez vous préparer à assumer les conséquences de vos actes. Considérez-vous comme prévenu.

Sur ce, Kade l'ignora, et m'entraîna à sa suite.

L'inquiétude — bien réelle — que j'éprouvais était mêlée d'excitation. L'émotion que je percevais derrière cette explosion de force quasi surhumaine et contenue à grand-peine m'intriguait. Qu'allait-il faire de moi ? Allait-il me punir ? Sa rage était-elle assez puissante pour le conduire à rompre ses vœux d'abstinence ? A cette idée, un feu ardent se propagea en moi et, sous le coup de l'émotion, je laissai échapper un petit cri. Mes sœurs et Caleb semblèrent interpréter cette exclamation comme un appel de détresse. L'inquiétude et la pitié se lurent sur leurs visages. Ils ne pouvaient rien faire pour arrêter Kade, ni pour me protéger. Je lui appartenais. Mon mari ne leur adressa pas le moindre regard, et me traîna vers la porte, puis vers l'escalier et le couloir, et enfin jusqu'à nos appartements privés.

13

Nous étions à peine entrés dans notre chambre, après que la porte eut été refermée d'un coup sec derrière nous et verrouillée, que les mots fusèrent, fiévreux et colériques. Tout le contrôle dont mon mari avait pu faire preuve en public s'évanouit dès que nous fûmes seuls.

— Ce... ce... ?

Il était si furieux qu'il arrivait à peine à parler, et c'était la première fois que je le voyais vraiment hors de lui.

— Ce *gamin* est celui après qui vous soupiriez depuis tout ce temps ? Cette espèce de demi-portion est l'objet de votre brûlant désir ? Celui pour qui vous avez pleuré, et auquel vous avez rêvé, pas plus tard qu'il y a trois nuits ? Ce...

— Que voulez-vous dire par là ?

Je ne me souvenais pas de mes rêves récents. Et je n'avais pas soupiré après Caleb depuis... un certain temps.

— Vous parlez pendant votre sommeil, madame. Vous prononcez son nom.

Il m'adressa un regard accusateur.

— Non, répondis-je, perturbée par cette attaque.

— Comment cela « non » ? Moi je vous dis que si ! Je vous entends ! Je suis ici avec vous pendant que vous dormez, non ? Vous prononcez son nom. Je l'ai entendu. Plusieurs fois.

— Ce sont juste des rêves, murmurai-je. Je ne m'en souviens pas. C'est quelque chose que je ne peux pas contrôler.

— Non, vous ne pouvez pas contrôler les désirs les plus profonds de votre cœur. C'est bien cela ? Est-ce bien à lui que vous pensez ?

Il marchait en long et en large dans la pièce, l'air très agité. Il se passa la main dans les cheveux et en attrapa une poignée.

— J'avais eu vent de cette peine de cœur avant notre mariage, en effet. Et de ce garçon d'écurie qui avait été banni jusqu'à Edimbourg. J'avais entendu parler du refus de votre père, de votre chagrin, et de tout le reste. Mais pour moi ce n'était que des racontars, et j'avais choisi de traiter ces informations en tant que tels.

Mon mari s'avança vers moi. Son corps solide sculpté par le combat irradiait de colère. Ses cheveux étaient décoiffés et sa force imposante. Mais je ne reculai pas. Je savais maintenant qu'il ne me ferait aucun mal. Avec le temps, au fur et à mesure que je comprenais cela, mon corps commençait à se faire à cette nouvelle certitude. C'était curieux : on aurait dit que les réserves de peur que j'avais pu avoir en moi s'étaient vidées, pour laisser place à la chaleur, à la passion et au désir.

Kade se tenait face à moi, féroce et immense. Sa fureur, ses armes et sa musculature ne pouvaient pas m'échapper. Tant d'intensité n'eut pour effet que d'accroître mon excitation. Face à l'aura rayonnante de sa virilité, je me sentais plus féminine que jamais. Je me sentais réceptive, comme si j'avais pleinement conscience d'être en train de vivre un moment que j'attendais depuis toujours.

— Cela fait un certain temps que je n'ai pas pensé à lui, répondis-je avec honnêteté.

Je voulais le rassurer et, surtout, le calmer.

— Eh bien, vous rêvez de lui, en tout cas. N'est-ce pas pire ?

Je me rendis compte à ce moment-là que quelque chose avait changé entre nous. Nous étions en train de parler de cette jalousie comme si c'était un fait acquis. De toute évidence, mon mari était… *jaloux*. Terriblement jaloux. Ce n'était pas non plus une simple jalousie animale, même si c'était en partie le cas : j'avais devant moi un mâle protecteur et dominant en train de défendre son territoire et sa propriété. Mais ce n'était pas tout.

Il y avait dans sa réaction une émotion dont la véhémence et la complexité me surprenaient.

— J'ai dit à votre garçon d'écurie que je le défierais à mort si jamais il vous touchait encore. Et je tiendrai parole.

— Oui, fis-je. Je vous ai entendu.

Il se dirigea vers ses coffres à moitié vidés, et fouilla dans l'un d'eux jusqu'à ce qu'il trouve ce qu'il cherchait. Je ne vis pas ce qu'il cachait derrière son dos alors qu'il revenait vers moi avec un air menaçant qu'accentuaient les ombres et la lumière projetés par le feu.

— Pour *vous*, j'ai d'autres idées.

Il s'approcha tout près de moi. Ses yeux étaient inhabituellement sombres.

— Vous méritez... une leçon. Appelons cela ainsi. Vous pourrez demander grâce à tout moment, bien sûr, et je ferai de mon mieux pour honorer votre requête. Toutefois, j'ai été poussé hors de mes limites. Vous devriez savoir cela à propos de moi maintenant : je ne prends pas à la légère les serments que je prête, et j'attends de vous que vous respectiez les vôtres. Il se trouve que je suis très possessif et protecteur envers ce qui m'appartient. Et il s'avère que vous m'appartenez, que vous le vouliez ou non. Vous êtes à *moi*. Vous êtes *ma* femme. Et l'infidélité est quelque chose que je ne tolérerai pas.

Mon corps, il est vrai, était depuis longtemps en train de réagir à sa virilité puissante. Je semblais incapable de contenir mes pulsions profondes en présence de mon mari. Mais le ton de cette menace à peine voilée me déplut. Je me sentis prise d'une légère méfiance.

— Je ne vous ai pas été infidèle. Ses doigts ont à peine effleuré les miens. Et je ne lui ai même pas parlé.

— Peu m'importe que vous lui ayez parlé ou pas ! me répondit-il avec une sauvagerie qui me stupéfia. Je ne tolérerai pas de *pensées infidèles* !

Je faillis sourire, gentiment, mais je n'osai pas, au cas où il aurait mal interprété ma réaction. Son émotion me touchait profondément et m'attendrissait. Il semblait véritablement blessé par le fait que j'appelle Caleb dans mon sommeil. Je voulais lui expliquer que mes rêves étaient complexes et imbriqués les uns dans les autres. Caleb s'y trouvait, certes, mais lui aussi. Mon amant rêvé, mon beau fantôme. Mon mari, à la fois unique et multiple.

Il marqua une pause, les sourcils froncés, les épaules légèrement contractées, comme s'il s'attendait à une déflagration.

— Est-ce que vous l'aimez ? demanda-t-il à voix basse.

— Je...

Les yeux assombris de Kade réclamaient de l'honnêteté. Je décidai de lui en donner.

— Je croyais l'aimer, jadis. Cependant, je n'ai jamais eu l'impression que nous étions vraiment faits l'un pour l'autre. Nous étions condamnés dès le départ.

— Nous sommes tous condamnés dès le départ, me rétorqua-t-il, amer.

— Je me sentais en sécurité avec lui, admis-je, ignorant son commentaire morbide. C'était le seul homme de ma connaissance qui ne m'effrayait pas.

Cette remarque le fit ricaner.

— En effet, il est peut-être l'être le moins effrayant de toute la Création.

Au-delà de cette raillerie, je me rendis compte que ce que je venais d'avouer avait calmé sa rage d'un petit degré.

— Avec votre histoire familiale, je comprends que vous ayez choisi quelqu'un d'aussi doux, Stella. Mais vous devez vous être rendu compte que vous n'aviez plus besoin de ce type de caractère.

Je touchai son bras nu, et je le regardai dans les yeux.

— Kade, m'entendez-vous aussi *vous* appeler dans mon sommeil ? Avez-vous entendu cette partie de mes rêves ? Parce que vous y figurez, également. Et les rêves que je fais de vous sont ceux dont je me souviens. J'avais presque oublié Caleb.

J'avais dit cela dans l'intention de l'apaiser, mais mes mots semblèrent avoir l'effet inverse. Toute allusion à Caleb, dans mes rêves ou ailleurs, était une allusion de trop ; je le lisais clairement sur le visage de mon mari.

— *Presque* oublié ? demanda-t-il en se passant la main dans les cheveux, ce qui rendit son apparence encore plus sauvage. Je vais vous donner des raisons de l'oublier totalement, et à jamais. Je respecterai la promesse que je vous ai faite, rassurez-vous. Mais j'ai bien peur de devoir vous faire comprendre clairement tout ce que j'exige de vous.

Sans le vouloir, je reculai d'un petit pas. Mais cela ne changea rien. Il enroula son bras autour de ma taille et m'attira à lui avec rudesse, jusqu'à ce que je sois cambrée contre son corps, les seins pressés contre son torse. Ses muscles saillants me faisaient mal et je poussai un petit cri de protestation. Pourtant, je n'avais jamais été aussi pleine d'espoir, réceptive, ni si excitée de toute ma vie.

— Cette robe fait-elle partie de vos favorites ?

Sa question me prit de court : elle paraissait tout à fait hors de propos. Il desserra son étreinte et posa ses deux mains sur la boutonnière avant de mon corsage.

— Pas… pas spécialement…

Il déchira le haut de ma robe et de ma chemise d'un seul coup, libérant ainsi ma poitrine. Je poussai un petit cri de surprise.

— Qu'êtes-vous en train de…

— Je vous veux complètement nue devant moi. Déshabillez-vous.

Il observa mon visage, me défiant de ses yeux azur brillants comme des pierres précieuses, et de son sourire éclatant.

— N'ayez pas peur, ajouta-t-il. Je ne vous ferai aucun mal, et vous le savez.

En étais-je si sûre ? Il paraissait plus fort et plus puissant que je ne l'avais jamais vu, féroce et déterminé. Et moi je me tenais face à lui, à moitié nue et frissonnante de froid et de désir.

Mais je tranchai. Je lui faisais confiance, oui. Et plus que cela : je le voulais, lui, Kade. Je n'avais pas l'intention de m'opposer à ce qu'il allait faire, quoi que ce fût. Je voulais découvrir enfin ces « choses irracontables » dont il était capable. Avec excitation et un air de défi — je voulais lui montrer que c'était moi autant que lui qui étais à l'initiative de ce qui allait suivre — j'obéis, et je fis glisser ma robe à terre avant d'ôter mes chaussures.

Il tourna autour de moi et, sans se presser, promena ses doigts sur ma peau. Ses mains effleurèrent la surface tendue de mes mamelons, qu'elles caressèrent légèrement. Mais il ne s'attarda pas, et descendit vers mon ventre. Il tourna encore autour de moi, puis suivit des doigts la courbe de mes hanches. Il s'aventura ensuite plus bas, entre mes jambes, et ses doigts glissèrent sur mon sexe humide. Il se pencha vers moi, et me retint lorsque je chancelai légèrement.

— Vous avez envie de moi, me susurra-t-il à l'oreille.

Je ne répondis rien. J'essayais de garder le silence mais, sous la caresse de ses doigts de plus en plus audacieux, c'était impossible.

— Dites-le-moi.

— Oui, murmurai-je d'une voix à peine audible, ce qui ne l'empêcha pas de sourire.

— Dites-le, grogna-t-il, en enfonçant ses doigts plus profondément en moi, jusqu'à cet endroit si sensible qu'il semblait déjà connaître par cœur.

— J'ai envie de vous, répondis-je d'une voix hachée, alors qu'une douce chaleur m'envahissait.

Apparemment satisfait, il retira ses doigts. Avec lenteur et théâtralité, il leva la main. Je fus mortifiée de voir que ses doigts étaient humides. En me regardant dans les yeux, il les lécha.

— Vous êtes délicieuse, Stella, dit-il.

Dans un espace situé entre mes genoux et mon nombril, je n'étais plus que spasmes et palpitations, et j'eus peur de m'écrouler au sol.

Il me surprit en posant un genou à terre devant moi. Il m'adressa un regard plein d'assurance : il m'autoriserait mes hésitations, comme toujours, mais il ferait ce qu'il avait décidé. Cette toute-puissance brillait dans ses yeux, ce qui ne fit que me provoquer et m'exciter davantage.

— Me faites-vous confiance ?

— Oui, murmurai-je.

C'était la vérité. Enfin, il me semblait.

— Très bien. Abandonnez-vous à moi. En fait, vous n'avez pas d'autre choix.

Il me saisit par les cuisses dans un geste à la fois doux et autoritaire. Puis il embrassa mon sexe déjà au comble du désir. Sa bouche séductrice caressa avec douceur et avec un érotisme contenu, et il ne me toucha qu'une seule fois, avec précaution, du bout de la langue.

Puis il se redressa, en laissant ses mains sur moi, et me souleva dans le même mouvement, avec aisance. Il me porta jusqu'au lit où il me déposa en douceur. Il s'assit à côté de moi.

— Je vais vous bander les yeux, m'annonça-t-il, en tirant un long tissu blanc de sa poche : l'objet qu'il avait dû sortir de sa malle. Cela ajoutera une dimension… mystique à nos échanges. Vous ne trouvez pas ?

— Pourquoi ? demandai-je d'une voix nerveuse.

Je n'avais plus peur de lui, mais son côté bestial et débridé était réapparu. La réserve de mon mari avait vécu. Sa virilité dominante avait été égratignée par un intrus faible et timide : un affront qui avait réveillé ses pulsions primaires.

— C'est mieux que vous soyez dans le noir, au moins pour l'instant.

— Je ne veux pas que vous me bandiez les yeux. Laissez-moi voir.

Il entortilla le morceau de tissu pour le rendre opaque et l'approcha de mes yeux.

— Non, dis-je en saisissant le bandeau par son milieu. Ce n'est pas nécessaire.

— Et moi, rétorqua-t-il d'une voix profonde, je dis que si.

Ses mots étaient déconcertants, mais son sourire me calma et, lorsqu'il découvrit ses dents pour pousser un grognement joyeux, je faillis rire.

J'étais prête à recevoir tout ce qu'il pourrait me donner, songeai-je, pleine d'espoir, bien que pas totalement convaincue par ma propre force, alors que j'essayais de dominer l'agitation qui faisait rage en moi. J'étais prête à le recevoir, mais je voulais le *voir.*

Il voulut positionner le bandeau sur mes yeux, mais je me débattis, et je m'installai sur lui, à califourchon sur ses hanches. Je savais qu'il ne me laisserait jamais lui échapper. Alors je m'approchai de lui au lieu de reculer. Il me saisit vigoureusement par les poignets, et nous souleva pour me retourner sur les couvertures. Il était vraiment beaucoup plus fort que moi : ses manipulations ne semblaient pas lui demander le moindre effort.

— Cessez de lutter contre moi. Vous ne pouvez pas gagner. Je vais vous bander les yeux, et ensuite je vais vous prendre sur mes genoux. Pour vous punir de vous être laissé toucher par un autre homme, même si cet échange était innocent.

Voyant l'angoisse dans mes yeux, il répéta :

— Faites-moi confiance. Je ne vais pas vous frapper. Il ne s'agira que d'une gentille petite douleur qui ne rendra votre plaisir que plus intense. Je suis certain que vous ne protesterez plus une fois que j'aurai commencé, ma petite femme.

Il avait l'intention de me bander les yeux, de me punir et de me contrôler entièrement. Et je voulais tout cela même si je voulais en même temps lui résister, pour montrer que moi aussi je pouvais m'imposer.

— Espèce de... espèce de méchant homme ! hurlai-je.

Il ne réagit pas tout de suite. Ensuite, il sourit lentement. Pendant un moment, il quitta son masque de soldat. Son attitude dure, fière et impénétrable s'effaça temporairement, pour laisser resplendir sa beauté et sa jeunesse. Quand le bonheur éclairait ses traits, il était beau à couper le souffle. Si seulement il pouvait sourire plus souvent ! songeai-je. Puis il se mit à rire. Il s'agissait d'un vrai rire, sincère, et je me rendis compte que j'adorais ce bruit.

— « Méchant » ? C'est tout ce que vous trouvez à me dire ?

Je le regardai timidement, comme bouleversée par ce nouvel aspect de sa personnalité : ce côté radieux et exubérant dont la beauté me laissait sans voix. Son rire était contagieux, et je souris avec lui. Puis je me souvins que j'étais entravée sous lui, nue, impuissante et furieuse.

— Je vais devoir vous enseigner un langage un peu plus fleuri, madame. Vous êtes trop pure, cela ne servira pas vos intérêts. Mais c'est un problème auquel j'ai prévu de remédier dès que mon serment arrivera à échéance.

Je commençais à m'habituer à ses allusions licencieuses, toujours teintées d'humour.

— Comment préféreriez-vous que je vous appelle dans le feu de la colère ? demandai-je d'une voix boudeuse.

Il rit de nouveau, et le son de son rire m'emplit d'une douce chaleur, comme si un rayon de soleil était entré dans la pièce. C'était un réconfort auquel je n'étais pas habituée, tant il était doux, même si j'étais nue sous son uniforme de soldat et tout son arsenal.

— Oh, mon Dieu, reprit-il, c'est cela le feu de votre colère ? Nous allons devoir y travailler aussi. Il va falloir que je réfléchisse à un moyen de déchaîner chez vous de vraies foudres de rage. Mais je vous rassure : je commence déjà à avoir quelques idées.

Il s'interrompit un instant, comme si l'impatience de mettre ses idées en pratique le submergeait. Il m'effleura les pommettes du revers des doigts.

— Ma belle, audacieuse et provocante femme.

Il me regarda dans les yeux pendant qu'il prononçait cette phrase sur un ton plein d'affection. *Ma femme...*

— Dites-moi plutôt quels mots vous utilisez vraiment pour me décrire quand vous pensez à moi, poursuivit-il en se redressant légèrement pour enlever une de ses ceintures, puis une autre, pendant que ses yeux ne quittaient pas mon corps un seul instant.

Je le regardai pendant qu'il posait toutes ses armes sur le côté.

— Non, répondis-je. Je ne voudrais pas vous vexer.

Il retira sa tunique, découvrant ses muscles ciselés et sa peau brunie par le soleil. Sans ses armes, il était libre de se coller davantage à moi sans risquer de me blesser. Ses longues mèches de cheveux formaient un doux rideau encadrant nos visages. Même s'il s'appuyait sur ses bras pour ne pas trop peser sur moi, je me sentais totalement dominée. Mais être dominée par lui n'était pas une impression désagréable du tout.

— Dites-moi, insista-t-il d'une voix rauque et un peu menaçante.

— Je n'ai pas peur de vous, clamai-je, en essayant d'adopter une stratégie différente. Vos techniques d'intimidation ne prennent plus avec moi. Attachez-moi et bandez-moi les yeux si vous voulez, mais j'ai déjà vu votre côté tendre.

— Je n'ai *pas* de côté tendre.

— Si, répondis-je en ouvrant les yeux.

Il me fixait avec une intensité qui me désarma momentanément. Il paraissait presque vexé par ma remarque.

— Vous en avez un, insistai-je.

— Et où se cache-t-il donc ?

— Il se cache, en effet, car il n'est pas visible extérieurement.

J'étais agacée de sentir un léger sourire au bord de mes lèvres, et je fis tout pour le chasser. Je ne voulais pas qu'il sache à quel point il était facile pour lui de faire voler mes défenses en éclats sans même en avoir l'intention.

— Non, reconnut-il. A l'extérieur, je ne suis que dureté. Vous vous en êtes également rendu compte, je pense...

— C'est enfoui en vous, poursuivis-je, imperturbable.

Déconcertée, je découvris à cet instant que je n'étais pas juste en train de le taquiner ou de le tester. J'étais vraiment sincère.

— Au fond de votre cœur.

Un silence plein de douceur nous entoura et nous lia l'un à l'autre comme jamais auparavant.

Il s'écoula quelques minutes avant qu'il reprenne la parole. La rêverie affectueuse qui avait empli ses yeux un instant avait été délogée par cette lueur de provocation autoritaire que je connaissais bien.

— Dites-moi, répéta-t-il.

J'attendis un moment. Son corps était étonnamment solide, et lourd. Son sexe dur pressait contre ma chair sensible.

— « Brute », murmurai-je.

Il sourit, et mordit — pas si doucement — le lobe de mon oreille, puis descendit le long de mon cou, en me léchant et me mordillant la peau.

— C'est sans doute mérité, parfois.

— « Ogre ».

Je sentis son rire léger contre moi. Ses mains étaient sur mes seins.

— « Ogre » ? Vraiment ? demanda-t-il, en me regardant avec une feinte offense.

Ses yeux se posèrent de nouveau sur mes seins, qu'il embrassa et cajola avec une expression ravie. Puis il prit mon mamelon dans sa bouche, il l'aspira et le mordit, pendant qu'il pinçait l'autre entre deux doigts, envoyant des décharges de sensations délicieuses dans toutes les parties de mon corps.

— Dites encore.

— « Sauvage », murmurai-je.

— A chaque accusation, vous me faites un peu plus d'effet,

dit-il en me mettant assise, puis en plaçant le bandeau sur mes yeux et en le nouant bien serré.

Cette fois je ne protestai pas. Cette soudaine obscurité était saisissante. J'étais perdue, pourtant mes sens étaient plus que jamais en éveil. J'étais attentive à lui, à son moindre geste, à son moindre souffle.

— Voyons voir si je peux vous donner raison, murmura-t-il à mon oreille. Vous ne me distrairez plus de la tâche que j'ai à accomplir, même si vous continuez à être singulièrement, incroyablement, merveilleusement adorable, au point de me faire douter, comme en ce moment même, de mes capacités de résistance. Dire qu'il reste huit jours et quatorze heures avant la fin de mon stupide et prétentieux serment. Vous possédez déjà mon cœur tout entier, Stella. Vous êtes tout ce dont j'avais besoin — sans m'en être jamais rendu compte. Je vois bien désormais que vous voulez me faire confiance, et c'est ce que vous commencez à faire. Je respecterai ma promesse, comme je vous l'ai dit. Mais je puis vous assurer que c'est pour moi une épreuve intense et presque insurmontable.

Il tendit le bras vers quelque chose, puis m'installa à plat ventre sur ses genoux. Ses mains puissantes me guidaient, et je ne protestai pas, même si j'étais moins coopérative que j'aurais pu l'être.

— Ne craignez pas la punition que je vais vous infliger. Vous allez adorer cela.

Il me positionna avec soin, et souleva mon bassin afin que je me retrouve à genoux, la tête plaquée sur les couvertures. Pas encore satisfait, il continua de me placer, jusqu'à ce que mes jambes soient plus écartées. D'une main, il se mit à me caresser le dos, jusqu'à mes fesses. Poursuivant ses explorations intimes, il passa la main entre mes cuisses et écarta les plis de mon sexe, humide de désir. Du bout des doigts, il effleura ma chair sensible, qui le devint davantage à ce contact. Pendant qu'il continuait, je sentis un objet souple et froid dans mon dos.

— Qu'est-ce ? demandai-je d'une voix rauque et étranglée.

Je voulus me tourner vers lui, mais je n'y parvins pas, car il m'empêchait de bouger.

— Une lanière de cuir, répondit-il, en s'en servant pour me frapper doucement.

Il ne me fit pas mal : c'était juste une promesse annonçant ce qui allait venir.

Il fit descendre la lanière vers mes fesses levées, et la laissa tomber entre mes jambes, où elle effleura mon sexe gonflé, qui était si sensible que ce simple contact me fit tressaillir. Puis il me donna un petit coup sur les fesses. La sensation ne fut pas celle d'une brûlure, même si j'avais chaud à l'endroit de l'impact, et, de façon plus générale, partout à l'intérieur de moi. Mais c'était une douce chaleur, comme celle qu'aurait provoquée une caresse. De nouveau, la lanière s'abattit sur moi et fit cette fois se propager dans tout mon corps d'exquis frissons. Et encore. A chaque coup, l'extase grandissait en moi. Puis, tout en me fouettant, il enfonça ses doigts dans mon sexe. Cette fois, le coup me brûla, et la douleur aiguë, à laquelle je ne m'attendais pas, m'arracha un petit cri. La douleur ne passa pas tout de suite, mais elle s'accompagnait d'un plaisir dévorant qui me suffoquait. Puis, au bout d'un moment, la douleur laissa la place à une chaleur irradiante, qui vint se concentrer à l'endroit où Kade me caressait.

Le fouet retomba de nouveau, plus bas cette fois, tout près de l'endroit brûlant qui gardait encore l'empreinte de ses coups. J'étais à bout de souffle, sur le point de demander grâce. Mais la douleur avait changé, se muant en une envie profonde et dense. Ses doigts entretenaient ce plaisir, l'encourageant et le nourrissant.

— Vous n'avez plus besoin de rechercher la faiblesse ni la douceur, madame. Vous êtes plus forte que cela, et vous êtes libre à présent d'obéir à vos instincts sauvages. Avec moi. Je suis à vous, et vous êtes à moi, ne l'oubliez pas. J'ai promis de vous laisser ce temps pour que vous vous habituiez à moi. Cependant, j'ai le droit de faire de vous ce qui me plaît.

Il s'interrompit, comme s'il attendait ma réponse, mais je restai à la fois aveugle et muette. Je ne m'appartenais plus, et je ne vivais plus que pour le moment où, enfin, son fouet s'abattrait sur moi.

— Qu'en dites-vous, ma femme ? Voulez-vous que je fasse de vous ce qui me plaît ?

Il frappa de nouveau, à l'endroit précis où il me caressait.

— Oui, criai-je, abasourdie par la violence des sensations qui se déchaînaient en moi.

Mon sexe, caressé par ses doigts et stimulé par son indulgente punition, était dévoré par d'ardentes, d'intenses flammes. Je gémissais, je jurais, je proférais des insanités.

— Oh ! Dieu tout-puissant... Oh ! s'il vous plaît...

— Je vous ai *choisie*, Stella. Vous êtes à moi. *A moi.* Me comprenez-vous ?

Le fouet s'abattit de nouveau sur moi avec volupté.

— Oui.

Et il s'abattit encore. La légère douleur se transforma instantanément en sensation brûlante et extatique. Mon corps semblait illuminé par la promesse d'un plaisir si extrême que je ne pus m'empêcher, suppliante et frémissante de désir, de lever le bassin pour sentir davantage sa main.

— Je vous en supplie, implorai-je, encore et encore.

— Vous aimez votre punition ? Ou êtes-vous en train de me demander d'arrêter ?

Il frappa de nouveau, plus fort. La brûlure nourrit et amplifia mon plaisir.

— Non, gémis-je. N'arrêtez pas. Je vous en supplie, n'arrêtez pas.

J'attendais ma dose de plaisir ambigu, mais il refusait de me l'accorder.

— A qui allez-vous penser *désormais* ? Qui hantera vos rêves, et peuplera vos fantasmes ? Qui ?

— Vous. Vous et vous seul.

Le fouet s'abattit avec sauvagerie.

Oh ! Dieu du ciel. Le moment était arrivé. Je me trouvais au bord du précipice. La punition était devenue récompense.

— Vous pensez que ce *gamin* aurait été capable de vous satisfaire ? Réfléchissez-y à deux fois. Vous avez besoin d'un homme qui puisse combler vos appétits voraces. Comme ceci.

Il poussa un grognement et frappa l'endroit gonflé, palpitant et délicat où semblait en ce moment même se concentrer tout mon être.

La violence de la douleur et du plaisir mêlés me dévorait. Je perdis tout contrôle de moi-même, et accueillis l'euphorie qui me saisit dans une espèce d'éblouissement. Les spasmes qui me parcoururent furent si violents que, pendant un long moment, je n'eus plus conscience de rien d'autre. Mon corps tressautait doucement, mes gémissements accompagnaient les vagues de plaisir qui me traversaient les unes après les autres, mes mains agrippèrent les couvertures. Et les doigts de mon mari attisaient le plaisir, encore et encore. J'avais envie de les attraper, et de les enfoncer plus profondément en moi, encore et encore.

Ce n'était que le début, je m'en rendis alors compte avec stupeur. Nous n'avions pas encore réellement consommé notre mariage. Je ressentis une légère angoisse à la périphérie de mon esprit embué par les vapeurs de l'extase. Comment cela pourrait-il devenir plus intense encore ?

Soudain, il me saisit par le bassin, me retourna, et m'allongea sur le dos. Je me demandai un instant si j'avais perdu connaissance. Pourquoi faisait-il aussi sombre ? Puis je me souvins que j'avais les yeux bandés.

— Maintenant, je vais vous lier les poignets, annonça-t-il.

Il me prit par un poignet, qu'il attacha à la tête de lit avec ce qui me sembla être un gros ruban de soie. Les effets persistants de l'extase ralentissaient mes réflexes. Sans grande vigueur, je tirai sur mon bras.

— Non, protestai-je faiblement.

Mais mon mari ne sembla pas entendre. Mon corps était entravé par le sien, et il attachait mon deuxième poignet en serrant aussi fort que pour le précédent.

Lottie n'avait pas menti ! J'étais attachée et prise au piège. Malgré la langueur qui avait gagné tout mon corps, je me débattis. Il me faudrait bien plusieurs jours pour me remettre de ce qu'il m'avait déjà fait. Je ne pouvais en supporter davantage. Pourtant j'en *voulais* davantage et, de toute ma vie, je n'avais jamais rien voulu avec autant de force. L'intensité de mon extase m'avait laissée confuse et agitée de désirs conflictuels. Je me sentais comblée, mais en même temps perturbée et frustrée. J'avais découvert la décadence, dont chaque parcelle de mon corps conservait le souvenir et la trace. Je savais que, s'il me touchait encore, le plaisir renaîtrait de ses cendres encore fumantes. Je reconnaissais déjà le frémissement, la chaleur qui couvait. Je voulais le toucher, avec fièvre, je voulais passer mes passions et mes frustrations sur lui. Etrangement, j'avais envie de le mordre, de goûter sa peau, et de me frotter contre lui. *Tout de suite.*

Je remuai la tête de gauche à droite. Prise entre le contrecoup de mon orgasme et l'envie de le voir expérimenter de nouvelles choses sur moi, j'avais l'impression de délirer.

— Kade...

— Taisez-vous.

Son ordre fut inconditionnel, et je ne sentis pas en lui la moindre flexibilité. Puis ce fut au tour de mes chevilles d'être attachées, l'une après l'autre. Mes faibles soubresauts furent totalement inefficaces. Kade attendit, sans me toucher. J'essayai de me calmer, et j'écoutai. Où était-il ? Qu'était-il en train de faire en ce moment ? Imaginer dans quel état et dans quelle position je me trouvais, entièrement soumise à son plaisir et à sa domination, était quelque chose de difficilement supportable.

Je sentis sa bouche m'embrasser doucement là où ma chair palpitait toujours. Il me lécha, dehors et dedans. La douce torture reprit, saisissante, divine. Mais il se retira vite.

— Cela, c'était plus pour moi que pour vous, dit-il. J'ai développé une sorte d'addiction pour ma femme. Mais chaque chose en son temps.

Je me figeai lorsque je sentis une caresse très légère et très douce sur la plante de mon pied. C'était un contact plein de langueur, et c'était même à peine un contact. Puis toute mon attention se concentra sur une ligne qu'il était en train de tracer de ma cheville à mon mollet.

— Qu'est-ce ? réussis-je à demander, d'une voix basse et fiévreuse.

— Une plume.

Il remonta dans un mouvement fluide et sensuel vers ma cuisse, puis ma hanche, fit le tour de mon nombril, pour se diriger vers ma poitrine, attisant mes sens déjà en éveil.

Il s'agissait d'une sensation légère et délicate, car, même s'il tournait autour d'elles, il ne touchait jamais vraiment les parties les plus intimes de mon corps. Pourtant, ce contact semblait me brûler, et m'emplir d'un désir féroce et pénétrant.

Je vécus là de longs moments d'anticipation et d'attente, des moments qui furent une véritable torture.

Mon corps était en feu. J'avais l'impression d'être sur le point de partir en flammes, des flammes allumées par ce doux frôlement sur ma peau sensible. Puis les caresses cessèrent. Très vite, sans temps mort, ce contact fut remplacé par un autre, moins léger. L'objet avec lequel Kade me touchait désormais était doux lui aussi mais moins vaporeux, et il ne me frôlait plus : il me tapotait.

— Qu'est-ce ?

Ma voix était sensuelle, emplie de frénésie.

— Une petite cravache avec un bout triangulaire en cuir.

Je m'entendis crier lorsque le cuir frappa mon mamelon, entraînant une cascade de sensations qui se déversèrent en moi pour venir s'échouer et se concentrer entre mes jambes, attisant mon plaisir.

— Vous pensiez que votre punition était terminée ? demanda-t-il. Eh bien ce n'était que le début. Je suis particulièrement sévère, vous devriez le savoir. Je veux être certain que vous reteniez bien la leçon. Afin que vous ne soyez plus tentée de mal vous conduire.

Je ne pus me retenir. Même si je savais qu'il m'en cuirait.

— Je ne me suis pas mal conduite ! Je n'ai pas fait un seul geste ni prononcé une seule parole. C'était un salut — de sa part, non de la mienne — et rien de plus.

— Un salut, voyez-vous cela, railla-t-il, avant de se taire un moment pour faire le tour de mon mamelon avec sa cravache.

Sa bouche trouva la pointe sensible et tendue de mon sein, se referma sur elle, et l'aspira avec une chaleur qui me surprit, étant donné notre sujet de conversation. J'eus la sensation qu'il s'accordait de nouveau une petite récréation qui n'avait rien avoir ni avec mon plaisir ni avec ma punition. Après une minute pendant laquelle il me dévora avec voracité, il recula, me laissant dans un état d'excitation et de frustration extrêmes.

— Néanmoins, j'insiste pour que vous me restiez fidèle à partir de ce jour. Et il faut donc que je vous fasse quelque chose d'aussi mémorable que possible. J'ai des raisons de croire que ce ne sera pas mémorable pour de mauvaises raisons, cependant, mais pour de bonnes. Vous pouvez me demander d'arrêter dès que vous voudrez, bien sûr.

Je songeai à lui demander d'arrêter, maintenant, et pour de bon. J'allais le faire. Bientôt. Mais le cuir souple était en train de frôler ma peau avec sensualité, jusqu'à mon autre sein, qu'il frappa à son tour doucement. La fièvre me saisit et je tressaillis. Encore et encore. A chaque coup, mon désir grimpait d'un cran et entretenait le feu qui me dévorait.

Puis je ne sentis plus le contact du cuir. J'écoutai, et j'attendis. Ma poitrine se soulevait et s'abaissait de façon rapide et saccadée. Mon cœur cognait entre mes côtes.

— Dites-moi d'arrêter et je le ferai, dit-il d'une voix non pas féroce mais tendre. Dites-moi ce que vous voulez.

— Encore, murmurai-je.

J'entendis son léger ricanement. J'aurais aimé pouvoir le voir.

Au bout d'un moment, la cravache toucha ma cuisse, puis remonta en dessinant de petits cercles vers mon sexe, dont elle écarta les replis avec de légers tapotements. Ma chair se mit à palpiter.

J'aurais aimé que mes mains soient libres, afin que je puisse saisir Kade et le serrer contre moi. J'avais hâte de le goûter, de recevoir toutes les parties de son corps dans toutes les miennes.

— Kade, murmurai-je avec fièvre. Venez près de moi. J'ai quelque chose à vous dire.

Il marqua un temps d'arrêt, comme s'il hésitait à accéder à ma requête. Mais j'entendis un mouvement. Il se pencha vers moi et je sentis ses deux lourdes mains de chaque côté de mes épaules, et la caresse de ses cheveux sur mon visage. Il m'embrassa les lèvres avec un appétit sauvage. C'était la première fois que je recevais un tel baiser : humide, imprégné de sa domination, riche de la promesse de ce qui restait à venir. Ses baisers migrèrent vers ma joue et mon oreille.

— Quoi ? susurra-t-il.

— Prenez-moi maintenant. Faites de moi votre femme. De façon irrévocable. Je ne veux pas perdre encore huit jours et quatorze heures.

— Treize, corrigea-t-il.

Il me mordit l'oreille avec sauvagerie, m'embrassa le cou, puis prit possession de mon corps, mais comme *lui* l'entendait.

— Vous savez que je ne peux pas faire cela.

— Je me moque bien de votre promesse. Je veux que vous l'enfreigniez.

— Non, madame, je ne peux pas. Je n'enfreins jamais mes promesses. Et nous n'avons pas encore établi avec certitude si vous me faisiez confiance ou pas.

Je savais que j'avais dit quelque chose d'irrationnel, même au moment où je lui avais fait cette demande, mais je m'en moquais. J'étais emportée par ce déluge de sensations. Il y avait trop d'émotions, trop d'envie.

— Votre promesse est stupide ! Je ne vous ai jamais demandé de prêter un serment aussi inepte ! J'ai besoin de vous. Je vous en prie. *Je vous en prie.* Je veux vous sentir. Laissez-moi vous toucher et vous serrer contre moi. Laissez-moi sentir quelque chose de vous. Tout. N'importe quoi. N'importe quoi. Je vous en prie.

— Vous voulez me sentir, ma femme ? murmura-t-il, d'une voix qui me sembla pleine de désespoir.

Alors je le sentis. Exactement où je voulais. Et je ne sentis pas ses mains ni sa bouche. Je sentis son sexe lourd et dur, tout contre moi. Il me força à m'ouvrir, mais ne me pénétra pas. Il était tout contre moi, mais n'imprima pas le mouvement que je réclamais à cor et à cri.

— Pas encore. Vous savez que vous méritez une punition. Vous savez que vous devez attendre.

— C'est donc cela ? Cela fait partie de ma punition ? Vous me punissez en vous soustrayant à moi ?

— Peut-être, répondit-il, moqueur, avant de prendre un ton plus sérieux pour ajouter : Je veux juste vous prouver que je suis un homme d'honneur, que je tiens mes promesses, et que vous n'aurez jamais à avoir peur ni à douter de moi.

A ce moment précis, non seulement mon corps se languissait de lui avec un désespoir que je n'avais jamais connu, mais mon cœur aussi semblait gonflé du désir de le garder et de le serrer contre moi, à jamais, de l'aimer et de le croire. Oui, je l'autoriserais à tenir la promesse qu'il m'avait faite, comme il m'avait autorisé mes hésitations.

Mais mon corps n'était pas de cet avis.

Quand je me plaquai contre lui, il se déroba complètement. Cette perte soudaine me donna presque envie de pleurer. Mais il était déjà en train de se frotter contre mon ventre et entre mes seins. Je fus soufflée par la joie qui m'envahit alors. Je voulais qu'il se serve de mon corps de n'importe quelle façon, de toutes les façons. Je sentais son propre désir et son agressivité dans cet assaut. Il était sublime. Il était partout. Son gémissement rauque fut suivi par le contact chaud de sa semence coulant sur mon sexe, sur mon ventre, sur mes seins gonflés.

Cette caresse fut aussitôt remplacée par quelque chose de plus violent. La cravache s'abattit sur moi selon un rythme régulier et mordant, qui me conduisit entre l'agonie et l'extase. Sans prévenir, il frappa mon sexe, là où toutes mes terminaisons nerveuses semblaient se concentrer. La sensation fut si violente que je crus exploser. C'était trop. S'il recommençait, j'avais peur de m'égarer, de me retrouver au bord de quelque chose que je ne pouvais ni contrôler ni comprendre. Mais, peu importait, je voulais ce nouveau coup. L'orgasme bouillonnait en moi, tout près et déjà si brûlant que j'en devinai la force.

— Encore. Tout de suite. Je vous en prie, implorai-je, comme folle.

— Patience, répondit-il en semblant prendre un malin plaisir à me faire languir.

L'extase commença avant même que la cravache ne me touche. Je savais qu'elle allait venir et mon corps répondit, en se soulevant, offert, de sorte que, lorsqu'elle s'abattit sur ma chair sensible et plus que prête, elle nourrit un gigantesque torrent de plaisir. Un autre coup, et je fus perdue, emportée par une volupté sans nom. Je pleurais, je me tortillais, je suppliais. J'étais dans le noir et attachée, la seule sensation que je pouvais ressentir était ce plaisir, intense, profond.

Après un long moment qui me parut comme un rêve, les spasmes se calmèrent et s'espacèrent. Je ne savais pas si le bandeau m'avait été retiré : je n'aurais jamais pu ouvrir les yeux.

J'entendis un doux murmure à la limite de ma conscience :
— Ma femme est une déesse.

Après mon troisième — ou quatrième — orgasme, j'entrai dans un état de transcendance physique enchantée, dans lequel mon corps existait dans son propre royaume, basique et primaire. Mon esprit devint calme et éteint, seulement capable d'appréhender le plaisir, toujours aussi violent et saisissant. Au cours de cette nuit, je fus conduite au-delà de limites dont je ne savais même pas qu'elles existaient. Après plusieurs heures d'exquise torture et d'inimaginable ravissement, j'eus vaguement conscience d'être libérée de mon bandeau et des liens qui m'entravaient les pieds et les mains. Un linge froid me lava. Puis je fus recouverte de lourdes couvertures. Et je me réveillai bras et jambes enlacés avec possessivité autour de mon sauvage guerrier de mari.

14

Kade me réveilla en traçant du bout de ses doigts une ligne légère le long de la courbe de mes sourcils, puis de ma joue et enfin en suivant le contour de mes lèvres. Je ne l'avais jamais vu avec une expression aussi douce. Nous restâmes ainsi pendant plusieurs minutes, allongés en silence, à savourer cette proximité et ce nouveau lien, plus fort à chaque instant.

Il y avait dans ses yeux un miroitement mystérieux et pensif. Ce n'était ni de l'inquiétude ni de la crainte. C'était quelque chose d'inédit et de profond.

— Mon cœur repose entièrement entre vos mains, madame. J'ai tout entier succombé. Je suis pour toujours à votre merci.

Ses mots, si touchants et inattendus, me procurèrent une sensation de douce chaleur.

— Je prendrai bien soin de votre cœur, murmurai-je, sentant que les changements qui s'étaient opérés en moi et en lui étaient plus profonds que jamais je n'aurais pu l'imaginer.

Je répétai la promesse qu'il m'avait faite, et qui s'était révélée exacte :

— Vous n'avez rien à craindre de moi.

Kade poursuivit ses caresses, comme s'il voulait mémoriser le relief de mon visage. Il y avait une affection profonde dans son expression, un doux émerveillement. Le sauvage sans cœur pour qui je l'avais pris pendant un moment avait disparu, remplacé, dans notre refuge privé, par un amant qui me faisait tant de bien que je commençais à me demander comment j'avais pu avoir aussi peur de lui.

— Il faut que je me lève pour organiser la journée de chasse, dit-il. Mais je ne m'éloignerai pas de la maison aujourd'hui : j'ai à y faire. Je vous croiserai peut-être.

— Je l'espère. Vous n'êtes pas obligé d'aller chasser aujourd'hui ?

— Les différents groupes de chasseurs sont capables de se débrouiller sans moi, désormais. Les hommes à qui je peux faire confiance sont de plus en plus nombreux. J'ai pu m'assurer de leur loyauté hier lorsque nous sommes tombés sur une petite brigade des troupes de Campbell.

A cette nouvelle, je tressaillis.

— Où cela ?

— A une quinzaine de kilomètres d'ici. Au nord-ouest, dans la direction exacte du territoire de Campbell. Nous avons de bonnes raisons de croire qu'ils attendaient un message d'un de nos hommes. Ils nous ont demandé si nous avions quelque chose pour eux, avant de se rendre compte que nous étions en train de chasser.

Le fait même que Kade partage cette information avec moi témoignait d'un changement. Il voulait peut-être me mettre en garde. Me prévenir de me montrer attentive et prudente.

— Nous sommes mieux préparés qu'il y a deux semaines. L'entraînement a porté ses fruits, surtout chez certains, comme Jamie par exemple. La plupart des armes clés ont été réparées et aiguisées. Et je ne m'éloignerai pas de ma femme, que j'ai juré de protéger avant tous les autres.

Bien sûr, je fus heureuse d'apprendre qu'il serait là si j'avais besoin de lui. Comme moi je serais là s'il avait besoin de moi. A n'importe quel moment.

— Mais, pour l'instant, je dois vous laisser, dit-il en se levant pour se préparer.

Avant de me quitter, il ne m'embrassa qu'une fois, comme si, bien conscient de l'effet que nous nous faisions l'un l'autre, il préférait éviter la tentation.

— Bonne journée, madame, lança-t-il.

Peu de temps après, plusieurs femmes de chambre se

présentèrent à ma porte. Je passai la plus grande partie de la journée avec elles, à préparer les appartements que les frères et sœurs de Kade — ainsi que leur garde personnelle et leurs domestiques — occuperaient pendant leur séjour chez nous. J'étais heureuse de pouvoir les recevoir dans un manoir plus accueillant que celui qu'ils auraient découvert s'ils s'étaient annoncés ne serait-ce que quelques semaines plus tôt.

Et je ne parvenais pas à chasser mon mari de mon esprit.

J'avais hâte de le revoir. J'avais hâte d'être allongée à côté de lui, de sentir ses mains sur mon corps. Dans cette attente, j'avais l'impression d'être une personne différente. Je ressentais toujours les effets délicieux des tourments érotiques que Kade m'avait fait subir. Je me sentais détendue mais forte. Mon corps vibrait d'une satisfaction d'un type totalement inédit pour moi. Et mon esprit était plus alerte que jamais. Je me sentais puissante, dans le sens le plus vaste du terme, comme si j'avais avalé une potion d'invincibilité. Je me sentais en paix. Je me sentais entière. Et femme. Et vivante. Mon mari avait chassé toute faiblesse de mon corps et de mon esprit. Il m'avait apaisée, secouée, et réveillée tout à la fois.

Et j'étais vraiment satisfaite de cette nouvelle harmonie qui régnait au manoir. Il nous restait des montagnes de travail à accomplir, mais de petits changements étaient déjà évidents. La grande salle et les cuisines étaient plus propres, et organisées plus efficacement. Les domestiques travaillaient avec davantage d'énergie. Dès que les nouvelles règles de base avaient été établies — et un système de récompenses aux plus méritants mis en place —, il s'était opéré un vrai changement, bien visible, non seulement en ce qui concernait l'allure des lieux, mais aussi l'atmosphère générale du domaine. Et, évidemment, ces changements étaient positifs et bien reçus par tous. Nous appréciions la nourriture plus abondante et plus goûteuse. Tous les membres du clan que je croisais me complimentaient pour mes efforts et ceux de mon mari, et de plus en plus d'entre eux me proposaient leur aide. Le manoir lui-même semblait plus fier, et il serait bientôt prêt, d'après Kade, à accueillir son frère aîné et ses deux sœurs, qui étaient attendus chez nous deux semaines plus tard.

Je savais que Kade guettait avec impatience la venue de son frère Knox. La question des soulèvements qui menaçaient de se produire non seulement hors de nos murs, mais aussi à l'intérieur même de ceux-ci, préoccupait de plus en plus mon mari. Environ la moitié des soldats lui étaient loyaux, estimait-il. Peut-être même un peu plus. Mais c'étaient les autres qui l'inquiétaient. Si la menace du retour imminent de Campbell s'avérait fondée, une mutinerie ne pourrait pas tomber à un pire moment. Je savais que mon mari prenait Campbell et son armée très au sérieux. Je me souvenais de ses mots sur la nature foncièrement mauvaise de Campbell. La large cicatrice semi-circulaire qu'il portait à l'épaule était la preuve qu'au moins un soldat dans les Highlands représentait pour lui une réelle menace physique. Que l'homme en question ait été repéré en train de rôder à plusieurs reprises était en effet inquiétant. Et, alors qu'il ne pouvait compter que sur la moitié de ses hommes, Kade était impatient de pouvoir bénéficier du soutien de son frère, et de ses troupes.

J'espérais que mon mari s'inquiétait à tort, bien sûr, et que les hommes de Campbell étaient plutôt en route pour de nouvelles conquêtes. Après tout, que viendraient-ils chercher, ici à Glenlochie ? Nous n'avions pas grand-chose à leur offrir. Même si nos provisions avaient été plus fournies et notre manoir plus agréable, s'emparer de notre domaine ne leur aurait servi à rien. C'était Ossian Lochs qu'ils voulaient, le domaine de Wilkie et de Roses, qu'ils avaient hérité du père de cette dernière, le roi.

Je m'efforçai de chasser ces pensées inquiétantes. Je voulais plutôt savourer les effets de la nuit que nous avions passée et apprécier l'harmonie momentanée de mon foyer. En fait, l'agréable embellissement de notre domaine tout comme les conséquences des merveilleuses attentions nocturnes de mon mari tenaient du miracle. Jamais, en vingt et une années d'existence, je n'avais éprouvé une telle sensation de profond bien-être.

L'après-midi était déjà presque terminé lorsque je me rendis vers les cuisines où travaillaient plusieurs de mes sœurs ainsi que des domestiques. De loin, j'entendais leurs rires. La grande salle, bien que déjà prête pour le repas du soir, était vide. Je pris un moment pour apprécier le spectacle paisible qui s'offrait à mes yeux. La cheminée était allumée, et j'allai m'y poster. Les portes des cuisines étaient ouvertes, et j'entendais des bruits de vaisselle ainsi que les discussions des cuisinières, auxquelles participaient mes sœurs. Clementine, en particulier, avait pris son nouveau passe-temps très au sérieux. Ses projets d'entrée au couvent avaient été repoussés, sur ordre de mon mari, car il ne voulait pas se priver des hommes qui, en ces temps incertains, auraient dû escorter ma sœur aînée jusqu'au lieu de sa retraite. Elle n'avait pas protesté, et paraissait au contraire plus que ravie de passer ses journées en cuisine. Le pain était devenu sa nouvelle obsession. J'entendais également les voix d'Agnes et d'Ann. On aurait dit que mes sœurs étaient heureuses de ces nouvelles opportunités. A la minute où elles avaient été autorisées à travailler, elles s'étaient mises à la tâche avec bonheur. Tout comme moi.

A ce moment-là, elles firent irruption dans la grande salle, et remarquèrent aussitôt ma présence.

— Stella ! s'exclama Clementine, rayonnante, en s'approchant.

Elle tenait un plateau.

— Il faut absolument que tu goûtes ce pain. Il sort tout juste du four. Et le beurre est tout frais. J'ai ajouté des noix à la pâte. C'est tout simplement divin.

— Cela m'a l'air divin, en effet, dis-je en mordant dans le morceau qu'elle me tendait.

Mais avant que je puisse la complimenter, ou lui expliquer à quel point cette nouvelle lueur dans ses yeux lui allait à merveille, surgirent notre père, Aleck, et l'un des plus anciens officiers de mon père, Hugh. Quelques soldats entrèrent même derrière eux, pendant que notre père boitillait vers nous. Il paraissait chaque jour plus faible. Il semblait fatigué mais agité, et ses yeux étaient de plus en plus vitreux, à cause de son âge et de la démence qui s'accélérait. Je remarquai tout de suite que mon père ne menait pas ses hommes, mais qu'il les suivait. Ce n'était pas un détail anodin. Peu importait sa condition physique, mon père était *le seigneur tout-puissant du clan*. Soit il avait confié de nouvelles responsabilités à Aleck, soit Aleck les avait accaparées tout seul. Et ces deux possibilités étaient tout aussi inquiétantes l'une que l'autre.

Mes sœurs voulurent se retirer en cuisine, et m'attirèrent à leur suite. Mais j'en avais assez de m'enfuir et de me cacher.

— Partez, leur dis-je, surprise par ma voix autoritaire. Moi je reste.

Quelque chose avait changé en moi, et ce petit détail me distinguait à présent de mes sœurs. J'étais désormais mariée, tandis qu'elles espéraient toujours. J'étais défendue et soutenue comme jamais elles ne l'avaient été, et par un homme qui non seulement allait devenir chef de clan, mais qui était également aussi viril qu'il soit possible de l'être. Mon statut m'avait permis de gagner le respect de mes sœurs. Et il était vrai que je ne les voyais plus beaucoup en ce moment. C'était fort dommage, et je ferais mon possible pour remédier à cela, décidai-je. Mais ce ne serait pas pour tout de suite.

Réticentes, elles battirent en retraite, et se tinrent un moment près des portes ouvertes de la cuisine, avant d'y disparaître pour de bon.

Aleck s'avança jusqu'à moi. Il tendit la main pour replacer une mèche de mes cheveux derrière mon oreille. Ce geste me mit mal à l'aise. Il était trop familier. Trop possessif. Je n'aimais pas ce qu'il impliquait, ni la confiance en soi qu'il fallait pour se le permettre.

— Ainsi, dit-il d'une voix traînante, les femmes ont pris le contrôle de ce manoir, dirait-on. N'est-ce pas étrange ?

— Si, acquiesça Hugh, une brute aux longs cheveux blond filasse.

Son attitude et sa taille étaient aussi menaçantes que celles d'Aleck, mais ce fut ce dernier qui accapara mon attention. Quelque chose en lui avait changé. Sa confiance se doublait d'un trait de caractère que je n'aurais su nommer. De sournoiserie, peut-être. Ou bien d'un sentiment de légitimité et d'accomplissement. Ses mouvements paraissaient inhabituellement lestes, comme si quelque chose l'excitait ou le transportait. De quoi qu'il s'agît, je ne pus m'empêcher de penser que cela allait avoir des conséquences néfastes pour nous, et pour *moi* en particulier.

J'avais envie de partir loin de lui aussi vite que possible, encore plus que d'habitude.

Il tendit la main vers le pain que je tenais toujours, me le prit et en avala un morceau.

Et son commentaire m'avait agacée. Je ne voulais plus m'aplatir devant lui. Je sentais le soutien de Kade de loin, ainsi que le pouvoir que me conféraient mes nouvelles fonctions. Avant — et ne serait-ce que quelques jours plus tôt —, j'aurais peut-être reçu ses insultes sans broncher. Mais mes sœurs et moi avions été chargées de nous occuper de notre maison. Kade, qui avait eu beaucoup de mal à croire que nous n'avions rien fait auparavant, m'avait convaincue d'accepter cette mission. Notre clan avait suivi des règles peu saines pendant trop longtemps. Je voyais à présent qu'il était normal de travailler et de prospérer grâce au fruit de ce travail. Continuer d'ignorer cette vérité semblait contre-productif. Et je n'étais plus disposée à accepter les ordres dispensés par des hommes égoïstes, fous ou sans honneur.

— Nous n'avons pas pris le contrôle du manoir, Aleck, lui rétorquai-je. Nous veillons de près à son bon fonctionnement. Et nous faisons cela très bien. Mais que voulez-vous donc ?

Il se pencha à mon oreille, pour murmurer d'une voix lubrique :

— Vous savez très bien ce que je veux. Vous n'avez pas pu oublier. Quand allez-vous donc donner suite à notre… discussion ?

— Quelle discussion ? demandai-je, irritée.

J'essayai de me dégager, mais il ne fit que s'approcher davantage, et passa son bras autour de ma taille. Cela me rassura de savoir qu'un couteau — petit mais extrêmement coupant — était attaché à ma cuisse, caché et indétectable. Et je savais comment m'en servir. J'étais armée pour la première fois de ma vie, et réconfortée par la présence de cette petite arme. En ce moment précis, je me sentis à la fois pleine de gratitude envers mon mari, mais aussi plus proche de lui que jamais, comme si ce couteau était un lien qui nous unissait, en représentant la convergence de nos buts.

— Notre discussion au sujet des infidélités de votre mari, répondit-il en m'attirant à lui. Et au sujet de la liberté qui est la vôtre de chercher satisfaction ailleurs.

— Je n'appellerais pas cela une discussion, répliquai-je, en me débattant pour me défaire de lui. En outre, vous vous trompez : mon mari ne m'a pas été infidèle. Il me l'a assuré. Et je le crois.

L'audace d'Aleck me mettait en colère, de même que l'abus qu'il faisait de sa force et sa mauvaise interprétation de la situation. Car il semblait croire pour de bon que j'étais tentée par une aventure. *Avec lui.* Grâce aux changements qui s'étaient opérés en moi, j'étais suffisamment agacée pour rétorquer, sans réfléchir :

— Et en ce qui concerne vos insinuations, Aleck, oubliez-les ! Et tirez un trait dessus une bonne fois pour toutes. Vous êtes la dernière personne dans les bras de laquelle je me jetterais, même si j'avais déjà...

Je compris mon erreur au moment précis où les mots sortirent de ma bouche. Je voulus me rétracter. Mais Aleck plissa les yeux et m'adressa un regard entendu.

— Même si vous aviez déjà *quoi* ?

— Même si j'avais déjà eu envie de chercher satisfaction ailleurs, m'empressai-je de répondre. Ce que je ne ferais jamais, soit dit en passant. Mon mari me comble au-delà de toute attente.

J'espérais que mon indignation et que la vérité sincère de cette affirmation auraient raison des soupçons d'Aleck.

Mais son ambition sans limites et cette lueur nouvelle dans ses yeux instillèrent une peur glaciale en moi.

— Il ne veut pas vous prendre par la force, n'est-ce pas ? Il a trop d'honneur pour commettre une telle vilenie, c'est bien cela ?

Aleck exultait. Il parlait à voix basse, avec une légère incrédulité, comme s'il exprimait tout haut ses pensées sans s'en rendre compte.

— L'honneur... Ces Mackenzie se vantent d'en faire preuve en toutes circonstances.

Il avait prononcé le mot « honneur » avec une grimace, comme si ce n'était pas une valeur à laquelle il était spécialement attaché, contrairement à mon mari. Aleck me regarda, et scruta mon visage qui devait exprimer tous les regrets que j'éprouvais en ce moment précis. Sur ses traits, ses intentions et ses calculs se lisaient clairement, en tout cas.

— Votre mariage n'a pas encore été consommé, reprit-il avec calme.

Sa main s'aventura plus loin, et se posa sur la courbe de mes hanches.

Mais, d'un bond, je réussis à lui échapper. Je courus vers les cuisines, pour me réfugier auprès de mes sœurs et des domestiques. Aleck n'oserait pas abuser de moi devant tout ce monde. Du moins je l'espérais.

Et mes espoirs se confirmèrent — pour l'instant. Aleck ne me suivit pas.

Ce développement inattendu tombait au plus mauvais moment. Qu'Aleck se doute que mon mariage n'avait pas encore été consommé était dangereux. Je savais qu'il convoitait de tout son être la place de laird, et ce depuis son enfance, durant laquelle il n'avait cessé de me tourner autour. Je le soupçonnais d'être le traître qui sévissait dans nos rangs et Kade était de mon avis. Je m'étais demandé à plusieurs reprises si Aleck avait un plan depuis le début. Et je me demandais à présent jusqu'où il était prêt à aller.

J'avais besoin de plus d'informations, dont la source proviendrait des rangs mêmes de notre armée. Il me fallait quelqu'un qui connaissait le mode de fonctionnement du clan avant l'arrivée de Kade, et avant les menaces des attaques de Campbell. Quelqu'un qui aurait pu percevoir un changement, ou qui aurait pu avoir vent de certaines rumeurs, dans les deux camps. Et j'avais une idée de qui ce « quelqu'un » pouvait être.

Je trouvai Bonnie, assise à l'une des tables, en train de plier les serviettes qui serviraient au repas du soir. Même Maisie et elle, depuis peu, participaient aux travaux quotidiens du manoir, après avoir vu l'enthousiasme dont nous débordions, Clementine et moi. Maisie, semblait-il, avait un don pour les compositions florales. Et Bonnie était douée avec un fil et une aiguille.

— Bonnie, l'interpellai-je. Peux-tu me conduire à Jamie ? J'ai besoin de lui parler.

Plusieurs de mes sœurs m'entendirent et s'approchèrent. Bonnie me regarda, en prenant son temps pour évaluer le changement qui s'était opéré en moi depuis notre dernière conversation sérieuse.

J'avais été préoccupée, et j'avais réussi à éviter les discussions à propos des détails les plus intimes de mon mariage, au sujet desquels mes sœurs me pressaient de questions dès qu'elles en avaient l'occasion. Et une nouvelle occasion se présentait là, dont Bonnie, semblait-il, entendait profiter pleinement. Elle sourit d'un air entendu.

— Stella, je trouve que le mariage te va à ravir. Ce qu'on dit à propos de Kade Mackenzie doit être vrai.

Elle baissa la voix :

— Est-ce vrai alors ? Est-il aussi *bestial* que ce que nous avons entendu dire ? Tu ne nous racontes rien du tout.

Je savais que je ne réussirais pas à esquiver totalement ses questions. Il était déjà assez grave qu'Aleck ait de sérieux doutes sur la consommation de notre mariage. Je ne voulais pas que mes sœurs nourrissent les mêmes soupçons, surtout étant donné qu'il s'agissait d'un détail que je comptais bien régler le plus tôt possible. Au diable les serments et l'honneur de mon mari ! Il y avait des problèmes plus importants qu'une promesse d'un autre âge, que je ne lui avais jamais demandé de faire, par ailleurs. J'avais l'intention de lui faire entendre raison dès que possible. Mais, en attendant, pour faire taire mes sœurs, j'avais besoin que ma réponse soit convaincante.

— Oui, répondis-je en essayant de prendre le même ton que Bonnie. Il est aussi *bestial* qu'une femme pourrait le souhaiter.

Bonnie haussa les sourcils. Espérant avoir suffisamment satisfait sa curiosité pour passer à un autre sujet de conversation, j'ajoutai :

— Nous reparlerons de tout cela plus tard. Mais d'abord j'ai une question urgente à poser à Jamie. Sais-tu où il peut se trouver ?

— Oui, me répondit Bonnie. Il a fait le dessin d'une nouvelle épée dont il a eu l'idée, et il est allé le montrer à Caleb pour voir s'il pouvait la fabriquer.

Maisie s'était approchée de moi. Elle aplatit un faux pli qui s'était formé sur ma robe, comme si elle cherchait à m'amadouer.

— La présence de Caleb serait-elle liée à ton empressement, ma chère sœur ?

Je ne lui avais pardonné ni sa trahison ni ses reproches blessants.

— Non, *ma chère sœur*. J'ai demandé à parler à Jamie, pas à Caleb. J'espère même pouvoir éviter ce dernier. Mon mari m'a interdit de lui parler.

— C'est normal, répondit Maisie. Il connaît ton désir pour lui.

— Il connaît notre histoire *passée*. C'est tout ce qu'il y a à savoir. Je suis mariée à présent, Maisie. Il n'y a aucun avenir pour Caleb et moi. Nous n'étions pas faits l'un pour l'autre.

Je le comprenais désormais. Et je pensais sincèrement ce que je disais. Je ne me languissais plus de Caleb. Je ne me languissais plus que d'un seul homme : celui que j'avais épousé. Celui qui partagerait mon lit ce soir même. Celui dont l'agaçant compte à rebours comprenait encore... huit longs jours.

J'étais bien assez furieuse — à la fois à cause de ce compte à rebours et de cette querelle qui durait toujours avec Maisie — pour ignorer superbement cette dernière. Je suivis Bonnie, qui s'était déjà levée pour m'accompagner à la hutte du forgeron. Mais Maisie nous emboîta le pas. Tout en marchant, je lui adressai un regard noir, qu'elle accepta sans broncher ni faire de commentaire. Son visage exprimait une culpabilité qui se mêlait au chagrin qui ne la quittait plus depuis que ses espoirs avaient été déçus. En ce qui me concernait, la tristesse et la colère qu'avait pu me causer sa trahison avaient été atténuées par la sécurité et le réconfort — entre autres choses — que Kade m'apportait. Maisie rêvait de posséder ce que j'avais moi : un mari — et un Mackenzie si possible — qui lui serait aussi dévoué que Kade l'était vis-à-vis de moi. En réfléchissant à cela, je commençai à lui pardonner. Qu'elle ait songé à mes propres intérêts ou aux siens n'avait au fond pas d'importance. Cette histoire concernait davantage ma relation avec Kade qu'elle ne concernait Maisie. C'était plus fort qu'elle. Elle était amoureuse d'un homme qu'elle ne reverrait peut-être jamais, et qu'elle n'aurait jamais. D'un homme qui ressemblait à mon mari comme seul un frère de sang pouvait lui ressembler.

Mais mon mari ne voulait pas de Maisie. Il aurait pu l'avoir. C'était elle qui lui avait été proposée avant moi, mais il avait refusé.

« C'est toi qu'il veut », avait dit mon père.

Et Kade l'avait confirmé, plus d'une fois. Je n'oublierais jamais les paroles qu'il avait prononcées dans la chaleur de la nuit, et qu'il avait confirmées en me prouvant son désir pour moi et en faisant surgir ce plaisir dévastateur.

Les souvenirs de nos étreintes passionnées se bousculaient de nouveau dans ma tête et dans mon corps, lorsque je fus contrainte de revenir brusquement à la réalité. Les hommes que nous cherchions — Jamie et Caleb — étaient justement en train de venir à notre rencontre. Nous étions déjà dehors, mais nous avions à peine commencé à emprunter le chemin qui menait au village des artisans.

Je ne pus m'empêcher de regarder tout autour de moi, pour voir si Kade n'était pas dans les parages. Nous nous trouvions à côté de la jolie roseraie du manoir, près de l'entrée latérale. Un peu plus loin, les vergers descendaient en pente douce jusqu'au loch. Je distinguai les silhouettes, petites et en mouvement, de plusieurs jardiniers en train de tailler et d'attacher les arbres, pour les préparer à affronter l'hiver. Il s'agissait peut-être des jardiniers des Mackenzie. Ou des nôtres, à présent qu'ils avaient été formés et qu'ils étaient efficaces.

Il était assez improbable que Kade se trouve dans les vergers ou à proximité. Sa place était dans les entrepôts d'armes, ou sur les terrains d'entraînement, où il exerçait les hommes un par un, et conquérait lentement mais sûrement leur loyauté. Néanmoins, je voulais faire aussi vite que possible. Ce serait une très mauvaise idée d'être vue une *deuxième* fois en compagnie de Caleb. Cette nouvelle offense entraînerait un châtiment terrible.

Caleb avait tout de même meilleure allure que lors de notre première brève rencontre. Il s'était lavé et portait des vêtements en bon état. Il ne paraissait plus aussi décharné. Ses cheveux avaient retrouvé leur éclat doré, et sa chemise blanche mettait en valeur la peau légèrement brunie de son visage et de son cou. Ses mains, comme toujours, étaient salies par une pellicule permanente de suie. Jadis, le voir ainsi, vigoureux et auréolé de la lumière du soleil, aurait fait s'emballer mon cœur, et m'aurait donné envie de le suivre jusqu'à l'autre bout du monde, à n'importe quel prix.

Mais à présent je ne ressentais rien de cela. Non, ce que je ressentais, c'étaient encore les effets des doigts de Kade sur les parties les plus intimes de mon corps. Je sentais ses dents, ses morsures. Je sentais la chaleur de son corps contre le mien et la passion de ses baisers.

Caleb tendit la main vers moi, comme s'il avait oublié les mises en garde de Kade. Je reculai brusquement. Caleb laissa retomber son bras sur le côté, et m'adressa un regard blessé et confus.

— Caleb, dis-je d'une voix douce. S'il te plaît. Tu ne dois pas me toucher. Mon mari est très... possessif. Tu dois prendre ses avertissements au sérieux. Il pensait vraiment tout ce qu'il a dit.

J'eus l'espace d'un instant envie de tendre le bras vers Caleb, de prendre ses doigts noircis dans ma main, non pas pour le sentir, mais pour que mon mari jaloux me punisse de nouveau. Mais ce n'était pas une bonne idée. Un tel comportement mettrait Caleb en péril. Dans ce contexte difficile, les passions étaient exacerbées. Le danger guettait et la guerre menaçait. Je préférai alors reculer d'un pas.

Et Jamie, de lui-même, lança la conversation qui m'intéressait.

— Stella, déclara-t-il, les yeux brillants d'anxiété. Mackenzie est en danger, et vous aussi. Aleck et ses rebelles se sont alliés avec Campbell. Ils ont l'intention de dévaster le domaine, à l'invitation d'Aleck. Je suis loyal envers votre mari, tout comme un certain nombre d'entre nous. Il ne nous reste qu'à espérer que nous soyons plus nombreux que les soldats ayant choisi de suivre Aleck. Vous devez avertir votre mari, et vite. Dites-lui d'appeler ses frères et leurs troupes en renfort dès ce soir. Dites-lui que l'attaque est imminente.

15

Aussitôt, je rebroussai chemin vers nos appartements. Le repas du soir était en train d'être servi dans la grande salle, et je la parcourus du regard à la recherche de mon mari. Mais il était introuvable. Je me dirigeai vers le couloir secondaire, le seul qui menait à notre aile privée. Ce couloir était toujours sombre et silencieux, car il était éloigné des parties plus centrales et animées du manoir. J'avais l'intention d'y faire installer des bougeoirs ou des petites torches pour éclairer le chemin, mais je n'avais pas encore pris le temps de m'en occuper. Le passage était étroit et, pour m'aider, je fis glisser ma main le long du mur en pierre, qui était glacé.

Pourquoi Kade s'était-il retiré si tôt ? Mais je me souvins qu'il n'avait dû dormir qu'une petite heure la nuit précédente.

J'approchais de l'endroit où le couloir formait un coude pour bifurquer à droite. Lorsque je tournai, je heurtai de plein fouet l'énorme silhouette d'Aleck. Avant que je puisse réagir, il passa son bras massif autour de moi, m'attira à lui et, en même temps, couvrit ma bouche de sa main. Il s'agissait d'un mouvement calculé et bien rodé. Il avait réfléchi à sa technique, et s'était entraîné, pour être sûr de ne pas faillir. Il me ramena vers l'endroit d'où je venais, mais pénétra rapidement dans une pièce et referma avec soin la porte derrière nous. Puis il me lâcha. La panique me saisit à la gorge, et je voulus crier à l'aide. Mais je savais que le son ne franchirait pas cette lourde porte de bois. Je reconnus aussitôt cette pièce comme faisant partie des quartiers des soigneurs.

L'air était saturé de l'odeur médicinale de décoctions d'herbes, d'alcool, et de notes terreuses de racines fraîchement ramassées. Je fus soulagée de voir Fee, l'une des soigneuses de notre clan, à côté d'un lit sur lequel était étendu un drap propre. Sa petite silhouette disparut derrière l'énorme masse d'Aleck lorsqu'il me poussa vers le lit et m'ordonna d'y prendre place.

— Pourquoi ? demandai-je sur un ton de défi.

La présence de Fee me donnait du courage ; Aleck n'oserait tout de même pas abuser de moi en présence d'une tierce personne !

Enfin, je l'espérais...

— Fee va vous examiner, dit Aleck. J'ai des doutes sur la validité de votre mariage.

Mon courage flancha légèrement sous le coup de l'angoisse.

— La preuve de la validité de notre mariage a été apportée à mon père après notre nuit de noces, rétorquai-je.

— Je l'ai vue, en effet. Et, s'il s'agissait bien de votre sang virginal, alors vous n'avez rien à craindre. Mais je pense que ce n'était pas le cas, et je veux en être certain. Femme, ordonna-t-il en se tournant vers Fee, à vous maintenant.

Fee, qui devait approcher les soixante ans, était l'une de nos plus vieilles soigneuses. Elle était renommée à la fois pour sa science et pour la brusquerie de ses manières. Après avoir côtoyé la maladie et la mort pendant plusieurs décennies, il ne lui restait peut-être plus beaucoup de place pour la compassion. Aleck avait bien choisi. Il savait, tout comme moi, que Fee n'aurait aucun scrupule à lui dire la vérité à mon sujet. Elle posa ses mains froides et osseuses sur moi et me força à m'allonger sur le lit.

Je repoussai ses mains.

— Il n'y a aucune raison de douter que ce mariage a bien été consommé, insistai-je d'une voix plus ferme que je ne l'aurais cru. Mon père s'est montré satisfait, et vous devriez l'être vous aussi.

— Pourtant je ne le suis pas. Vous avez failli avouer, ce matin, dans la grande salle. Et cela se tiendrait, au fond. J'ai vu la façon dont vous regardiez votre mari par le passé. Avec horreur, parfois, et avec crainte, toujours. Je suis sûr que cela ne lui a pas échappé. Et, si les Mackenzie ont un sens de l'honneur aussi développé que le dit leur réputation, j'imagine qu'il ne vous a pas prise par la force. Ce qui signifierait que votre mariage n'a aucune valeur légale.

— C'est une accusation ridicule, protestai-je. Vous vous trompez.

Il semblait ne pas avoir entendu ma réponse, car il poursuivit :

— Ce qui signifierait également que, si quelqu'un d'autre vous épousait, puis consommait pour de bon cette union, alors ce serait ce second mariage qui serait valide. Le premier serait instantanément annulé.

— Eh bien, le premier mariage a bel et bien été consommé, mentis-je, désespérée. Vos suppositions sont fausses. Vous avez mal interprété mes paroles, ce matin. Je ne sous-entendais pas que…

— Allez-y, maintenant, grogna Aleck en direction de la soigneuse, qui demeurait imperturbable.

Ce fut lui qui m'allongea sur le lit avec ses grosses mains, et maintint mes épaules fermement en place.

— Si le verdict me paraît douteux, je vous examinerai moi-même.

Fee obéit à Aleck. Un frisson parcourut mon échine lorsque ses doigts froids et arthritiques soulevèrent le bord de ma robe et effleurèrent la peau fine de mes cuisses. Je serrai les jambes, mais elle avait une force étonnante, et elle saisit rapidement mes chevilles pour les enfiler dans des bracelets en fer qui avaient été attachés à la table d'examen pour m'empêcher de bouger.

— Tenez-vous tranquille, très chère, dit-elle, avec une politesse qui ne paraissait pas naturelle dans cet espace clos et angoissant.

Je me débattis encore, mais j'étais trop fermement maintenue. Je criai, mais cela n'empêcha pas les doigts de la vieille femme de trouver leur but. Ils s'enfoncèrent en moi et, en progressant lentement, tâtèrent, inspectèrent. Je fermai les yeux pour tenter de nier cette violation sournoise.

L'examen fut bref, et elle retira sa main.

— Oui, elle est toujours intacte, annonça la vieille soigneuse en me libérant les chevilles.

Aleck sourit. Ses sinistres intentions faisaient briller ses yeux noirs. Mais alors, comme il faisait un pas en avant, ses yeux se révulsèrent et son corps lourd tomba au sol dans un bruit sourd. Stupéfaite, je regardai Fee, qui sourit d'un air entendu.

— Je l'ai drogué, ma chère petite, expliqua-t-elle, en désignant un gobelet vide posé sur une étagère près d'une bouteille de whisky.

Je remarquai une grosse fiole de verre bleu, qui trônait juste à côté.

— Maintenant, je vous suggère d'aller régler ce problème sur-le-champ.

Sans perdre de temps, je présentai mes plus sincères remerciements à Fee, qui, alors qu'elle me poussait dehors, me dit :

— Cette grosse brute ne dormira pas longtemps. Une heure, peut-être deux, je ne saurais dire. Saviez-vous, au fait, que mon nom de naissance était Fiona Mackenzie ? Je me suis mariée très jeune, à dix-sept ans, avec un membre de votre clan, mais une Mackenzie reste toujours une Mackenzie. Maintenant partez, et faites vite. Attachez votre mari s'il le faut, mais, pour l'amour de Dieu, faites ce que vous avez à faire.

Secouée par sa confession, et par l'urgence qui perçait dans sa voix, je me précipitai vers nos appartements. J'entendis des bruits inhabituels, venant de la grande salle et de dehors. Des bruits métalliques, des cris, des voix d'hommes. Mais je n'avais pas le temps de m'arrêter. Je gagnai notre chambre sans rencontrer personne. Je refermai doucement la porte derrière moi, et je m'autorisai un moment de pause pour reprendre mon souffle.

Mon mari était profondément endormi dans le grand fauteuil en cuir installé près du feu, l'un de ses carnets posé ouvert sur son torse. Il portait son kilt, avec son écharpe drapée de façon lâche autour de sa poitrine, sans chemise. D'habitude, dans la journée, et pour les entraînements, il portait un pantalon en cuir et une tunique. En règle générale, les hommes revêtaient leur kilt pour des occasions plus formelles, ainsi que pour faire la guerre. Kade mettait toujours le sien, je l'avais remarqué, quand il était dans notre chambre et qu'il rédigeait ses notes ou écrivait à sa famille. J'imaginais que cela le rassurait, comme si être drapé dans les couleurs de son clan lui apportait le réconfort dont il manquait souvent dans son nouvel environnement peu hospitalier.

Il dormait toujours d'un air paisible. Sa beauté ne m'était plus seulement évidente lorsqu'il dormait ou qu'il riait. Mais maintenant, alors que je regardais sa poitrine se soulever et s'abaisser, et que les traits sévères de son visage étaient adoucis par la lumière bleutée de la nuit, je fus submergée par un désir spontané, et envahie par un flot de détermination. J'avais une tâche à accomplir, oui, et je me rendis compte que j'avais envie de le faire. Terriblement envie, même. Mon cœur ne s'était pas encore remis de ma cavalcade dans les couloirs, et le sang qui circulait à toute vitesse dans mon corps me réchauffa — en particulier en certains endroits où je sentais mon pouls cogner.

Je savais qu'il en fallait peu pour que mon mari décide de tuer Aleck et, s'il apprenait ce qui venait de se passer en bas, il n'aurait aucune hésitation à passer à l'acte, peut-être sur-le-champ. Mais je n'avais pas besoin de le lui dire. La drogue ne ferait pas effet longtemps, comme me l'avait précisé Fee. Je n'avais donc pas un seul instant à perdre.

Pourtant, mon mari pourrait protester. Il le ferait à coup sûr, même. Il veillait à respecter ce mois d'attente, afin d'instaurer une confiance solide et durable entre nous, et qui serait comme un lien invisible nous unissant à jamais. Et je comprenais ses raisons. Il ne voulait pas me forcer à faire quelque chose sans mon consentement absolu. Je le connaissais assez désormais pour savoir que prendre une femme par la force était une chose à laquelle Kade, malgré sa réputation de violence débridée, ne se serait jamais abaissé. Même Aleck avait remarqué ma peur. Une peur qui s'était muée, au cours des semaines, en désir rampant. Et, alors que je n'avais plus peur de mon mari, je devais reconnaître que j'avais toujours des accès de crainte occasionnels, à propos de ce qu'il pourrait me faire. Il conservait un fond dangereux et imprévisible. Mais, en ce moment précis, je ne pensais qu'aux regards lourds de désir qu'il m'adressait parfois. Souvent, même... Je sentais ma propre excitation, comme si elle se peignait sur ma peau, et colorait mes parties les plus intimes. Je repensais à ses caresses, à sa langue, à son fouet.

Les liens de soie étaient toujours posés sur la table de chevet. Je savais que je devais être prudente et rapide. Kade dormait profondément, mais il restait un soldat, dont l'instinct était de rester attentif à toute menace. Je mis rapidement en place le premier lien, et attachai son poignet droit au pied du siège. Il tourna la tête, et soupira dans son sommeil. A l'aide du second lien, j'attachai son autre bras à un pilier de bois situé juste à côté de son fauteuil. Et, alors qu'il ouvrait les yeux, je me dépêchai de serrer le nœud, sur lequel il essayait déjà de tirer. Il jura et s'agita, à tel point que son carnet tomba par terre.

Je me postai face à lui.

Il me regarda avec méfiance, le souffle court.

— Stella ? grogna-t-il tout bas, en semblant ne pas comprendre.

Mes yeux s'abîmèrent dans la contemplation des courbes fermes de ses épaules musclées, dont la peau brunie était parsemée de nombreuses cicatrices.

— Oui. C'est moi.

Il tira de nouveau sur ses liens et me regarda avec un mélange d'incrédulité et de surprise.

— Mais que... Que faites-vous ? Détachez-moi. Tout de suite.

— Je vous détacherai, répondis-je avec des inflexions faussement timides et soumises. Bientôt.

— Comment cela, bientôt ? Détachez-moi, j'ai dit.

— J'ai l'intention d'aborder un sujet qui nécessite toute votre attention.

— Quel sujet ? Détachez mes poignets, Stella.

Sa voix était forte et sa colère facilement décelable, mais je devais admettre qu'au fond de moi j'aimais beaucoup cela. C'était la première fois que j'exerçais un certain pouvoir sur mon mari puissant et redouté. D'habitude, c'était toujours lui qui prenait le contrôle de la situation. Jusqu'à maintenant.

— *Détachez-moi*, Stella, ou bien je vais vous le faire regretter. Je le jure. Vous n'aurez plus envie de vous approcher de moi.

Mais, moi, je voulais m'approcher de lui. Tout près, même. Plus près qu'il ne me l'avait jamais permis.

Nos regards se rencontrèrent lorsque je déboutonnai lentement le haut de ma robe, en faisant un gros effort pour rester calme. L'idée de ce qui m'arriverait si je n'atteignais pas mon but me donna du courage. J'écartai mon col pour libérer ma poitrine. L'incrédulité de mon mari sembla s'estomper, pour céder la place à quelque chose de plus profond. Ses yeux se promenèrent sur ma peau, et je ressentis de façon presque physique l'intensité brûlante de son regard.

— Dieu tout-puissant, murmura-t-il, d'une voix légèrement plus douce. Votre beauté me brûle les yeux. Je risque de m'embraser à tout instant.

Mais alors, comme s'il se reprenait alors que je m'approchais, son ton redevint agressif et brusque :

— Gardez vos distances.

Mais garder mes distances ne m'apporterait pas le résultat que j'escomptais.

Je plaçai donc mes mains sur ses genoux écartés, et les éloignai encore plus l'un de l'autre afin de pouvoir m'agenouiller entre eux. Lentement mais sûrement, je fis remonter mes mains le long de ses cuisses.

Il tressaillit et écarta davantage les jambes, comme s'il voulait échapper à mon emprise. Mais son mouvement ne réussit qu'à soulever davantage son kilt, ce qui me facilita la tâche.

— Ne me touchez pas, dit-il en m'adressant un regard qui déclencha en moi un frisson.

Mais, si ses muscles étaient bandés et son corps tendu, ce n'était pas de colère. La vue de son kilt soulevé à un endroit très précis de son anatomie dissipait tout doute sur son excitation.

— Au contraire, je vais vous toucher, monsieur. Je vais vous prendre comme vous m'avez prise.

— *Non.* Nous attendrons que le terme de cette promesse que je vous ai faite arrive à échéance.

— J'en ai assez d'attendre. Je ne *veux plus* attendre. Je ne vous ai jamais demandé de me prêter ce serment.

— *Stella,* me mit-il en garde. J'ai dit un mois, et je ne l'ai pas dit pour rien. Vous aviez besoin de ce temps. Je veux que vous...

— Mais je vous fais confiance désormais, dis-je en m'approchant pour faire remonter mes mains le long de ses cuisses et relever son kilt. Et je vous veux.

Il poussa un gémissement qui ressemblait à un cri de souffrance.

— Non. Pas tout de suite. Je ne suis pas d'accord !

Il se tortilla, et je reculai alors qu'il tirait violemment sur les liens qui lui entravaient les poignets. Mais les nœuds tinrent bon, et au bout d'un moment il se calma, même si sa respiration était lourde et ses yeux pleins de rage.

— Détachez-moi.

Son ton était autoritaire, mais je savais ce que lui obéir me coûterait — et nous coûterait à tous les deux. Cependant, même si j'étais pressée, j'avais envie qu'il soit d'accord. Je voulais qu'il fasse sauter les barrières qui le retenaient. Je voulais qu'il oublie sa promesse, qu'il me supplie au lieu de me résister.

J'enroulai ma main autour de son sexe, qui était déjà plus gros et plus gonflé que je ne l'avais jamais vu.

— Je pense que vous allez vite être d'accord, monsieur. J'ai juste besoin de vous convaincre. Laissez-moi essayer ceci...

— Allez au diable ! J'ai dit non. Je ne coopérerai pas...

Il expira bruyamment alors que je le caressais, et faisais courir mes doigts le long de son sexe, dont la taille et la fermeté me laissèrent penser qu'il était, au contraire, tout à fait disposé à coopérer.

— Stella... , gémit-il de nouveau, mais cette fois avec des inflexions déjà proches de la reddition.

Fascinée par la taille de son sexe et par ce contact brûlant comme la braise et doux comme la soie, j'explorai en prenant mon temps, laissant traîner mes doigts ravis et joueurs sur chaque parcelle de sa peau.

— Puis-je vous embrasser, monsieur ? demandai-je, surtout pour la forme, car j'avais de toute façon l'intention de le faire.

— Hors de question, lança-t-il d'une voix profonde et étranglée.

— Juste une fois. Juste un baiser.

Je me penchai vers lui.

Il soupira à travers ses dents serrées lorsque j'embrassai l'extrémité de son sexe énorme et que je léchai la goutte qui y perlait.

— Non, protesta-t-il. Je ne peux pas...

— Courage, mon fier combattant, susurrai-je tout contre lui, bien consciente des effets dévastateurs de ma bouche sur sa capacité à se contrôler. Cessez donc de gémir. Je ne me suis jamais autant plainte, et pourtant je suis beaucoup moins expérimentée.

— Détachez-moi tout de suite, souffla-t-il, avec de moins en moins de force et de conviction.

Je le pris dans ma bouche, et le goûtai du bout de la langue.

— Dieu du ciel, soupira-t-il, en rejetant la tête en arrière.

Son corps devint tout à fait immobile. J'étais fascinée de constater avec quelle facilité ce soldat sans merci pouvait être dompté. J'avais envie de me servir de ce pouvoir que j'avais sur lui, de le faire croître, et de voir jusqu'où il pouvait me mener, et nous mener tous les deux.

Je l'embrassai et le léchai avec douceur, en le prenant plus profondément dans ma bouche. Comme son sexe était trop long pour que je le reçoive en entier, je me servis de mes doigts pour en caresser la base, alors que je commençais à l'aspirer avec plus de vigueur et à le titiller avec ma langue. Sa respiration devint lourde et saccadée et, de nouveau, il tira sur ses liens. Alors que mes doigts exploraient sans relâche, il leva la tête, dans une ultime tentative :

— Stella. Vous êtes trop... ah, mon Dieu. C'est bon. Je vais vous donner ce que vous voulez, c'est promis. Approchez-vous. Détachez-moi.

Je marquai une courte pause, hésitant à lui faire confiance. Mais je compris : il n'était question que de cela. Tout cela, l'attente, et le désir de ne plus attendre, ce n'était qu'une question de confiance.

Je retirai ma bouche, tout en continuant à le tenir, à promener mes doigts, à presser doucement, et à apprécier toutes ces différentes textures.

— Promettez-moi quelque chose, commandai-je.

— Quoi ?

— Promettez-moi que vous ne changerez pas d'avis.

— Non, non, s'empressa-t-il de répondre, comme s'il sentait sa libération proche. Je ne changerai pas d'avis. Je vous le promets.

Je soulevai ma robe et m'installai à califourchon sur lui, où je sentis avec délice son sexe énorme et rigide contre la peau nue de ma cuisse. Ma robe retomba pour nous couvrir, et cette configuration secrète, presque interdite, rendit la scène plus érotique encore. Je le regardai dans les yeux, en remuant doucement, me servant de mon corps pour le caresser.

— Sainte Mère de Dieu, madame, dit-il en soupirant d'aise. Ma vengeance sera douce. Vous me supplierez de vous accorder grâce. Maintenant, *détachez-moi.* Je serai gentil avec vous si vous me libérez sans tarder.

Grâce à mes petits mouvements, l'extrémité de son sexe se retrouva vite entre mes cuisses, à l'endroit où ma chair était humide et brûlante. Il jura de nouveau, à voix plus haute. Il semblait déjà au bord de l'extase, ou d'un effondrement intérieur. Il luttait pour résister, pour se retenir, et serrait les dents dans l'effort.

Je cessai un instant de bouger, et cherchai ses yeux.

— Cessez de vous dérober. Je vous veux. Cessez d'attendre. Je ne vous ai pas demandé de patienter un mois. Je suis prête *maintenant*. Voici la promesse que je veux que vous honoriez : je veux que vous me preniez tout entière, et maintenant.

Tant d'émotions se bousculaient en moi que j'étais presque émue aux larmes. La terreur résiduelle de ma rencontre avec Aleck. Le soulagement de me trouver avec Kade ici et maintenant. La certitude que ce bonheur tant attendu allait enfin arriver. Tout cela me bouleversait.

— Très bien, dit-il, comme s'il sentait le poids de l'émotion qui m'étreignait, même s'il n'en connaissait pas toutes les raisons. Si c'est ce que vous voulez vraiment, alors c'est ce que vous aurez, madame. Je n'ai plus le courage de me dérober à vous.

J'enfilai ma main sous ma robe pour saisir son membre, dont je frottai l'extrémité contre moi. Puis je le conduisis vers l'entrée de mon sexe. A ce contact, je ressentis comme une vive brûlure qui me tirailla. L'appel était si fort que je ne m'appartenais plus vraiment. J'étais toute à ma quête et je n'avais plus qu'une obsession : que nous soyons enfin liés l'un à l'autre, pour de bon et de manière indéfectible. Mais j'avais le choix : soit je le prenais comme cela, alors qu'il était attaché et mécontent de l'être, soit je lui faisais confiance, et je le détachais pour qu'*il* me prenne de son plein gré, comme je le souhaitais. Je n'hésitai pas longtemps : je voulais sentir ses bras autour de moi quand enfin il ferait de moi sa femme.

Je me penchai pour l'embrasser. Je lui léchai les lèvres, avant d'enfiler doucement ma langue dans sa bouche. Pendant ce baiser, son sexe s'enfonça un peu plus en moi. J'attendis ses protestations, mais rien ne vint. A la place, il laissa échapper :

— Dieu tout-puissant ! Je vous promets tout ce que vous voulez, n'importe quoi. Je ne tiendrai pas longtemps ainsi. Laissez-moi vous donner du plaisir. De toutes les façons possibles. Laissez-moi prendre le contrôle. Juste aujourd'hui, pour votre première fois.

Je réfléchis. Il paraissait sincère, même si je doutais que ce serait la seule fois où il réclamerait le contrôle des opérations. Mais ce détail ne me dérangeait pas du tout. Il pouvait avoir *son* contrôle, si je pouvais avoir ce que *je* voulais.

— Tant que vous me donnez votre parole, répondis-je. Fini d'attendre !

— Oui, fini d'attendre, je le jure.

Je fus satisfaite de sa réponse. Il m'avait dit assez souvent que chez les Mackenzie la parole donnée avait force de loi. Je me penchai un peu plus, en tendant les mains vers les liens, hésitant toujours. Dans cette position, mes seins se trouvaient juste au niveau de sa bouche. Il n'y avait pas si longtemps, j'aurais été bien trop timide pour faire cela, mais là, j'avais une quête à parachever. Et, pour y parvenir, je devais me servir de toutes les armes dont je disposais. Ses yeux brillaient, comme s'ils m'invitaient à oser. Je lui offris mon sein, qu'il accepta avec avidité. Il aspira mon mamelon dans sa bouche brûlante, et titilla ma chair sensible avec sa langue et ses dents. Dans cette position, et avec sa bouche qui me rendait folle de plaisir, je commençai à me perdre. J'avais l'impression que mon corps était en train de fondre de l'intérieur.

Il me fallut donc un bref moment pour que je me rende compte que notre paix avait été troublée.

Un bruit sourd attira mon attention, et je tournai la tête vers la porte, qui était ouverte. Dans ma hâte, j'avais oublié de la fermer à clé.

A l'entrée de notre chambre se tenaient non seulement Aleck, bien réveillé, mais aussi six autres hommes en tenue de guerre, l'épée levée, et encore bien d'autres, rangés derrière eux et menés par...

Campbell en personne.

16

— Bien, bien, bien, dit Campbell en baissant son épée, avec une expression de triomphe et de moquerie mêlés.

Il avait l'air d'un barbare, avec ses longs cheveux noirs et sa barbe qui l'était tout autant, et il semblait aussi dangereux que sa réputation le disait. Il portait presque autant d'armes que mon mari avait coutume de le faire — lorsque lesdites armes n'étaient pas, comme en ce moment précis, totalement hors de portée.

— Juste au bon moment...

Dans une tentative désespérée, je me penchai pour détacher les poignets de Kade avant même de chercher à me couvrir. Mais Aleck veillait, et il passa ses bras autour de ma taille, et me tira en arrière avec une force que je n'aurais jamais pu défier. Pendant que l'on m'arrachait au corps de mon mari, je réussis à remettre son kilt en place. Puis je tirai sur ma robe pour couvrir ma poitrine dénudée. Sans me lâcher, Aleck me posa à bonne distance de Kade.

— Faites de moi ce que vous voulez, dit Kade d'une voix étonnamment calme. Mais laissez ma femme. Elle n'a rien à voir avec tout cela.

— En fait, répliqua Aleck d'une voix débordante de joie, c'est tout le contraire.

Ses yeux étaient injectés de sang, peut-être à cause des effets de la drogue qui lui avait été administrée par la soigneuse et qui, malheureusement, s'était révélée moins puissante que prévu.

— N'est-ce pas, Stella ? poursuivit-il. Dois-je chercher des traces de sang ? Parce que je ne crois pas que vous soyez allée jusqu'au bout de votre quête. Il semble, en effet, que nous soyons arrivés juste au bon moment.

L'expression de Kade ne changea pas. Son visage était comme un masque impassible, mais ses yeux lucides lançaient des éclairs de haine et de rage. Et de regret.

— Je vais vous tuer, de toute façon, soldat, lança Kade sans hausser la voix, en regardant Aleck droit dans les yeux. Mais je vous garantis que votre mort sera longue et douloureuse si vous ne retirez pas sur-le-champ vos mains de ma femme. Et si, à l'avenir, vous ne vous abstenez pas de l'approcher.

Campbell éclata d'un rire tonitruant.

— Ah, ces Mackenzie nous surprendront toujours. Vous êtes totalement sans défense, soldat. Et pourtant vous vous obstinez à lancer des menaces qui ne feront qu'aggraver votre situation et celle de votre femme.

Aleck parut à peine écouter Campbell. Il répondit à mon mari avec la confiance d'un homme dont l'ennemi juré se trouve en position de faiblesse.

— Au contraire, Mackenzie, cette femme ne vous appartient plus. Votre mariage est une mascarade. Pas plus consommé que valide. Si je ne venais pas d'être témoin de ces touchantes étreintes, j'aurais pu croire qu'elle n'était pas à votre goût, ce qui aurait totalement échappé à mon entendement. J'ai l'intention de l'épouser moi-même. Et de lui donner ce qu'elle semble réclamer avec tant de force. Il se peut même que vous assistiez au spectacle, au moins en partie. Vous n'êtes pas en position de choisir, de toute façon.

Puis il se tourna vers ses soldats, et ordonna :

— Faites entrer laird Morrison.

Mon père fut amené dans la pièce par Hugh et un autre garde. Alors que je regardais l'homme qui m'avait élevée, de loin, avec tyrannie, brutalité, enfermé dans un deuil stérile, je ne pus ressentir que de la pitié. Ses yeux avaient perdu toute lueur. Le raid de l'armée de Campbell sur notre domaine lui avait peut-être fait perdre tout contact avec la réalité. La folie l'avait définitivement emporté. Il semblait à peine capable de comprendre où il se trouvait et qui il était.

Aleck avança vers mon père d'un air menaçant.

— J'ai accepté que ce soit Campbell qui tue le successeur que vous aviez choisi, Morrison. Pour ma part, j'aurai le plaisir de défendre ma place de laird à la pointe de mon épée.

Sur ce, sans lâcher mon bras, Aleck sortit son arme de son fourreau — et la planta dans le cœur de mon père d'un geste rapide et puissant.

— Votre heure est venue, vieil homme. C'est quelque chose que j'aurais dû faire il y a bien longtemps.

Le corps frêle de mon père s'effondra. Le sang coulait à flots de sa blessure. Il était déjà mort avant même de toucher terre.

Je poussai un cri, non pas de tristesse — la cruauté de mon père avait peu à peu sapé toute l'affection que j'avais pu avoir pour lui —, mais de stupeur. Non seulement l'armée de Campbell avait pris possession de nos murs, mais mon père était mort, et mon mari serait le prochain à perdre la vie. D'ailleurs Campbell était déjà en train de s'approcher de Kade, avec, dans une main, son épée levée, et dans l'autre un grand couteau.

Curieusement, dans cette situation critique, une pensée m'obsédait en particulier. *Je n'ai pas encore fait l'amour avec mon mari.* Je l'aurais tant voulu, pourtant, avant que nous soyons séparés, emprisonnés, ou pire. Non pas parce qu'il aurait fallu à tout prix que nous consommions ce mariage pour échapper aux menaces qui pesaient sur nous, mais parce que les moments que j'avais passés en sa compagnie étaient les plus doux et les plus heureux de ma vie. Je voulais passer encore beaucoup de temps avec lui, le découvrir davantage, savourer la sécurité qu'il m'offrait, me repaître de sa beauté et de son amour. C'était tout ce que je voulais : *son amour.* Dans ce moment tragique et terrifiant, je n'étais sûre que d'une seule chose. Que je l'aimais. La possibilité que nous soyons séparés avant que je puisse vraiment le connaître — dans tous les sens du terme — me paraissait tragique et injuste. Je l'aimais, et il ne le saurait peut-être jamais.

— Je me proclame seigneur du clan Morrison, annonça Aleck, étant donné que le précédent prétendant au titre vient d'être destitué, et que j'étais le second dans l'ordre de succession. Si quelqu'un dans l'assemblée a une raison de s'opposer à cela, qu'il parle maintenant.

Je tentai de réfléchir à toute vitesse. Comment sauver Kade ? Me battre serait stupide. Je me souvins que j'avais un petit couteau attaché à la cuisse, mais il y avait au moins douze guerriers dans la pièce, tous armés jusqu'aux dents, et une armée gigantesque derrière la porte.

Campbell brandit son épée et sa pointe vint presque s'enfoncer dans le torse de Kade. Juste au-dessus de son cœur.

— Cela paraît presque trop facile, dit-il. J'attends ce moment depuis si longtemps. Pourtant ce n'était pas comme cela que je l'imaginais.

La poitrine de mon mari se souleva légèrement alors qu'il respirait, et l'épée de Campbell sembla s'enfoncer un peu plus.

— Affrontez-moi en vrai guerrier, Campbell, dit Kade. Ne préférez-vous pas vivre le reste de vos jours en sachant que vous m'avez vaincu grâce à la force et non grâce à la tromperie ? Battons-nous en duel, et tuez-moi si vous le voulez. Mais faites-le avec honneur.

Campbell, lui, n'avait aucune espèce d'état d'âme.

— Ah, mais je vous ai déjà vaincu grâce à la ruse et à la stratégie, Mackenzie. Je pourrai très bien vivre avec cette idée. L'honneur, selon moi, est une valeur largement surestimée. La fin justifie les moyens, dit-on, et cette fin — votre mort — sera la plus belle vengeance de toutes. Dommage pour vous que votre femme nous ait si bien aidés dans notre plan. Elle n'aurait pas été plus utile si elle avait reçu des instructions explicites.

Kade chercha mon regard, et dans cet échange bref et intense je décelai une question en suspens. Une question qui trouvait ses racines dans notre histoire. Dans la crainte qu'il m'avait inspirée, dans mon refus de l'épouser, dans mes longues hésitations.

Mais ce fut cette question précise qui me donna une idée.

Je venais de voir l'un des plus anciens hommes de mon père le tuer de sang-froid. Et bientôt j'allais voir ce rebelle sans foi ni loi tuer mon mari. Je vis l'impatience sur le visage assoiffé de sang de Campbell, alors qu'il approchait dangereusement son épée du cœur de Kade.

Mon plan était risqué, et aurait de terribles conséquences pour nous deux. Mais il pouvait lui sauver la vie. C'était ma seule priorité : je voulais qu'il vive. Afin que je puisse lui dire et lui montrer à quel point j'étais devenue dépendante de lui.

— Non ! Vous ne pouvez pas le tuer ! m'écriai-je, plus fort que je ne l'aurais voulu.

Je dus faire des efforts surhumains pour calmer ma voix, mais je poursuivis. Je fixai Campbell, évitant le regard de Kade, car je savais que les questions que j'y verrais, ainsi que la douleur et la colère, me feraient trébucher.

— Il est trop précieux. Si nous l'utilisons comme otage, nous nous protégerons des attaques des armées Mackenzie et Stuart, ainsi que de celles de leurs alliés.

Le silence gagna la pièce. Tous les regards étaient posés sur moi. Etre scrutée de la sorte m'emplit d'angoisse. Le pire, c'était que je sentais la déception, le chagrin et les remords de Kade me transpercer comme une épée. Mais, si je voulais être convaincante, je ne devais montrer aucune peur. Je m'étais condamnée en parlant, et il faudrait que je passe le reste de mes jours à me faire pardonner — si nous survivions. J'avais besoin de me montrer plus forte que je ne l'avais jamais été. Alors, je rassemblai mes souvenirs. Le jardin secret. Le visage de mon mari éclairé par le clair de lune lorsqu'il dormait. Le plaisir sublime de ses baisers et de ses caresses. Je me réfugierais dans ces souvenirs lorsque j'endurerais ce que j'allais devoir subir pour le sauver.

Je redressai les épaules et continuai, me penchant davantage vers Aleck, le laissant me serrer contre lui au lieu d'essayer de lui échapper.

— C'est vrai, poursuivis-je. Je connais ses deux frères, et je crois qu'ils seront prêts à accepter à peu près tout ce que vous leur demanderez, à condition que nous laissions Kade Mackenzie en vie. En sachant cela, et avec cette nouvelle alliance entre les clans Campbell et Morrison, nous pourrions aller loin. Plus loin que jamais.

Aleck, dont les mains indécentes étaient déjà en train de profiter de mon revirement inattendu, lança :

— Elle a raison, Campbell. Pensez-y. Je sais que vous tenez à votre vengeance, et je reconnais que vous auriez toutes les raisons de le tuer, mais réfléchissez bien. Nous pourrions obtenir d'eux tout ce que nous voudrions.

Campbell s'interrompit, et me regarda dans les yeux. Je vis qu'il était méfiant et sceptique.

— Qu'est-ce que c'est ? La fille soutient votre soulèvement, Aleck, contre son propre mari ?

— Mon mari est une brute et un sauvage, intervins-je, en m'impressionnant moi-même par la froide indifférence de mon ton. Tout le monde sait qu'il s'agit d'un mariage arrangé qui m'a été imposé contre ma volonté. Aleck ici présent pourra vous le confirmer.

— C'est vrai, exulta Aleck, qui me crut presque instantanément.

En ce moment précis, je fus heureuse qu'il ait toujours été aveuglé par le désir et l'ambition, et qu'il n'ait jamais fait preuve de beaucoup d'intuition ni de discernement.

— Cette union n'a pas encore été scellée, poursuivit-il. J'ai pu le vérifier moi-même, avec l'aide d'une soigneuse. Elle est toujours vierge.

Kade était resté jusque-là entièrement silencieux, mais après les dernières paroles d'Aleck il poussa un grognement sourd et animal. Je chancelai sous l'impact du regard plein de rage qu'il me jeta. Même attaché et sans défense, il me parut plus féroce, mauvais et lointain que jamais. J'étais presque soulagée qu'il soit entravé, tant il me faisait peur. Mal à l'aise, je m'empressai de fuir son regard glacial et accusateur.

Campbell ricana et scruta Kade avec un réel intérêt.

— Est-ce vrai, Mackenzie ?

Comme Kade ne répondait pas, Aleck dit :

— Il n'a pas voulu la prendre contre sa volonté.

Quoique visiblement amusé par cette information, laird Campbell ne parut pas entièrement convaincu.

— Je viens d'être témoin d'une scène où cette fille n'avait pas l'air de faire quoi que ce soit contre sa volonté, bien au contraire, lança-t-il.

A l'idée que nous ayons été surpris en pleins ébats, mes joues m'empourprèrent, et, pour dissimuler ma gêne, je me lançai dans de grandes explications :

— On... on m'avait fait comprendre que votre arrivée était imminente, laird Campbell, et je savais que je devais occuper et divertir mon mari... et, si possible, l'attacher. D'ailleurs, si je ne l'avais pas fait, tous les hommes présents dans cette pièce seraient sans doute morts. Vous le savez aussi bien que moi.

Campbell parut horriblement vexé de la confiance que j'avais dans les talents militaires de mon mari.

— Cela m'étonnerait, répondit-il, mécontent que j'aie pu sous-entendre que lui et ses hommes auraient pu être battus par un seul Mackenzie.

Puis il se tourna vers Kade, et lança, sur un ton plein de sarcasme :

— Votre précieux « honneur » vous a coûté cher, Mackenzie. Non seulement il vous coûte votre femme et votre alliance, mais il est également la cause de la mutinerie de la moitié de l'armée Morrison. Je connais votre force, soldat. Je sais que vous auriez pu faire tomber les têtes une à une si vous l'aviez choisi. Aleck ici présent m'a exposé vos méthodes dans le détail. Vous préférez les contraindre avec « d'honorables intentions » et les récompenser pour leur valeur et leur loyauté, plutôt que de commander d'une main de fer. C'est donc votre *honneur* qui est le seul responsable de votre chute. Quel dommage...

— Allez pourrir en enfer, Campbell, grogna Kade, là où vous attend votre père.

A cette insulte, Campbell frappa Kade au visage, avec le poing qui tenait son couteau. Sous l'impact, la tête de Kade fut projetée sur le côté, et il ferma les yeux pendant un bref moment. Je dus me faire violence pour me retenir de crier, de me libérer et de courir vers lui.

— Avec plaisir, rétorqua Campbell. Mais avant j'ai une tâche importante à accomplir, où vont entrer en scène vous-même, un cachot, et ma formidable science de la torture. Pendant les quelques jours à venir, c'est vous qui allez regretter de ne pas être en enfer, Mackenzie.

Aleck sembla accueillir cette perspective avec une joie démesurée. Peu lui importait que Campbell choisisse de tuer mon mari ou pas à présent. Il avait d'autres affaires bien plus pressantes à l'esprit, et ses intentions se manifestaient physiquement, alors qu'il me serrait toujours contre lui.

— Votre mariage, Mackenzie, n'est donc plus valide à partir de maintenant... ou, en tout cas, il ne le sera plus d'ici quelques minutes. Et vous ne nous êtes plus d'aucune utilité, sauf comme monnaie d'échange. Vengez-vous comme vous l'entendez, Campbell. Frappez-le, torturez-le, enfermez-le aux oubliettes. Brisez-le jusqu'à ce qu'il ne représente plus aucune menace pour nous. Mais laissez-le en vie. Cela nous serait utile de pouvoir l'utiliser comme un pion pour déjouer la force combinée des armées Mackenzie et Stuart. C'est une idée brillante, et nous aurions dû y penser nous-mêmes. Ma fiancée n'est pas aussi naïve qu'elle en a l'air.

Sur ce, il m'adressa un regard empli de fierté et d'approbation, qui me fit froid dans le dos.

Campbell était en train de tourner autour de Kade, l'épée baissée, mais toujours sur ses gardes. Il paraissait réfléchir, à la suggestion d'Aleck, ou bien à ses méthodes de torture. Kade ne semblait pas le remarquer. Ses yeux étaient fixés sur moi. Froidement. Avec toute l'émotion sévère du condamné.

— En attendant, reprit Aleck, pendant que vous savourez votre vengeance, Campbell, veuillez nous excuser, moi et ma promise. Il est temps que je fasse d'elle une femme honnête et comblée. Et en ce qui me concerne, ajouta-t-il en jetant à Kade un coup d'œil qui me déchira le cœur, je ne perdrai pas de temps inutilement. Je consommerai notre mariage avec empressement et enthousiasme. Venez avec moi, Stella.

Aussitôt, les hommes de Campbell encerclèrent Kade, et tranchèrent les liens de soie pour les remplacer par leurs propres entraves, faites de cuir solide et de métal. Il se débattit comme le guerrier sauvage qu'il était, mais ils étaient bien trop nombreux. Ils le frappèrent avec les manches en os de leurs couteaux. Ils le rouèrent de coups de pied, et lui tailladèrent le corps. Ce fut comme si son sang, incroyablement rouge, m'accusait de tout son éclat, et teintait mon âme de la douleur de mon bien-aimé.

Mais l'image fut brouillée par ma propre terreur et le poids de ma trahison, lorsque je fus empoignée et portée dans l'escalier en colimaçon menant à la tourelle de ma mère.

Par un Aleck plus fort et déterminé que jamais.

17

La scène était étrange, presque irréelle, et sembla se dérouler avec une extraordinaire lenteur. Mes sens enregistrèrent chaque détail, lorsque je fus portée dans l'escalier si familier qui conduisait à l'espace clos et restreint de la tourelle. La lumière était violette, un peu brumeuse, comme toujours lorsque le jour vient de céder la place à la nuit. Les pas d'Aleck étaient rapides, lourds, mais rendus agiles par l'impatience. Dans mon dos et sous mes genoux, ses bras étaient chauds. Son torse était comme un roc solide aux arêtes coupantes. Je sentais l'intensité de son désir, et je savais qu'il ne me témoignerait aucune douceur ni gentillesse. Il s'agissait de deux qualités qu'il ne possédait pas. Jadis, peut-être, mais chez lui la compassion avait depuis longtemps été dévorée par l'ambition féroce. Et je représentais l'aboutissement de tout ce pour quoi il avait travaillé, de tout ce à quoi il avait toujours aspiré, de tout ce pour quoi il s'était battu. Cela ne le dérangeait pas du tout de me prendre par la force. J'étais la couronne qu'il brandirait pour proclamer sa virilité et sa victoire.

Il m'allongea sur les coussins dont le rose avait été délavé par le soleil, à l'endroit même où ma mère, jadis, avait dormi. Puis il s'installa à califourchon sur mes hanches. Il était si lourd qu'il me fit mal. Je me débattis, mais il ne bougea pas d'un millimètre. Il passa son doigt sur ma joue, puis sur mes lèvres.

— Je suis le seigneur de ce domaine désormais, déclara-t-il. Ma parole vaut loi, et je vous choisis comme femme. Nous rendrons la chose officielle ce soir, devant un prêtre. Mais, d'abord, vous allez devenir mienne comme j'en rêve depuis si longtemps. Vous le saviez, non ? Vous saviez que vous étiez destinée à devenir mienne. N'est-ce pas ?

Je ne lui répondis pas et mon silence le fit enrager. Sa voix devint d'un calme brutal, lorsqu'il ordonna :

— Dites-moi ce que je veux entendre.

— Oui, murmurai-je, car, si je ne lui obéissais pas, j'avais peur de ce qu'il pourrait me faire, et que ce qu'il me fasse subir soit encore plus horrible que ce à quoi je m'attendais.

Ma robe, que j'avais reboutonnée à la hâte, était déchirée, révélant ma poitrine. Il prit mes seins dans ses énormes mains calleuses, et les pinça sans ménagement.

— Je t'ai vue, petite coquine. Offre-toi à moi, comme tu t'es offerte à lui.

« *A lui.* » A cette évocation, mon chagrin fut atroce. Je pensai à ce que Kade devait être en train de subir en ce moment précis. Je savais que Campbell ferait preuve de créativité pour assouvir sa vengeance. Ma seule consolation était l'accord final qu'Aleck et lui avaient passé. « Laissez-le en vie. »

Mon intention était de faire perdre la tête à Aleck, autant que cela était possible. Cela rendrait mon plan plus aisé. Avec prudence, je pris ses mains et les repoussai. Il me laissa faire en m'adressant entre ses paupières mi-closes un regard interrogateur, trouble mais plein d'espoir. Je posai mes propres mains sur mes seins, que je malaxai, en tirant doucement sur mes mamelons.

— Prenez-moi dans votre bouche.

Il se pencha pour m'obéir. Bien entendu, il était trop pressé et excité pour être doux. Il me fit mal en m'aspirant et me mordant, et j'en fus heureuse. Je *voulais* avoir mal. Comme si, grâce à cette douleur, je pouvais partager la torture que mon mari était en train d'endurer.

Aleck avait l'esprit tout à fait ailleurs, et je pus détacher sans qu'il remarque rien le fourreau de mon couteau. Je le retirai complètement et le plaçai sous le coussin qui se trouvait près de ma main droite. Mon cœur cognait si fort dans ma poitrine que je craignais qu'Aleck ne sente ma panique et ne comprenne la vraie raison qui l'inspirait. Mais cet homme ne possédait pas les qualités d'intelligence et d'analyse de mon mari, il était tout entier sous l'emprise de ses passions.

— Retirez votre tunique, lançai-je. Montrez-moi quel fort guerrier vous faites.

Je voulais avoir le plus de champ possible. Pour porter un coup net, précis, et fatal. Je me souvins des conseils de Kade : « Enfoncez votre lame bien profond, et avec force. Les muscles sont plus résistants qu'on pourrait le croire. »

Aleck obéit aussitôt, et ôta ses armes et sa chemise. Son torse était massif, plus gras que celui de Kade, mais pareillement couvert de cicatrices. Sa respiration était saccadée, et il s'allongea de tout son poids sur moi. D'une main, il chercha les liens de son pantalon. De l'autre, il souleva ma robe jusqu'à ma taille.

Je le sentis, brûlant et dressé, contre la peau de ma cuisse, en train de chercher, et tout près de trouver.

Ce fut à ce moment que je frappai.

La lame soigneusement aiguisée de mon couteau long et mince s'enfonça facilement, plus facilement que je ne l'aurais cru. Il était engagé jusqu'au manche, et j'imprimai un mouvement de torsion et de poussée simultanées, pour trancher ses chairs aussi profondément que possible.

Aleck hurla, recula et se redressa. Son mouvement fit dessiner au couteau un arc de cercle long et béant sur son flanc, juste sous ses côtes. La blessure était mortelle. Je le sentis tout de suite. Le sang coulait déjà à flots, par à-coups. Son visage exprimait la plus grande confusion, ainsi que de la stupeur. Puis la stupéfaction laissa la place à la rage. Aleck était en train de mourir, mais il y avait encore assez de vie en lui pour qu'il cherche ses armes. Heureusement, il avait du mal à coordonner ses yeux et ses mains.

Et je tenais toujours mon couteau.

Mon attaque avait été plus instinctive que calculée. S'il attrapait son épée, j'étais morte. Je savais que je n'y échapperais pas. Alors je frappai de nouveau, avec autant de force que la première fois, en tendant le bras pour atteindre le cou d'Aleck. La coupure fut profonde et nette et, lorsque mon couteau en ressortit, je ne vis d'abord qu'une fine ligne rouge. Une seconde plus tard, en revanche, le sang jaillit en bouillonnant, inondant son cou et sa poitrine. Je regardai la vie quitter ses yeux, dans un glissement spectral et horrible. Je repoussai son corps avec autant de vigueur que je le pus, sachant qu'il allait s'écrouler sur moi. L'idée de me retrouver prise au piège sous cet énorme corps sans vie et baigné de sang était tout simplement terrifiante, et je voulais lui échapper coûte que coûte. Encore plus que lorsqu'il était vivant et représentait pour moi la pire des menaces.

Avec un soulagement énorme, je réussis à me dégager. J'étais couverte de son sang.

Mais j'étais enfin libre et débarrassée de lui à tout jamais.

Et il fallait que je trouve mon mari.

18

J'étais en état de choc. Mon visage était baigné de larmes, j'étais couverte de sang coagulé et de sueur. Et j'étais encore sous le coup de la terreur qu'Aleck m'avait inspirée.

Mais personne ne s'attendait à me voir : tel était mon avantage. Si je réussissais à rester cachée, je pourrais peut-être trouver Kade et l'aider. Ce fut alors que je songeai à une chose : il me fallait retourner à la tourelle pour y récupérer mon couteau. J'étais déjà presque en bas de l'escalier... Hagarde, je regardai mes mains ensanglantées et vis qu'il s'y trouvait encore, toujours fermement emprisonné dans mon poing serré. Ce fut un soulagement inespéré. Rebrousser chemin et revoir le cadavre d'Aleck était plus que je n'aurais pu supporter. Je me serais forcée à le faire, pour Kade, mais j'étais heureuse de ne pas y être obligée.

Notre chambre était vide désormais. La porte était toujours ouverte. Les liens de soie que j'avais utilisés pour attacher les poignets de Kade traînaient à terre, déchirés. Ils me firent aussitôt penser à lui. Etait-il toujours en vie ? Oui, j'en étais certaine. Cela n'avait pas été facile, mais j'avais réussi à les convaincre de la valeur qu'il pouvait représenter pour leur rébellion. Il leur serait d'une grande utilité, mais... L'état dans lequel il se trouvait ne leur importait pas, du moment qu'il était vivant.

Il serait roué de coups, enchaîné, torturé pendant d'interminables heures, je le savais. Tout cela, et chaque souffrance qu'il allait endurer, était indirectement ma faute. Mais je ne pouvais pas me le reprocher. Si je n'avais pas fait ce que j'avais fait, il serait en ce moment précis aussi mort qu'Aleck, voilà ce que je devais garder en tête.

Les armes de Kade se trouvaient toujours là où il les avait déposées. Je pris l'une de ses ceintures, celle où étaient accrochés son épée et son couteau à manche en os — ses deux armes favorites si j'en croyais le temps qu'il passait à les aiguiser. La lanière était bien trop longue pour que je l'attache à ma taille, alors j'en ceignis mon buste. Ces armes étaient incroyablement lourdes, et je doutais d'être capable de soulever son épée massive. Mais je n'avais pas l'intention de m'en servir moi-même. Kade en aurait besoin, dès que nous aurions réussi à échapper à ses gardiens, quels qu'ils fussent. Une pensée terrifiante me saisit alors : me croirait-il quand il verrait que je voulais l'aider ? Me ferait-il de nouveau confiance ? Le dégoût que je lui inspirais peut-être allait-il être tenace au point qu'il ne veuille plus me voir ? Ou pis, allait-il me tuer ?

J'empruntai le couloir pour descendre aux cuisines. Mais je fis très attention. Je ne pouvais pas me permettre d'être repérée. Et je n'avais aucune idée de l'endroit où se trouvaient les cachots. Tout ce que je savais, c'était qu'ils étaient rarement utilisés et très bien gardés. J'avais entendu dire qu'ils étaient situés dans des souterrains, mais je n'en étais pas sûre.

Mais, soudain, j'eus comme une illumination. *Une personne connaissait l'endroit exact des cachots.* Et il s'agissait d'une personne à qui je pouvais faire confiance. Il avait fabriqué de solides chaînes et les avait installées dans les cellules. Les mêmes chaînes qui, en ce moment précis, devaient entraver les poignets de mon mari.

Il fallait que je trouve Caleb.

Je fis un premier arrêt aux quartiers des soigneurs. Avant d'y pénétrer, je pensai à refermer le corsage de ma robe déchirée et maculée de sang. Je poussai la porte. La pièce était vide. Des préparations avaient été abandonnées et des chaudrons, encore sur le feu, débordaient. Dans ma détresse, j'avais presque oublié que notre domaine avait été envahi par une armée, petite par le nombre mais hostile. Les soigneurs s'étaient enfuis, peut-être sous la menace. Je relevai des traces de lutte : des décoctions renversées, du verre brisé... Sans hésiter, je me dirigeai vers l'étagère où se trouvait toujours le flacon contenant la drogue bleue préparée par Fee. Il était encore à moitié plein, voire un peu plus. La bouteille de whisky, quant à elle, avait disparu. Je me saisis de la potion, et repris mon chemin.

Je suivis un passage dérobé menant aux cuisines qui, je pus l'entendre en approchant, débordaient d'activité. La conversation n'était pas chuchotée comme elle l'avait été pendant des années, ni pleine d'entrain comme au cours des semaines passées. Non, elle était alarmée, empressée et agitée. Et, à travers les murs, j'entendis des voix d'hommes en provenance de la grande salle. Il s'agissait des soldats de Campbell, sans nul doute, qui réclamaient à manger. Pendant que je m'approchais de la porte des cuisines, je priai en silence pour que mes sœurs soient saines et sauves.

Ce fut à ce moment que j'aperçus Ann.

En me voyant, elle poussa un petit cri. Elle se précipita vers moi mais, en même temps, semblait hésitante. Je fus frappée par l'expression d'horreur qui se lisait sur son visage, et pour la première fois je réfléchis à l'allure que je pouvais avoir. Ma robe était déchirée et presque détrempée du sang d'Aleck. Autour des épaules, je portais un fourreau avec des épées. Et je tenais toujours mon arme ensanglantée à la main.

Plusieurs de mes sœurs et de mes cousines se trouvaient là, et je fus soulagée de les voir toutes saines et sauves.

— Bonnie, dis-je en m'agrippant à elle.

Elle recula, fuyant mon emprise, mes armes, le sang... Mais j'étais trop accaparée par ma mission pour m'arrêter à sa réaction.

— Où se trouve Jamie ? Où se trouve Caleb ? Il faut que je trouve Caleb. Il faut que j'accède aux cachots.

— Stella, lâcha Ann, l'air affolé. Pourquoi ?

— Ils l'ont emmené là-bas. Il faut que je le rejoigne, m'empressai-je de répondre.

— Qui, Stella ? demanda Bonnie.

Sa voix me parut étrange, comme si elle était en train de parler à un animal apeuré.

— Kade ! Ils ont pris Kade. Ils vont le rouer de coups. C'est déjà fait. Je suis sûre qu'ils le font horriblement souffrir en ce moment même. Il faut que je l'aide. C'est ma faute, c'est entièrement ma faute !

— Mais Stella, reprit Ann, que t'est-il arrivé à toi ? Es-tu blessée ? A qui appartient tout ce sang ?

— A Aleck, répondis-je aussitôt. Il est mort. Je l'ai tué.

Elles poussèrent un cri d'horreur toutes en chœur.

— Tu as fait *quoi ?* demanda Clementine. Oh ! mon Dieu, Stella, *comment* ? Et *pourquoi* ?

— N'est-ce pas évident ? criai-je, fiévreuse et frénétique.

Chaque seconde qui passait rendait plus insupportable pour moi la souffrance que devait endurer Kade.

— Je n'ai pas eu le choix. Il a essayé de me violer, et Campbell et ses hommes ont fait prisonnier Kade. Il faut que je trouve Jamie et Caleb. Caleb sait comment accéder aux cachots. Dis-moi où ils se trouvent. *Je t'en prie !*

Je tenais les épaules de Bonnie, et ses yeux n'étaient pas posés sur moi, mais sur la lame du couteau que je tenais toujours, et qui s'emmêla dans ses longs cheveux sombres dont elle coupa une mèche.

— D'accord, Stella, je viens ! me répondit Bonnie.

— Je ne te demande pas de venir avec moi. Dis-moi juste où il est. Caleb, où est Caleb ? Laisse... Je trouverai le chemin toute seule.

— Je ne sais pas, Stella. *Je ne sais pas,* répéta-t-elle. Ils l'utilisent comme messager. Il peut se trouver n'importe où.

Ce n'était pas une bonne nouvelle, assurément. Je n'avais pas le temps d'errer dans tout le domaine à sa recherche.

Je savais qu'il s'agissait d'une question superflue, mais je la posai quand même :

— Aucune d'entre vous ne saurait où se trouvent les oubliettes, par hasard ?

Bonnie répondit comme je m'y attendais :

— Non. Leur entrée est gardée secrète. Même les soldats l'ignorent. Seuls les officiers savent.

Bonnie avait les yeux écarquillés et semblait sous le coup de l'émotion. Comme nous toutes.

— Voudrais-tu que... je t'accompagne, Stella ? demanda-t-elle.

— J'irai seule. Ce sera plus discret.

— Non, Stella ! s'exclama Ann. C'est trop dangereux ! Je viens avec toi. Tu as besoin d'être accompagnée, au cas où il se produirait quelque chose. Au cas où tu aurais besoin d'aide.

— Non, rétorquai-je, surprise moi-même par l'autorité de ma voix. Clementine, Bonnie. Prenez de la nourriture et regagnez vos chambres. Trouvez les autres. Restez à l'abri.

Mon père avait depuis longtemps sécurisé les verrous de nos appartements privés. Je savais qu'ils étaient virtuellement inviolables.

— Fermez bien les portes. Restez là-bas, et ne sortez pas avant que l'armée Mackenzie soit arrivée et ait repoussé tous les Campbell soit jusque chez eux, soit jusqu'aux profondeurs de l'enfer.

Mes sœurs parurent surprises non seulement par mon ton impératif, mais également par cette dernière image que j'avais employée. Je ne pus m'empêcher de penser que mon mari aurait sans doute apprécié, et cela me fit plaisir. Je me représentai son visage et le petit sourire en coin qu'il affichait lorsque je l'amusais. Cette image décupla ma détermination à le sauver. La douleur dans ma poitrine était presque insoutenable. Son martyre et le mien ne faisaient qu'un.

Et mes sœurs m'obéirent.

Sauf une.

Maisie.

Elle s'était tue jusqu'à présent, mais ses yeux brillaient de cette ténacité féminine si particulière, et aussi de cette volonté à toute épreuve qui était l'un de ses traits de caractère. C'était peut-être l'évocation des Mackenzie qui l'avait poussée à prendre sa décision. Si l'armée Mackenzie avait été alertée de la situation critique qui était la nôtre, cela signifiait inévitablement que les Stuart allaient bientôt l'apprendre. Et cela signifiait également que Wilkie Mackenzie s'était peut-être déjà mis en route pour Glenlochie. Il était hors de question pour Maisie de rester enfermée et cachée s'il y avait une possibilité — même infime — pour que son bien-aimé se trouve parmi nous. J'observai plus attentivement son visage. En plus de son entêtement et de son espoir, je vis aussi une lueur de compréhension dans ses yeux.

— Tu l'aimes, dit-elle.

— Oui, répondis-je avec toute la sincérité dont mon cœur était capable. Et je ferai n'importe quoi pour le libérer.

Elle hocha la tête et, contre toute attente, les larmes aux yeux, elle déclara :

— Je ne pensais pas ce que j'ai dit, Stella. Bien sûr que vous êtes faits l'un pour l'autre. Vous allez magnifiquement bien ensemble, toi et Kade, cela crève les yeux. Je suis désolée de t'avoir dit toutes ces choses. J'étais jalouse et malheureuse. Et maintenant je vais essayer de me racheter.

Ma sœur était capricieuse et coquette, mais elle avait bon cœur. Je le savais. Elle poursuivit, toujours au bord des larmes :

— Je ne savais pas, Stella. Il ressemble tant à… Et je pensais que…

— Peu importe, Maisie. Je sais pourquoi tu as agi de la sorte. C'est sans conséquence désormais.

Ann drapa une cape sur mes épaules et l'attacha avec soin autour de mon cou.

— Pour cacher les armes et… les preuves, dit-elle d'une voix tremblante d'émotion. Revenez-nous saines et sauves.

Sur ce, Maisie et moi-même quittâmes nos sœurs et partîmes en quête des oubliettes.

19

La nuit était particulièrement sombre. Des nuages noirs voilaient la lueur déjà faible d'un mince croissant de lune. Le domaine était loin d'être silencieux. L'obscurité bruissait de l'agitation des hommes. Au loin, on entendait des bruits métalliques. Des pas. Des cris.

J'étais contente qu'il fasse si sombre et qu'il y ait autant de bruit. Cela allait nous permettre de rester cachées, loin des soldats dont les vociférations semblaient suggérer qu'ils étaient déjà imbibés de whisky et qu'ils s'apprêtaient à festoyer à présent que la nuit était tombée. Si nous nous faisions surprendre, les conséquences seraient terribles — si terribles que je préférais ne pas y songer. Les femmes ne se promenaient pas seules, dehors, la nuit. Pas à moins qu'elles en aient reçu l'ordre, pour une raison ou pour une autre. Et surtout pas par une nuit comme celle-ci, alors qu'une armée ennemie, alliée à une faction mutine de notre propre plan, s'était emparée de notre domaine, dans le seul but de prouver sa domination sur tout ce qui se trouvait sur son passage.

Les risques étaient réels et terrifiants. Mais je n'avais d'autre choix que de trouver Kade et de le libérer. S'il y avait quoi que ce soit que je puisse faire pour alléger ou faire cesser ses souffrances, je le ferais. A n'importe quel prix.

Alors Maisie et moi marchâmes sans bruit, en nous donnant le bras, vers la hutte du forgeron. Je craignais pour la vie de ma sœur autant que pour la mienne, pourtant j'étais heureuse qu'elle ait été si têtue. J'étais soulagée de ne pas être seule.

Le campement des artisans était situé à proximité du village, et était facilement accessible pour les membres du clan qui vivaient au manoir ou aux abords des champs, ainsi que pour les soldats. On trouvait, entre autres, des cordonniers, des tanneurs, des tourneurs de bois, des tisserands, des fabricants d'outils agricoles, des tailleurs de pierres, des souffleurs de verre, et des forgerons. Nous fîmes attention à ne pas nous approcher trop des baraquements des soldats, qui n'étaient pas très loin des huttes des artisans. Même depuis une certaine distance, il n'était pas difficile de voir que les bâtiments militaires étaient bondés, bruyants et bien éclairés.

Notre parcours fut un peu plus long que prévu, à cause de ce détour, mais nous poursuivîmes notre chemin d'un bon pas, malgré le sol irrégulier.

— J'ai un somnifère dans ma poche, dis-je à voix basse. Et trois armes sur moi. Si nous trouvons les cachots, nous pouvons essayer de droguer les gardes.

Maisie se tourna vers moi tout en continuant de marcher.

— C'est un excellent plan, Stella. Une fois que nous aurons trouvé ces oubliettes si bien cachées que personne ou presque ne sait où elles se trouvent, j'immobiliserai les gardes pendant que tu verseras la potion dans leur bouche. Et, s'ils ne se laissent pas faire gentiment, nous nous servirons de nos armes, que nous manions comme personne, contre les rebelles les plus craints, dangereux et assoiffés de sang de tous les Highlands. Vraiment, ton idée est brillante.

Bien entendu, elle avait raison. C'était stupide de ma part d'avoir pu envisager un seul instant qu'un tel plan fonctionnerait.

— Il faut bien que je tente quelque chose, chuchotai-je.

— Je le sais. Moi aussi, je tenterais, à ta place. C'est pour cela que je suis ici avec toi. Je veux t'aider. Je veux... te servir à quelque chose, pour une fois.

J'avais toujours aimé ma sœur, malgré son caractère pas toujours facile et même exaspérant, parfois, mais je ne l'avais jamais autant aimée qu'en ce moment.

— Tu n'es pas obligée de...

— Si. Mais, après cela, tu pourras considérer que nous sommes quittes.

Elle rit tout bas et, malgré notre situation plus que délicate, je ne pus m'empêcher de lui rendre son sourire.

— Par ailleurs, reprit-elle, j'ai une idée.

— Laquelle ?

— Patience, je te la dirai en temps voulu.

Elle s'interrompit alors que nous traversions un petit ruisseau en sautant sur des pierres affleurant à la surface de l'eau.

— Qu'est-ce qui t'a fait changer d'avis à son sujet ? reprit-elle ensuite. A propos de Kade ?

Je réfléchis un instant.

— Je ne sais pas. Je me suis rendu compte que j'étais une personne plus heureuse et plus forte quand j'étais avec lui.

Il me fallut un moment pour réussir à mettre des mots sur ce que je ressentais :

— En sa présence, je me sens à la fois puissante... et protégée.

— Je vois tout à fait ce que tu veux dire.

Puis elle se tut, et je compris pourquoi.

— Tu trouveras quelqu'un d'autre, Maisie. Je le sais. Je t'aiderai.

— Nous verrons...

Mais nous dûmes nous taire, car nous approchions des bâtiments.

Nous avions atteint le village. A cette heure de la nuit, il n'y avait presque personne dehors. La plupart des gens avaient regagné leur cabane ou leur ferme. Quelques fenêtres étaient éclairées, et nous réussîmes à nous diriger vers la hutte de Caleb. Bien avant d'y arriver, nous pûmes constater qu'aucune bougie n'éclairait ses fenêtres. Lorsque nous essayâmes d'ouvrir la porte, elle était fermée.

— Que fait-on maintenant, Stella ? chuchota Maisie.

— Essayons de trouver les cachots toutes seules, répondis-je, sans du tout savoir comment nous allions nous y prendre.

Comme en guise de réponse à ma prière silencieuse, j'entendis un rire. Un rire d'homme. Lointain. En provenance de la colline toute ronde qui se dressait face aux huttes. Ce rire m'était familier, et je le reconnus sans peine.

Hugh.

Je l'avais souvent entendu ricaner pendant que lui ou Aleck me frappaient. Il avait toujours trouvé cela amusant, mes larmes et mes supplications. Il avait toujours aimé ce petit pouvoir que lui conférait le fait de s'en prendre à quelqu'un de plus faible que lui, tout en obéissant aux ordres de son laird. En parlant de laird, je songeai à ce moment que Hugh ne savait pas encore qu'Aleck était mort. A part moi et mes sœurs, personne ne savait. Je songeai également que Hugh était le bras droit d'Aleck : ils s'entraînaient toujours ensemble, se battaient ensemble, complotaient ensemble. Donc, si Aleck était la cause de la division au sein de notre armée, et l'instigateur de l'alliance avec Campbell, alors Hugh devait y avoir pris part lui aussi. Et, si Aleck n'était pas en train de s'entretenir avec Campbell et ses officiers — ces derniers devaient savoir que d'autres « affaires pressantes » le retenaient —, alors cette tâche devait revenir à Hugh.

Hugh avait toutes les raisons de se trouver avec Campbell et ses hommes. Ceux-là mêmes qui avaient emmené mon mari.

J'entendis d'autres voix, et des rires.

En silence, j'emmenai Maisie dans leur direction.

— Par ici, murmurai-je.

Alors que nous nous approchions, les voix se firent plus audibles. Les hommes étaient nombreux, peut-être huit ou dix. Il devait s'agir des officiers de Campbell, supposai-je. Rassemblés, très probablement, autour de l'entrée des cachots.

La zone située derrière la colline était couverte de buissons touffus et d'herbes hautes. Cette végétation abondante, au milieu d'une prairie plus rase, semblait curieuse, comme si elle avait été plantée là pour dissimuler une porte. J'espérais en tout cas que c'était bien le cas, et je cherchais une preuve de l'existence d'une entrée secrète. Mais, même si je me trompais, les buissons nous permettraient au moins de rester cachées.

Depuis l'endroit où nous nous trouvions, je réussis à compter huit hommes. Sept étaient assis en demi-cercle autour d'un petit feu. Ils discutaient en se faisant passer une bouteille de whisky. Le huitième était allongé par terre, et semblait dormir. Je reconnus Hugh dans l'assistance et je vis que les autres étaient les officiers de Campbell. L'homme endormi — me sembla-t-il, sans que j'en sois tout à fait sûre — était laird Campbell en personne. Plusieurs heures s'étaient peut-être écoulées depuis que mon mari avait été fait prisonnier par ces hommes. C'était bien assez de temps pour lui infliger mille souffrances. Campbell semblait se reposer, fatigué et satisfait, peut-être, des tortures qu'il lui avait fait subir.

Derrière eux, près de l'endroit où dormait Campbell, quelque chose attira mes yeux. L'éclat d'une pièce de métal, reconnaissable entre tous.

Des gonds. Et l'encadrement d'une porte.

Les cachots. C'était intelligent d'avoir situé les prisons si près des quartiers militaires, mais sous terre, avec une entrée secrète, cachée des ennemis qui pourraient essayer de libérer leurs prisonniers.

Je sus que nous avions trouvé. Je sus que derrière cette porte se trouvait mon mari.

A présent, d'une façon ou d'une autre, nous devions franchir la barrière que représentaient ces hommes.

La bouteille de whisky était sur le côté, et je vis qu'il n'en restait qu'un petit quart. Si je réussissais à y verser le somnifère, les proportions devraient être bonnes : il devait y avoir assez de potion pour les neutraliser une heure, peut-être plus.

Mais comment ?

Maisie me donna la réponse, comme si j'avais posé la question à voix haute. Ma sœur connaissait — je l'avais appris à mes dépens — toutes les ruses dont pouvaient user et abuser les femmes. Et elle avait un plan.

— Je vais distraire ces hommes, Stella, me chuchota-t-elle. Et, pendant ce temps, tu feras le tour par les buissons pour verser ta drogue dans leur bouteille de whisky.

Je la regardai dans la pénombre sous un croissant de lune moins timide que plus tôt et une myriade d'étoiles brillantes. Les nuages noirs avaient disparu. Je priai pour que cela soit de bon augure.

— Que vas-tu faire ? Tu ne peux pas te montrer, Maisie, c'est bien trop dangereux. Ce sont des sauvages. Je n'ose songer à ce qu'ils pourraient te faire.

— Je sais comment m'occuper d'eux. Je leur promettrai de revenir avec de la nourriture et plus d'alcool. Et peut-être un peu plus que cela. Ils me laisseront partir. Je peux me montrer très convaincante si je m'applique.

J'espérais qu'elle avait raison, et je craignais énormément pour sa sécurité. Je refusai de lui lâcher le bras.

— Nous n'avons pas d'autre choix, Stella, dit-elle en soulevant mes doigts un à un pour se libérer. Faisons ce que nous avons à faire. Allons-y.

Sur ce, ma sœur déboutonna le haut de sa robe, et s'avança dans la clairière.

Galvanisée par la peur — que j'éprouvais pour elle, pour moi, et surtout pour mon mari —, je rampai le long des buissons, plus silencieuse que je ne l'avais jamais été.

— Bonsoir, soldats, lança Maisie en minaudant, puis en se plaçant dans leur cercle comme si elle avait toujours soutenu Campbell et sa rébellion. Hugh, salua-t-elle. Et bienvenue aux Campbell. Je viens du manoir pour vous proposer à boire et à manger. En effet, vous devez avoir faim.

Son intrusion fut d'abord accueillie par un silence méfiant. Puis par des ricanements concupiscents, et, très vite, par des commentaires suggestifs.

— Tu n'as pas idée, donzelle ! lança l'un des soldats. Et je sais exactement ce que j'ai l'intention de manger.

Cette réflexion déchaîna des rires gras.

Maisie elle-même rit légèrement. J'étais stupéfiée par sa bravoure. Elle avait le courage de tous ces soldats réunis. Mais peut-être était-elle sûre de son charme au point de ne pas douter un seul instant de parvenir à manipuler n'importe quel homme…

— Cela pourrait se faire, après que je vous aurai rapporté de la viande des cuisines. Que préférez-vous ? De l'agneau ou du gibier ? Ou bien un peu des deux ?

Elle s'approcha du soldat qui s'était adressé à elle, et ébouriffa le toupet du casque qu'il portait toujours.

— Un grand et fort guerrier comme vous a besoin de se nourrir.

— Oui, répondit-il, avec moins de concupiscence, comme s'il avait vraiment faim.

Elle passa d'homme en homme, pour décrire les mets qu'elle pouvait leur proposer. Elle avait l'attention totale de chacun d'entre eux.

Et j'en profitai. Je tendis le bras depuis les branchages qui me dissimulaient pour m'emparer de la bouteille de whisky. Avec précaution — et rapidité — j'y versai tout le contenu de la fiole de verre et secouai la bouteille pour bien mélanger les deux préparations. Puis je replaçai le whisky où je l'avais pris.

Maisie m'observa du coin de l'œil pendant qu'elle se penchait au-dessus d'un des soldats, lui offrant une vue imprenable sur son décolleté généreux.

— Quelle grande épée vous avez, déclara-t-elle, en lui touchant l'épaule. J'adore les guerriers forts avec de grandes épées. Et si je vous rapportais du whisky, également ? Avez-vous fini votre bouteille ?

Le soldat tourna la tête à droite, et vit la bouteille. Par chance, il avala une grande gorgée avant de faire passer le whisky à ses camarades. Ils burent tout ce qui restait.

— Oui, dit l'un des hommes, provoquant l'hilarité de tous les autres.

— Reste encore un peu, proposa un des soldats, en touchant la robe de Maisie.

Mais elle se dégagea avec coquetterie.

— Je reviens tout de suite, fit-elle en reculant. Je vous donnerai moi-même à manger si vous êtes sages. Si vous me laissez jouer avec vos épées.

— Fais vite, cria un des hommes dans son dos.

Juste après le départ de Maisie, il y eut quelques murmures. Mais au bout de quelques minutes le silence se fit. Lorsqu'elle me rejoignit, plusieurs des hommes ronflaient bruyamment et tous étaient étendus à terre, profondément endormis.

Notre plan avait fonctionné.

Campbell était toujours allongé devant la porte et tenait les clés dans sa main d'une manière lâche.

Cela semblait presque trop risqué de s'approcher de lui. Si nous le réveillions, les conséquences seraient terribles. Mais, bien sûr, il nous fallait les clés. Je savais que Kade devait être enchaîné, ou pire encore. Mais alors que je tendais le bras avec un mélange de peur et de détermination, une main se posa sur ma bouche, je fus saisie brutalement par la taille et attirée derrière un buisson.

Ma première pensée fut que l'un des hommes s'était déjà réveillé, ou avait fait semblant de dormir, car il avait deviné notre plan, et qu'il voulait à présent nous punir en nous tuant. J'étais si certaine que mon heure était venue que je me résignai presque. Je restai tranquille, et me laissai tirer en arrière. Des bribes d'images traversèrent mon esprit. Le visage de ma mère, brouillé par le temps. Le doux regard de ma sœur Ann. L'odeur du jardin secret. Le visage de Kade lorsque nous avions prononcé nos vœux de mariage. Et, au milieu de tous ces souvenirs tourbillonnants, j'eus comme une révélation, soudaine et puissante. *Il m'aimait déjà à l'époque.* J'étais trop bouleversée ce jour-là et je connaissais trop peu la façon dont se manifestaient ses émotions pour le comprendre. Mais maintenant, avec le recul, c'était évident. C'était moi qu'il avait toujours voulue. Et, désormais, c'était à mon tour de le vouloir. Avec désespoir, avec passion. Je tenais à lui plus qu'à ma propre vie.

Je me débattis alors, et réussis à atteindre mon couteau. Je me dégageai au moment même où mon agresseur me libérait.

Je me tournai, le couteau levé, prête à frapper.

Mais je m'arrêtai en plein geste lorsque je vis de qui il s'agissait. C'était Caleb ! Et il levait les mains pour se protéger. Maisie se tenait à côté de lui. Tous les deux me regardèrent avec un mélange de surprise et d'incrédulité.

— Stella, tu es armée ? demanda-t-il. Tu sais te défendre ?

A ces simples questions, je compris que Caleb ne savait pas encore à quel point le mariage m'avait changée. J'avais gagné en puissance. Et c'était très agréable. Je me sentais forte et euphorique. Audacieuse et courageuse. En ce moment même, avec un couteau à la main et un but très précis en tête, j'avais vraiment l'impression d'être moi-même, pour la première fois de ma vie. J'obtiendrais ce que je voulais : mon mari. Peu importait ce que je devrais faire pour le trouver, le libérer et le garder. Ou bien je mourrais en essayant de le sauver.

— Même si j'applaudis ton courage, déclara Caleb, modère tes ardeurs. Je suis là pour t'aider. Il y a une autre entrée. Si Campbell se réveille, il nous tuera tous. Viens. Dépêche-toi.

Nous suivîmes Caleb, et fîmes le tour de la colline.

— Comment nous as-tu trouvées ? murmurai-je.

— Mon frère a entendu dire que ton mari avait été fait prisonnier. En te cherchant, je suis tombé sur tes sœurs qui m'ont dit dans quelle direction tu étais partie. Jamie nous attend près de l'entrée secondaire. C'est celle que nous utilisons, nous, expliqua-t-il. C'est par là que j'ai accédé aux cachots quand j'ai dû y installer les chaînes.

Jamie était loyal envers mon mari, je le savais. Et c'était pour moi un grand soulagement, surtout en ce moment, dans cette obscurité lourde et dangereuse. J'eus l'impression de reprendre espoir. Campbell était là, tout près, mais Aleck était mort. La petite armée de Campbell avait pénétré dans nos murs, mais nous avions également des troupes, et de nombreux soldats de notre clan, qui s'opposaient à la mutinerie, se battraient pour défendre notre domaine.

Caleb reprit :

— Jamie a envoyé des messagers pour prévenir l'armée Mackenzie. Puisqu'ils sont nos plus proches voisins, ils seront vite avertis. Ils le sont peut-être déjà, du reste : cela fait longtemps que nos hommes sont partis.

Si nous ne libérions pas Kade avant l'arrivée des Mackenzie, il serait utilisé comme pion pour manipuler sa famille. Et si ses frères n'accédaient pas à toutes les requêtes de Campbell, Kade serait torturé, à petit feu, jusqu'à ce que la vie le quitte. Et je savais que Campbell avait des exigences extravagantes. Il voulait régner en maître sur tous les Highlands, y compris sur les domaines d'Ossian Lochs et de Kinloch. La vie de Kade n'avait pas de prix pour moi, ni pour ses frères, mais seraient-ils prêts à tout sacrifier pour le sauver ?

Soudain je m'immobilisai, songeant à un détail crucial.

— La *clé*, Caleb. Il nous faut tout de même la clé.

Caleb sourit d'un air malicieux et sortit quelque chose de la poche de son pantalon. Il me montra une grande clé en argent ciselé, qui brillait sous le clair de lune.

— J'ai mon passe-partout. C'est ma foi assez commode de pouvoir ouvrir toutes les serrures du domaine.

Je faillis le prendre dans mes bras et l'embrasser. Pour lui témoigner ma gratitude, et rien que ma gratitude. Car j'aimais Caleb de tout mon cœur, mais en ami. L'affection que je lui avais portée jadis était toujours là. Je l'aimais pour sa douceur, pour sa gentillesse, pour son soutien indéfectible. Mais l'amour que je portais à mon mari avait une tout autre teneur, et il faisait tellement partie de moi désormais qu'il se confondait avec le sang qui courait dans mes veines. Oui, le sang de ce guerrier avait bien été mélangé au mien. Et ce processus avait transformé ma vie, et moi avec.

Nous distinguions à présent la silhouette de Jamie qui se découpait dans la nuit. Mais il n'y avait ni porte ni buisson d'aucune sorte à proximité. Puis, alors que nous approchions, je vis qu'une trappe recouverte de terre et d'herbe avait été soulevée. Il y avait un petit trou dans le sol, juste assez grand pour qu'un homme y passe. Les premiers barreaux d'une échelle dépassaient légèrement.

Sans un mot, Jamie y descendit et disparut très vite. Caleb voulut le suivre, mais je le retins par le bras.

— Caleb, tu n'es pas obligé de risquer ta vie. Tu en as assez fait.

Mais il repoussa gentiment ma main, comme s'il se souvenait des mises en garde de Kade.

— Ton mari, Stella, va bientôt devenir le seigneur de notre clan. Etant donné notre passé, ma vie sera un véritable enfer si je ne lui prouve pas que je suis utile et loyal. Laisse-moi y aller.

Caleb commença sa descente et je ne cherchai pas à discuter davantage avec lui. En vérité, j'étais heureuse de découvrir chez lui un courage que je ne soupçonnais pas. C'était comme pour moi : les derniers événements nous avaient changés, et je n'avais aucune raison de lui nier le droit de prouver son mérite.

Je me tournai vers Maisie, et je lui pris les mains.

— Tu as largement remboursé ta dette, ma chère sœur. Tu

n'as pas besoin de continuer avec nous. Retourne au manoir et enferme-toi. En tant que maîtresse de ce domaine, je te l'ordonne. Et je n'accepterai aucune discussion.

— Stella, es-tu sûre...

— Va-t'en.

Etait-ce l'impérieuse détermination de ma voix, était-ce ce trou noir à nos pieds, menaçant et insondable, ou bien la combinaison des deux ? Je n'aurais su le dire. En tout cas, pour mon plus grand soulagement, ma sœur, peut-être pour la première fois de sa vie, obéit.

Maisie rebroussa chemin vers le manoir alors que je commençais ma descente vers les sombres abîmes des oubliettes.

J'avais l'impression de descendre en enfer. L'obscurité était dense et totale. Je ne voyais rien, pas même mes propres mains. Je m'accrochai à l'échelle de bois qui était humide, et posai mes pieds avec précaution sur les barreaux glissants. La descente fut très longue.

Je pensai à Kade. Seul. En train de souffrir. Dans le noir. Pendant que la vie était en train de le quitter, rêvait-il aux douces collines de son enfance, en regrettant de m'avoir rencontrée et de s'être sacrifié pour moi ?

J'entendis des bruits de pas étouffés en dessous de moi et distinguai une lumière vacillante. Jamie et Caleb étaient arrivés en bas et avaient allumé une petite torche qui diffusait une faible lueur orangée. Ils attendirent que je descende les derniers barreaux de l'échelle.

— Par ici, dit Jamie, en nous conduisant à un tunnel étroit creusé dans la terre.

Je guettai les bruits, d'éventuels gémissements ou appels à l'aide. Mais, à part nos pas, très silencieux, je n'entendis rien.

Nous n'eûmes pas à marcher longtemps. Le tunnel déboucha vite sur une chambre large et vaste. D'un côté du couloir se trouvaient une rangée de cellules, creusées dans la terre et étayées par de fines barres de fer. Nous passâmes devant la première, puis la deuxième. Vides. Tout comme l'était la troisième. Se pouvait-il que Campbell ait emmené mon mari ailleurs ? Qu'il nous ait volontairement fait croire que Kade serait enfermé ici, alors qu'il avait l'intention de le cacher à un autre endroit, là où nous ne pourrions jamais le retrouver ? Ou bien l'avait-il déjà tué et enterré sans cérémonie ? A cette idée, je dus réprimer un sanglot. Qu'avais-je donc fait ?

Mais mes craintes se dissipèrent — en partie. Là, devant nous, au bout de la pièce ovale, se trouvait une grosse dalle inclinée. Et une silhouette. Un homme, vêtu d'un kilt.

Kade.

Il était allongé, immobile. *Trop* immobile.

Dans la faible lumière, il me fallut un moment pour voir qu'il était attaché sur une planche hérissée de clous. Lorsque nous nous approchâmes, je vis que ses poignets et ses chevilles, autour desquels étaient accrochées de lourdes chaînes, étaient en sang. Et il était écartelé : les bras au-dessus de la tête, les jambes étirées. Son torse nu portait des entailles et était couvert de contusions, de terre et de sang séché.

Etait-il toujours vivant ?

A ce moment, il tourna la tête. Ses yeux étaient vitreux et abattus. Il se raidit et tressaillit. Son regard mi-clos se mit à briller d'une haine qui semblait s'échapper également par tous les pores de son corps meurtri, lui redonnant, enfin, un peu de vie. Je compris alors qu'il ne pouvait pas voir qui nous étions. Il pensait peut-être qu'il s'agissait de Campbell et de ses hommes, revenus pour le frapper de nouveau et redonner un tour à ses chaînes.

— Libère-le, dis-je à Caleb. Détache ses chaînes.

Caleb se précipita, et Jamie l'accompagna pour l'éclairer.

Je m'approchai de Kade et me penchai pour le regarder dans les yeux. Il me reconnut, je le vis sur son visage, mais cela ne lui causa aucune joie. Dans son regard, derrière la brume de la douleur et du délire, la haine persistait, accompagnée de peur, d'une petite lueur d'espoir et, surtout, de rage. Je voulus le toucher, pour essayer de l'apaiser, mais j'hésitai. Je ne voulais pas lui faire mal, ni accroître sa colère, et son regard m'impressionnait.

Ses yeux se posèrent sur Caleb et Jamie, puis de nouveau sur moi. De toute évidence, il doutait de nos intentions, de notre loyauté, et je vis ses interrogations alors qu'elles traversaient son visage. *Ont-ils été envoyés par Campbell ? Ou sont-ils venus de leur propre chef ?*

— C'est moi, mon époux. Nous sommes venus vous libérer. Vous ne craignez plus rien maintenant. L'armée de votre frère est en chemin.

J'étais heureuse d'avoir eu l'idée d'ajouter cela, car ce fut à l'évocation de son frère et de son clan qu'il sembla sortir de sa torpeur. Son regard, qui était devenu plus clair, ne semblait plus du tout perdu dans le vague. Au même moment, Caleb le libéra de sa dernière chaîne.

D'un seul mouvement fluide et étonnamment rapide, Kade se leva de son lit de torture et se dressa devant nous. Il paraissait immense, effrayé, malmené, mais aussi absolument terrifiant. C'était aussi une bonne chose, songeai-je. Car, à ce moment précis, une deuxième torche éclaira la nuit, émergeant du tunnel plus éloigné qui devait mener à l'entrée principale.

Quelqu'un arrivait. Un guerrier, seul, et facilement reconnaissable.

Campbell.

Dans la main qui ne portait pas la torche, ce dernier tenait son épée.

Dans un mouvement instinctif — et je fus assez fière de mes nouveaux réflexes — je sortis l'énorme épée de Kade de son fourreau qui était toujours accroché à mon épaule. Mais ce fut difficile, et l'arme était si lourde que j'avais du mal à la soulever. Je réussis néanmoins à trouver la force de le faire.

— Kade, dis-je, en lui tendant son arme.

S'il persistait un doute en lui, et s'il s'interrogeait encore sur mes motivations, il ne le montra pas. Il se tourna aussitôt et, voyant son salut entre mes mains, s'approcha pour saisir son épée. Son corps, malgré les coups et le sang, n'avait rien perdu de sa grâce animale. Il avançait avec une confiance naturelle et arrogante qui, j'espérais, allait durer.

Kade était à son désavantage, certes, car affaibli par les souffrances qu'il avait subies et par ses blessures. Mais il avait avec lui Jamie qui, bien que jeune et sans beaucoup d'expérience, n'en était pas moins armé. Je tendis à Caleb la deuxième arme que j'avais emportée : le grand couteau à manche en os. Caleb me contempla d'un regard incrédule, mais il prit le couteau. Ce dernier ne semblait pas tout à fait à sa place entre ses mains. Caleb ne savait pas plus manier les armes que moi, mais ce serait toujours mieux que rien. Et moi, j'avais mon petit couteau. Petit, mais capable de tuer un homme. Et je savais que c'était la vérité. Le sang d'Aleck qui maculait toujours ma peau et ma robe en était la preuve. A quatre contre un, nous avions une chance de nous en tirer.

Malheureusement, mes espoirs furent de courte durée : Hugh apparut dans l'encadrement de la porte, menaçant, armé, et très réveillé.

L'affrontement allait commencer.

Campbell frappa Kade le premier, d'un coup puissant porté par tout le poids de sa détermination. Kade répondit en lui rendant la pareille. Mon mari, tout couvert de sang qu'il était, revint à la vie avec une épée entre les mains, comme s'il était tout à la fois galvanisé et guéri par la solidité familière de son arme, comme s'il absorbait la force de son métal. Ils se tournèrent autour, et je reculai pour aller me réfugier sous le lit de clous, me préparant à donner des coups de couteau sur les pieds et les jambes de Campbell à la première occasion.

Hugh s'attaqua à Jamie. Il dégaina son épée et frappa dans un seul mouvement. Hugh était un soldat aguerri et dépassait largement Jamie en poids et en taille. Mais Jamie était vif : il esquiva le coup et frappa à son tour. Malheureusement, sans grand effet. Caleb ne pouvait pas grand-chose pour aider son frère. Le couteau levé, il se tenait en retrait. Mais il était là, et semblait prêt à frapper s'il le fallait. Et j'en fus heureuse.

Le combat entre Campbell et Kade faisait rage. Coup après coup, le bruit retentissant du métal entrechoqué emplissait la pièce comme une musique violente et assourdissante. Kade fatiguait, je le voyais. La torture et la perte de sang avaient laissé des traces. Il fallait absolument que j'intervienne. En rampant, je m'approchai.

Un cri déchira l'obscurité. Jamie était touché. Je ne vis pas à quel endroit. A la jambe, il me sembla. Il y avait du sang, beaucoup de sang. Et les deux hommes se battaient au corps à corps à présent. Hugh immobilisa Jamie au sol. Caleb se jeta alors sur Hugh, et frappa avec son couteau. Jamie réussit tant bien que mal à se dégager pour porter un coup d'épée. Hugh hurla de douleur.

Mais mon attention fut détournée. Kade venait de trébucher. Juste légèrement. Mais c'était un signe. Campbell était en train de prendre l'avantage. Leurs épées étaient comme chauffées à blanc par l'ardeur de leur affrontement. Campbell, qui me tournait le dos, fit un pas en arrière vers ma cachette.

Je frappai, enfonçant mon couteau dans la chair de son mollet.

Campbell hurla de rage, surpris par mon attaque. Il se déconcentra un tout petit instant, et regarda derrière lui. Et c'était juste l'occasion dont avait besoin Kade. C'était le genre de renversement de situation qu'il s'entraînait tous les jours de sa vie à exploiter. Son épée frappa Campbell à la gorge, juste au-dessus de sa cotte de mailles, selon un angle précis et bien calculé, et s'enfonça profondément.

Dans un dernier bruit fracassant, le corps de Campbell s'effondra à terre.

Campbell, dont la famille avait mené deux séries de guerres dans les Highlands, était mort.

Jamie, Hugh et Caleb gisaient tous les trois à terre. Je perçus un mouvement, mais je n'aurais su dire d'où il provenait. Les torches, renversées sur le sol en terre du cachot, étaient presque éteintes.

Kade s'approcha des trois corps, sans doute pour évaluer la situation.

Caleb se releva avec peine. Il s'éloigna de Kade, comme s'il avait peur que ce dernier s'en prenne à lui désormais.

Jamie gémissait et se tordait de douleur. Sa jambe était gravement touchée.

La forme massive de Hugh gisait inanimée, dans une mare noire. Kade, comme pour s'assurer qu'il était bien mort, s'approcha et lui trancha la gorge.

Kade aida Jamie à se relever, et le soutint. Il adressa un regard à Caleb, puis m'en adressa un autre, insondable et intense. Sans un mot, il se dirigea vers l'entrée principale des souterrains, en aidant Jamie à avancer.

Je voulus lui dire que ce n'était pas prudent. Que tout comme Hugh, les autres soldats avaient pu se réveiller. Mais quelque chose me disait que mon mari ne m'écouterait pas, et que mes mises en garde ne l'effrayeraient pas. De toute façon, il était déjà parti. Caleb et moi le suivîmes.

Dehors, les premières lueurs de l'aube rougeoyaient à l'horizon. Les soldats endormis étaient toujours allongés où nous les avions laissés, ne montrant aucun signe de vie. Kade examina la scène avec prudence et attention. Puis il posa Jamie à terre, où il s'assit, le visage exsangue. Il trouva ensuite une tunique oubliée sur le sol, et la déchira en longues lanières.

— Aidez-moi à leur attacher les poignets, demanda-t-il à Caleb.

Ils s'y attelèrent ensemble, avec beaucoup de soin. Un ou deux hommes s'étirèrent, mais aucun ne se réveilla. Quand tous les soldats endormis eurent été entravés, Kade dit à Caleb :

— Emmenez votre frère au manoir et faites-le soigner. Allez trouver ensuite Tristan, Eion et Colin. Dites-leur d'emprisonner ces hommes et de faire leur possible pour neutraliser les autres soldats du clan Campbell qu'ils pourraient croiser. C'est bien compris ?

— Oui, confirma Caleb.

— Je vous rejoindrai dans un moment, ajouta Kade. Mais, d'abord, il y a une affaire urgente dont je souhaiterais discuter avec ma femme.

Et, sur ce, mon mari me prit dans ses bras et m'emmena à travers la végétation dense, en direction du loch.

20

Nous avions parcouru une certaine distance en contournant une petite falaise qui surplombait le lac, et nous nous trouvions à présent seuls, hors de portée des champs et du manoir.

Kade me reposa à terre. Il me saisit le bras et m'attira à lui sans ménagement. Son geste ne fut pas doux du tout : de toute évidence, peu lui importait de me faire mal. En fait, la vive douleur que je ressentis alors qu'il me traînait vers une petite cavité rocheuse eut sur moi un tout autre effet que celui auquel je me serais attendue. Je n'essayai pas de me libérer ni de me débattre. Et je ne protestai pas non plus contre la force de son attaque. Mon corps réagissait à son contact, comme il l'avait toujours fait, en répondant à ses demandes, et, s'ouvrant à lui, il se prépara à son assaut. Sans que je puisse l'expliquer, je me sentais prête à tout. Mon impatience était à son comble.

Il me plaqua contre la dure paroi rocheuse et plaça son épée contre mon cou. Je ne bougeai pas, et plantai mon regard dans ses yeux froids et vifs. L'une de ses arcades sourcilières était tuméfiée, et sa pommette était entaillée. Ses cheveux étaient une masse hirsute, et ses mèches étaient collées ensemble par la terre et le sang. Il semblait plus sauvage et plus brutal que jamais. C'était ainsi qu'il devait apparaître à ses ennemis sur le champ de bataille. Tel était le féroce guerrier que jadis j'avais craint au-delà de toute raison. Tel était le bestial assaillant qui prendrait tout ce qu'il voulait de moi sans restriction ni remords.

Il se pouvait aussi qu'il me tue. Je savais qu'il s'agissait d'une sérieuse éventualité. Il avait été poussé hors de ses limites, et c'était moi qui en étais la cause. Et, même si je savais que sa férocité était capable de se transformer sans prévenir en une espèce de dévotion, j'étais certaine que son état d'esprit actuel était à mille lieues de toute bienveillance.

— « Mon mari est une brute et un sauvage », lança-t-il, en répétant mes propres mots. Je vais vous montrer ce qu'est un vrai sauvage, ma chère femme. Puisque j'en suis un. C'est vous qui l'avez dit, après tout.

Kade saisit les liens qui fermaient ma cape, en montrant les dents. Puis il l'ouvrit d'un coup, en faisant sauter plusieurs boutons. En dessous, ma robe avait déjà été déchirée, avec violence. Ma poitrine était à peine couverte, et mes mamelons se dressèrent sur-le-champ au contact de l'air froid et de ce corps incroyablement dur plaqué contre le mien.

Cela ne me faisait rien.

Cela ne me faisait rien qu'il me frappe et me fasse mal. Il était en train d'envisager cette possibilité : je le vis dans la lumière vacillante de ses yeux. La lame de son épée traça une ligne — très légère — sur un côté de ma gorge, sur ma peau fine et vulnérable. Il suffisait qu'il augmente la pression de son geste pour me trancher les veines. Je savais à quel point ses armes étaient acérées.

— Je vous aime, dis-je.

Tout au fond de lui, il y eut un revirement, enfoui et presque indétectable. Il ne s'attendait pas à cela.

Sa respiration s'accéléra, mais il ne me lâcha pas, ni ne retira sa lame. Il continua de citer ma trahison, mot pour mot :

— « Tout le monde sait qu'il s'agit d'un mariage arrangé qui m'a été imposé contre ma volonté. Aleck ici présent pourra vous le confirmer. »

— C'était le seul moyen de vous sauver la vie.

Ma gorge était serrée. Ma voix n'était guère plus qu'un murmure étranglé. Je voulus poser ma paume sur son visage, mais il esquiva mon geste avec colère.

— Vous auriez dû me laisser mourir. Cela aurait été mieux que *ceci*.

— Comment cela, mieux que *ceci* ? Nous sommes ici. Nous sommes en vie. Nous sommes ensemble.

— Peu importe, répondit-il avec une rage qui couvait.

Il observa la lame de son arme avec une certaine concentration.

— Vous êtes mon époux, et j'ai envie de vous, murmurai-je. Prenez-moi maintenant. Prenez-moi avant de me tuer. Je vous en supplie.

— N'avez-vous pas un nouvel époux ? N'avez-vous pas déjà été prise, comme vous le vouliez ?

Au-delà de sa rage, il y avait dans sa voix un chagrin contenu mais sincère qui me déchira le cœur et me donna envie de pleurer.

— Il n'est pas et ne sera jamais mon époux. Il est mort.

Au souvenir de ce qui avait failli se produire, au souvenir de toute cette brutalité et de cette horrible violence, mes yeux s'emplirent de larmes.

Mais Kade continuait de tracer une fine ligne avec la pointe de son épée. Il semblait si absorbé par ce qu'il faisait qu'il parut à peine enregistrer l'information. Il ne me croyait pas.

— Ah oui, vraiment ? demanda-t-il avec détachement.

— De haut en bas, soufflai-je. J'ai enfoncé mon couteau, je l'ai tourné et j'ai lacéré. Ce fut plus facile que vous ne me l'aviez dit. Mais je n'aurais jamais imaginé tout ce sang.

Il s'immobilisa, et son regard parcourut lentement mon visage avant de trouver mes yeux.

— Comment ?

— Et ensuite je lui ai tranché la gorge. Juste à temps.

Son silence m'exaspérait. Son regard furieux et caustique n'était pas du tout ce que j'espérais.

— *Juste à temps ?* finit-il par répéter.

Je commençais à ne plus en pouvoir. J'étais en train de perdre pied, pour plusieurs raisons. Avec impatience, je répondis :

— Oui, vous avez bien entendu. *Juste à temps.* Juste après que j'ai fait semblant de vous détester pour que Campbell vous laisse vivre. Juste avant qu'Aleck ne manque de me prendre par la force. Juste avant qu'il ne manque de me violer, de me briser et de nous détruire. Juste avant que je ne lui tranche la gorge avec votre couteau et que je regarde la vie quitter son regard et son sang m'inonder de son flot atroce et poisseux ! Est-ce bon, avez-vous compris maintenant ? Ou dois-je tout vous expliquer encore plus clairement ?

Kade plissa les yeux et m'adressa un regard froid et incrédule. Et cela me mit dans une rage folle qu'il puisse douter de ma loyauté envers lui si facilement, même si j'avais, en effet, joué la comédie de façon convaincante devant Campbell et ses hommes. Ne savait-il donc rien de moi ? Ce que nous avions partagé au cours du mois écoulé ne comptait-il pas ? Peut-être que non... Peut-être que le lien qui nous avait unis n'était que purement physique. Un désir passager, en somme, sans aucune substance ni signification. Peut-être que les risques que j'avais pris et les vies que j'avais abrégées pour défendre la sienne avaient été des sacrifices inutiles.

— Vous... aviez l'intention de le tuer ? demanda-t-il. Depuis le début ?

Les épreuves subies tout au long de la journée avaient eu raison de mes nerfs. Je pleurai et hurlai tout à la fois :

— Mais bien sûr, espèce d'idiot ! Est-ce vraiment si facile pour vous de douter de moi ? Ne vous ai-je pas montré et dit et supplié de prendre possession de moi parce que je vous désirais de tout mon cœur ? Et, en ce qui concerne mon corps, je peux à peine contrôler l'effet que vous me faites lorsque vous ne faites que m'effleurer avec vos mains de guerrier ! Et même maintenant, d'ailleurs...

Là, j'hésitai, et me mis à respirer avec peine. Je ne pouvais pas lui dire que même ses menaces et la caresse de son épée faisaient battre mon cœur à tout rompre et me rendaient folle de désir.

Il recula sa lame de quelques centimètres. Aussitôt, sa présence glacée sur ma peau me manqua cruellement. Je voulais sentir le contact — n'importe quel contact — avec lui, avec son courroux, sa souffrance, son amour.

— Allez-y, déclarai-je. Tuez-moi si c'est ce que vous avez l'intention de faire. Je suis prête.

Je levai le menton, dégageant largement mon cou pour qu'il puisse m'atteindre plus facilement.

— Faites-le maintenant, qu'on en finisse. J'en ai assez de tout cela, et de vous !

Il semblait éprouver quelques difficultés à saisir la portée de mes aveux.

— Vous voulez dire que votre trahison n'était qu'une... qu'une *ruse* ?

— En plus d'être une brute, êtes-vous aussi un idiot ? hurlai-je. Bien sûr ! Je n'allais pas rester les bras croisés à les regarder vous arracher le cœur avec leurs couteaux de dépeceurs ! Je savais qu'ils vous laisseraient vivre s'ils pensaient que je n'avais aucun sentiment pour vous, et que vous pouviez leur être utile. Je ne pensais pas qu'il serait si facile de vous abuser *vous*, cependant. Est-ce que je ne viens pas de risquer la mort — et à plusieurs reprises — pour vous libérer ? Je vous aime, de tout mon corps et de toute mon âme ! Je rêve de vous, je me languis de vous, je vous veux près de moi et dans mon lit, pour toujours. Et, plus que tout, je veux que vous honoriez votre promesse — celle que je vous ai demandé de me faire, celle que vous m'avez juré de respecter — et que vous me fassiez l'amour pour sceller cette union une bonne fois pour toutes, espèce de... espèce de méchant homme.

Cette fois, Kade ne se moqua pas de moi. Dans ses yeux, je lisais une émotion fiévreuse et torturée. Il retira pour de bon son épée, et un bruit sourd l'accompagna lorsqu'il la laissa tomber à terre.

Il m'embrassa.

J'étais tellement prise dans un tourbillon de passions et de sentiments contradictoires que j'essayai presque de le repousser. Sa bouche s'empara de la mienne et me força à m'ouvrir à son invasion avide. Il m'embrassa comme s'il avait déjà pris possession de moi, comme s'il était déjà en moi. Je sentais sa soif. Son baiser était empli de lui, et empli de la promesse de tout ce qu'il allait me faire. Sa langue s'enfonça, explorant sans répit. Et plus son baiser devenait passionné, plus j'avais envie de lui. Je ressentis cette douce agression au plus profond de moi. Chaque coup de langue et chaque mouvement faisaient grimper mon désir d'un cran. Il allait me ravager, et c'était exactement ce que je voulais. Je voulais chaque once de sa force et de son acharnement. Puis, dans un geste d'une douceur incongrue, il caressa l'arrière de ma tête et mes cheveux. Je sentis un léger tremblement dans ses doigts, qui témoignait de toute sa puissance contenue et de l'intensité de son désir.

Ses mains se déplacèrent vers mes seins et écartèrent ce qui restait de ma cape et de ma robe. Une fois mes épaules dégagées, mes vêtements tombèrent au sol, dénudant ma peau, dont la pâleur brillait dans l'obscurité. Je me tenais nue devant lui. Il saisit mes seins à pleines mains et se pencha. Sa bouche chercha un de mes mamelons et l'aspira. Je faillis pleurer alors que ses petites morsures, chaudes et humides, me donnaient des soubresauts de plaisir, dans mon ventre, et plus bas encore. Puis il réserva le même traitement à mon autre sein, poussant mon désir à son comble. J'en voulais, encore et encore. J'étais plaquée contre la paroi rocheuse, et mon bassin se tendit pour se frotter contre lui, pour sentir son sexe qui me désirait. Il dut percevoir mon invitation furtive — qui, plus qu'une invitation, était en fait une supplication — et se redressa pour prendre ma bouche dans un baiser fiévreux et avide. Il mordilla, lécha et savoura. Mais ce n'était pas assez. J'enfilai mes doigts dans sa chevelure sauvage, pour l'attirer davantage à moi. Ma poitrine se plaqua contre son torse, dont le duvet me caressait avec sensualité. Il passa ses mains dans mon dos, puis m'agrippa par l'arrière et pétrit ma chair. Je savais que, le lendemain, mon corps porterait les marques de ses assauts, et j'en étais heureuse. Je n'avais jamais été aussi folle de désir, je n'avais jamais rien voulu avec autant de désespoir. Je gémis contre sa bouche alors que, du bout des doigts, il écartait mes chairs si excitées que je ne pus que crier lorsqu'il s'aventura plus profondément en moi et écarta avec délice les plis de mon sexe qui n'attendait que lui. Son pouce trouva tout de suite ce point sensible qu'il connaissait si bien et y imprima un mouvement circulaire, fluide et fougueux, qui accrut le plaisir débridé qui s'était déjà emparé de moi. J'étais presque perdue. J'aurais pu succomber à ses divines caresses. Mais j'étais déterminée à ne pas m'abandonner avant que nous soyons enfin unis. Je glissai la main sous son kilt et ne pus retenir une exclamation devant la taille et la rigidité de son sexe.

Kade retira ses doigts. Il me souleva avec une facilité

déconcertante. Je m'agrippai à ses bras fléchis, stupéfiée par sa force brute, qui m'excitait au plus haut point. Sa puissance était primitive et absolue. Je voulais qu'il s'en serve contre moi. Je voulais qu'il s'en serve pour me posséder sans condition. J'avais passé mes bras autour de son cou et je l'embrassai, en lui léchant les lèvres. Je le sentais. L'extrémité de son large sexe forçait l'étroitesse de mon entrée. Et la brûlure de cette invasion fut tout simplement la sensation la plus violente et complexe que j'avais jamais connue. J'étais si humide que, contre toute attente, il commença à glisser en moi. Et je me tortillai sous ce délicieux tourment d'un genre encore inédit pour moi. Mes mouvements lui arrachèrent un soupir et un cri. Il me déflora d'un coup de reins puissant. La vive brûlure que je ressentis se transforma très vite en un plaisir certes teinté de douleur mais néanmoins somptueux. Je connaissais cette promesse. Kade avait imprimé sa marque sur mon corps. Je comprenais que derrière cette légère souffrance se cachait un plaisir plus important et plus violent. Mon corps se moula autour de sa chair brûlante qu'il accueillit plus profondément.

— Stella, Stella, murmurait-il. Si douce, si délicieuse. Si vous saviez comme c'est bon. Trop bon… Cela fait trop longtemps que je vous désire. Je vous aime. Je vous aime. Depuis le tout premier jour. Oh ! mon Dieu, c'est trop. Je vous aime.

Il souleva mes jambes, me supportant entièrement, mais laissa mes pieds effleurer le sol pour que je m'ouvre à son assaut érotique. Ce grand et fort guerrier était tout autour de moi, il me serrait, me dévorait, allait et venait en moi sans relâche. Je m'abandonnai totalement à sa demande et à sa domination. La douleur, lointaine et légère, ne faisait qu'étayer mon plaisir et l'intensifier, encore et encore. J'essayai de me retenir, mais l'extase surgit, se déversa en moi, et balaya tout sur son passage. Je me laissai aller, incapable de me contrôler, emportée par ce torrent de plaisir. Kade serra plus fort mon bassin, et donna un coup de reins en avant, pour s'enfoncer au plus profond de moi. Il se laissa emporter à son tour en gémissant. Mes muscles internes se contractèrent autour de lui, avec une fièvre qui s'apaisa peu à peu, pour laisser place à une espèce de transe rêveuse et bienfaisante.

Nous demeurâmes dans cette position un certain temps, car aucun de nous deux ne voulait se désunir de l'autre. Je posai ma tête sur son épaule et nous nous étreignîmes longuement. Puis il prit mon visage entre ses mains avec douceur et me regarda dans les yeux. Au-delà d'un soulagement tranquille, je vis dans son regard de l'émerveillement et de l'exultation.

— Je vous aime, murmura-t-il.

Je répétai ces mêmes mots encore et encore, et je l'embrassai jusqu'à ce que nos baisers se chargent de nouveau en intensité. Et la présence envahissante de mon mari en moi n'avait pas faibli.

Kade semblait faire particulièrement attention à rester soudé à moi, et je le sentais plus impétueux et vigoureux que jamais. Nous glissâmes au sol, et il s'installa au-dessus de moi. Après l'extase, j'avais l'impression de sentir son sexe plus énorme que jamais. Son corps semblait vibrer d'une animation chaude et fébrile qui miroitait juste sous la surface de sa peau.

Il resta un moment immobile, puis caressa avec douceur mon visage de ses lèvres. Il écarta mes mèches de cheveux rebelles en me regardant, les yeux mi-clos. Puis il recommença à bouger, très légèrement, en remuant son bassin.

— Vous allez de nouveau brûler pour moi et avec moi, ma femme, dit-il à voix basse.

J'étais comblée, au sens propre comme au figuré. Mes cheveux étaient trempés, ma peau rougie. Je secouai la tête. Jamais je ne pourrais ressentir un tel plaisir une seconde fois. J'avais tout reçu et tout donné. Je ne pensais pas pouvoir survivre à une deuxième étreinte aussi intense, et je pensais même ne pas en avoir envie.

— Non. Je ne peux pas, dis-je, en essayant de bouger sous lui.

Mais il m'occupait tout entière et ne me laissait aucune marge de manœuvre.

Il commença à se mouvoir en moi de façon plus intense, en donnant des petits coups de reins parfaitement contrôlés et maîtrisés.

— Bien sûr que si, vous pouvez. Et c'est ce que vous allez faire.

Ses mouvements prirent de l'ampleur, et me communiquèrent une chaleur persuasive.

Kade prit mon menton dans sa main large et chaude, et me força à le regarder dans les yeux.

— Passez vos jambes autour de moi.

Presque trop épuisée pour trouver l'énergie de bouger, j'obéis néanmoins. Les lueurs de l'aube nous éclairaient et ses yeux étaient trop bleus, son visage trop beau et sévère. A le voir ainsi, je ressentis un serrement dans ma poitrine qui ressemblait presque à de la foi.

Il me regarda dans les yeux et murmura :

— Vous êtes la créature la plus exquise que cette terre ait jamais portée. Maintenant embrassez-moi. Ouvrez-vous de nouveau à moi, votre époux. Vous êtes à moi, et je suis à vous. Nous sommes liés l'un à l'autre, d'une manière irrévocable.

Ce fut lui qui m'embrassa, avec, au milieu de la passion, une stupéfiante adoration. Son baiser fut doux et avide, empreint d'un désir communicatif. Je l'embrassai à mon tour, et m'ouvris à lui autant que je le pus. Mes bras et mes jambes étaient noués autour de lui, et le maintenaient le plus près de moi possible. Son obsession était si totale et extrême que j'avais l'impression qu'il était devenu une partie de moi, comme si je n'étais plus qu'une coquille et que tout ce qui restait de moi, depuis ma chair comblée et excitée jusqu'à mon cœur qui battait la chamade, lui appartenait et était devenu un autre lui-même. La vague commença à se former, portée d'abord par un lent et profond courant. Mes mains étaient enfouies dans ses cheveux, ma langue jouait avec sa langue, l'invitant à s'enfoncer en moi. Le plaisir était ardent et indicible. Je me consumais. Je criai lorsqu'il donna une ultime secousse. Mon corps répondit aussitôt, et se contracta autour de son sexe profondément enfoncé en moi. La délivrance fut de nouveau étourdissante et extatique. Kade poussa un grognement sauvage et animal, comme s'il se libérait de toutes les souffrances qu'il avait subies. Il frémit, et son sexe vibra en moi, libérant un flot brûlant qui s'écoula au moment même où les larmes m'inondaient les joues.

C'était fait. Cette union était enfin scellée.

Dans la lumière ambrée et brumeuse du matin, Kade me serra longuement dans ses bras, au moment où le soleil émergeait des vertes collines pour venir éclairer le ciel, qui prit exactement la même couleur que les yeux de mon mari.

— Si vous saviez comme je vais bien prendre soin de vous, murmura-t-il. Je serai toujours à vos côtés.

Il me conduisit vers le loch, où nous nageâmes ensemble. La fraîcheur de l'eau fit le plus grand bien à mes chairs brûlées et gonflées. Il s'approcha de moi, et me lava avec douceur et dévotion. Il me caressa, me nettoya, me toucha avec une attention méticuleuse. Avec une telle attention, en fait, qu'une frénésie nouvelle nous gagna. Des doigts brûlants me pénétrèrent, et rallumèrent mon feu intérieur. Je jouis de nouveau, dans de délicieux et langoureux frissons qui, pour mon plus grand bonheur, semblèrent ne jamais vouloir cesser.

Nous nous séchâmes au soleil, et nous nous vêtîmes du mieux que nous pûmes, avec nos habits déchirés et souillés.

Notre fortune avait pris un tour plus favorable, semblait-il. Lorsque nous revînmes au domaine, nous le trouvâmes débordant d'activité et d'agitation. Les Campbell n'étaient plus là. Ils s'étaient enfuis ou avaient été faits prisonniers. Nous avions d'autres visiteurs en revanche : nombreux, très grands, et qui portaient le tartan vert et bleu que je connaissais bien désormais. A leur vue, un large sourire illumina le visage de mon mari et il me prit dans ses bras.

Les Mackenzie étaient arrivés.

Epilogue

Dix mois se sont tout juste écoulés depuis que Kade et moi avons officialisé notre mariage. Depuis ce jour, ma vie est devenue un enchantement et je m'en émerveille à chaque instant. Glenlochie est méconnaissable ou presque. Son réaménagement est encore en cours, mais le manoir n'a jamais été aussi magnifique. Les jardins sont luxuriants, les champs débordent de denrées prêtes à être récoltées.

C'est l'ensemble de notre clan qui a subi une transformation étonnante, en fait. Disparu le temps du ressentiment et de l'oisiveté. Désormais, unis, nous nous flattons de travailler dur et avec abnégation et, plus que jamais, nous récoltons les fruits de nos efforts collectifs et individuels. Les autres clans cherchent à échanger et à commercer avec nous, à présent, et nos artisans sont en passe d'acquérir la réputation de figurer parmi les plus productifs et les plus talentueux d'Ecosse. Le manoir n'est pas le seul à avoir bénéficié de cette nouvelle prospérité. C'est aussi le cas du village, ainsi que des vergers et des terres agricoles qui l'entourent. De nouvelles échoppes et de nouvelles maisons ont été construites, selon des plans plus ambitieux et plus élaborés. Les artisans confirmés prennent des apprentis. L'échange est encouragé et pratiqué à grande échelle, ce qui a permis l'introduction de marchandises utiles et variées, depuis la nourriture jusqu'aux fourrures, en passant par les chèvres et l'or. Les murs d'enceinte de notre domaine sont solides et bien gardés.

Notre armée est en train de devenir une machine bien rodée,

et se montre chaque jour plus loyale envers mon mari. Après l'épisode de l'insurrection de Campbell, Kade a proposé un choix aux soldats qui contestaient encore son autorité : l'exil ou un duel à mort contre lui. Un homme est parti, et plusieurs autres ont perdu la vie. Après cela, plus personne ne lui a plus disputé sa place de chef. Nous poursuivons bien sûr nos alliances — plus solides que jamais — avec les clans Mackenzie et Stuart, dont les armées sont les plus puissantes des Highlands. Nous avons aussi tissé des liens étroits avec les clans Munro, Buchanan et Macintosh. Avec la force combinée de ces six armées, mon mari est persuadé que nous pourrions remporter n'importe quelle guerre.

La rébellion de laird Campbell a péri avec lui. Sans Campbell pour semer le trouble dans les Highlands, notre campagne a pris un caractère tranquille et hospitalier, en tout cas comparé à ce que nous avions dû endurer toutes ces dernières années. Les affrontements ont laissé la place à la diplomatie. Nous sommes fréquemment invités à des bals et à des réceptions dans des domaines voisins, et nous recevons plus de visiteurs que jamais. Les mariages interclaniques connaissent un développement sans précédent ces derniers mois, et nos territoires semblent être entrés dans une ère de paix et de prospérité dont tout le monde se félicite. Kade et ses frères soupçonnent des clans moins prospères de fomenter de petites rébellions, et ils restent très vigilants, mais leur confiance et le sérieux de leur préparation ont pour l'instant fait leurs preuves.

Mes sœurs, tout comme moi, sont plus heureuses que jamais. Clementine a finalement renoncé à entrer au couvent. Elle se plaît beaucoup aux cuisines, qu'elle dirige avec un talent et une intelligence qui ne cessent de m'émerveiller. Cuisiner — et surtout s'occuper du pain et de la pâtisserie — est devenu sa passion, et elle consacre tout son temps à orchestrer les repas que nous prenons en famille, et qui nous ravissent tous autant que nous sommes. Mon mari a même fait remarquer, un jour, que nos menus rivalisaient désormais avec ceux des Mackenzie, ce qui, venant de lui, était le plus beau des compliments.

Bonnie a épousé Jamie dès que ce dernier a été rétabli. Il boite encore mais il a presque recouvré toutes ses forces. Il reste l'un des soldats les plus dévoués de mon mari.

Lottie a poursuivi sa romance avec Aiden Buchanan, qu'elle a vite épousé. Après de joyeuses festivités, elle s'est installée avec lui au domaine des Buchanan. Tous les mois, elle nous écrit une longue lettre dans laquelle elle détaille tous les faits et gestes — parfois à la limite du scandaleux — de ce clan débordant de vitalité. Son mari, nous raconte-t-elle avec une joie évidente, pourrait incarner à lui seul cette réputation d'exubérance qu'ont les Buchanan.

Ann et Agnes, inspirées par leur amitié nouvelle mais solide avec Ailie, la sœur de Kade, se sont lancées dans la couture, avec beaucoup de créativité et de talent. Les modèles qu'elles dessinent reflètent à la fois la fantaisie d'Ann et le style d'Agnes, et les demandes affluent, au point qu'elles ont dû prendre quelques aides pour les seconder dans leur travail. Grâce à elles, et grâce à notre prospérité nouvelle, les femmes de notre clan sont plus raffinées et élégantes que jamais.

Parmi toutes mes sœurs, Maisie est la seule qui n'ait pas encore trouvé sa vocation. Je soupçonne cependant que ces derniers jours lui aient réservé des possibilités nouvelles et agréables. Nous recevons en ce moment plusieurs membres des clans Mackenzie et Stuart, dont quelques soldats, tous venus pour un « événement » spécial et attendu de tous. Le soir de leur arrivée, Maisie a fait la connaissance d'un officier de l'armée Mackenzie prénommé Rory, et qui n'est autre que le cousin germain de Kade et Wilkie. Et la ressemblance est tout à fait frappante. Plus tard dans la soirée, j'ai remarqué Maisie et Rory engagés dans une conversation qui semblait très intime. J'ai surpris le regard lumineux de ma sœur lorsqu'ils se sont tous les deux éloignés. Je ne l'ai pas revue depuis.

Je croise encore Caleb de temps en temps. Il est devenu un armurier très respecté. Avec Kade, ils ont même noué une relation de travail, qui semble fonctionner d'autant mieux depuis que Caleb s'est fiancé avec l'une des jeunes filles du village, une gentille tisserande aux cheveux blonds prénommée Hazel. Je leur souhaite beaucoup de bonheur.

Mon époux a respecté sa parole. Son amour nourrit ma vie. Il consacre chaque instant de son existence à ma sécurité et à mon bonheur. Et en ce moment, alors que je me trouve dans une situation un peu délicate, il ne me quitte plus.

Une fois passées mes premières réticences et une fois surmontées les terribles épreuves qui se sont présentées à nous, j'ai découvert que sous ses épaisseurs complexes, que j'ai réussi à percer à force de patience et d'affection, la personnalité de Kade réservait de merveilleuses surprises. Mon époux est colérique et lunatique, certes. Il est brusque et agressif. Ces traits sont les corollaires obligés de son statut de chef et de sa virilité affirmée. Mais sous sa force, tout au fond de lui, existe la personne la plus douce, la plus gentille et aimante que j'aie jamais rencontrée. Son amour est inconditionnel et sincère.

Au fil du temps, comme j'apprenais à lui faire confiance, Kade a lui aussi appris à me faire confiance. Il est extrêmement tactile, et il aime que nous passions le plus de temps possible tous les deux, enfermés dans nos appartements. Là, il me caresse et s'occupe de moi, aussi bien sur le plan physique qu'émotionnel. Il s'intéresse beaucoup à ce que je pense et à ce que je ressens et, tous les soirs, il me pose des questions détaillées sur mes activités de la journée si, par malheur, nous avons été séparés un moment. Si quelque chose me tracasse, il s'en occupe personnellement et sans attendre, et résout tous les problèmes susceptibles de m'inquiéter. C'est une des qualités que j'apprécie le plus chez lui : il est attentif à tous les détails, me prouvant par là jour après jour que mon bien-être compte plus que tout au monde pour lui. Je ne me suis jamais sentie si choyée ni aimée.

Ces derniers mois, cependant, l'attention de mon mari à mon égard est devenue presque maladive. Je suis constamment secondée par une armée de soigneurs, et aussi par des gardes et des aides de toutes sortes. Ce n'est pas nécessaire, mais je ne peux pas lui en vouloir. Nos deux mères sont mortes, après tout, de complications survenues pendant leur grossesse. Plus récemment, le frère même de Kade, Knox, a perdu sa femme et son enfant, et je vois la terreur dans les yeux de mon mari, la nuit, lorsqu'il s'allonge à côté de moi et pose ses mains sur mon corps pour me caresser et me calmer, comme s'il essayait de conjurer les dangers.

Il y a trois jours, Wilkie et Roses sont arrivés à Glenlochie avec leur petite fille de deux mois, qu'ils ont appelée Mackenzie Rose Sophia Stuart, accompagnés de force nourrices et domestiques. Roses, malgré sa minceur et son apparente fragilité, a accouché sans difficulté. Elle et son bébé sont pleins de vitalité et de santé. De toute façon, si cela n'avait pas été le cas, Wilkie ne les aurait jamais laissées entreprendre ce voyage. La guérisseuse personnelle de Roses, Ismay, qui est également sa meilleure amie, n'est jamais loin d'elle ni du bébé. Et Roses elle-même possède des connaissances solides en médecine. Elles ont toutes les deux proposé de m'assister pendant la naissance de mon enfant et, même si notre clan possède sa propre équipe de soigneurs, je suis rassurée de savoir qu'elles seront là pour m'aider.

Et les autres frères et sœurs de Kade sont ici également. Ailie est là avec son fiancé, le grand et impressionnant Magnus Munro, ce guerrier aux cheveux cuivrés qui deviendra bientôt le chef de son clan. Ils ne se quittent plus. Et Knox Mackenzie, à la surprise de ses frères et sœurs, s'intéresse beaucoup à une citadine tout juste arrivée à Kinloch et dont l'apparition, d'après Christie, a provoqué une série de péripéties et de bouleversements dont je ne sais rien encore. Il est assez clair, en tout cas, que la personnalité de Knox est en train de se transformer radicalement. Son impassibilité stoïque et morne a disparu. Il a retrouvé le sourire et la légèreté qu'il avait perdus après la mort de sa femme. Seule Christie n'a pas encore trouvé l'âme sœur, mais je suis certaine qu'elle va finir par succomber à l'un de ses nombreux soupirants. Je ne pense pas que ce soit Kade qui leur ait demandé de venir pour la naissance de notre enfant, mais il s'est empressé d'applaudir des deux mains à leur proposition de nous rendre visite pour l'occasion. Je sais que leur présence soulage et calme mon mari. Et moi aussi.

Je peux accoucher à tout moment désormais. Mon ventre est énorme et je sens notre bébé en moi s'agiter et donner des coups de pied. Cet enfant est déjà actif et plein de vie ! J'ai de la chance : après une courte période de nausées matinales, j'ai eu une grossesse facile et sans histoire. Kade et Clementine font en sorte que je reçoive les meilleurs aliments qui soient et, dernièrement, mon mari m'a interdit de travailler. Je lui obéis sans trop me plaindre : je me sens débordante de vie, mais je dois reconnaître que l'enfant à naître absorbe beaucoup de mon énergie. Je suis donc heureuse de faire plaisir à mon mari en me reposant et en permettant à notre enfant de bien grandir et se développer. Ma peau irradie, et mes cheveux sont épais et brillants. Mon corps arrondi respire la santé et la féminité. Mon mari trouve ma fertilité miraculeuse. Il est fasciné par toutes ces transformations. Il me regarde, me touche, me savoure avec une délectation non dissimulée. Il dit qu'il n'est jamais repu de moi, et je le crois. Il m'en apporte constamment la preuve, et je n'ai jamais eu envie de lui refuser quoi que ce soit !

Je me réveille à son contact. Il me mordille le lobe d'oreille, joue avec mes doigts, me murmure des mots doux.

— J'aime ma femme, dit-il. Vous êtes si tiède, si douce.

Il m'embrasse le cou, puis la poitrine. Ses mains sont partout sur mon corps. J'ai toujours les yeux fermés et j'émets une légère protestation lorsqu'il cesse ses caresses. Je le sens immobile. Lorsque j'ouvre les yeux, je le trouve en pleine contemplation. Il est fasciné par quelque chose, et je baisse les yeux pour voir de quoi il s'agit. Mes seins coulent. De mes mamelons, du lait perle en toutes petites gouttelettes. Je suis surprise, même s'il n'y a aucune raison de l'être, bien entendu. Je ressens un mélange d'admiration et de respect devant ce phénomène. Kade, en me regardant dans les yeux, se penche au-dessus de moi. Au lieu de me couvrir ou de me tendre un linge pour que je puisse m'essuyer, il semble irrésistiblement attiré. Il donne un petit coup de langue, puis aspire mon mamelon dilaté tout entier. Je suis gênée, et je pousse un petit cri en essayant de le repousser.

— Kade, vous ne devez pas faire cela.

— Au contraire, je le dois, murmure-t-il, l'air bouleversé. Je vous aime. J'aime tout chez vous. Tout. Vous. Votre visage. Vos cheveux. Je vous aime. Votre corps. Vos seins. Et ceci plus que tout.

Il m'empêche de bouger, et me tète tendrement. La sensation est indescriptible. Déchirante. Puissante et sublime. Mais alors, sans prévenir, je ressens au fond de moi une sourde douleur, qui enfle sans que je puisse la contrôler. Je crie, et mon corps tout entier se crispe. Je repousse Kade. Je m'assois au bord du lit, et mon mari se précipite pour m'aider à me relever. Je ne sais pas pourquoi, mais je ressens le besoin impérieux de me lever, de marcher, d'échapper à cet inconfort. Mais, dès que je fais un pas, quelque chose se déchire en moi, et un torrent de liquide se déverse le long de mes jambes, inondant le sol en pierre. Nous le contemplons, stupéfaits, un instant.

— L'heure est venue, dis-je, surprise par le calme de ma propre voix. Le bébé arrive.

Kade, lui d'ordinaire si courageux, semble tétanisé et fixe toujours la flaque qui s'est formée au sol. Son visage exprime de la peur, un sentiment qu'il ne montre que si peu souvent que cela paraît étrange et inquiétant. Cela ne lui ressemble pas, mais pourtant c'est bien là.

Et il est toujours tétanisé. Il se tient là, sans bouger, encore une minute, ou même davantage. Pendant ce temps, j'essaie de me débrouiller du mieux que je peux. Je me tiens le ventre et j'inspire de longues bouffées d'air, avant de souffler lentement, puis de recommencer. Une autre contraction arrive. Je crie.

— Kade !

Et, aussitôt, il revient à la vie. Il semble déchiré, comme s'il hésitait à me laisser seule. Mais il se décide et court à la porte.

— Je vais chercher les soigneuses.

— Attendez, Kade.

— Qu'y a-t-il ?

Je lui souris, malgré la douleur qui me déchire les entrailles.

— Vous n'êtes pas habillé.

Il se regarde. Puis il attrape son kilt et le drape autour de sa taille, sans s'encombrer de son écharpe ni de sa chemise. Ni de ses armes. C'est la première fois que je le vois aller quelque part de son plein gré sans ses armes.

— Je ne serai pas long, Stella. D'accord ?

J'acquiesce. Les yeux de Kade sont soucieux, et il se précipite dehors.

Je m'enveloppe dans un drap, et je m'appuie contre le lit, en attendant les prochaines contractions. Elles semblent déjà se rapprocher.

Et quand en survient une — une souffrance indicible qui secoue tout mon corps avec une force stupéfiante — je ne peux m'empêcher de gémir, mais je ne lutte pas contre la douleur. Car elle est porteuse de vie et de promesses. Un instinct me souffle de l'accepter, de me laisser porter par la vague, et m'assure que m'y opposer ne fera que prolonger la douleur et mettre mon enfant en danger. Mon enfant et moi-même.

Je me laisse aller, et ma conscience se met en veille, comme pour me faire entrer dans un état de transe protecteur qui me soulage. Le temps s'étire, et s'écoule un peu comme dans un rêve.

Je perçois vaguement le retour de Kade, et la présence de quelques autres personnes. Roses. Ismay. Ma sage-femme, Bea. Mon mari distribue les ordres en criant, tout en me soulevant pour m'allonger sur le lit. Une autre contraction. Et une autre.

Il y a des discussions, et l'on place momentanément des couvertures sur moi pendant que les frères de Kade entrent dans la chambre pour en faire sortir mon mari, gentiment mais fermement. Je sais qu'il n'est pas loin, cependant. Je sais avec certitude qu'il se trouve juste derrière la porte, en train de faire les cent pas, s'inquiétant et fulminant. Et je suppose que ses frères essaient de lui faire boire un peu de whisky pour le détendre.

Roses me tient la main et me dit de pousser pour expulser le bébé.

— C'est le moment, dit-elle. Le bébé est prêt à naître.

Je me concentre sur la blondeur miroitante de ses cheveux et sur le vert éclatant de ses yeux, et je fais ce qu'elle me dit. Je pousse. Je n'ai jamais connu une telle douleur, si extrême et totale. Mais je l'accepte. Après ce qui semble être un temps interminable, je sens enfin la merveilleuse délivrance, alors que le bébé quitte mon corps. Mais, de manière inexplicable, ce soulagement ne dure pas.

— C'est un garçon, annonce Ismay en tendant le bébé à Bea.

Et je suis bouleversée pour deux raisons. C'est un garçon. *Un fils.* Je le veux. Je veux le serrer contre moi. Mais j'ai encore mal — beaucoup plus mal — et je ne comprends pas pourquoi. Que se passe-t-il ? Y a-t-il un problème ? Suis-je en train de mourir, comme ma mère, comme la mère de Kade, et comme la femme de Knox ? Est-ce là le tragique destin des femmes dans nos familles ? Je veux appeler Kade. Je veux le voir une dernière fois. Je gémis, de façon inarticulée. *Je le veux*, tenté-je de dire. *J'ai besoin de mon mari. Je veux Kade.*

— Poussez encore, Stella, me dit Roses en me caressant la main.

Ses yeux ne paraissent ni tristes ni effrayés.

— Vous n'avez pas encore fini. Poussez encore.

J'ai du mal à comprendre ce que tout cela signifie, comme si la douleur m'abrutissait. Où est mon bébé ? Mais le besoin de pousser me submerge, et j'obéis à Roses. Je pousse encore. Et encore.

Cette fois la délivrance est plus profonde, plus définitive. La souffrance a disparu d'un coup. Il me faut un moment pour m'habituer à son absence et pour me rendre compte qu'un deuxième enfant est né. J'ai deux bébés. *Des jumeaux*.

— C'est une fille, déclare Ismay, rayonnante.

On me lave et on me couvre, puis on m'apporte les deux petits emmaillotés.

La porte s'ouvre. Mon mari me regarde de ses yeux bleus éclatants mais préoccupés. Puis il regarde les deux bébés lovés contre moi. Il s'approche et me caresse les cheveux.

Son visage est tout proche du mien, nos regards soudés. Il m'embrasse avec douceur et son contact me fait revenir à moi. Même nos mots sont unis. Nous les prononçons ensemble.

« Je vous aime. »

HELEN DICKSON

Le tourbillon du scandale

Traduction française de
CAROLE PAUWELS

Les Historiques

HARLEQUIN

Titre original :
CAUGHT IN SCANDAL'S STORM

Ce roman a déjà été publié en 2019.

Prologue

1746,
Après la bataille de Culloden.

Le prince Charles Edward Stuart était venu en Écosse pour réclamer le trône de son père et restaurer la monarchie des Stuart.

La tête de ce beau jeune homme était emplie de grandes idées révolutionnaires, idées qui l'avaient conduit à s'associer avec ceux qui transformèrent plus tard une révolution en bain de sang, à Culloden Field.

L'armée du roi George avait été battue à Prestonpans. En conséquence de quoi, des aides financières, ainsi que des renforts en hommes et en munitions, avaient afflué du nord, en soutien au prince Charles.

Mais les troupes jacobites se trouvèrent finalement débordées et furent taillées en pièces à Culloden qui se rendit à la force des fusiliers du duc de Cumberland.

La cause des Stuart était désormais perdue et, après cette rapide et sanglante défaite, le prince Charles s'était enfui, laissant ceux qui l'avaient soutenu en butte à la vengeance brutale de ses ennemis.

La répression gouvernementale fut sans pitié.

Les maisons furent dévastées, à la recherche des Jacobites. Quelques-uns tentèrent de trouver refuge dans les collines. Ceux qui furent capturés furent passés par la baïonnette, pendus ou brûlés dans leurs maisons. Les femmes, les enfants et les personnes âgées ne furent pas épargnés.

Les domaines des lords et des chefs de clan qui avaient soutenu la rébellion jacobite avaient été saisis.

Rosslea, la maison ancestrale que possédait Iain Frobisher dans les territoires frontaliers, n'échappa pas à la fureur de Cumberland. Les domestiques, craignant pour leurs familles et leurs vies, s'enfuirent. Mary Frobisher resta seule avec son fils de douze ans, William, et son bébé d'un mois, Alice. Deux de ses fils avaient été tués à Culloden Field. Son mari, Iain, était prisonnier des Anglais.

La maison était érigée sur un promontoire surplombant le village. À la nuit tombée, la vallée commença à bruisser d'agitation. Des hommes enveloppés dans des capes cramoisies se faufilèrent le long des cottages.

Ils étaient venus avec leur torche pour tout brûler.

Mary entendit des tirs de mousquet, puis des cris. Elle comprit que leurs ennemis se déchaîneraient bientôt sur Rosslea.

Elle était préparée.

Rassemblant ce qu'il restait de sa famille et les rares possessions qu'elle pouvait transporter, son argent et ses bijoux étant cousus dans les ourlets de sa cape et de sa robe, elle se retrouva bien vite à l'abri des arbres.

Lorsque l'obscurité voila le paysage, le halo du feu éclaira le ciel. Ce fut bientôt un enfer de flammes se nourrissant avec voracité des précieux trésors qu'abritait Rosslea.

Ravalant ses larmes, Mary se détourna.

Ce n'était pas le moment de s'abandonner à la faiblesse.

Sous le choc et mue par la peur, portant Alice drapée dans un plaid et pressant William d'avancer, Mary emprunta des chemins de traverse, qu'elle connaissait pour avoir vécu dans cette région toute sa vie.

Au prix d'un grand courage et d'une résistance physique exceptionnelle, Mary parvint à gagner la côte ouest et à passer en Irlande. De là, elle embarqua pour la France, se joignant à d'autres personnes qui fuyaient la persécution après Culloden.

Elle était à Paris lorsqu'elle apprit le décès tragique par noyade de son mari.

Pleurant la mort de trois membres de sa chère famille, Mary parvint cependant à construire une vie décente pour ceux qui restaient.

Été 1756,
Quelque part au large de l'Afrique du Nord.

Le lieutenant Ewen Tremain n'aurait su dire ce qui l'avait tiré du sommeil.

Était-ce ce léger crissement irrégulier, rendu audible uniquement en raison du profond silence qui régnait à bord du navire royal, le *Defiance* — le grattement d'un rat sans doute ou le clapotis des vagues contre la coque ?

Il semblait quelque peu absurde qu'un bruit aussi furtif l'ait tiré du sommeil, le plongeant dans un tel état de tension et d'alerte.

Mais peut-être que le fait que le bateau soit immobilisé depuis quatre jours, faute de vent, jouait sur ses nerfs…

Ewen se tourna et se retourna sans relâche, mais fut incapable de se rendormir. Ce bruit l'agaçait prodigieusement.

Lentement, une étrange sensation de malaise s'infiltra dans l'étroite cabine, devenant presque une entité tangible qui se tenait à côté d'Ewen, faisant en sorte que son esprit épuisé veille malgré tout.

Roulant de son bat-flanc, il enfila ses vêtements et se rendit sur le pont, désert à l'exception de l'homme qui montait la garde, à l'affût d'éventuels vaisseaux pirates.

En appui sur le bastingage, Ewen scruta l'obscurité.

Une brume marine flottait au ras de l'eau, enveloppant le bateau d'un voile d'humidité. La nuit et le silence planaient comme une menace sur le vaisseau isolé…

Et cependant, malgré cette immobilité et ce silence, il y avait quelque chose qui appelait l'attention, avec une insistance silencieuse.

Pour la première fois depuis des jours, une légère brise soufflait, une infime exhalaison de vent, qui soupirait et murmurait à travers les cordages, et agitait les voiles.

Le regard léthargique, le capitaine Milton apparut à côté d'Ewen, en frottant son menton couvert d'un début de barbe.

— Le vent se lève, lieutenant Tremain. Dès l'aube, nous pourrons continuer notre route.

Ewen demeura silencieux, tous ses sens aux aguets.

Un bruit de rames lui parvint distinctement et, soudain, une forme sombre et sinistre émergea de la brume, suivie de près par deux autres embarcations, dont les pagaies étaient maniées par des esclaves.

Lorsqu'il parvint à distinguer le drapeau flottant en haut du mât principal — un crâne humain sur fond noir —, Ewen comprit que les mystérieuses embarcations n'étaient pas venues avec des intentions amicales.

Le regard fixe, en proie à une soudaine et dramatique prémonition, Ewen se concentra sur ce cruel coup du sort.

À moins d'un miracle, leurs chances d'échapper aux Barbares semblaient bien minces.

Au cours de cet été 1756, alors qu'ils quittaient l'Afrique de l'Ouest pour regagner l'Angleterre, Ewen Tremain, le capitaine Milton et l'équipage du *Defiance* furent capturés par les Barbares, et conduits enchaînés au grand marché aux esclaves de Marrakech.

Ewen fut vendu à un des frères du sultan, un homme tyrannique et cruel, qui en fit son souffre-douleur.

Un jour, alors que son maître s'était absenté pour une durée de six semaines, le regard d'Ewen se posa sur une Mauresque prénommée Etta.

Belle, sauvage et passionnée, avec des yeux verts et or de tigresse, couverte d'or et de perles, elle était la concubine favorite du sultan. Il se disait que plus d'un bel esclave musclé était entré durant la nuit dans ses appartements, afin de satisfaire ses appétits charnels, et qu'on n'en avait jamais revu aucun.

Ewen ne put résister à Etta, et leurs rencontres clandestines, pour dangereuses qu'elles étaient, éclairèrent ses misérables jours. Dans les bras de cette femme infidèle qui semblait lui avoir jeté un sort, il trouva une forme de bonheur.

Plus tard, il regretterait de s'être montré aussi naïf, mais il ne vit pas la félonie derrière les doux sourires et les mots tendres.

Il croyait qu'Etta l'aimait mais, lorsque le sultan revint au palais et la convoqua, la jeune femme fut ravie de retrouver sa position de favorite et dénonça aussitôt son amant, en prétendant qu'il n'avait cessé de la poursuivre de ses avances alors qu'elle l'avait fermement rejeté.

Ce faisant, elle le condamna.

La sentence fut terrible. Il fut dit qu'il recevrait cent coups de fouet et que, s'il survivait, il serait condamné aux galères et enchaîné à une rame pour le reste de sa vie.

Ewen se croyait indestructible. Mais quel homme de chair et de sang pouvait espérer triompher de ces Barbares ?

Au début, il avait pensé contre toute raison qu'il finirait par échapper à sa servitude, mais ce coup du sort sonna le glas de ses illusions.

Deux années passèrent, misérables. Puis, alors que les galères longeaient la côte espagnole, le miracle tant espéré se produisit. La galère fut prise dans une tempête. La rame à laquelle Ewen était enchaîné se brisa. Balayé par les vagues, il échoua sur une plage.

Il y avait un autre survivant, le jeune Amir, qui était enchaîné à la même rame qu'Ewen depuis un an.

Étendu sur le sable mouillé, Ewen pria avec toute la ferveur dont il était capable pour qu'ils s'en sortent, lui et son compagnon d'infortune, envers qui il s'était surpris, au fil du temps, à éprouver des sentiments paternels, lui qui n'avait pas encore d'enfants.

Après des jours de marche à travers des collines escarpées, ils croisèrent un voyageur qui leur indiqua le chemin d'un monastère.

Bientôt, le son étouffé d'une cloche leur apprit que leurs efforts n'avaient pas été vains.

La cloche des voyageurs perdus.

Ils étaient sur le bon chemin.

Enfin leur apparut le monastère où, d'après l'homme qu'ils avaient croisé, on offrait l'asile aux voyageurs de toutes confessions.

Baignés de lune, les contours des bâtiments construits en pisé étaient aussi nets qu'en plein jour. Une tour carrée les surplombait, et la route passait sous une voûte en pierre qui délimitait l'accès au monastère.

De quelque part à l'intérieur des murs leur parvenait le son étouffé d'un chant religieux.

C'était si inattendu qu'Ewen s'arrêta pour écouter.

Peut-être était-ce là une réponse à ses ferventes prières.

Il avait atteint la limite de ses forces. Incapable de faire un pas de plus, il tomba à genoux.

À peine conscient, il parvint à distinguer le halo de lanternes s'agitant autour de lui.

Et pour lui, ces lumières signifiaient la vie et l'espoir.

1

Hiver 1766

Des flocons de neige tourbillonnaient autour d'Alice, et sa respiration dessinait dans l'air glacé de petits nuages de buée.

Tenant serré sous son menton le col de sa cape, dont l'ample capuche recouvrait ses cheveux, elle traversait le parc, en prenant garde à l'endroit où elle mettait les pieds.

Aveuglée par les flocons qui s'accrochaient à ses longs cils, le souffle coupé par les rafales de vent qui s'abattaient sur elle, elle ne prêtait pas attention au froid intense qui engourdissait ses mains et ses pieds et transformait ses joues en glace.

Son maintien devait évoquer la souffrance, mais la douleur qu'elle ressentait n'était pas physique. Profitant de tous les avantages d'une bonne vie, son corps était jeune, vigoureux et sain.

La tête baissée, luttant contre la tempête de neige qui ralentissait ses pas, Alice songea à son père, un homme dont elle ne parvenait pas à se souvenir, et fut surprise de sentir les larmes lui brûler les yeux.

Cela faisait si longtemps.

Depuis qu'elle avait quitté Philippe, il ne lui était pas arrivé une seule fois de pleurer. En effet, elle redoutait, si elle se laissait aller l'espace d'un instant, d'exploser en mille morceaux, telle une vitre brisée, et de ne plus jamais pouvoir se ressaisir. Aussi gardait-elle toujours ses émotions soigneusement verrouillées en elle.

Mais ce jour-là, la pensée que son père, qu'elle croyait mort, puisse être toujours en vie et qu'elle le verrait peut-être bientôt renversait les barricades érigées autour de son cœur, et ses joues étaient noyées de larmes.

Soudain, une forme sombre apparut devant elle.

Alice tenta de faire un écart, mais il était trop tard, et elle percuta quelque chose de solide.

Elle serait tombée si une main ne lui avait fermement saisi le bras, l'aidant à conserver son équilibre.

La panique l'envahit, et elle se débattit avec énergie.

Une voix d'homme s'éleva, cassante.

— Que diable faites-vous dehors par ce temps ?

Alice ouvrit la bouche, mais fut incapable de prononcer un seul mot. Sa gorge, tout comme le reste de sa personne, semblait gelée, et les flocons que le vent rabattait sur ses yeux l'aveuglaient.

— Que se passe-t-il ? demanda l'étranger, qui avait une voix profonde et rauque. Vous avez perdu votre langue ?

Levant une main gantée, l'homme balaya avec brusquerie la neige qui s'accrochait au visage d'Alice et l'observa dans la lumière nébuleuse.

Elle eut la vague impression, rendue floue par le voile neigeux qui les entourait, d'une haute silhouette, d'un regard gris, dur et coléreux, d'une bouche crispée par une moue arrogante.

Ses forces décuplées par la peur, elle se libéra et s'enfuit à toutes jambes.

Heureusement, le terrain sous les arbres joua en sa faveur ; étant abrité il était en effet à peine couvert de neige, et Alice parvint rapidement à mettre de la distance entre eux.

Elle entendit l'inconnu l'appeler, mais il ne la suivit pas.

Une quinzaine de minutes plus tard, toujours aveuglée par la neige et malmenée par le vent, à bout de souffle et secouée par sa rencontre avec cet étranger, Alice arriva à Hislop House, au cœur de Piccadilly.

Hislop House était la demeure d'apparat de Lady Margaret Hislop, comtesse de Marchington. Il y régnait en ce jour une grande agitation, les domestiques s'affairant à préparer la réception devant se tenir le soir même et au cours de laquelle Lady Marchington annoncerait les fiançailles de sa nièce Roberta avec le vicomte Pemberton, fils aîné du comte de Winterworth.

Alice eut à peine le temps de se ressaisir avant que Roberta ne se précipite vers elle dans le hall.

— Je suis soulagée de voir que tu es rentrée, Alice. Je ne comprends toujours pas ce qui t'a pris de sortir par ce temps.

Alice ne dut qu'à un suprême effort de volonté de parvenir à masquer ses émotions.

— Je ne supporte pas d'être confinée ici à longueur de journée, je te l'ai déjà dit. On étouffe dans cette maison. J'ai besoin d'air frais.

— Je sais et je ne te fais pas de reproches. Mais tu n'ignores pas que tante Margaret n'aime pas que nous sortions seules. Tu aurais dû demander à l'une des servantes de t'accompagner.

Alice soupira, l'air contrit.

— J'espère qu'elle n'aura rien remarqué.

Elle avait délibérément mis de côté le protocole, exigeant qu'elle soit chaperonnée en toutes circonstances, après avoir reçu la veille une lettre d'un certain Duncan Forbes. L'homme l'informait qu'il avait des révélations à lui faire concernant son père qu'elle croyait décédé depuis vingt ans.

Profondément troublée et impatiente d'en savoir plus, Alice s'était rendue précipitamment à Green Park pour rencontrer l'homme à l'endroit et à l'heure fixés.

Roberta prit un petit air sentencieux.

— Rien n'échappe à tante Margaret. Elle connaît les secrets de tout le monde. Tu devrais le savoir, à présent.

Marquant une pause, Roberta enveloppa Alice d'un regard spéculatif.

— Cette sortie inopinée aurait-elle quelque chose à voir avec la lettre que tu as reçue hier ?

Alice secoua la tête, choisissant de mentir.

Pourtant, il y avait eu peu de secrets entre Roberta et elle depuis qu'elle était venue vivre à Hislop House, deux mois auparavant.

Roberta avait bien évidemment été avertie du scandale qui l'avait obligée à fuir Paris. Cependant, Alice ne lui avait pas tout dit. Certaines des choses qu'elle avait faites avec Philippe étaient en effet trop sordides pour les chastes oreilles de la jeune fille.

Quant à sa rencontre avec Duncan Forbes, Alice préférait pour le moment la garder pour elle.

À en croire cet homme, Iain Frobisher avait été capturé en 1746, juste après la bataille de Culloden, et emmené vers le sud, afin d'y être jugé pour haute trahison. La justice pour les traîtres était expéditive, et on avait dépouillé le père d'Alice de tous ses biens et prérogatives.

Lorsque les gardes étaient venus le chercher pour l'emmener à Kennington Common, où devait se tenir son exécution, Iain avait sauté dans les eaux boueuses de la Tamise, en un geste désespéré pour recouvrer sa liberté.

Bien qu'on lui ait tiré dessus, et que le fleuve ait été sondé, son corps n'avait jamais été retrouvé. Il avait été présumé mort.

Duncan Forbes avait expliqué à Alice qu'il était lui-même un simple soldat à l'époque de Culloden, et qu'il avait été fait prisonnier en même temps que son père. Comme beaucoup d'autres hommes du commun, il avait été libéré en 1747 grâce à la promulgation de l'*Act of Indemnity*.

Ce que Duncan Forbes n'avait pas dit à Alice, c'est qu'il avait depuis sombré dans la misère, et que tous les moyens lui étaient bons pour survivre.

Il n'avait guère pensé à Iain Frobisher depuis le jour où ce dernier avait sauté dans la Tamise, jusqu'à ce qu'il rencontre à Londres un homme qui offrait une certaine ressemblance avec son ancien compagnon de cellule.

Ses soupçons furent bientôt confirmés.

Les deux hommes avaient passé un moment à discuter puis, lorsqu'ils eurent épuisé les sujets de conversation, et compris qu'ils n'avaient finalement pas d'autre point commun que celui d'avoir combattu ensemble, ils avaient continué leur chemin.

Ce ne fut que quelques mois plus tard, lorsque Duncan lut un entrefilet dans les journaux, relatant la disgrâce d'Alice Frobisher et son installation à Londres chez Lady Marchington, qu'il réalisa le profit qu'il y avait à tirer de cette information.

Il envoya donc une missive à Alice l'informant qu'il avait une révélation qui pourrait l'intéresser concernant son père, et lui donnant rendez-vous au parc.

Ayant éveillé sa curiosité et voyant qu'elle désespérait d'en savoir davantage, il lui avait à nouveau donné rendez-vous, le lendemain à la même heure et au même endroit, en lui demandant d'apporter de l'argent.

— Non, bien sûr que non, répondit Alice à la question de Roberta.

Elle tendit sa cape couverte de neige à un valet.

— J'irai voir Lady Marchington dès que je me serai changée. L'ourlet de ma robe est passablement trempé. Tu vois ?

Elle tendit un pied botté devant elle pour prouver ses dires.

Roberta protesta, entre choc et inquiétude.

— Je pense qu'elle veut te voir tout de suite.

Alice lança un regard exaspéré à son amie.

— Contrairement à toi, Roberta, je ne me sens pas obligée de toujours faire ce qu'exige ta tante. Si j'étais à ta place, je m'affirmerais davantage. Personne ne t'en blâmerait.

Roberta sourit faiblement. Elle ne possédait pas une grande confiance en elle et se laissait facilement intimider par Lady Marchington.

— Tante Margaret a été très bonne pour moi, pour nous deux, Alice. Si elle n'avait pas été là, on m'aurait envoyée vivre avec des étrangers. Je ne l'aurais jamais supporté.

Roberta avait l'infortune d'être orpheline, et son unique parente se trouvait être la comtesse de Marchington. Veuve depuis dix ans, cette dernière n'avait pas d'enfants. C'était une femme autoritaire, cassante, d'une franchise confinant à la grossièreté et qui était par conséquent redoutée de son entourage. Grande et mince, elle avait les cheveux gris et le visage parcheminé par les rides, mais il se disait qu'elle avait été d'une grande beauté.

Alice n'avait pas peur d'elle, mais elle faisait en sorte, dans la mesure du possible, de l'éviter.

— Eh bien, répliqua-t-elle à son amie, si c'est ce que tu penses, grand bien te fasse.

Elle se dirigea vers l'escalier, aussitôt suivie par Roberta.

— À quoi ressemblera la réception de ce soir, d'après toi ? demanda Alice d'un ton vibrant d'agitation. Tout Londres attend avec impatience l'annonce de tes fiançailles. En réalité, tout le monde ne parle que de cela. Je doute que le mauvais temps empêche les invités de venir.

Roberta répondit de façon beaucoup plus posée.

— J'espère sincèrement que ce ne sera pas le cas, mais nous verrons bien.

— Je suis certaine que la soirée sera un succès fabuleux.

Alice coula un regard amusé à Roberta.

— Sachant combien Hugh est amoureux de toi, tu peux être assurée de sa compagnie toute la soirée. En outre, ta soudaine agitation quand tu es auprès de lui me laisse penser que ses attentions ne sont pas malvenues.

Voyant que son amie s'apprêtait à riposter, Alice s'empressa de poursuivre.

— Allons, ne le nie pas. C'est sans cesse « Hugh, ceci et Hugh, cela ».

Le visage de Roberta s'empourpra, renforçant l'impression de candeur qui se dégageait de ses grands yeux pervenche et de ses traits enfantins qu'encadraient de longues anglaises brunes. Avec une silhouette élancée mais frêle, elle avait un caractère beaucoup plus réservé et plus souple qu'Alice.

Mais leurs différences ne s'arrêtaient pas là, songea Alice, non sans une certaine amertume. Ce qui lui manquait, à elle, et ce que Roberta possédait en toute certitude était une tendre innocence pour s'accorder à sa douce beauté.

— Tu as tout à fait raison, Alice. C'est un sentiment exaltant. Quand je vois Hugh, je me sens tellement heureuse. Je... Je l'aime.

Alice lui sourit avec gentillesse. Elle ne jalousait pas le bonheur de Roberta, mais elle l'enviait et regrettait de ne pas avoir trouvé la même chose avec Philippe.

— C'est flagrant. Et tu n'auras pas à attendre pour que cet amour se concrétise car, très vite, tu seras sa femme.

Lorsque Roberta et Hugh étaient ensemble, ils se parlaient pour l'essentiel. Occasionnellement, ils se touchaient les mains, avec hésitation, d'un geste tout juste ébauché, avant de battre en retraite timidement. Leur union serait stable et sereine, et Hugh vouerait une dévotion sans faille à Roberta.

Combien Alice enviait ces sentiments ! Elle espérait seulement que son amie ne soit jamais déçue comme elle-même l'avait été.

— J'avoue qu'il m'est difficile d'attendre, répondit Roberta d'une voix douce.

L'expression d'Alice se fit songeuse.

— Je n'en doute pas. Cependant, je me demande ce qui se passera le jour où Hugh découvrira que tu as été engagée auprès de quelqu'un d'autre. Tu l'es d'ailleurs peut-être toujours, étant donné que les fiançailles n'ont pas été rompues.

Le regard de Roberta se ternit à l'évocation par Alice d'Ewen Tremain.

— Tante Margaret dit que Lord Tremain ne compte plus. Il s'est engagé envers moi à Paris, mais il a disparu depuis un an, après avoir été convoqué par son frère à Bordeaux pour une affaire de famille. As-tu eu l'occasion de le rencontrer, quand tu séjournais près de Paris ?

Alice secoua la tête.

— J'ai seulement entendu parler de lui. Son frère, Simon, s'est battu auprès de mon père et de mes frères à Culloden.

— Si je me souviens bien, tes frères n'ont pas survécu, n'est-ce pas ?

— Malheureusement, non. Deux d'entre eux ont été tués. William était trop jeune pour se battre. Je n'ai pas de souvenirs de mes frères aînés. Je n'étais qu'un bébé à l'époque. Ma mère est décédée peu après notre arrivée en France. Il ne reste plus que William et moi.

— Tante Margaret a écrit en de nombreuses occasions à Lord Tremain, sans le moindre résultat. Il n'aurait pu faire davantage pour provoquer son mécontentement. Je considère donc qu'il mérite son mépris et le mien.

Roberta laissa passer un silence.

— Il semblerait que j'aie eu beaucoup de chance d'échapper au mariage avec un homme aussi peu digne de confiance. En fait, je pense que Lord Tremain est la seule personne qui ait osé snober tante Margaret. Comme tu l'imagines, cela l'a profondément choquée. C'est pourquoi elle a relégué Lord Tremain au passé.

C'était aussi pour cette raison, songea Alice, que Lady Marchington donnait un bal ce soir, afin d'exposer fièrement Roberta telle un joyau à admirer, un diamant destiné à une tiare, rien de moins.

Lady Marchington exultait de joie à l'idée qu'elle allait unir sa nièce au célibataire le plus recherché de Londres. Elle n'avait pensé qu'à cela depuis que Lord Tremain avait abandonné Roberta à Paris.

Lady Marchington avait une volonté de fer, et elle était prête à tout pour obtenir ce qu'elle voulait, quels que puissent être les obstacles.

— Je me souviens que tu m'as dit avoir été soulagée quand Lord Tremain a quitté Paris, rappela Alice à Roberta. Tu éprouvais de l'aversion pour lui, me semble-t-il.

— Ce n'était pas exactement de l'aversion...

Soulevant le bas de sa jupe, Roberta pressa le pas pour rattraper Alice qui montait les marches en courant, d'une façon, certes, qui ne convenait guère à une lady.

— En réalité, je ne savais pas quelle opinion me faire de Lord Tremain, expliqua Roberta d'une voix timide.

— Penses-tu encore à lui ?

— Occasionnellement. Nous nous connaissons peu mais, lors des rares occasions où nous nous sommes rencontrés, il s'est toujours montré poli et respectueux envers moi...

Pensive, Roberta marqua une courte pause.

— Je reconnais qu'il est très séduisant, mais c'est un homme mystérieux, secret, et même sinistre me suis-je souvent dit.

Alice avait beaucoup d'affection pour Roberta, et elle éprouvait de la colère envers Lord Tremain pour la façon dont il l'avait traitée. Lady Marchington avait entièrement raison de vouloir écarter cet ancien prétendant.

Cependant, si Lord Tremain était aussi séduisant que l'affirmait Roberta, il était fort probable qu'il ait fait grande impression sur la naïve et influençable jeune fille, ce qui expliquerait que cette dernière manifeste quelques regrets en l'évoquant.

— Mais toi, que ressens-tu ? demanda Roberta. Je préférerais ne pas te poser la question, mais je crains de devoir le faire. Je suis si heureuse que ton frère t'ait envoyée vivre ici, à Londres, avec ma tante et moi, mais Paris doit te manquer, j'imagine.

Alice dressa ses délicates épaules en un petit haussement impuissant, ne souhaitant pas se rappeler les événements qui l'avaient contrainte à quitter la maison de son frère, après l'opprobre qu'elle avait jetée sur la réputation de William.

À présent qu'elle se trouvait en Angleterre, elle prenait pleinement conscience qu'il valait mieux, pour sa sérénité et son bien-être, reléguer aux oubliettes le souvenir de ces affligeantes semaines.

Cependant, elle ressentait encore les effets du cauchemar qu'elle avait provoqué.

Comment oublier le sourire satisfait de Philippe quand il l'avait mise dans son lit la première fois ? C'était comme si elle était devenue une possession dont il pourrait se vanter auprès des autres. Le mépris qu'elle avait par la suite éprouvé pour lui était peut-être né à ce moment-là.

Et puis le jour était venu où elle lui avait déclaré qu'elle ne l'épouserait pas.

Non seulement elle ne l'aimait pas, mais il lui inspirait même du dégoût. Sur ces paroles assassines, elle s'était enfuie.

Au début, la colère de son frère, William, avait été terrible. Il ne comprenait pas comment Alice avait pu agir ainsi. N'avait-elle aucune honte, aucun remords ? Ne voyait-elle pas qu'elle avait jeté le discrédit sur leur famille et particulièrement sur la mémoire de leur chère mère ?

Alice s'était alors bouché les oreilles. Elle aurait préféré que William ne mentionne pas leur mère. Ce n'était pas juste de sa part. Elle ne se souvenait pas bien d'elle, n'ayant que quatre ans quand cette dernière était morte d'une faiblesse des poumons, mais elle était certaine qu'elle l'aurait écoutée, qu'elle aurait compris et se serait rangée de son côté.

Quand la colère de William s'était apaisée, Alice avait vu combien il était triste.

Ce qui lui était arrivé, avait-il dit, était choquant et tragique même si personne au monde n'avait été mis au courant à part lui.

Alice avait vu que son frère était sincère, et elle en avait été déstabilisée. Il était vrai que l'orgueil de William était atteint, mais ce n'était pas tout. Il était sincèrement inquiet pour elle.

Alice avait alors éprouvé un profond chagrin à l'idée de l'avoir blessé, ce qui n'avait fait qu'ajouter à sa honte.

Puis il avait été décidé qu'elle serait envoyée à Londres, pour vivre avec Lady Marchington, et pour apprendre tout ce qui ferait d'elle une bonne épouse.

Alice avait essayé de se persuader que c'était mieux ainsi, convaincue que William avait à cœur de défendre ses intérêts. Lorsque le moment fut venu qu'ils se disent au revoir, elle avait perçu la détresse de son frère, ce qui l'avait profondément bouleversée.

Soudain, l'expression de William avait changé. « Ne t'inquiète pas, lui avait-il dit. Le problème sera réglé. Je m'occupe de tout. »

Il y avait une dureté inhabituelle dans la voix de son frère, ce qui avait éveillé un certain malaise dans le cœur d'Alice. Mais elle était tellement engluée dans sa propre disgrâce qu'elle n'y avait plus pensé.

Jusqu'à ce qu'elle reçoive une lettre de l'épouse de William.

Elle se trouvait alors à Londres depuis deux semaines, et la missive lui avait révélé un aspect de la personnalité de William qu'elle ne connaissait pas.

Alice frissonna, ne voulant pas évoquer maintenant le contenu de cette lettre, ni la façon dont son frère, défendant son honneur, avait provoqué Philippe en duel et l'avait tué.

La culpabilité et la honte étaient remisées au fond de son esprit, et elles y demeureraient tant qu'elle n'aurait pas le courage d'affronter ce qui s'était passé.

La voix de Roberta vint interrompre ses sombres pensées.

— Je suppose que de nombreuses personnes diraient que la fuite n'a jamais rien résolu, remarqua-t-elle.

— C'est un nouveau départ, Roberta.

— Heureux, je l'espère. Quoi qu'en disent les gens, moi, je suis enchantée que tu sois là. Aussi, j'insiste pour que tu oublies tout cela, et que tu t'amuses à ma réception de fiançailles.

Alice ne vivait plus dans la crainte de revoir Philippe, mais elle était incapable de se détendre. Elle était ligotée par un passé qui l'emplissait de honte, et n'osait envisager l'avenir.

Même si elle n'avait pas été réellement violentée par Philippe, il s'était quand même agi d'une forme d'agression. Elle était jeune et innocente, et s'était laissé faire sans réagir, ne comprenant pas que cela changerait sa vie pour toujours. Elle n'était plus la jeune fille heureuse et insouciante d'avant et elle avait pleuré la perte de son innocence.

Son cœur avait été tellement blessé, et elle se sentait tellement souillée, qu'elle avait perdu foi en l'amour. Le romantisme n'était plus désormais à ses yeux qu'un rêve stupide.

Elle était devenue peu sûre d'elle, et il lui semblait impossible de bâtir une relation réussie après tout ce qu'elle avait enduré. Elle ne pensait pas non plus pouvoir être véritablement heureuse, ou être capable de rendre quelqu'un heureux.

Suivie de Roberta, elle se hâta de traverser le palier et d'entrer dans sa chambre.

— Je suis étonnée que Lady Marchington ait accepté de m'héberger, déclara-t-elle, tout en commençant à défaire sa robe. Mais je suppose que le fait que la femme de William soit la fille de sa meilleure amie a pesé dans la balance.

Alice était persuadée que ce qu'elle avançait était parfaitement vrai. Lady Marchington avait accepté de la recueillir comme une faveur envers Anne, et également, sans doute, pour que Roberta ait une amie.

Aussi Alice ne doutait-elle pas que Lady Marchington ne perdrait pas de temps pour lui trouver un fiancé dès que Roberta serait mariée au vicomte Pemberton.

Cependant, elle ne pouvait espérer trouver un aussi beau parti que Roberta. Pour Lady Marchington, n'importe qui ferait l'affaire, pourvu qu'elle soit débarrassée de sa pensionnaire devenue indésirable.

Voyant qu'elle avait des difficultés à déboutonner sa robe, Roberta s'approcha d'elle.

— Attends, laisse-moi faire.

Après un moment, son amie demanda :

— Comment était Philippe ? Séduisant ?

Alice sentit son regard se durcir, tout comme son cœur s'était durci quand elle avait décidé de ne pas épouser Philippe.

— Oh oui, il était séduisant. C'était un fait plutôt qu'une opinion. Mais, c'était précisément sa beauté qui m'ennuyait. Cela ajoutait à son arrogance et à sa confiance en lui. C'était le genre d'homme à qui il ne serait même pas venu à l'idée qu'il pourrait ne pas obtenir ce qu'il désirait.

Roberta l'aida à ôter sa robe, et drapa celle-ci sur une chaise, afin que la femme de chambre d'Alice s'en occupe plus tard.

— Cependant, remarqua son amie, il a dû te plaire pour que tu acceptes de l'épouser.

— Peut-être un peu... au début. Philippe Duplay, comte de Saint-Antoine, était le genre d'homme dont rêvaient toutes les femmes. Et les hommes auraient voulu lui ressembler, être grands et bien bâtis comme lui, posséder ce regard bleu pétillant d'intelligence et de gaieté, danser et monter à cheval avec le même panache que lui...

Alice soupira.

— Mais, si tu retirais ce vernis de grands sourires et de belles paroles, que restait-il ? Un arrogant personnage, rusé, mesquin... Bref, ce qu'on appelle un vilain.

Il y avait tant d'amertume dans sa voix que Roberta leva vers elle un regard interrogateur.

— Tu parles de lui comme s'il était mort.

Alice se crispa et regarda durement son amie.

— Il est mort, Roberta. Philippe est mort. Et maintenant, si tu permets, je souhaite que nous n'en parlions plus jamais.

Se détournant de l'expression choquée qu'avait engendrée sa révélation, Alice se déplaça vers la fenêtre et regarda tomber la neige.

Pendant ce temps, Roberta disparaissait dans son dressing-room pour lui choisir une tenue appropriée à son entretien avec Lady Marchington.

Alice songea à William, avec qui elle avait vécu presque toute sa vie dans un village proche de Paris.

Lorsqu'elle avait atteint l'âge de dix-huit ans, William s'était mis en tête de la marier, et de bien la marier. Son frère était fortuné, elle savait qu'il offrirait une belle dot.

Les prétendants s'étaient présentés, donnant à Alice l'impression qu'elle était un animal à une foire aux bestiaux locale.

Il fut finalement décidé qu'elle épouserait Philippe Duplay, comte de Saint-Antoine, qui était épris d'elle depuis longtemps.

Mais, dès le début, Alice ne s'était pas sentie à sa place. Le pouvoir et la richesse de la famille Duplay l'impressionnaient, et notamment leur fastueux château entouré de vastes terres. Il lui semblait que tout cela était trop.

Roberta réapparut avec une robe de jour bleu turquoise à la coupe très simple et dénuée d'ornements.

— Ce que tu as fait, dit-elle, à savoir prendre la décision de ne pas l'épouser tout en sachant que cela ferait scandale, était très courageux de ta part, Alice.

Roberta aurait probablement voulu demander comment Philippe était mort, mais elle s'en abstint, et Alice devina que c'était par égard pour elle, après tout ce qu'elle avait vécu.

En règle générale, Alice faisait preuve de beaucoup de retenue. Détestant faire l'objet de commérages ou de spéculations, elle prenait soin de garder ses pensées et ses opinions pour elle-même. Et ce n'était pas sans dédain qu'elle observait les débordements émotionnels et les causeries inconsidérées des autres.

Avec Philippe, elle avait appris à contrôler encore davantage ses sentiments. De cette façon, elle donnait l'apparence d'être une parfaite fiancée.

Occasionnellement, toutefois, quand on la provoquait avec trop d'insistance, elle s'offrait le luxe d'un soudain éclat de voix. Lorsque cela se produisait, l'impact était semblable à celui d'une tempête tropicale. C'est ce qui s'était passé quand elle avait déclaré à Philippe qu'elle ne l'épouserait pas.

Elle ne s'attendait pas à sa désobligeante vengeance, ni à la façon dont elle serait par la suite ostracisée par la société. Afin de couvrir l'embarras qu'il éprouvait à avoir été rejeté, Philippe avait fait courir le bruit qu'elle n'avait pas plus de moralité qu'une catin.

Cette proclamation diffamante avait été répétée à travers tout Paris et bien sûr amplifiée.

Au début Alice en avait été blessée, puis cela l'avait mise en colère.

Avec force et détermination, elle s'était obligée à affronter ce qu'elle avait fait et à accepter le douloureux constat que son ancienne vie était terminée pour toujours.

Elle avait appris à pleurer seule tout ce qu'elle avait perdu, puis à faire bonne figure en public, en affichant son plus lumineux sourire.

Mais un jour elle ne fut plus en mesure de le supporter, et elle quitta alors Paris pour de bon.

— Je n'aurais pas été heureuse en étant mariée avec Philippe, répondit-elle à Roberta. Lorsque je pensais à lui, je ne pouvais me résoudre à le voir comme mon mari. Il me rendait tellement morose quand nous étions ensemble que je ne pouvais plus le supporter. J'ai donc décidé d'affronter le scandale de la fuite, plutôt que de vivre le reste de ma vie avec un homme pour lequel je n'éprouvais ni amour, ni respect.

Roberta observa la silhouette immobile d'Alice et soupira.

— Nous avons toutes les deux fait l'expérience d'une rupture de fiançailles, nous sommes donc semblables sur ce point. J'espère qu'un jour tu auras la chance de rencontrer quelqu'un avec qui tu seras aussi heureuse que je le suis avec Hugh.

Alice en doutait. Et d'ailleurs quand l'amertume lui rongeait le cœur comme à ce moment-là, avoir un homme dans sa vie était la dernière chose dont elle avait envie.

Sans doute finirait-elle par se marier un jour. Avec un homme bon, qui la traiterait avec le respect et la tendresse dus à une épouse. Si toutefois un tel homme existait.

Roberta vint se placer à côté d'elle.

— Je... Je suis désolée, Alice. J'espère que je ne t'ai pas paru insensible. Ce n'était pas mon intention.

Affichant un sourire rassurant, Alice se retourna et tapota la main de Roberta.

— Tout va bien, Roberta, je t'assure.

— Mais tu as l'air si mélancolique...

— Ce sont des jours mélancoliques, dit Alice d'une voix douce. Et maintenant, je ferais mieux d'aller voir Lady Marchington avant qu'elle ne m'envoie chercher. Aussi agréable que je m'efforce d'être, elle n'est jamais satisfaite.

Laissant Roberta gagner sa chambre afin de se préparer pour les festivités du soir, Alice se mit en quête de Lady Marchington.

On l'entendait donner des ordres depuis la salle de bal, et Alice n'eut aucun mal à imaginer les domestiques courant en tous sens pour satisfaire ses exigences.

Tandis qu'elle descendait le grand escalier, elle s'exhorta à ne pas flancher face à la colère qui n'allait pas manquer de se déchaîner sur elle.

Lady Marchington jaillit de la salle de bal avec cette confiance immuable et ce maintien royal que donnent le pouvoir et l'argent.

Son regard se posa sur Alice, attentif et critique.

— Ah, Alice, vous voilà ! Je vous ai cherchée partout.

Sa voix était aussi froide que son visage.

— Eh bien ? Si ce n'est pas trop exiger de vous, peut-être pourriez-vous m'expliquer où vous étiez.

— Je suis tout simplement sortie prendre l'air, Lady Marchington.

— Vous êtes sortie ? Vraiment ? Vous m'avez donc désobéi en quittant la maison sans chaperon. Et par ce temps, qui plus est.

— Je suis désolée.

— Il est très fâcheux que vous m'embarrassiez de la sorte.

— Ce n'était pas mon intention. Je ne voulais pas...

— Taisez-vous ! Vous avez dû quitter Paris à cause de votre comportement inacceptable. Je ne tolérerai pas une telle chose ici. Je suis très mécontente. Vraiment très mécontente.

La comtesse agita la main pour la congédier.

— Et maintenant, filez ! Vous devez vous préparer pour le bal. J'espère que vous saurez vous tenir, ce soir. Souvenez-vous qu'il s'agit d'une soirée très spéciale pour Roberta. Je veux que rien ne vienne la gâcher.

Elle se tourna pour s'adresser à Simpson, le majordome, qui venait d'attirer son attention, mais il était évident qu'elle continuait à pester en son for intérieur contre la désobéissance d'Alice.

Après le décès des parents de Roberta, Lady Marchington avait ouvert sa maison à la jeune femme qui était la fille de sa demi-sœur. Il y avait de cela quatre semaines, elle avait étendu son hospitalité à Alice qui se trouvait être la belle-sœur de la fille d'une amie de longue date et très estimée.

Les regards admirateurs des jeunes gentlemen la suivaient partout où elle allait et, avec tant de demandes de présentation, Alice n'avait que l'embarras du choix. Mais elle ne montrait aucun intérêt envers les hommes riches, titrés et séduisants qu'elle rencontrait. Au contraire, elle les repoussait tous, au grand dam de Lady Marchington, qui attendait avec impatience de lui faire contracter un bon mariage, afin d'en être débarrassée.

Soulagée que l'entretien ait été aussi bref, Alice regagna sa chambre.

Tandis qu'elle se préparait pour le bal, son esprit ne cessait de la ramener à sa rencontre avec Duncan Forbes.

Qu'avait-il à lui dire de plus ? Si son père était en vie, où se trouvait-il ? Vingt années s'étaient écoulées depuis qu'il avait sauté dans la Tamise. Pourquoi n'avait-il pas essayé de prendre contact avec William ?

Alice était impatiente d'être au lendemain, d'arriver enfin au moment de remettre l'argent à Forbes pour qu'il lui dise tout.

Nerveuse et tendue, elle n'avait aucune envie de se prêter à des mondanités et avait hâte que la soirée soit terminée.

Alice avait vu juste, le mauvais temps n'avait pas dissuadé les invités de venir. Une file interminable de calèches encombrait l'allée circulaire et débordait dans la rue, où s'alignaient de grandes et belles demeures privées.

Être invité au bal de la comtesse de Marchington était un honneur, une vraie marque de distinction.

Il avait fallu trois heures à Roberta et à Alice pour se coiffer et se vêtir, avec l'aide de leur femme de chambre respective.

Parée d'une robe de mousseline rose pâle, dont l'étoffe était piquetée de minuscules strass, les cheveux bouclés et partiellement relevés sur le dessus de la tête, Roberta ressemblait à une princesse de conte de fées.

Reculant d'un pas pour mieux l'observer, Alice commenta avec enthousiasme.

— Tu es magnifique et rayonnante, comme la mariée que tu seras dans quelques temps.

Lady Marchington entra, vêtue d'une élégante robe de satin or rehaussée de guipure crème.

— Les invités sont presque tous arrivés, annonça-t-elle. Il est temps de faire ta grande entrée, Roberta.

Obéissante, la jeune femme se tourna vers Lady Marchington, qui constata que sa nièce était un peu plus pâle que d'ordinaire.

— J'aurais préféré rester avec vous dans la ligne de réception, tante Margaret. Ainsi, j'aurais pu saluer individuellement les invités. Cela aurait été moins éprouvant sur le plan nerveux.

— Mais pas aussi efficace. Viens, maintenant. Vous aussi, Alice.

Lady Marchington ne put s'empêcher d'envelopper d'un regard critique la jeune femme qui se tenait devant la psyché. Ses cheveux d'un noir lustré étaient relevés en une masse luxuriante de boucles, dans lesquelles s'entremêlaient de délicates guirlandes de petites perles. Si Roberta était ravissante, c'était Alice qui était la vraie beauté des deux. Lors de la soirée qui s'annonçait, tout le monde n'aurait d'yeux que pour elle.

Des valets en livrée de velours bordeaux gansé d'or se tenaient au garde-à-vous dans le hall qui ressemblait à un jardin, avec ses grands vases posés sur des colonnes de marbre et garnis de fleurs et de fougères.

Afin de ne pas voler la gloire à Roberta, qui marchait à côté de Lady Marchington, toute raide de fierté, Alice prit soin de rester en arrière.

Posté à l'entrée de la salle de bal, Simpson les annonça d'une voix de stentor.

Un silence impressionnant se fit, tandis que trois cents personnes tournaient la tête à l'unisson vers la jeune fille qui, selon la rumeur, avait volé le cœur du vicomte Pemberton.

Mais, ignorant bien vite la ravissante brunette, dont le regard brillant était posé sur le jeune homme qui venait vers elle à grands pas pressés, les invités ne s'intéressèrent qu'à l'exotique beauté à la chevelure aile de corbeau qui l'accompagnait, une jeune femme qui, disait-on, avait fui Paris pour échapper aux conséquences de sa conduite scandaleuse.

Alice était vêtue d'une robe de soie saphir, dont les manches bouffantes s'ornaient de dentelle ivoire. Observant la dernière mode, le style n'en était pas moins élégant, et la couleur du vêtement était semblable à celle de ses yeux.

En effet, elle était ce soir-là d'une beauté à couper le souffle. Le collier en diamants qui parait son cou brillait de mille feux tandis qu'elle s'avançait dans la lumière scintillante de la salle de bal, éveillant une lueur de jalousie dans les yeux des femmes, et d'envie dans ceux des hommes.

Et cependant, si quelqu'un avait pris la peine de mieux l'observer, alors cette personne aurait vu une forme de détachement dans l'attitude de cette éblouissante créature, une indifférence à son environnement qui s'apparentait à de la mélancolie.

Lorsque tout le monde fut présent, Simpson s'avança vers la comtesse et demanda l'attention générale. Les conversations s'interrompirent, et les invités se tournèrent lentement vers leur hôtesse.

— Mesdames et messieurs, déclara alors Lady Marchington d'une voix qui portait loin, j'ai le grand honneur d'annoncer ce soir les fiançailles de ma nièce, Roberta Hislop, avec le vicomte Pemberton. Je vous prie de lever vos verres à leur bonheur. Je leur demanderai d'accomplir leur premier devoir formel en tant que futur couple, en ouvrant officiellement notre bal.

Simpson fit signe aux musiciens de commencer à jouer.

La foule observa avec ravissement le séduisant vicomte Pemberton prendre la main de Roberta et la conduire vers la piste de danse.

Émue par le bonheur de Roberta, Alice suivit des yeux les silhouettes des fiancés, qui se reflétaient dans les hauts miroirs soigneusement polis de la fastueuse salle de bal, tandis qu'ils dansaient devant les plus riches et les plus influentes personnes de Londres.

Mais peu à peu son humeur changea. Prenant conscience de la situation misérable dans laquelle elle se trouvait, elle fut envahie par un besoin insistant de fuir. C'était une urgence primitive, un héritage peut-être d'un lointain ancêtre. Il ne s'agissait pas de lâcheté, car Alice n'avait pas peur d'affronter les situations difficiles, mais plutôt d'un besoin de s'abriter des regards inquisiteurs, et de se réfugier dans le silence et dans la solitude.

Le banquet fut une réussite. Seule la nourriture la plus fine y fut servie, les plats étant si élaborés qu'ils furent abondamment admirés et commentés avant d'être goûtés. Au-dessus des tables recouvertes de nappes d'un blanc immaculé, les lustres en cristal d'Italie embrasaient de leur éclat les sculptures de glace, représentant des cygnes, qui trônaient sur les tables, et faisaient scintiller verres et argenterie.

L'extravagance était le mot d'ordre de cette soirée, une armée de domestiques menant un ballet parfaitement orchestré autour des invités, et l'objectif d'en faire un événement inoubliable fut pleinement atteint.

Alice sourit, but un peu de vin et discuta avec un groupe de ladies. Elle dansa avec de séduisants jeunes hommes, avec qui elle conversa poliment. Elle parvint même à faire bonne figure quand un ardent gentleman qui avait consommé trop de vin lui murmura à l'oreille des propos passablement lestes.

Il ne fut pas le seul à la contempler avec un désir non dissimulé qui la dégoûta au plus profond d'elle-même. On eut dit un troupeau de rats se ruant sur l'unique morceau de fromage disponible, songea-t-elle avec amertume.

Conséquemment au tort que Philippe avait fait à sa réputation, serait-ce désormais l'unique genre d'hommes qu'elle pourrait attirer ?

Lorsque donner le change finit par être au-dessus de ses forces, Alice alla s'excuser auprès de Lady Marchington et, prétextant un fort mal de tête, regagna sa chambre.

Alice se sentait soudain très fatiguée.

La tension nerveuse qui l'avait taraudée depuis sa rencontre avec Duncan Forbes la laissait à présent épuisée, vidée de toutes ses forces, et n'aspirant plus qu'à la paix.

Fermant la porte derrière elle, elle se dirigea vers l'une des deux portes-fenêtres, ouvrant à la française, qui permettait d'accéder à un balcon agrémenté d'une balustrade en fer forgé.

Elle écarta les rideaux. Il avait cessé de neiger. Le ciel piqueté d'étoiles jetait un éclat argenté sur les statues qui agrémentaient le jardin.

C'était une nuit pour les amoureux, et Alice soupira contre le coup du sort faisant que, malgré le désir qu'elle inspirait à tant d'hommes, elle semblait vouée à une perpétuelle solitude à cause de sa désastreuse liaison avec Philippe.

Tournant le dos à la nuit, elle souffla les bougies sur le manteau de la cheminée, ne laissant pour tout éclairage que la petite lampe à huile sur la table de chevet.

Baignée d'une lumière diffuse qui projetait des ombres mystérieuses sur les murs, la pièce au silence feutré devint dès lors un monde à part qui n'appartenait qu'à elle.

Dans cette ambiance propice à la réflexion, Alice résolut de vendre quelques-uns de ses bijoux le lendemain matin, afin de pouvoir payer à Duncan Forbes les cent livres qu'il lui avait réclamées pour lui livrer des informations au sujet de son père. Elle était décidée à mener cette opération quelles qu'en soient les conséquences si Lady Marchington l'apprenait.

Elle savait qu'elle ne trouverait pas le repos tant qu'elle ne saurait pas la vérité. Ensuite, elle écrirait à William.

Mais assez réfléchi pour ce soir, songea Alice. Elle devait à présent se dévêtir.

Ôtant les épingles qui retenaient ses boucles, elle secoua sa chevelure à deux mains, la laissant cascader comme un épais voile noir jusqu'au creux de son dos.

La robe offrit plus de difficulté et, l'espace d'un instant, agacée par les innombrables agrafes, Alice faillit sonner sa femme de chambre. Puis elle se souvint que Philippe l'avait admirée dans cette robe et, saisie d'un brusque élan de colère, elle tira comme une damnée sur la fragile étoffe, se souciant peu de la déchirer par endroits, et jeta la robe sur une chaise.

En chemise et jupon, elle s'assit sur le lit et ôta ses chaussures.

Au moment où elle s'apprêtait à se redresser, Alice se figea, en proie à un étrange pressentiment.

Il lui semblait qu'elle n'était pas seule, que quelqu'un l'observait.

Lorsqu'elle leva les yeux, sa gorge se serra, et la peur la submergea.

Aussi immobile qu'une statue, un homme se tenait à la fenêtre, écartant les rideaux pour la regarder, paraissant sombre et dangereux dans la pénombre.

Sa tenue révélait qu'il n'avait pas été invité au bal. Entièrement vêtu de noir, il portait un manteau à la coupe ajustée, un pantalon fuselé, et des bottes cavalières qui lui prenaient la jambe jusqu'au genou. Ses longs cheveux châtain foncé, striés de mèches grises, étaient noués en un catogan quelque peu négligé.

Il fit un pas en avant, et Alice put distinguer ses traits.

La moue cynique des lèvres, la dureté du regard... Ce visage lui laissait une impression de déjà-vu.

— Vous ! s'écria-t-elle.

C'était l'homme du parc.

— Pardonnez-moi cette intrusion, dit-il.

— En aucune façon, monsieur ! Si vous vous approchez davantage, je vais crier.

D'un geste dû à la panique, Alice bondit du lit et se précipita vers la porte.

— Pour l'amour du ciel, je n'ai pas l'intention de vous faire de mal, grommela l'inconnu.

Aussi rapide qu'une panthère, il se rua derrière elle, la saisit par le bras et la tira en arrière.

Avant qu'Alice n'ait eu le temps de comprendre ce qui lui arrivait, ses pieds se prirent dans les plis de son jupon. Déséquilibrée, elle bascula au sol, entraînant son assaillant dans sa chute.

Elle poussa un petit cri de douleur, et des larmes de colère impuissante emplirent ses yeux. Son épaisse chevelure était prisonnière du bras de l'homme, et elle ne pouvait plus bouger la tête.

Le voyant penché au-dessus d'elle, le visage si près du sien qu'elle sentait son souffle chaud sur sa peau, Alice redouta qu'il n'abuse d'elle.

Désespérée, elle fit une prière muette pour que cela ne se reproduise pas.

N'avait-elle pas assez souffert des mains de Philippe ? Il avait ordonné, et elle avait obéi, se soumettant passivement à ses caresses, sans comprendre ce qu'il faisait, ni où cela allait la mener. Tandis qu'il se satisfaisait à sa guise, lui affirmant qu'elle apprécierait bientôt ces ébats, Alice s'était demandé ce qu'elle avait fait de mal pour souffrir un abus d'une telle cruauté.

Avec l'énergie du désespoir, elle se débattit comme un animal piégé et parvint à mordre la main de son assaillant.

— Maudit chat sauvage ! jura-t-il.

Puis il se releva et, la saisissant par les bras, l'aida à se remettre sur pied.

— Calmez-vous, bon sang. Je ne vous ferai aucun mal.

Alice lutta, mais l'inconnu la maintint fermement, la laissant s'épuiser jusqu'à ce qu'elle se calme.

Le souffle court, elle fixa le froid regard gris qui tentait de l'intimider. L'homme était indéniablement séduisant. Avant que Philippe ne lui ait volé son innocence, peut-être aurait-elle rêvé d'un tel homme.

— Ôtez vos sales pattes de ma personne, dit-elle entre ses dents serrées. Je ne sais pas qui vous êtes, mais je vous hais, je vous méprise ! Je ne veux pas que vous me touchiez.

La réponse de l'homme fut prononcée d'une voix étonnamment calme.

— Je vous assure que telle n'était pas mon intention, jusqu'à ce que vous me menaciez de crier à en réveiller toute la maison.

L'attitude d'Ewen Tremain était presque flegmatique tandis qu'il observait la jeune femme qui lui faisait face.

Une personne plus observatrice qu'Alice aurait remarqué le durcissement de ses traits, la crispation de sa mâchoire, la froideur de son regard, et aurait pris ces signes pour un avertissement.

2

— Rentrez vos griffes, jeune dame.

Alice sentit un frisson de répulsion la traverser, tandis que le regard de l'homme enveloppait tout son corps en une lente et grossière évaluation, profitant du fait que ses atouts étaient à peine couverts.

— Contrairement à ce que vous semblez penser, reprit-il, je ne suis pas ici pour attenter à votre pudeur. Aussi ravissante que vous soyez, je n'ai ni le temps ni l'inclination pour un tel comportement. Je ne vous veux aucun mal, croyez-moi. Si je vous libère, promettez-vous de rester tranquille ?

Alice ne vit aucune passion, aucun désir dans les yeux de son assaillant.

Après un moment d'indécision, elle hocha la tête.

Il l'observa avec rudesse quelques secondes de plus, avant de lâcher son bras.

Aussitôt, Alice s'empara de sa robe de chambre, drapée sur une chaise, et l'enfila comme s'il s'agissait d'une armure.

Se sentant ainsi moins exposée, elle redressa le menton et fit face à l'intrus.

— J'attends vos explications !

Les traits anguleux de l'homme étaient dénués de douceur mais, s'il n'était pas vraiment beau, son visage implacable ne manquait toutefois pas d'attrait.

Cela tenait sans doute à son expression cynique et à un

je-ne-sais-quoi de résolument viril qui émanait de sa personne..., songea Alice.

Son regard gris, froid comme la glace sous deux épaisses franges de cils noirs, la détailla à nouveau de la tête aux pieds, s'attardant sur la rondeur pleine de sa poitrine qui se gonflait et se creusait au rythme altéré de sa respiration.

Lorsque l'intrus releva les yeux vers le visage d'Alice, qu'elle sentait rougissant, les coins de ses lèvres se retroussèrent en une évidente approbation.

— Qui êtes-vous ? demanda-t-il.

— En quoi est-ce pertinent ?

L'homme tiqua. Sans doute était-il habitué à ce que les femmes soient intimidées en sa présence.

— J'aime savoir à qui je m'adresse.

— Vous n'avez pas été invité à entrer dans ma chambre, je ne me sens donc nullement tenue de vous donner mon nom. Ce serait plutôt à moi de vous questionner. Qui êtes-vous ?

— Ewen Tremain, répondit-il aussitôt, avec un arrogant haussement de sourcil.

Le nom fit à Alice l'effet d'une gifle.

Il s'agissait ni plus ni moins de l'insaisissable fiancé de Roberta ramené à la vie.

Miséricorde ! Que faisait-il là ?

Ses yeux avaient la pâleur et la férocité de ceux d'un animal prédateur. D'une puissance effrayante, il ressemblait à un guerrier prêt à combattre.

Il sembla à Alice que la pièce se mettait à tourner autour d'elle, et elle faillit se laisser tomber sur le lit. Puis elle se ressaisit. Elle ne laisserait transparaître aucune faiblesse.

En dépit du fait qu'elle était, de plus, peu vêtue, elle refusa de se laisser intimider.

Gratifiant son interlocuteur d'un regard de profond dédain, elle s'exclama :

— Ainsi, le fameux Lord Tremain daigne enfin honorer Roberta de sa présence ! Dites-moi, milord, avez-vous pour habitude d'entrer sans y être invité dans la chambre d'une lady, ou bien avez-vous perdu votre chemin ?

— Les deux.

Ewen s'avança lentement vers l'inconnue qui lui faisait face. Il voyait une femme jeune, avec un visage aux traits ciselés d'une incroyable beauté. Elle avait de hautes et délicates pommettes, un petit nez mutin, des lèvres généreuses et une légère et intrigante fossette au centre du menton. Sous ses sourcils noirs à l'arc parfaitement dessiné, des yeux couleur saphir lançaient des éclairs.

— Quand vous en aurez fini de scruter mon visage, sir, j'apprécierais que vous m'expliquiez ce que vous faites dans ma chambre.

La voix était glaciale, les inflexions élégantes, trahissant la meilleure éducation et une excellente naissance.

— Lorsque je vous ai vue regarder par la fenêtre, j'ai reconnu en vous la femme que j'avais brièvement rencontrée dans le parc cet après-midi.

— Vous étiez dans le jardin ?

Ewen hocha la tête.

— Il m'a été fort aisé de me hisser jusqu'à votre balcon. Si vous souhaitez décourager les intrus, vous devriez donner pour instruction à votre femme de chambre de verrouiller la porte-fenêtre.

— Laissons cela ! Que voulez-vous ?

Ewen baissa les yeux sur le visage levé vers lui, conscient que la jeune femme était probablement terrifiée, en dépit de son attitude bravache.

— Que vous a donc fait cette robe pour que vous la réduisiez en charpie ?

— Cela ne vous regarde pas !

— Lorsque je vous ai vue dans le parc, vous pleuriez. À l'évidence, quelque chose vous préoccupait.

— Je ne pleurais pas ! J'avais de la neige fondue dans les yeux.

Ewen secoua lentement la tête.

— Vous pouvez nier tout votre content, je sais ce que j'ai vu.

— Il vous reste encore à m'expliquer ce que vous faites ici. Et pourquoi réapparaissez-vous précisément ce soir ? Je sais qui vous êtes et j'espère sincèrement que vous n'êtes pas venu causer de l'embarras.

— Je n'ai pas vu ma fiancée depuis longtemps. J'ai pensé qu'il était temps de prendre de ses nouvelles.

— Dans ma chambre ?

Il haussa les épaules.

— Je ne voulais pas alarmer Roberta en me présentant de but en blanc. Je souhaitais préalablement tâter le terrain, si vous me permettez cette expression triviale. Sachant que vous êtes une amie très chère de Roberta, j'ai pensé que vous étiez la personne la mieux placée pour me renseigner.

— Ne lui avez-vous pas causé suffisamment de chagrin et d'inquiétude ? Fallait-il absolument que vous veniez gâcher ses fiançailles ?

— Comment peut-elle se fiancer avec un autre, alors qu'elle est toujours engagée envers moi ? Que vouliez-vous que je fasse ? Que j'ignore l'insulte et que j'abandonne la partie sans combattre ?

D'un petit rire sardonique, Ewen contredit cette éventualité.

— En aucune façon, jeune personne.

La jeune femme le toisa sans faiblir.

— Et qu'allez-vous faire ? Vous rendre dans la salle de bal et mettre un terme à la réception ? Humilier Roberta en public ? N'avez-vous donc aucun cœur ?

— Ayez l'obligeance de faire prévenir la comtesse.

— Je ne ferai rien de tel. Je vous conseille de partir immédiatement et de revenir demain si vous désirez vraiment lui parler. Bien qu'elle puisse ne pas souhaiter s'entretenir avec vous. Et, s'il vous plaît, soyez aimable de passer par la porte d'entrée, la prochaine fois.

Furieux, Ewen se pencha et lui saisit le menton.

— Milady, laissez-moi vous assurer qu'il est imprudent de s'opposer à moi ou de me désobéir, déclara-t-il entre ses dents serrées. Je ne suis pas ici pour jouer à de petits jeux. Je les connais tous, et vous ne les aimeriez pas, même si vous saviez y jouer. Et maintenant, si vous ne voulez pas le faire vous-même, envoyez un domestique chercher sa Seigneurie.

— Vous osez me donner des ordres ?

— En effet. Faites ce que je dis, sinon toute la maison saura que vous recevez un homme dans votre chambre, ce qui s'avérera grandement embarrassant pour vous. Donc, si vous tenez à votre réputation, vous allez m'obéir avant que je me lasse d'attendre et que j'y aille moi-même.

Se sentant profondément insultée, Alice adressa un regard indigné à Lord Tremain.

Oui, elle tenait à sa réputation. Elle n'avait pas l'intention de causer un nouveau scandale et d'être mise à jamais au ban de la société.

— Vous semblez oublier qu'il s'agit de ma chambre, et que vous y êtes entré sans y avoir été invité !

Lord Tremain lui lâcha enfin le menton et recula d'un pas.

— Faites ce que je dis.

Le cœur battant à tout rompre, Alice observa le visage implacable de l'homme qui la dominait de sa haute silhouette. Un orgueil spécifiquement masculin et une détermination de granit façonnaient ses traits, creusant de sombres et cyniques lignes sur son front, ainsi qu'au coin de ses yeux et de sa bouche.

Sachant qu'il ne la laisserait pas en paix tant qu'elle n'aurait pas obtempéré, Alice céda à son exigence.

Ils attendirent en silence l'arrivée de Lady Marchington.

Sous ses sourcils sombres, Lord Tremain observait Alice avec une patience tranquille et la plus grande attention, tel un chat devant un trou de souris.

Les bras croisés, Alice arpentait lentement le tapis. Consciente du regard de Lord Tremain rivé sur elle, elle essayait de répondre à cet intérêt appuyé par tout le dédain qu'il méritait.

Cependant, il lui était difficile d'être à l'aise alors que le regard gris la suivait avec une intensité à laquelle elle n'était pas habituée. Elle avait l'impression d'en sentir la chaleur et le poids, comme si l'homme caressait sa peau du bout des doigts.

Et comme si cela n'était pas suffisant, Lord Tremain semblait posséder le mystérieux pouvoir de lui faire tourner régulièrement les yeux dans sa direction.

Sentant ses joues s'empourprer, Alice tourna la tête quand la porte s'ouvrit enfin, livrant le passage à Lady Marchington.

Lady Marchington posa les yeux sur l'homme qui se tenait près de la cheminée.

Lorsqu'il tourna la tête et qu'elle vit son visage, elle blêmit et porta la main à sa gorge.

La confusion, puis l'hostilité durent se lire sur son visage, cédant bientôt la place à une mimique amère.

Le salut que l'homme lui adressa fut suffisamment formel pour la faire frissonner, mais cela eut également pour effet de renforcer sa détermination à le tenir éloigné de Roberta.

Lady Marchington avait récemment découvert le passé de Lord Tremain, un passé que l'homme avait essayé de garder secret.

Quel n'avait pas été son étonnement quand elle avait appris qu'il avait été capturé et asservi par des Barbares.

Elle ignorait tout de ce sombre passé lorsque, un an auparavant, elle avait accepté des fiançailles entre Roberta et lui. Si elle en avait été avertie alors, jamais elle n'aurait donné son consentement.

Depuis ce jour, il lui était devenu comme une épine dans le pied. Si elle n'osait imaginer ce qu'il avait subi, il lui paraissait évident qu'aucun homme ne pouvait ressortir indemne de huit ans d'esclavage en Afrique du Nord.

À partir du moment où elle avait découvert la vérité, bien que Tremain ne soit en rien responsable de ce qui lui était arrivé, elle avait décidé de s'opposer à son mariage avec Roberta.

Il était inconcevable qu'une jeune fille aussi naïve et douce que sa nièce puisse s'unir à un tel homme. En outre, Tremain était de moins bonne naissance que le vicomte Pemberton.

Analysant immédiatement le renversement de situation qui s'opérait ce soir-là, Lady Marchington échafauda sur-le-champ sa stratégie.

Cette mise en scène dramatique et la menace de faire irruption au bal démontraient toute l'arrogance et le besoin de pouvoir de cet homme. À l'évidence, il représentait un danger. Mais elle ne pouvait pas, elle ne devait pas se laisser désavantager sur son propre terrain, d'autant que ses invités risquaient d'en avoir vent.

Il fallait à tout prix que ses machinations pour arracher Roberta à son association avec Ewen Tremain demeurent secrètes.

Lorsque son séjour à Paris avec sa nièce s'était achevé, Lady Marchington s'était mise en quête d'un prétendant plus approprié, évitant les gentlemen de basse extraction comme on évite tout contact physique avec un lépreux.

Par bonheur, le vicomte Pemberton était tombé éperdument amoureux de Roberta à l'instant où il avait posé les yeux sur elle. C'était, à n'en pas douter, le signe que la Providence soutenait son ambition pour sa nièce.

Et voilà que Lord Tremain réapparaissait à Londres, après avoir disparu Dieu sait où pendant douze mois.

Le cœur froid et le visage hostile, Lady Marchington fit face à l'importun.

— Il me semble, sir, que vous avez tardé à vous manifester.

— Vous avez parfaitement raison, comtesse. Je me suis trouvé dans l'obligation de reporter mon retour pour raisons familiales. J'en suis désolé, mais cela ne change rien pour autant à mon engagement envers votre nièce.

— Vous faites erreur. Il n'y avait rien d'écrit. Vous n'avez aucun droit sur ma nièce. Absolument aucun droit. Comment osez-vous vous introduire de force dans ma maison ? Et qui plus est dans la chambre de Mlle Frobisher. C'est tout à fait inconvenant !

Ewen jeta un coup d'œil à la jeune femme qui serrait autour d'elle les pans de sa robe de chambre.

Frobisher… Le nom lui disait quelque chose, mais il ne parvenait pas à se rappeler où et dans quelles circonstances il l'avait entendu.

— Je suis navré pour le dérangement que j'ai pu causer, répondit-il à Lady Marchington. Ce n'était pas mon intention. Je vous ai écrit pour vous informer que je serais de retour le mois prochain. Cependant, il m'a été possible de rentrer plus tôt. Et il semblerait que mon arrivée se soit faite juste à temps.

Il reprit à peine son souffle, ne laissant pas le temps à la comtesse de l'interrompre.

— J'imagine en effet que les festivités qui se tiennent à l'heure où nous parlons sont destinées à célébrer les fiançailles de Roberta avec le vicomte Pemberton, fils aîné du comte de Winterworth.

— C'est exact.

Ewen eut un sourire amer.

— Je vois que vous avez été très occupée en mon absence, comtesse. M'attendant à être reçu comme un chien galeux, je ne suis pas déçu.

— Grand bien vous fasse. De mon côté, je ne m'attendais certainement pas à ce que vous veniez ici.

Ewen toisa sévèrement la femme qui lui avait joué un si mauvais tour.

— Et pourquoi cela ? Vous deviez bien vous douter que je ne resterais pas absent éternellement.

— Eh bien non, figurez-vous.

Tapie dans l'ombre, Alice observait l'altercation entre Lady Marchington et Lord Tremain, son regard étant de plus en plus attiré vers ce dernier. Ses longues mains à l'ossature fine témoignaient qu'il était un gentleman. Cependant ses doigts portaient des cicatrices, comme s'il avait accompli de pénibles tâches physiques, tandis que les coins de ses paupières étaient marqués de nombreuses ridules, comme s'il avait passé trop de temps à plisser les yeux face au soleil. Un pli amer tordait sa bouche, et Alice eut l'impression que le rire lui était étranger. Cela l'intriguait, car il lui semblait qu'il n'en avait pas toujours été ainsi, que son humeur avait autrefois été beaucoup plus gaie, mais que quelque chose lui avait ôté sa joie de vivre.

Lorsque Lord Tremain la surprit en train de le regarder, Alice baissa les yeux.

— En ce qui me concerne, reprit-il, les promesses que j'ai faites à Roberta m'engagent toujours.

Il n'avait pas élevé la voix, mais son autorité était patente.

— En ne répondant pas à mes lettres, ni vous ni Roberta, vous m'avez forcé la main, ajouta-t-il. Et c'est pour cette raison que je suis ici.

Alice fixa Lady Marchington, dont l'expression n'avait pas changé.

Confuse, elle ne put s'empêcher de faire une remarque.

— Mais, Lady Marchington, vous m'avez laissée entendre que vous n'aviez plus de nouvelles de Lord Tremain depuis qu'il avait pris congé de Roberta à Paris.

Lady Marchington toisa sévèrement Alice, en proie à une vive irritation contre cette petite sotte.

Elle ne fit cependant aucun commentaire tandis qu'elle se tournait vers Lord Tremain.

Son petit stratagème pour l'éloigner de sa nièce venait d'être découvert ?

La belle affaire !

Elle était si déterminée à ce qu'ils ne se revoient pas, qu'elle avait en effet détourné les lettres adressées à Roberta et brûlé toute sa correspondance sans éprouver la moindre culpabilité.

— J'avais à cœur l'intérêt de ma nièce, répondit-elle, indifférente au regard noir que lui lançait Lord Tremain. Je ne lui ai pas transmis vos lettres, je l'admets. Et je n'ai absolument pas mauvaise conscience de l'avoir fait. J'ai appris ce qui vous était arrivé avant que vous ne reveniez à Paris, où Roberta et moi avons fait votre connaissance. Comment aurais-je pu, dès lors, continuer à vous considérer comme un prétendant approprié pour ma nièce ?

Ewen se figea. En dehors de sa famille, personne ne savait rien des années qu'il avait passées en captivité. Comment l'information avait-elle été divulguée ?

— Qu'est-ce que cela changeait ? demanda-t-il.

— Mais tout, voyons ! Vous ne vous êtes pas montré honnête avec moi. J'étais inquiète de la façon dont Roberta réagirait en l'apprenant. Je voulais la protéger.

Ewen eut conscience qu'une flamme dangereuse s'allumait dans ses yeux. Mais, si Lady Marchington se rendit compte de la colère meurtrière qui vibrait derrière son regard figé, elle n'en laissa rien paraître.

— Voyez-vous, reprit-elle, je me suis demandé si les épreuves que vous avez traversées aux mains de vos ravisseurs vous avaient affecté. Roberta est d'une nature douce et timide. La donner en mariage à un homme dont le passé était si sombre et si troublé était un risque que je ne voulais pas prendre.

Les paupières d'Ewen s'étrécirent jusqu'à ne plus être que deux fentes. La remarque lui avait fait l'effet d'une gifle en plein visage.

Coulant dans ses veines tel un poison, des dizaines de souvenirs affluèrent, lui rappelant les jours assombris par l'ombre de la mort, et la peur qui torturait son âme.

Il se pencha légèrement en avant, le regard vibrant.

— Milady, vos paroles sont de la plus vile nature ! Vous pouvez vous dissimuler derrière votre richesse et vos titres mais, sous vos grands airs, vous avez les façons d'un manant. Si vous étiez un homme, je vous demanderais immédiatement réparation.

Lady Marchington le contempla avec mépris.

— Je n'en doute pas. J'imagine que vous avez appris ce genre de brutalité auprès des Barbares.

Les paroles qu'Ewen aurait voulu prononcer se transformèrent en cendres dans sa gorge. Son orgueil l'empêcha de divulguer le tourment qui faisait encore saigner son cœur après tant d'années.

— J'espère avoir exprimé clairement ma position, insista Lady Marchington.

— C'est aussi limpide que du cristal, comtesse. Même un rustre tel que moi est en mesure de le comprendre.

— Roberta épousera le vicomte Pemberton. Aucune femme dotée de bon sens ne renoncerait à son titre et à sa fortune pour un homme ayant vécu comme vous avez vécu.

— En esclave, énonça Ewen, avec une précision glaçante. Et pas de mon plein gré, je vous l'assure.

— J'en suis consciente. Mais vous ne pouvez nier que la marque de l'esclavage pèse toujours sur vous. Vous ne serez probablement jamais en mesure de vous défaire de son emprise.

Le visage de la comtesse se pinça davantage, si cela était possible.

— Je me vois également dans l'obligation de vous rappeler que vous êtes un catholique romain, et un défenseur des Jacobites.

Ewen redressa fièrement le menton.

— Il n'est pas nécessaire de me rappeler ma foi. Je défends ma famille.

— Laquelle comprend votre frère qui fomentait pour remettre un Stuart sur le trône. Un frère qui s'est battu à Culloden, et dont tous les proches ont été considérés comme des traîtres.

— C'est de mon frère Simon que vous parlez ! Quoi qu'il ait fait dans le passé, il faut avant tout se rappeler qu'il a souffert aux mains de ceux qui voulaient du mal à l'Église catholique.

La comtesse eut un soupir hautain.

— Si j'avais été votre frère, je me serais convertie au protestantisme depuis longtemps. Tous vos problèmes auraient alors été résolus.

— Mon frère a fait ce qu'il croyait être juste. Si j'avais été en âge de combattre, il aurait pu compter sur mon soutien complet et actif.

Ewen ressentit un plaisir mauvais à voir la comtesse blêmir. Il fut également surpris par la colère que sa remarque avait déclenchée.

Il ne s'était certainement jamais considéré comme un défenseur des Jacobites, pas même de sa propre religion, mais la comtesse avait fait ressortir une loyauté qu'il ne croyait pas posséder.

— Quoi qu'il en soit, reprit Lady Marchington, cela fait partie des raisons pour lesquelles je ne peux accepter un mariage entre vous et ma nièce. C'est ainsi, et je ne changerai pas d'avis.

— Croyez-vous ?

Ewen laissa passer un silence, avant de reprendre :

— Faites attention, comtesse, car je n'hésiterai pas à exposer votre linge sale devant l'illustre compagnie qui profite actuellement de votre hospitalité.

Lady Marchington blêmit davantage.

— Vous n'oseriez pas.

— Ah non ? Nous savons tous les deux qu'un membre de votre famille se trouve lui aussi lié aux Jacobites. Je pense que vous voyez de qui je parle.

Ewen sut qu'il avait touché une corde sensible quand il vit Lady Marchington se recroqueviller sur elle-même.

— Comment osez-vous ? demanda-t-elle d'une voix à peine audible.

— Où est-il maintenant, comtesse ? Peut-être n'en avez-vous

aucune idée, puisque vous l'avez tranquillement répudié après qu'il eut, lui aussi, combattu à Culloden. Vous n'avez d'ailleurs sûrement pas envie de le savoir, mais je vais vous le dire quand même. Il est en Italie, et parfois en France, avec Charles Edward Stuart, notre *Bonnie Prince Charlie*, comme nous le nommions entre nous. Encore que, après toutes ces années d'inactivité et de copieux repas, le prince ne soit plus aussi charmant que le laisse entendre son surnom.

Figée dans un silence horrifié, Lady Marchington ne pouvait détacher les yeux de Lord Tremain, tandis qu'elle considérait ses paroles.

Si l'on découvrait que son unique frère était un Jacobite qui avait autrefois pris les armes contre le roi, le scandale serait d'une ampleur inouïe.

De nombreuses personnes seraient ravies de la voir, elle, la puissante comtesse de Marchington, mise à terre.

Mais elle ne le permettrait pas.

— Qui que vous prétendiez être, sir, vous n'êtes pas un gentleman.

Son interlocuteur eut un sourire ironique.

— Vous attendiez-vous à en trouver un parmi les esclaves des Marocains ?

— Qu'essayez-vous de faire ? Détruire Roberta ?

— Détruire Roberta ? Oh non, je ne suis pas là pour lui faire du mal. J'ai l'intention de l'épouser. Dieu m'en est témoin, comtesse, je ferai en sorte que notre accord aille à son terme.

Sur ces mots, Lord Tremain pivota brusquement sur ses talons, et se dirigea vers la porte.

Alice fit un pas en avant, se demandant si Lord Tremain lui prêterait attention, mais il était tellement prisonnier de sa colère et de son ressentiment qu'il ne la vit pas.

Elle le regarda partir, avec le sentiment qu'il n'était pas homme à savoir pardonner.

La porte se referma derrière lui, avec un bruit sourd qui fit écho au plus profond du cœur d'Alice.

Se redressant, Lady Marchington posa sur elle un regard implacable.

— Vous ne devez parler à personne de ce que vous venez d'entendre. Me comprenez-vous, Alice ? Roberta ne doit pas savoir.

— Oui, oui, murmura Alice. Bien sûr.

Sans un mot de plus, Lady Marchington quitta la pièce.

Un peu plus tard, étendue dans son lit, les yeux grands ouverts, Alice pensait toujours à l'étrange conversation qui s'était déroulée dans sa chambre, et à l'homme qui avait perturbé le déroulement de la soirée.

Qu'était-il arrivé à Lord Tremain pour qu'il se montre aussi belliqueux ?

Ce que Lady Marchington avait révélé du passé du fiancé de Roberta l'emplissait de confusion.

La comtesse avait dit que Lord Tremain avait été un esclave.

Comment cela était-il possible ?

Ewen quitta Hislop House en proie à une rage folle. Son cœur battait violemment tandis qu'il rejoignait Amir.

En épousant Roberta, il espérait entamer une nouvelle vie aussi normale que possible. Aussi avait-il été médusé d'apprendre que Lady Marchington l'avait fiancée à quelqu'un d'autre.

Il serra les dents de honte pour ce qu'il était devenu.

La douleur était de retour. Pas la douleur physique provoquée par les coups de fouet, mais l'autre, insidieuse, qui se trouvait en lui.

À son retour de captivité, il avait décidé de ne pas laisser ce qui lui était arrivé le détruire. Mais il n'était plus le même homme. C'en était fini de l'insouciance et de la joie de vivre.

Quand il avait rencontré la douce et innocente Roberta, il avait cru trouver sa chance de renouer avec la normalité.

Il ne laisserait pas Lady Marchington lui dérober cela.

Il était Lord Ewen Tremain, maître de Barradine. Certes il avait perdu sa dignité pendant huit ans, c'est pourquoi il était important pour lui de s'affirmer au sein de la société, et de remplir ses obligations passées.

Il avait presque réussi à reprendre la main sur Lady Marchington, mais pas tout à fait.

Il lui restait à jouer sa dernière carte.

Sortant une lettre cachetée de sa poche, ainsi qu'une petite bourse emplie de pièces de monnaie, il les tendit à Amir.

— Trouve un domestique qui acceptera de délivrer cette lettre à Mlle Hislop. Soudoie-le s'il le faut, mais demande-lui de se montrer discret.

Le lendemain matin, alors que les domestiques remettaient de l'ordre dans la maison, et tandis que Roberta et Lady Marchington étaient toujours au lit, Alice demanda qu'on lui prépare une calèche.

L'idée de vendre quelques bijoux la rebutait, mais elle n'avait pas le choix. Étant sous la tutelle de Lady Marchington, elle n'avait pas accès à l'argent que William avait placé pour elle. Il lui faudrait pour cela avoir atteint l'âge de vingt et un ans ou être mariée.

Un usurier de Drury Lane estima ses bijoux à un quart de leur valeur et lui prêta la somme correspondante. Ce serait assez pour payer Duncan Forbes, lorsqu'elle le retrouverait plus tard dans l'après-midi.

Lorsque Alice fut de retour à Hislop House, Roberta la suivit dans sa chambre, l'air préoccupé.

Alice s'inquiéta.

— Que se passe-t-il, Roberta ?

— Je suis tourmentée par un grave problème. Une chose positivement effrayante m'est arrivée, et j'ai besoin de ton aide.

Elle se tordit les mains.

— Il n'y a personne d'autre à qui je puisse m'adresser.

Alice la dévisagea, en se demandant ce qui avait bien pu se produire.

— Je ne peux pas t'aider si je ne connais pas la nature du problème. Qu'est-ce qui te trouble, Roberta ? Pourquoi dis-tu une telle chose ?

— Une lettre m'a été délivrée de la part de Lord Tremain. Il semblerait qu'il soit à Londres. Oh ! Alice, que vais-je faire ?

Alice feignit la surprise.

— Lord Tremain ? Que dit-il dans cette lettre ? Et pourquoi n'est-il pas venu à la maison ?

— Il est venu ce matin. Mais, d'après ma femme de chambre, tante Margaret a ordonné à Simpson de dire qu'elle n'était pas là pour lui. Il veut me rencontrer. Mais comment le pourrais-je ? Après tout ce temps ?

— Où suggère-t-il que vous vous rencontriez ? Et quand ?

— Cet après-midi, à 16 heures, au parc. Mais bien sûr, je ne puis y aller. Tante Margaret en aurait une attaque. Il n'en est absolument pas question.

— Oui, oui… Bien sûr.

Les sourcils d'Alice se rapprochèrent en un froncement pensif. À l'évidence, Lady Marchington n'avait rien dit à sa nièce de la visite nocturne de Lord Tremain et n'avait pas l'intention de le faire.

Alice ne reviendrait pas sur sa promesse, mais elle avait l'impression de trahir Roberta en agissant ainsi.

— Je ne veux pas compromettre mes fiançailles avec Hugh.

Les yeux de Roberta se remplirent de larmes.

— Oh ! Alice, je ne le supporterais pas. Peux-tu m'aider ? Voudrais-tu aller voir Lord Tremain et lui expliquer que je ne peux pas le rencontrer ? Compte tenu des circonstances, ce serait totalement déplacé.

Il y avait tant d'anxiété dans son regard qu'Alice en fut bouleversée.

— Je vais faire ce que je peux, promit-elle. Où puis-je le trouver ?

— Il a dit qu'il me guetterait. Je t'en prie, Alice, ne dis rien à tante Margaret. Lorsque tu expliqueras à Lord Tremain que je suis fiancée à quelqu'un d'autre, je suis sûre qu'il comprendra et ne viendra plus nous importuner.

Extrêmement mal à l'aise à l'idée de sa rencontre avec Lord Tremain, Alice attendit la dernière minute pour quitter Hislop House. Elle devait rencontrer Duncan Forbes une demi-heure après son entretien avec Lord Tremain.

Quand il fut temps pour elle de partir, elle s'éclipsa par une porte de service.

La capuche de sa cape rabattue sur la tête, elle se faufila dans le parc.

Des nuages menaçants assombrissaient le ciel, et on n'y voyait guère sous les arbres. Il avait cessé de neiger, mais un vent glacé balayait le parc en laissant entendre une complainte affligée.

Heureusement, le mauvais temps avait dissuadé les promeneurs de sortir, et l'endroit était presque désert. Alice aperçut néanmoins un groupe de personnes qui marchaient d'un pas pressé, qu'elle reconnut ensuite comme étant des voisins. Ils la croisèrent sans la saluer mais, à leurs regards curieux, elle fut certaine qu'ils savaient qui elle était.

Regardant vers sa droite, elle vit un coche attelé de deux chevaux, qui semblait attendre. Le conducteur, enveloppé d'un gros manteau, était recroquevillé de froid sur son siège.

Frissonnant tant l'air était glacial, Alice pressa le pas. Mais une étrange sensation l'incita soudain à tourner la tête.

Deux hommes vêtus de capes et de chapeaux à large bord la suivaient.

— C'est elle, dit une voix étouffée.

Puis un homme cria.

— Arrêtez-vous, mademoiselle. Nous voudrions vous parler.

Redressant les épaules, Alice pressa un peu plus le pas.

— Bon sang ! Elle est en train de filer. Va chercher quelque chose pour l'attacher, Taff. Tu as vu comme il était impatient de la récupérer. Nos vies ne pèseront pas lourd si nous revenons les mains vides.

Mue par une énergie nouvelle, Alice n'hésita pas un instant de plus et fila vers l'endroit où elle devait rencontrer Duncan Forbes.

Mais le sol était glissant, et sa lourde jupe entravait ses pas.

Les deux hommes la rattrapèrent avant qu'elle n'ait couvert la moitié de la distance.

Un bras se referma autour de sa taille et la souleva de terre, la plaquant contre un large et solide torse.

Choquée par ce rude traitement de sa personne, Alice se débattit de toutes ses forces, donnant des coups de pied dans les jambes de son assaillant.

— Lâchez-moi, espèce de porc.

L'homme éclata d'un rire sarcastique.

— Cela ne risque pas ma jolie. Vous venez avec nous.

L'autre protesta.

— Docile comme un agneau, qu'il avait dit. On dirait plutôt un chat sauvage.

Alice voulut crier, mais une main s'abattit sur sa bouche. Puis elle fut enveloppée dans une sorte de grande couverture, dont une extrémité fut rabattue sur son visage.

— Presse-toi, Hicks.

— Je fais ce que je peux.

Terrifiée, Alice se trouva dans une obscurité totale et suffocante, tandis qu'une corde était enroulée autour d'elle.

— Restez tranquille, mademoiselle. Nous ne voulons pas vous faire souffrir sans raison.

— Brutes ! Comment osez-vous ?

— Nous obéissons aux ordres du maître.

Alice se figea.

Le maître. Quel maître ?

Qui étaient ces hommes, et que voulaient-ils ?

Elle sentit qu'on la soulevait. Elle ne pouvait pas crier car sa bouche était maintenant bâillonnée.

Après un temps très court, on la posa au sol. Non pas avec rudesse comme elle le redoutait, mais au contraire avec un certain soin, comme si on ne voulait pas lui faire de mal.

Elle devait être étendue sur le plancher d'un coche, probablement celui qu'elle avait vu attendre à l'entrée du parc, car cela tanguait, et elle percevait un grincement de roues mêlé au martèlement étouffé par la neige de sabots de chevaux.

Après quelques minutes, le coche prit de la vitesse.

Dans son confinement suffocant, Alice comprit qu'ils laissaient Picadilly derrière eux, mais pour quelle direction ?

Cette terrifiante mésaventure était comme un cauchemar qui ne connaîtrait pas de réveil. La couverture, retenue par des cordes, limitait ses mouvements et maintenait ses bras tendus le long de son corps.

Réfléchissant à ce qui lui arrivait, Alice comprit qu'elle avait été enlevée.

Mais par qui ? Et pour quelle raison ?

— Elle n'est pas un peu trop calme ? demanda l'un des hommes.

— À mon avis, elle s'est évanouie, répondit son acolyte. C'est mieux pour nous.

Le voyage s'éternisa, et l'inconfort d'Alice ne fit qu'augmenter. Elle grimaça quand le coche pencha dans une courbe. Les creux et les bosses de la route se répercutaient douloureusement dans son corps.

Graduellement, ses membres s'ankylosèrent, et son esprit, cherchant un soulagement à sa détresse, se mit à vagabonder.

Dans l'espace confiné, ses paupières se fermèrent, et elle se laissa emporter dans un semblant de sommeil.

Le coche avait manifestement atteint sa destination.

Il s'était arrêté brutalement, tirant Alice de sa somnolence.

Les deux hommes, qu'elle avait entendu s'appeler entre eux Taff et Hicks, échangèrent quelques mots à mi-voix, puis une portière s'ouvrit.

On la sortit du coche, et la couverture glissa sur sa tête, laissant passer un peu d'air au niveau de sa bouche.

En respirant l'air glacé, Alice eut l'impression que la vie revenait dans son corps. Un petit cri plaintif s'échappa de ses lèvres, avant qu'une main ne s'abatte sur sa bouche.

Elle fut à nouveau soulevée de terre, transportée en haut d'un perron, puis certainement à travers un hall dont le sol dallé résonnait avec force sous les bottes de ses assaillants, et enfin déposée sur une banquette.

Se débattant pour faire glisser le drap sous ses yeux, Alice découvrit deux hommes qui ne semblaient ni affreux ni dangereux.

Celui qu'elle reconnut pour être Hicks, d'après la voix, était grand et puissamment bâti, avec des cheveux châtain clair et de doux yeux bruns. L'autre, Taff, était petit et mince, avec une chevelure brune en bataille, et de pétillants yeux bleus. Ni l'un ni l'autre ne semblaient taillés pour la mission qui leur avait été confiée.

Mais c'était ridicule ! Comment pouvait-elle éprouver de la sympathie pour eux, après ce qu'ils lui avaient fait subir ?

La colère commençait maintenant à prendre le pas sur la peur, réactivant son instinct de survie.

— Espèces d'idiots ! cria-t-elle, en se débattant derechef. Cervelles d'oiseaux ! Pourquoi avez-vous fait cela ? Qui vous a donné l'ordre de m'enlever ?

Une voix étouffée au travers de la couverture mais aux intonations distinguées s'éleva.

— Que diable avons-nous là ? Ôtez immédiatement cette couverture.

Les deux hommes sursautèrent, soudain alarmés. Une large et haute silhouette enveloppée d'une cape venait d'apparaître dans le hall, comme apportée par le blizzard qui se déchaînait à l'extérieur.

Claquant la porte sur les tourbillons de neige qui menaçaient d'envahir le hall, l'homme se dirigea vers eux en ôtant sa lourde cape qu'il jeta négligemment sur le dossier d'une chaise.

Hicks fut le premier à réagir.

— C'est la jeune maîtresse, milord, dit-il d'une voix enrouée, comme s'il souffrait d'un mal de gorge. Nous l'avons amenée comme vous l'avez demandé.

— Saine et sauve, j'espère. Je vous ai demandé de veiller à sa sécurité et à son confort, si elle acceptait de venir me parler.

— Eh bien, milord, c'est-à-dire qu'elle a fait quelques difficultés.

Alice, qui avait de nouveau la couverture jusqu'en haut de la tête mais pensait avoir reconnu son ravisseur à sa voix alors qu'il s'approchait, parvint à crier sous l'effet de la colère qui lui donnait toutes les audaces :

— Imbéciles ! Je ne peux pas respirer. Pour l'amour du ciel, détachez-moi. Je vous ferai pendre pour ça, espèces de rustres !

Ewen s'avança, impatient de s'expliquer et de rassurer la jeune femme.

Observant la forme méconnaissable, il s'étonna qu'une telle démonstration de colère puisse être le fait de la douce Roberta dont il avait gardé le souvenir.

— Restez tranquille, ordonna-t-il, tandis qu'une silhouette commençait à émerger de sous la couverture.

Un torrent sauvage de boucles noires masquait le visage de sa prisonnière, mais Ewen n'eut pas besoin d'en voir plus pour comprendre que sa ruse avait échoué.

3

— Ainsi, c'est vous !

L'exaspération qu'elle perçut dans la voix de Lord Tremain fit bondir Alice.

Repoussant complètement la couverture, elle fixa le regard gris qui scintillait de colère.

L'espace d'un instant, elle pensa qu'elle avait peut-être perdu la tête.

Rien de tout cela ne semblait réel. Le moment. L'endroit…

— Lord Tremain ! J'aurais dû me douter que vous vous cachiez derrière cet enlèvement. Maintenant, je comprends tout.

— Où est Roberta ? demanda Lord Tremain, en regardant derrière l'épaule d'Alice, comme s'il s'attendait à voir son ancienne promise sortir de l'ombre.

— À Londres, avec le vicomte Pemberton, comme toute nouvelle fiancée qui se respecte. Ou bien allez-vous encore prétendre qu'elle est toujours engagée envers vous ?

— Je ne discuterai pas ce point avec vous, mademoiselle Frobisher, déclara Lord Tremain d'un ton rageur.

— Et je ne le souhaite pas, répliqua Alice. Ainsi, vous avez envoyé ces deux idiots enlever Roberta, et ils se sont trompés de personne.

Avec une moue de dédain, elle toisa les deux hommes qui, comprenant leur erreur, n'en menaient pas large.

— Comme vous devez être déçu… Et vous pensiez la trouver

là, attendant votre bon plaisir ? Si c'est le cas, vous êtes aussi sot que vos laquais, Lord Tremain.

D'un air excédé, Lord Tremain se tourna vers ses hommes.

— Vous vous rendez compte de ce que vous avez fait ? Vous avez enlevé la pupille de la comtesse de Marchington. Votre incompétence va me coûter cher. Qui plus est, je ne vous ai jamais demandé de saucissonner la femme que vous deviez m'amener comme du gibier et de la jeter au fond d'un coche...

Son ton se durcit un peu plus.

— Vous n'aviez pas le droit de la contraindre à me rejoindre. Et, pourquoi diable ne vous êtes-vous pas assuré que vous aviez affaire à la bonne personne ?

— Elle était là où vous aviez dit, répondit Taff.

— Nous étions certains que c'était elle, ajouta Hicks. Des cheveux bruns, vous aviez dit.

— Bruns, pas noirs. Êtes-vous aveugles ?

— Il faisait sombre, milord, plaida Taff. On n'y voyait guère.

Lord Tremain s'impatienta.

— Cette erreur n'aurait jamais dû se produire ! Vous deviez me ramener Mlle Roberta Hislop. À condition qu'elle soit d'accord, avais-je bien précisé.

Visiblement excédé au plus haut point, il agita la main pour les renvoyer.

— Laissez-nous. Je réglerai cela plus tard.

Les deux hommes ne se le firent pas dire deux fois.

Se faisant trébucher l'un l'autre dans leur hâte, ils se ruèrent vers le hall et disparurent comme s'ils avaient le diable aux trousses.

Se passant la main dans les cheveux, Lord Tremain se tourna vers Alice.

Elle s'était levée et le fixait d'un air outré. Mais soudain, elle comprit la crainte des laquais vis-à-vis de son ravisseur. Par sa simple présence, il dominait la pièce et semblait redoutable.

Laissant passer un silence, Lord Tremain s'exprima d'une voix étonnamment radoucie.

— Malheureusement, ce qui s'est produit ne peut être changé, déclara-t-il.

Il désigna la cheminée d'un geste de la main.

— Venez vous réchauffer. Vous devez être épuisée après ce long et pénible voyage.

Au début, Alice n'en crut ni ses yeux, ni ses oreilles. Mais elle comprit bien vite qu'elle ne rêvait pas.

Cependant, elle ne se laisserait pas amadouer de la sorte.

À cause de ce ridicule enlèvement, elle avait probablement perdu toute chance de retrouver son père.

Tandis que tout en elle se rebellait, un cri de rage s'échappa de ses lèvres, et elle se rua de toutes ses forces sur Lord Tremain.

La puissance de son attaque le prit par surprise, mais il ne lui fallut pas longtemps pour réagir.

Alors qu'elle s'apprêtait à le frapper à la tête, il recula. Dans le même temps, il passa un bras autour de sa taille et la souleva contre lui.

Avec un petit cri étranglé d'outrage et de douleur, ressentant à la fois la terrible force de ce corps puissamment musclé, et sa propre impuissance, Alice lutta, horrifiée que son ravisseur se montre si familier avec elle.

Bien qu'elle ait fait appel à toute sa volonté, elle ne parvint pas à se libérer de la poigne de fer de Lord Tremain.

— Petite sotte ! s'exclama-t-il furieusement. Bien des hommes plus forts que vous ont essayé d'avoir raison de moi et ont échoué.

Il la poussa sans ménagement dans un fauteuil, où Alice atterrit le souffle court, médusée par le fait qu'il se comporte avec une telle violence.

— Avez-vous donc oublié ce que cela fait d'être capturé, milord ? demanda-t-elle d'un ton pincé.

Lord Tremain se pencha, de sorte que son visage soit au même niveau que celui d'Alice, et lui prit le menton.

— Je n'ai rien oublié, mademoiselle Frobisher. Et je n'ai certainement pas besoin que vous m'en fassiez la remarque.

Se redressant, il se dirigea vers une console, et prit une carafe en cristal contenant du sherry.

— Restez où vous êtes, dit-il en voyant qu'Alice faisait mine de se lever.

Il versa le sherry dans un verre et s'approcha.

— Peut-être des petites libations calmeraient-elles vos nerfs...

Les mots furent prononcés avec un rictus sardonique.

— Mes nerfs ne sont pas un problème, protesta Alice. Ce sont les vôtres qu'il faudrait maîtriser.

Elle prit malgré tout le verre que Lord Tremain lui tendait, et but l'alcool à petites gorgées, ravie de son pouvoir fortifiant. Elle devait cependant rester prudente et garder les idées claires si elle voulait échapper à cette nouvelle et effrayante situation.

Comme Lady Marchington avait eu raison de tenir Roberta éloignée de cet homme épouvantable !

Alice se demandait ce qui avait pu le pousser à un geste aussi fou.

Ce n'était, en tout cas, certainement pas par amour envers Roberta. S'il l'avait aimée, il ne l'aurait pas laissée seule pendant si longtemps.

Elle posa le verre sur une table à côté d'elle, d'un geste passablement brusque.

— Je ne souhaitais nullement me trouver ici, Lord Tremain, je puis vous l'assurer, déclara-t-elle, en s'efforçant d'imiter le ton pincé de Lady Marchington. À dire vrai, je me rendais à un rendez-vous très important quand j'ai été enlevée par vos laquais qui m'ont traitée de manière abominable.

Elle le fusilla du regard.

— Si Roberta compte à ce point pour vous, pourquoi n'êtes-vous pas venu la rencontrer vous-même, au lieu d'envoyer deux incompétents ?

— C'était mon intention, mais j'ai été retenu par une autre mission.

Ewen avait dû escorter sa mère, son beau-père et son oncle à Douvres, d'où ils rejoindraient Calais. Si le temps le permettait, ils se rendraient à Bordeaux après un court séjour à Paris.

Il s'inquiétait pour eux. Ils avaient tous les trois plus de soixante-dix ans et n'étaient pas en état de voyager avec des conditions climatiques aussi désastreuses.

Il avait pensé avoir le temps, après avoir accompagné sa famille, de revenir à Londres et de s'entretenir avec Roberta, mais il n'avait pas prévu qu'il neigerait autant. Toutefois, il avait pris la précaution de demander à Hicks et Taff d'aller au rendez-vous à sa place, au cas où il serait retardé, et de conduire Mlle Hislop à Mercotte Hall.

En dépit de l'engagement de Roberta envers Lord Pemberton, il avait eu bon espoir qu'elle ait encore des sentiments pour lui, et qu'elle ne résiste pas à cette opportunité de le revoir.

Il était malencontreux que Mlle Frobisher se soit rendue à sa place au rendez-vous. Ewen ne s'attendait pas toutefois à ce que Taff et Hicks la brutalisent de la sorte. Il imaginait aisément sa fureur et combien elle avait dû se débattre pour tenter de leur échapper.

Quoi qu'il en soit, il était entièrement responsable de la situation et il devait en assumer les conséquences.

Comment avait-il pu lui faire subir une telle chose ? Lui qui avait vécu la terrible expérience de la captivité, la peur de l'inconnu... n'était-il pas précisément le mieux placé pour savoir ce qu'elle avait dû ressentir ?

Se haïssant avec une virulence qui l'empêchait presque de respirer, il regarda avec embarras son invitée involontaire, en sachant qu'il ne serait pas aisé de la calmer.

Ses craintes ne tardèrent pas à être confirmées.

— J'exige que vous me raccompagniez immédiatement à Londres, dit la jeune femme d'un ton hautain.

Ewen plissa les yeux.

— Vous n'êtes pas en position de formuler des exigences, mademoiselle Frobisher. Il n'est pas envisageable que vous rentriez maintenant. Il neige à nouveau, et les routes sont dangereuses. Même un voyageur aguerri ne s'y aventurerait pas.

Voyant qu'elle s'apprêtait à protester, il leva la main pour l'interrompre.

— Cependant, j'enverrai un cavalier à Londres dès que ce sera possible, afin d'informer la comtesse que vous êtes ici et qu'il ne vous est rien arrivé.

La jeune femme se leva comme une furie, la tenue en bataille, les cheveux tombant sur son visage, et ses yeux saphir lançant des éclairs.

— Il ne m'est rien arrivé ? J'ai été ficelée comme du gibier, malmenée par deux ruffians et jetée au fond d'un coche de la plus dégradante manière. Et cela sur vos ordres. Vous êtes un être méprisable, un monstre !

Un instant auparavant, Ewen avait commencé à s'adoucir à l'égard de Mlle Frobisher, mais ses insultes et son refus de considérer intelligemment la situation réveillèrent sa colère. Il lui opposa un regard aussi dur et froid que la glace.

Durant ses années de captivité, il s'était endurci, tant physiquement que mentalement. Il n'avait plus rien à voir avec le jeune lieutenant parti chercher l'aventure au-delà des mers.

Ce n'était certainement pas une péronnelle qui allait l'impressionner.

Il haussa les épaules.

— Vous m'insultez, mademoiselle Frobisher. Mais peu importe. J'ai enduré la haine d'ennemis plus féroces que vous.

Elle accepta sa remarque d'un battement de paupières.

— Jusqu'à ce que je puisse me faire une meilleure opinion de vous, il faudra vous contenter de ce constat.

Ewen hocha la tête.

— Comme il vous plaira. Il est évident que nous n'avons guère d'affection l'un pour l'autre. Mais je crains que nous ne soyons prisonniers d'une situation sans issue immédiate. Je ne puis vous renvoyer à Londres, et vous ne souhaitez pas rester avec moi. Je vous propose donc un cessez-le-feu.

— Il n'y a pas de cessez-le-feu qui tienne. Je veux rentrer chez moi.

— Impossible.

Ewen soupira, s'efforçant de tempérer son impatience vis-à-vis de la jeune femme.

— Il est bien malheureux que vous n'ayez pas le même caractère que votre amie.

— Roberta et moi sommes très différentes. Mais c'est mon amie, et nous partageons tout. Ne pouvez-vous pas comprendre que son plus grand souhait est d'épouser le vicomte Pemberton ?

— Et que faites-vous de mes souhaits ?

— Vous ne donnez pas l'impression d'un amoureux transi. Vous auriez pu entrer en contact avec elle à la maison. Avez-vous donc si peu d'honneur que vous deviez ruser pour l'attirer à l'extérieur ?

— De l'honneur ? Oh si, j'en ai. Croyez-moi.

Ewen secoua la tête, ne voulant pas se lancer dans cette discussion.

— Cependant, j'en déduis que la comtesse n'a pas parlé à Roberta de ma visite nocturne.

— Pouvez-vous l'en blâmer ? Je considère quant à moi que Lady Marchington a eu raison.

Alice prit un moment pour observer son environnement.

Il régnait une température des plus agréables dans le salon, grâce à un feu allumé dans l'immense cheminée de pierre encadrée d'imposantes colonnes. La pièce était entièrement lambrissée de panneaux de chêne bordés de moulures, tandis que le plafond s'ornait de plaques de plâtre moulées représentant des formes géométriques complexes.

Conduite vers une destination inconnue, elle était à la merci de cet homme.

Elle n'avait pas la moindre idée de l'endroit où se situait ce refuge, hormis qu'il se trouvait à environ une heure de Londres.

— Vos sbires m'ont arrachée du parc et m'ont conduite Dieu sait où, s'exclama-t-elle.

Laissant passer un silence, Alice regarda ostensiblement autour d'elle.

— Est-ce votre maison de famille ?

Elle avait du mal à imaginer le sombre et fougueux Lord Tremain vivant dans une telle maison, dont il se dégageait une atmosphère de calme et de sécurité. Cet endroit lui rappelait un peu le domaine où elle vivait en France.

— Où sommes-nous ? insista-t-elle.

— À Mercotte Hall. La demeure appartient à mon oncle, Sir John Tremain. Il se trouve actuellement à Douvres, en compagnie de ma mère et de son mari, Matthew Brody. Ils doivent y embarquer pour la France. Ils séjourneront ensuite à Bordeaux, chez mon frère Simon et son épouse, Henrietta. Comme vous le voyez, Mercotte Hall est une maison très plaisante.

— Je ne suis pas ici pour admirer l'architecture, ou parler décoration.

— Ne cherchez pas à faire de l'esprit ! Et si vous tenez à savoir où est la maison, elle se situe au nord de Londres.

— Où j'exige de retourner immédiatement.

Lord Tremain ne chercha pas à masquer son irritation face à l'insistance d'Alice.

— Croyez-moi, mademoiselle Frobisher, rien ne me ferait davantage plaisir que de vous reconduire séance tenante. Mais je vous ai déjà dit que c'était impossible. Sans doute n'êtes-vous pas stupide au point de vouloir vous aventurer dehors par ce temps.

Désespérée, Alice réfléchit à un moyen de le faire céder. Elle n'avait qu'une idée en tête, celle de retrouver Duncan Forbes et d'obtenir les informations au sujet de son père.

— Vous avez conscience, je l'espère, que Lady Marchington pourrait vous faire pendre pour cela. Mais…

Songeant que, si elle ne pouvait gagner la partie en s'opposant à Lord Tremain, elle y parviendrait peut-être par la ruse féminine, Alice adoucit ses manières.

— … Si vous me fournissiez un cheval, je suis sûre que je pourrais trouver mon chemin, même dans la neige.

Elle s'avança sur le rebord du fauteuil, un sourire charmeur aux lèvres.

— Je ne dirai pas à Lady Marchington que vous m'avez enlevée, si c'est ce que vous craignez. Je pourrai prétendre que j'ignore l'identité de mon ravisseur et que j'ai réussi à m'échapper.

Loin de s'en laisser conter, Lord Tremain ricana dédaigneusement.

— Ne réagissez pas ainsi, protesta Alice, vexée que son offre n'ait pas obtenu l'effet escompté. Ne voyez-vous pas que je vous offre une sortie de secours ?

— Il s'agit d'une promesse absurde, reconnaissez-le.

Alice lui opposa un silence furieux, sachant qu'il avait raison.

— Vous ne pouvez pas sérieusement vous attendre à ce que je vous croie, ajouta Lord Tremain.

— Et vous, croyez-vous que je sois prête à vous livrer le fond de mes pensées alors que ma vie est en jeu ?

— Ne dramatisez pas. Je comprends que vous ayez peur, mais votre vie n'est pas en jeu. Vous avez ma parole que vous ne courez aucun danger, sauf si vous le créez vous-même.

— Votre parole ! s'exclama Alice d'un ton dédaigneux. Votre parole ne signifie rien pour moi.

— Peu importe. Je vous la donne. Et, considérant que la comtesse de Marchington n'a aucune autorité ici, je n'ai pas à redouter la potence.

Alice se leva d'un bond.

— Mais vous devez me laisser partir. Je dois absolument retourner à Londres. Il vous faut comprendre que je...

Elle se tut, ne souhaitant pas trop en révéler sur elle-même.

— J'ai l'impression que vous redoutez autre chose que la colère de la comtesse. De quoi s'agit-il ?

— Il y a... Il y a quelqu'un que je dois à tout prix rencontrer.

Lord Tremain haussa un sourcil.

— C'est pour cela que vous vous êtes rendue au parc ?

— Et aussi pour vous voir. Votre message a bouleversé Roberta. Elle ne voulait pas vous rencontrer. Elle m'a donc demandé d'aller à sa place au parc pour l'entrevue que vous lui aviez proposée et de vous expliquer la situation. Étant donné que je devais rencontrer un peu plus tard quelqu'un d'autre au même endroit, j'ai accepté.

Lord Tremain la dévisagea avec un étrange sourire.

— Maintenant, je commence à comprendre. Vous aviez un rendez-vous clandestin avec un galant. Veuillez m'excuser si j'ai gâché votre tête-à-tête avec votre amant.

Les joues en feu, Alice écarquilla les yeux de stupéfaction.

— Il ne s'agissait pas de... Je n'ai pas de... Oh ! vous ne pourriez être plus éloigné de la vérité.

Lord Tremain l'observait d'un air si narquois qu'elle eut soudain une folle envie de lui lacérer le visage avec ses ongles.

— Vos hommes m'ont enlevée, ligotée et jetée dans un coche, où j'ai souffert un tel tourment que j'ai cru ne pas y survivre.

— J'en suis sincèrement désolé, mais je crois que vous avez très bien survécu.

— Taisez-vous ! J'ignorais leurs intentions. Ils auraient pu être des voyous abusant des femmes, ou des meurtriers.

L'amusement disparut du regard de Lord Tremain.

— Vous avez raison. Je reconnais que je me suis mal conduit envers vous. Le Seigneur sait à quel point j'ai souffert aux mains des Barbares quand j'étais captif. En aucune façon je ne voudrais infliger la même chose à un autre être humain. Je suis profondément désolé si mes actes vous ont causé quelque douleur que ce soit.

— Vos excuses ne suffisent pas.

Son ravisseur semblait sincère, mais Alice n'était pas d'humeur à se laisser attendrir.

— Je suis désolé que vous voyiez les choses ainsi, répliqua Lord Tremain. Mais vous devez comprendre que vous n'avez d'autre choix que d'accepter mon hospitalité.

Alice serra les dents devant ce brutal refus d'accéder à sa demande.

Tout espoir de retrouver son père était désormais perdu.

Un terrible silence s'ensuivit, durant lequel ses pensées vagabondèrent follement.

Elle avait l'impression de vivre un cauchemar dont elle ne se réveillerait jamais.

Soudain, elle eut envie de hurler, de pleurer, pour soulager sa déception et sa frustration.

Elle se contrôla avec difficulté, enfouissant les mains dans les replis de sa cape.

— Je vous préviens, Lord Tremain, si vous persistez à me garder ici contre mon gré, je ferai de votre vie un enfer, au point que vous regretterez de m'avoir amenée ici. Dois-je vous rappeler que je ne suis pas Roberta ?

— Je ne le sais hélas que trop. Aurait-elle été à votre place, je suis sûr qu'elle aurait été ravie de rester.

— Qu'en savez-vous ? Lui avez-vous posé la question ?

— J'en avais l'intention. Je voulais le faire la nuit dernière. Je suis certain que j'aurais pu apaiser ses craintes concernant les modalités de sa rupture avec Pemberton.

— C'est bien le genre de déclaration arrogante à laquelle je m'attendais de votre part !

La voyant rougir de colère, Lord Tremain posa la main sur son épaule.

— Calmez-vous, mademoiselle Frobisher, et ne dites plus rien. Il serait ridicule de ma part de me justifier devant une personne aussi jeune que vous.

— Faites à votre guise, milord, rétorqua Alice en repoussant sa main. Mais je vous promets que je vous tourmenterai jusqu'à ce que vous me laissiez partir.

S'il fut impressionné par sa ténacité, Lord Tremain n'en laissa rien paraître.

— Si vous n'êtes pas raisonnable, je vous enfermerai dans votre chambre, et monterai la garde devant la porte si nécessaire. Je suis déterminé à vous ramener à la comtesse en un seul morceau.

— Voulez-vous que je serve le souper dans la salle à manger, milord ?

Une femme âgée venait d'apparaître, vêtue de noir de la tête aux pieds, un sourire de bienvenue éclairant son visage rond encadré de cheveux blancs.

— À votre convenance, Mme Mullen. Je suis certain que cela sera égal à Mlle Frobisher.

Alice lança un regard mauvais à Lord Tremain.

— Si vous croyez que je vais prendre mes repas avec vous, milord, vous vous trompez grandement. Mais, comme il faut bien que je me nourrisse si je veux survivre à ce calvaire, je le ferai dans la chambre que vous avez préparée pour Roberta... Seule.

Son ravisseur eut le toupet d'en sourire.

— Comme vous voudrez.

Se tournant vers Mme Mullen, il ajouta :

— Je pense que nous pouvons prendre cela pour un refus.

— Très bien, milord, dit la vieille femme, avant de s'esquiver.

La suivant des yeux, Alice remarqua un jeune homme qui se trouvait au pied de l'escalier. De taille moyenne, la peau mate et les cheveux noirs, il se tenait aussi immobile qu'une statue, et son visage ne laissait filtrer aucune émotion.

— Il s'appelle Amir, expliqua Lord Tremain. Il vous escortera jusqu'à votre chambre quand vous le souhaiterez. Vous y trouverez tout ce dont vous avez besoin.

Se désintéressant d'elle, il s'approcha de la cheminée, et repoussa de son pied botté une bûche sur les chenets, envoyant une gerbe d'étincelles dans le foyer noirci par la suie.

— Vous allez le payer, s'exclama Alice, au comble de la frustration. Vous n'avez pas plus de respect pour une femme et ses sentiments que pour cette bûche que vous venez de pousser dans le feu. Vos viles actions sont dignes d'un ruffian. Mais vous, monsieur...

Elle le détailla de haut en bas, d'un regard insolent.

— Vous êtes supposé être un gentleman. J'espère ne pas avoir à souffrir de propositions déplacées.

Lord Tremain n'eut aucune réaction.

— Insultez-moi autant que vous le voudrez, si cela vous fait plaisir, mais je n'ai jamais forcé une femme qui me faisait comprendre que mes attentions n'étaient pas les bienvenues. Je crois pouvoir dire que j'ai toujours eu un comportement exemplaire avec les personnes du sexe opposé.

— Vous êtes bien le seul à le penser, pérora Alice d'un ton moqueur.

Lord Tremain serra les mâchoires mais ne fit pas de commentaire.

— Ce n'est pas avec Roberta que vous avez un compte à régler, mais avec Lady Marchington, reprit Alice. N'essayez pas de l'atteindre à travers sa nièce qui a vécu hier le plus beau jour de sa vie en se fiançant avec Hugh Pemberton. Elle ne l'épouse pas contre son gré, bien au contraire. Elle l'adore. Être sa femme est ce qu'elle souhaite le plus au monde. Ne faites rien pour la blesser. Vous êtes le seul à blâmer pour la façon dont les choses ont tourné. Vous êtes parti longtemps, sans donner de nouvelles à Roberta...

Lord Tremain l'interrompit brutalement.

— C'est ce que la comtesse vous a dit. La réalité, c'est qu'elle a détruit mes lettres sans scrupule.

— Admettons. Il n'empêche qu'à présent Roberta et Hugh forment un très beau couple, et je suis ravie de leur projet d'union.

— Projet auquel vous avez largement contribué, j'imagine.

— Aucunement. Je n'ai pas de talent pour ce genre d'intrigue. Mais, quoi que vous en pensiez, Lady Marchington se souciait avant tout du bonheur de Roberta.

— Et vous, mademoiselle Frobisher ? Aviez-vous également en tête son bonheur ?

— Que voulez-vous dire ?

— Une réception pour des fiançailles est une occasion de s'amuser, n'est-ce pas ?

— Naturellement. Le bal a été un véritable succès, et tout le monde était ravi.

— Tout le monde sauf vous, semble-t-il. Une jeune femme qui souhaite le bonheur de son amie ne quitte pas la réception donnée pour ses fiançailles alors que celle-ci bat son plein.

Lord Tremain regarda Alice avec insistance, cherchant probablement à lire une réaction sur ses traits.

— Elle ne détruit pas non plus une robe qu'elle a dû prendre grand soin à choisir, reprit-il. Êtes-vous réellement aussi proche de Roberta que vous le prétendez, mademoiselle Frobisher ?

Alice ressentit du remords. Elle avait honte de s'être montrée aussi capricieuse et égoïste. Ce n'était pas parce que ses fiançailles avaient été catastrophiques qu'elle avait le droit de jalouser le bonheur de Roberta.

— Est-ce vraiment ce que vous pensez ? Vous ne pouvez pas être plus loin de la vérité. Je ne connais pas Roberta depuis longtemps, Lord Tremain, mais j'ai beaucoup d'affection pour elle, et c'est réciproque. La raison pour laquelle j'ai quitté prématurément la réception et la destruction de ma robe n'ont rien à voir avec elle. Et cela ne vous regarde pas non plus.

Lord Tremain la fixa longuement, avant de s'adresser à Amir.

— Conduis Mlle Frobisher à sa chambre, et veille à ce qu'elle ne nous joue pas de mauvais tour.

Il se tourna ensuite vers Alice.

— Quant à vous, je vous somme de ne pas vous aventurer en dehors de vos appartements. La maison est très vaste et ancienne, et il est aisé de s'y perdre. C'est un véritable labyrinthe qui peut déconcerter des invités imprudents.

— Je ne suis pas votre invitée, Lord Tremain, je suis votre prisonnière. Mais je pense que vous devez mieux que quiconque comprendre qu'il est légitime pour tout prisonnier de vouloir échapper à son geôlier.

Le visage de Lord Tremain se durcit.

— Pour un esclave, vous voulez dire ?

— Exactement. Quoi qu'il en soit, je ferai tout ce qui est en mon pouvoir pour quitter cet endroit.

À part un soupir exaspéré, Lord Tremain ne fit pas de commentaire.

Mais Alice n'en avait pas fini avec lui.

— D'après la conversation que vous avez eue hier soir avec Lady Marchington, j'ai compris que vous avez passé un temps considérable en captivité, avant de vous fiancer avec Roberta. Pour des raisons que j'ignore, vous avez choisi de le cacher.

— En effet, cela ne regarde que moi.

— Mais, Lady Marchington ne saurait tolérer que le nom de sa famille soit entaché. Or, ce serait un scandale si on apprenait que Roberta a épousé un ancien esclave. Elle-même en serait profondément choquée. Vous auriez dû le comprendre de vous-même. Cela aurait évité bien des désagréments.

— Des désagréments ? En ce qui me concerne, mademoiselle Frobisher, le terme est bien loin de recouvrir la réalité.

— Je suppose.

Alice haussa les épaules.

— Je ne puis le savoir.

— Comment le pourriez-vous ? Les seuls liens que vous connaissez sont ceux qui vous relient aux jupes de la comtesse. Et il vous faudrait peu d'efforts pour les rompre.

— Vous êtes ici à présent, Lord Tremain. Vous êtes donc la preuve vivante qu'il est possible d'échapper aux pires situations.

— C'est une chose de rompre les chaînes de l'esclavage, mademoiselle Frobisher. C'en est une autre d'être libre.

À court d'arguments, Alice redressa dédaigneusement la tête et se dirigea vers l'escalier.

La journée avait été longue, et elle était épuisée.

Elle avait besoin d'être seule.

Frustré, ruminant une réponse qu'il n'avait pas réussi à formuler en temps utile, Ewen regarda son invitée s'éloigner.

Forçant son esprit à dériver vers des pensées plus agréables, il songea à son estimée fiancée. Roberta était par nature une jeune femme d'une très grande douceur, d'une placide réserve, et c'était ce qui avait attiré son attention.

Après avoir passé huit ans comme un paria de la société, il avait eu besoin de clamer sa valeur et sa place. Il avait donc résolu de trouver une épouse à Paris, une ville où il avait passé une grande partie de son enfance.

Roberta était précisément en visite en France à ce moment-là, avec sa tante, la comtesse de Marchington. Cependant, à peine avaient-ils eu le temps de faire connaissance qu'Ewen avait été convoqué à Bordeaux par son frère, Simon.

N'ayant que peu de souvenirs des quelques moments qu'il avait passés avec Roberta, il avait aujourd'hui un peu de mal à se rappeler ses traits.

Des yeux doux, une bouche souriante, la délicatesse d'un menton… Tout cela se confondait dans une sorte de brouillard, tandis qu'Ewen essayait d'évoquer son visage. Étrangement, il n'éprouvait en songeant à Roberta ni tendre émotion, ni emballement des sens.

Que lui avait-il pris, quand il était arrivé à Londres, de vouloir maintenir ces fiançailles ? Était-ce parce que rien ne s'était passé comme il l'avait envisagé qu'il avait voulu se venger en enlevant Roberta, comme l'avait suggéré Mlle Frobisher ?

Prudemment, Ewen testa la précision de sa mémoire des événements de la nuit précédente, quand il était entré dans la chambre de Mlle Frobisher.

Il avait encore à l'esprit le trouble qu'il avait éprouvé à la vue de ses seins à peine couverts par sa chemise, dont la fine étoffe laissait deviner les pointes dressées.

Avec un étonnant souci du détail, il revoyait les courbes voluptueuses de la jeune femme, la glorieuse masse de ses cheveux d'un noir lustré, ses yeux d'une étrange nuance de bleu, frangés de longs cils, et ses douces lèvres roses.

Mlle Frobisher possédait une beauté épanouie, sans conteste beaucoup plus ardente que celle de la pâle Roberta. Là où cette dernière évoquait une image de douceur et de fragilité, son amie semblait exsuder l'essence même de la vie.

Mais Ewen se souvint bien vite de quelle façon sa mâchoire s'était crispée tandis qu'elle l'insultait, comment cette petite péronnelle bornée s'était dressée devant lui et lui avait dit ce qu'elle pensait, testant sa patience, le poussant dans ses retranchements.

Ewen jura entre ses dents quand il sentit ce que ces impressions provoquaient en lui : de l'irritation, de la frustration, du désir...

Cette prise de conscience le laissa à la fois outré vis-à-vis de lui-même, et surpris de ce nouveau rebondissement dans sa vie.

Animé par un regain de colère, il se rua dans le hall, ouvrit la porte et sortit sous la neige.

Amir montait les marches devant Alice, sans dire un mot. Ils arrivèrent sur un palier ouvrant sur une longue galerie.

Alice jeta un regard curieux aux portraits qui tapissaient le mur. Il se dégageait des personnages à l'air sévère, engoncés dans leurs tenues d'apparat aujourd'hui démodées, une impression d'arrogance et de suprême ennui. Il s'agissait probablement des ancêtres de Lord Tremain.

Au bout de la galerie, ils bifurquèrent vers un couloir plus étroit, passant devant plusieurs portes avant qu'Amir ne s'arrête devant l'une d'elles et l'ouvre.

— Vous voici arrivée, milady, dit-il en s'effaçant pour lui livrer passage.

Au grand étonnement d'Alice, la voix douce du jeune homme, à peine teintée d'un léger accent, n'était pas le moins du monde inamicale.

— Vous aurez ici tout le confort souhaitable, reprit-il. J'espère que la chambre vous plaira. Comme vous le voyez, tout est préparé.

Alice entra dans la pièce qu'elle passa rapidement en revue.

Imposant et majestueux, un grand lit à baldaquin occupait presque tout un mur. Les colonnes en acajou étaient reliées à leurs sommets par une corniche moulurée d'où tombaient de somptueuses tentures en brocart bleu nuit. Le dessus-de-lit, taillé dans la même étoffe, s'ornait de ravissants coussins.

Retenus par des cordelières de soierie or, les rideaux des fenêtres avaient été écartés pour permettre à Alice de profiter de la vue sur le jardin.

Face à la lumière chatoyante du feu qui pétillait dans l'âtre, disposées sur un tapis aux motifs floraux dont les teintes s'étaient légèrement fanées avec le temps, deux élégantes et délicates bergères tendues de damas ivoire invitaient à la détente.

Partout où les yeux d'Alice se posaient, ce n'étaient que ravissants bibelots en porcelaine ou en cristal, petits meubles en marqueterie, bouquets de fleurs, coussins brodés et tableaux.

Elle se sentit aussitôt à l'aise dans cette pièce confortable, élégante et pleine de charme, où tout avait été préparé pour lui rendre la vie agréable.

Ou plutôt pour la rendre agréable à Roberta, se rappela soudain Alice, non sans une pointe d'amertume.

— Une femme de chambre viendra s'occuper de vous, précisa Amir, et un repas vous sera apporté lorsque vous en exprimerez le souhait. Si vous désirez prendre un bain, nous pouvons vous faire monter de l'eau chaude. Sinon, vous avez de l'eau froide dans le broc.

Amir conclut en souriant avec bienveillance.

— Y a-t-il quoi que ce soit que je puisse faire pour vous avant de partir ?

Alice secoua la tête. La façon de s'exprimer du jeune homme était un peu formelle, mais son intention n'en paraissait pas moins sincère.

— Non, merci. Si je m'y sens encline, je prendrai peut-être un bain demain matin.

Amir hocha la tête.

— Eh bien, bonne nuit, milady.

Lorsque la porte se referma, Alice se mit à faire les cent pas.

Elle était amèrement désappointée, bouillant de rage et de frustration, et impuissante à modifier le cours actuel de son destin.

Il était intolérable d'être piégée ainsi, alors que sa vie semblait contenir tellement de promesses, alors que sa liaison avec Philippe était désormais derrière elle, et qu'elle avait commencé à formuler quelques espoirs pour l'avenir.

Son enlèvement par Lord Tremain ternirait sa réputation de façon irrémédiable.

C'était vraiment plus qu'elle n'en pouvait supporter.

Elle pouvait sans peine imaginer l'état d'agitation dans lequel Roberta et Lady Marchington avaient sombré quand elles avaient découvert qu'elle n'était pas rentrée, et elle éprouvait un profond remords de leur causer une telle angoisse.

Elle n'osait pas, en revanche, penser à Duncan Forbes, et à ce qu'il avait éprouvé quand il avait compris qu'elle ne viendrait pas au rendez-vous.

Qu'avait-il fait ? S'était-il présenté à Hislop House pour demander à lui parler ? Avait-il conclu qu'elle n'était pas intéressée par les informations qu'il détenait ?

Par chance, il avait mentionné où il résidait...

Alice ne se sentit pas très bien tout à coup. Sa tête était lourde, et elle aspirait au sommeil. Et pourtant elle soupçonnait qu'elle ne parviendrait pas à trouver le repos cette nuit-là.

Elle s'assit sur le lit et observa les flammes qui dansaient dans l'âtre.

La porte s'ouvrit, et une femme de chambre entra avec son dîner. Elle était jeune et semblait gentille. Elle précisa qu'elle s'appelait Lily, mais Alice ne se sentait pas d'humeur à faire la conversation.

Elle déclina sa proposition de lui préparer un bain, mais le délicat fumet qui s'échappait du plat fit gronder son estomac, lui faisant comprendre qu'elle avait faim.

Lorsqu'elle eut terminé son repas, Alice enfila une des tenues de nuit destinées à Roberta.

Comment son amie aurait-elle réagi à cette situation, si elle s'était trouvée à sa place ?

Lily quitta la chambre après avoir jeté un dernier regard par-dessus son épaule.

Hicks et Taff lui avaient expliqué de quoi il retournait.

C'était tellement romantique de la part de Lord Tremain d'avoir enlevé la femme dont il était éperdument amoureux.

Cependant, la jeune lady ne semblait pas du tout heureuse de se retrouver à Mercotte Hall. Son visage était livide et crispé, et tout dans son attitude respirait la rébellion.

Quoi qu'il en soit, elle était d'une rare beauté, et il n'était pas étonnant que sa Seigneurie s'en soit entichée.

Enfin seule, Alice se glissa entre les draps et laissa couler les larmes qu'elle avait retenues jusqu'à présent.

Elle pleura longuement, espérant que ses pleurs agiraient comme un baume réparateur sur son cœur, mais ce ne fut pas le cas.

Peu à peu, les larmes se tarirent, et Alice appela de tous ses vœux le sommeil.

Si elle pouvait dormir, alors elle pourrait oublier.

Quand le sommeil vint enfin, la nuit était déjà très avancée.

Après cette nuit agitée, Alice se réveilla brusquement, et s'assit dans son lit, perplexe.

Il lui fallut quelques secondes pour se rappeler où elle était, et ce qui s'était passé la veille.

Elle s'étira, écarta une des tentures du lit et observa la chambre inconnue.

Ce n'était pas un rêve. Tout cela était bien réel.

Repoussant les couvertures, Alice bascula les jambes par-dessus le matelas. Un courant d'air frais s'enroula autour de ses pieds et remonta le long de ses jambes, lui arrachant un frisson.

Le feu s'était éteint durant la nuit, emportant toute la chaleur de la chambre où régnait désormais une température qui lui paraissait semblable à celle glaciale de l'extérieur.

Enfilant des chaussons et une robe de chambre, elle se dirigea vers la fenêtre et écarta les lourds rideaux.

Il avait cessé de neiger, et la campagne était magnifique, recouverte de son manteau blanc. Les collines et les arbres avaient changé de forme, et ressemblaient maintenant à d'étranges statues sculptées par le vent d'est. Le soleil faisait scintiller de mille feux la plaine gelée, comme si le sol était piqueté de minuscules diamants.

Bientôt lassée par le spectacle de la nature, Alice se mit à réfléchir à tout ce qui s'était produit la veille et grimaça.

— Il doit bien y avoir un moyen de sortir d'ici, se dit-elle à haute voix.

Puis elle se détourna de la fenêtre et se dirigea vers la table de toilette, où elle versa l'eau du broc dans la bassine et se rafraîchit.

Il devait bien y avoir une écurie avec des chevaux, songea-t-elle, tandis qu'elle s'habillait. Peut-être pourrait-elle en seller un et prendre la poudre d'escampette, avant que quiconque ne remarque son absence.

Elle n'avait jamais chevauché dans une neige aussi profonde, mais elle était prête à essayer.

Lily entra, chargée d'un plateau d'argent où étaient disposés un pichet de chocolat chaud et des pâtisseries. Elle le déposa sur une petite table ronde et s'affaira à raviver le feu.

Dès que la femme de chambre eut quitté la pièce, Alice dévora son petit déjeuner. Puis elle s'enroula dans sa cape et sortit précautionneusement de la chambre.

Ayant mémorisé le parcours qu'elle avait effectué la veille avec Amir, elle traversa le couloir puis la galerie et emprunta l'escalier.

Le hall était vide, et Alice fut soulagée qu'il n'y ait aucun signe, nulle part, de son tourmenteur.

4

Au grand soulagement d'Alice, la porte d'entrée n'était pas verrouillée et pivota sans un bruit sur ses gonds.

Dès qu'elle mit le pied dehors, sa botte s'enfonça dans la neige, mais elle constata que ce n'était pas trop profond pour chevaucher.

Le cœur battant à tout rompre, elle gagna l'arrière de la maison, où elle savait que se trouveraient les écuries.

Là, il y avait des signes d'activité. Quelqu'un avait pris soin de pelleter la neige pour en former des tas copieusement fournis.

Regardant autour d'elle, Alice découvrit Hicks et Taff assis côte à côte devant une série de box.

Ils observèrent d'un air inquiet sa progression vers eux.

Hicks se leva le premier et se dandina d'un pied sur l'autre.

— Eh bien, Hicks, demanda Alice d'un air hautain destiné à l'intimider. Qu'avez-vous de beau à dire aujourd'hui ?

— Que puis-je dire, mademoiselle ? Taff et moi avons commis une terrible erreur, et si vous souhaitez nous punir, nous le méritons.

— En effet. Vous le méritez grandement.

— Je ressens une très forte culpabilité. Si je pouvais vous ramener sur-le-champ à Londres, et vous confier aux bons soins de la comtesse de Marchington, je le ferais immédiatement.

Alice observa l'homme pendant un moment.

Ses ravisseurs étaient des hommes simples. En dépit de la rudesse avec laquelle ils l'avaient traitée, ils la regardaient avec respect. À l'évidence, ils se repentaient de ce qu'ils avaient fait.

Elle laissa échapper un lourd soupir.

— Très bien, Hicks. Vous le ferez dès que nous serons en mesure de voyager. En attendant, je vais marcher un peu.

Hicks ouvrit la bouche pour protester, mais il suffit qu'Alice le toise avec froideur pour qu'il se taise et retourne s'asseoir.

D'une démarche nonchalante, elle longea les box. Deux chevaux avaient sorti leur tête par la partie haute des portes à double ouvrant. Il n'y avait pas signe d'un palefrenier, ou de qui que ce soit d'autre.

Depuis la maison, Ewen avait regardé Mlle Frobisher remonter sa capuche sur la tête et disparaître hors de sa vue.

La colère et la frustration qu'il avait ressenties la nuit précédente en découvrant que le plan qu'il avait élaboré avait été gâché par ses domestiques avaient à présent disparu, effacées par une nuit de sommeil.

À la lumière crue du jour, il avait compris qu'il avait perdu à jamais Roberta.

Il attendit un moment que son invitée forcée réapparaisse.

Soudain, il se figea, fouillant avidement du regard le paysage enneigé. La jeune femme était passée derrière les écuries, ignorant qu'une mare se trouvait sur son passage. Gelée et couverte de neige, celle-ci ne serait pas visible.

Redoutant un accident, Ewen se précipita vers la porte.

Marchant d'un pas décidé, Alice poussa un cri d'horreur lorsqu'elle sentit quelque chose craquer sous ses pieds.

N'ayant pas compris suffisamment vite ce qui se passait, elle ne put réagir. La glace se brisa sous elle, et elle s'enfonça jusqu'à la taille dans l'eau glacée.

Le souffle coupé, redoutant de mourir gelée, elle attrapa une poignée de roseaux au bord de la mare, et tenta de se hisser à la surface.

Mais elle avait les pieds profondément enfoncés dans la vase et se trouvait dans l'incapacité de bouger.

Regardant désespérément autour d'elle, Alice comprit qu'elle ne pourrait pas lutter très longtemps contre l'engourdissement qui commençait à s'emparer d'elle.

Soudain, un homme apparut.

Alice distingua bientôt ses traits : il s'agissait de Lord Tremain. Hicks et Taff le suivaient de près.

S'arrêtant au bord de la mare, Lord Tremain la toisa d'un air moqueur.

— Eh bien, eh bien... Qu'avons-nous là ? Vous étiez en train d'essayer de vous enfuir, mademoiselle Frobisher ? Je vous ai vue disparaître derrière les écuries, et la puce m'est venue à l'oreille. Quelqu'un aurait dû vous prévenir à propos de la mare.

— C'est trop tard maintenant. Aussi, ne restez pas là à sourire comme un benêt. Aidez-moi à sortir.

Alice avait prononcé les derniers mots d'un ton suppliant, alors qu'elle craignait de s'évanouir à tout moment de froid.

Sans perdre une minute de plus, Lord Tremain tomba à genoux.

— Prenez ma main, dit-il. Vous serez bientôt tirée d'affaire.

Alice s'accrocha de toutes ses forces à la main tendue.

— Ne me lâchez pas, je vous en supplie, balbutia-t-elle, entre ses lèvres engourdies de froid.

— N'ayez pas peur. Je vous tiens.

Au prix d'efforts redoublés, Lord Tremain parvint à la hisser sur la berge.

Immensément soulagée mais incapable de contrôler les tremblements qui l'agitaient, Alice le laissa la soulever dans ses bras et la porter jusqu'à la maison.

Pénétrant en trombe dans le hall, Lord Tremain héla les domestiques, et donna des ordres pour que tout soit fait pour le confort d'Alice.

Le feu fut ainsi abondamment alimenté dans sa chambre, de l'eau chaude y fut montée pour un bain, et Lily lui apporta un verre de vin chaud.

La tête retournée par cette agitation, éperdue de soulagement et un peu désorientée, Alice tremblait tellement qu'elle ne parvint pas à porter le verre à ses lèvres.

Lord Tremain le lui prit des doigts et le tint pour elle. Elle ouvrit la bouche, tel un enfant obéissant.

— Vous vous sentirez mieux quand vous aurez pris un bain, affirma-t-il, d'une voix étonnamment douce, tout en repoussant délicatement les cheveux humides qui collaient à son visage. Au moins, vous êtes sauve à présent. Je ne pense pas que nous ayons besoin de faire venir un médecin.

Lorsqu'elle eut fini de boire le vin, il lui ôta sa cape trempée et frotta entre les siennes ses mains gelées, jusqu'à ce que leur couleur bleuâtre disparaisse.

Quand Lily revint, suivie par Hicks et Taff qui étaient chargés de seaux d'eau brûlante pour son bain, Alice chercha Lord Tremain des yeux et fut surprise de voir qu'il n'était plus là.

Il était parti sans un mot.

Son absence provoquait un manque, et il y avait en elle un désir de l'avoir de nouveau auprès d'elle.

Un peu plus tard, baignée et enveloppée dans une chaude robe de chambre, Alice se surprit à penser à son ravisseur.

En réalité, elle n'avait pas de sympathie pour cet homme qu'elle jugeait rude, sardonique et sans pitié.

Cependant, il avait montré de l'inquiétude et une sorte de tendresse quand il l'avait sortie de la mare gelée et ramenée dans la maison.

Une étrange sensation agitait Alice tandis que, à genoux par terre devant le feu, elle frottait ses cheveux humides dans un linge.

Elle se rappelait ce qu'elle avait éprouvé quand il l'avait tenue contre lui, combien elle se sentait en sécurité dans ses bras. En dépit de son état de faiblesse, elle avait été submergée par sa proximité, par son odeur envoûtante, mélange de savon, de linge propre, et de senteurs masculines.

Elle avait l'impression qu'il faisait partie d'elle, tant il était proche, et elle avait eu le plus grand mal à rester tranquille alors que leurs corps se touchaient ainsi.

Tous les endroits qui avaient été en contact avec Lord Tremain la brûlaient encore, comme si elle avait été marquée au fer rouge par la chaleur de son corps.

À dire vrai, elle n'avait jamais rencontré d'homme aussi séduisant que lui, et elle imaginait sans peine qu'il devait faire tourner la tête de toutes les femmes.

Voyant où son esprit l'entraînait, Alice s'obligea à se ressaisir.

Comment pouvait-elle penser à son ravisseur de cette façon ?

Après toutes les indignités qu'il lui avait infligées, il n'était pas question qu'elle adoucisse son attitude envers lui.

Faisant dériver ses pensées vers la veille, Alice se remémora délibérément les abus envers sa personne, jusqu'à ce qu'elle sente monter en elle la fièvre de la colère et du ressentiment.

La meilleure façon pour elle de survivre à cette situation, c'était de conserver son aversion initiale pour cet homme.

Se frottant à nouveau les cheveux, Alice se figea en entendant un léger bruit derrière elle.

Tournant la tête vers la porte, elle vit que Lord Tremain se tenait sur le seuil, la chemise ouverte jusqu'à la taille, un bras négligemment en appui contre le chambranle.

Comme elle le toisait d'un air accusateur, il haussa les épaules.

— La porte était ouverte. Je suis venu voir si vous vous sentiez mieux après votre bain.

— Oui, beaucoup mieux. Cela dit, si je ne m'étais pas trouvée ici, je ne serais pas tombée dans la mare.

— Vous aviez l'intention de vous enfuir ?

— Oui. Je voulais prendre un cheval. J'ignorais qu'il y avait une mare. Elle était invisible sous la neige.

— Quel manque de chance ! s'écria Lord Tremain d'un ton moqueur.

Alice lui opposa une mimique agacée, ressentant malgré elle l'effet que lui faisait la virile assurance de l'attitude de son interlocuteur.

— Je me doute que vous avez dû trouver cet incident du plus haut comique. Mais, si vous ne m'aviez pas secourue à temps, je serais morte de froid, et vous auriez été accusé de meurtre.

Haussant les épaules et ricanant, Lord Tremain s'avança vers elle.

— Mais vous n'êtes pas morte. À part le fait de vous avoir enlevée, je n'ai rien fait de mal. Pour ce que cela vaut, je suis sincèrement désolé. Je ne vous ai pas traitée convenablement et je vous présente mes excuses.

Alice fut tellement surprise par la douceur de son intonation, qu'elle ne trouva rien à répondre.

Après un long silence, Lord Tremain s'impatienta.

— Eh bien, je vous ai présenté mes excuses. Vous pourriez avoir la bonne grâce de les accepter.

Voilà qui lui ressemblait davantage, songea Alice. Elle se sentait plus à l'aise, car en terrain connu, quand il parlait comme cela.

— Bien sûr.

Il y eut à nouveau un silence qui dura presque une minute.

Ewen en profita pour observer la jeune femme à la dérobée, fasciné par ses longs cils soyeux, de la même teinte que ses cheveux, et qui ombraient ses joues, par la courbe délicate de ses lèvres qui, même quand elle ne souriait pas, se retroussaient à chaque coin.

Tandis qu'elle se penchait vers le feu, sa robe de chambre s'entrebâilla, lui offrant une brève et troublante vue sur sa peau crémeuse.

Ewen en ressentit aussitôt les effets dans son corps, tandis que la course du sang dans ses veines s'accélérait.

Soudain, Mlle Frobisher se redressa et vit qu'il la fixait.

Ses joues s'empourprèrent.

— J'apprécierais que vous ne me regardiez pas ainsi. Qu'avez-vous en tête ? Vous cherchez une remplaçante à Roberta ? Vous avez l'intention de m'ajouter à la liste de vos conquêtes ?

Ewen fut piqué au vif.

— Je n'ai jamais envisagé de remplacer Roberta. Quant à vous conquérir… Vous vous trompez à mon sujet, mademoiselle Frobisher. Je n'ai nul désir de vous conquérir. Ce qui vous est arrivé est très malencontreux, mais j'aimerais que nous fassions la paix.

Alice fut surprise par la gentillesse inhabituelle qu'exprimait la voix de Lord Tremain. Un sourcil levé, le coin des lèvres moqueusement retroussé, jamais il ne lui avait semblé aussi provocateur.

Une sensation de malaise la traversa, inexplicable mais tangible, tandis qu'elle détaillait les traits fiers de son interlocuteur.

On aurait dit qu'il avait cessé de penser à elle comme à un embarras et qu'il lui demandait de faire la même chose.

Mais elle ne savait pas comment réagir.

Alors qu'elle observait le troublant regard gris de Lord Tremain, une sorte d'instinct prévint Alice que sa proposition de faire la paix pouvait le rendre plus dangereux que lorsqu'elle le considérait comme un ennemi.

Cependant, son esprit rejeta cette hypothèse, car elle n'avait aucun sens.

Elle était soudain encline à coopérer. Peut-être même pourrait-elle bénéficier d'une sorte d'amitié de surface.

Pour commencer, elle était épuisée et ne se sentait pas en état de se disputer avec Lord Tremain. En revanche, le souvenir de la façon dont il l'avait tenue contre lui quand il l'avait sortie de l'eau et ramenée dans la maison n'avait rien à voir avec sa capitulation.

Absolument rien ! se dit-elle avec fermeté.

— Serait-ce si difficile que cela ? demanda-t-il d'un ton insistant, son regard ne quittant pas Alice tandis qu'il s'accroupissait à côté d'elle.

Un mélange de fierté et de désespoir faisait rage en elle, et sa conscience était mise à mal.

Elle se força à se rappeler la façon dont elle avait été malmenée, jusqu'à ce que son ressentiment se réveille.

Une petite voix au fond de son esprit la prévint à nouveau de faire preuve de prudence.

D'un côté, elle avait envie d'accepter ce qu'il lui disait, de l'autre elle résistait toujours, essayant de ne pas laisser ses émotions prendre le pas sur son intellect.

— Ce que vous me demandez, c'est que je remercie mon ravisseur pour sa clémence. Que je prétende que tout est oublié et que nous sommes amis ?

— Nous n'avons pas à aller aussi loin. Si vous ne croyez pas ce que je dis, pouvez-vous au moins faire semblant, et accepter une trêve pour le temps que nous avons à passer ensemble ? Êtes-vous trop effrayée pour essayer ?

L'esprit d'Alice se mit à fonctionner à vive allure, tandis qu'elle évaluait ce défi.

Réprimant l'envie inexplicable d'acquiescer, elle émit d'un ton prudent :

— Je ne suis pas disposée à vous pardonner aussi facilement. Quel genre de trêve avez-vous en tête ? De quelle façon voulez-vous que je coopère ?

S'asseyant sur le tapis face à elle, un bras négligemment posé sur un de ses genoux relevés, Lord Tremain inclina la tête de côté.

Il y avait dans ses yeux une lueur diabolique, et un sourire du même ordre jouait sur ses lèvres.

— Répondez-moi sans vous énerver, le pressa Alice. Vous avez un caractère impossible, vous savez.

— Ma mère répétait toujours que mon caractère et mon insouciance étaient mes pires ennemis. Mais discuter à bâtons rompus avec une belle et intelligente jeune femme est un plaisir oublié pour moi. Tout comme les mondanités, aller au théâtre, la musique, la danse, parler du temps qu'il fait...

Il laissa passer un silence avant de reprendre.

— Si vous ne voulez vraiment pas faire la paix, je peux vous proposer de rester à l'écart, jusqu'à ce que je puisse vous raccompagner à Londres. En attendant, je veillerai à ce que tout soit à votre convenance.

Alice hésita, quelque peu surprise que Lord Tremain fasse référence à elle comme à une femme belle et intelligente. Puis elle décida que cela ne signifiait rien de spécial pour lui, qu'il avait dit cela uniquement pour la flatter.

Si elle devait rester à Mercotte Hall jusqu'à ce qu'il n'y ait plus aucun danger à circuler sur les routes, alors il serait plus agréable d'éviter les tensions et les prises de bec.

Ce qu'il demandait était sans danger, n'est-ce pas ?

— Eh bien, c'est d'accord, décida-t-elle soudain. Je vais essayer. Mais je ne peux rien vous promettre.

— Ai-je bien entendu ? demanda Lord Tremain, qui semblait trouver difficile à croire qu'elle ait accepté aussi aisément.

Plaçant un doigt sous le menton d'Alice, il tourna son visage vers lui et l'observa attentivement, avec toujours cette lueur moqueuse dans le regard.

— Êtes-vous sûre que vous n'êtes pas malade ? Que le temps passé dans l'eau n'a pas affecté vos facultés mentales ? Et que je ne dois pas appeler un médecin pour vérifier votre état ?

Repoussant mollement sa main, Alice fixa les flammes qui s'élevaient dans l'âtre.

— Mes facultés ne sont pas atteintes. Je vais parfaitement bien. Je ne réclame pas le traitement de faveur que vous aviez réservé à Roberta. Je n'exige rien de vous, sauf que vous me rameniez chez moi. En attendant, nous allons essayer de vivre en bonne entente. Même si je sais que vous préféreriez avoir la compagnie de Roberta au lieu de la mienne, nous ne pouvons ni l'un ni l'autre remédier à l'erreur qui a été commise.

Elle regarda une bûche qui achevait de se consumer dans une gerbe d'étincelles rougeoyantes.

La chaleur du feu qui lui caressait les joues la ragaillardit, et elle sentit un confort et une sécurité qu'elle n'avait pas connus depuis longtemps.

Subrepticement, elle observa Lord Tremain, tandis qu'il étirait ses longs doigts vers les flammes.

Les fines cicatrices qu'elle avait remarquées précédemment prenaient un éclat nacré dans la lumière.

Alice comprit qu'elle en connaissait bien peu à propos de cet homme et de ce qu'il avait dû subir, et un frisson courut le long de sa colonne vertébrale.

Quelque peu soulagé par ce qu'il interprétait comme une acceptation de la part de Mlle Frobisher de sa proposition de trêve, Ewen était réticent à mettre un terme à ce moment d'intimité.

Assis dans un fauteuil, il étira ses longues jambes devant lui, croisa les bras sur son torse et la regarda, un sourcil levé en signe d'intérêt.

— Dites-moi une chose, commença-t-il, tandis qu'elle s'asseyait sur le tapis et enroulait ses jambes sous elle. Qui deviez-vous rencontrer dans le parc, hier ? S'il ne s'agissait pas d'un galant, alors le rendez-vous devait avoir une forte signification pour que vous vous aventuriez sous une tempête de neige.

La question parut décontenancer la jeune femme.

Comme si elle cherchait à gagner du temps pour savoir comment formuler sa réponse, elle remonta les jambes contre sa poitrine et les entoura de ses bras.

Ewen la trouva incroyablement désirable, drapée dans sa robe de chambre de velours bleu nuit. Il vit aussi que la jeune beauté n'était pas habile à dissimuler ses sentiments et il soupçonna que des larmes lui brûlaient les paupières.

L'expression de Mlle Frobisher était tragique et laissait imaginer un terrible chagrin.

— Dites-moi, insista-t-il gentiment.

Prenant une profonde inspiration, la jeune femme continua à regarder droit devant elle.

— Ce rendez-vous était de la plus extrême importance, répondit-elle à mi-voix. À cause de ce que vous avez fait, je ne saurai peut-être jamais ce qui est arrivé à mon père.

— Votre père ?

Elle hocha la tête.

— Je devais rencontrer un homme qui affirmait pouvoir me donner des renseignements sur ce qu'il est devenu.

— Pourquoi cela ? Il a disparu ?

— Il y a encore trois jours de cela, je croyais qu'il était mort.

— Et maintenant ? Qu'est-ce qui a changé pour vous laisser croire qu'il ne l'est pas ?

Mlle Frobisher tourna la tête et le regarda droit dans les yeux, l'expression tendue.

— Mon père devait être pendu. Il s'est battu à Culloden contre le roi George. Il a été capturé et envoyé à Londres avec d'autres prisonniers. Lorsqu'on est venu le chercher pour l'exécuter, il s'est jeté dans la Tamise.

— Il s'est échappé ?

— Je ne sais pas. Son corps n'a jamais été retrouvé. On a donc présumé qu'il était mort. Ma famille l'a cru en tout cas et a pleuré son décès. Et puis, il y a quelques jours, j'ai reçu une lettre d'un homme me disant qu'il l'avait vu. Il se trouvait sur le même bateau de prisonniers que mon père, mais il a eu la chance d'être gracié.

— Et vous croyez que cet homme a dit la vérité ? Avez-vous confiance en lui ?

— Je ne sais pas... Mais que puis-je faire ? Si ce qu'il dit est vrai, et si mon père est en vie quelque part, alors il faut que je le trouve. Pouvez-vous imaginer ce que c'est pour moi, Lord Tremain, de savoir qu'il est peut-être vivant ? S'il l'est, je ne sais pas où chercher. Et, à cause de vous, je ne le saurai peut-être jamais.

Ewen en fut contrit.

— Je suis désolé. Cependant, il y a quelque chose que je trouve étrange. Si votre père s'est échappé, pourquoi n'a-t-il jamais cherché à contacter sa famille ?

— Je ne le sais pas non plus. En fait, je ne sais absolument rien.

— Donc, il s'est battu à Culloden, a été capturé, et fait prisonnier... Vous êtes jeune. Quel âge avez-vous ? Dix-huit ans ?

— Vous me flattez. J'en ai vingt.

— Vous ne pouvez pas l'avoir connu.

— Non. Je suis née quelques mois avant la défaite de Culloden. Je ne me souviens pas de lui. Deux de mes frères ont été tués durant cette bataille. Ma mère a quitté l'Écosse et nous a emmenés, mon frère William et moi, en France. Après notre départ, notre maison a été pillée et brûlée par les Anglais.

Ewen plissa le front, songeur.

Une pensée le traversa soudain.

— Vous vous appelez Frobisher. Le nom de votre père est-il Iain of Rosslea ?

— Oui, en effet.

— Alors, nos familles étaient voisines. Votre père s'est battu à Culloden avec mon frère Simon.

Son interlocutrice écarquilla les yeux de surprise.

— La coïncidence est surprenante.

— Je crois pouvoir apporter un éclairage sur la raison pour laquelle votre père ne vous a pas cherchés en France.

— Oh ?

— Tout le monde pensait que votre mère, votre frère et vous aviez péri dans l'incendie de votre domaine.

— Je comprends... Cela expliquerait pourquoi il n'a pas entamé de recherches. Votre frère a-t-il survécu ?

— Fort heureusement, oui. Il a été blessé, mais il a eu beaucoup plus de chance que d'autres. Fugitif devant la loi, il a lui aussi cherché refuge en France. Il avait eu la prudence de transférer les titres de propriétés à notre frère Edward quelques mois avant que le prince Charles n'aille en Écosse réclamer le trône de son père. À l'époque, cela avait causé de la confusion à la cour d'Angleterre, mais ils ont fini par reconnaître que c'était légal.

Ewen s'interrompit, le temps de reprendre son souffle.

— Mon oncle John, à qui appartient Mercotte Hal, qui n'est pas d'obédience jacobite et dont la loyauté à l'égard du roi George était totale, avait été chargé d'administrer le domaine en Écosse, jusqu'à ce qu'Edward soit en âge de prendre la relève.

— Où se trouve aujourd'hui votre frère Simon ?

— Il s'est installé à Bordeaux, avec sa femme, Henrietta.

Un sourire étira ses lèvres.

— Il passe son temps à cultiver du raisin. Ils ont deux fils et une fille. Leur fils aîné, prénommé Edward en hommage à notre frère, héritera de Mercotte Hall au décès de mon oncle.

— Votre oncle ne s'est jamais marié ?

— Sa femme est morte peu après leur mariage. Il n'a jamais voulu se remarier. Au moment de la bataille de Culloden, Henrietta vivait dans un cottage aux environs d'Inverness, avec son oncle Matthew Brody. Ce dernier, en épousant ma mère, est devenu mon beau-père. Ils ont offert l'asile à Simon, après la défaite.

Il changea de sujet.

— Mais cet homme qui dit avoir des informations au sujet de votre père, pourquoi n'a-t-il pas pris contact avec votre frère ? Pourquoi vous ? Et pourquoi ne vous a-t-il pas donné l'information lors de votre première rencontre ?

— Il demandait de l'argent en échange, et je n'en avais pas sur moi. Mais je lui ai dit que je m'arrangerais pour rassembler la somme, et que je le retrouverais à nouveau au parc.

Ewen devina la vérité derrière les paroles, et reconnut la malice sans cœur de l'homme.

— Il s'agit donc d'un vilain. Comment s'appelle-t-il ?

— Duncan Forbes. Il a découvert que je me trouvais à Londres, et c'est pour cela qu'il est venu vers moi.

Ewen vit qu'elle était proche des larmes.

— Cela a dû être un choc pour vous d'apprendre que votre père était en vie.

— Oui.

La voix de la jeune femme devint murmure.

— Je ne peux penser à rien d'autre. Si M. Forbes dit la vérité, si mon père est réellement en vie, je dois absolument le retrouver.

— Naturellement. Je le comprends bien. Je vois aussi que vous êtes une femme de caractère.

— J'ai un cerveau pour penser par moi-même, si c'est ce que vous voulez dire. Et avec des principes élevés.

— Je pense que vous ne vous faites pas justice, et que vous êtes une jeune femme d'une très haute moralité.

Mlle Frobisher soupira.

— J'ai mes idées, mais j'essaie de ne pas négliger les conventions. Cependant, c'est un monde difficile pour les femmes... Pour quiconque n'a pas un endroit sûr dans la vie.

Alice resta silencieuse, observant le feu et songeant à son passé, à ses propres insécurités.

— Que se passe-t-il ? demanda Lord Tremain.

Alice sursauta et tourna la tête vers lui.

— Je suis désolée. J'étais à des miles d'ici. Une autre époque... Une autre vie...

Elle lui adressa un sourire timide.

— Je vais bien. Simplement, il arrive que des souvenirs indésirables remontent à la surface.

Elle balaya cette remarque d'un geste de la main.

— C'est sans importance.

À son grand soulagement, Lord Tremain ne chercha pas à en savoir davantage.

— Avez-vous des ambitions, mademoiselle Frobisher ?

— Mes ambitions ne sont guère différentes de celles des autres femmes. Je suppose que je finirai par me marier. Je prendrai soin de ma famille, et j'aiderai mon mari à développer et faire prospérer sa propriété.

— Rien de plus que cela ?

— Je ne pense pas qu'il y ait autre chose.

Ewen observa attentivement son invitée, tandis qu'elle se perdait un instant dans la contemplation des braises.

Il avait commencé à penser à elle comme à une nuisance et il se retrouvait à écouter ses secrets de famille. Il découvrait son côté vulnérable et il trouvait cela charmant.

Seulement, elle avait une façon de bouleverser ses plans qu'il trouvait inquiétante.

Le plus préoccupant était qu'il commençait à l'apprécier.

En fait, depuis leur première rencontre, il n'avait cessé d'être surpris et fasciné par ce troublant mélange d'innocence et d'assurance qu'il avait découvert chez cette jeune femme.

Chaque trait de son caractère était magnifiquement intrigant, et il n'avait jamais été plus conscient qu'en cet instant de la grandissante attirance qu'elle lui inspirait.

Alice ne quittait pas Lord Tremain des yeux.

Pendant un moment, elle avait oublié les tensions accumulées durant les dernières vingt-quatre heures. Elle avait aussi réalisé qu'il y avait quelque chose de hautement comique à être tombée dans une mare, puis à se trouver assise à même le sol avec un homme inconnu, sans porter d'autre vêtement qu'une robe de chambre.

Soudain, elle était curieuse de savoir des dizaines de choses à son sujet.

Quel genre d'homme était Ewen Tremain ?

Une lumière s'alluma brièvement dans les yeux de son hôte puis disparut. Alice l'observa d'un œil spéculatif, consciente que cette apparence moqueuse cachait une tout autre personnalité.

Il y avait en lui une puissance retenue qui était à la fois impressionnante et irritante.

— À quoi pensez-vous ? demanda-t-il. Vous me regardez comme si vous vous demandiez…

Elle l'interrompit.

— J'éprouve de la curiosité à votre égard. Avez-vous réellement été réduit en esclavage en Afrique du Nord ?

Le visage de Lord Tremain s'assombrit.

— Oui, j'ai été un esclave.

Sa voix se durcit.

— Mais j'ai juré de reléguer cela au passé.

Alice le regarda avec compassion.

Sous cette façade de froideur se cachait quelque chose de sombre et de sauvage.

Quelque chose s'éveilla en elle, d'insolite et de totalement étranger à sa nature : un désir qu'elle n'avait jamais ressenti pour Philippe. Ses sentiments d'alors étaient négligeables au regard de ceux que cet homme lui inspirait.

Leurs regards se croisèrent et restèrent un long moment prisonniers l'un de l'autre.

— Je suis désolée, dit enfin Alice. Je n'aurais pas dû poser la question.

Une émotion inattendue faisait trembler sa voix.

Elle le regarda.

Il se tenait de côté, et elle ne pouvait voir que son profil de statue.

— Je vous en prie, ajouta-t-elle. Oubliez que j'en ai parlé.

Il tourna la tête et la regarda.

— Mais vous l'avez fait.

Alice baissa les yeux.

— Regardez-moi.

Elle obéit, et des larmes montèrent au ras de ses cils.

— Vous êtes bouleversée. Que se passe-t-il ?

— Je ne sais pas. Je ne peux pas vraiment expliquer.

— C'est probablement mieux que vous ne le fassiez pas. Mais je peux imaginer votre perplexité, les questions qui doivent vous tarauder.

— Cela ne me regarde pas.

Ewen ne répondit pas tout de suite. Il resta assis un moment, la tête penchée, méditant.

Il hésitait, songeant à refuser cette soudaine et surprenante curiosité.

Puis il céda.

Mais il ne pouvait pas tout lui dire. En particulier concernant Etta.

Il se redressa, fort de la décision qu'il venait de prendre.

— C'est une histoire ancienne et plutôt triste, commença-t-il. Il y a dix ans, j'étais un jeune lieutenant de la *British Navy*.

— J'en suis surprise, étant donné que vous êtes un descendant d'Écossais et que votre frère a combattu contre le roi à Culloden. Sans compter que vous avez passé une grande partie de votre jeunesse en France.

— Je suis malgré tout britannique, et la marine britannique est la plus puissante du monde. Étant le plus jeune des trois fils, et m'étant établi à Mercotte Hall après avoir terminé mes études, j'ai pu choisir ce que je voulais faire.

— Et ce fut donc la marine ?

— L'appel de la mer battait dans mes veines. Et comme j'ai toujours pensé qu'un homme devait choisir son propre chemin vers la gloire, j'ai rejoint la marine. À l'époque j'étais un jeune homme exalté et je ne pensais qu'à cela.

— Que s'est-il passé ? Comme avez-vous été capturé ?

— Après avoir été engagé dans des opérations au large de la côte ouest de l'Afrique, mon navire rentrait en Angleterre quand nous avons été attaqués par des Barbares.

Il chercha le regard de la jeune femme.

— Vous avez entendu parler d'eux, probablement ?

— Oui, j'en ai eu connaissance. Au moins pour ce que William m'en a dit. Je crois qu'ils opèrent sans ordres, attaquant les bateaux au hasard, et vendant les membres d'équipage et les passagers comme esclaves. C'est ce qui vous est arrivé ?

Ewen hocha la tête.

— Nous étions trop affaiblis pour opposer une quelconque résistance. Nous avons été capturés et emmenés enchaînés au marché de Marrakech.

Sa voix vacilla, et il marqua une courte pause.

— Pendant huit ans, j'ai rêvé de ma famille, de ma maison, et de la liberté. Je n'offenserai pas vos oreilles en entrant dans les détails de ma captivité. Je puis seulement vous dire que ce fut épouvantable. Parmi les membres d'équipage qui avaient survécu à l'attaque, certains furent envoyés dans les mines. Les moins chanceux se retrouvèrent aux galères.

— Et vous ?

— Au début, j'ai eu de la chance. J'ai retenu l'attention d'un pacha et j'ai été choisi pour être son esclave personnel. Puis ma situation a changé.

Tandis que des souvenirs brutaux l'assaillaient, Ewen sentit son visage se crisper, et sa voix prit une intonation métallique.

— Il s'est passé quelque chose. J'ai été condamné aux galères à perpétuité. Nous étions six par rame, enchaînés ensemble par les chevilles. Il n'y avait pratiquement aucun espoir de s'échapper ou de survivre.

— Mais vous y êtes parvenu.

— La galère a été prise dans une tempête au large de l'Espagne. Le capitaine a fait preuve d'une rare humanité en ordonnant aux sous-officiers d'ôter nos chaînes. Après, ce fut chacun pour soi. Il n'y eut que deux survivants.

Silencieuse, les yeux écarquillés d'horreur, Alice dévisagea Lord Tremain comme si elle le voyait pour la première fois. Il n'y avait plus aucune forme de colère en elle, seulement une immense tristesse et de la pitié.

Elle fut la première à rompre le silence, parlant d'une voix mesurée et teintée de respect malgré elle.

— Le souvenir de cette époque doit grandement vous peiner, murmura-t-elle.

— En effet.

— Amir... Votre serviteur. Il était avec vous ?

— Amir n'est pas mon serviteur. Il est avec moi par choix et y restera tant que cela lui conviendra. Il est né en captivité. Il n'a nulle part où aller. Nous avons été enchaînés à la même rame, côte à côte, pendant douze mois. Nous sommes devenus très proches. Comme des frères.

— Quel âge a-t-il ?

— Je ne peux le dire. Vingt-trois ans, peut-être. Il ne connaît pas sa date de naissance.

— Vous êtes sauf, à présent. Mais vous avez dû éprouver une telle haine...

— La haine permet à un homme de rester en vie. Cela le rend fort.

— Avez-vous eu peur ?

— Tout le temps. Tous les jours. Toutes les nuits. C'est ainsi que l'on survit. La peur vous tient en alerte, sur vos gardes.

En un instant, l'humeur de Lord Tremain changea. Posant la main sur celle d'Alice, il lui sourit.

— Cela apaise-t-il votre curiosité, mademoiselle Frobisher ?

— Oui, répondit-elle, en déplaçant sa main afin de rompre le contact. Merci de m'en avoir parlé, Lord Tremain. J'imagine que ce doit être très difficile pour vous de le faire.

— La vérité n'est jamais facile, et je m'appelle Ewen. S'il doit régner entre nous une forme d'harmonie, alors je voudrais que nos relations ne soient pas trop formelles.

— Vous avez raison, et je vous autorise à m'appeler Alice.

Tenant les pans de sa robe de chambre étroitement croisés, afin de ne pas exposer sa nudité, Alice se leva.

— Voulez-vous dîner avec moi ? proposa Ewen Tremain après s'être levé à son tour. Cela me ferait très plaisir.

Alice eut une petite moue hésitante.

— Il faudrait que je m'habille.

— Eh bien, faites-le. Mais dînez avec moi. Le voulez-vous ?

Elle hésita encore quelques instants, avant de hocher silencieusement la tête.

Ewen l'en remercia par un sourire.

— Faisant abstraction de votre souhait d'enfiler une tenue plus appropriée, j'approuve résolument votre apparence.

Brusquement, sans lui laisser le temps de répondre, il se tourna et se dirigea vers la porte.

Puis, jetant un coup d'œil par-dessus son épaule, il ajouta :

— Reposez-vous avant le dîner. Vous souffrez de votre chute dans la mare et de votre rendez-vous manqué avec Forbes. Mais demain, après une bonne nuit de sommeil, tout aura l'air différent.

— Vous ne pouvez pas dire cela. Pour moi, rien n'aura changé.

— Je sais, mais nous discuterons ensemble de ce qu'il convient de faire.

Alice lui adressa un regard empli d'espoir.

— Vous allez m'aider ?

Ewen rit doucement.

— Comment pourrait-il en être autrement ? C'est bien le moins que je puisse faire. C'est à cause de moi que vous n'avez pu rencontrer Forbes. Et maintenant, reposez-vous. J'ai hâte de vous retrouver au dîner.

Une fois la porte de la chambre refermée derrière lui, Ewen fut pris entre tourment et compréhension quant à ce qu'il avait lu sur le visage d'Alice, lorsque cette dernière avait évoqué sa rencontre manquée avec Duncan Forbes.

Elle semblait si tourmentée, si anxieuse à l'idée de savoir comment retrouver un père qu'elle avait cru mort.

La culpabilité qu'Ewen ressentait était immense. Pour plusieurs raisons, il aurait préféré être seul à la maison, mais il ne pouvait pas tenir Alice à l'écart et faire comme si elle n'était pas là.

Toutefois, après cette heure passée en sa compagnie, c'était exactement ce qu'il avait envie de faire. Parce qu'elle l'avait obligé à parler de choses qu'il avait soigneusement verrouillées au fond de son esprit.

Quand il était arrivé en Espagne, après des années d'esclavage, il avait juré de ne plus jamais regarder en arrière, de ne pas se demander ce que sa vie aurait pu être s'il n'avait pas été capturé.

Et pourtant, ce jour-là, à l'âge de trente ans, alors qu'il était profondément marqué par les choses qu'il avait faites et vues, il suffisait à Ewen de penser à Alice Frobisher pour céder à la tentation de s'interroger.

Si une jeune femme comme elle s'était trouvée sur sa route quand il était plus jeune, aurait-elle été capable de le sauver de lui-même, d'adoucir son cœur ? Avec une femme comme elle dans son lit, aurait-il expérimenté de la même façon les profonds sentiments qu'il avait eus pour Etta, avant qu'elle ne le trahisse ? Aurait-il trouvé quelque chose de plus durable que le simple plaisir charnel qu'il avait éprouvé entre les bras de toutes les femmes qu'il avait connues depuis et dont le visage s'était déjà effacé de son esprit ?

Bien qu'il soit seulement âgé de dix ans de plus qu'Alice, il avait des siècles d'expérience par rapport à elle. Sans compter qu'une grande partie de cette expérience n'engendrerait chez elle ni admiration, ni approbation. Et c'était déjà vrai avant même qu'il ne soit capturé par les Barbares.

Face à la jeunesse et à l'innocence d'Alice, Ewen se sentait terriblement âgé.

Vêtue d'une robe de soie violette, Alice entra dans la salle à manger comme une chaude brise d'été se faufilant par une porte ouverte.

Ewen s'approcha d'elle, un verre de vin dans chaque main.

— Vous êtes absolument ravissante, ce soir, Alice. Prenez ceci, ajouta-t-il en lui offrant un verre. Je serais enclin à dire que vous avez grand besoin d'une libation.

— Oui, dit Alice avec un vaillant sourire. Ces deux dernières journées ont été riches en péripéties.

— Cela vous fera des souvenirs auxquels repenser plus tard.

— Je ne crois pas, non, répondit-elle, avant de boire une gorgée de vin. Plus vite je retournerai à la civilisation et mettrai tout cela derrière moi, mieux je me porterai.

Il rit.

— Qui sait ce qui ressortira de notre association ? Je pourrais décider de mettre de côté mes sentiments pour Roberta, et autoriser cette dernière à épouser son vicomte. Peut-être cela me ferait-il remonter dans votre estime.

Alice ouvrit de grands yeux.

— Pourquoi feriez-vous une telle chose ? Ce que je pense de vous ne devrait pas entrer en ligne de compte.

— Étant donné que je vous ai causé un immense choc, je suis responsable de vos tourments actuels. J'aimerais donc vous être agréable. Si vous me le permettez, j'aimerais aussi passer du temps en votre compagnie. Mais, rassurez-vous, vous serez débarrassé de moi quand la neige aura fondu.

— Je ne serais pas aussi présomptueux, si j'étais vous. Ne croyez pas un instant que je vais vous permettre de me jeter sur le seuil de Lady Marchington, tel un vulgaire colis, et de disparaître sans autre forme de procès. Vous comprenez bien qu'il va vous falloir fournir quelques explications au sujet de mon enlèvement, n'est-ce pas ?

La jeune femme fit une petite moue, comme si elle était découragée.

— Lady Marchington n'aura aucune indulgence vis-à-vis de moi non plus. Je serai sévèrement réprimandée pour avoir accepté la requête de Roberta.

Ewen la conduisit à table, l'aida à prendre place, et s'assit en face d'elle.

— Je me doute qu'elle ne fera guère preuve de clémence. Cela dit, je n'ai pas l'intention de vous déposer sur son seuil. Je suis pleinement préparé à affronter la comtesse. Je n'ai pas peur d'elle.

— Je vous crois. Mais à propos qu'allez-vous faire au sujet de Roberta ?

— Si elle souhaite vraiment épouser Pemberton, alors je lui donnerai ma bénédiction.

— Elle en sera soulagée. Vous ne pouvez imaginer à quel point elle était inquiète. Pourquoi l'avez-vous laissée seule aussi longtemps ? Pensiez-vous vraiment qu'elle vous attendrait ? Même si Lady Marchington n'avait pas détourné les lettres que vous avez écrites à Roberta, ne vous est-il pas venu à l'idée qu'elle pourrait être frustrée et se sentir rejetée ?

Ewen baissa les yeux vers son verre qu'il manipulait machinalement entre ses doigts.

— En fait, mon frère est mort.

5

Alice resta bouche bée.

Elle ne s'attendait pas à ce qu'Ewen lui fasse une telle révélation.

— Oh ! je vois. Je suis désolée.

— Edward vivait en Écosse. À cette époque, ma famille était ma seule inquiétude. Ma mère, qui souffre de problèmes de santé, avait fait le voyage depuis la France avec son mari, mon beau-père. Elle a été bouleversée par la mort d'Edward. Il était malade depuis longtemps, et nous nous y attendions. Néanmoins, ce fut un choc pour tout le monde. Edward n'était pas marié. C'est donc moi qui ai hérité du domaine.

— En Écosse ?

Ewen hocha la tête.

— Barradine.

— Mais... Vous avez un frère aîné. Ne devrait-il pas...

— Simon a été dépossédé de ses droits au titre et au domaine quand il a pris les armes contre le roi. En outre, il est parfaitement heureux avec sa famille à Bordeaux. Il ne retournera jamais en Écosse.

— Si seulement Roberta avait reçu vos lettres ! Si elle avait su, elle aurait...

— Quoi ? Elle m'aurait attendu ?

Ewen secoua la tête, avec un petit rire.

— J'ai honte de la façon dont j'ai agi. Même si j'ai écrit, je n'aurais pas dû rester absent aussi longtemps.

— Lui parlerez-vous des lettres ?

Il secoua à nouveau la tête.

— Si la comtesse a la moindre décence, elle en parlera elle-même. Pour ma part, je préfère ne rien dire.

— Il n'a pas été facile pour Roberta de garder foi en vous. Au début, elle a refusé de croire que vous n'étiez pas honorable et vous a défendu loyalement. Elle a attendu patiemment que vous reveniez. Puis elle a commencé à douter. Et finalement, elle a rencontré Hugh Pemberton.

— J'avoue que ma fierté a été meurtrie quand j'ai appris pour Pemberton. Mais c'est peut-être mieux ainsi, finalement. Vous me dites que Roberta aime le vicomte. Il a de la chance. Nous n'avons jamais été aussi proches, elle et moi.

Alice sentit un léger sourire éclore sur ses lèvres.

— Ne parlez pas ainsi. Si vous n'y prenez garde, je pourrais commencer à être désolée pour vous.

— Croyez-moi, Alice, ce n'est pas le genre de sentiment que j'ai envie de vous inspirer.

— Et... Que voulez-vous m'inspirer ?

— Je vous le ferai savoir quand je l'aurai décidé.

Alice éclata de rire.

— Cela semble bien autoritaire.

Le regard d'Ewen pétilla de malice.

— C'était mon intention.

Le dîner fut particulièrement succulent. Mme Mullen s'était surpassée. Lorsqu'ils eurent terminé, Alice et Ewen s'installèrent au salon, devant la cheminée. Ewen souleva le couvercle d'un coffret en marqueterie empli de pralines et le présenta à Alice.

— Je ne devrais pas, murmura-t-elle. Mais elles ont l'air délicieuses. Je suis incapable de résister.

Quelques instants plus tard, elle reprit :

— Dites-moi comment c'était en mer.

— C'est loin d'être aussi passionnant qu'on pourrait le penser. Les heures étaient longues, le travail ardu...

À son tour, il croqua une confiserie.

— Et vous, Alice, pourquoi avez-vous quitté la France pour

venir à Londres ? Et ne me dites pas que Paris était ennuyeux, car je ne vous croirais pas.

Un silence passa. Le bruit du vent qui avait gagné en puissance à l'extérieur résonna de façon lugubre.

— Je ne me suis pas ennuyée le moins du monde à Paris, répondit finalement Alice. En fait, ma vie là-bas me manque... mon frère, mes amis.

— Dans ce cas, pourquoi êtes-vous partie ?

Alice se leva brusquement, et Ewen la regarda se diriger vers une table où était disposé un jeu d'échecs.

— J'ai vécu une grande partie de ma vie en France. Mon éducation s'est faite à la fois en anglais et en français... Un jour, je me suis fiancée...

Ewen fut surpris de l'apprendre.

— Vraiment ? Que s'est-il passé ?

— Nous... Il n'y avait pas d'entente entre nous.

— Vous avez donc décidé de rompre ?

La jeune femme hocha la tête.

— C'est à peu près cela.

Ewen remarqua que la voix d'Alice tremblait.

— Cela n'aurait pas fonctionné, ajouta-t-elle.

— Qui a pris la décision de rompre ? Lui ?

— Non, c'était moi.

— Je vois.

En dépit de son calme apparent, Ewen était rongé de curiosité. Pourquoi Alice avait-elle mis un terme à ses fiançailles ? Quelque chose avait dû mal se passer, mais quoi ? Elle semblait agitée en en parlant.

Il décida de ne pas la questionner davantage pour le moment.

— Je suis étonné, dit-il simplement.

— Oui, je suis certaine que vous devez l'être.

Alice rit nerveusement.

— Généralement, quand des fiançailles sont rompues, c'est souvent du fait de l'homme. Celui que je devais épouser était un gentilhomme, mais ce n'était pas une bonne personne. Je ne vous cache pas que ma décision de rompre a fait scandale. William, mon frère, a donc pensé qu'il me serait profitable de passer quelque temps en Angleterre, avec l'espoir que je trouve quelqu'un d'autre à épouser.

Elle soupira.

— Et qui mieux que Lady Marchington pour m'enseigner ce qu'est une véritable lady anglaise ? La femme de William est la fille de la meilleure amie de Lady Marchington. Elle a accepté que je m'installe chez elle pour tenir compagnie à Roberta.

Les lèvres de la jeune femme se tordirent en une moue amère.

— Je ne doute pas qu'une fois que Roberta aura épousé le vicomte Pemberton Lady Marchington me mariera avec le premier prétendant disponible.

Ewen se leva et la rejoignit devant la table de jeu.

— Oh ! ma chère, j'en déduis que cela ne vous agrée pas.

— En effet.

— Mais, que voulez-vous faire de votre vie ?

— Pour commencer, retrouver mon père… À condition que M. Forbes n'ait pas menti, et qu'il soit réellement en vie. Je ne trouverai pas de repos tant que ce ne sera pas fait.

— Vous n'évoquez pas le désir d'être libre, remarqua Ewen.

— Je crois que vous connaissez déjà ma position sur le sujet.

Alice lui glissa un sourire narquois, avant de reprendre, d'un ton plus sérieux :

— Étrangement, ma liberté a cessé d'être une priorité.

Alice fixait Ewen sans réellement le voir.

L'image de Philippe la taraudait. Il l'avait souillée de façon irrémédiable, et le chagrin qu'elle éprouvait à cette évocation était insupportable.

— Que se passe-t-il, Alice ? Quelque chose ne va pas ?

La voix rauque d'Ewen s'immisça dans ses pensées.

Alice entendit son inquiétude. Puis elle sentit la pression de sa main sur son bras et elle reprit pied dans la réalité.

Elle ne put retenir une larme unique qui roula sur sa joue.

Lentement, elle secoua la tête, honteuse d'avoir laissé transparaître ses sentiments.

Elle autorisa Ewen à la reconduire vers la banquette, où

elle s'assit à côté de lui. Puis sa fierté reprit le dessus. Elle était membre de la gentry écossaise, avec un vigoureux et fier héritage derrière elle. Il lui fallait tourner la page sur ce qui s'était passé.

Philippe lui avait appris à attendre le pire venant d'un homme.

Quel mauvais juge de caractère elle avait été. Naïve et complètement innocente, elle n'avait pas pu s'imaginer combien son promis pourrait se montrer convaincant.

Durant la courte période de leurs fiançailles, il l'avait tenue en son pouvoir. Il avait été charmant, jusqu'à ce qu'il réussisse à la mettre dans son lit, où il avait abusé d'elle de la plus cruelle façon.

Au début, elle avait accepté stoïquement ce qu'il se passait, croyant que cela faisait partie des fiançailles. Mais, d'une étrange façon, elle n'avait pas laissé les actes qu'il avait commis sur sa personne l'entacher de leur obscénité.

Elle avait compris que, si elle ne s'éloignait pas de lui, et non seulement de lui mais de la vie qu'il la forcerait à mener, elle serait perdue à jamais.

Quand elle avait rompu, il l'avait durement critiquée, l'accusant d'être froide, passive... Il l'avait diffamée en public, mettant en cause sa moralité, et déclarant qu'il était beaucoup mieux sans elle.

Sa disgrâce avait été si totale, que la mort n'aurait peut-être pas été pire.

Pour autant, avait-elle tort de juger tous les hommes à l'aune de ce monstre qu'avait été Philippe ? En particulier Ewen Tremain ?

Ewen posa la main sur la joue d'Alice et balaya sa larme du bout du pouce.

À ce contact, la jeune femme se figea, comme si elle avait peur. Puis elle tourna son visage rougissant vers lui.

Il songea qu'elle était jeune et désirable. Le savait-elle ? Son visage était à ce moment-là un masque incompréhensible d'émotions retenues, et Ewen ne pouvait suivre le cours de ses pensées.

Alice croisa son regard et sourit.

Voilà qu'ils étaient là, rien que tous les deux, dans cette pièce confortable et chaleureuse, alors que les éléments se déchaînaient à l'extérieur.

— Veuillez m'excuser, murmura-t-elle, j'ai laissé mes pensées dériver.

La lumière du feu révéla un pli soucieux sur son front, tandis que ses sourcils se rejoignaient en une mimique songeuse.

— Je pensais à mon père.

Était-ce vraiment cela qui tracassait la jeune femme ? songea Ewen.

— Il semble si peu probable qu'il ait survécu, ajouta Alice.

— Je vois combien vous êtes inquiète. Vous avez ma parole qu'une fois que nous serons de retour à Londres je ferai tout mon possible pour vous aider à retrouver ce Duncan Forbes.

Observant son visage aux traits forts et virils, Alice sut qu'Ewen ferait ce qu'il disait.

Malgré elle, son visage s'empourpra violemment.

Il y avait encore en elle beaucoup d'innocence et de timidité malgré les épreuves qu'elle avait traversées, et cet homme semblait avoir le don de les faire remonter à la surface.

Malgré le ressentiment qu'elle éprouvait pour lui, elle était exagérément consciente de sa présence, de son corps puissant, de son visage aux traits rudes mais infiniment séduisants.

Petit à petit, sans le vouloir, elle s'était laissée circonvenir par son charme.

Elle essaya de modifier ses pensées, trouvant ses émotions détestables.

Mais Ewen lui effleura la main, et ce contact lui coupa le souffle. La chaleur de sa peau allumait un incendie dans ses veines, et l'intensité de ses yeux gris la transperçait jusqu'au plus profond de l'âme. La puissance de son regard la pétrifiait, faisant courir des frissons le long de sa colonne vertébrale.

Cela ne ressemblait à rien de ce qu'elle avait pu vivre jusqu'à présent.

Confuse, Alice détourna brièvement le regard. Elle était irritée par la façon dont son hôte avait démantelé son attitude supérieure, la posture qu'elle avait prise pour se sauver de lui.

Ewen l'observait, le regard indéchiffrable.

Aimantée par ces prunelles grises, Alice se passa innocemment la langue sur les lèvres.

L'espace d'un instant, elle fut à nouveau assaillie par le souvenir de Philippe. Son sang se figea, et un grand froid s'abattit sur elle, la laissant terrorisée. Philippe l'avait-il marquée de son sceau diabolique, la laissant incapable de répondre à la caresse d'un amant ?

Son esprit se rebella.

Non, Philippe ne triompherait pas.

Sans se rendre compte de ce qu'elle faisait, Alice se pencha vers Ewen et lui effleura les lèvres d'un baiser.

Pourtant, l'idée de l'embrasser ne lui avait jamais traversé l'esprit. C'était comme une impulsion sortie de nulle part.

À l'évidence, Ewen fut choqué, mais il s'en remit très vite et l'embrassa en retour avec un enthousiasme non dissimulé. Il n'y avait rien d'hésitant dans ce baiser. Il fut instantanément passionné, remarqua Alice.

Après un moment, elle se ressaisit et repoussa Ewen en hoquetant.

— Oh ! Seigneur... Je... Je ne sais pas ce qui s'est passé.

Ewen haussa un sourcil, l'air ironique.

— Vous m'avez embrassé.

— Je... Je n'en avais pas l'intention. Je vous en prie, veuillez m'excuser.

Choquée et honteuse de ce qu'elle avait fait, Alice sentit un grand froid l'envahir, comme si son sang se retirait de ses veines.

Comment avait-elle pu se laisser aller à faire une chose pareille ?

Elle tourna la tête, mordant sa lèvre tremblante.

Le geste d'Alice, pour audacieux qu'il soit, avait laissé Ewen complètement enchanté.

Cette innocence était tellement rafraîchissante.

La jeune femme était intacte et pure, si inexpérimentée qu'elle n'avait pas conscience de l'effet que cela avait produit sur lui. Ce qui faisait naturellement tout son charme.

Mais, était-elle vraiment si innocente que cela ?

Un doute s'insinua soudain dans l'esprit d'Ewen.

Elle avait été fiancée et avait mis fin à cet engagement. Pourquoi ? Quelle raison avait pu l'y pousser ?

Et voilà qu'elle prenait l'initiative de l'embrasser, ce qu'aucune autre femme n'avait fait avant elle.

Sauf Etta.

Ce qu'il avait vécu avec elle au début avait été parfait. Intense, passionné... Et c'était pour cette raison que sa trahison l'avait tellement affecté.

Mais il se montrait injuste envers Alice. Il ne la connaissait pas assez bien pour préjuger de son caractère. Et il était évident qu'elle n'avait rien en commun avec Etta.

— Il n'y a rien à pardonner, dit-il.

Il prit le menton d'Alice entre ses doigts et tourna son visage vers le sien.

— Je suis content que vous l'ayez fait, ajouta-t-il.

Et, sans lui laisser le temps de réagir, il l'embrassa à nouveau.

Alice avait envie de se dégager, mais la poigne d'Ewen était solide, et sa propre volonté était faible.

Elle sentit la main d'Ewen courir sur son corps. Elle se crispa lorsque sa large paume se referma sur son sein.

Ses caresses étaient d'une extrême douceur, et Alice se laissa aller aux délicieuses sensations qui l'envahissaient et qu'elle n'avait jamais ressenties avec Philippe.

Et puis soudain elle se demanda ce qu'elle était en train de faire.

Elle était une femme respectable, et voilà qu'elle se laissait toucher et caresser par un homme qu'elle connaissait à peine. Un homme qui s'était mal comporté à son égard et qu'elle avait toutes les raisons de tenir à distance.

Que lui arrivait-il ?

Ewen continuait à parcourir son corps de caresses, ses gestes se faisant plus audacieux.

— Arrêtez ! cria-t-elle soudain, en repoussant sa main.

Ewen soupira et se redressa.

— Comme vous voudrez, dit-il, avec un regret évident dans la voix.

Il chercha son regard, mais Alice détourna la tête, bouleversée jusqu'au plus profond de son être.

— C'est ma faute, admit-elle. L'erreur vient de moi. J'ai agi de façon inconsidérée.

Elle esquissa un sourire embarrassé.

— Cependant, ne croyez surtout pas que j'en fais une habitude.

— J'allais dire la même chose.

— Je ne sais pas ce qui m'a pris.

— Le regrettez-vous ?

Alice hocha vigoureusement la tête.

— Oui, bien sûr que je le regrette. Pendant un moment, j'ai oublié qui vous étiez et ce que vous m'aviez fait.

— Je pensais que nous avions dépassé cela.

Lentement, il leva la main, et Alice lutta contre le besoin de fuir, alors qu'il lui touchait la joue.

Tout son corps trembla, et il lui fallut une immense volonté pour ne pas broncher tandis qu'Ewen suivait du bout des doigts les pleins et les déliés de son visage.

Il l'observait avec curiosité, et Alice vit passer une étrange flamme dans son regard.

Immédiatement, elle quitta le fauteuil, pivota sur ses talons, et s'enfuit.

Elle entendit qu'Ewen l'appelait mais continua à courir, en proie à la panique.

Une fois dans sa chambre, la porte soigneusement fermée derrière elle, Alice s'autorisa à reprendre son souffle.

Était-ce le soulagement d'avoir échappé à son ravisseur ? La fatigue provoquée par sa course ? Ou simplement la peur ? Quoi qu'il en soit, son cœur battait à tout rompre.

Les jambes tremblantes, elle appuya son dos contre le solide panneau de bois, en espérant confusément qu'il la protégerait contre Ewen Tremain et les nouvelles et contradictoires émotions dont elle était la proie.

Soudain elle ressentit, à se tenir là toute seule, le cœur cognant fort contre sa cage thoracique, qu'il y avait en elle un vide dont elle n'avait jamais voulu jusqu'à présent reconnaître l'existence, un peu comme s'il s'y trouvait une horloge qui aurait cessé de fonctionner.

Le lendemain, le soleil fit une rare et brillante apparition, dispersant partiellement la neige. Le parc et les bois se transformèrent en une masse spongieuse et dégoulinante.

Alice était toujours horrifiée et mortifiée par ce qu'elle avait fait la veille, et beaucoup plus profondément choquée qu'elle ne l'aurait pensé.

C'est pourquoi, réticente à affronter son ravisseur, elle garda la chambre, se faisant monter ses repas et écoutant le bruit répétitif de la neige qui fondait sur le toit.

Elle s'obligea à étouffer toutes pensées et sentiments à l'égard d'Ewen, après l'expérience de la veille.

C'était quelque chose qu'elle voulait vraiment oublier. Elle espérait que c'était le cas aussi pour Ewen, mais elle en doutait.

Plus rien n'était pareil à présent.

Elle avait été enlevée par un homme qui s'était par ailleurs mal comporté avec sa meilleure amie. Une femme honnête et décente aurait haï son ravisseur et tout ce qu'il représentait. Elle l'aurait évité comme la peste et aurait tout fait pour échapper à ses griffes.

Mais elle n'était pas une femme respectable et elle n'avait rien fait de la sorte, songea Alice, avec amertume et écœurement envers sa propre personne.

Au lieu de cela, elle s'était jetée sur lui et l'avait embrassé.

Ce faisant, elle avait eu l'impression de faire entrer quelque chose de troublant et de dangereux dans sa vie.

Son geste avait été guidé par une vigoureuse impulsion, elle-même intensifiée par la conscience que cela ne devait pas se produire.

En fait, elle avait découvert que son attitude à l'égard d'Ewen avait complètement changé.

Ce mélange de douceur et de passion en lui quand il avait répondu à son baiser avait laissé transparaître quelque chose de l'homme qu'il était vraiment sous la surface rude et expérimentée qu'il affichait, et cela avait suffi à faire fondre la résistance d'Alice.

En tout cas, elle se sentait soulagée qu'il ne l'ait pas poursuivie de ses assiduités. Cela dit, elle serait bien obligée de l'affronter un jour ou l'autre.

Elle décida de voir ce qu'il en serait le lendemain. Les routes seraient probablement praticables, et elle ne serait peut-être pas obligée de rester plus longtemps à Mercotte Hall.

Le lendemain matin, Alice était déjà levée et habillée avant même que Lily ne lui ait apporté son petit déjeuner.

Même si de grandes plaques blanches demeuraient visibles à l'abri des murs et des buissons, le chemin était à présent dégagé.

Il était temps de partir, et Alice n'avait pas l'intention de perdre une minute pour se mettre en route.

Le dégel semblait avoir levé la chape de plomb qui pesait sur la maison depuis son arrivée. Après avoir vaqué à travers la chambre avec vivacité et enthousiasme, Lily faisait maintenant voltiger ses mains tandis qu'elle passait vigoureusement la brosse dans les boucles noires d'Alice.

En un rien de temps, Alice fut coiffée et prête à rencontrer l'homme qui avait profondément bouleversé sa vie.

Dédaignant sa propre cape, elle couvrit ses épaules d'un luxueux vêtement doublé de fourrure et doté d'une large capuche, qui avait été prévu pour Roberta, et quitta la chambre.

En haut de l'escalier, elle marqua une pause pour se donner une contenance.

Posant une main sur son cœur, dans un effort dérisoire pour en calmer les battements effrénés, Alice observa d'un regard absent une servante qui épongeait une flaque d'eau près de la porte.

S'obligeant à descendre les marches, elle traversa ensuite le hall en faisant claquer ses talons sur le sol de marbre et s'approcha du salon, dont la double porte était ouverte en grand.

Faisant face à la cheminée, Ewen semblait perdu dans la contemplation des flammes.

Grand, les hanches étroites et les épaules larges, il était aussi attirant de corps que de visage. Entièrement vêtu de noir, un pied botté posé sur la base du pare-feu en cuivre, il était tout à fait conforme à l'idée qu'on pouvait se faire d'un lord.

Puisant en elle un peu de courage, Alice toussota pour signaler sa présence.

Tournant la tête, Ewen l'étudia de la tête aux pieds, avant de croiser son regard d'un air interrogateur.

— Je sais que vous aviez prévu cette cape pour Roberta, commença Alice. Mais, compte tenu des circonstances, je suis sûre qu'elle ne s'offusquera pas de mon emprunt, étant donné qu'elle aura bientôt un mari pour lui offrir des vêtements aussi précieux.

Ewen se rembrunit.

Cela l'ennuyait qu'on lui rappelle Roberta mais, étrangement, ce n'était pas pour la raison qu'Alice pouvait imaginer.

Son sentiment de culpabilité le rongeait.

C'était comme s'il avait tourné le dos à tous les engagements qu'il avait pu prendre avec Roberta avant son absence.

Cela dit, s'il y réfléchissait un peu, Roberta s'était assez vite consolée.

— Je souhaiterais partir, dit Alice d'un ton ferme. Je suis sûre que les routes ne sont plus aussi mauvaises à présent. Je vous serais reconnaissante de m'escorter jusqu'à Londres. Vous ne pouvez pas me garder ici plus longtemps.

— Et je ne le souhaite pas non plus.

Il observa longuement Alice, tandis que les flammes dessinaient d'étranges reflets sur son visage.

— Vous m'en voulez toujours, Alice.

— Pas le moins du monde. Qu'est-ce qui vous fait croire une telle chose ?

— Vous n'avez cessé de m'éviter.

Semblant mal à l'aise, Alice rougit.

— Oui, c'est vrai. Mais, je vous en prie, ne m'humiliez pas davantage. Je pense que c'est le vin qui m'a encouragée à m'oublier, mais vous avez ma promesse que cela ne se reproduira plus. Je n'étais pas moi-même et j'apprécierais que vous n'en fassiez plus jamais mention.

— Comme vous voudrez. Mais, moi, je ne pourrai jamais l'oublier, aussi longtemps que durera ma vie.

— Je vous en prie, permettez-moi de m'en aller.

— Vous êtes bien pressée.

Elle rougit à nouveau. Et c'était si charmant qu'Ewen reconnut, à part lui, qu'il adorait faire ainsi monter la couleur à son visage.

— Il faut que je parte d'ici.

Ewen hocha la tête.

Depuis que la beauté brune avait précipitamment quitté le salon après leur baiser, ses pensées avaient été entièrement centrées sur elle.

Il en avait presque occulté les circonstances qui avaient conduit la jeune femme à Mercotte Hall.

— À votre guise. Le temps paraît s'être amélioré, et je crois que les routes sont praticables. Il me semble cependant qu'il nous sera plus facile de gagner la ville à cheval. C'est pourquoi j'ai demandé que l'on mette deux montures à notre disposition.

Alice écarquilla les yeux.

— Donc, vous aviez l'intention de me ramener aujourd'hui ?

— Je vous avais dit que je le ferais dès que les conditions le permettraient.

Il désigna la porte d'un signe de tête.

— Y allons-nous ?

Tout en enfilant ses gants, Alice trottinait dans le hall derrière Ewen.

Ajustant sa capuche sur sa tête, elle sortit sur le perron et observa l'environnement.

Même si le soleil brillait intensément, se reflétant sur les vitres et les épais monticules de neige, un vent froid rafraîchissait l'atmosphère.

Lentement, Alice descendit les marches, et se dirigea vers Taff et Hicks qui tenaient les rênes de deux chevaux.

Ewen, qui avait de son côté enfilé sa cape, lui indiqua la monture la plus petite et la plus fine, une jument baie. Avec ses grands yeux expressifs, sa longue crinière parfaitement brossée et sa silhouette gracieuse, l'animal était d'une qualité tout à fait appropriée pour une lady.

— Il vous sera peut-être plaisant de savoir que j'ai choisi avec soin cette jument pour vous. Elle est superbe, n'est-ce pas ?

— Absolument, répondit Alice qui ne pouvait cacher son plaisir, tandis qu'elle inspectait l'animal.

Elle était touchée qu'Ewen ait sélectionné pour elle une monture aussi élégante.

La selle d'amazone et les brides étaient également de toute beauté.

— Il me semble que je vais faire mon entrée à Londres en grande pompe, remarqua Alice.

Elle leva les yeux vers Ewen et lui sourit gentiment.

— Je ne m'attendais pas à ce que vous vous donniez autant de peine. Merci.

La soulevant sans effort, Ewen la hissa en selle. Alice prit un moment pour ajuster sa cape et sa robe et accepta la courte cravache que lui tendait Hicks.

— Avez-vous besoin de quelque chose ? demanda ce dernier.

Comme Alice secouait la tête, il insista :

— Vous avez assez chaud ? Vous êtes bien assise ?

Elle inclina la tête.

— Parfaitement. Merci. Pouvons-nous y aller ? s'enquit-elle, s'adressant à Ewen.

Ewen se hissa en selle et rassembla ses rênes.

Il se tourna vers Alice, tandis qu'Amir mettait sa monture au trot pour les rattraper.

— Amir va nous accompagner. Si vous avez besoin de quoi que ce soit, appelez-le.

Ewen fit un signe de main à ses deux serviteurs puis, d'un léger coup de talons dans les flancs, mit son cheval au pas.

Il prit la tête du convoi, et ils empruntèrent le chemin jusqu'à la grille.

Souple et humide sous les sabots des chevaux, le sol était encore marqué ici et là par des plaques de neige. Redoutant de glisser, Alice avançait très lentement, déterminée à arriver à Londres en un seul morceau.

Peu à peu, alors qu'ils chevauchaient sur la route, elle commença à se détendre.

Se pouvait-il que ce soit la présence de son compagnon de voyage qui l'apaise ainsi ?

Les deux jours qui venaient de s'écouler avaient mis à mal ses émotions. Le peu de temps qu'elle avait passé avec Ewen, à l'ombre des murs de Mercotte Hall, avait érodé ses défenses. Les chaleureuses et aimables manières de son ravisseur avaient fait naître un changement en elle.

Observant l'homme qui chevauchait devant elle, Alice fit le constat que le cavalier et sa monture semblaient ne faire qu'un. Il fallait une main ferme pour contrôler l'étalon, mais Ewen le faisait avec une aisance que seule pouvait apporter l'expérience. Il fallait voir avec quelle douceur il commandait le puissant animal, d'un léger mouvement de rêne, ou d'un discret placement de pied. Le cheval dansait presque en dessous de lui, comme s'il appréciait la manière de faire de son maître.

Ewen agissait-il de même avec les dames, dosant subtilement douceur et pression ? Auquel cas, il devait être difficile de lui résister…

Il était midi quand ils arrivèrent dans les faubourgs de Londres.

— Duncan Forbes. Où peut-on le trouver ? demanda soudain Ewen. Vous a-t-il donné une quelconque indication ?

— Il a dit qu'il était hébergé à Southwark, à la taverne Hart, répondit Alice. Mais, comment pourrai-je m'y rendre ? Lady Marchington me surveille comme le lait sur le feu et, après cet épisode, elle ne m'autorisera plus à quitter la maison. En outre, M. Forbes a peut-être quitté cet établissement à l'heure qu'il est.

— S'il a des informations à échanger contre de l'argent, il sera toujours au même endroit. Mais ne vous mettez pas martel en tête pour savoir comment le retrouver. Laissez-moi m'en occuper. J'irai avec Amir.

— Nous pourrions y aller maintenant. Avant que vous ne me raccompagniez à Hislop House.

Ewen se tourna sur sa selle et lui lança un regard sévère.

— Certainement pas, Alice. Ne soyez pas ridicule.

Alice réprima un mouvement d'humeur.

— Je vais avec vous, décida-t-elle. Ce sont mes affaires, et j'insiste pour parler à M. Forbes.

— Les tavernes de Bankside ne sont pas des endroits qui conviennent aux jeunes femmes respectables.

— Je n'en doute pas, mais j'ai pris ma décision. J'irai. Donc, plus vite nous aurons terminé cette discussion et traversé le pont, plus vite ce sera fini.

Elle s'attendait à ce qu'Ewen argumente encore, mais il se contenta de hausser les épaules.

— Je doute que vous me laissiez en paix tant que je n'aurai pas consenti. Vous êtes une femme têtue, Alice Frobisher.

— Vous n'êtes pas le premier à me le dire. Quoi qu'il en soit, je viens avec vous, Ewen. Cela me concerne. Si nous y allons maintenant, Lady Marchington n'en saura rien.

Bankside, situé sur le versant sud de la Tamise, était un lieu de débauche.

Ils menèrent prudemment leurs chevaux à travers des rues encombrées de piétons, de porteurs équipés de charrettes à bras, et de toutes sortes de véhicules. D'étroites allées, où des chiens fouillaient des tas d'ordures, menaient à des courettes et des jardinets mal entretenus.

La taverne Hart semblait plus propre que les autres brasseries du quartier. Ewen héla un domestique qui traînait dehors pour qu'il s'occupe de leurs montures.

À l'intérieur, un lit de sciure fraîche avait été répandu, et un feu nourri réchauffait la salle. Des clients étaient attablés autour d'une chope de bière qu'accompagnait un assortiment de viandes et de fromages, ainsi que d'épaisses tranches de pain.

Ewen parla à l'aubergiste, qui confirma que Duncan Forbes avait bien une chambre chez lui. Il envoya un jeune valet vérifier s'il était là, mais le garçon revint en secouant la tête.

— C'est un habitué, précisa l'aubergiste. Il va et il vient.

— Nous allons l'attendre, décida Ewen.

Ils prirent une table dans le bow-window, d'où ils pourraient surveiller la rue.

L'aubergiste leur apporta de la bière, du vin, et un peu de nourriture.

Incapable de manger quoi que ce soit, Alice se mit en devoir d'observer les hommes qui passaient dans la rue.

Au bout de trente minutes, sa patience fut récompensée.

— Le voilà ! s'exclama-t-elle, légèrement essoufflée, tandis qu'elle regardait Duncan Forbes émerger de la foule et se diriger vers la taverne.

Duncan n'était pas rasé, et ses vêtements avaient connu des jours meilleurs.

À bout de ressources, il commençait à se ronger les sangs. Il avait pourtant fait des études et aurait pu aspirer à un emploi décent, mais la vie ne lui avait pas fait beaucoup de cadeaux.

Et surtout pas ces derniers temps.

Il comptait sur l'argent de Mlle Frobisher, en échange de renseignements sur son père, mais elle avait été enlevée juste sous son nez par deux hommes qui l'avaient jetée au fond d'un coche.

En entrant dans la taverne, Duncan regarda machinalement autour de lui et fut surpris de découvrir ladite personne, encadrée par deux hommes.

Il s'adressa à Mlle Frobisher.

— Que se passe-t-il ?

Un homme à la stature imposante, entièrement vêtu de noir, se leva et lui indiqua une chaise.

— Voulez-vous vous joindre à nous, monsieur Forbes ?

Mal à l'aise, ne sachant à quoi s'en tenir, Duncan obéit néanmoins.

Son regard fit l'aller-retour entre le gentleman et son compagnon à la peau mate.

À nouveau, il quêta une information auprès de Mlle Frobisher.

— Qui sont-ils ?

— Des amis. Pensiez-vous que je viendrais seule ici ?

— J'ai cru comprendre que vous aviez des informations sur

le père de Mlle Frobisher, dit le gentleman. Elle devait vous rencontrer, il y a quelques jours, mais elle en a malheureusement été empêchée.

— Je sais. J'étais là et j'ai tout vu. Je ne pensais pas la voir réapparaître. Que voulez-vous ?

— Cette information, si vous le voulez bien.

Le gentleman se cala contre son dossier et le fixa sévèrement. Duncan ne s'en laissa pas conter et soutint son regard.

La tension entre eux devint palpable, tandis qu'ils s'affrontaient, ni Duncan ni le gentleman n'étant décidés à lâcher prise.

— Et si je ne veux pas ? lança finalement Duncan.

— Je vous en prie, dites-le-moi, demanda Mlle Frobisher d'un ton suppliant. J'ai l'argent que vous avez demandé... Voici.

Elle plaça une bourse sur la table, entre eux.

— Cent livres.

Duncan tendit la main, mais le gentleman s'empara de la bourse.

— Dites-nous d'abord ce que vous savez au sujet de Iain Frobisher. Si vous mentez, vous aurez affaire à moi. Est-il vrai qu'il est en vie ?

Duncan hocha la tête.

— Il l'était la dernière fois que je l'ai vu.

— Quand était-ce ?

— Il y a huit mois.

— Où l'avez-vous vu ?

— Ici, à Londres. Dans le quartier de Lambeth.

— Il y est toujours ? demanda Mlle Frobisher, d'un ton empli d'espoir.

Duncan secoua la tête.

— Il est parti. Il a dit qu'il rentrait chez lui.

— Chez lui ? Qu'entendait-il par là ? Sa maison ne se trouve-t-elle pas à Londres ?

— Non, en Écosse.

— Comment était-il ? Avait-il l'air en bonne santé ?

— Il n'avait pas l'air en forme. Mais il ne m'a pas dit grand-chose. À part qu'il voulait rentrer chez lui.

— Ne savait-il pas que sa famille avait réussi à se réfugier en France ?

— Il croyait qu'il n'avait plus de famille, que sa femme et ses enfants avaient trouvé la mort dans l'incendie de leur maison.

— Mais vous, quand vous avez vu mon nom dans les journaux, comment avez-vous su que j'étais sa fille ?

Duncan haussa les épaules.

— Je l'ignorais. Mais, Frobisher n'est pas un nom si courant que cela. J'ai tenté ma chance.

— Pouvez-vous me dire autre chose ? Où il vivait jusqu'à présent... Avec qui il était...

— Je suis désolé. Je vous ai dit tout ce que je savais.

Mlle Frobisher prit la bourse que tenait le gentleman et la lui remit.

— Merci, monsieur Forbes.

Ewen attendit que la taverne soit loin derrière eux, avant de tourner la tête et de regarder Alice, qui chevauchait à côté de lui.

Regardant devant elle, elle ne lui prêtait pas attention. En lui voyant l'air si préoccupé, Ewen pouvait presque deviner sa frustration.

— À quoi pensez-vous, Alice ?

Elle tourna brièvement les yeux vers lui.

— J'ai beaucoup de choses en tête.

— Avez-vous cru ce que disait Forbes ?

— Il le faut bien. Mais je ne sais pas quoi faire. Je n'ose imaginer mon père se retrouvant seul en Écosse, sans famille, et dans l'incapacité de réclamer la restitution de ses propriétés.

Prenant visiblement sur elle, elle lui sourit.

— Mais ne vous inquiétez pas. Je vais trouver quelque chose.

Ils chevauchèrent à travers les rues encombrées de Piccadilly et arrivèrent enfin à Hislop House.

Pour impatiente qu'Alice soit de rentrer, elle éprouvait une profonde hésitation à mettre pied à terre et à entrer dans la maison où elle allait devoir affronter la colère de Lady Marchington.

De son côté, Ewen se surprit à observer sa compagne de voyage et à ressentir un soudain et pressant besoin de la revoir rapidement après qu'ils se seraient quittés.

Son intention avait été de disparaître dès qu'il l'aurait remise saine et sauve entre les mains de la comtesse, mais cela, c'était avant qu'elle ne l'embrasse.

Le souvenir de la façon dont elle s'était abandonnée dans ses bras, la douceur envoûtante de son baiser... Tout cela l'avait grandement perturbé.

D'une beauté peu commune, Alice exerçait sur lui une emprise à laquelle il ne s'attendait pas. Et, s'il ne se reconnaissait pas comme étant amoureux d'elle, tant s'en faut, il était fasciné par elle.

Peut-être était-ce parce qu'il avait soudain découvert sa vulnérabilité qu'il éprouvait ce besoin de la protéger...

Peut-être était-ce sa candeur qui le touchait autant, ou bien la douceur de ses lèvres, ou encore le bleu si étrange de ses yeux...

La tragédie qu'il avait vécue à cause des Barbares avait brouillé ses émotions. Ses relations avec les femmes se limitaient depuis à l'aspect charnel.

Et pourtant, comprenait-il non sans étonnement, la vie pouvait encore le surprendre.

Lui qui n'avait jamais eu besoin de personne vibrait d'un besoin presque douloureux de sentir encore une fois sur les siennes les douces lèvres de cette jeune femme qu'il connaissait à peine. Même s'il avait éprouvé un léger manque de confiance quand elle avait pris l'initiative de l'embrasser, redoutant qu'elle ne soit comme Etta.

Mais, prenant en compte la façon brutale avec laquelle elle avait été enlevée, Ewen comprenait qu'Alice ait toutes les raisons de lui en vouloir.

En dépit de tout cela, il était réticent à se trouver séparé d'elle. Durant le voyage vers Londres, il s'était désespérément creusé la tête afin de trouver une excuse pour pouvoir rester avec elle.

Il en était arrivé à la conclusion qu'il n'y avait qu'une seule chose qu'il pouvait faire.

Alice lui sourit tandis qu'il l'aidait à descendre de cheval.

— Eh bien, Ewen, nous voici arrivés.

Les mains en appui sur ses bras, elle sauta gracieusement à terre.

— Savez-vous vous incliner respectueusement, et faire le baise-main ? demanda-t-elle.

— Je sais faire beaucoup de choses, Alice, répondit Ewen en tendant les rênes des deux chevaux à Amir. Mais les mondanités ne figurent guère à mon registre. Je m'attends à subir les foudres de Lady Marchington, cependant je n'ai pas peur d'elle.

Il prit le bras d'Alice et l'escorta vers les marches, prêt à affronter les ennuis qui l'attendaient, quels qu'ils soient.

6

Simpson ouvrit la porte.

En découvrant Alice sur le seuil, il se redressa, ses sourcils s'arquant de surprise, son regard exprimant un immense soulagement.

— Mademoiselle Frobisher !

— Oui, c'est moi, Simpson.

Elle se glissa dans le hall, suivie d'Ewen.

— Lady Marchington est-elle là ?

— En effet. Elle se trouve dans le boudoir avec Mlle Hislop, et elles seront bien soulagées toutes les deux de découvrir que vous êtes rentrée saine et sauve.

Ils suivirent Simpson qui ouvrit cérémonieusement une porte sculptée, avant de s'écarter pour leur livrer le passage.

Roberta bondit du canapé en poussant un cri étranglé et se précipita vers Alice.

Lady Marchington, quant à elle, lui lança un regard assassin. Se levant avec une grâce étudiée de son fauteuil disposé près de la cheminée, elle observa Ewen d'un air accusateur.

— Je me demandais quand vous la ramèneriez, dit-elle d'un ton pincé. Avez-vous la moindre notion de la gravité de la situation ? Ce que vous avez fait est outrageant. J'étais sur le point d'envoyer les *constables* à sa recherche.

— Dans ce cas, je suis heureux de vous avoir épargné cette peine, répliqua Ewen sur le même ton. Mais une chose m'étonne. Comment saviez-vous qu'Alice était avec moi ?

— Lorsque Roberta m'a parlé de la lettre que vous lui aviez envoyée, j'ai tout de suite compris qu'Alice ne pouvait être qu'avec vous.

Du coin de l'œil, Alice observait Ewen.

Se rappelant combien il était furieux la dernière fois qu'il avait quitté cette maison, elle savait comme cela devait être difficile pour lui.

— Oh ! Alice ! s'exclama Roberta, en la serrant dans ses bras avec enthousiasme, j'étais tellement inquiète. J'ai cru que tu ne reviendrais jamais. Et je te retrouve, toujours aussi belle, bien qu'un peu pâle. J'espère que tu as été bien traitée.

Lorsque le regard de Roberta se porta au loin, et qu'elle découvrit Ewen, elle se mit à balbutier.

— Oh ! Lord Tremain...

Elle rougit violemment.

— Je... Je ne m'attendais pas...

— Assieds-toi, Roberta ! ordonna la comtesse. Tu te donnes en spectacle.

Obéissante, Roberta se percha sur l'extrême bord de son siège et croisa sagement les mains sur son estomac.

Une lueur de haine féroce dans le regard, Lady Marchington s'adressa de nouveau à Ewen.

— Ce que vous avez fait, Lord Tremain, est inqualifiable. N'avez-vous pas pensé à notre inquiétude ? Qu'espériez-vous obtenir ainsi ?

— Roberta. On voulait me prendre ce qui m'appartenait, et mon intention était de faire savoir que je m'y opposais.

Ewen se tourna vers son ancienne fiancée et plongea les yeux dans le regard empli d'appréhension de la jeune femme.

Il était certain que la comtesse ne lui avait pas parlé des lettres, et Ewen n'avait pas l'intention d'ajouter à son trouble en évoquant cela.

— Roberta, je ne sais comment m'excuser pour ma conduite envers vous. Je vous demande pardon si mon absence et le manque d'explications de ma part vous ont causé de la peine. Je peux simplement vous dire que mon frère Edward qui vivait en

Écosse est décédé. Ma mère était désespérée, et il était important que je reste avec elle.

La compassion se lut immédiatement sur le visage de Roberta.

— Oh ! je suis tellement désolée. Si seulement vous m'en aviez fait part… J'aurais compris, naturellement. Comment va votre mère à présent ? Mieux, j'espère.

— Beaucoup mieux. Elle est retournée en France, avec mon beau-père et mon oncle.

Laissant passer un bref silence, Ewen ajouta :

— De tout mon cœur, je vous souhaite d'être heureuse avec le vicomte Pemberton.

Le sourire de Roberta fut éblouissant.

— Merci.

— Vous vous en tirez bien, Lord Tremain, commenta froidement Lady Marchington. Roberta a trop bon cœur. Cependant, je m'attendais à mieux de votre part. Vous agissez comme un jeune garnement. Pas comme un homme de votre condition et de votre expérience.

— Je suis d'accord avec vous.

— Dois-je croire que votre conscience s'est réveillée, et que vous êtes venu vous excuser d'avoir enlevé Mlle Frobisher ?

— Ma conscience n'a rien à voir avec cela. Mais je regrette profondément ce que j'ai fait. J'aurais dû demander à vous rencontrer à nouveau, afin de parler de mes fiançailles avec Roberta.

— Où avez-vous emmené Mlle Frobisher, et pourquoi n'êtes-vous pas revenus plus tôt ?

— Nous étions chez mon oncle, à Mercotte Hall, au nord de Londres. Le mauvais temps nous a empêchés de prendre la route avant ce jour. Je vous donne ma parole que Mlle Frobisher a été bien traitée.

— C'est fort possible, mais vous avez ruiné sa réputation de la même façon.

— Pas forcément.

— Eh bien, moi, je vous dis que si, Lord Tremain ! Je vous ai interdit de communiquer avec Roberta, et vous m'avez désobéi. Elle m'a dit qu'elle avait reçu une lettre de votre part et qu'Alice avait accepté de vous rencontrer à sa place…

Elle s'adressa à Alice.

— Vous n'auriez jamais dû accepter. À quoi pensiez-vous, petite sotte ? Vous auriez dû venir m'en parler. Comme toujours, vous avez agi de façon irresponsable. À présent, vous allez devoir en payer le prix.

De nouveau, elle tourna les yeux vers Ewen.

— En l'enlevant, vous avez entaché son nom et sa réputation. Il est fort dommageable qu'elle ait été reconnue, dans le parc, par des personnes qui l'ont vue être jetée au fond d'un coche. Naturellement, ces personnes se sont empressées de répandre la rumeur. Il a suffi de quelques heures pour que cela fasse le tour de la ville.

— J'en suis désolé. Mais, si quiconque fait un scandale parce qu'il a vu une femme se faire enlever, alors il doit se faire examiner par un spécialiste des simples d'esprit.

— Pas s'il s'agit de ma pupille. Cette petite sotte a toujours eu le don de chercher les ennuis. C'est à croire qu'elle n'a rien appris de ses mésaventures parisiennes. Il faudrait pourtant qu'elle comprenne qu'elle marche déjà sur des œufs.

Observant l'air perplexe d'Ewen, Lady Marchington parut ravie de son petit effet et prit visiblement un malin plaisir à ne pas en dire davantage.

De son côté, Alice était mortifiée de voir ainsi son passé resurgir.

Décidément, Ewen semblait être le seul homme dans cette ville à ne pas être averti du scandale qui l'avait suivie jusqu'à Londres.

Il est vrai qu'à l'époque il se trouvait en Écosse, et que la rumeur londonienne n'avait pas dû parvenir jusqu'à lui.

Face à Lady Marchington, Alice se sentait terriblement misérable, et elle comprit enfin pourquoi elle n'aimait pas la comtesse. C'était dans la nature de Lady Marchington de blesser cruellement autrui. Et, depuis qu'elle était venue s'installer à Hislop Hall, Alice avait eu beau essayer de lui faire plaisir et de lui obéir, rien de ce qu'elle faisait n'était jamais assez bien pour elle.

À présent, la comtesse venait de lui infliger le coup de grâce.

Et les mots qu'elle avait prononcés faisaient d'autant plus de mal à Alice que cela avait été fait devant Ewen.

Elle était si mortifiée qu'elle n'osait même pas le regarder.

Un muscle jouait furieusement dans la mâchoire d'Ewen tandis qu'il dardait sur Lady Marchington un regard furieux. À cet instant, il avait pour elle une détestation féroce.

Face à l'injustice dont était victime l'innocente Alice, ses instincts chevaleresques se réveillaient avec force.

— Le scandale vous détruira complètement, ma pauvre Alice, continua sans merci Lady Marchington. Quant à vous, Lord Tremain, vous avez fait en sorte qu'elle ne puisse plus contracter un mariage décent. Je vous félicite !

Le regard d'Ewen se fit plus glacial que jamais.

— Franchement, comtesse, je trouve cela ridicule !

— Vraiment ?

Ils se toisèrent à distance, offrant devant les jeunes filles le spectacle d'une lutte acharnée de deux volontés, ni l'un ni l'autre ne voulant baisser les yeux.

— Vous avez soumis Alice à un scandale public, l'accusa la comtesse. Et vous croyez qu'il suffit de me ramener ma pupille et de disparaître pour que tout s'arrange ? Ne croyez pas vous en tirer à si bon compte, sir !

La mâchoire crispée, Ewen tendit le bras pour prendre la main d'Alice dans la sienne.

— Ce n'est pas mon intention. Mon souhait est d'épouser Mlle Frobisher.

Cette annonce laissa momentanément sans voix Lady Marchington.

Elle ne s'attendait certainement pas à ce qu'il vienne ainsi à la rescousse d'Alice.

— Je vois, finit-elle par dire d'un ton pincé. Mais… N'est-il pas coutume de demander la main d'une jeune femme à sa famille ou, en l'occurrence, à son tuteur ?

— Je vais écrire à son frère pour lui faire part de mes intentions. Vous-même, y voyez-vous un inconvénient, comtesse ?

— Je reconnais que c'est la seule solution pour la sauver du désastre que vous avez causé.

Il était évident que Lady Marchington n'avait pas d'objections. Sans doute était-elle déjà en train d'imaginer la meilleure façon d'exploiter la situation. C'était pour elle une opportunité de se débarrasser et de Lord Tremain et d'Alice, et elle ne devait pas la gâcher.

Profondément choquée par ce qu'Ewen venait de dire, Alice retira sa main de la sienne.

Elle bouillait d'indignation, et avait le plus grand mal à se contenir.

Ce moment était difficile pour elle. Elle s'attendait à tout sauf à cela.

Comment Ewen avait-il pu oser lui faire cela, sans en discuter avec elle auparavant ?

Elle avait envie d'afficher un air dédaigneux, d'affronter Ewen avec une calme insubordination. Mais son douloureux manque de confiance en l'avenir assaillait son esprit.

L'idée d'épouser Ewen Tremain, un homme qui l'avait traitée de manière inexcusable, un homme qu'elle connaissait à peine, était plus qu'elle n'en pouvait supporter.

— Non, dit-elle d'une voix forte. Je n'ai aucune intention d'épouser Lord Tremain. Cette idée est totalement absurde.

Ewen tourna brusquement la tête vers elle et la dévisagea comme s'il ne l'avait jamais vue auparavant.

— Enfin, Alice, qu'y a-t-il ?

— Je ne peux croire que vous souhaitiez cela. Je ne vous y ai certainement pas encouragé.

À peine eut-elle prononcé ces mots qu'Alice eut envie de les reprendre.

Bien sûr qu'elle l'avait encouragé.

Ne l'avait-elle pas embrassé, parce qu'elle était incapable de s'en empêcher ?

Le visage d'Ewen s'adoucit, et ses yeux se firent plus chaleureux, comme s'il comprenait combien elle se sentait confuse et humiliée.

— Voyez-vous une objection à m'avoir pour mari ? demanda-t-il avec beaucoup de douceur.

— Ce n'est pas ouvert à la discussion ! décréta Lady Marchington. Lord Tremain a accepté de réparer ses torts envers vous, et vous devriez vous en estimer heureuse.

Refusant de se laisser intimider, Alice secoua la tête.

— Mon frère n'acceptera jamais.

Les paupières de Lady Marchington se plissèrent d'irritation.

— Tenez votre langue, Alice. Vous manquez singulièrement de respect quand vous vous adressez à moi. En vous confiant à ma garde, votre frère m'a demandé de vous trouver un mari.

Elle eut un petit sourire narquois, avant d'ajouter :

— À mon sens, Lord Tremain et vous êtes parfaitement assortis. Vous ferez ce qu'il convient de faire. Peut-être êtes-vous hostile au mariage pour le moment, mais vous comprendrez bien vite qu'il n'y a pas d'autre solution possible.

La comtesse se tourna vers Ewen.

— Il faut naturellement discuter de la question de la dot. Mais son frère proposera un arrangement très généreux, je peux vous l'assurer.

— Je n'en doute pas, répliqua rudement Ewen. Mais la dot n'entre aucunement en ligne de compte, en ce qui me concerne. Je suis parfaitement à même de prendre soin de ma femme.

Son expression se radoucit lorsque son regard se posa sur Alice. Oui, il comprenait à quel point elle était humiliée.

Lui prenant la main, il l'entraîna vers la porte.

Lady Marchington eut un hoquet outré face à tant de grossièreté.

— Comment osez-vous sortir ainsi, sans prendre correctement congé ? J'exige de savoir où vous allez.

— Je souhaite parler en privé avec Alice. Il n'y aura ainsi personne pour influencer sa décision. Elle doit la prendre de son plein gré, sans intimidation. La question de notre mariage ne concerne qu'Alice et moi.

Dans le hall, fort heureusement désert, Ewen posa les mains sur les épaules d'Alice et plongea son regard dans le sien.

— Je comprends votre surprise, mais réfléchissez-y soigneusement. Je vous offre ma protection et mon nom. La comtesse a raison : en vous enlevant, je vous ai gravement compromise.

Alice garda le silence un moment, avant de déclarer :

— C'est tellement soudain.

Elle parlait d'un ton mesuré, non parce qu'elle n'était pas sûre d'elle-même, mais parce qu'elle ressentait le besoin de se montrer prudente.

En acceptant la proposition dénuée de sentiments d'Ewen, ne se privait-elle pas de la possibilité qu'un autre homme tombe amoureux d'elle et souhaite l'épouser, non par nécessité, mais par amour pour elle ?

Il était peu probable que cela se produise, elle le reconnaissait bien volontiers.

Et, en y réfléchissant bien, ils avaient ressenti quelque chose l'un pour l'autre quand ils s'étaient embrassés.

Peut-être qu'avec le temps l'amour viendrait...

— Je suis surprise que Lady Marchington accepte une telle proposition. Je trouve cela pour le moins... déconcertant.

— Croyez-vous que je me soucie de ce que pense cette femme ?

— Je n'épouserai pas un homme qui se croit dans l'obligation de demander ma main parce qu'il m'a compromise.

— Ce n'est pas le cas. J'avais déjà décidé de vous demander en mariage, avant d'être mis au pied du mur par Lady Marchington.

Alice n'y crut qu'à moitié.

— Oh ! vraiment ? Quand cela ?

— Durant notre trajet de retour vers Londres.

— Mais... Il y a encore deux jours de cela, vous ne m'appréciiez pas du tout.

— Vous vous trompez.

Alice lui lança un regard réprobateur.

— Pardonnez-moi d'avoir du mal à y croire mais il me semble me rappeler vous avoir entendu dire à Hicks et Taff qu'ils vous avaient ramené une folle.

Ewen fit un pas en arrière et se massa la nuque d'un geste exaspéré.

— C'était avant de passer du temps en votre compagnie. N'essayez pas d'examiner mon cœur de trop près pour le moment, Alice. C'est une union qui nous conviendra à l'un comme à l'autre. Nous sommes seuls tous les deux. Nous avons tous les deux des origines écossaises. Nos familles respectives vivent en France. Pour le moment, nous ne savons pas ce qu'il est advenu de votre père, mais nous nous en occuperons quand nous irons en Écosse. C'est promis.

Alice le regarda d'un air indécis, attendant qu'il confirme sa proposition.

Ewen hocha la tête pour la rassurer.

— Ne voulez-vous pas accepter ma demande en mariage ?

Alice lutta contre la logique de son discours.

Elle attendait plus du mariage qu'une union dictée par la raison.

— C'est trop tôt, dit-elle d'un ton froid. Il y a encore une semaine, nous ne nous connaissions pas. Nous avons tous les deux des caractères explosifs. Nous pourrions ne pas nous entendre.

— Alice, je n'ai jamais rencontré une autre femme qui soit aussi exaspérante que vous.

— Si vous me trouvez exaspérante, milord, pourquoi prenez-vous la peine de demander ma main ? Il se pourrait que je ne vous apporte rien d'autre que des désagréments.

La bouche d'Ewen se tordit en un sourire narquois.

— Laissez-moi prendre le risque. Qu'en dites-vous, Alice ? Acceptez-vous d'être ma femme ? À moins que vous n'ayez une préférence pour un autre ?

— Il n'y a personne d'autre.

Alice ne lui rendit pas son sourire et attendit qu'il continue.

— Souhaitez-vous que je mette un genou en terre ? proposa-t-il après un moment.

— Surtout pas ! Je trouve cela ridicule.

Elle laissa passer quelques secondes.

— Je vais y réfléchir.

— Je vous suggère de me donner votre réponse très rapidement, car je ne trouverai pas de repos avant de savoir ce qu'il en est. Je ne vous connais peut-être pas depuis longtemps, mais je sais que vous savez prendre des décisions.

Alice était une magnifique jeune femme, songea Ewen.

Sa mère l'apprécierait beaucoup. Après tout, leurs familles étaient autrefois voisines. Simon, son frère aîné, avait combattu auprès du père et des frères d'Alice. Cette dernière était également franche et directe. C'était une femme sur qui on pouvait compter. Une femme qui voudrait, de son côté, que son mari soit solide et loyal, et pas forcément autre chose.

Il aurait pu tomber plus mal.

— Aimez-vous les enfants, Alice ?

— Oui. Je n'ai pas d'expérience en ce qui les concerne, mais j'espère en avoir un jour.

Elle changea de sujet.

— Lady Marchington vous a laissé entendre que ma dot serait substantielle. Je suis sûre que vous devez vous demander en premier lieu si je ferai une épouse acceptable.

Il rit.

— Cela a le mérite d'être franc.

— Je suis ainsi. En tout cas, il faut qu'il se passe quelque chose. Je ne peux pas rester ici pour toujours. Avec le mariage de Roberta qui se profile, mes jours sont comptés à Hislop House.

— Vous pourriez retourner chez votre frère à Paris.

Alice évita son regard.

— C'est impossible.

Plaçant un doigt sous son menton, Ewen l'obligea à relever la tête vers lui.

— Pouvez-vous me dire à quoi la comtesse faisait référence, en disant que vous marchiez déjà sur des œufs ? Vous m'avez dit que vous avez été fiancée et que, lorsque vous êtes partie, cela a fait scandale. Avez-vous autre chose à ajouter ?

Écartant sa main, Alice secoua la tête.

— Non.

— Il est forcément arrivé quelque chose dans votre passé pour qu'elle fasse cette remarque.

Elle haussa les épaules.

— Vous savez comment sont les gens. Lorsqu'on ne respecte pas les conventions, on se trouve vite traité comme un paria. Je me suis retrouvée coupée de mon passé et de toutes ses connexions. À l'époque, cela m'a paru à la fois effrayant et décourageant. Mais je ne retournerai jamais en arrière.

— Je dois admettre que je suis curieux de connaître votre vie avant que vous arriviez à Londres.

— Je vous l'ai dit, il n'y a rien de spécial à raconter. J'ai été fiancée et j'ai rompu.

La voix de la jeune femme était devenue glaciale et inflexible.

La vulnérabilité qu'Ewen avait trouvée si attirante avait disparu à la vitesse du soleil se cachant derrière un nuage d'orage.

La bouche pleine et douce d'Alice était étirée en une ligne crispée, et ses yeux s'étaient durcis.

— Seigneur, Alice, qu'ai-je dit ? Vous êtes, croyez-moi, la femme la plus entêtée et la plus encline à la controverse que j'aie jamais rencontrée. Je sais qu'au début mon attitude envers vous a été outrageante, mais je suis prêt à faire amende honorable. Je souhaite vous donner mon nom, et vous arracher aux critiques acerbes de la comtesse. Je vous pose une question, et vous réagissez comme si je vous avais insultée. Mais, après tout, si vous voulez taire votre passé, cela vous regarde.

— Je suis désolée.

Ewen observa l'expression de la jeune femme se radoucir. Mais elle était encore si sérieuse qu'il eut envie de la prendre dans ses bras. Toutefois, son instinct lui souffla qu'il s'agissait là d'une très mauvaise idée.

Alice était encore très jeune, pourtant elle semblait cacher un secret et une rancœur qu'il avait réveillés par inadvertance. Il n'insisterait pas pour le moment, mais il ne laisserait pas non plus passer cela.

— Et votre passé à vous, Ewen ? Pouvez-vous, en toute honnêteté me dire qu'il n'y a rien que vous vouliez garder pour vous, parce que cela vous ferait trop mal de réveiller ce souvenir ?

Ewen tiqua.

— C'est bien ce que je pensais ! s'écria Alice. Je ne vous demande pas de me le raconter. Aussi, respectez mon souhait de ne pas faire resurgir mon passé.

Ewen resta silencieux un moment, puis il se détendit et hocha la tête.

— Il semblerait que nous ayons tous les deux nos secrets. Ce sera un véritable défi si nous décidons de nous embarquer vers un avenir ensemble. Et je dis cela sans offense.

Un silence tendu s'installa entre eux tandis qu'ils se jaugeaient.

Essayait-il vraiment de se faire pardonner le tort qu'il lui avait causé ? se demanda Alice.

Qu'attendait-il vraiment d'elle ?

Ce n'était certainement pas qu'elle lui offre son corps, étant donné qu'il devait y avoir une ribambelle de femmes ne demandant pas mieux que d'apaiser son appétit.

De toute façon, était-ce vraiment si important de le savoir ?

Les yeux d'Ewen étaient toujours fixés sur elle. Sa bouche était tordue en un sourire narquois qu'Alice commençait à bien connaître, comme s'il la mettait au défi d'accepter sa demande en mariage.

Et pourquoi pas ?

Elle rit pour essayer de masquer sa nervosité.

— Enfin, Ewen, que se passe-t-il ? Pourquoi êtes-vous aussi sérieux ? Seriez-vous déjà en train de regretter votre demande hâtive ?

— J'essaie toujours de remettre de l'ordre dans ma vie depuis que mes deux idiots de laquais ne m'ont pas amené la femme que j'attendais mais une autre. Je ne suis pas certain de pouvoir encaisser une nouvelle surprise.

Alice lui sourit malicieusement.

— Ne seraient-ce pas là les paroles d'un peureux, milord ?

Une lueur amusée dansa dans les yeux gris.

— N'ai-je pas le droit d'avoir quelques craintes ? J'ai encore le souvenir de vos propos désobligeants. J'avais l'impression de recevoir des coups d'épingles et je crois d'ailleurs que cela me pique encore.

Alice rit doucement, tout en se rapprochant de lui.

— Vous vous faites passer pour un innocent, alors que nous savons tous les deux que vous le méritiez.

— Cet argument est contestable.

Ewen prit sa joue en coupe dans le creux de sa main.

— Mais je dois dire que je ne m'attendais pas à ce que cet échange soit aussi stimulant.

Prenant sa main, il fouilla son regard.

— Alice Frobisher, je serais grandement honoré si vous acceptiez de devenir ma femme.

— Vous ne parlez pas d'amour, Ewen.

— Le devrais-je, Alice ?

— Non, si ce n'est pas ressenti.

— Par qui ?

— L'un ou l'autre, je suppose.

Ewen soupira et baissa les yeux vers sa main, qu'il tenait toujours.

— Nous nous en sortirons très bien, j'en suis sûr. Il y a une forte attirance entre nous. Nous la ressentons tous les deux, cela j'en suis certain. Sachez que je vous traiterai bien, et que je serai un bon mari. Je protège jalousement ce qui m'appartient, et personne ne vous fera de mal, je vous le promets.

— Ainsi, vous êtes vraiment sérieux, murmura Alice, stupéfaite.

C'était presque comme si elle se réveillait d'un long sommeil, car la totale compréhension de sa part de ce que voulait Ewen commençait seulement à lui faire battre le cœur plus rapidement.

— Vous ne regretterez pas notre mariage par la suite ?

— Je ne vous connais que depuis peu de temps, mais cela suffit pour que j'apprécie déjà votre compagnie. Je ne vous demanderai rien que vous ne puissiez donner. Et si vous ne pouvez le donner, je ne suis pas homme à le prendre de force.

Alice réfléchit encore.

Tout cela était arrivé si vite… Elle ne se sentait pas prête.

Elle aurait voulu une période de découverte mutuelle, une délicieuse anticipation…

Elle se demanda si elle ne s'apprêtait pas à céder trop rapidement.

Elle se souvenait de la pompe qui avait entouré la demande de Philippe, mais elle ne se rappelait pas, elle en était certaine, que son cœur ait battu aussi follement qu'après la demande toute simple d'Ewen.

Elle se demanda encore ce que cela ferait d'être mariée avec Ewen et liée à lui pour le reste de sa vie.

Il lui semblait approprié de vivre avec l'homme qui avait éveillé en elle une passion qu'elle n'avait jamais pensé éprouver.

Si elle ne l'aimait pas pour le moment, il était certain qu'elle le désirait.

Et elle ne pouvait pas continuer à vivre sous le même toit que Lady Marchington.

En épousant Ewen, elle serait à jamais débarrassée de la comtesse, et de la culpabilité qui était sa fidèle compagne depuis qu'elle avait quitté Paris.

Alice ressentait une immense obligation envers William qui s'était inquiété et qui avait tant souffert à cause d'elle. Et qui était allé jusqu'à provoquer Philippe en duel pour laver son honneur.

L'annonce de la mort de Philippe l'avait terriblement choquée, et l'avait emplie de culpabilité et de honte. En dépit de ce que Philippe avait fait, elle n'avait jamais souhaité sa mort.

Elle espérait sincèrement que William approuverait son mariage avec Ewen. Mais elle n'avait pas réellement d'inquiétude. Les Frobisher et les Tremain étaient voisins et amis avant la bataille de Culloden. William serait probablement heureux pour elle, et Alice savait qu'elle aurait eu la bénédiction de sa mère. Son seul regret était que son père ne puisse pas assister à son mariage. En tout cas elle continuerait à le chercher. Rien ne changerait cela.

Elle répondit enfin par un lent hochement de tête.

— Oui, Ewen, murmura-t-elle. Je vais vous épouser.

Il y avait cependant des larmes dans ses yeux. Des larmes pour la rapidité de sa capitulation. Des larmes pour tous les autres futurs qui n'arriveraient jamais.

Ewen sembla avoir du mal à y croire.

— Vous acceptez d'être ma femme ?

— Oui.

— Alors, nous nous marierons à Londres. Le plus vite possible.

Malgré ses efforts pour paraître calme, Alice ne put empêcher sa voix de vaciller.

— Comme vous voulez.

— Je vais écrire à votre frère, en France.

— Je doute qu'il ait des objections. Je pense même qu'il sera tout à fait ravi de mon choix, considérant les liens passés de nos deux familles.

Ewen déposa un bref et doux baiser sur ses lèvres.

S'écartant, il la regarda avec des yeux brillants.

— Je rêvais de faire cela depuis que vous m'avez embrassé.

À nouveau, il posa les lèvres sur les siennes, mais il l'embrassa cette fois avec une passion différente, qui fit battre le cœur d'Alice plus vite, et éveilla dans tout son corps une étrange chaleur.

Mais, lorsque Ewen glissa la langue dans sa bouche, avec une audace confondante, le souvenir d'un autre moment, avec un autre homme, se réveilla.

Immédiatement, Alice s'écarta et déclara avec un soupir :

— Je crois que nous devrions retourner à l'intérieur et annoncer à Lady Marchington ce que nous avons décidé.

S'il fut déçu, Ewen n'en laissa rien paraître.

— Comme vous voudrez.

— J'ai encore une chose à vous demander. Vous avez dit que vous alliez m'emmener en Écosse. Est-ce là que vous vivez ?

— Oui. Je suis Lord Tremain de Barradine. J'ai hérité du titre et de la propriété au décès d'Edward. Qu'en dites-vous ? Est-ce que l'Écosse vous attire ? J'ai pensé que cela vous serait agréable, après notre discussion avec M. Forbes.

Les yeux d'Alice s'emplirent de larmes.

— J'espère y trouver mon père. Mais au-delà de cela, c'est le pays où je suis née. Comment pourrais-je ne pas être heureuse à l'idée d'y retourner ? Rien ne me ferait plus plaisir que de vivre là-bas.

Après qu'Ewen eut quitté les lieux et que Lady Marchington se fut retirée dans ses appartements, Alice et Roberta eurent enfin l'opportunité de discuter des implications des derniers jours.

— J'ai été très surprise que tu acceptes la demande en mariage de Lord Tremain, commença Roberta, en s'installant confortablement sur le lit d'Alice. Je ne m'y attendais vraiment pas.

Elle soupira.

— Je m'en veux, tu sais. Si je ne t'avais pas demandé de le rencontrer à ma place, rien de tout cela ne serait arrivé. Mais tu n'es pas obligée de l'épouser.

— Si, Roberta. Et de plus je le veux.

— Ne me dis pas que tu es amoureuse de lui. Je ne te croirais pas.

— Et tu aurais raison. Car ce n'est pas du tout cela. L'amour est un luxe que je ne peux pas me permettre. Je ne suis pas une romantique, Roberta. Comme on dit, chat échaudé craint l'eau froide. Ewen m'a compromise. Il en a conscience et veut réparer. C'est un arrangement de convenance pour tous les deux.

— On dirait que tu parles d'un contrat d'affaires, pas d'un mariage.

Alice observa attentivement son amie, pour essayer de déceler sur ses traits une quelconque jalousie.

— Cela t'ennuie que j'épouse ton ancien fiancé ?

— Pas du tout. Épouse-le si c'est vraiment ce que tu veux.

D'un geste absent, Roberta redessinait le contour d'une fleur brodée sur le couvre-lit.

— Mais... Crois-tu que tu seras heureuse avec lui ?

— Je n'ai pas besoin d'un homme, quel qu'il soit, pour me rendre heureuse. Je tracerai mon propre chemin.

— Avec Lord Tremain ? Cela m'étonnerait, Alice. C'est un homme juste et généreux, oui. Je l'ai découvert durant le peu de temps où je l'ai côtoyé. Mais il est aussi arrogant, têtu, possessif et dangereux. Sois prudente dans tes échanges avec lui.

— Je suis sûre que nous trouverons un *modus vivendi*. Comme je te l'ai dit il ne s'agit pas d'une histoire d'amour.

— Et penses-tu que ce sera suffisant ? Tu es encore très jeune.

— Ce sera parfait.

— Si tu le dis.

— De toute façon, je n'ai pas le choix. J'ai besoin d'un mari. Puisque Lord Tremain veut de moi et a promis de bien me traiter, alors je suis prête à l'épouser. Je me moque de ce qu'a été sa vie avant. Ce que je veux, c'est avoir une maison à moi et des enfants. Après cette malheureuse histoire avec Philippe, j'avais renoncé à trouver quelqu'un de bien. Ewen est très bien pour moi. Il va m'emmener vivre en Écosse, près de l'endroit où je suis née. J'en suis ravie.

Alice regarda son amie et, lorsqu'elle reprit la parole, son intonation était presque suppliante.

— Sois heureuse pour moi, Roberta. S'il te plaît.

Roberta sourit et lui prit la main.

— Je suis heureuse pour toi. Si c'est vraiment ce que tu veux, alors je prierai pour que vous trouviez le bonheur ensemble. Et aussi l'amour.

Il s'écoula deux semaines avant qu'Ewen ne vienne rendre visite à Alice.

Si elle n'avait pas reçu deux gros bouquets de fleurs à intervalles distants, elle aurait pu penser qu'elle avait imaginé sa demande en mariage.

Mais il était là à présent.

Pendant quelques instants, Alice fut incapable de parler. Elle retenait son souffle, en espérant que son promis ne la décevrait pas avec de mauvaises nouvelles.

— Ewen ! Quelle surprise ! Je ne vous attendais pas.

Ewen ne put se retenir de sourire tendrement en découvrant le candide regard d'Alice et son visage soudain illuminé.

Refusant de la faire attendre, il alla droit au but.

— Je suis navré de ne pas vous avoir rendu visite plus tôt, mais j'avais des affaires urgentes à régler avant de quitter Londres. Étant donné que la comtesse ne supporte pas ma présence, je suis sûr que vous comprendrez pourquoi je me suis tenu à l'écart.

Ewen se tenait devant le massif bureau de chêne de la bibliothèque de Hislop House, où Simpson lui avait dit qu'il pourrait trouver Alice.

— J'ai des nouvelles de votre frère, ajouta-t-il.

Posant la plume avec laquelle elle était en train d'écrire une lettre à des amis en France, Alice repoussa son fauteuil et se leva.

— Lady Marchington lui a écrit et attend toujours sa réponse. Que vous dit-il ?

— Que le mariage peut se faire avec sa bénédiction.

Comme Alice ne réagissait pas tout de suite, Ewen haussa un sourcil.

— Vous voulez toujours m'épouser, n'est-ce pas, Alice ?

Après qu'elle eut bien réalisé ce qu'il disait, Alice sentit son cœur battre plus vite, et un sourire spontané éclaira son visage.

— Oui. Bien sûr.

— William exprime aussi sa surprise et son enchantement que vous épousiez un Écossais, qui plus est un voisin de votre famille. Il espère faire rapidement ma connaissance. Il se rappelle encore la confusion en Écosse quand les *Highlanders* et les *Lowlanders* se sont soulevés pour suivre le prince Charles dans sa marche vers l'Angleterre afin de rassembler des soutiens, et la bataille de Culloden. Mais vous ne pouvez être intéressée pas ce genre de discussion. Ce doit être détestablement ennuyeux pour une jolie jeune femme.

— Cela ne m'ennuie aucunement, Ewen. Après tout, ce qui s'est passé à Culloden a touché nos familles respectives. J'ai grandi en étant bercée d'histoires racontées par ceux qui s'y trouvaient et les avaient vécues. Avez-vous parlé à William de ma rencontre avec M. Forbes, et de ses révélations à propos de notre père ?

— Non. C'est à vous de le lui dire. Je pensais que vous l'aviez déjà fait.

Alice soupira et secoua la tête.

— Non. Pas encore. Je le ferai, bien sûr. Il a le droit de savoir.

— Mais ?

— Je pensais attendre que nous soyons en Écosse. Si ce que nous a dit M. Forbes est vrai, il y a des chances que mon père s'y trouve. Je ne veux pas donner de faux espoirs à William.

— Nous serons bientôt fixés. Si nous ne le trouvons pas dans les ruines de votre ancienne maison, j'enquêterai dans les villages voisins.

Alice savait qu'il tiendrait parole.

— Et la comtesse ? demanda Ewen. Vous ne lui avez rien dit ?

— Non. Pourquoi lui dirais-je quoi que ce soit ? Elle ne s'intéresse nullement à moi ou à ma famille. En outre, nous serons bientôt mariés, et je serai ensuite à des miles d'elle, en Écosse.

— En parlant de mariage, nous devons commencer les préparatifs. Avez-vous une préférence pour l'église ?

— Non. Je laisse cet aspect des choses à Lady Marchington. Ce ne sera pas une réception en grande pompe. Je veux quelque chose de sobre et de discret. Roberta m'aidera. Quand pensez-vous que nous pourrons nous marier ?

— Très vite. Je ne vois pas l'intérêt d'attendre. Vous savez comment sont les choses entre la comtesse et moi. Elle n'apprécierait pas que je traîne éternellement dans les parages d'Hislop House.

— Et ensuite ? Irons-nous directement en Écosse ?

— Non. Nous passerons d'abord quelques jours à Mercotte Hall, jusqu'à ce que le temps soit assez clément pour nous permettre de voyager vers le nord.

Posant les mains sur les épaules d'Alice, il plongea son regard dans le sien, et ajouta :

— J'aimerais vous emmener en voyage pendant quelques mois, mais il faut d'abord que je règle certaines affaires en Écosse. L'année prochaine, peut-être. Nous en profiterons pour séjourner à Bordeaux, afin que je puisse vous présenter à ma famille.

— J'en serais ravie. Et ensuite... Eh bien, j'ai toujours eu envie d'aller en Italie : Venise, Rome...

— Je verrai ce que je peux faire.

— Je ne veux pas vous créer de problème.

— Depuis quand ?

— Depuis que vous m'avez demandé d'être votre femme.

7

Deux semaines plus tard, Alice et Ewen se mariaient au cours d'une cérémonie privée à l'église St George, à Hanover Square.

Ils venaient tous deux de familles catholiques, mais à cette époque, en Angleterre, il était obligatoire de se marier au sein de l'Église d'Angleterre.

La foi d'Ewen avait souffert au cours des années, et il n'avait pas de préférence pour le lieu de la cérémonie, l'essentiel étant qu'ils soient mariés.

Mais il avait compris que cela pourrait avoir de l'importance pour Alice et avait promis qu'un prêtre bénirait leur union quand ils seraient en Écosse, si elle le souhaitait.

Ce fut donc une réunion intime, sans les festivités accompagnant généralement les mariages. Il n'y avait pas d'invités, et pas de demoiselles d'honneur, en dehors de Roberta.

Vêtue d'une robe de mariée en satin ivoire, rehaussée de perles et de dentelle, Alice était totalement indifférente à ce qui se passait autour d'elle.

Ce n'était pas le genre de mariage auquel elle avait rêvé. Il s'en dégageait quelque chose d'irréel et d'un peu factice. Elle aurait adoré que son frère William et sa belle-sœur Anne soient présents, mais cela n'avait pas été possible.

Elle connut un moment de panique qui arriva sans prévenir.

Quelque part au fond de son esprit une voix lui criait qu'elle faisait une terrible erreur en s'engageant avec un homme à qui elle mentait.

Ewen pensait qu'il épousait une innocente, une vierge. Elle aurait dû lui dire. Il avait le droit de savoir ce qu'elle avait fait avant d'arriver à Londres.

Mais Alice ne pouvait se résoudre à le lui avouer. Elle avait trop honte.

À partir de l'instant où le révérend les aurait mariés, elle ne pourrait plus revenir en arrière. Elle avait l'impression d'être prise au piège. Quoi qu'il arrive désormais, elle devrait supporter Ewen pour le reste de sa vie.

Et que se passerait-il si son époux découvrait son passé ?

Mais ses doutes ne durèrent pas.

Après tout, elle avait longuement réfléchi, et c'était la meilleure chose à faire.

D'une voix basse et tremblante, Alice répondit aux questions que posait le révérend.

Les vœux furent échangés, les liant tous les deux, puis les doigts d'Ewen saisirent les siens, en une forme d'engagement muet, tandis qu'il passait l'alliance à son annulaire.

Les yeux gris de son époux prirent possession des siens, et le temps lui-même sembla retenir son souffle quand Ewen se pencha pour déposer un baiser sur ses lèvres.

Ce fut rapidement terminé et, tandis qu'ils signaient des documents, Alice fut saisie par l'étrangeté du moment. Quand elle pensait aux circonstances qui les avaient réunis, combien elle l'avait détesté au début, elle avait du mal à croire qu'ils étaient mariés.

Après la cérémonie, il n'y eut pas de réception à Hislop House. Ewen avait fait savoir à Lady Marchington qu'ils s'en iraient dès que la célébration serait terminée.

Avant qu'Alice n'ait eu le temps de comprendre ce qui se passait, Ewen avait drapé une cape doublée de fourrure sur ses épaules, et ils faisaient leurs adieux.

— Au revoir, comtesse, dit Alice à la femme qui l'avait accueillie chez elle, mais qui ne s'était jamais montrée bienveillante à son égard.

Lady Marchington la regarda avec dédain.

— Je crois que vous irez très bien ensemble. Et... Étant donné que vous avez une fâcheuse propension à créer des scandales, il est bien que vous viviez en Écosse. Ainsi, l'écho de vos frasques ne parviendra pas jusqu'à Londres.

— Je crois que vous en avez assez dit, intervint Ewen d'un ton cassant. Le trouble auquel vous faites référence est de mon fait, et le scandale a été évité.

Lady Marchington se redressa, et ses yeux lancèrent des éclairs.

— Ne me parlez pas comme cela, ou...

— Ou quoi ? N'essayez pas de me menacer. J'ai tout ce que je veux, maintenant.

— Uniquement parce que je l'ai permis. William m'a confié Alice, et je vous la confie à mon tour. J'ai rempli mes obligations.

— Absolument.

Inclinant poliment la tête, mais pas assez pour montrer du respect, Ewen conclut :

— Au revoir, donc, comtesse.

Puis il tourna les talons.

Roberta était en larmes, mais elle leur souhaita beaucoup de bonheur.

Ewen guida Alice vers la porte, tandis qu'Amir les précédait.

Des rafales de vent les frappèrent de plein fouet, soulevant leurs capes, et leur coupant le souffle.

Tandis qu'Alice et Ewen attendaient à l'abri du porche, Amir courut devant pour leur ouvrir la porte d'un coche à la peinture d'un beau noir laqué et déplia le marchepied pour leur permettre d'accéder à l'intérieur. Le conducteur était déjà perché sur son siège, emmitouflé dans une épaisse houppelande.

Laissant l'église derrière eux, le coche prit la direction du nord. Les mouvements du véhicule firent glisser la capuche d'Alice de sa tête, et ses cheveux, libérés de leur simple lien, cascadèrent sur ses épaules en luxuriantes vagues de velours noir.

Ewen regarda sa femme.

— Ce n'était pas ainsi que j'imaginais le jour de notre mariage.

— Moi non plus. Mais c'est fait maintenant. Allons-nous directement à Mercotte Hall ?

— C'est un long voyage, par une journée comme celle-ci. Il fera bientôt nuit. Nous pouvons nous arrêter dans une auberge si vous préférez.

Alice secoua la tête.

— Je crois que je préfère continuer.

Ewen la regarda avec toute la chaleur qu'un homme pouvait avoir pour sa femme.

— Nous aurons notre propre célébration quand nous serons à Mercotte Hall.

Alice se recroquevilla sous sa cape, transie par l'air glacial. Elle accepta avec plaisir la couverture en fourrure qu'Ewen drapa autour d'elle, succombant bientôt à sa chaleur réconfortante.

Était-ce un rêve, ou bien voyageait-elle vraiment avec un homme qu'elle ne connaissait pas, et à qui elle venait de promettre de l'aimer, de l'honorer et de lui obéir ?

Elle commença à se demander si elle n'avait pas perdu la tête de se lier à jamais avec un inconnu. Et qui plus est avec un inconnu dont le passé était empli de secrets.

Changeant de place, Ewen vint s'asseoir à côté d'elle.

— Venez plus près, Alice, et prenez appui contre moi. Nous aurons plus chaud à deux.

L'hésitation d'Alice ne dura guère plus que quelques secondes. Blottie contre la chaleur d'Ewen, elle ne put nier que son impression de confort grandissait rapidement.

La plaisante chaleur qui s'insinuait à travers ses vêtements lui donnait une étrange sensation de sécurité.

Ewen avait passé un bras autour de ses épaules, l'attirant contre lui, et Alice ne trouva aucune raison de résister. Sa tête trouva au creux du cou de son mari une niche qui semblait spécialement conçue pour elle.

— J'aurais voulu quelque chose de différent, confessa Ewen à son oreille. De plus joyeux, en tout cas.

— C'est fait, maintenant. Je suis votre épouse.

— Et Lady Marchington est reléguée au passé.

— L'Écosse est suffisamment loin pour que nous n'ayons pas à la revoir, mais...

— Oui ?

Ewen inclina la tête et chercha son regard.

— Mon regret, c'est que je ne serai pas là pour voir Roberta se marier.

— Avec la moitié de la société londonienne qui nous aurait scrutés comme des bêtes curieuses ? objecta Ewen.

— Vous avez sans doute raison.

Après un silence, Alice changea de sujet.

— Ce lien, ces vœux que nous avons prononcés, c'est tellement fragile. Après tout, nous nous connaissons à peine.

— Ces vœux sont permanents pour moi, Alice. Nous aurons tout le temps de faire connaissance à Barradine, ou même à Mercotte Hall. Au moins, vous n'aurez pas en permanence la comtesse sur le dos. Un peu d'intimité n'a jamais fait de mal à personne.

— C'était ce que vous vouliez ?

Ewen lui sourit, gentiment charmeur.

— L'intimité ? Disons que je ne serais pas contre vous garder captive dans ma chambre pendant une semaine, afin de vous faire l'amour comme j'en rêve.

Son intonation se fit langoureuse.

— Vous devez être informée de mon vif souhait en ce domaine. Et je crois que vous n'aurez aucune objection, si le baiser que vous m'avez donné est un indicateur de vos sentiments. Vous m'avez assurément embrassé avec plus d'enthousiasme que les femmes y mettent d'habitude.

— Et vous m'avez rendu mon baiser avec un même enthousiasme, milord.

— Et pourquoi pas ? Il ne m'arrive pas tous les jours d'être embrassé par une belle jeune femme qui paraît assoiffée de passion.

La tête contre son épaule, Alice pouvait entendre le rythme fort et régulier de son cœur. Ewen était un homme de responsabilités et d'honneur, mais était-il sûr de ses sentiments ? Elle l'avait vu changer d'humeur avec une rapidité surprenante, et devinait qu'il devait être très difficile de savoir à quoi s'en tenir avec lui.

En tout cas, il était pour le moment d'une tranquille gentillesse, et elle en profita pour se détendre entre ses bras.

Ewen ferma les yeux, et Alice se tourna pour mieux le regarder. Ce faisant, son souffle tiède dut caresser le cou de son mari, car elle le vit frissonner.

Ewen rouvrit les yeux à cet instant.

Leurs regards se croisèrent en un chaleureux échange, et Alice ne put maîtriser la palpitation nerveuse au creux de sa poitrine.

Elle avait beau se répéter que ce qui se passerait ce soir-là avec Ewen elle l'avait déjà fait, qu'il n'y aurait pas de surprises, elle ne pouvait s'empêcher d'éprouver une certaine appréhension.

Elle se doutait qu'Ewen avait fait l'amour à de nombreuses femmes. À quoi était-il habitué ? Que lui demanderait-il ? Serait-il patient avec elle ?

Et elle, saurait-elle le satisfaire ? Serait-elle capable de répondre à toutes ses demandes ? En aurait-elle envie ?

Captant l'expression langoureuse du regard d'Ewen, Alice sut qu'il avait une idée en tête.

— À quoi songez-vous ? demanda-t-elle.

Il eut un lent sourire charmeur qui fit battre le cœur d'Alice plus vite.

— Je songe à vous embrasser. Y voyez-vous une objection ?

Alice déglutit avec peine, rongée de nervosité.

— Non, murmura-t-elle, les yeux rivés sur la bouche sensuelle de son époux.

— Enfin… Je ne crois pas.

Ewen glissa une main sur sa nuque. De l'autre, il lui souleva le menton et posa ses lèvres sur la joue d'Alice, y déposant un baiser léger.

Puis il frotta sa bouche contre la sienne, tout en la plaquant plus étroitement contre lui. Du bout de sa langue, il lui taquina délicatement les lèvres, l'incitant à les ouvrir.

Comme la première fois, Alice lui offrit sa bouche. Le baiser fut passionné et grisant. Un léger soupir lui échappa quand

Ewen commença à dessiner un chemin de petits baisers le long de son cou.

Ils continuèrent ainsi à s'embrasser, jusqu'à ce qu'ils comprennent qu'ils avaient franchi les portes de Mercotte Hall.

Deux choses angoissèrent alors Alice presque simultanément : premièrement, ils allaient s'arrêter dans moins d'une minute devant une maison où les domestiques les attendraient alignés dans le hall pour leur souhaiter la bienvenue. Et deuxièmement, son reflet dans la vitre du coche la montrait complètement échevelée.

— Mes cheveux, gémit-elle, en essayant de passer les doigts dans les boucles emmêlées. Que vont penser les domestiques ?

Ewen haussa les épaules.

— Peu importe.

— C'est tout de même très embarrassant.

— Ne vous inquiétez pas, ma chère. Ils penseront que vous avez été abondamment embrassée par votre mari.

Le velours de sa voix était follement séduisant, et Alice s'autorisa un dernier baiser, avant que le marchepied ne soit déployé et que la porte ne s'ouvre, révélant les visages souriants de Taff et Hicks.

Posant le pied à terre, Alice se plaça à côté d'Ewen, tandis que Taff se précipitait pour ouvrir la porte d'entrée.

Mme Mullen attendait avec Lily et d'autres domestiques, et leurs visages souriants apaisèrent momentanément l'anxiété d'Alice.

Après force congratulations, Mme Mullen disparut dans la cuisine pour préparer le repas du soir.

Ewen débarrassa Alice de sa cape et l'engagea à aller se réchauffer devant la cheminée du salon.

— Nos chambres ont été préparées, et un excellent souper nous attend. J'espère que vous avez faim.

— Pas pour le moment.

Elle se remettait à peine de leurs baisers, et son estomac était noué de tension tandis qu'elle songeait à ce qui lui arriverait plus tard.

Visiblement conscient de son appréhension, Ewen lui adressa un sourire d'encouragement.

— Je pense qu'un peu de champagne vous fera du bien. Cela vous ouvrira l'appétit et apaisera votre nervosité.

Il se tourna vers Amir.

— Du vin pour ma splendide épouse. Et un toast pour notre avenir.

Amir, toujours courtois et amical, ne tarda à pas à apporter à Alice une coupe de vin de Champagne.

— Puis-je dire, milady, que vous êtes rayonnante, déclara-t-il, la gratifiant de son sourire angélique.

Alice lui sourit en retour.

— Merci, Amir. C'est tellement aimable à vous de dire une telle chose. Mais, êtes-vous sûr de devoir m'appeler milady ?

— Oui. Vous êtes Lady Tremain, désormais.

— Y a-t-il aussi un verre pour moi ? les interrompit Ewen, en plaçant un bras possessif autour de la taille d'Alice.

Amir lui tendit un verre, et adressa un nouveau sourire à Alice.

— À votre santé et à votre avenir. Vous faites un beau couple. Tu es un homme chanceux, Ewen. Mais je pense que tu le sais déjà. À présent, je vais vous laisser.

— Merci, Amir.

Ewen regarda Alice.

— À notre mariage.

Alice reposa son verre.

— J'aimerais me rafraîchir, Ewen. Suis-je dans la même chambre que la dernière fois ?

— Non. Nous avons des chambres communicantes, ce que, j'en suis sûr, vous trouverez pratique.

Il appela Lily qui s'apprêtait à disparaître dans la cuisine. Elle revint promptement vers eux.

— Oui, milord ?

— Veuillez montrer ses appartements à Lady Tremain. Elle souhaiterait se rafraîchir.

Lily fit une révérence.

— Bien, milord.

La femme de chambre se tourna vers Alice avec un grand sourire.

— Suivez-moi, milady. Un bon feu vous attend.

— Je serai dans la salle à manger quand vous serez prête, précisa Ewen.

Tandis qu'elle traversait le hall pour gagner sa chambre, Alice sentit le regard de son mari sur elle.

Tandis qu'il regardait sa femme monter l'escalier, Ewen fut plutôt surpris de la légèreté de son cœur. Alors que peu de temps auparavant il était encore sombre et vide, il semblait maintenant lumineux et empli d'espoir.

Lily ouvrait la marche vers le premier étage, et les pièces qu'Alice partagerait avec son mari.

Elles étaient confortables et simples, mais élégamment meublées.

Les murs étaient tendus de soie crème, ornée de motifs floraux dans les tons abricot. Les tapis et les rideaux de velours étaient quant à eux d'un ton plus soutenu de caramel. Des tableaux représentant de charmants paysages étaient accrochés aux murs. Des figurines délicates embellissaient les meubles, et un arrangement de roses dans un vase de cristal posé sur une commode en acajou apportait une note de gaieté et de couleur.

C'était une pièce faite pour satisfaire les sens, une pièce dédiée à la sensualité.

Lorsqu'elle gagna la salle à manger, Alice s'émerveilla de tout ce qui avait été préparé à son attention.

Petite et intime, la pièce brillait de l'éclat de dizaines de bougies. La table étincelait de l'éclat de l'argenterie, et des bouquets de fleurs fraîchement coupées dans les serres de Mercotte Hall égayaient le tout.

Alice regarda son mari.

Comme elle, il avait ôté sa tenue de cérémonie, et elle admira la façon dont son pantalon ajusté épousait ses longues jambes musclées. Sa chemise blanche était ouverte au col, et sa jaquette noire avantageait merveilleusement ses larges épaules.

Alice espérait qu'il éprouvait le même plaisir que le sien à la regarder.

Ewen regardait Alice comme s'il la voyait pour la première fois.

Pas une fois dans la journée il n'avait commenté son apparence. Mais à présent, alors que son regard passait de sa coiffure à l'ourlet de sa robe, il était fasciné.

Il lui adressa un lent sourire appréciateur.

Les cheveux d'Alice, d'un noir aussi lustré qu'une aile de corbeau, cascadaient en boucles souples sur ses épaules. Sa robe de satin bleu, agrémentée de mousseline argent, dégageait ses épaules et révélait la naissance de sa poitrine puis enserrait sa taille, avant de s'épanouir en une large corolle de jupons tombant jusqu'au sol.

Elle était nerveuse, cela se voyait, mais Ewen percevait aussi chez elle une attente mêlée d'impatience, ce qui était inhabituel.

Une femme était supposée être terrifiée à l'idée de l'expérience qui l'attendait, parce qu'elle ignorait de quoi il s'agissait, et qu'on lui avait simplement dit de le supporter bravement car cela faisait plaisir aux gentlemen.

Bien que brûlant de la faire sienne depuis qu'elle avait accepté sa demande, Ewen s'était promis d'être doux et patient avec Alice. Il ne voulait pas prendre le risque de la dégoûter à jamais.

Il s'avança vers elle pour lui prendre la main et la conduire à la table.

— Mes compliments, Alice. La robe que vous avez choisie pour ce soir est magnifique. Mais pas autant que la femme qui la porte.

— Merci, Ewen. Je suis ravie que vous le pensiez.

— Mme Mullen a préparé un repas digne d'un roi. Voulez-vous dîner ?

— Oui, merci.

Sentant la main d'Alice trembler dans la sienne, Ewen demanda :

— Vous semblez nerveuse. Pourquoi ?

Alice eut un rire qui lui parut quelque peu forcé.

— Eh bien, disons que… je n'ai jamais été mariée auparavant ! Je ne sais pas comment je dois me comporter.

— Moi non plus, je n'ai jamais été marié. Nous apprendrons ensemble.

Alice baissa les yeux vers leurs mains toujours unies.

— Oui mais, un homme sait certaines choses. Je... Je ne veux pas vous décevoir.

Ewen rit doucement, lâchant sa main et lui présentant une chaise.

Lorsque Alice fut assise, il inclina la tête, et laissa son souffle chaud lui caresser la joue, tandis qu'il murmurait à son oreille :

— Croyez-vous que j'accueillerais avec satisfaction dans mon lit une femme qui serait experte dans les choses de l'amour ? J'aime votre naïveté et votre innocence, Alice, mais je sais qu'un feu brûle en vous, et mon plus grand plaisir sera de libérer ce feu pour faire de vous une femme sensuelle qui saura m'apporter toutes les satisfactions.

Contournant la table, il s'assit en face d'elle.

Consciente que ses joues étaient aussi rouges qu'un coquelicot, évitant le regard ouvertement admiratif d'Ewen, Alice fit des compliments sur la coupe contenant des roses blanches encadrée par des candélabres, le tout posé au centre de la table que recouvrait une nappe de lin blanc.

Les domestiques vinrent les servir puis, comme Ewen leur en avait donné l'instruction, les laissèrent seuls.

Ewen leva son verre pour un toast.

— À nous, Alice.

Alice sourit et but une gorgée de vin.

Soudain bouleversée, elle se dit qu'il ne fallait pas qu'elle pleure. Elle allait rester aussi calme et retenue qu'Ewen l'était.

Elle commença à manger et fit de nouveaux compliments, sur la nourriture cette fois.

Ils dégustèrent les plats et les vins, et discutèrent comme si cette nuit n'était pas différente des autres, tout en sachant l'un comme l'autre qu'elle l'était.

Plus tard, Alice se retira, laissant Ewen finir son porto, après qu'il lui eut fait la promesse de ne pas tarder à la rejoindre.

Lily l'aida à enfiler une tenue de nuit faite de fine percale blanche, simplement ornée au col et aux manches de dentelle et d'un étroit ruban de satin blanc.

Dans le miroir, Alice observa son apparence d'un œil critique, en se demandant ce qu'Ewen allait penser d'elle.

De taille moyenne, et selon elle trop brune pour une époque où l'on aimait les femmes blondes, pourvues de douces rondeurs, elle avait de longues jambes, des hanches étroites et une taille fine. Avec ses pommettes hautes, sa peau dorée et sa masse de boucles d'un noir bleuté, elle ressemblait plus à une gitane qu'à une jeune lady.

Alice eut un soupir de regret en songeant aux beautés pâles et éthérées qu'elle avait croisées à Paris.

Elle essaya de retrouver confiance en se disant qu'Ewen l'avait choisie, même si on lui avait forcé la main. Seulement, il ne lui avait pas dit qu'il l'aimait.

Et cela n'arriverait probablement jamais.

Se détournant du miroir, elle sourit à Lily qui préparait le lit.

Elle fut soulagée que la jeune femme de chambre soit assez délicate pour ne pas lui tenir le discours généralement réservé aux jeunes épousées, choisissant plutôt de se remémorer le jour où Alice était arrivée à Mercotte Hall en compagnie de Taff et Hicks. Qui aurait cru qu'il en résulterait si vite un mariage entre Lord Tremain et son invitée, s'étonna-t-elle.

— Vous êtes très belle, milady, ajouta Lily d'un ton réconfortant. Comme toute épouse au soir de sa nuit de noces, il est normal que vous soyez nerveuse. Mais tout va bien se passer.

— Je l'espère, Lily.

— Voulez-vous que je vous aide à vous mettre au lit ?

— Non. Je préfère... attendre.

Essayant désespérément de penser à autre chose, Alice contempla le feu, et songea à ce qui se passerait une fois qu'Ewen l'aurait emmenée à Barradine.

Trouverait-elle son père ?

Elle espérait de toutes ses forces que Duncan Forbes lui ait dit la vérité, et que son père vivait désormais en Écosse.

Alice était toujours devant la cheminée quand Ewen la rejoignit.

Ressentant un brusque élan d'admiration, elle sourit en le regardant entrer, de cette démarche souple et élégante qui lui donnait un air à la fois assuré et nonchalant.

La lumière du feu dansait sur son visage, ciselant par moments ses traits magnifiques, et les laissant à d'autres dans l'ombre, pour suggérer une sensualité qui devait couver à l'intérieur.

Il ôta sa jaquette, révélant la forte colonne de son cou dans l'ouverture du col de sa chemise.

Dans cette tenue moins formelle, il semblait aux yeux d'Alice incroyablement viril et élégant.

Consciente d'être nue sous sa chemise de nuit, elle fit un pas en avant. Puis elle s'arrêta, intimidée par les étincelles qui éclairaient le regard gris d'Ewen.

Elle avait l'impression de suffoquer sous l'intensité avec laquelle il la scrutait. Mais elle attendit en silence, tandis qu'Ewen continuait à détailler sa tenue dans les moindres détails, une expression indéchiffrable sur le visage.

Alice n'avait pas la moindre indication sur ce à quoi elle devait s'attendre. Et dès lors, elle ne pouvait que se demander, non sans angoisse, si cet inconnu qu'elle avait épousé n'allait pas soudain se transformer en brute dans sa recherche du plaisir.

Pourvu que cela ne recommence pas, songea-t-elle, effrayée. Elle ne le supporterait pas.

— Voulez-vous un verre de vin ? proposa Ewen. Ou peut-être un peu plus de champagne ?

Elle secoua la tête.

— Non, merci, Ewen, répondit-elle en essayant de contrôler sa voix pour qu'elle ne trahisse pas sa nervosité. Je ne veux rien.

Alice se sentait impuissante à maîtriser la situation. Il régnait dans la vaste chambre une chaleur accueillante. L'odeur du brandy qu'Ewen avait consommé avant de la rejoindre lui parvenait à chaque inspiration qu'elle prenait.

Cette puissante combinaison menaçait d'engourdir ses sens et son esprit. Or, elle voulait rester consciente de ce qui lui arrivait.

Mais d'un autre côté, peut-être aurait-il été plus facile pour elle de se laisser sombrer dans la semi-conscience provoquée par l'alcool.

— Vous tremblez, observa Ewen.

— Oui, admit-elle, avec un tremblement dans la voix. Je ne sais pas pourquoi.

Il eut un sourire légèrement moqueur.

— Ne le savez-vous vraiment pas ?

Alice secoua la tête, redoutant et désirant tout à la fois qu'il la prenne dans ses bras.

Les longs doigts nerveux et puissants d'Ewen soulevèrent son visage pour que leurs regards soient à la même hauteur.

— Je suis en effet très chanceux, Alice, dit-il d'une voix étonnamment enrouée. Je ferai en sorte de ne pas vous blesser, je vous le promets. La douleur ne durera pas. Ce sera vite fini. Ensuite, ce sera plus agréable pour vous.

Alice se sentit soudain perdue et hésitante.

La froide et cruelle vérité ne pouvait plus longtemps être ignorée.

Ewen s'adressait à elle comme à une vierge, une jeune personne que l'on devait initier avec délicatesse aux secrets du mariage. Alors qu'elle, qui savait en quoi consistait l'union charnelle avec un homme, n'était pas du tout encline à renouveler l'expérience.

Soudain, Ewen parut hésiter lui-même, et Alice comprit que c'était probablement son expression torturée, et la façon hébétée dont elle le regardait, qui avait provoqué cette réaction.

— Que se passe-t-il, Alice ? Y a-t-il un problème ?

— Ewen, je dois vous parler.

— Ce n'était pas ce que j'avais en tête, se moqua-t-il gentiment.

— C'est très sérieux, Ewen.

— Je ne suis pas un ogre, vous savez. Je ne vais pas vous forcer à consommer notre mariage, si vous n'êtes pas prête.

Ne s'attendant pas à rencontrer de la résistance, Ewen était intrigué par le comportement d'Alice.

Il percevait qu'elle n'était pas bien, qu'un souvenir de son passé était probablement revenu la hanter.

Dans l'espoir de découvrir de quoi il retournait, il fit un suprême effort pour contenir son impatience.

— Dites-moi ce qui ne va pas.

Alice se détourna d'Ewen, les bras tendus le long de son corps, les poings serrés.

Elle aurait tant voulu pouvoir se confier à lui.

Mais, avec tout ce qui s'était passé entre eux au début de leur relation, elle éprouvait toujours à son égard un léger manque de confiance.

Il était tombé amoureux de Roberta parce qu'elle était pure et parfaite, alors qu'elle-même était bien loin de cela. Elle avait peur qu'Ewen ne la rejette si elle lui disait la vérité. Ne lui avait-il pas dit qu'il n'apprécierait pas d'avoir dans son lit une femme expérimentée ?

Alice avait les yeux brûlants et la gorge douloureuse, mais elle était fermement décidée à ne pas pleurer.

Ewen vint se placer derrière elle et posa les mains sur ses épaules. À ce contact, un long frisson traversa tout le corps d'Alice.

— Alice, demanda-t-il d'une voix très douce, êtes-vous effrayée de me laisser vous faire l'amour ?

S'ébrouant comme s'il lui avait écorché la peau, Alice fit quelques pas pour s'écarter de lui.

— Je vous en prie, Ewen. Ne me touchez pas. Je... Je ne veux pas de cela. Pas maintenant.

Ewen serra les mâchoires.

Prenant à nouveau Alice par les épaules, cette fois avec plus de fermeté, il chercha à capter son regard.

— Voulez-vous bien me dire ce qui vous prend ?

Quand enfin sa femme leva les yeux vers lui, Ewen eut l'impression qu'un masque était tombé sur son visage. Ses yeux étaient sans vie et mornes, comme si quelque chose en elle était mort.

Jamais il ne l'avait vue ainsi.

Il fut tenté d'ignorer sa demande et de la serrer dans ses bras, mais une intuition le prévint de ne pas chercher l'intimité avec elle.

— Pardonnez-moi si je vous parais stupide, commença-t-il.

Il s'efforçait de garder patience, de lutter contre un sentiment de décalage entre ce qu'il ressentait et l'attitude d'Alice envers lui, contre son impuissance à briser la barrière invisible qu'elle avait érigée autour d'elle.

Se passant les doigts dans les cheveux, il se mit à faire les cent pas.

Quand il était entré dans la pièce, il ne savait pas, bien sûr, à quoi s'attendre. Mais jamais il n'aurait pensé qu'Alice le rejetterait de cette façon.

Il revint vers elle et, les mains sur les hanches, s'arrêta à quelques pas de là où elle se trouvait.

— J'admets ne rien comprendre car, à chaque fois que je vous ai embrassée, vous n'avez fait aucune objection et vous m'avez rendu mes baisers avec une ardeur égale à la mienne. Vous avez même pris l'initiative de m'embrasser à une occasion.

Ewen marqua une pause, se souvenant qu'il avait été tendre et respectueux avec elle.

— Alice, vous saviez à quoi vous attendre quand vous avez accepté de devenir ma femme.

Alice prit une profonde et tremblante inspiration, puisant en elle le courage dont elle avait besoin pour ce qu'elle s'apprêtait à lui demander.

— Je vous en prie, Ewen, accepteriez-vous d'attendre ? De me laisser du temps ?

Hormis une légère crispation autour de la bouche, le visage d'Ewen était indéchiffrable.

— Vous comprenez que ce que vous me demandez n'est pas ordinaire ?

— Oui.

— Et si je refusais ?

Sa voix avait pris une intonation dangereuse.

La lèvre inférieure d'Alice se mit à trembler, tandis qu'elle fixait son mari avec effroi, tel un animal cerné par des chasseurs et n'ayant plus aucune issue.

— Vous… Vous ne m'obligeriez pas à me soumettre à vous ?

Haussant un sourcil, Ewen la gratifia d'un regard glacé.

— Je trouve votre choix de vocabulaire détestable. Lorsque j'emmènerai finalement ma femme au lit, je souhaite qu'elle ne trouve pas nécessaire de se préparer mentalement, avant de m'autoriser à la toucher.

Il laissa passer un silence, comme s'il voulait que ses mots s'imprègnent dans l'esprit d'Alice.

— Je n'attends pas non plus qu'elle se soumette à mon souhait ou mon autorité... Qu'elle se soumette à moi comme si c'était une sorte de punition.

Alice soupira.

— Tout ce que je vous demande, c'est de m'accorder un peu de temps. Je me rappelle que vous m'avez dit ne rien vouloir me demander que je ne sois pas prête à donner. Que si je n'étais pas prête à donner, vous n'étiez pas homme à prendre de force.

Ewen ne s'attendait pas à entendre citer précisément les mots qu'il avait prononcés.

Jurant en silence, il se détourna, vibrant de frustration contenue.

Pour la première fois de sa vie, il se trouvait au pied d'un mur qu'il ne pouvait pas franchir.

Traversant la pièce à longues enjambées nerveuses, il ouvrit la porte et s'arrêta sur le seuil.

Là, il se retourna.

— Devant Dieu, Alice, je jure de ne pas vous forcer. Soit vous venez au lit avec moi, soit je franchis cette porte, et elle restera entre nous jusqu'à ce que vous décidiez de me rejoindre. Mais je ne permettrai pas que la situation reste ainsi indéfiniment entre nous.

Il la regarda cette fois avec autorité.

— Le choix vous appartient.

La tentation de capituler et de se jeter dans les bras de son mari fut si forte qu'Alice hésita.

Elle avait tellement besoin de lui.

Mais la peur la retenait et glaçait son cœur.

Le visage crispé, elle le regarda sans savoir ce qu'elle devait dire.

La honte et l'embarras la submergeaient.

Elle avait réellement espéré pouvoir laisser le passé derrière elle. Elle le voulait de toutes ses forces. Et, pour finir, elle s'était comportée de façon stupide.

— Je suis désolée, Ewen, murmura-t-elle, en secouant lentement la tête.

— Je vois.

Ewen laissa passer un silence.

— Je voudrais pouvoir dire que je comprends, mais ce n'est pas le cas. Quand vous déciderez d'être ma femme dans tous les sens du terme, vous saurez où me trouver.

Son expression se fit implacable.

— Mais prenez garde. Ma patience n'est pas inépuisable. Vous ne pourrez pas contourner indéfiniment la question.

Puis Ewen la laissa, fermant la porte avec fermeté derrière lui.

Ce fut à ce moment-là qu'Alice comprit pleinement ce que signifiait l'expression « avoir le cœur brisé ».

Seul dans sa chambre, essayant de noyer sa déception dans l'alcool, Ewen se servit généreusement un brandy et avala d'un trait le liquide ambré.

Immédiatement, il se resservit, en sachant qu'il ne trouverait pas le sommeil cette nuit-là, alors qu'Alice se trouvait dans la chambre voisine.

Cette femme — sa femme —, il la désirait plus qu'aucune autre avant elle et ne pouvait se l'ôter de la tête.

Le regard fixé sur la porte close, il trouvait incroyable pour un homme capable comme lui de contrôler ses émotions de se retrouver dans cette situation.

Il s'agissait de sa nuit de noces, et sa femme lui avait refusé son lit. Et le pire, c'était qu'il ne savait pas pourquoi.

Pourquoi le rejetait-elle ainsi ?

Ne le trouvait-elle pas attirant ?

Lui en voulait-elle encore à cause de son enlèvement ?

Ou bien, y avait-il une raison plus sinistre à son refus de faire l'amour avec lui ?

Lorsque le jour se leva, Alice se tourna sur le côté et observa la lumière grise qui s'accordait si bien avec ses pensées moroses.

Incapable de prendre le petit déjeuner au rez-de-chaussée, elle le fit monter dans sa chambre.

Les domestiques se rendirent vite compte, bien sûr, que les

choses n'étaient pas comme elles auraient dû l'être entre elle et leur maître.

En réalité, les relations entre Ewen et elle étaient tendues, et la mésentente ne cessa de grandir.

Au début, ils essayèrent d'être aimables l'un envers l'autre, mais ils étaient tous les deux sur leurs gardes, et il n'était pas possible de parler indéfiniment de la pluie et du beau temps.

Ewen trouva à s'occuper sur le domaine, et il se mit au travail avec une détermination pouvant paraître obstinée.

Au bout de deux semaines, la situation devint intolérable, et ils firent tout pour s'éviter.

Les rares fois où ils se retrouvèrent, généralement au dîner, Ewen ne décrocha pas un mot, et Alice dut se retenir de quitter précipitamment la pièce en claquant la porte derrière elle.

Un matin, après sa promenade quotidienne, elle revenait à la maison quand elle trouva Amir en train de transporter deux selles.

— Où allez-vous avec cela ? demanda-t-elle.

— Votre mari s'en va, milady.

— Comment cela, il s'en va ? Mais, où ?

Le regard d'Amir se porta vers la bibliothèque, dont la porte était ouverte.

Incrédule, Alice s'y précipita.

Ewen était debout devant une grande table et triait des papiers. Il avait ôté sa veste et roulé ses manches.

Elle vit les épaules de son époux se crisper au son du frou-frou de ses jupes, tandis qu'elle s'avançait sur le tapis.

Lorsqu'il leva les yeux vers elle, Alice eut conscience de l'effort qu'il faisait pour contrôler sa colère.

Elle ressentit une attirance si forte envers lui, qu'elle crut en défaillir.

Elle le trouva si beau, si viril, qu'il aurait suffi qu'il lui sourie pour qu'elle se jette dans ses bras et lui demande pardon.

Elle détailla ses traits de granit, espérant un signe d'adoucissement, de compassion. Mais il la fixait avec des yeux perçants et inquisiteurs.

Ewen plongea les yeux dans les prunelles si bleues de sa femme et serra les poings.

L'envie de la prendre dans ses bras était si forte qu'il avait les plus grandes difficultés à se contenir.

Il avait envie de la serrer contre lui, de l'embrasser, et d'effacer ces deux semaines d'enfer.

— Je viens de voir Amir, commença Alice. Il m'a appris que vous partiez.

— C'est mon intention.

Alice le dévisagea avec incrédulité.

— Oh ! je vois... Est-ce que je viens avec vous ?

— Non. Vous restez à Mercotte Hall. Je ne doute pas que vous y trouviez à vous occuper.

La voix d'Ewen était si froide qu'Alice releva le menton d'un air indigné.

— Vous me laissez seule ici ? N'ai-je droit à aucune compagnie ? Je ne connais personne. Puis-je vous demander pourquoi vous avez soudainement décidé de partir ?

— Il me semble que c'est pourtant évident.

La cruauté de sa remarque fit rougir Alice.

— Pour le moment, vous resterez ici, déclara-t-il, en prenant sa jaquette sur le dossier de la chaise.

Alice céda à la colère.

— Vous n'avez pas d'ordre à me donner, Ewen. Vous êtes mon mari, certes, mais pas mon maître. Je n'entends pas passer ma vie comme une nonne recluse parce que je vous ai contrarié.

— La contrariété est un bien faible mot pour décrire la réalité de la situation.

— Puis-je vous demander où vous allez ?

— À Barradine. J'ai l'intention de partir sur-le-champ.

— Je vois. Avez-vous oublié combien il est important pour moi de retrouver mon père ? Ce n'est qu'en allant en Écosse que je peux espérer y parvenir. Et vous me dites maintenant que je dois rester ici ? Comment osez-vous me refuser cela ? Vous êtes délibérément cruel.

— Pas délibérément, non. Ne vous inquiétez pas, j'enquêterai pour vous.

Incapable de supporter l'idée de rester seule à Mercotte Hall tandis qu'Ewen se rendait sans elle en Écosse, Alice se surprit à supplier son mari.

— Je vous en prie, emmenez-moi avec vous, Ewen.

Sa voix tremblait d'émotion, tandis qu'elle cherchait un moyen d'apaiser la colère de son mari.

Elle tendit la main en un geste d'appel muet puis la laissa retomber le long de son corps, en voyant qu'elle n'obtenait rien d'autre qu'un regard méprisant.

Son cœur battait à tout rompre dans sa poitrine, et elle pouvait à peine parler.

Elle avait la bouche sèche et elle était effrayée, mais elle fit une nouvelle tentative.

— Ewen, je vous en prie, écoutez-moi.

— Pourquoi ? Avez-vous quelque chose d'important à me dire ?

Il y avait à présent dans le regard d'Ewen une lueur d'espoir qui ne fit qu'augmenter le malaise qu'Alice ressentait.

Plus que tout, elle redoutait sa réaction quand elle lui révélerait son secret.

Car elle devait lui dire la vérité maintenant.

8

L'estomac noué par la peur à la pensée de la réaction qu'aurait son mari, Alice se jeta à l'eau.

— J'ai eu un comportement qui vous a semblé inacceptable et j'aimerais essayer de vous le faire comprendre, même si vous risquez d'avoir une mauvaise opinion de moi.

— Je vous écoute.

— Cela concerne ce qui s'est passé avant que je n'arrive à Londres.

— Est-ce lié en quelque façon à cet homme avec qui vous étiez fiancée ?

Elle hocha la tête.

— Et cela explique-t-il pourquoi vous m'avez refusé votre lit le soir de notre nuit de noces ?

— Oui.

Alice baissa les yeux, regrettant de ne pouvoir disparaître dans un trou de souris.

Cependant, elle savait qu'il lui fallait jouer cartes sur table, même si les conséquences risquaient d'être dramatiques.

— Je dois vous prévenir que ce n'est pas plaisant.

Un muscle joua dans la mâchoire d'Ewen.

— Je préférerais que vous ne tourniez pas autour du pot.

Alice prit une profonde et tremblante inspiration, avant de l'affronter, le regard fixe, l'attitude défiante.

— Ce que j'ai à vous dire, c'est que je ne suis pas la femme vertueuse pour laquelle vous me prenez. J'ai déjà connu l'amour physique. J'avais peur de vous le dire, peur de votre réaction, en sachant combien vous seriez déçu et en colère. Mais, c'est comme ça. Je ne peux rien y changer.

Ewen blêmit.

— Enfin je connais la vérité. Et je dois avouer que c'est un problème auquel je ne m'attendais pas.

— Un problème qui n'est pas insurmontable.

— Croyez-vous ? Cela touche ce qu'il y a de plus sacré pour un homme : l'innocence de son épouse.

— J'ai été fiancée auparavant, Ewen. Je ne l'ai pas caché. Si j'étais veuve, la perte de ma virginité ne poserait pas de problème.

— Mais vous n'êtes pas veuve, Alice.

— Je ne vous ai pas menti.

— Vous vous êtes simplement arrangée avec la vérité.

La voix d'Ewen était rude et dénuée de compassion.

Il y eut un silence.

Alice détourna les yeux. Jamais elle ne s'était sentie aussi méprisable.

Elle s'obligea à regarder de nouveau Ewen, et n'eut aucun mal à déchiffrer son expression. Le dégoût se lisait sur son visage.

Le cœur d'Alice se brisa.

Et pourtant elle ne regrettait pas de lui avoir dit la vérité.

Maintenant, il savait qui elle était.

Elle ne pouvait lui en vouloir de sa réaction, mais elle ne s'attendait pas à ce que cela lui fasse aussi mal.

— Je suis désolée. J'aurais dû vous le dire avant.

— Oui, vous auriez dû. J'aurais apprécié que vous soyez franche avec moi. Cela nous aurait évité beaucoup d'incompréhension.

— Je le sais et je suis désolée de vous faire de la peine. Cependant, vous devez m'écouter jusqu'au bout. Il y a autre chose.

— J'en ai assez entendu. Vous n'êtes pas la jeune femme vierge que je croyais épouser. Vous vous êtes donnée à un autre. Vous êtes souillée, corrompue. Vous m'avez délibérément trahi.

Il y avait tant de colère dans la voix de son époux que les yeux d'Alice s'emplirent de larmes.

Une accusation aussi amère et brutale était plus qu'elle ne pouvait supporter.

Comment Ewen pouvait-il se montrer aussi cruel envers elle ?

— Ce n'était pas délibéré. Ayez pitié, Ewen. Écoutez-moi, et ne me condamnez pas sans entendre toute l'histoire.

— Je ne la connais que trop. Il est évident que votre fiancé n'a pas dû avoir trop de mal à obtenir vos faveurs, si j'en juge par la façon dont vous m'avez embrassé.

— Mais...

Il la toisa, et quelque chose dans son regard la fit taire.

Le visage d'Ewen était si fermé qu'il lui fit penser à un mur sans portes ni fenêtres.

Elle avait le désir féroce de tomber à genoux devant lui et de lui demander pardon, de lui crier qu'elle l'aimait.

Car c'était bel et bien ce qu'elle ressentait pour lui.

Jamais elle n'avait été aussi sûre de quoi que ce soit dans sa vie.

Mais l'attitude d'Ewen la retenait de le lui avouer, et elle attendit désespérément qu'il parle.

Il restait froid, impassible.

— Irez-vous quand même en Écosse ?

Ewen hocha la tête.

— Plus que jamais. Je vous ferai prévenir de mon arrivée.

— Merci.

Elle avait envie de lui demander de ne pas y aller, de ne pas la laisser.

Elle porta la main à sa bouche pour s'en empêcher.

Plus jamais elle n'aurait de respect envers elle-même si elle le suppliait.

Il s'en alla sans lui accorder un regard, et Alice se tourna pour ne pas voir la porte se refermer.

Deux semaines après le départ d'Ewen, après avoir erré sans but à travers les pièces de Mercotte Hall, Alice ressentit le besoin de respirer l'air frais, tout autant que celui d'échapper aux regards emplis de pitié des domestiques.

Un doux soleil d'hiver l'accueillit. Sa lumière blanche donnait à l'air une limpidité de cristal et rendait le ciel d'un bleu presque irréel.

Une brise légère soulevait ses cheveux tandis qu'elle traversait les jardins et se dirigeait vers le bois.

Ses pas faisaient craquer le tapis de feuilles rousses et dorées qui jonchaient le sol, émaillé de part et d'autre de fougères. Une odeur de résine se dégageait des pins vert sombre, et Alice inspira à pleins poumons, se laissant envelopper par l'apaisant manteau végétal.

Brusquement, le sentier déboucha sur une corniche qui formait un belvédère surplombant des pâturages traversés par une rivière.

Alice s'assit en prenant appui contre le tronc d'un vieux chêne crevassé par les ans et les intempéries et se mit à réfléchir.

Il devait bien y avoir un moyen de sauver sa vie des ruines et de donner une autre chance à son mariage.

Elle devait trouver la force de continuer en dépit de tout.

Quand elle avait été contrainte de quitter la France, elle n'avait pas baissé les bras.

Elle n'allait pas renoncer maintenant.

Courageusement, elle fit face à tous ses démons : ce que Philippe lui avait fait, le scandale, son enlèvement, et le départ d'Ewen...

C'était cet abandon qui lui faisait le plus de mal.

Il fallait absolument qu'elle trouve un moyen de le faire revenir.

S'il s'y refusait, alors elle irait le rejoindre.

Le moment était venu pour elle de prendre sa vie en main, et elle n'avait plus une minute à perdre.

Dans un bruissement d'ailes mêlé de cris perçants, une nuée d'oiseaux quitta la cime des arbres et passa devant un alignement de nuages blancs.

Ils allaient de l'avant, comme Alice.

Elle ne devait pas regarder en arrière. Ce qui était fait était fait.

Un rayon de soleil lui caressa la joue, et elle sourit. Tous les signes annonciateurs du printemps étaient là. La température allait bientôt remonter. C'était le bon moment pour voyager.

Une fois sa décision prise, Alice se sentit vibrer d'une énergie renouvelée.

Elle avait un but et elle était prête à concentrer tous ses efforts pour l'atteindre.

Ce qu'elle ferait une fois arrivée à Barradine, elle n'en avait pas la moindre idée.

D'ici là, elle aurait tout le temps d'y réfléchir.

De retour à la maison, sentant ses joues délicieusement rosies, Alice tomba sur Amir.

Elle s'était habituée à la tranquille, quoiqu'un peu étrange, présence du jeune homme dans la maison. Amir avait adopté la mode vestimentaire européenne, mais il n'était cependant pas rare de le voir — comme c'était le cas ce jour-là — vêtu de longues tuniques richement colorées et brodées, portées avec des pantalons bouffants et des babouches.

Au début, Alice avait été surprise, mais elle s'était habituée à le voir déambuler dans ses tenues exotiques, en laissant dans son sillage une délicate odeur de bois de santal.

— Avez-vous apprécié votre promenade, milady ?

— Oui. En fait, je pourrais dire que je l'ai trouvée riche d'enseignements. J'ai beaucoup réfléchi, et...

Ôtant sa cape, elle la jeta sur le dossier d'une chaise.

— J'ai décidé que nous devrions partir demain.

— Mais...

— Il n'y a pas de « mais » qui tienne, Amir.

Le soulagement d'avoir pris sa décision arracha un rire léger à Alice.

— Je ne resterai pas plus longtemps dans cette maison. Le temps se prête au voyage, et je n'ai pas l'intention de perdre une journée de plus.

Amir eut une moue dubitative.

— Sa Seigneurie risque d'être contrariée. Il a donné de strictes instructions pour que vous restiez ici jusqu'à ce qu'il vous fasse envoyer des nouvelles.

— Sa Seigneurie peut dire ce qu'il veut. Ma décision est prise. Et j'aimerais être à Barradine le plus vite possible. Ce qui veut dire que nous devrons changer régulièrement les chevaux au cours du voyage. Évidemment, un cocher et un groom nous accompagneront. Hicks et Taff voyageront dans une voiture séparée, avec les bagages. Étant donné qu'ils ne font rien ici, à part traîner les pieds, autant qu'ils soient occupés à quelque chose d'utile.

Elle crut lire une certaine admiration dans le sourire d'Amir.

— Lord Tremain m'a dit que vous aviez du courage. Il va vous en falloir beaucoup pour l'affronter à Barradine. Il sera encore plus furieux d'avoir été défié.

Alice lui rendit son sourire.

— Je suis certaine qu'il sera furieux. Mais il ne pourra plus rien faire.

Pendant le trajet qu'ils effectuèrent de Mercotte Hall à Barradine, la compagnie d'Amir fut fort appréciable pour Alice.

Un jour, en bavardant avec lui, elle réussit à glaner quelques informations sur ses années de captivité.

— Jusqu'à ce que je m'échappe de la galère avec Ewen, je n'avais jamais rien connu d'autre, lui expliqua-t-il. Ma mère était une esclave. Quand je suis né, j'étais destiné à une vie de servitude au palais du sultan. Je ne sais pas qui est mon père.

— Qu'avez-vous fait pour être envoyé aux galères ?

— J'ai essayé de m'enfuir mais j'ai été repris. Quand je me suis retrouvé enchaîné à une rame, à côté d'Ewen, j'ai essayé d'accepter mon sort.

— J'ai cru comprendre que votre foi était importante pour vous, Amir.

— Fondamentale.

Il laissa passer un silence avant de poursuivre.

— Un jour, il y a eu un violent orage, et cela a tout changé. Je serai éternellement reconnaissant à Ewen. Il a risqué sa vie pour me sauver, alors qu'il aurait pu me laisser me noyer. Je ne sais pas nager, voyez-vous. Nous sommes les seuls à avoir survécu.

— Et il vous a emmené en Angleterre.

— Il peut compter sur mon éternelle reconnaissance. Je le sers du mieux que je peux.

— Ewen ne vous considère pas comme un domestique, vous devez le savoir. Vous n'êtes plus un esclave, mais un homme libre d'aller et venir à sa guise.

— Il me sied de rester à ses côtés.

Amir s'était exprimé en français, et Alice en fut surprise.

— Comment connaissez-vous cette langue ?

— J'ai toujours aimé apprendre, et j'ai connu des captifs de tous les pays. L'un d'eux, un saint homme originaire de France, m'a enseigné des rudiments de sa langue. Ewen m'a appris l'anglais.

— Et je vous félicite pour votre parfaite maîtrise de notre langue. Mais, dites-moi. Je sais que vous êtes le confident de mon mari. Il lui est arrivé quelque chose qui l'a profondément affecté, mais dont il refuse de me parler. Pouvez-vous me dire de quoi il s'agit ?

Le visage bienveillant d'Amir se referma.

— Pardonnez-moi, milady, mais ce n'est pas à moi de le faire.

— S'agit-il d'une femme ? Était-il amoureux d'elle ?

Amir détourna le regard.

Après une longue réflexion, il reprit la parole, d'une voix basse et douce, comme s'il se parlait à lui-même.

— Une femme... Oui. Elle s'appelait Etta. Mais, je suis désolé, je ne peux pas vous en dire plus. Je lui ai donné ma parole et je ne le trahirai jamais. Ce qui s'est passé avant qu'il ne soit envoyé aux galères, c'est lui qui devra vous en parler.

Amir chercha le regard d'Alice.

— Mais, c'est très difficile pour lui, vous comprenez ?

— Oui, je comprends.

Alice soupira et se cala sur la banquette du coche, en se demandant ce que cette fille, Etta, avait fait à Ewen.

— Vous êtes un bon ami pour lui, Amir.

— C'est le meilleur homme que j'aie jamais connu. Je m'estime très fortuné de l'avoir rencontré.

Alice manquait beaucoup à Ewen, et il regrettait profondément sa décision hâtive de la quitter et de se réfugier à Barradine.

Il ne savait pas ce qui lui avait pris de réagir ainsi.

Alice occupait toutes ses pensées, et il savait qu'aucune femme ne pourrait jamais l'égaler à ses yeux.

Non seulement elle était belle et raffinée, mais elle était aussi intelligente, et possédait beaucoup d'esprit.

Et cependant, dès leur première rencontre, quand il avait fait irruption dans sa chambre en passant par la fenêtre, il avait cru discerner des similarités avec Etta.

Ewen songea à nouveau à la raison pour laquelle Alice l'avait rejeté le soir de leurs noces.

Au début, il avait échafaudé diverses hypothèses. La réalité l'avait déçu.

Elle lui avait dit qu'il y avait autre chose. Il aurait dû l'écouter au lieu de partir...

Ne tenant pas en place, il chevauchait pendant des heures pour se changer les idées et s'immergeait dans les affaires du domaine.

Malgré son épuisement physique, il ne parvenait pas à trouver le sommeil, et les pensées tournaient de plus belle dans son esprit.

Il voulait Alice plus que tout ce qu'il avait pu désirer jusqu'à présent.

Il avait besoin d'elle et il savait que, de son côté, seule à Mercotte Hall, elle le voulait aussi et l'aimait tout autant que lui l'aimait.

L'amour ?

Ewen ricana sombrement à cette pensée puis, après un soupir de renoncement, il s'avoua la vérité.

Oui, il aimait Alice.

Ils mirent cinq jours pour couvrir la distance entre Mercotte Hall et Barradine. Approchant de la fin de son voyage, Alice comprit qu'il était trop tard maintenant pour enrayer le cours de ce qu'elle avait enclenché.

Elle s'exhorta à ne pas céder à la panique qui montait en elle.

Si elle avait pu compter jusque-là sur l'aimable compagnie d'Amir, elle savait qu'il ne pourrait rien pour elle quand ils seraient arrivés à destination.

Personne ne pouvait influencer Ewen Tremain et l'obliger à prendre une décision qu'il n'avait pas d'abord mûri seul.

Pour la première fois de sa vie, Alice sut ce que voulait vraiment dire le fait d'être seule face à l'adversité, et elle éprouva l'impression qu'une main de glace lui serrait le cœur.

Barradine se dressait, impressionnant et fier dans le soleil déclinant de la fin de l'après-midi, sur fond de verts pâturages et de sombres forêts.

Alice descendit du coche.

Le froid vif de l'air et l'odeur de résineux qui s'en dégageait avaient quelque chose de revigorant.

Après avoir été confinée longtemps à l'intérieur du coche, Alice appréciait la caresse du vent dans ses cheveux, tandis qu'elle observait la maison.

Ewen était assis dans son bureau, cherchant une distraction dans les registres de comptabilité laissés par son défunt frère.

Lorsqu'il se surprit à faire la même erreur de calcul pour la seconde fois, il repoussa le registre ouvert devant lui et décida de s'atteler à cette tâche fastidieuse un autre jour.

Quittant son fauteuil, il regarda la pendule sur le manteau de la cheminée, et vit qu'il était beaucoup plus tard qu'il ne l'avait imaginé.

Dehors, le ciel commençait à s'obscurcir. Se postant devant une fenêtre pour observer le jardin, Ewen se massait distraitement la nuque quand il remarqua un coche qui venait de s'arrêter dans l'allée.

N'attendant pas de visite, il se demanda qui pouvait bien se présenter à cette heure-là.

Il n'en crut pas ses yeux quand il vit sa femme descendre de la voiture.

Laissant échapper un juron, il se précipita dans le hall. Puis, retrouvant une attitude plus compassée, il ouvrit la porte.

Alice se tenait en bas du perron, observant la maison avec intérêt.

Elle portait une robe de voyage en gros drap bleu, et ses cheveux étaient simplement relevés par deux peignes de part et d'autre de son visage, le reste de la masse bouclée cascadant dans son dos.

Jamais elle n'avait été aussi belle, et jamais de sa vie Ewen n'avait été aussi content de voir quelqu'un.

Les yeux levés vers l'impressionnante bâtisse de trois étages, Alice observait la rangée de buses en terre cuite surmontant les nombreuses cheminées fumantes.

Elle sursauta lorsqu'une ombre se profila au-dessus d'elle.

Sentant la présence de son mari, sa force virile, elle se tourna lentement pour lui faire face.

Le léger signe de tête qu'il lui adressa était suffisamment formel pour faire courir un frisson d'inquiétude dans ses veines. Et, en même temps, cela lui servit d'aiguillon, renforçant sa détermination à lutter.

Le visage d'Ewen exprimait tant d'amertume et de désolation qu'elle éprouva aussitôt du remords.

— Cette visite est pour le moins inattendue, déclara son mari.

— Pas tant que cela. Barradine est ma nouvelle maison, il me semble. J'espère que vous ne m'en voudrez pas, mais j'avais hâte de venir en Écosse. C'est le pays où je suis née et que j'ai quitté dans les bras de ma mère, alors que je n'étais qu'un bébé. Ce fut très éprouvant pour ma famille et moi lorsque nous avons franchi la frontière pour aller vers l'Irlande.

Ewen la dévisagea durement, et Alice ne dut qu'à une volonté de fer de maîtriser ses émotions.

Durant les longues journées et les nuits sans sommeil qu'elle avait vécues depuis qu'il l'avait quittée, elle avait répété différents discours.

Mais à présent qu'elle se tenait devant lui elle ne s'en rappelait pas un mot.

Pourquoi Ewen n'exprimait-il aucun plaisir à la revoir ?

Et pourquoi elle-même ne ressentait-elle aucune colère devant son attitude ?

Parce qu'elle l'aimait, tout simplement.

— Je puis comprendre que vous ne vouliez pas de moi ici, dit-elle, mais, je vous en prie, ne me renvoyez pas.

Les traits de granit d'Ewen formaient un masque impénétrable, et Alice était trop nerveuse pour détecter autre chose dans son attitude, en dehors du fait qu'il était tendu.

Puis le sourire sardonique qu'elle connaissait si bien et redoutait apparut sur ses lèvres.

— Il est un peu tard pour cela, rétorqua-t-il froidement.

Le regard d'Ewen se tourna ensuite vers Amir, qui restait prudemment à côté du coche.

— Je croyais t'avoir dit d'attendre que je vous envoie chercher.

Alice prit aussitôt la défense du jeune homme.

— Ne lui faites pas de reproches. Il a tout fait pour me dissuader, mais je n'ai pas voulu l'écouter. J'étais déterminée, voyez-vous. Et Amir ne pouvait pas me laisser voyager seule. Comment allez-vous, Ewen ?

Elle savait que sa question était ridicule en la circonstance, mais elle ne savait pas comment faire réagir cet inconnu froid et distant qui se tenait devant elle.

— Je vais très bien, répondit-il d'un ton sec. Remarquablement bien, en fait, pour un homme qui n'a pas été capable de calmer son agitation depuis qu'il est arrivé, qui travaille dur mais ne parvient pas à terminer ce qu'il commence, et qui ne peut dormir sans avoir avalé une forte dose d'alcool.

Sa voix était si froide et dénuée d'émotion qu'Alice ne comprit pas tout de suite ce qu'il voulait dire.

Mais lorsque ce fut clair dans son esprit, les larmes lui montèrent aux yeux.

— Je... Je suis venue parce que je voulais être avec vous.

L'expression d'Ewen s'adoucit enfin.

— Entrez. Vous devez avoir faim.

Alice s'avança dans le grand hall aux allures de grotte, avec son sol de pierre grise, ses boiseries presque noires, ses armures, ses oriflammes héraldiques et ses têtes d'animaux empaillés.

Une jeune bonne, les bras chargés de linge propre, esquissa une révérence en souriant, avant de se diriger vers un escalier de pierre en colimaçon.

— Vous n'échapperez pas ici à la présence de ma famille, remarqua Ewen. La maison se transmet par héritage, et personne n'a jamais osé y apporter des changements drastiques. Les pièces que j'ai fait préparer pour vous n'échappent pas à la règle. Mais vous verrez cela plus tard. Venez vous asseoir.

— Alors, cela veut dire que vous m'attendiez ?

Il haussa les épaules.

— Un jour ou l'autre.

Ces paroles réchauffèrent le cœur d'Alice. Ainsi, il avait l'intention de la faire venir, après tout.

— Comment s'est passé votre voyage ?

— Sans inconvénients, heureusement. Bien que l'état des routes se soit considérablement aggravé à mesure que nous avancions vers le nord. J'étais heureuse d'avoir la compagnie d'Amir. Hicks et Taff suivent dans une autre voiture avec le reste de mes bagages, mais ils risquent de ne pas arriver avant deux jours.

Une femme rondelette, aux joues comme des pommes sembla jaillir de nulle part. Vêtue d'une robe de laine noire recouverte d'un tablier amidonné, elle semblait très amicale.

— Ah, madame MacKenzie ! Venez, que je vous présente ma femme, Lady Tremain. Elle a décidé de me faire une surprise en arrivant plus tôt que prévu. Mme MacKenzie est notre gouvernante, Alice. Depuis combien de temps, madame MacKenzie ? Dix ans ?

— C'est bien cela, milord. Depuis que Mme Allott est partie.

La gouvernante se tourna vers Alice.

— Bienvenue à Barradine, milady. J'espère que vous serez heureuse ici. C'est un peu isolé, comme vous avez pu voir. J'espère que vous ne vous sentirez pas trop seule, étant donné que vous venez de Londres...

— Merci, madame MacKenzie, je suis sûre que je trouverai Barradine à mon goût. Mais je n'ai vécu à Londres que pendant un court laps de temps. Je suis née en Écosse, pas très loin d'ici et j'ai passé la plus grande partie de ma vie en France.

— Mon épouse était une Frobisher avant notre mariage, expliqua Ewen.

Mme MacKenzie fixa Alice avec de grands yeux. La couleur se retira de son visage. C'était comme si elle avait vu un fantôme.

— Frobisher ? S'agirait-il des Frobisher de Rosslea, la maison qui a été brûlée par les Anglais, alors qu'ils cherchaient des Jacobites ?

— Exactement. Mon mari m'a dit que tout le monde était persuadé que ma mère avait péri dans l'incendie ainsi que mon frère William et moi. Mais elle a réussi à s'échapper, et nous avons fait route pour l'Irlande. Nous y avons vécu quelque temps, avant de nous rendre en France.

— Dieu soit loué, murmura la gouvernante, en se signant rapidement. Tant de pauvres gens sont morts ce jour-là. Mon propre père en faisait partie. Quant à votre maison... Eh bien, il n'en reste rien, à part les murs. En tout cas, je suis contente d'apprendre que votre mère s'en est sortie. Elle était très appréciée ici.

Mme MacKenzie s'essuya les mains dans son tablier, et commença à battre en retraite tout en continuant à parler.

— Je vais vous apporter des rafraîchissements. Et vous devez avoir faim après un si long voyage.

— Une boisson chaude me serait très agréable, madame MacKenzie, répondit Alice, en se perchant sur le bord d'une banquette placée devant l'âtre. Je prendrai une collation plus tard.

Quand la gouvernante eut disparu, Alice tourna les yeux vers son mari.

— J'aimerais voir ce qu'il reste de Rosslea. Est-ce loin d'ici ?

— Une demi-heure de cheval, pas plus. Êtes-vous sûre de vouloir y aller ?

— Oui. Le plus tôt sera le mieux.

Une étrange langueur s'empara d'Ewen, tandis qu'il regardait sa femme en train de siroter un chocolat chaud. Bien qu'il ne puisse déterminer exactement de quoi il avait envie, le sentiment n'en était pas moins intense.

Il y avait sans doute le désir de retrouver un bonheur qui avait été sien durant les jours précédant leur mariage. Et cependant, ce qui le taraudait était infiniment plus compliqué que cela.

Mais, fatiguée comme devait l'être Alice après son voyage, mieux valait remettre toute tentative de discussion au lendemain.

D'ici là, ils auraient tous les deux eu le temps de se reposer et de réfléchir.

Alice but son chocolat sans prononcer un seul mot, gardant soigneusement son attention fixée sur le feu, jusqu'à ce que le silence entre eux commence à devenir difficile à supporter.

Dès qu'elle tournait la tête vers Ewen, elle surprenait son regard gris posé sur elle avec insistance.

Elle savait ce qui emplissait l'esprit de son mari. Les questions et explications qu'il leur faudrait aborder, avant qu'ils ne puissent faire avancer leur mariage.

Si toutefois leur mariage devait perdurer, après qu'elle lui eut dit la sordide vérité.

D'un geste brusque, elle posa sa tasse et se leva pour déambuler dans le salon, prétendant admirer ici un tableau, là une tapisserie.

En réalité, elle cherchait un endroit où elle aurait pu être à l'abri du regard d'Ewen, mais il n'y en avait aucun.

D'une certaine façon, sa calme indifférence lui faisait plus de mal que ne lui en aurait fait sa colère.

Et Alice se sentait frustrée de ne pouvoir, tant qu'Ewen ne serait pas plus ouvert à la discussion, aborder le sujet qui avait creusé un tel fossé entre eux.

Si au moins il disait quelque chose, pour qu'elle puisse se défendre.

— Si vous n'y voyez pas d'inconvénients, Ewen, j'aimerais voir ma chambre. Je souhaiterais me changer avant le dîner.

— Bien sûr. Vos appartements donnent sur le jardin. Je pense que vous les trouverez confortables.

— J'en suis certaine.

Mme MacKenzie accourut dès qu'il appela.

— Vous pouvez montrer ses appartements à votre maîtresse.

— Bien, milord. J'ai déjà demandé à faire monter de l'eau chaude.

La gouvernante ouvrit la marche vers l'étage supérieur.

Les bougies projetaient des ombres fantomatiques sur les murs doublés de panneaux de bois sombre, qui avaient vu passer des générations de Tremain.

— Vous serez juste à côté de Sa Seigneurie, milady. Ce sont des pièces charmantes qu'il vous a réservées. Personne n'y a dormi depuis des années. C'étaient les appartements de la mère de Sa Seigneurie, avant qu'elle n'aille vivre en France.

Mme MacKenzie ouvrit une porte, et s'écarta pour laisser le passage à Alice.

Elle découvrit une pièce immense, à la décoration d'un autre temps mais non dénuée de charme, avec ses meubles dorés, son lit richement sculpté, ses tentures gansées de franges... L'endroit était néanmoins chaleureux et pourvu de tout le confort qu'Alice pouvait désirer.

Voyant que la gouvernante attendait une réaction, elle lui sourit aimablement.

— C'est une très jolie chambre, madame MacKenzie. Je sais que j'y serai très bien installée.

— Les appartements du maître communiquent par cette porte, expliqua la gouvernante, en désignant l'ouverture pratiquée dans un mur. Et bien sûr il a pensé à tout.

Elle ouvrit une autre porte, révélant un petit salon de bains.

Dans la pièce immaculée se trouvaient des pièces de lin brodé prêtes pour sa toilette, un grand miroir en pied, une coiffeuse garnie de brosses et de peignes, des flacons de cristal contenant des sels de bain, des huiles odorantes et des parfums.

Tout avait effectivement été pensé pour satisfaire ses moindres désirs.

— Comme je l'ai dit tout à l'heure, on doit vous apporter de l'eau chaude.

La gouvernante jeta un regard agacé vers la porte.

— Je ne sais pas ce que fait la servante. Excusez-moi, je vais aller voir.

Une fois seule, Alice fixa la porte reliant les deux chambres.

D'un pas décidé, elle alla tester la poignée. La porte était fermée, mais la clé se trouvait du côté de la chambre d'Ewen.

Mme MacKenzie revint avec une jeune fille nommée Tess, qui

serait assignée à la fonction de femme de chambre personnelle de la nouvelle maîtresse, précisa la gouvernante.

Une fois baignée et coiffée, Alice hésita entre deux robes, une rose et une bleue.

— Qu'en pensez-vous, Tess ? Laquelle dois-je porter ?

— Je dirais que vous avez l'embarras du choix, milady.

— C'est très diplomatique de votre part.

Alice soupira.

— Je crois que je vais mettre la rose.

Il s'agissait d'un modèle de satin rose, très ajusté à la taille, et doté d'un profond décolleté.

Une fois qu'elle l'eut revêtu, Alice eut un doute.

N'était-ce pas trop audacieux ? Ewen ne risquait-il pas de penser qu'elle essayait de le troubler pour parvenir à ses fins ?

L'arrivée de Mme MacKenzie, venue lui annoncer que Sa Seigneurie l'attendait dans la salle à manger, mit fin à ses hésitations.

Attrapant un châle, Alice le drapa autour de ses épaules, masquant ainsi son décolleté.

Lorsqu'elle entra dans la salle à manger, elle sentit le regard d'Ewen glisser paresseusement sur elle. Il prenait visiblement note de chaque détail de son apparence.

— Tous mes compliments, Alice. Vous êtes ravissante.

Levant les mains, il lui ôta délicatement son châle.

— Cependant, la pièce étant bien chauffée, vous n'avez pas besoin de ceci.

Il déposa le châle sur le dossier de sa chaise, et Alice surprit la lueur enflammée dans son regard, quand celui-ci dériva vers son décolleté.

— Venez près du feu, proposa-t-il gentiment. Vous tremblez.

Ewen resta en retrait, n'essayant pas de la toucher tandis qu'elle s'avançait vers la cheminée.

Il versa du vin dans un gobelet et le lui tendit.

— Voilà qui vous aidera à vous sentir mieux. Trouvez-vous vos appartements agréables ?

— Oui, merci, Ewen. Tout est parfait.

On leur servit un dîner simple mais succulent, composé d'un rôti d'agneau, de pommes de terre et de légumes verts.

Ils discutèrent de sujets locaux, et Ewen parla à Alice de la maison et des personnes qui l'avaient occupée. Il lui raconta aussi comment son frère, Simon, était venu trouver refuge à Barradine avec Henrietta — qui était maintenant son épouse — déguisée en homme.

Et pendant ce temps, ils évitèrent soigneusement d'évoquer le seul sujet qui leur importait vraiment.

— Vous n'avez pas fait mention de votre père, remarqua Ewen.

— Je pensais que vous me l'auriez dit si vous aviez eu des informations.

— En fait… Lorsque je me suis rendu à Rosslea, je me suis renseigné auprès des villageois. Certains d'entre eux ont vu un homme âgé errer dans les ruines du château. Personne ne lui a parlé. Ils disent qu'il s'éloigne quand quelqu'un veut lui adresser la parole. Mais il finit toujours par revenir.

— Croyez-vous qu'il pourrait s'agir de mon père ? demanda Alice d'un ton empli d'espoir.

Ewen haussa les épaules et se resservit un verre de vin.

— Je ne sais pas. À votre place, je n'aurais pas trop d'espoir.

— Mais c'est possible, n'est-ce pas ? Comment le vérifier ?

— Je vais mener une enquête plus poussée. Laissez-moi le temps, Alice.

Mais Alice était trop impatiente pour le laisser agir seul.

— Je ne parviens pas à croire qu'il est peut-être là, tout près. Je veux aller à Rosslea. Nous irons demain et nous verrons bien par nous-mêmes.

— Il ne sera peut-être pas là.

— Ne soyez pas aussi défaitiste, Ewen. Je suis certaine qu'il y sera. Et s'il le faut, j'irai attendre là-bas tous les jours.

— Vous pouvez aussi bien attendre ici. Il suffit de faire courir le bruit que vous le cherchez, et il se présentera de lui-même.

— Mais, si cet homme est bien mon père, il ne sait pas que je suis en vie. Il pense qu'il est seul au monde, qu'il n'a plus de famille. Pouvez-vous imaginer ce qu'il ressentira ? Je veux le trouver et le lui dire moi-même.

— Vous devez aussi vous préparer à ce que ce ne soit pas lui. Des centaines de familles ont été déplacées après Culloden.

— Arrêtez ! Ne dites pas de telles choses. N'avez-vous donc pas de cœur ?

Le visage d'Ewen se durcit.

— Du cœur, Alice ? N'êtes-vous pas mal placée pour poser la question ?

— Eh bien, je la pose. Pouvez-vous imaginer combien je me suis sentie mal quand vous m'avez laissée à Mercotte Hall ? Je pensais que vous m'aviez abandonnée pour de bon.

— Qu'est-ce qui a bien pu vous faire penser une chose pareille ?

— Je croyais que j'avais tout gâché. Que vous ne pouviez plus supporter ma présence parce que je n'étais pas la femme innocente pour laquelle vous me preniez.

— Vous vous trompez. J'ai renoncé à ma liberté pour vous. Vous m'appartenez, comme je vous appartiens. Je n'accepte pas la défaite aussi aisément, Alice. Si cela peut vous consoler, je regrettais déjà ma décision de partir, avant même d'avoir franchi la frontière.

— Je suis ravie de l'entendre. La fuite n'a jamais rien réglé, vous savez.

— Je reconnais ma sottise et mon manque de cœur. Et je ne suis pas fier de moi.

Ewen eut une petite moue piteuse pour souligner son propos.

— Je n'aurais pas dû vous laisser seule mais, sur le moment, quand vous m'avez parlé de l'intimité que vous avez eue avec votre fiancé, je n'ai pas pu le supporter. N'avez-vous pas compris ce que cette abstinence forcée me faisait ? C'était à la fois inacceptable et intolérable. J'ai des besoins, Alice.

— Et ces besoins, les avez-vous satisfaits, une fois arrivé en Écosse ?

Les paupières d'Ewen s'étrécirent dangereusement.

— M'accusez-vous de vous avoir été infidèle ?

— Que pourrais-je penser d'autre ?

— Je reconnais que certaines femmes dans les environs sont

très accueillantes. Vous attendez-vous à ce que je vive comme un moine ?

— Seigneur, Ewen, je vous croyais plus respectueux des liens du mariage.

Les yeux d'Ewen lancèrent des éclairs.

— Ne me poussez pas à bout, Alice. Il n'y a pas eu d'autre femme depuis que je vous ai rencontrée. Mais j'estime que je me suis montré suffisamment patient. À partir d'aujourd'hui il n'y aura plus de séparations entre nous. Peu importe que vous le souhaitiez.

— Mais je ne le souhaite pas...

— Vous avez réfléchi à ce que je vous ai dit avant de partir ?

— Évidemment ! Vous avez tout à fait le droit d'être en colère, Ewen. Cela dit, je ne vous ai pas caché la vérité pour vous blesser. Ne pensez pas cela. La faute m'incombe entièrement. Je le reconnais, et vous ne pouvez pas me blâmer plus que je me blâme moi-même. Mais, à présent que vous savez tout, il n'y a pas de raison que nous ne puissions pas régler ce problème et faire disparaître les obstacles qui demeurent entre nous.

— C'est ce que vous pensez ?

— Oui. Et c'est pour cette raison que je suis ici. Vous voulez des enfants. Nous en voulons tous les deux. Comment voulez-vous que nous fassions si nous occupons des lits séparés ?

— Où voulez-vous en venir ?

Ewen haussa un sourcil moqueur.

— Me feriez-vous des propositions ?

— Je suppose que c'est un peu cela.

— La situation n'est plus la même qu'avant notre mariage...

— Nous ne sommes plus comme avant, nous non plus. Maintenant, nous sommes mari et femme. Il n'est pas raisonnable de vouloir occulter cela.

— Le mariage ne consiste pas seulement en quelques mots échangés dans une église.

— C'est vrai. Mais ce qui a été dit ne peut pas être repris.

— Qu'êtes-vous en train d'essayer de me faire comprendre, Alice ? Exigez-vous vos droits d'épouse ?

Comme elle ne répondait pas, Ewen insista :

— Voulez-vous de moi dans votre lit ?

— Je ne suis pas venue jusqu'ici pour que les choses restent inchangées. Nous devons prendre la vie comme elle est et pas comme nous souhaitons qu'elle soit. Oui, j'ai connu un autre homme avant vous. Mais je vous interdis de me juger comme une dépravée. Vous ne savez pas ce qu'était ma vie avant que je vienne en Angleterre. Cependant, nous ne sommes plus des enfants, nous savons que dans des domaines comme celui-là, il y a souvent des difficultés de parcours, des barrières, des obstacles...

— À vous entendre, on croirait que vous parlez de chevaux. Épargnez-moi votre discours. Cela suffit.

— Comme vous voudrez.

La tête haute, alors que son cœur était en train de se briser, Alice se dirigea vers la porte.

— Néanmoins, je suis en droit de me demander si j'ai épousé un homme ou une souris.

Sur ces mots, elle sortit et ferma la porte derrière elle d'un geste guère mesuré.

9

Ewen fixa la porte fermée derrière laquelle sa femme avait disparu.

Puis, machinalement, il se mit à faire les cent pas, en essayant d'assimiler tout ce qu'elle avait dit.

De quel droit lui avait-elle parlé ainsi ?

S'il avait pris la décision de partir, c'était uniquement à cause de ce qu'elle lui avait dit.

Dès lors, il était pour le moins inacceptable qu'il ait à subir des reproches aussi ridicules. Après tout, en homme porté sur les choses de la chair, il était le premier à souffrir de leur séparation.

Il prit un verre, se servit un alcool fort et se laissa tomber dans un fauteuil.

Son amour pour Alice était au cœur du problème.

Il se considérait expérimenté et il en était assez fier, d'ailleurs. Mais il avait toujours estimé que l'expérience n'était pas acceptable pour une épouse.

Et cependant voilà qu'il était épris d'une femme qui avait déjà goûté aux joies de la chair avant de le rencontrer.

Ewen resta un long moment dans la salle à manger, avant de gagner sa chambre.

Aussitôt, son regard fut attiré vers la porte permettant à leurs deux chambres de communiquer.

Un instant, il imagina Alice étendue dans son lit, ses cheveux formant comme une nappe de velours sur l'oreiller, son corps menu blotti sous les couvertures.

Avec un claquement de langue agacé, il se tourna vers le grand lit à baldaquin et ôta sa jaquette.

En entendant du bruit de l'autre côté de la porte, il ne put résister à la tentation d'aller la déverrouiller.

Entrant dans les appartements de sa femme, Ewen la trouva assise près du feu.

La découvrant ainsi, qui semblait l'attendre, il s'agaça.

C'était trop facile. Elle savait que le bruit le ferait venir.

À l'insu d'Ewen, le cœur d'Alice battait follement dans sa poitrine.

Elle sentait son sang résonner dans ses tempes. Mais, en voyant qu'Ewen restait posté au loin à la regarder, elle brisa finalement le silence.

— Ainsi, vous êtes venu.

Elle s'en voulait un peu d'avoir dû ruser pour parvenir à ses fins.

Mais cet homme lui avait ravi son cœur, irrévocablement.

Il lui appartenait, qu'il le veuille ou non.

— Vous pouvez vous féliciter d'avoir réussi à me faire venir ici, dit-il froidement.

— Je ne vois pas pourquoi. Cela ne fait-il pas partie du rôle d'un mari de partager le lit de sa femme ? En tout cas, il vous aura fallu du temps pour venir. Je finissais presque par ne plus y croire.

Ewen ne répondit pas à cela mais traversa lentement le tapis, observant Alice de haut. Sa chemise de nuit était si fine que les contours de son corps se devinaient dans le contre-jour créé par la lumière des flammes.

— Pourquoi faites-vous cela, Alice ? Vous savez pourquoi je voulais une séparation temporaire. Nous en avions besoin pour faire le point et chercher comment donner un nouveau souffle à notre union.

Elle leva les yeux vers lui.

— Je sais et, si cela peut vous consoler, je ne vous en blâme pas. Néanmoins, cela ne pouvait plus durer.

— Vous êtes franche. Certains diraient trop franche. Pour ma part, je préfère cela.

— Je m'en doutais.

Alice lui adressa un sourire charmeur.

— J'avoue que j'ai un peu joué sur ce tableau.

— Je ne suis pas un homme influençable, Alice.

— Je sais cela aussi. Mais cessons de tourner autour du pot. Avez-vous une mauvaise opinion de moi, maintenant que vous connaissez la vérité ? Me méprisez-vous ?

— Non. J'aurais préféré qu'il en soit autrement, mais c'est ainsi.

Il fit courir son regard sur le corps à peine couvert de sa femme. Elle était très désirable. Il brûlait d'envie pour ce qu'elle offrait et il se rapprocha.

Aussitôt, Alice se leva.

Ewen tendit la main et suivit du bout des doigts la courbe de sa mâchoire.

— Vous êtes ravissante, Alice.

Il regrettait beaucoup qu'elle ne soit pas vierge. Il aurait pu alors lui enseigner avec délicatesse tous les secrets du mariage, et lui en donner le goût. Ayant déjà été initiée à une union avec un homme, de manière sans doute un peu brutale, elle était désormais moins encline à revivre cette expérience.

Devinant les pensées d'Ewen, impatiente qu'il la prenne dans ses bras et que cette première nuit avec son mari ait lieu pour qu'ils puissent passer à autre chose, Alice prit la parole.

— Considérez que je ne suis pas une fleur délicate, Ewen. Vous ne me briserez pas en me serrant trop fort. Je vous assure que je suis tout à fait robuste.

— Et intrusive ?

— Également. Je veux vous connaître totalement, comme une femme connaît son mari.

Elle soupira.

— Vraiment, maintenant que vous connaissez la vérité, ne pouvez-vous pas comprendre que j'attends avec la même impatience que vous, ce qui doit arriver ? Je souhaite vous satisfaire... Si c'est acceptable.

— Tout à fait acceptable, ma chère.

— Alors, laissez-moi être votre amante et vous faire oublier toutes celles que vous avez autrefois chéries.

Ewen se figea en entendant ces mots, et une ombre passa sur ses yeux. Ce fut parti aussi vite que c'était venu, mais cela incita Alice à s'interroger au sujet d'Etta.

— Ne devriez-vous pas aller vous changer dans votre dressing-room ? suggéra-t-elle, d'un ton hésitant, tandis qu'il s'approchait d'elle.

Il haussa un sourcil, l'air moqueur.

— Je n'en ai pas la moindre idée. Est-ce ainsi qu'il faut procéder ?

Alice déglutit avec peine.

— Je... Je ne sais pas.

— Moi non plus.

Il sourit.

— C'est ma première nuit de noces. Même si elle arrive un peu tardivement. De ce fait, je suis aussi ignorant que vous. Quelle est la procédure correcte, d'après vous ? Peut-être ceci...

Ewen s'approcha davantage et, posant les mains sur les épaules d'Alice, inclina la tête.

Alice sentit ses lèvres chaudes sur la courbe de son cou et frissonna.

Il releva la tête.

— Ceci rencontre-t-il votre approbation, Alice ?

Comme elle ne répondait pas, il devint plus audacieux.

Alice sentit la main d'Ewen glisser autour de sa taille, l'attirant plus près, jusqu'à ce qu'elle sente sa poitrine pressée contre son torse viril et la puissance des jambes de son mari contre les siennes.

À nouveau, il inclina la tête, écarta ses cheveux, et lui embrassa paresseusement l'oreille. De son autre main, il massa lentement le bras d'Alice jusqu'à son épaule, avant d'effleurer son sein.

Les lèvres d'Ewen glissèrent sur sa joue, puis la bouche de son mari alla à la rencontre de la sienne.

Emportée par les sensations qu'il éveillait en elle, Alice lui rendit son baiser avec une ardeur dont elle ne se serait pas crue capable.

Un soupir lui échappa, et les lèvres d'Ewen entamèrent un lent trajet le long de sa gorge, dépassèrent le délicat col de dentelle de sa chemise de nuit et continuèrent à descendre, jusqu'à s'arrondir autour de la pointe d'un sein.

Alice laissa échapper un petit gémissement, médusée par l'intense plaisir ainsi provoqué, avant qu'Ewen ne réclame à nouveau ses lèvres.

Le baiser sembla cette fois durer une éternité, avant qu'Ewen ne s'écarte, en plongeant dans ses yeux d'un regard enflammé.

Ewen la submergeait de sa vibrante sensualité, envoyant des signaux concrets à ses sens aiguisés.

Elle était submergée par quelque chose qu'elle ne comprenait pas, et face à quoi elle ne savait pas comment réagir.

Soudain, Ewen la souleva dans ses bras, réclamant à nouveau sa bouche, et la porta jusqu'au lit.

Perdue dans ce baiser, Alice sentit ses jambes glisser le long de celles d'Ewen, tandis qu'il la déposait au sol.

Il n'y avait pas la moindre résistance en elle.

Ewen était son mari, et il était tout à fait normal qu'elle accepte ses baisers, ses caresses, et tout ce qu'il pouvait avoir en tête.

À nouveau, le bras puissant de son époux s'enroula autour de sa taille, et il la plaqua contre lui, reprenant sa bouche avec une urgence passionnée, qui ne souffrait pas d'être repoussée.

Les lèvres habiles d'Ewen firent naître de petits frissons de délice dans tout son corps.

— Que faites-vous ? demanda-t-elle, quand il s'écarta soudain.

Il sourit.

— J'ai besoin d'un moment pour me dévêtir. Cela ne sera pas long.

Il lui prit la main et la porta à ses lèvres, avant de se détourner.

Alice s'assit sur le lit et le regarda ôter ses vêtements, et les déposer en tas informe sur une chaise.

Riant, elle se leva et vint les plier.

Les mains sur les hanches, Ewen la regarda avec amusement.

— Que faites-vous ? Nous avons des domestiques pour cela.

— Aucun domestique n'est présent, mais votre femme l'est.

Elle l'observa. Il était nu jusqu'à la taille.

Le cœur battant plus vite, la bouche sèche, Alice détailla les pectoraux saillants d'Ewen, s'attardant sur les aréoles ombrées d'un duvet soyeux, puis son regard suivit l'étroit sillon qui descendait sur son ventre et allait se perdre sous la ceinture du pantalon.

Lorsque Ewen se tourna, elle retint un cri horrifié, tandis que ses yeux s'emplissaient de larmes.

De cruelles cicatrices sillonnaient son dos. Il avait été flagellé, et plus d'une fois, à en juger par la quantité de marques zébrant sa peau.

Un soudain élan de compassion monta en elle, tandis qu'elle songeait au martyre qu'il avait dû endurer pendant ses années de servitude.

Ewen lui fit face à nouveau.

Découvrant son expression choquée, il soupira.

— Je suis désolé, Alice. J'aurais dû vous prévenir. Ce n'est pas beau à voir, je sais. Et je comprends votre réaction.

— Vous avez été fouetté.

— À de nombreuses reprises. C'est le lot des galériens.

Alice se leva et le contourna. Du bout des doigts, elle effleura son dos. Il était marqué à vie, et cela resterait toujours un souvenir de sa captivité.

— Cela vous fait mal ? demanda-t-elle.

— Plus maintenant.

— Comment avez-vous supporté un tel traitement ?

— Je n'avais pas le choix.

— Et Amir ? A-t-il été puni, lui aussi ?

— Oui. Il n'était pourtant qu'un enfant, à l'époque. Mais il est fort. Comme moi, il a survécu.

Il se retourna, prit le visage d'Alice entre ses mains, et la regarda intensément.

— Ce que j'ai vécu, ce que j'ai enduré, tout cela est terminé, Alice. Je ne peux pas changer ce qui m'est arrivé. Et je ne peux pas l'oublier non plus. Souvent, j'ai pensé que j'allais mourir. Mais j'en ai fini de panser mes blessures. Tout ce que je veux aujourd'hui, c'est vivre à Barradine, et y vivre en paix.

Une incroyable chaleur enveloppa le cœur d'Alice, tandis qu'elle fouillait le regard d'Ewen et y découvrait une vibrante sincérité.

— Je comprends, Ewen. Nous vivrons ici ensemble, et y élèverons nos enfants.

— C'est mon rêve le plus cher. Nous nous complétons à merveille, n'est-ce pas ? Et d'ailleurs, en parlant d'enfants... Qu'attendons-nous ?

Spontanément, Alice noua les bras autour du cou de son mari et plaqua son corps contre le sien.

Depuis leur première rencontre, Ewen n'avait jamais cessé d'être surpris et fasciné par le mélange d'innocence et de franchise qu'il avait vu chez Alice.

Chacun de ses traits de caractère était magnifiquement intrigant, et jamais il n'avait été aussi conscient de son amour pour elle qu'à présent, alors qu'ils s'apprêtaient à entrer au royaume de l'intimité maritale.

Incapable de contenir davantage l'impatience qu'il avait de la posséder, il s'écarta pour ôter son pantalon.

Puis il se mit au lit et tapota le matelas à côté de lui.

Le moment auquel Alice avait essayé de ne pas penser était arrivé.

La peur se mélangeait au désir d'expérimenter plus avant les sensations et les émotions qu'Ewen avait éveillées en elle, et son amour pour lui surpassait tout.

Car elle l'aimait.

Énormément.

Elle se l'était déjà avoué à elle-même, et cet aveu lui procurait un mélange de joie et de panique.

Quoi qu'il puisse arriver ce soir entre Ewen et elle, Alice était bien déterminée à exorciser Philippe de son esprit. À le reléguer au passé, là où était sa place.

Cette décision prise, impatiente d'accepter l'invitation de son mari, Alice fit passer sa chemise de nuit au-dessus de sa tête, la laissa tomber à terre et se glissa entre les draps.

Pendant quelques instants, Ewen fut surpris de la franche sensualité du geste.

Qu'une femme puisse se mettre nue, sans montrer le moindre

signe d'embarras le surprenait et brouillait son système de classement des femmes en deux catégories : les femmes honnêtes et les autres.

Tournée sur le côté, Alice tendit la main et lui caressa le visage.

Ewen s'empara de sa main et y déposa un baiser, puis il renversa Alice contre les oreillers.

Posant les mains en coupe sur ses seins, il inclina la tête et prit son temps pour les caresser du bout des lèvres, avant de faire courir ses mains sur tout le corps de son épouse.

Comme en transe, Alice ne pensait plus à rien, sauf au désir inattendu, sans limites, qui montait en elle, déroulant dans son ventre des spirales de feu.

Consumée par un plaisir qu'elle n'avait jamais imaginé, elle chercha un contact plus étroit avec le corps d'Ewen, enroulant les jambes autour de ses hanches, nouant les bras autour de son cou.

Sa bouche accueillit celle d'Ewen, sa langue chercha la sienne.

Lorsqu'il se positionna entre ses jambes, Alice connut un moment de panique. *Non... Pas encore... Seigneur, faites que cela ne recommence pas.*

Puis elle se rappela qu'il s'agissait d'Ewen, son mari, et qu'elle l'aimait.

Lorsqu'il la pénétra, elle ne ressentit aucune douleur, s'émerveillant de la capacité de son corps à s'ouvrir pour l'accueillir tout entier.

Contrairement à ce qu'elle avait connu avec Philippe, leur intimité lui procura un vif plaisir, sans inconfort, sans peur.

Lorsqu'elle gémit de plaisir, Alice comprit que ce qu'elle ressentait à cet instant précis sonnait la mort de tout ce qui avait existé auparavant.

Bientôt, elle se sentit basculer dans un vertige de sensations éblouissantes et, tandis qu'elle se contractait autour de lui en criant son nom, elle sentit qu'Ewen la rejoignait dans l'extase.

Renonçant à tout contrôle, Ewen prit pleinement possession de sa femme, l'emplissant du désir urgent qu'il avait gardé en lui depuis le jour de leur mariage.

Longtemps, dans un état second, le corps couvert de sueur, ses bras le soutenant à peine, il attendit que déclinent les derniers soubresauts qui agitaient son corps.

Puis il roula à côté d'Alice.

Tournant la tête vers elle, il observa son visage violemment empourpré.

— Je suppose, dit-il, les yeux débordant de tendresse, que nous sommes maintenant pleinement mari et femme.

Alice soupira comme un chaton repu.

— Je ne dirai plus jamais que vous êtes peureux. Non que je l'aie pensé un seul instant.

— Je suis soulagé de l'entendre, murmura Ewen d'une voix douce, son souffle chaud caressant la joue de sa femme.

Laissant courir ses doigts sur le torse de son mari, Alice songea que rien ne serait plus jamais pareil.

Elle savoura le souvenir de ce qui venait de se passer, se rappelant les détails et les répertoriant.

Elle ressentait que, tout au fond de lui, Ewen avait été choqué par son impatience, par son absence de pudeur, par son abandon.

S'il s'attendait à une mariée hésitante, il avait trouvé à la place une femme prête à dévorer la vie à pleines dents, et à profiter des plaisirs de la chair.

Quand il était entré en elle, il avait semblé à Alice que c'était à ce moment-là qu'elle avait véritablement perdu sa virginité.

Avant cela, les relations sexuelles avec Philippe avaient été difficiles, bâclées, et souvent douloureuses. Et elle en avait éprouvé plus tard de la honte et de la culpabilité.

Ewen lui avait donné le sentiment d'être une vraie femme. D'être pleinement son épouse.

Quelles que soient les circonstances qui avaient conduit Ewen dans le lit de sa femme, il les avait oubliées.

Elle était magnifique, exquisément douce dans ses bras.

À l'instant où sa bouche avait touché la sienne, il avait compris qu'il y avait entre Alice et lui une étrange alchimie, hautement combustible.

Ce qui s'était passé entre eux avait été l'expérience sexuelle la plus sauvagement érotique et la plus satisfaisante de sa vie.

Étendu là, tandis qu'Alice dormait dans ses bras, il était subjugué par la contagieuse et primitive sensualité qui était la sienne.

Ce qu'elle avait ressenti durant leur union charnelle avait été vrai et sans retenue. Il n'avait aucun doute à ce sujet. Aucune femme n'aurait pu feindre ses réactions, à moins d'avoir beaucoup de pratique.

Scrutant le visage d'Alice qui reposait au creux de son épaule, il se dégagea doucement, et se leva.

Debout à côté du lit, il observa la silhouette de sa femme, abandonnée dans le sommeil.

Comme elle l'avait reconnu elle-même, elle possédait effectivement beaucoup de pratique.

Alice se réveilla tard le lendemain matin et fut déçue de ne pas trouver Ewen à côté d'elle.

Sortant du lit, elle s'agaça de l'insistance de Tess, qui voulait lui brosser longuement les cheveux, jusqu'à ce qu'ils brillent.

Tandis qu'elle s'habillait, elle sentit une tension grandissante l'envahir.

En entrant dans la salle à manger, elle trouva Ewen en train de prendre son petit déjeuner.

Il leva les yeux quand elle entra.

Repoussant sa chaise, il fit le tour de la table, et vint tirer la sienne pour qu'elle puisse s'asseoir.

Ignorant dans quel état d'esprit il se trouvait, Alice prit place et le regarda retourner à son siège.

Tandis qu'elle observait sa haute et puissante silhouette, elle essaya d'ignorer les sensations qu'il avait éveillées en elle dans son lit, et combien il était séduisant avec cette jaquette bleu nuit.

— Je vois que vous êtes de mauvaise humeur, ce matin, remarqua-t-elle, tout en déposant un morceau de beurre sur son toast. Ai-je fait quelque chose qui vous a déplu ?

Ewen fronça les sourcils, puis il se cala contre le dossier de son siège et soupira.

— Êtes-vous en colère contre moi ? insista Alice. Regrettez-vous ce qui s'est passé entre nous ?

Il esquissa un sourire.

— Si c'était le cas, que diriez-vous ?

— Que vos yeux et votre corps disent le contraire. Vous me désiriez. Croyez-vous que je ne le sache pas ? Pourquoi perdre votre temps et votre énergie à nier ce qu'il y a entre nous ?

Alice avait envie de lui dire ce qu'elle ressentait, mais elle n'était pas une naïve jeune fille aux yeux emplis d'étoiles, prête à clamer son amour après une nuit de passion.

— Alice, déclara Ewen d'un ton qui semblait proche de l'exaspération, je veux commencer par vous présenter mes excuses pour la façon dont je vous ai traitée la nuit dernière. Ce n'était pas dans mon intention que le début de votre séjour à Barradine commence sous de mauvais auspices. Cette maison est autant à vous qu'à moi.

— Merci. Mais... J'aimerais savoir sur quoi portent vos excuses. Votre attitude avant que nous allions au lit ou après ?

Contre toute attente, Ewen sourit, tandis qu'une lueur ironique dansait dans ses yeux.

— Les deux. Enfin uniquement si vous estimez que je dois m'excuser pour ce qui s'est passé entre nous au lit. Sur le moment, je ne vous ai pas entendue vous plaindre.

Surprise par le mélange de gravité et de tendresse dans son expression, Alice observa un moment son mari sans rien dire.

Comment pouvait-il être si doux et gentil un moment, et si froid, replié sur lui-même et arbitraire à d'autres ?

Ce fut d'une voix calme qu'elle exprima ce qui lui trottait dans la tête.

— J'aimerais pouvoir vous comprendre, Ewen.

— Que ne comprenez-vous pas ?

— Comment pouvez-vous être si revêche et ensuite presque tendre d'une minute à l'autre ?

— En fait, quand vous m'avez révélé que vous n'étiez pas vierge, ma fierté a pris un coup. Bien mérité, pourriez-vous dire, mais c'est une question d'opinion. Et quand vous m'avez défié de vous rejoindre dans votre lit, elle a été heurtée une deuxième fois.

— Votre fierté ? Une deuxième fois ? Je ne comprends pas.

— C'est moi qui aurais dû prendre l'initiative de nos retrouvailles. Les hommes aiment prendre ce genre de choses en charge.

— Mais, quelle importance ?

Ewen haussa les épaules.

— Une question d'ego, j'imagine.

— Je vois. Merci de me l'avoir dit.

Baissant les yeux vers son assiette et jouant avec sa nourriture, Alice demanda :

— Voulez-vous m'emmener à Rosslea ? La journée est idéale pour monter à cheval.

— J'allais vous le proposer.

Réprimant une envie de hurler de joie, Alice sourit tout simplement.

— Alors, vous allez venir avec moi ?

— Cela dépend.

— De quoi ?

Ewen haussa les sourcils d'un air de défi moqueur.

— Si vous montez bien à cheval.

Impatiente de se mettre en route, Alice repoussa sa chaise et se leva.

— Vous m'avez vue à l'œuvre. Vous savez bien que je suis une cavalière accomplie.

La journée était plaisante mais froide, avec de fréquentes rafales de vent qui s'engouffraient sous la jupe vert olive de sa tenue d'amazone et détachaient des mèches de cheveux de son chignon.

Alice pressa sa monture pour rattraper son mari, qui chevauchait devant.

Ils traversèrent une jolie vallée humide peuplée de moutons. Le ciel était encombré de nuages qui, en se déplaçant, jetaient des ombres autour des collines. Un oiseau au plumage chatoyant s'envola devant eux. Les sabots des chevaux frappaient rudement le sol dur et caillouteux.

Alice était émerveillée par la beauté du paysage. Ce n'était sans doute pas la première fois qu'elle le voyait, mais elle ne s'en souvenait pas.

Soudain, Ewen mit son cheval à l'arrêt et pointa quelque chose du doigt.

Alice s'arrêta à son tour pour voir de quoi il s'agissait.

Elle distingua les contours d'une ruine accrochée à flanc de colline.

Tandis qu'ils s'approchaient, le cœur d'Alice se serra lorsqu'elle pensa au passé et à sa famille perdue.

Elle était revenue à Rosslea en ne sachant pas à quoi s'attendre, et le plus poignant fut peut-être pour elle la vision des écuries et des étables dévastées, qui devaient grouiller d'activité autrefois.

— À quoi pensez-vous ? demanda Ewen, en regardant attentivement sa femme.

— Je songe au désespoir et à la peur de ma mère quand elle a dû quitter sa maison.

Sa voix tremblait légèrement, et Ewen perçut sa tristesse.

— Et dire que pendant tout ce temps, mon père était peut-être en vie, et que nous n'en savions rien.

Alice descendit de cheval et regarda autour d'elle.

Ewen observa son visage blanc et crispé tandis qu'elle approchait de ce qui avait été sa maison, les hautes herbes non fauchées léchant le bas de sa robe.

Tournant la tête, elle observa les murs effondrés, ce qu'il restait des hautes cheminées, semblables à des sentinelles, les jardins à l'abandon.

Sans doute se disait-elle qu'elle aurait pu jouer dans ces lieux, si elle avait été autorisée à grandir à Rosslea.

Un étrange silence régnait dans les ruines aux allures fantomatiques.

Alice essaya de s'imaginer ce qui s'était passé durant cette terrible nuit, quand les soldats anglais avaient mis le feu au château. Et sa pauvre mère, dont les deux fils avaient trouvé la mort à Culloden, dont le mari avait été fait prisonnier, où avait-elle puisé le courage de s'enfuir ?

— Comment était-ce avant l'incendie ? demanda-t-elle à Ewen. Le savez-vous ?

— Je me rappelle être venu à cheval pour des visites de courtoisie, en compagnie de Simon. Ma mère voyait régulièrement la vôtre. À l'époque, c'était une grande maison au style hétéroclite. Imaginez la taille de Barradine, avec des tourelles.

— C'est ainsi que je l'imaginais.

Gagnée par l'immense tristesse qui régnait en ces lieux, Alice regarda autour d'elle, en écoutant le chant du vent qui cherchait à s'infiltrer dans les trous et les crevasses.

— Où peut bien se trouver mon père ?

Ewen observait Alice, pâle et fragile comme une fleur hivernale, figée au milieu de ce qui avait été le hall d'honneur de Rosslea, la maison ancestrale des Frobisher.

Il ressentait de la pitié, et le besoin de la protéger.

À la voir ainsi angoissée, quelque chose vacilla en lui, luttant pour trouver son chemin vers la lumière et balayant son passé.

Peut-être était-il temps pour lui de tourner la page sur ses souvenirs, et de s'intéresser au présent.

Cette femme, qu'il avait faite sienne, et pour qui il commençait à éprouver des sentiments, était en proie à une immense souffrance, et il se devait de lui apporter son soutien.

Profondément affectée par ce qu'elle venait de voir, Alice revint vers son mari.

— J'en ai assez vu. Ramenez-moi à la maison, Ewen.

D'humeur mélancolique, incapable d'oublier ce qu'elle avait découvert à Rosslea, ou de bannir de son esprit les tristes pensées qui mettaient à mal sa joie de vivre, Alice passa la nuit seule.

Le lendemain, réveillée par un rai de soleil qui filtrait entre les rideaux et par un chant d'oiseau, elle s'habilla, trouva son chemin jusqu'au hall et sortit.

Après une nuit agitée, qu'il avait passée à s'inquiéter pour sa femme, tout en sachant qu'elle avait besoin de temps pour assimiler ce qu'elle avait vu, Ewen ne regrettait pas d'avoir respecté la demande d'Alice qui avait souhaité dormir seule.

À présent, depuis la fenêtre de sa chambre, qui donnait sur le jardin, il la regardait traverser la terrasse et se diriger lentement vers la rivière.

Vêtue de sa cape, la tête légèrement penchée, elle semblait profondément plongée dans ses pensées.

Traversant un pont étroit, Alice suivait le chemin qui menait vers le bois, quand elle entendit marcher derrière elle.

Alertée, elle se retourna et découvrit qu'il s'agissait de son mari.

— Eh bien, Ewen, je ne m'attendais pas à trouver quelqu'un debout à cette heure.

— Vous êtes bien levée, vous.

— Je ne pouvais pas dormir.

— Pourquoi ? Votre lit est inconfortable ?

Alice reprit sa marche, et Ewen lui emboîta le pas.

— Non, pas du tout.

— Pourquoi, alors ?

Alice arrêta à nouveau de marcher.

Une biche venait de sortir du fourré, accompagnée d'un faon au dos tacheté de blanc.

Tout à coup le délicat animal leva la tête, les oreilles aux aguets, et parut fixer Alice de ses attendrissants yeux de velours. Puis, la biche s'enfuit d'un bond, aussitôt imitée par son petit, et ils disparurent dans les taillis.

— J'ai beaucoup de choses en tête, répondit-elle. Et, comme ce sont des choses dont je dois vous parler, je ne trouverai pas de repos tant que ce ne sera pas fait.

— Est-ce vraiment le moment ?

— Je crois en effet qu'il est temps de crever l'abcès. Vous ne m'avez guère questionnée à propos de l'homme à qui j'ai été fiancée. Cependant, je sais que vous êtes fâché et blessé et que vous avez du mal à me faire confiance. Si nous n'en parlons pas maintenant, ce sera toujours là, entre nous.

— Comme vous voudrez.

— Vous devez avoir l'impression d'avoir été trompé. Je le comprends et j'en suis terriblement désolée.

Alice était reconnaissante à Ewen de sa patience, mais il était temps maintenant que la vérité soit exprimée.

— Je dois être honnête avec vous. Il y a des choses que vous ne savez pas à mon sujet. Des choses terribles que j'ai besoin de partager avec vous. Je n'en ai jamais parlé à personne. Si le fait d'en parler pouvait permettre d'exorciser enfin ce qui s'est passé, je suis prête à essayer.

— Dites-le moi alors, Alice. Je vous écoute. Et je ne vous jugerai pas, c'est promis.

10

Alice se remit à marcher, gardant le silence pendant quelques instants, tandis qu'elle se demandait par où commencer.

Finalement, sans regarder Ewen et tout en observant une cadence rythmée, elle se lança :

— J'avais dix-huit ans quand je me suis fiancée avec Philippe Duplay, comte de Saint-Antoine. Avez-vous entendu parler de lui ?

Ewen secoua la tête.

— Je ne suis resté que peu de temps à Paris. Je n'y étais que depuis quelques semaines quand j'ai rencontré Roberta. Ensuite, j'ai été contraint de rentrer à Barradine.

Après un temps de réflexion, il reprit :

— C'est probablement pour cette raison que je n'ai pas entendu parler du scandale qui a entouré votre rupture. Je n'ai pas non plus pour habitude d'écouter les ragots. Je me suis trouvé écarté tellement longtemps des sujets triviaux de la société, que cela ne m'intéresse plus, si cela m'a jamais intéressé. À quoi ressemblait-il, ce Philippe Duplay ?

— Il était riche, séduisant, plein d'esprit. Le genre d'homme dont toutes les jeunes filles rêvent. Il était aussi arrogant, roué, joueur... Innocente comme je l'étais, je ne savais pas comment je devais me comporter. Je n'avais jamais été amoureuse. Je regardais d'un œil amusé les drames que faisaient les autres filles à la moindre amourette. Jusqu'à ce que Philippe montre de l'intérêt envers moi.

— Que ressentiez-vous pour lui ? Étiez-vous amoureuse ?

— Non. J'étais flattée et je n'ai pas émis d'objection quand il a dit qu'il voulait m'épouser. Nos fiançailles ont été approuvées par nos familles respectives.

Alice s'arrêta brusquement et se tourna pour faire face à son mari.

Les yeux plongés dans les siens, elle voulait voir sa réaction à ce qui allait suivre.

— Il m'a parlé du devoir conjugal, en ajoutant qu'il était de coutume pour les fiancés d'anticiper leurs vœux.

Alice s'efforçait de ne laisser transparaître aucune émotion dans sa voix.

— Je ne suis pas la première femme à m'être laissé berner par un beau parleur et je ne serai malheureusement pas la dernière. Philippe s'est servi de moi. Ce qu'il m'a fait était obscène et impardonnable. Je le détestais.

— Vous étiez très jeune.

— L'âge n'est pas une excuse. Ce fut la période la plus honteuse de ma vie.

Elle essaya de deviner ce que pensait Ewen. En vain.

— Mais… Je vous ai sans doute choqué.

— Personne ne vous avait expliqué en quoi consistait le devoir conjugal ?

Alice rougit.

— N'oubliez pas que j'ai été élevée par mon frère. Ce n'est pas le genre de choses dont un homme peut discuter avec sa jeune sœur.

Elle eut une petite moue embarrassée.

— Je n'ai pas bien compris. Je croyais qu'il fallait en passer par là. Que c'était mon devoir.

Sa voix se réduisit à un murmure.

Haut dans le ciel, un oiseau déchira le silence de ses cris joyeux.

— Votre devoir ! répéta Ewen d'un ton écœuré. Moi, j'appellerais plutôt cela de la séduction.

Le visage ravagé par l'angoisse, il ajouta :

— Je vous en prie, Alice, n'en dites pas davantage.

— Il le faut.

Ewen hésita. Le ton monocorde d'Alice, la simple description des faits bruts, parlaient de douleur et d'humiliation. Et ce n'était pas sans lui rappeler sa propre désolation.

La pitié commença à faire fondre son cœur.

Soudain, il voulut savoir. Il en avait besoin.

— Allez-y, dit-il calmement.

— L'attitude de Philippe vis-à-vis de ce qu'il m'avait fait subir me donnait l'impression de ne rien valoir, et j'avais tellement honte de moi-même… Aujourd'hui, j'ai peine à croire que j'ai pu l'autoriser à se servir de moi comme il l'a fait, que je me suis soumise si facilement à son caprice.

Le souvenir de son humiliation avait coloré les pommettes d'Alice, et ses yeux étaient brillants de larmes.

— Il m'avait promis monts et merveilles, mais c'était un menteur et un tyran. Je ne me doutais pas de la personne qu'il était vraiment.

— Était-il violent ? Vous a-t-il frappée ?

Elle hocha la tête.

— Oui.

— Miséricorde… L'avez-vous dit à quelqu'un ?

— Non, personne. En tout cas, pas à ce moment-là. J'étais trop humiliée. William aurait voulu le tuer. Il… Il me frappait toujours là où cela ne se voyait pas.

La voix d'Alice tremblait d'émotion.

— Je ne peux pas rejeter entièrement la faute sur lui. J'aurais dû être moins sotte. J'étais en réalité une gamine naïve, incapable de gérer une relation comme celle-là.

Elle soupira.

— Je ne savais pas comment affronter ses changements d'humeur. Il sortait trop facilement de ses gonds. Une autre femme ne se serait probablement pas laissée faire. J'aurais dû être assez forte pour refuser ses avances. J'aurais dû être plus intelligente que cela.

Ewen faisait de gros efforts pour contenir sa colère. La timide et faible jeune fille dont Alice parlait n'offrait aucune ressemblance avec la superbe rebelle qui l'avait affronté et avait lutté contre lui, la nuit où il était entré dans sa chambre à Hislop House.

— Tout cela est très bien, mais n'oubliez pas que vous n'aviez que dix-huit ans. Cet homme a profité de vous. C'est lui qui aurait dû être plus intelligent que cela, pas vous.

Alice ne répondit rien.

Ewen était médusé par ce qu'il venait d'apprendre.

Alice lui avait livré son cœur et son âme. Elle lui avait révélé son incroyable et choquant passé. Et, à présent, sa souffrance se lisait sur son visage. Son fiancé lui avait volé son innocence et sa confiance en autrui.

— Il m'a fait beaucoup souffrir, reprit-elle, et c'est quelque chose qui est gravé en moi et dont je ne peux plus me défaire. Il m'a appris à être soumise. Il m'a appris les choses les plus décadentes qui soient, en me disant que c'était tout à fait normal entre un mari et sa femme.

Ewen vit que tout en parlant, Alice évitait soigneusement son regard.

— Il m'a aussi appris la haine. À cause de ce monstre, je me suis persuadée que je n'aurais jamais droit à une vie normale. Et, aussi longtemps que je vivrai, je ne lui pardonnerai jamais.

— Au moins, vous avez eu le courage et le bon sens de le quitter.

— Oui, je l'ai fait. Il le fallait. Si je l'avais épousé, je crois sincèrement que j'aurais fini par mettre fin à mes jours.

Alice se remit à marcher, et Ewen la suivit en silence.

L'observant, il fut profondément ému de voir des larmes couler sur ses joues.

S'il était un homme capable de haine et de vengeance, il avait aussi en lui de la compassion, de la tendresse et de l'amour.

Il ne pouvait imaginer l'horreur de ce qu'Alice avait enduré, ni le courage qu'il lui avait fallu pour rompre ses fiançailles.

Il la prit dans ses bras et comprit que son amour, fort et incontestable, ne se trouvait pas diminué par le fait qu'il n'avait pas été le premier à la prendre.

Il ressentait de l'admiration pour Alice qui avait surmonté ces épreuves, et une humilité qui ne lui était pas familière.

Il éprouvait aussi des envies de meurtre à l'égard du monstre qui s'était rendu coupable du viol brutal d'une innocente. Car il n'était pas possible de qualifier autrement ce qu'il lui avait fait.

— Si j'avais su cela, je ne vous aurais jamais abandonnée pour me réfugier à Barradine. L'ampleur de mon erreur est énorme. En tant que mari, mon rôle est de vous protéger, pas d'ajouter à votre peine.

Alice enfouit son visage contre son torse.

— Au moins, je sais que je suis en sécurité maintenant. Philippe a quitté ce monde. Il ne peut plus me faire de mal.

Ewen la repoussa à bout de bras pour étudier son visage.

— Comment avez-vous mis fin à vos fiançailles ?

— Je lui ai dit que je ne l'épouserais pas, une semaine avant la cérémonie. Je ne l'ai pas abandonné au pied de l'autel, mais tout le monde a eu l'air de le penser. À commencer par sa famille. Personne ne savait ce qu'il m'avait fait, et ils m'ont tous mal jugée. Philippe était fou de rage. Il a raconté des choses horribles sur moi. Quand il a rendu notre liaison publique, en disant que j'étais une catin, j'étais si horrifiée que je ne me suis même pas défendue.

— Et votre frère ? A-t-il essayé d'intervenir ? Vous a-t-il au moins défendue ?

— William voulait que j'épouse Philippe. Quand les ragots ont commencé à se propager, il n'a pas tenté de les faire taire. Il a pensé que je préférerais le mariage à la disgrâce. Mais j'avais pris ma décision. Et le mal était fait. Finalement, c'est Anne, la femme de William, qui lui a raconté ce que Philippe m'avait fait. Elle était entrée dans ma chambre, un jour, et avait vu mes bleus avant que je n'aie eu le temps de les cacher. J'avais tellement besoin de me confier à quelqu'un que je lui ai tout dit.

— Quelle a été la réaction de votre frère ?

— Il en a été très affecté. Il ne m'a pas dit grand-chose, si ce n'est qu'il allait régler le problème. Je ne savais pas ce qu'il avait en tête, jusqu'à ce que je reçoive une lettre de sa femme m'apprenant que William avait provoqué Philippe en duel.

Lorsque Alice se tut, Ewen posa les mains sur le haut de ses bras, et chercha son regard.

Son visage dégageait une impression d'extraordinaire résignation.

— Que s'est-il passé, Alice ?

— William est une fine lame. Il a gagné. Philippe a succombé à ses blessures. Vous savez sans doute que les duels sont illégaux en France. Mais il n'y a pas eu de suite. La famille de Philippe était tellement horrifiée par ses agissements envers moi qu'elle a étouffé l'affaire.

— Cet homme a eu ce qu'il méritait, déclara férocement Ewen.

Si le frère d'Alice n'avait pas réglé le problème, il aurait pris le premier bateau pour la France et s'en serait occupé lui-même.

— Lorsque je n'ai plus été sous son influence, reprit Alice, j'ai compris qu'il s'agissait d'un libertin sans scrupule. Mais il était trop tard. J'étais devenue la victime de préjugés sociaux. J'avais enfreint toutes les règles de la bonne société. J'étais une dépravée. Plus personne ne voulait être vu en ma compagnie... Pour finir, William a été obligé de m'envoyer en Angleterre.

— Vous ne devez pas laisser les cicatrices émotionnelles provoquées par Duplay gâcher votre vie et détruire votre chance d'avoir un mariage heureux. Je suis furieux de ce qu'il vous a fait, naturellement, mais je ne veux pas croire que les dommages soient irréparables. Je ferai tout mon possible pour vous faire oublier votre passé. Je vous le promets, Alice.

Il la prit dans ses bras et la serra contre lui.

Les actions, et non les mots, seraient l'unique façon de lui faire baisser la garde et de l'amener à l'aimer autant que lui l'aimait.

Un sourire se forma sur les lèvres d'Ewen, tandis qu'il réfléchissait à une stratégie.

— Comment vous sentez-vous, maintenant que vous m'avez tout dit ?

Alice soupira.

— Émotionnellement épuisée, vide de toute énergie, mais heureuse d'avoir eu le courage de vous parler. Au moins, maintenant, vous savez tout.

— Je n'ose imaginer ce que vous avez ressenti quand vous êtes venue à Barradine et m'avez autorisé à vous rejoindre dans votre lit.

Ewen se sentait à présent coupable de son attitude envers Alice.

— À cause de ce que vous avez subi aux mains de Duplay, vous avez dû avoir peur de ressentir de la répulsion en vous retrouvant à nouveau confrontée à l'intimité entre un homme et une femme. Cela a-t-il été très difficile ?

Alice eut un sourire bienveillant.

— Je vous désirais et je n'aurais pas laissé le fantôme de Philippe détruire cela. Je n'ai senti aucune répulsion avec vous. Vous n'avez donc aucune raison de vous inquiéter.

— Je suis soulagé de l'entendre.

— En parlant de mon histoire, j'ai compris qu'il n'y avait aucune similitude entre Philippe et vous. Il était égocentrique et sadique. Un véritable monstre. Alors que vous voulez m'apporter amour et protection.

Elle laissa passer un silence.

— Même quand je vous ai défié et mis en colère, vous n'avez montré aucune violence envers moi.

Rejetant la tête en arrière, Alice lui sourit.

— Merci de m'avoir écoutée. Je sais que cela a été difficile pour vous. J'ai passé de longues journées à me ronger les sangs, en me demandant comment nous pourrions poursuivre notre histoire après cela. Et je crois que le mieux, c'est de toujours parler de tout de façon ouverte et honnête.

Ewen prit le visage d'Alice entre ses mains.

— Vous devez toujours avoir à l'esprit que vous pouvez me dire ou me demander tout ce que vous voulez, sans redouter de colère de ma part.

Il fit une petite moue contrite.

— Je ne suis pas fier de la façon dont je vous ai traitée. Je n'aurais jamais dû partir. J'aurais dû écouter ce que vous aviez à me dire. Mais j'étais tellement consumé de colère qu'un autre homme ait pris ce que je chérissais que j'étais incapable de penser à quoi que ce soit d'autre. Je me suis imaginé n'importe quoi et je me suis torturé l'esprit avec des choses qui n'existaient pas.

— Mon intention n'était pas de vous faire souffrir, Ewen. Si j'avais su, j'aurais…

— Quoi ? l'interrompit-il, avant d'effleurer ses lèvres d'un baiser. Vous m'auriez soulagé de ma souffrance ?

— Je n'aurais pas pu le faire sans vous dire toute la vérité.

— Et j'ai été vraiment stupide de ne pas vous écouter. Vous m'inspiriez un désir fou, Alice. Vous étiez à la fois proche et fuyante, et je finissais par ne plus savoir sur quel pied danser.

Alice leva un regard empli d'incertitude vers son mari.

— Je vous en prie, dites-moi que tout n'est pas fini.

— Je vais faire mieux que cela, je vais vous le montrer, murmura Ewen en prenant le visage d'Alice dans ses mains.

Le son de sa voix profonde et rassurante, combiné avec la sensation de ses doigts à la caresse si douce, fit beaucoup pour dissoudre les craintes d'Alice.

Le dévisageant, elle déclara :

— Cela signifierait beaucoup pour moi et pour notre avenir si nous pouvions mettre cela derrière nous.

— Il n'y a rien que je souhaite davantage.

Inclinant la tête, Ewen déposa un baiser sur ses lèvres.

Ils restèrent longtemps ainsi, prisonniers d'une étreinte qui contenait non seulement de l'amour, mais aussi de la confiance et de la sérénité.

— Aimez-moi, Ewen, et montrez-moi comment vous aimer et vous satisfaire.

— N'ayez aucune crainte, mon amour. Il y a deux ou trois choses que j'aimerais beaucoup vous apprendre. Je suis sûr que vous serez une élève attentive et douée. Cependant, il m'est difficile de me contrôler et d'être tendre, alors que j'ai terriblement envie de vous.

— Vous avez pu constater que je n'étais pas fragile. De plus, je vous rappellerai que j'ai moi aussi mes désirs.

— Et je saurai les satisfaire, Alice, vous pouvez me croire.

Il chercha son regard.

— Et, au-delà de cela, je vous aimerai jusqu'à mon dernier souffle.

— Voilà qui me plaît beaucoup.

Alice avait les larmes aux yeux.

— Je vous aime, Ewen, et moi aussi je vous aimerai jusqu'à mon dernier souffle.

Elle marqua un temps d'hésitation avant de poursuivre.

— Ewen, je viens juste de vous ouvrir mon cœur. Ne voulez-vous pas faire la même chose ? N'avez-vous rien à me dire au sujet d'Etta ?

— Etta ?

Les paupières d'Ewen s'étrécirent de suspicion.

— Comment êtes-vous au courant ?

— Je sais que vous avez aimé une femme, quand vous étiez en captivité. Amir me l'a dit quand nous avons voyagé ensemble pour venir ici.

Un éclair de colère passa dans les yeux d'Ewen.

— Il n'avait pas le droit de vous raconter cela.

— Il ne m'a révélé que son nom. Rien d'autre. J'ignore ce qui s'est passé, mais je sais que cela vous a blessé. Je pense que nous avons tous les deux des blessures profondes, et que nous pouvons en guérir ensemble. Ne voulez-vous vraiment pas m'en parler ?

— Je n'en ai jamais parlé à personne... sauf à Amir.

— Était-elle une esclave ?

Ewen hocha la tête.

— Etta était la favorite du sultan. Elle était belle, avec des cheveux noirs, comme vous. Mais elle était menteuse et tricheuse... Et mauvaise.

Alice écarquilla les yeux.

— Qu'êtes-vous en train de dire ? Que vous ne l'aimiez pas ?

À nouveau, Ewen répondit par un hochement de tête.

— Je ne crois pas l'avoir jamais aimée. Mais, à l'époque, je ne le savais pas. Je réalise maintenant que c'était plus un instinct primitif que de l'amour. Quoi qu'il en soit, c'était puissant, et cela me liait aveuglément à elle.

— Racontez-moi.

— Les lois gouvernant le harem étaient scrupuleusement observées, et personne, à part le sultan et ses eunuques, n'avait le droit d'y entrer. Les concubines passaient la plus grande partie de leur vie recluses, à l'écart du monde extérieur. Les rendez-vous clandestins étaient hautement risqués.

— Mais le risque ne vous faisait pas peur.

Ewen acquiesça de la tête.

— J'étais jeune, en colère contre ma condition d'esclave, et totalement ébloui par la beauté d'Etta. Quand le sultan s'est absenté pendant plusieurs semaines, elle m'a mis dans son lit. Ce qu'elle m'a donné a éclairé ma misérable vie. J'ai cru qu'elle avait des sentiments pour moi.

Il soupira.

— Mais, quand le sultan est revenu, elle m'a trahi.

— De quelle façon ?

— En m'accusant de lui avoir fait des avances.

Baissant la tête, Ewen poursuivit d'un ton laissant transparaître tout le chagrin qu'il avait alors ressenti.

— Pour ma peine, il fut décidé que je serais fouetté puis envoyé aux galères.

— Non..., murmura Alice.

Traversée par un frisson, elle serra les bras autour d'elle.

Un lourd silence s'ensuivit, à peine dérangé par le chuchotement de la rivière roulant sur son lit de graviers.

La gorge nouée, Alice chercha quelque chose à dire.

Ce fut Ewen qui, finalement, reprit la parole.

— Durant les longues heures épuisantes de ma captivité, enchaîné à une rame, je me suis reproché d'avoir été attiré par elle, d'avoir cru qu'elle était sincère.

Il soupira.

— Si j'avais résisté, je n'aurais pas été condamné aux galères.

— Voyez les choses autrement, Ewen. Si elle ne vous avait pas trahi, vous seriez probablement toujours en captivité, au service du sultan.

D'abord surpris par cette hypothèse, Ewen finit par acquiescer.

— Oui, vous avez raison.

Redressant la tête, il prit Alice par les épaules, et l'attira contre son torse.

— Mais il s'est passé beaucoup de choses depuis. Maintenant que je vous connais, je sais ce qu'est le véritable amour.

— Embrassez-moi, murmura Alice.

Quand ils regagnèrent la maison, ils trouvèrent immédiatement refuge dans leur lit, où la bouche d'Ewen devint une flamme vivante tandis qu'elle dévorait la chair d'Alice, jusqu'à ce qu'elle frissonne de plaisir.

La caressant et l'embrassant avec le doigté d'un virtuose jouant du violon, Ewen lui fit découvrir d'éblouissantes sensations, jusqu'à lui faire perdre contrôle.

Finalement, il prit possession d'elle, avec une fièvre qu'elle n'aurait jamais imaginée.

Ils profitèrent l'un de l'autre comme un homme et une femme et, quand ce fut fini, Alice retomba dans les bras de son mari en soupirant d'aise, se rendant compte avec étonnement qu'elle était capable de retirer du plaisir de cet acte qui l'avait autrefois tant rebutée.

Elle débordait de bonheur à l'idée d'avoir pu donner à Ewen ce qu'il désirait et attendait d'elle depuis qu'elle était devenue sa femme.

Son seul regret était de l'avoir fait attendre aussi longtemps.

Si seulement elle avait su que cela pouvait être ainsi...

Maintenant elle le savait et elle en conclut qu'Ewen trouverait toujours en elle une femme enthousiaste et consentante.

Tandis qu'il tenait Alice dans ses bras, Ewen comprit que rien ni personne ne pourrait se mettre entre eux. Qu'un amour comme le leur pourrait survivre à tout.

Le désir né de la douleur et du manque d'espoir qui l'avait jeté dans les bras d'Etta était devenu depuis cet épisode malheureux une habitude nécessaire à son bien-être physique. Mais cela n'avait rien à voir avec le bonheur qu'il ressentait, simplement en tenant Alice dans ses bras.

Il devint vite évident pour tout le monde que quelque chose d'important s'était passé entre Sa Seigneurie et son épouse.

Il y avait une nouvelle douceur dans la façon dont ils se comportaient l'un envers l'autre.

Alice rayonnait, et Ewen avait perdu son masque de grizzli furieux.

Parfois, la joie de son amour pour Alice bouillonnait en lui, jusqu'à ce qu'il en ressente une forme d'ivresse. Et, quand ils se retrouvaient pour partager les rites intimes de l'amour, il se sentait comme un jeune homme tout émoustillé par sa première conquête.

À chaque fois qu'il la tenait dans ses bras, il s'émerveillait de la tendresse et de la dévotion qui battaient dans son cœur à l'égard d'Alice.

11

L'homme solitaire qui était arrivé à Barradine était accablé de nombreux maux.

Vingt ans s'étaient écoulés depuis la bataille de Culloden mais les souvenirs étaient toujours aussi coupants que des éclats de verre pour Iain Frobisher.

Trop de gens étaient morts ce jour-là.

Ici, plus que partout ailleurs, il ressentait tout le drame de cet événement dans le sol qu'il foulait, dans les paysages tout autour de lui...

Il avait suivi les traces des troupeaux de moutons, comme il le faisait chaque fois. Le paysage, bien que différent maintenant que la nature avait repris ses droits, faisait remonter des souvenirs et, à son côté, marchaient les fantômes de sa famille et des hommes courageux qui s'étaient élevés contre la tyrannie anglaise et l'avaient combattue.

Alice attendait que la pluie cesse pour aller chevaucher sur la lande.

Elle regardait d'un air morne à travers une des fenêtres de l'étage, lorsqu'elle vit un homme qui avançait à pas lents sur le chemin, en direction de la maison.

Il était grand et maigre, et vêtu en haillons.

Prenant appui sur un long bâton de noisetier, la tête penchée, il mettait prudemment un pied devant l'autre.

Lorsqu'il fut presque arrivé au pied de la maison, il s'arrêta et leva la tête.

Alice porta la main à sa gorge.

La ressemblance avec son frère William était si évidente que cet homme ne pouvait être qu'un parent.

Son père.

Alice pria pour que ce soit vrai.

Se détournant de la fenêtre, elle se précipita vers l'escalier.

Elle descendit les marches à la volée et se rua dans le hall.

Ouvrant la porte, elle sortit sur le perron.

Son cœur se dilatait de joie, mais elle n'osait croire totalement à son bonheur.

L'homme continuait d'approcher, sans voir qu'elle le guettait en retenant son souffle.

— Oh ! Seigneur ! s'écria-t-elle.

Surpris, l'homme s'arrêta.

Dans son visage ridé et décharné, ce qui frappait le plus, c'étaient ses yeux d'un bleu délavé.

Un sourire incertain flotta sur les lèvres du vieillard, avant de disparaître, comme si un rideau avait été tiré par une main invisible.

Il regarda Alice d'un air soudain angoissé.

— Qui êtes-vous ? demanda-t-il d'une voix chevrotante.

Alice resta figée, son regard se posant avec adoration sur le vieil homme, comme s'il était une apparition qu'elle avait peur de voir s'évanouir si elle bougeait.

— Je suis Alice et je pense que vous êtes Iain Frobisher. Mon père.

Derrière elle, Alice pouvait à présent sentir la présence rassurante de son mari.

— Oui, je suis bien Iain Frobisher. Mais, vous ne pouvez pas être Alice. C'est impossible.

Le visage de l'homme avait pris une sombre expression, comme s'il luttait contre une profonde émotion.

Alice se rapprocha et dut rejeter la tête en arrière pour regarder son père. Il était aussi grand qu'Ewen.

— Vous croyez que ma mère est morte dans l'incendie de

Rosslea, avec mon frère William et moi. Mais elle a réussi à s'échapper et à gagner l'Irlande, puis la France. Elle… Elle aussi pensait que vous étiez mort. Mais, je vous expliquerai tout cela plus tard. C'est une longue histoire. Et trop compliquée à expliquer ici, père.

Ce mot chéri était comme une tendre caresse qui eut sur lui un effet apaisant, et des larmes emplirent ses yeux fatigués.

— Alice, ma petite Alice.

Iain passa un bras autour des épaules de sa fille, et la serra contre lui.

Puis il se mit à pleurer.

Ewen tourna la tête devant ce flot d'émotions, leur laissant du temps.

Après un moment, il regarda sa femme pour s'assurer qu'elle avait bien supporté le choc.

Lorsque ce moment d'intense émotion fut passé et qu'Alice se désengagea des bras de son père, Ewen s'empressa de les faire entrer, et demanda à une des domestiques d'apporter des rafraîchissements.

— Père, c'est merveilleux. Mais… Où étiez-vous ? Jusqu'à récemment, nous pensions que vous étiez mort.

Alice pleurait et riait tout à la fois.

Elle guida son père vers la cheminée, où ronronnait un bon feu.

Elle était tellement bouleversée, qu'elle ne parvenait pas à analyser ses sentiments.

— Il n'est pas naturel pour des membres d'une famille d'être des inconnus l'un pour l'autre.

Iain la regardait avec un mélange de ravissement et d'ébahissement anxieux.

Ses traits rayonnaient de joie.

— Je ne rêve pas. C'est bien toi.

Il joignit les mains.

— Seigneur, mon enfant, comme tu es devenue jolie. Et ta mère ?

— Elle est décédée quand j'étais enfant.

Alice lui pressa gentiment le bras quand elle vit le chagrin dans ses yeux.

— Je suis désolée, père. William vit toujours en France. Nous allons lui écrire et lui dire que vous êtes vivant. Il voudra vous voir.

Alice parla ensuite à son père de Duncan Forbes. Iain confirma qu'ils s'étaient retrouvés par hasard à Londres, et qu'ils avaient bel et bien été faits prisonniers ensemble.

— Quand il est venu en Angleterre, il a vu mon nom dans un journal, expliqua Alice. Il m'a approchée en pensant que je pourrais être votre fille.

Ce sujet étant clos, Ewen voulut savoir pourquoi Iain était venu à Barradine.

— J'ai entendu dire que vous me cherchiez. Je venais fréquemment en visite ici, autrefois. Simon était un bon ami à moi. Je suis content qu'il ait réussi à échapper aux Anglais, après Culloden. J'y ai perdu deux de mes fils. D'autres braves hommes que je connaissais, et qui s'étaient vaillamment battus pour défendre la cause jacobite, sont également morts à Culloden.

Il fit un petit signe à Alice.

— Viens t'asseoir à côté de moi, que je te voie mieux. Je me demande toujours quel miracle t'a amenée ici.

— Alice est mon épouse, expliqua Ewen. J'espère que cela vous agrée. Si j'avais su où vous trouver, j'aurais sollicité votre accord. Faute de quoi, j'ai écrit à William.

— J'approuve entièrement.

Iain prit la main de sa fille dans ses mains frêles et ridées.

— Alice n'aurait pu entrer dans une meilleure famille.

Il s'adressa à l'intéressée.

— Mais, parle-moi de ta mère, et explique-moi ce que William fait en France. Raconte-moi tout ce que j'ai manqué. Si j'avais su que tu avais échappé à l'incendie, que tu étais en France, je serais venu te voir. Et moi qui croyais que je n'avais plus aucune famille.

Les rafraîchissements arrivèrent juste au moment où Alice commençait son histoire.

Son père ne dit pas un mot pendant tout le temps où elle parla. Mais, plus d'une fois, il s'agita nerveusement sur son siège.

Elle arriva à la fin de son récit, et l'écho de ses paroles subsista dans le salon, tandis que Iain terminait de boire sa tasse de thé.

Toujours sans prononcer un mot, il la posa, et resta pendant un moment à contempler ses mains croisées sur son estomac.

Réprimant son anxiété et son impatience, Alice respecta le silence de son père.

Pour finir, il releva les yeux, et la regarda.

— Ta mère, ma chère épouse, combien elle a été courageuse de fuir l'Écosse. Comme elle a dû souffrir.

— Et vous, père ? Que vous est-il arrivé après que vous avez sauté dans la Tamise ? Tout le monde a pensé que vous vous étiez noyé.

Son père soupira, en secouant lentement la tête.

— C'est ce qui a failli m'arriver. Je ne me rappelle pas grand-chose de cet épisode. On m'a tiré dessus, et j'ai plongé sous l'eau. Une femme m'a soigné pendant des semaines. Elle s'appelait Kate Bentley. Souvent, j'ai prié pour que le Seigneur me rappelle auprès de Lui. J'avais appris ce qui s'était passé à Rosslea. Les soldats qui nous convoyaient vers Londres avaient pris un malin plaisir à me parler de l'incendie qui n'avait laissé aucun survivant.

Il reprit son souffle.

— Grâce aux bons soins de Kate, mes forces sont lentement revenues. Elle m'a dit que son fils m'avait sorti de l'eau à la nuit tombée. Quand je l'ai quittée, j'ai erré un peu partout, acceptant le travail qui se présentait.

— Pourquoi n'êtes-vous pas retourné en Écosse ?

Iain haussa les épaules.

— Les souvenirs étaient douloureux. Et je craignais d'être arrêté. Ce n'est qu'après ma rencontre fortuite avec Duncan Forbes que j'ai décidé de revenir.

— Mais, père, où habitez-vous ? demanda Alice, inquiète.

— Partout et nulle part. Je dors là où je trouve du travail, ou dans des huttes à moutons sur la lande.

Les yeux d'Alice se remplirent de larmes.

— Oh ! père, ce n'est pas une vie. Maintenant que nous nous sommes retrouvés, cela ne peut plus continuer ainsi.

Iain tendit la main et lui caressa tendrement la joue.

— Si seulement j'avais su que le feu ne vous avait pas emportés, nos vies auraient été tellement différentes.

Alice prit la main de son père et la garda contre sa joue.

— Il n'y avait personne pour vous le dire. Vous n'aviez aucun moyen de le savoir. Mais, à présent que nous nous sommes retrouvés, vous allez rester avec nous. N'est-ce pas, Ewen ?

— J'allais proposer la même chose.

Et pour fêter dignement ces retrouvailles, Ewen servit à son beau-père un verre de son meilleur brandy.

Ce fut une promesse qu'Ewen renouvela à Alice beaucoup plus tard dans la nuit, tandis qu'il la tenait dans ses bras, le corps comblé et l'esprit joyeux.

Alice enfouit son visage dans son épaule et lui caressa paresseusement le torse du bout des doigts.

— Je t'aime, murmura-t-elle.

Levant la tête, elle déposa un baiser à la base du cou d'Ewen, là où battait son sang.

— Merci d'être aussi gentil et compréhensif avec mon père et de lui avoir offert de vivre avec nous.

Ewen décida qu'il pouvait bien héberger la famille au grand complet, à condition qu'Alice continue à le regarder de cette façon.

Épilogue

Un an plus tard

Pittoresque et fascinante, la villa Tremain était bâtie au milieu d'un parc de plusieurs hectares, regorgeant de vignes.

Simon Tremain avait pris un peu d'embonpoint, et ses cheveux étaient maintenant parsemés de fils argentés. Mais il n'en demeurait pas moins un homme séduisant.

Il avait entraîné ses invités pour un tour complet de son vignoble qui était la prunelle de ses yeux.

Les Tremain et les Frobisher, maintenant rassemblés en une seule famille, revinrent vers la maison en devisant gaiement.

Puis William Frobisher et sa femme, Anne, aidèrent Iain à prendre place dans un confortable fauteuil.

Matthew Brody s'installa près de sa femme, Lady Mary, avec un verre de brandy.

Les enfants de Simon et Henrietta, deux garçons aux cheveux noirs et aux yeux bleus, et une ravissante petite fille, jaillirent au milieu de cette aimable assemblée, en poussant des cris de joie.

Les derniers à arriver furent Alice et Ewen, se tenant par le bras et affichant des sourires radieux.

Ils venaient de séjourner avec Iain à Paris, y retrouvant William et Anne.

À présent, ils passaient quelques jours à Bordeaux, avec toute la famille.

Ewen avait invité Amir à les accompagner en France, mais ce dernier ne souhaitait pas quitter l'Écosse.

Alice soupçonnait que Tess n'était pas étrangère à cette décision, ayant surpris des regards entre eux qui en disaient long.

Avant leur départ, Alice avait reçu une lettre de Roberta qui avait épousé son vicomte, au cours d'une fastueuse cérémonie et qui vivait maintenant un bonheur sans nuage dans le Kent.

La réunion des deux familles et les présentations avaient eu lieu la veille, à leur arrivée à la villa Tremain.

Les retrouvailles avaient été émouvantes entre Simon et Iain, qui n'avaient plus eu de nouvelles l'un de l'autre depuis la bataille de Culloden.

Ce soir-là, ils dînèrent dans le jardin et restèrent à discuter dehors jusqu'à ce que la nuit tombe.

Ce fut un moment agréable pour tout le monde.

Regardant du côté de sa mère et de Matthew, Ewen s'adressa à Simon :

— Aurais-tu imaginé voir nos anciens aussi heureux ? Il semblerait que nous leur ayons offert une nouvelle vie en réunissant nos deux familles.

Simon adressa un clin d'œil complice à son frère.

— Je crois que la famille ne va pas tarder à s'agrandir, si Henrietta a vu juste au sujet d'Alice. Félicitations, mon cher frère.

Ewen grimaça.

— J'espère que je peux compter sur toi pour ne rien dire tant que ma femme n'aura pas décidé de l'annoncer publiquement.

Alice ouvrit la porte-fenêtre de la chambre qu'elle partageait avec son mari et sortit sur la terrasse qui donnait sur une roseraie ornée d'un bassin. Au loin, elle pouvait apercevoir les toits couleur terre cuite des maisonnettes du village voisin, tandis que tout autour du château s'étendaient les vignes.

Elle sourit à son mari, alors que celui-ci la rejoignait.

Il passa un bras autour de son épaule et l'attira contre lui.

L'autre main d'Ewen glissa sous le châle qu'Alice avait drapé autour d'elle pour dissimuler sa grossesse, qui commençait à se voir, et caressa son ventre doucement renflé.

— J'ai l'impression que vous vous plaisez ici, mon aimée, murmura-t-il.

Alice leva vers lui des yeux débordant d'amour.

— Énormément. Nos familles ont beaucoup de chance. Je ne pensais pas qu'il était possible d'être aussi heureux. Demain, nous leur dirons pour le bébé.

Avec un soupir, elle se nicha confortablement dans les bras de son mari.

— Ce sera le premier d'une longue lignée.

Ewen rit et lui mordilla l'oreille.

— Un suffit bien pour commencer.

— Seriez-vous déçu si c'était une fille ?

La faisant pivoter dans ses bras, Ewen déposa sur ses lèvres un tendre baiser.

— Je serais ravi d'avoir une fille.

— Et moi, j'aimerais avoir un fils qui vous ressemble.

— Les garçons de Simon sont son portrait craché. Il semblerait donc que ce soit fort possible. Mais alors, il faudrait que notre fille vous ressemble.

Alice lui prit la main et la posa sur son ventre.

— Sentez-vous notre bébé ?

— Cela commence à se remarquer, affirma Ewen. Je suis sûr que tout ira bien.

— Et il naîtra en Écosse, à Barradine.

— Il ne saurait en être autrement.

— Je vous aime, Ewen Tremain, et je vous défends de jamais en douter.

Cinq mois plus tard leur premier enfant, un beau et vigoureux petit garçon, naquit à Barradine.

Et Ewen ne douta jamais de l'amour de sa femme.